「十四五」國家重點圖書

詞譜要籍整理與彙編（第二輯）

朱惠國◎主編　劉尊明◎副主編

詞海評林

上册

[明]毛　晉◎編著　吴雨辰◎整理

華東師範大學出版社
·上海·

圖書在版編目(CIP)數據

詞海評林/(明)毛晉編著;吴雨辰整理. — 上海:
華東師範大學出版社,2023
(詞譜要籍整理與彙編)
ISBN 978-7-5760-4616-8

Ⅰ.①詞… Ⅱ.①毛… ②吴… Ⅲ.①詞(文學)-
作品集-中國-明代 Ⅳ.①I222.848

中國國家版本館 CIP 數據核字(2024)第 004929 號

上海市促進文化創意産業發展財政扶持資金資助出版

詞譜要籍整理與彙編
詞海評林

叢書編者 朱惠國 主編;劉尊明 副主編

編著者 [明]毛 晉
整理者 吴雨辰
責任編輯 時潤民
責任校對 龐 堅
裝幀設計 盧曉紅

出版發行 華東師範大學出版社
社 址 上海市中山北路 3663 號 郵編 200062
網 址 www.ecnupress.com.cn
電 話 021-60821666 行政傳真 021-62572105
客服電話 021-62865537 門市(郵購)電話 021-62869887
地 址 上海市中山北路 3663 號華東師範大學校内先鋒路口
網 店 http://hdsdcbs.tmall.com

印 刷 上海中華商務聯合印刷有限公司
開 本 890 毫米×1240 毫米 32 開
印 張 31.5
插 頁 8
字 數 574 千字
版 次 2024 年 10 月第 1 版
印 次 2024 年 10 月第 1 次
書 號 ISBN 978-7-5760-4616-8
定 價 258.00 元(上下册)

出版人 王 焰

詩餘圖譜填詞之法備焉矣　先君此書之作亦擬之而更充廣焉凡少一字者与多一字者居後嘗搜博覽彙緝成帙釐為三卷一生心力固不僅於是而孜孜焉已大費詳慎正欲付梓而玉樓之召孔迫惜哉今其原本即云守而勿失然不能成先人之志以垂將來而傳永永是則扆之大罪也將來或遇有力者不惜多金以登梨棗矣亦為何如耶丙寅秋大病之後翻閱是書草率而見代書於簡端云　扆

中國國家圖書館藏

清稿本《詞海評林》卷首毛扆跋文

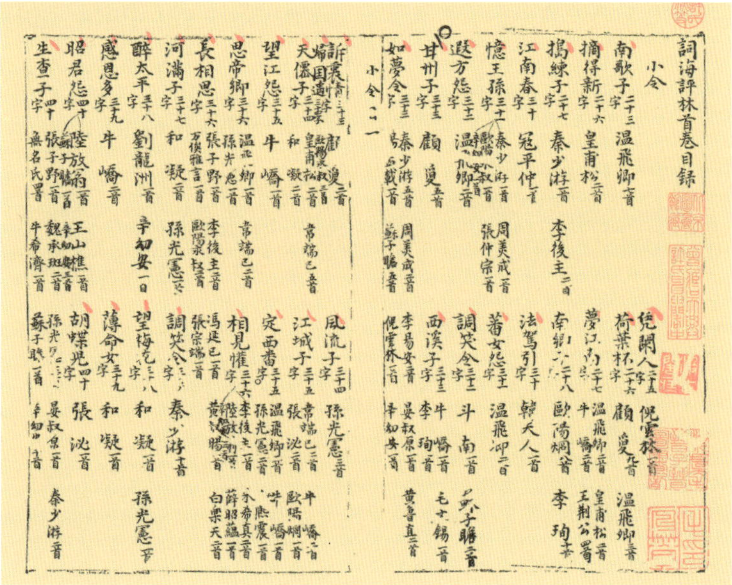

詞海評林首卷目錄

小令

南歌子二十三字 温飛卿十首
摘得新二十六字 皇甫松二首
搗練子二十七字 秦少游一首 李後主二首
江南春三十字 寇平仲一首
憶王孫三十一字 秦少游一首 周美成一首
遐方怨三十二字 温飛卿一首 張仲宗一首
甘州子三十三字 顧夐五首
如夢令三十三字 秦少游五首 周美成一首 蘇子瞻五首
憶閑人二十五字 倪雲林一首
荷葉杯二十六字 顧夐九首 温飛卿一首
夢江南二十七字 温飛卿一首 牛嶠二首 皇甫松一首 王荆公一首
南鄉子二十八字 歐陽炯一首 李珣十首
法駕引三十字 韓夫人一首
蕃女怨三十一字 温飛卿二首
調笑令三十二字 斗南一首 蘇子瞻二首
西溪子三十三字 牛嶠一首 李珣一首 毛文錫一首
李易安一首 晏叔原一首 黄魯直二首
倪雲林一首 辛幼安一首

小令 二一

訴衷情三十三字 顧夐一首
天僊子三十四字 和凝二首 皇甫松一首 韋端己五首
望江怨三十五字 牛嶠一首
思帝鄉三十六字 温飛卿一首 孫光憲一首 韋端己二首
長相思三十六字 張子野一首 萬俟雅言一首 李後主一首 歐陽永叔一首
河滿子三十七字 和凝一首 孫光憲一首
醉太平三十八字 劉龍洲一首 辛幼安一首
感恩多三十九字 牛嶠一首
昭君怨四十字 陸放翁一首 張子野一首 王山樵一首 魏承班二首
生查子四十字 無名氏一首 牛希濟一首
風流子三十四字 孫光憲一首
江城子三十五字 韋端己二首 張泌一首 牛嶠二首 歐陽炯一首
定西番三十五字 温飛卿一首 孫光憲一首 牛嶠一首
相見懽三十六字 李後主一首 薛昭蘊一首
馮延巳一首 張宗端一首 白樂天一首
調笑令三十三字 秦少游十首
望梅花三十八字 和凝一首 孫光憲一首
薄命女三十九字 和凝一首
胡蝶兒四十字 張泌一首
蘇子瞻一首 晏叔原一首 辛幼安二首 秦少游一首

中國國家圖書館藏

清稿本《詞海評林》書影（一）

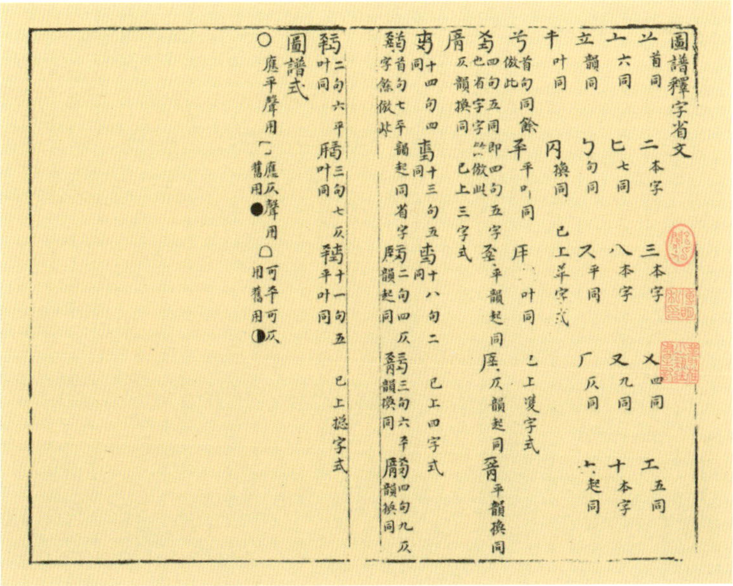

中國國家圖書館藏

清稿本《詞海評林》書影（二）

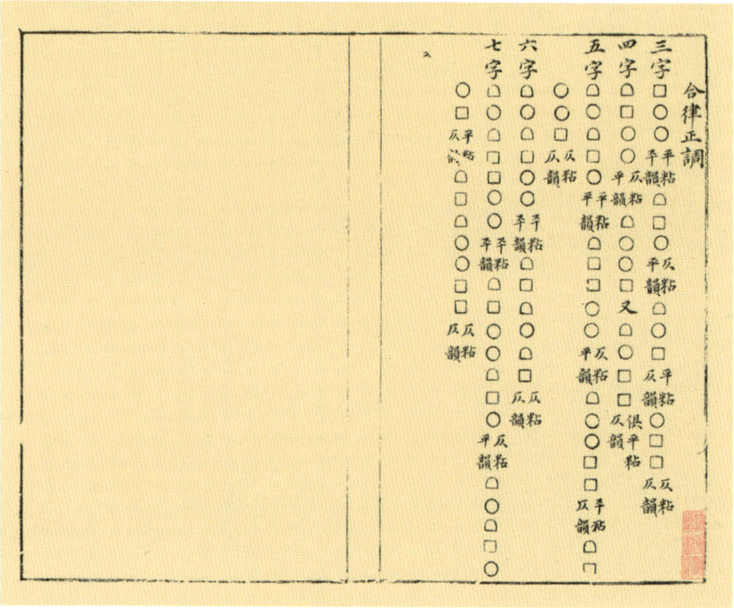

中國國家圖書館藏

清稿本《詞海評林》書影（三）

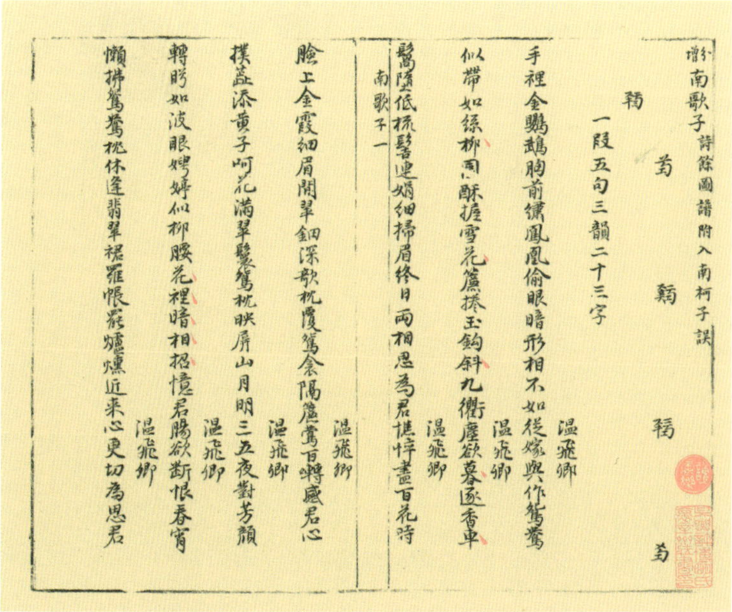
增訂南歌子 詩餘圖譜附入南柯子誤
芍 蒻 藒 芍
藒
一段五句三韻二十三字
手裡金鸚鵡胸前繡鳳凰偷眼暗形相不如從嫁與作鴛鴦 溫飛卿
似帶如絲柳團酥握雪花簾捲玉鉤斜九衢塵欲暮逐香車 溫飛卿
鬢墮低梳髻連娟細掃眉終日兩相思為君憔悴盡百花時 溫飛卿
南歌子一
臉上金霞細眉間翠鈿深欹枕覆鴛衾隔簾鶯百囀感君心 溫飛卿
撲蕊添黃子呵花滿翠鬟鴛枕映屏山月明三五夜對芳顏 溫飛卿
轉盼如波眼娉婷似柳腰花裡暗相招憶君腸欲斷恨春宵 溫飛卿
懶拂鴛鴦枕休縫翡翠裙羅帳罷爐熏近來心更切為思君 溫飛卿

中國國家圖書館藏

清稿本《詞海評林》書影（四）

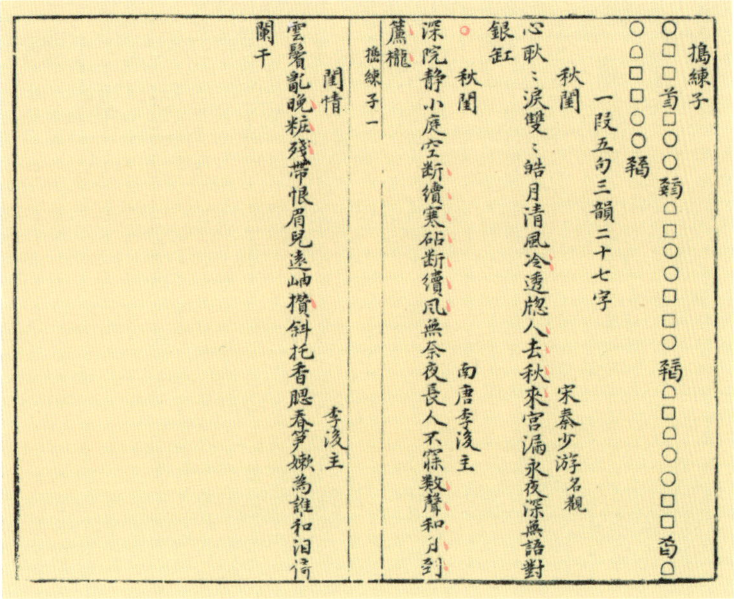

擣練子

○□□句□○○韵⌓□○○□□○韵⌓□⌓○○□□句⌓

○⌓□□○○韵

一段五句三韻二十七字

秋閨　宋秦少游名觀

心耿耿淚雙雙皓月清風冷透窻人去秋來宮漏永夜深無語對

銀釭

○秋閨　南唐李後主

深院靜小庭空斷續寒砧斷續風無奈夜長人不寐數聲和月到

簾櫳

擣練子一

閨情　李後主

雲鬟亂晚粧殘帶恨眉兒遠岫攢斜托香腮春笋嫩為誰和淚倚

闌干

中國國家圖書館藏

清稿本《詞海評林》書影（五）

總序

詞譜，這裏主要指格律譜，產生於明中期，是詞樂失傳後，爲規範詞的創作而逐漸發展起來的一種專門性質的工具書。廣義的詞譜包括音樂譜和格律譜，但就明清詞譜而言，除極少數詞譜，如《自怡軒詞譜》、《碎金詞譜》是從《九宮大成》輯録而成，具有音樂性外，一般都是格律譜。

晚清以來，詞譜研究一直處於較少被關注的邊緣位置，相比詞史與詞論，詞譜研究的成果不多，且研究格局也比較狹窄，可以説，至今缺乏整體性、系統性的研究。晚清民初的詞譜研究大多集中在細部的考察和瑣碎的考訂上，對詞譜文獻尚未有全面的整理和系統的考察。民國時期，學者們多撰文專門探討四聲陰陽及詞人用調等問題，亦有一些學者熱心於增補詞調，至於詞譜的全面系統研究，則依然缺乏。一九四九年後，由於時代原因，詞譜以及與之關係密切的詞調與詞律研究長期受到冷落，直到進入新時期，相關研究才零星逐漸復甦，却也呈現出十分不均衡的面貌：詞調研究成果相對多一些，但總體上缺乏規劃性；詞律、詞韻等方面的研究成果很少，且多見於語言學等外圍學科；詞譜文獻研究有一些進展，但主要是單個詞譜的研究，成果也比較零散；至於詞譜史的研究，不僅成果少，而且多是以史論方式介紹明清以至民國詞譜著作的編撰過程、詞律研究進程及相關學者的詞律思想主張，並没有觸及問題的實質。因此，明清詞譜的研究總體比較冷寂。

一

進入新世紀，尤其是二〇〇八年前後，明清詞譜研究開始受到重視，相關研究也逐步展開，並取得一些成績。在此過程中，有兩方面的研究推進速度較快，取得的成果也比較突出。

其一，重要詞譜的研究取得明顯進展。明清詞譜的研究起步較晚，但一些重要詞譜因爲影響較大，學術地位重要，吸引了一批學者投入較多精力進行研究，並已取得非常明顯的進展。這在《詩餘圖譜》、《欽定詞譜》、《詞繫》三部重要詞譜的研究方面表現得尤其充分。

《詩餘圖譜》是中國真正意義上的第一個詞譜，地位十分特殊，但以往專門的研究並不多。學術界雖然常常提及該譜，事實上對它的認識還比較模糊，其表現主要有兩方面：一是張冠李戴，將之和賴以邠、查繼超等的《填詞圖譜》相混淆，將後者的問題算在前者上；二是没有梳理《詩餘圖譜》版本，分不清初刻本和後續版本的區別，將後續版本中出現的問題誤以爲是張綖《詩餘圖譜》初刻本的。這兩種情況在以往的研究文章和著作中經常會遇到，直到張仲謀在臺灣發現《詩餘圖譜》初刻本，才徹底扭轉了局面。此後《詩餘圖譜》各種版本的發掘和梳理，進一步呈現了該詞譜的真實面貌和流傳過程。可以説，由於文獻資料的突破，《詩餘圖譜》的研究在最近十餘年快速推進，形成的成果也與之前有了質的變化。

《欽定詞譜》由於是「欽定」，在清代幾無討論的可能，更談不上去指謬糾誤，清以後，雖然「欽定」的禁忌不復存在，但由於該譜的「權威性」，也很少有人去留意、審視譜中的問題，部分學者也只是重視詞調補遺工作，而非對原譜本身作研究，因此《欽定詞譜》存在的問題也長期得不到糾正。但最近幾十年情況正在發生變化，陸續有學者關注此譜，將其納入研究範圍，而研究的核心內容，就是對其糾誤匡謬。大致而言，對《欽定詞譜》的研究可以分爲三個階段：第一個階段是一九九七年周玉魁發表《略論〈欽定詞譜〉的幾個問題》一文，開始對該譜進行整體性研究，並且研究的方向也十分明確，就是指出其存在的問題。這種思路事實上對《欽定詞譜》之後的研究路徑有明顯的導向作用。但作者發表此文後，再没見到其後續研究成果。第二階段是新世紀以後，主要是二〇一〇年前後，謝桃坊和蔡國强兩位發表了一系列論文，對《欽定詞譜》的問題作進一步討論，其研究思路與周文大致相近。其中謝桃坊偏重於《欽定詞譜》收録詞調標準的討論，也涉及譜中調名、分體、韻位等方面的具體問題，蔡國强則更偏重於調名、韻脚等具體問題的討論。蔡文的許多觀點之後被集中吸收到其考正著作中。第三階段是二〇一七年蔡國强的《欽定詞譜考正》出版，標誌着《欽定詞譜》的研究進入了一個新的階段。三個階段層層推進，進展較快。《詞繫》是最有價值的明清詞譜之一，但由於戰亂以及編撰者秦巘家道中落等原因，一直没有機會刊刻，外界所知甚少，因此相關的研究也就無從談起。直到二十世紀末，該書稿本被重新發現並整理出版後，學界才開始了對該書的研究。研究工作主要圍繞三個方面進行：首先是整體性介紹，由於該譜是第一次整理，這類介紹是必要的，以便於把握該譜的基本特點；其次是價值發現與詞譜史評價，這對於《詞繫》的深度認識以及詞譜史定位尤其重要；第三是文獻的發現與完善。北京師範大學出版社一九九六年出版了《詞繫》一書，是根據收藏在北京師範大學圖書館的未定稿本整理而成，其間唐圭璋、鄧魁英、劉永泰等先生做出重要貢獻。但是該稿本與夏承燾、龍榆生等先生描述的稿本不同，夏承燾等看到的是更加完善的謄清本，此事一度成爲迷案。此後有學者據《中國古籍善本書目》的著録，在北京大學圖書館發現了珍貴的謄清本，國家圖書館出版社於二〇一四年對其進行複製性出版，收入「中華再造善本續編」。至此，《詞繫》的最終面目得以被公諸於世，便於學者作進一步深入研究。《詞繫》的研究，從零到現在大致成熟，其推進速度也比較快。

其二，研究視野有所拓展，對冷僻的詞譜和海外的詞譜開始有所關注。明清詞譜研究之前主要集中在幾部比較著名的詞譜上，但最近十幾年一個明顯的變化，就是開始對冷僻的詞譜有了一定的關注，並取得初步進展。比較典型的例子是對鈔本《詞學筌蹄》、稿本《詞家玉律》、稿本《詞榘》、鈔本《詞海評林》等詞譜的關注與研究，及對稀見詞譜《牖日譜詞選》、《記紅集》、《三百詞譜》、《詩餘譜纂》、《詩餘協律》、《有真意齋詞譜》、《彈簫館詞譜》等的介紹與初步研究。其中對鈔本《詞學筌蹄》、稿本《詞椝》、稿本《詞家玉律》的研究代表了三種不同的類型。

《詞學筌蹄》以鈔本的形式存在，但在很長一段時間内被視爲一部詞選，較少受到關注。唐圭璋《全宋詞》「引用書目」將此書列爲第五類的「詞譜類」，是非常有識見的判斷，此後蔣哲倫、楊萬里編《唐宋詞書録》，也順着唐先生的思路，將其列爲「詞譜、詞韻類」。至此，該書詞譜的身份大體被確認。此書真正受到關注，進入詞譜研究的視野，是在張仲謀二〇〇五年發表《〈詞學筌蹄〉考論》一文之後。文章對該譜作了比較全面的介紹與討論，進一步論證其詞譜性質，以爲是中國現存最早的詞譜。但總體來看，作爲中國最早的詞譜，或者説詞譜的雛形，其産生的過程、背後的深層原因及詞譜學意義等問題，仍有待作進一步深入研究。

《詞椝》的編撰者方成培是有很高造詣的詞學家，其《香研居詞麈》一書向爲學界稱道，但同爲其重要詞學著作的《詞椝》却未曾刊刻，也久未見著録，只在民國時期《歙縣志》等地方文獻上稍有提及。加上此書稿本長期保存在安徽博物院，鮮爲人知。直到二〇〇七年鮑恒在《文學遺産》上發表文章介紹《詞椝》的兩個不同稿本，該書才進入學者的研究視野。作者在撰文的同時，還聯合王延鵬開始整理《詞椝》，在文獻比對、字迹辨識等基礎性工作上花費了大量心血。《詞椝》稿本的整理與出版，將對中國明清詞譜史的研究産生重要影響。

《詞家玉律》的情況則有所不同，編撰者王一元並非名家，書稿也只是保存在其家鄉的無錫市圖書館，因此幾無人知。二〇一〇年，顏慶餘撰文介紹該稿本，這部詞譜才進入研究者的視野。但此稿的價值究竟如何，是否有整理的必要？仍需作進一步的考察與研究。總體來講，最近十來年，一些之前少有人關注的珍稀詞譜開始受到重視，並被不斷發掘與介紹，這對明清詞譜史的研究具有重要意義。就我們所知，此類詞譜有一定數量，該方面的研究工作將會持續一段時間。

最近十幾年，學者們對域外詞譜也開始加以關注。由於歷史原因，中國周邊的日本、朝鮮半島、越南三個地區在古代均採用漢字書寫系統，漢文詩詞創作十分普遍。詞譜作爲漢詞創作的工具書，也較早流傳到了這些國家。以往的詞譜研究對留存域外的明清詞譜關注不多，對域外國家本土編製的詞譜更是所知甚少。這種情況目前已有所改變，不少學者開始將目光投向域外，並嘗試將域外主要是日本的詞譜納入研究範圍。此方面的研究工作起步不久，大致可以分爲三個方面。第一，是研究流傳到域外的明清詞譜。如上所述，明清時期有不少詞譜流入域外，這些詞譜大部分都能在國内找到相同版本，但也有一些比較特殊的鈔本或批本，是國内所没有的，具有較高的文獻價值。對此已有一些學者開始關注並展開實際研究工作，如江合友《關於張綖〈詩餘圖譜〉的日藏抄本》，詳細介紹了《詩餘圖譜》的兩種日藏抄本；又如日本詞學家萩原正樹《關於〈欽定詞譜〉兩種内府刻本的異同》對日本京都大學一九八三年影印「京都大學漢籍善本」中的一種《欽定詞譜》底本作了介紹，並將其與中國書店一九七九年影印本作了詳細比對與析論。第二，是對域外國家本土編製詞譜的關注與研究。域外國家本土編製的詞譜一般是以中國傳過去的詞譜爲母本，在此基礎上作一些本土化改造。這些詞譜在彼處取得成功，有的甚至還返流回中國，受到中國詞人的喜愛，如日本田能村孝憲編的《填詞圖譜》。目前學界對這些詞譜也有所關注，如江合友《田能村孝憲〈填詞圖譜〉探析——兼及明清詞譜對日本填詞之影響》，朱惠國《古代詞樂、詞譜與域外詞的創作關聯》也涉及這一問題。其三是對域外詞譜學研究的關注，如日本學者萩原正樹近年研究森川竹磎的《詞律大成》，撰有《森川竹磎〈詞律大成〉原文與解題》，該書在整理《詞律大成》的同時，另附《森川竹磎略年譜》和《〈詞律大成〉解題》於書後，頗具資料價值。萩原正樹的著作代表了日本詞譜學的一些特點與最新進展，已引起國内詞學界的注意，有關的資料收集與評價也正在進行。從這三方面的研究看，明清詞譜研究的視野有了明顯的拓展，已進入了一個新的階段。

二

毫無疑問，近十幾年明清詞譜研究的進展是明顯的，但我們也清醒地看到，晚清以來，詞譜研究在詞學研究大格局中所占的比重偏小，積累不够，加上新時期成長起來的新一代學者普遍對詞調、詞律有陌生感，因此目前的明清詞譜研究總體上還存在基礎薄弱、人員短缺等問題。除此之外，研究工作本身也存在一些不足。這些不足主要有以下幾個方面。

一是基礎性、整體性的文獻研究缺乏。詞譜文獻學是目前明清詞譜研究中相對成熟的一部分，取得的成果也比較多，但問題是這些研究比較零散，不成系統。迄今爲止，學界對明清詞譜整體情況的認識還比較模糊，比如從明中葉《詞學筌蹄》產生以來，總共有過多少詞譜，其中存世的詞譜有多少，有哪些類型，收藏在什麼地方，保存情況如何？這些目前都是未知的，换句話説，時至今日，我們還未系統地摸過明清詞譜的家底。進一步看，這些詞譜各自有哪些編撰特點，作者的背景怎樣，當時是否被廣泛接受與普遍使用，實際評價又如何？對這些方面的研究工作雖然已有了一部分，但涉及的只是部分詞譜。因此説，詞譜文獻的基礎性研究還比較薄弱，很需要在調查研究的基礎上，編出一份相對齊全的明清詞譜收藏目録，如果在目録的基礎上，能撰寫系統性的明清詞譜叙録，或能反映明清詞譜總體情況的學術著作，就更好了。至於對明清詞譜的整理，目前主要集中在幾部著名的詞譜上，如《欽定詞譜》、《詞繫》、《碎金詞譜》等，一些在明清詞譜史上有重要地位的詞譜，如《填詞圖譜》、《嘯餘譜·詩餘譜》等，至今還没有被整理過，可見詞譜文獻研究雖然已取得一些進展，但依然缺乏大規模、集成性的研究成果。

二是大部分研究仍停留在淺層次的階段，没有深入到詞譜本身的内容中去。目前的明清詞譜研究雖然涉及到了詞譜的編製方式、文獻來源，以及與之關係密切的詞調、詞律、詞韻等多個方面，成果數量也已經有了一定的累積，但這些研究大部分停留在表面，缺少對實質性内容的深入思考。如大部分論著多集中在詞譜的作者、版本，以及編纂背景、標注符號、編排方法等外部要素上，而對於最能反映詞譜學本質的句式、律理、分體等問題的探討却不是很多，即使有一些涉及明清詞譜修訂的論文觸及了詞律問題，也多是專攻一隅，未能系統而全面。換句話説，目前的研究大部分還是在外圍，並没有深入詞譜的實質。事實上，詞譜作爲一種專門工具書，是明清人在詞樂失傳後，爲規範並方便詞的創作而發明的，編譜者所依據的文獻以及對詞調的體認程度無疑會影響到詞譜質量的高下。我們現在能看到的文獻比明清人要全，因此在總結前人研究成果的基礎上，對主要的詞譜進行細致分析，討論其譜式的準確性和合理性，應該是明清詞譜研究的主要内容。此外，除了個别的早期詞譜，絶大多數明清詞譜都不是憑空産生的，編寫者或多或少地借鑒了前人的詞譜，既有繼承，也有發展，因此梳理這些詞譜之間的内在關係，看看後者在前者的基礎上解決了什麽問題，還留下什麽問題，由此分析明清詞譜發展演化的過程與規律，也應該是明清詞譜研究的一項重要内容。而從明清詞譜研究的現狀看，此類研究目前還比較少見，這無疑是一個比較明顯的缺憾。

三是對明清詞譜的學術價值和詞學史地位普遍認識不足。已有的明清詞譜研究大部分是從形式的角度入手，將詞譜視爲技術層面的工具，很少從詞學發展的層面深入探討其歷史地位，也很少從詞譜編製與創作互動的關係來考察其學術價值。對一些深層次問題，如明清詞譜産生的根本原因，詞譜發展的内在動因和規律，詞譜在清詞中興過程中的實際作用等，很少有專門的討論。比如我們在談到詞譜的産生時，較多關注到《詞學筌蹄》和《草堂詩餘》的關係，關注詞譜中標注符號的來源等，至於爲什麽會在這個時候形成這部製作粗糙却又具有里程碑意義的詞譜，則目前還少有人去考量，而這個問題非常關鍵，是涉及到詞體能否生存、能否繼續發展的重大問題。又如我們現在討論清詞的中興，總結了很多因素，固然都有道理，而清詞的中興和詞譜的發達又有没有關係？這其中的綫索，也較少有人去作深入思考。可見在目前的詞譜研究中，理論的研究和思考還没有跟上去。這些都需要在今後的研究中加以改進，以對詞譜的學術價值有一個更加全面、深入的考量。

四是重要詞譜的校訂工作没有得到應有的重視。以《詞律》、《欽定詞譜》爲代表的明清詞譜從産生之日起，一直是詞創作的重要依據，將來無疑也會如此，因此詞譜的正確與完善對詞的創作至關重要。但如上所述，明清時期由於製譜者在文獻方面的不足和認識上的局限，導致這些詞譜在平仄、句式、韻律、分段等諸方面，都或多或少地存在一些瑕疵以及錯誤，即使明清詞譜中最著名、最權威、最流行的《欽定詞譜》和《詞律》，即通常所説的「譜」、「律」，也存在不少問題。《詞律》的問題，在清代已經有學者指出過；《欽定詞譜》由於是「欽定」，在清代無法展開討論，近年雖有學者陸續指出其中存在的各式問題，但是這些工作總體來説比較分散，且没有從詞譜的系統性校訂、完善這一層面來展開，因此對普通的詞譜使用者而言，詞譜中的這些問題和錯誤一直存在，並在不斷地誤導詞的創作。問題的嚴重性還在於，幾乎極少有人想到詞譜有錯誤，更没有想到要去校訂明清詞譜，使之更加準確和完善。很少有一種工具書會像詞譜一樣，幾百年來一直不被加以校訂却持續爲創作提供依據。即便是詞譜中由於文獻不足，僅依據殘詞製成之譜，如《欽定詞譜》中署名張孝祥的《錦園春》四十二字體，也至今依然被視爲創作的圭臬。因此對明清詞譜中影響最大，至今使用最廣泛的詞譜，如《詞律》、《欽定詞譜》等，在前人研究的基礎上，作一次系統、徹底的校訂，使之更加準確，是完全有必要也有可能的一項工作，這不僅是明清詞譜研究的重大突破，也是一項功在當代、利在長遠的重大文化工程。

最後是明清詞譜研究缺少規劃，没有系統性。以上四方面問題之所以産生，非常重要的一個原因，就是現有的明清詞譜研究缺少總體規劃，没有系統性。如對明清詞譜基礎性文獻大規模的搜集與著録，對詞譜要籍如《詩餘圖譜》、《嘯餘譜·詩餘譜》、《填詞圖譜》、《詞榘》、《詞繫》等的大規模整理與研究，對重要詞譜如《詞律》、《欽定詞譜》的研究與校訂等，都需要有一定的規劃與統籌，調動相應的人力和資金支持。而現有的研究主要基於學者的個人興趣來展開，因此上述大規模的研究計劃就難以得到實施。

三

目前明清詞譜研究雖有許多工作要做，但其中最爲迫切的是基礎性文獻的整理與研究，只有掌握了明清詞譜的基礎文獻，才能對其基本特點、編製原理、演化軌迹、發展動因和詞學史地位、學術價值等作出準確、詳細、符合歷史事實的描述與闡釋。基礎性文獻的整理與研究主要包括兩個方面：一是對明清詞譜的存世情況進行全面排查與記録，二是在此基礎上選擇一些重要的明清詞譜進行有計劃的整理與研究。「詞譜要籍整理與彙編」叢書就是基於後一點而編纂的一套明清詞譜整理本。

本套叢書，我們計劃挑選二十部左右學術價值較高的明清詞譜進行整理與初步研究，挑選的原則主要考慮四個方面，即代表性、學術性、重要性和珍稀性。

所謂代表性，主要是指挑選的詞譜在譜式體例、時代分布等方面均有一定代表性。詞譜的種類較多，從大的方面區分，可以分爲圖譜和文字譜，但同是圖譜，在標示符號和標示方式上也有不少差異，如黑白圈、方形框等，在圖和例詞的安排上，有的兩者分開，有的則合二爲一。至於文字譜，在譜式設計上也有不少差異，如有的與工尺合譜，有的則設計出獨特的文字表示不同的句式或體式。這些譜式不可能全部兼顧，但一些有代表性的譜式均在本叢書的考慮之内。時代的代表性，主要是兼顧不同時期編撰的詞譜。明清詞譜産生於明中葉，但在時段的分布上並不均衡，有的時期如清康熙、乾隆朝編撰的詞譜比較多，有的時期如雍正、嘉慶朝就少，除了詞譜本身發展原因外，與該時期的時間長短有關，但作爲一部叢書，還是要儘量兼顧各個歷史時期，以展示不同時期詞譜的特色。

學術性主要是關注詞譜本身的學術含量。詞譜是一種填詞專用工具書，同時也是詞調、詞律、詞韻研究成果的重要載體，體現出編譜者的學術水平和創新程度。作爲一套詞譜要籍整理叢書，詞譜的學術性是入選的一個重要標準。如張綖的《詩餘圖譜》是中國第一個真正意義上的詞譜，奠定了明清詞譜的編譜思路和基本體例，其學術性和創新性不容置疑；又如徐師曾《文體明辯・詩餘》「直以平仄作譜」，是第一個「去圖著譜」的詞譜，也是第一個明確有「分體」意識，調下以「各體別之」的詞譜。這些詞譜有較高的學術性，並在明清詞譜發展過程中具有重要作用，是我們重點予以整理與研究的。詞譜的重要性一般和其學術性相關，但也不能一概而論，有的詞譜儘管並不完美，却由於各種原因，實際影響力比較大。比如程明善的《嘯餘譜・詩餘譜》，現在研究者普遍認爲是承襲了徐師曾《文體明辯・詩餘》，並非自己獨立創作，而且本身還存在多種問題，但該譜在明清之際非常流行，萬樹甚至以「通行天壤」來形容，實際影響非常之大。又如賴以邠、查繼超等的《填詞圖譜》，萬樹以爲「圖則葫蘆張本，譜則矇捧《嘯餘》，持議或偏，參稽太略」，但作爲《詞學全書》的一種，在清初也十分流行，同樣具有重要影響。這些詞譜也是我們重點關注與進行整理的。另外，稀缺性也是我們重點考慮的一個因素。歷史上不少詞譜由於種種原因没有刊刻，一直以稿本或鈔本的形態保存在圖書館或博物館，這些詞譜除了學術價值，還有比較高的文獻價值，如方成培《詞榘》、毛晉《詞海評林》等。對這些詞譜的整理和研究，一定程度上還具有保存文獻的意義。其他稀見詞譜，如李文林《詩餘協律》、吕德本《詞學辨體式》等，雖是刻本，但由於存世數量有限，流傳不廣，也有整理、研究的必要。

綜合上述四方面的考慮，我們初步擬定需整理的詞譜要籍如下：

明代詞譜六種：張綖《詩餘圖譜》（附毛晉輯《詩餘圖譜補略》）、萬惟檀《詩餘圖譜》、顧長發《詩餘圖譜》、徐師曾《文體明辯・詩餘》、程明善《嘯餘譜・詩餘譜》、毛晉《詞海評林》。

清代詞譜十五種：吴綺《選聲集》並吴綺等《記紅集》、賴以邠等《填詞圖譜》、葉申薌《天籟軒詞譜》、孫致彌《詞鵠》、鄭元慶《三百詞譜》、李文林《詩餘協律》、許寶善《自怡軒詞譜》、方成培《詞榘》、禮思鵬《詞調萃雅》、郭鞏《詩餘譜式》、吕德本《詞學辨體式》、朱燮《朱飲山千金譜・詩餘譜》、舒夢蘭《白香詞譜》（並另增民國天虛我生《考正白香詞譜》）、錢裕《有真意齋詞譜》。

至於萬樹《詞律》、王奕清等《欽定詞譜》、秦巘《詞繫》這三部大譜，因有專門的研究與考訂計劃，故暫未考慮列入本套叢書中。而《碎金詞譜》偏重音樂性，且已有劉崇德先生整理並譯成現代樂譜，故不列入整理名單。隨研究深入並根據需要，以上書目也可能調整。

每一種詞譜的整理一般包括兩個方面：文獻整理和基礎研究。文獻整理遵循古籍整理的一般方法，並根據詞譜的特點作相應調整，主要包括有：底本選擇、校勘、標點、附録等。基礎研究主要對編撰者的生平行實、詞學活動進行考證，及對詞譜的編撰過程、基本特點、使用情況、版本與流傳等方面進行闡述，最後用「前言」的形式體現出來。

本叢書以「詞譜要籍整理與彙編」的總名出版。二十餘種詞譜以統一的體例，採用繁體直排的形式，各自成册（亦有合刊者）。原則上，每一種均包括書影、前言、凡例、正文、附録五個部分。附録主要收録詞譜編撰者的生平傳記資料以及該譜其他版本的序跋、題辭等資料，但不包括後人的研究文章。此項視每種詞譜的具體情況而定，不作强求。

由於本叢書是第一次具規模性地整理詞譜文獻，參與者缺少經驗，加之時間與精力問題，難免會存在各種問題，在此敬祈海内外方家、讀者不吝指正。

朱惠國

二〇二一年三月於上海

二〇二三年十一月略訂

目録

詞海評林二卷目録

中調

詞海評林三卷目録……

長調

前言

吴雨辰

《詞海評林》是晚明藏書家毛晉的一部詞譜稿本，三卷十二册，收四二〇調，附詞二五〇三首，爲明代詞譜之最。全書白口，單邊，半葉十行，行二十五字，每調内容互不共葉，典型體現了分調輯録再彙總的詞譜編撰特色。此書在清中前期不見流傳，近世始見於傅增湘《藏園群書經眼録》。由於卷首題有「詞苑英華副本」字樣，著録爲「詞苑英華二十册：明末毛氏汲古閣稿本，題名『詞海評林』」(一)。後趙尊嶽經手，所著《詞籍考》一篇中敘之甚詳。繼而傳之吴興藏書家許博明。一九三七年，《詞海評林》曾與《王建詩集》等汲古閣文獻一併出現在蘇州文獻展覽會，後下落不明。稿本現藏中國國家圖書館，著録爲「抄本三卷」。國圖著録「鈔本」可能依據卷首「副本」字樣，實際古人所謂「副本」多是清稿本，即書手抄寫又經作者批校之本。如吕天成《義俠記序》：「予嘗從先生（沈璟）屬玉堂乞得稿本……手授

(一) 傅增湘《藏園群書經眼録》，中華書局，一九八三年，第一三四八頁。

副墨，藏諸櫝中。」[一]既稱稿本，又稱副墨，並無衝突。國圖所藏《詞海評林》「（題名）字跡類毛子晉手筆」[二]，文中「添注塗改觸目皆是」[三]，間有「醉中誤録」[四]等日常按語，卷首附有毛晉幼子毛扆識語，下鈐「毛鳳苞印」、「海虞毛子晉圖書印」。綜合文獻細節及汲古閣稿鈔本特徵[五]，此本應是毛晉用以批點之副本，擬待釐訂後謄寫正本刊入《詞苑英華》，然可惜直至毛晉離世尚未脱稿，所以毛扆又稱其爲「原本」。

一　《詞海評林》的編撰背景及文獻構成

毛晉（一五九九—一六五九），明末清初著名藏書家、學者。初名鳳苞，字東美，於而立之年更名爲晉，字子晉，號潛在、隱湖小隱、汲古閣主人。其先本姓靳，由河南徙至常熟之隱湖，耕讀傳家。父清，

[一] 沈璟著，徐朔方輯校《沈璟集》，上海古籍出版社，二〇一二年，第七九〇頁。

[二] 潘承厚《致趙尊嶽》，楊傳慶《詞學書札萃編》，南開大學出版社，二〇一五年，第五一六頁。

[三] 趙尊嶽《趙尊嶽詞學文集》，河南文藝出版社，二〇一六年，集部第一一二頁。

[四] 毛晉《詞海評林》第四册，中國國家圖書館藏稿本，第四四頁下。

[五] 沈津《由稿本〈汲古閣集〉而想到影宋鈔本》：「清初毛氏汲古閣影宋鈔本，或毛氏汲古閣鈔本，在當時甚至會多抄一到二部，成爲複（副）本。」（《古籍保護研究（第九輯）》，大象出版社，二〇二二年，第一六一頁）

字虚吾，一字叔漣，諳曉經義，强力耆事，儲書萬卷，甲於東南。毛晉少遊錢謙益門，博學强識，尤愛録書。家建汲古閣、目耕樓，收藏古籍達四萬八千餘册。生平刻有《十三經》、《十七史》、《津逮秘書》、《六十名家詞》、《六十種曲》等，爲歷代私家刻書之最。又好抄録秘笈，繕寫精良，人稱「毛抄」。著有《隱湖遺稿》、《毛詩陸疏廣要》、《海虞古文苑》、《詞海評林》等。

在編撰《詞海評林》前，毛晉實際已參與過兩部詞譜修撰。一是崇禎八年（一六三五），曾駐官常熟的王象晉委托汲古閣刊行《重刻詩餘圖譜》，毛晉協助訂正。二則是毛晉的另一部詞譜手稿《詩餘圖譜補略》。此譜現存一卷，稿本、鈔本各一種[一]，共載二十二調，調名下附調源考釋，淵源相近者繫於一處，是其最大特色。《補略》譜式基本採録自謝天瑞《補遺詩餘圖譜》（包括張綖《詩餘圖譜》及謝氏補遺），譜字略有校訂，例詞偶見删改。王象晉《重刻詩餘圖譜序》云：「至於探詞源，稽事因，編次歲月，舉散見於群籍中者類而綴之，別爲一卷，則子晉已先得我心，亦庶幾博雅之一助云。」[二]「探詞源，稽事因，編次歲月」，所指者應是《詩餘圖譜補略》的考釋内容和調次特色，結合「別爲一卷」云云，與《詩餘圖譜補略》的文獻特徵印合。由此推知，在協助王象晉校刻《詩餘圖譜》前，毛晉已留心詞譜，並撰成了

[一] 稿本現藏常熟圖書館，鈔本現藏上海圖書館。
[二] 彭志《明人詞籍序跋輯校》，浙江大學出版社，二〇二一年，第一七三頁。

《補略》一卷。《補略》在舊本《詩餘圖譜》基礎上做了兩方面補充：考釋調源與校訂譜字。前者爲毛晉獨創，後者不免與《重刻詩餘圖譜》的「讎校」工作重疊，或者説融入了《重刻詩餘圖譜》。這次訂譜經歷很可能使毛晉的詞學理念發生了轉變，另製《詞海評林》，《補略》遂爾廢輟。

《詞海評林》全書「釐爲三卷」，依次對應小令、中調、長調，每卷卷首設有獨立目録，基本按字數多寡列調。第一卷（一至五册）小令目録末署「以上詞名共一百五十七調，一千四百七十三首」，正文實收一六一調，録詞一四九〇首（其中《後庭花》、《人月圓》、《太常引》、《金錯刀》四調目録未載）。第二卷（六到八册）中調目録未署明總數，正文實收一〇七調，録詞五〇〇首。中調目録第一頁頁眉寫有「七娘子，六十字，見《東山詞》」，然正文未載。第三卷（九到十二册）長調目録未署明總數，正文實收一五二調，録詞五一三首。（《萬年歡》置爲兩調，後調採趙子昂詞三首，目録未載。《月中仙》採趙子昂詞一首，目録未載。）長調目録頁眉注「喜朝天，百字」，正文未載。由於陸續增補內容，目録中圈删、塗抹較多，部分調名補寫於行間，詞調次序與正文稍有出入。第一卷目録用朱筆點出調名以醒目。目録未載之六調，除《金錯刀》、《萬年歡》外，其餘對應位置的頁眉皆有墨筆圈示，應爲俟補未及。

《詞海評林》研讀之難不在於文獻規模，而在於其錯綜複雜的譜式。全書共三種譜式。第一種沿襲《詩餘圖譜》，以○表平，以●表仄，◒和◓表可平可仄，姑按形象稱爲「黑白譜」。第二種是基於黑白譜的改良符號，以○表平，以□表仄，∩表可平可仄，姑簡稱爲「方圓譜」。第三種譜式採用毛晉獨創的複合符號，《詞海評林》稱之爲「圖譜釋字省文」，卷首附有釋讀説明，姑簡稱爲「減字譜」。另有一種無譜詞調，調名下空出製譜空間，其後直接抄録例詞。《詞海評林》即由上述四種譜式亂序排列而成，以第三册爲例，前兩調《雪花飛》、《小桃紅》用減字譜，第三調《清商怨》用黑白譜，第四調《歸國謡》又用減字譜，第五調《梅花令》用方圓譜。乍觀之下，讀者絶難明瞭製譜者用意。

實際上，《詞海評林》複雜的譜式並非刻意爲讀者設置，而是毛晉因面對舊譜載録不一、體制參差的詞調而採取的幾種文獻策略：

第一批詞調輯自張綖《詩餘圖譜》，共一五四調。張綖將詞調劃分爲小令、中調、長調，《詞海評林》對應採用三類符號。《上西樓》至《一斛珠》等六十九調爲小令，其中六十六調在《詞海評林》中沿用了黑白符號，譜字完全照録者有三十餘調。《臨江仙》至《魚游春水》五十二調在《詩餘圖譜》中屬於中調，其中五十一調《詞海評林》使用方圓譜，僅《定風波》改用減字譜。《意難忘》至《金明池》等三十七調在《詩餘圖譜》中屬於長調，其中三十六調《詞海評林》使用減字譜，僅《賀新郎》採用黑白譜。

從幾近完美的對應情況來看，毛晉應當是一次性採摭《詩餘圖譜》，並根據詞調體制選擇由繁至簡的三類符號。另外值得注意的是，毛晉製譜並非全盤照抄，編録自《詩餘圖譜》的一百餘調便有明顯的漸變過程。起初三十餘調，《詞海評林》譜式、例詞基本移録《詩餘圖譜》，只《醜奴兒近》、《好事近》、《憶秦娥》等數調存在一兩字的微小改動。如《好事近》第一字，嘉靖本《詩餘圖譜》作「平而可仄」，並不貼合例詞「葉暗乳鴉啼」的「葉」字，《詞海評林》改爲「仄而可平」。又如同調尾句「任楊花漂泊」，領字「任」多用仄聲，嘉靖本《詩餘圖譜》作「仄而可平」，《詞海評林》改爲必仄。此類問題在《詩餘圖譜》中並不罕見，屬於初刻即存在的源頭問題，由於明人對詞譜輕忽的編撰態度以及對「舊譜」的迷信，歷來缺乏校正。王象晉《重刻詩餘圖譜》率先著眼於此，《好事近》第一字的校正殆始於王刻。只不過《重刻詩餘圖譜》及毛晉《詩餘圖譜補略》皆未擺脱舊譜籠罩，所謂「讎校」，只鱗片爪，並不系統。它們的高度恰好是《詞海評林》的起點。自小令中間部分起，毛晉對舊譜的校改明顯增多，如小令後三十調中僅有八調照録《詩餘圖譜》，中調三十六譜改動比例也超過三分之二。

第二批詞調輯自謝天瑞《詩餘圖譜補遺》。丁放等《宋元明詞選研究》已有指出，「毛晉作《詞海評林》極有可能參考了謝天瑞的《詩餘圖譜補遺》」(一)。《詩餘圖譜補遺》的確頻繁出現在《詞海評林》的批注中，只是被毛晉改易了名稱。譬如《喜遷鶯》夏言詞注：「《續譜》名《鶴沖天》。」《山花子》劉基詞注：「《續譜》作《攤破浣溪沙》。」又《西江月》秦觀詞注：「《續譜》作晏同叔。」又《望江南》虞集詞注：「載《續譜》名《法駕導引》。」皆可核驗於《詩餘圖譜補遺》。由於《詩餘圖譜補遺》率先採録了《名儒草堂詩餘》、《中州樂府》、《詞林萬選》以及數種明人別集，在明詞譜中極具文獻特色，二譜借鑒關係較爲明

(一) 丁放、甘松、曹秀蘭《宋元明詞選研究》，商務印書館，二〇一二年，第一四六頁。

確。至於《詞海評林》對《詩餘圖譜補遺》的取材規模與程度，經逐調對校，其結果如下：《詩餘圖譜補遺》後六卷（前六卷爲翻刻張綖《詩餘圖譜》）增補的一百八十餘調，全部被採入《詞海評林》。由於謝譜往往同調異名兼收，毛晉對部分詞調進行了合併，如《疏簾淡月》併入《桂枝香》，《鶴沖天》併入《喜遷鶯》，《大江東去》、《酹江月》、《赤壁詞》、《百字令》併入《念奴嬌》，等等。其次，毛晉採録《詩餘圖譜補遺》最開始選用的是方圓譜，與採録《詩餘圖譜》中調部分相同。僅録了二十餘調，便改換爲減字譜，直至卷終。最後，毛晉對《詩餘圖譜補遺》的校改並不均勻，稀見詞調别無可鑒，多全譜照録，僅作符號轉換，如《梁州令》、《醉蘆花》等調。熟調則多有改動，如《怨王孫》、《搗練子》等。此外更多的詞調則一概略爲減字譜，失去了譜字對校的基礎。

第三批詞調爲毛晉從唐宋别集、史志筆記及通行詞選中輯録。由於没有舊譜借鑒，它們大多採用減字譜劃分句讀、韻叶，甚至有相當於一部分詞調僅録例詞而無譜。這部分内容，雖然形式簡陋，却是毛晉爬梳文獻所得，對词谱增調著有殊勳，共七十五調。其中四十一調已見《文體明辯》，剩餘三十四調爲《詞海評林》首採。其增调來源分爲三類：

一類是宋人别集，集中在歐陽修、蘇軾、黄庭堅、秦觀、辛棄疾五家。而汲古閣所刻之《宋名家詞》第一集，恰恰包含這五家。與之對應，《詞海評林》中字句校勘的批注約兩百條，引歐陽修本集或批注歐陽修詞的占了六十餘條，秦觀詞二十條，黄庭堅詞三十二條，蘇軾詞十九條，辛棄疾詞十九條。五家詞注總計一百五十餘條，占比超過四分之三。這種現象指向兩種可能：一是《詞海評林》初稿完成時間極早，當時《宋名家詞》僅有第一册校勘完畢，毛晉便將校勘所得彙入了譜中。二則是如任德奎所言：「（毛晉）下功夫整理並排序的主要是《珠玉詞》、《東坡詞》、《淮海詞》、《山谷詞》，均見於《宋名家詞》第一集。」〔一〕他對這部分詞集較爲熟稔。

第二類是通行詞選，包括《花間集》以及顧從敬《類編草堂詩餘》和《續選草堂詩餘》。《花間集》及顧本《草堂》中的詞調，徐師曾《詞體明辯》已經做到了「應採盡採」，毛晉以相同路徑又做了一遍補遺。《續選草堂詩餘》成書於萬曆末年，徐師曾未能得見，而毛晉從中選録三調，《文體明辯》不載。其中《惜紅衣》一調採姜夔詞立譜，此詞在明代有兩種異文，一如《續選草堂》，句作「琴書玩日」、「不共美人程涉」，一如《宋名家詞》，句作「琴書換日」、「不共美人遊歷」。《詞海評林》與《續選草堂》字句一致，反同毛晉自家刻本有别，其所刊《白石詞》收於《宋名家詞》第二集，與第一集皆刊於崇禎初，文獻利用一親一疏。若結合前文推斷，毛晉對名家别集利用率，主要取決於他校勘時的用心程度。

第三類是元人别集。毛晉從《倪雲林先生詩集》、《松雪齋文集》中，採録了《小桃紅》、《憑闌人》、《殿前歡》、《水仙子》、《折桂令》、《後庭花破子》、《月中仙》七調，皆金元曲子。清代《欽定詞譜》稱它們

〔一〕任德奎《詞文獻研究》，南開大學出版社，二〇一〇年，第二三四頁。

爲「元人小令」或「金元小令」。至於元人小令何時進入詞譜，至今説法不一。清康熙二十六年（一六八七）刊行的萬樹《詞律》，其「發凡」云：「若夫曲調更不可援以入詞……若元人之《後庭花》、《乾荷葉》、《小桃紅》、《天淨沙》、《醉高歌》等俱爲曲調，與詞聲響不侔。倘欲採取，則元人小令最多，收之無盡矣。」(一)王扶《詞曲合考》撰於康熙十九年（一六八〇）以前，其「凡例」云：「詞譜兼採元人小令，如《乾荷葉》、《天淨沙》之類，雖名爲詞，實則曲也。因向來收入譜中，仍以元詞標目，列於南北曲之前。」(二)倘細味王扶、萬樹之言，似乎明末清初頗有採元人小令入詞譜之現象。而現存詞譜中最早較具規模收録元人小令者，便是《詞海評林》。

綜合《詞海評林》中批注，比校例詞，其引用或參校的文獻包含但不限於以下：詞集類《韋蘇州集》、《花間集》、《陽春録》、《歐陽文忠公集》、《醉翁琴趣外篇》、《樂章集》、《臨川先生文集》、《東坡詞》、《山谷詞》、《淮海詞》、《東山詞》、《樵歌》、《稼軒詞》、《渭南文集》、《倪雲林先生詩集》、《松雪齋文集》，詞選類則有楊慎《百斛明珠》、顧從敬《類編草堂詩餘》（小注稱「詩餘」）、長湖外史《續選草堂詩餘》（小注稱「續詩餘」、「詩餘續集」），詞譜類含張綖《詩餘圖譜》（注中稱「圖譜」）、謝天瑞《補遺詩餘圖譜》（注中

(一) 萬樹《詞律·發凡》，清堆絮園初刻本，第二五頁上。
(二) 王扶《詞曲合考·凡例》，東北師範大學圖書館藏鈔本。

稱「續譜」），另詞話及史志筆記如楊慎《詞品》、王世貞《蘇長公外紀》、俞允文《崑山雜詠》等。

《詞海評林》不僅取材廣泛，還頗有版本意識。如《瑞鶴仙》（臉霞紅印枕）一詞，署名「歐陽永叔」，注：「按《六一詞》、《醉翁琴趣》並無前段，此篇俟考。第二句或三字或五字。」詞作雖採自《草堂詩餘》，但核對了《六一詞》、《醉翁琴趣外篇》兩種別集。又《無愁可解》採自《東坡詞》，中有一句爲「你喚做展却眉（頭）」，《東坡詞》的兩個流通版本存在異文：宋曾慥輯刻《東坡先生長短句》句末無「頭」字，《宋名家詞》乃此系統覆刻本，《詞海評林》字句一致；元延祐南阜草堂刻《東坡樂府》句末多一「頭」字。毛晉於《詞海評林》中批注：「抄本『眉』字下有『頭』字。」可見他綜合了兩個系統的版本。毛晉對「本集」的重視，最能體現其文獻水準，許多例詞雖輯自詞選，但要與作者全集、詞集校對一遍，並注出文字差異。小注中僅「本集」二字便出現三十餘次。不過，《詞海評林》較高的文獻水準只是相對明代詞譜而言，如果深入研究，會發現不少可以避免的疏失。典型例子爲《詞海評林》最後一調《醜奴兒近》，無譜，唯録一段叶韻不一的詞句，注：「此詞前後兩韻，又不似換韻格。中間『野鳥飛來』句與下文意義亦不相屬，恐是誤刻。」此詞實係《醜奴兒近》、《洞仙歌》兩詞淆混。錯誤源頭爲明嘉靖王詔刊本《稼軒長短句》，此誤影響極大，後來的《文體明辯》、《嘯餘譜》及《宋名家詞》全部沿誤。然而汲古閣影宋抄本中有《稼軒詞》四卷（現藏中國國家圖書館，館藏號〇七八六六），所收之《醜奴兒近》全文則無誤。毛晉對此調既已存疑，却没有充分利用自己的藏書予以勘正，實屬遺憾。

二 《詞海評林》譜字生成及演變過程

詞譜的正文一般由譜式和例詞兩部分組成，分别代表某一詞調的格律歸納與創作典範。由於文字表意功能突出，傳播路徑易於檢驗，學者往往將例詞視作研究重點，而將譜式視作研究難點。《詞海評林》作爲明代唯一帶有批校痕跡的詞譜稿本，其譜字、圈點的演變形成了一個立體而獨特的研究標的，動態反映了製譜者的詞體認知與格律思考。

黑白譜是明代詞譜的主流，始於嘉靖十五年（一五三六）張綖所撰《詩餘圖譜》。該譜式常用「○」、「●」、「◓」、「◒」四種符號，其源頭可追溯至宋代韻書與韻圖。《文體明辯》及《嘯餘譜》採用的文字譜屬於黑白譜的變體，利用了文本字聲的自明性，而旁注出「可平」或「可仄」，功能與黑白譜相似。它們的一大共性也是與近世詞譜的一大區别，在於同時保留「平而可仄」和「仄而可平」。「平而可仄」表示製譜例詞（以第一首爲准）此處爲平聲字，按譜填製時亦可用仄聲字，「仄而可平」則相反。這兩種符號，功能類似，視覺上容易混淆，頗有駢拇贅疣之嫌，所以清人製譜往往將它們合併爲一種符號（或以「中」表示）。明代譜字的「駢贅」特徵實際是詞譜出現之前「依詞填詞」傳統的孑遺。依詞填詞時，模擬之範本是最重要的格律依據，字聲變動基於例詞原字，所以記爲「（原）平而可仄」、「（原）仄而可平」。詞譜成熟以後，校勘法成爲訂律主流，多首參校例詞的格律權重理論上完全相等，不再錨定某一例詞的固定平仄，「◒」、「◓」遂合併爲一。

毛晉最初輯録《詩餘圖譜》譜式未作任何改變，可見他對舊譜的崇信。不過隨製譜進程推進，他發現《詩餘圖譜》常有「平而可仄」和「仄而可平」混淆的現象。譬如《菩薩蠻》上片尾句，李白詞作「有人樓上愁」，《詩餘圖譜》譜作「◒○◓●○」，符號的黑白陰陽正好相反。此時毛晉没有徑改，尚保持原譜照録。從《醜奴兒令》一調開始則改易符號，使之完全貼合第一首例詞。到首卷卷尾，已有不少逐句改正的案例，如《偷聲木蘭花》、《鷓鴣天》等。通過校録《詩餘圖譜》，毛晉發現張綖没有賦予「平而可仄」和「仄而可平」太多格律差别。《詩餘圖譜》不僅時常將它們混淆，甚至設定了「後段同前」的譜式表達：一首詞的前後闋結構無論多麽一致，字聲是不可能完全相同的，而使用「後段同前」省略了一半譜式，説明「平而可仄」、「仄而可平」的格律差異已被製譜者忽略不計了。於是《詞海評林》的方圓譜（符號「□」、「○」、「⌓」）便將「◒」、「◓」合併爲「⌓」，這標誌着「可平可仄」（中）的符號首次出現在詞譜中。

以上兩種譜式的改换，並非一蹴而就，《賀新郎》一調展示了它們之間細膩的演變過程。前文言及，毛晉輯録《詩餘圖譜》只在小令部分沿用黑白譜，後面的中長調换用了更簡省的方圓譜、減字譜。《賀新郎》屬於長調，却例外使用了黑白譜，其符號爲「○」、「●」、「◑」，分别對應「平」、「仄」、「可平可仄」。直觀可見，毛晉起初發明的「可平可仄」譜字，只是將「上黑下白」、「上白下黑」統一爲「左白右黑」，使其在視覺上更具有中立性。「○」、「●」、「◑」無疑比方圓譜更接近《詩餘圖譜》的原貌，是二者演化過程中的過渡形態。不過，這種「過渡」只考慮到格律效果和視覺效果，沒有兼顧製譜效率，長調謄寫尤其費工。最終毛晉放棄了「○」、「●」、「◑」，進一步調整爲了方圓譜——所有符號只有輪廓，不必填墨，詞譜譜字的「三元」時代由此開啓。

第三種譜式（減字譜）僅見於《詞海評林》，爲全書特色，夏承燾對《詞海評林》的主要印象便是「内有圖譜省字甚奇」〔一〕。趙尊嶽《詞籍考》中已敏鋭指出，《詞海評林》的減字譜「殊類於琴譜」〔二〕。古琴減字譜的四種部件，分别是表示徽位、弦數、左手指名、右手指法，《詞海評林》減字譜的四種部件則表示第某句、字數、叶韻與否、平叶仄叶。其中借鑒淵源，與毛晉的地域身世密切相關。常熟古稱虞山，明末以來影響最大的古琴流派「虞山琴派」即發源於此。毛晉前兩任妻子不幸早逝，第三任妻子嚴氏爲文靖公嚴訥曾孫，虞山琴派創始人嚴澂即嚴訥次子，家學淵源不言而喻。另外，影響毛晉一生的舅父戈汕與嚴澂、徐上瀛同出太倉琴家陳星源門下。虞山琴學特重理論，精於製譜，嚴澂《松弦館琴譜》、徐上瀛《大還閣琴譜》並爲後世所重，二譜皆爲減字譜，先已行世。受此薰陶，毛晉也頗向琴道，不僅翻

〔一〕夏承燾《天風閣學詞日記》，浙江古籍出版社，一九八四年，第二三〇頁。
〔二〕趙尊嶽《趙尊嶽詞學文集》，河南文藝出版社，二〇一六年，集部第一二二頁。

刻琴譜，還收藏古琴。今福建博物院存有宋代化石古琴一把，底面篆文即爲「汲古閣珍藏」㈠。從琴譜音律到詞譜格律，顯然毛晉在明清文人圓融的精神生活内部做了一個平行借鑒。㈡

除了以上三種譜式，《詞海評林》的句讀圈點同樣含有格律信息，目前尚未受到广泛關注。《詞海評林》中二百五十餘首例詞有隨文圈點，小令、中調部分出現的多爲第一種，以獨立的「〇」標於字右表示句讀，以連續的「、」標於句右提示「景句」。這兩種符號在傳統詩文圈點中頗爲常見，没有明確規範，經常摻雜混用。晚明詞籍爲了區分「景句」，還衍生出多種符號（具體可參見《鐫古香岑草堂詩餘·發凡·著品》），以品鑒文藻爲主，但不能深入反映詞體結構。《詞海評林》自《南州春色》一調起頻繁採用第二種隨文圈點，此類圈點特徵有三：第一，它以字右「●」表示韻，以字間「●」表示句，通過增加符號層次，更精確地表達詞調結構。同時不再圈示「景句」，避免淆亂。㈢ 第二，圈點與批注相互照應。例

㈠ 孫星群《福建音樂史》，中國戲劇出版社，二〇〇八年，第三一〇頁。

㈡ 宋代詞樂俗字譜的省文方式與琴譜頗有相通。文廷式《純常子詞話》中有言：「後世之琴譜，即合數字爲一字之法。宋人之工尺等字譜見存於沈存中《筆談》、姜白石《歌曲》者，即省一字爲一二畫之法。」（鳳凰出版社，二〇一九年，第三七八頁）

㈢ 字間、字旁分層圈點句讀，爲明人圈點法之一種，可參見武之望、陸翀之《新刻官板舉業卮言》，明萬曆二十七年（一五九九）周曰校刻本。

如《瑞鶴仙》調七首例詞都有圈點，共附六條批注，多爲句法互校。又如《哨遍》一調句式複雜，毛晉逐一圈點後注曰：「但教句，其讀處長短不同。」這些小注基本指明了《詞海評林》改換圈點形式的原因。第三，明代詞譜只區分句、韻，没有「豆」的概念，所以很少點破「上三下四」等「三字豆」句式。《詞海評林》不僅時常將「上三下四」點破開來，甚至頗有規律化的傾向。以《蘭陵王》調第二、三句爲例，四首例詞分别點作「隋堤上·曾見幾番」、「欄杆外·煙柳弄晴」、「茅簷上·松月桂雲」、「萇弘事·人道後來」。這種詞調斷句，更接近成熟的清代詞譜。

三　「校勘定律」與「合律正調」

明清詞譜定律方法一般被認爲有兩種。一爲校勘法。《四庫總目提要》：「今之詞譜，皆取唐宋舊詞，以調名相同者互校，以求其句法字數；以句法、字數相同者互校，以求其平仄；其句法、字數有異同者，則據而注爲又一體；其平仄有異同者，則據而注爲可平可仄。自《嘯餘譜》以下，皆以此法，推究得其崖略，定爲科律而已。」二爲參考詩律。萬樹《詞律自敘》嘗言歷來製譜往往「移五七言改詩句」，蓋近體詩格律簡明，平仄規則普遍爲文人掌握。部分詞調參校文獻不足，只有此法可循。雖然四庫館臣言之鑿鑿，曰校勘法始於《嘯餘譜》，然而包括《嘯餘譜》在内的所有明代詞譜都不曾闡明定律方式。與之相應，《詞律》之前的詞譜，其譜式也都無法精准、普遍地以「校勘法」復驗於古人詞作。在這種律理「暗箱」中，《詞海評林》展示出較爲清晰的訂律過程，使我們得以略窺明清之際詞律構建的細節。

《詞海評林》的校勘特徵，主要體現於進一步明確字聲，即將《詩餘圖譜》中一部分的「平而可仄」、「仄而可平」固定爲「平」或「仄」。《詩餘圖譜》格律粗略，既摻雜了詩律，又時常上下片互校。《詞海評林》通過更廣泛的樣本彙校，將舊譜字聲的曖昧處釐訂得清晰，如《好事近》的上下片結句「入薰風池閣」、「任楊花漂泊」，《詩餘圖譜》標作「◓○○○●」，《詞海評林》作「●○○○●」；《憶秦娥》的上下片結句「霸陵傷別」、「漢家陵闕」，《詩餘圖譜》作「◓○○●」，《詞海評林》作「●○○●」；《燕歸梁》下片第二句「無聊賴是而今」，《詩餘圖譜》作「◓○◓●○○」，《詞海評林》作「◓○●●○○」。類似現象，又見《柳梢青》、《探春令》、《醉紅妝》、《望江南》、《戀繡衾》、《雨中花》、《金蕉葉》、《鳳銜杯》、《謝池春》、《錦纏道》、《小桃紅》、《粉蝶兒》、《千秋歲》、《憶帝京》、《河滿子》、《傳言玉女》、《御街行》、《金人捧露盤》、《早梅芳》、《魚游春水》等調。受限於詞學環境，毛晉的校訂結果有正有誤，但相比舊譜，更接近清代《詞律》、《欽定詞譜》的風貌。

其中，《菩薩蠻》的譜式（圖一）比較值得注意，此譜保留了未完成的校勘痕跡，體現了毛晉訂律的思考深度。

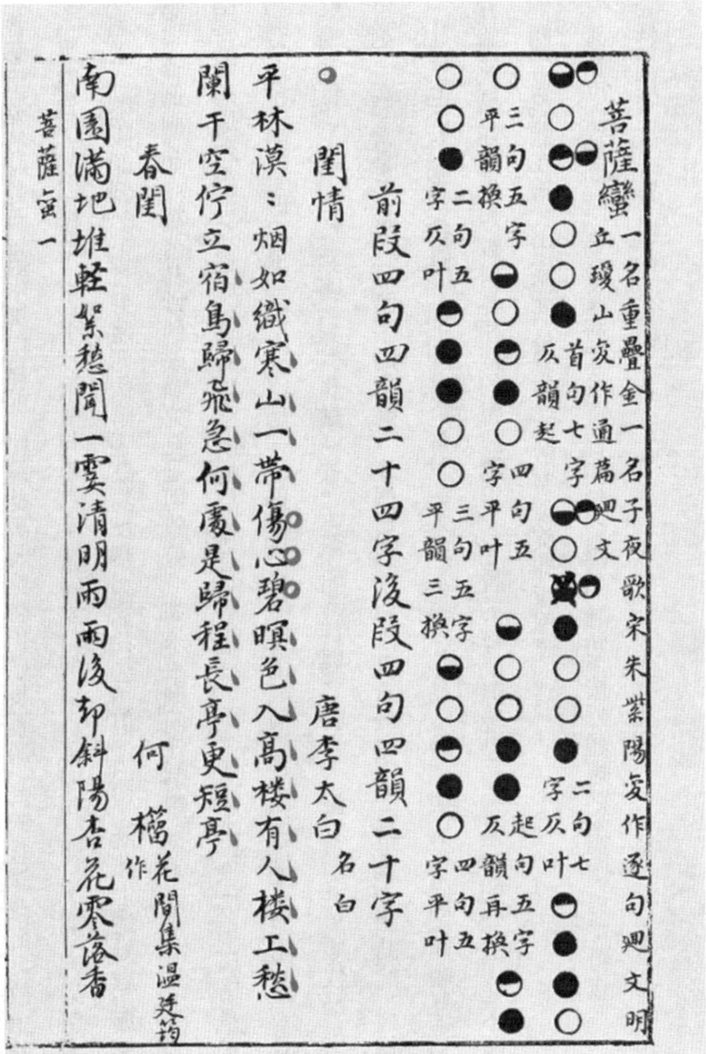

菩薩蠻一名重疊金一名子夜歌宋朱紫陽叜作逐句迴文明

立瓊山叜作通篇迴文

◐○◐●○○● 首句七字仄韻起 ◐○●●○○● 二句七字仄叶 ◐●●○

○ 三句五字平韻換 ◐○◐●○ 四句五字平叶 ◐○○●● 起句五字仄韻再換 ◐●

○○● 二句五字仄叶 ◐●●○○ 三句五字平韻三換 ◐○◐●○ 四句五字平叶

前段四句四韻二十四字後段四句四韻二十字

閨情　唐李太白 名白

平林漠：烟如織寒山一帶傷心碧暝色入高樓有人樓上愁

闌干空佇立宿鳥歸飛急何處是歸程長亭更短亭

春閨　何檣作 花間集溫廷筠

南園滿地堆輕絮愁聞一霎清明雨雨後却斜陽杏花零落香

菩薩蠻一

圖一　《菩薩蠻》譜式

《菩薩蠻》在《詩餘圖譜》中調次靠前，輯録此調時毛晉仍敬畏舊譜，尚未嘗試改訂。故上片第二句「一」字，第四句「有」、「樓」二字，下片第一句「玉」字、第三句「何」字、第四句「連」字，對應譜字全部沿襲《詩餘圖譜》，陰陽顛倒。毛晉另將四個譜字陰陽反轉，注於行右，但這四字既非上述幾處，反轉後也不貼合第一首例詞，如此莫名其妙的改動究竟是何依據？如果遵循明代詞譜「平而可仄」、「仄而可平」錨定例詞字聲的原理來進行還原，行右譜字所據詞作首句當爲「仄平平仄平平仄，仄平仄仄平平仄」，後句的「仄平仄仄」四字形成了一個小拗，是一個獨特的格律特徵。檢《菩薩蠻》調下所附的一百首例詞，有温庭筠九首、牛嶠兩首、尹鶚一首、蘇軾一首、辛棄疾一首與之吻合。温庭筠九首年代最早，字聲結構整齊劃一，應當是毛晉改訂譜字的依據。這個發現正對應夏承燾《詞四聲平亭》總結的「飛卿始嚴平仄」(一)——它不具備廣泛性，却能印合於部分詞人的「倚聲」作品。將權威詞作限定範疇互校，在清中後期方始盛行，並產生無數口耳相傳的聲律講求。毛晉的嘗試無疑是一種過早的覺醒，並不匹配明人填詞生態，也很難在譜式中表達，於是旁注數字後旋即廢輟。

嘗試校勘法的同時，毛晉又將大量符合律句結構的詞句，按近體規則增添「可平可仄」。以《謝池春》上片爲例：

(一) 夏承燾《詞四聲平亭》，《之江中國文學會集刊》第五期，一九四〇年，第二頁。

賀監湖邊，初繫放翁歸棹。小園林時時醉倒。春眠驚起，聽啼鶯催曉。歎功名誤人堪笑。

◓●○○，◒●◓○○●。◓○○○○●●。◒○○●，●◒○○●。●○○●○○●。（《詩餘圖譜》）

∩□○○，∩□∩○○□。∩○○∩○∩□。∩○○□，∩○○○□。∩○○∩○∩□。（《詞海評林》）

此調最明顯的改動是將兩處隱藏在「上三下四」中的四字句，按近體詩律增加「可平可仄」，即「時時醉倒」、「誤人堪笑」對應譜字。《謝池春》宋人填製不多，總計有陸游三首及李石、孫道絢、陳著各一首。他們在「時時醉倒」、「誤人堪笑」處，平仄全部一致，而未嘗按詩律通融。清代《欽定詞譜》注此調曰：「至詞中前後段第三句，宋詞俱用『仄平平平平仄仄』，惟《高麗史》無名氏詞與此小異，因採以備體，原非定格，填者亦審之。」(一)《高麗史》詞作乃由朱彝尊率先重視，繼而由浙派後勁樓儼等人採入《詞譜》，不在明代製譜者視域内。毛晉如此均勻地添加「可平可仄」，顯然參考了近體詩律。

毛晉校訂黑白譜、方圓譜，借鑒詩律的地方多於校勘，兩種方式交叉並用，律句與拗句是其分界

(一) 王奕清等編《詞譜》卷一五，清康熙四十八年(一七〇九)内府朱墨套印本，第六頁下。

綫——律句大多按詩律增添「可平可仄」，拗句則運用校勘求其字聲。故《謝池春》中「時時醉倒」、「誤人堪笑」等符合律句結構但却有固定平仄的句子，極易誤判。另一方面，毛晉對詩律的態度是借鑒而非套用，格律往往「因句制宜」，回避詩病。如《賀聖朝》結尾的三句「三分春色，二分愁悶，一分風雨」，《詩餘圖譜》作「○○○●，○○○●，○○○●」，《詞海評林》作「◒○○●，◓○○●，◓○○●」。此詞被後來《欽定詞譜》視爲文獻有誤，無同體例詞可校。毛晉調整每句第一字爲「可平可仄」，却没有改動第三字，增加格律彈性的同時，主動回避了小拗（仄平仄仄）。

相比譜式，《詞海評林》卷首所附《合律正調》無疑是詩律影響詞律的直接證據。《合律正調》雖冠於書前，却非所有譜式的總綱，既不合乎舊譜，也無法完全印證毛晉的訂譜内容，它真正適配的是《詞海評林》的減字譜。毛晉最初以黑白譜輯録《詩餘圖譜》，校訂内容有三：一是調整符號陰陽，二是明確領字等處平仄，三是借鑒詩律而增添「可平可仄」。他很快發現調整符號陰陽毫無意義，於是發明了方圓譜。在此後對中調、長調的校訂中，「平」、「仄」與「可平可仄」互改數量激增，遠非令詞可比。由於《詞海評林》調不分體（僅數調體式大異，以「分增」形式另置一譜），毛晉校訂譜字缺乏規則明確的樣本劃分，更缺乏由此衍生的邏輯自信。最終，他换用了僅表示句讀韻叶的減字譜，並配以《合律正調》簡明歸納五七言律句平仄。這意味着毛晉放棄了結合校勘釐定譜字，也放棄了精細化的律句調適。

在文獻結構、符號演變、定律方式三個關鍵問題之外，《詞海評林》還有一些細節特色。譬如改换例詞有一定的祖源意識，將《阮郎歸》例詞的歐陽修詞改爲李煜詞，將《河瀆神》例詞的劉基詞改爲周邦彦詞，將《河傳》例詞的劉基詞改爲温庭筠詞，等等，年代次序不紊。又在兼收元人小令的同時注意詞曲之别，如《醉蘆花》三聲通叶，毛晉於調下注：「細玩此詞，殊不似詞家聲調，當是歌行體，《詩餘圖譜》誤録之耳。」《詞海評林》這種廣採而又精析的收調態度，與體例精嚴的《欽定詞譜》相似，且更爲寬容。例如黄庭堅《山谷詞》中收录的《少年心》調，後附《添字少年心》詞，字句出入多達七字，《欽定詞譜》對之「因詞俚不録」，《詞海評林》明確立爲一調。此外，毛晉對古韻通叶也略有認知，並積極運用到了校譜中。例如《鬥百花》調下柳永詞叶去遇韻，首句尾字爲「媚」，譜作叶韻；《過澗歇》柳永詞亦押去遇韻，第二句尾字作「里」，譜中也點爲韻脚。但以上所舉諸例，未能貫徹全書，故此不再贅述矣。

整理説明

一、本書以中國國家圖書館藏《詞海評林》清稿本爲整理底本，無他本參校。

二、文字内容遵從原本，不作臆改。原本中俗體字、異體字，部分用作調名或不常用者改爲正體，如「筭」改「算」，「幙」改「幕」等，其餘多從原本，不予以統一。原本字跡不一，例詞時見訛、脱、衍、倒以及重複抄録的情況，亦照録，不另出注。

三、《詞海評林》採摭文獻廣泛而粗糙，例詞混署姓名、字號、官爵，詞句則偶見落韻、錯簡。上述細節可一定程度反映文獻來源，故照録，以見原貌。

四、《詞海評林》譜式分爲三類。第一類黑白譜，沿襲張綖《詩餘圖譜》，按本叢書《詩餘圖譜》（劉尊明、李文韜整理）例：以○表平聲字，以●表仄聲字，以⊙代◒表本平可仄，以◎代◓表本仄可平。第二類方圓譜：以○表平，以□表仄，以∩代⌓表可平可仄。第三類減字譜，係模仿琴譜，屬於複合符號，譜字形態排列組合計有數百種，不僅録入、印刷困難，釋讀亦不便，故統一將格律信息（句讀韻叶）轉譯直書，轉譯内容以下劃綫標識。

五、原本批注繁雜，位置不一，有眉批、夾注、脚注、旁注、調下注等。除部分調下注保持原位，其餘批注統一移至對應篇目之後。夾注、旁注或針對特定字句，則以着重號點出對應正文。

六、《詞海評林》調下不分體，附録例詞衆多，譜式通常只照應第一首例詞體式。故而每調第一首例詞嚴格遵循譜式標點，其餘字句參差者，參考他譜標點。

七、原本圈點甚多，令詞多圈示警句，中調、長調多圈點句讀，後者較具詞律價值。因體例不一，乃至與譜式齟齬，整理本難以呈現，詳情需核原本，讀者審之。

卷首題識

《詩餘圖譜》填詞之法備焉矣，先君此書之作，規模之而更充廣焉。凡少一字者居前，多一字者居後，旁搜博覽，彙綴成帙，釐爲三卷。一生心力固不僅於是，而孜孜矻矻已大費詳慎。正欲付梓而玉樓之召孔迫，惜哉！今其原本即云守而勿失，然不能成先人之志，以垂將來而傳永久，是則扆之大罪也。將來或遇有力者，不惜多金以登梨棗，其幸爲何如耶。庚寅秋大病之後翻閱是書，草率命兒代書於簡端云。　扆。

圖譜（原貌）

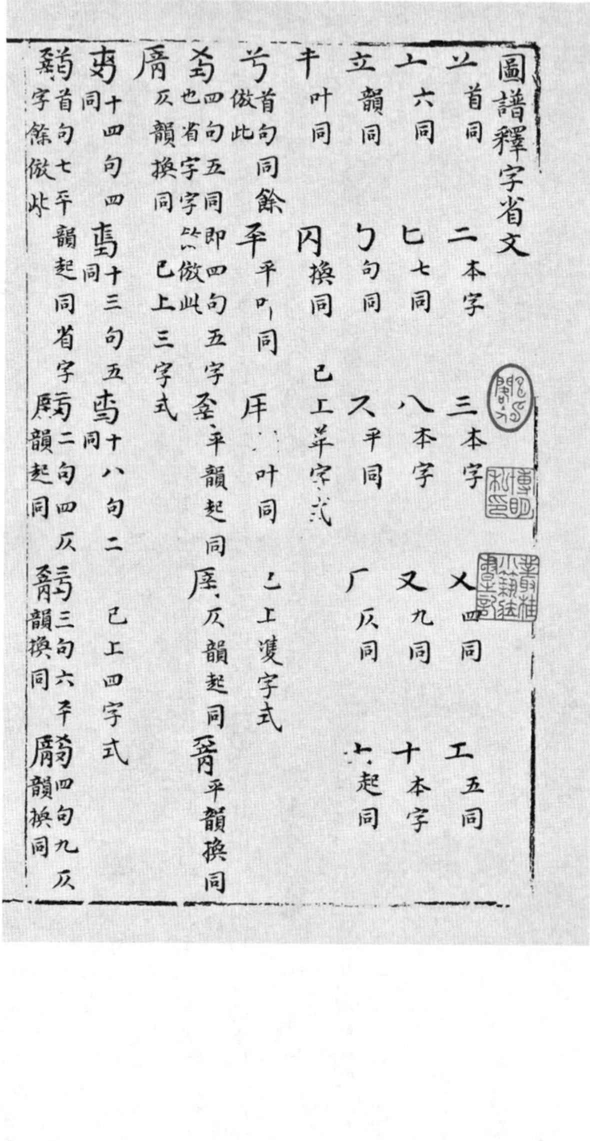

圖譜釋字省文

丷 首同　二 本字　三 本字　乂 四同　工 五同

亠 六同　匕 七同　八 本字　又 九同　十 本字

立 韻同　勹 句同　乆 平同　厂 仄同　亠 起同

卄 叶同　冂 換同　已上單字式

兮 首句同餘做此　平 平叶同　庂 叶同　已上雙字式

𠫤 四句五同即四句五字也省字字皆做此　巹 平韻起同　厗 仄韻起同　𦬁 平韻換同

屑 仄韻換同　已上三字式

㞢 十四句四同　䒤 十三句五同　䒤 十八句二同　已上四字式

𧦝 首句七平韻起同省字字餘做此　𤔔 二句四仄韻起同　𧦝 三句六平韻換同　𧦝 四句九仄韻換同

[illegible]二句六平叶同　[illegible]三句七仄叶同　[illegible]十一句五平叶同　已上揔字式

圖譜式

○應平聲用　「」應仄聲用舊用●　◠可平可仄用舊用◐

合律正調

三字 □○○ 平粘平韻 ⌂□○ 仄粘平韻 ⌂○□ 平粘仄韻 ○□□ 仄粘仄韻

四字 ⌂□○○ 仄粘平韻 ⌂○○□ 又 ⌂○□□ 俱平粘仄韻

五字 ⌂○⌂□○ 平粘平韻 ⌂□□○○ 仄粘平韻 ⌂○○□□ 平粘仄韻 ⌂□

○○□ 仄粘仄韻

六字 ⌂○⌂□○○ 平粘平韻 ⌂□⌂○⌂□ 仄粘仄韻

七字 ⌂○⌂□□○○ 平粘平韻 ⌂□○○⌂□○ 仄粘平韻 ⌂○⌂□○

○□ 平粘仄韻 ⌂□⌂○○□□ 仄粘仄韻

詞海評林首卷目録

小令

蕃女怨　三十一字　温飛卿二首
遐方怨　三十二字　温飛卿二首
調笑令　三十二字　斗南一首　蘇子瞻二首
甘州子　三十三字　顧敻五首
西溪子　三十三字　牛嶠一首　毛文錫一首　李珣一首
如夢令　三十三字　秦少游五首　周美成二首　李易安二首　晏叔原一首　黄魯直二首　楊孟載一首　蘇子瞻五首　倪雲林一首　辛幼安一首
訴衷情　三十三字　顧敻二首
風流子　三十四字　孫光憲三首
歸國遥　三十四字　歐陽永叔三首
天仙子　三十四字　皇甫松二首　韋端己五首　和凝二首
江城子　三十五字　韋端己二首　牛嶠二首　張泌二首　歐陽烱一首
望江怨　三十五字　牛嶠一首
定西番　三十五字　温飛卿二首　牛嶠一首　孫光憲二首　毛熙震一首

思帝鄉　三十六字　温飛卿一首　韋端己二首　孫光憲一首
相見懽　三十六字　李後主一首　朱希真二首　陸放翁一首　薛昭藴一首　辛幼安三首
長相思　三十六字　張子野一首　李後主二首　馮延巳一首　黄叔暘一首　白樂天二首　万俟雅言一首　歐陽永叔二首
　張宗端一首
河滿子　三十七字　和凝二首　孫光憲一首
調笑令　三十八字　秦少游十首
醉太平　三十八字　劉龍洲一首　辛幼安一首
望梅花　三十八字　和凝一首　孫光憲一首
感恩多　三十九字　牛嶠二首
薄命女　三十九字　和凝一首
昭君怨　四十字　陸放翁一首　王山樵一首　蘇子瞻一首　辛幼安三首
胡蝶兒　四十字　張泌一首
生查子　四十字　张子野一首　魏承斑二首　孫光憲三首　晏叔原一首　秦少游二首　無名氏四首　牛希濟一首　蘇子瞻
　一首　辛幼安十首

醉公子　四十字　顧敻二首　薛昭藴一首　尹鶚一首
賀聖朝　四十字　歐陽永叔一首　張泌一首　顧敻一首
酒泉子　四十字　温飛卿四首　韋端己一首　牛嶠一首　張泌二首　毛文錫一首　牛希濟一首　顧敻七首　孫光憲三首　毛熙震二首　李珣四首　辛幼安一首
玉蝴蝶　四十一字　温飛卿一首　孫光憲一首
上行盃　四十一字　韋端己二首　孫光憲二首
點絳唇　四十一字　何籀二首　賀方回一首　汪彦章二首　林君復一首　蘇子瞻四首　無名氏一首　朱希真一首　李易安一首　晏叔原二首　秦少游二首　蕭竹屋一首　陸放翁一首　黄魯直三首　辛幼安二首
紗窓恨　四十一字　毛文錫二首
中興樂　四十一字　毛文錫一首　牛希濟一首
女冠子　四十一字　温飛卿二首　韋端己二首　薛昭藴二首　牛嶠四首　張泌一首　孫光憲二首　鹿虔扆二首　毛熙震二首　李珣二首
春光好　四十一字　和凝二首
醉花間　四十二字　張泌一首　毛文錫二首

贊浦子　四十二字　毛文錫一首
戀情深　四十二字　毛文錫二首
霜天曉角　四十二字　辛幼安二首
浣溪沙　四十二字　張子野四首　周美成五首　歐陽永叔十首　賀方回三首　李景二首　黄魯直四首　秦少游五首　晏叔原二首　蘇子瞻四十四首　米元章一首　李易安二首　陸渭南二首　楊孟載二首　韋端己五首　薛昭藴八首　張泌十首　毛文錫一首　歐陽炯三首　顧夐八首　孫光憲九首　閻選一首　毛熙震七首　李珣四首　辛幼安十五首　王荊公一首
雪花飛　四十二字　黄魯直一首
小桃紅　四十二字　倪雲林三首
清商怨　四十三字　歐陽永叔一首　陸放翁一首
歸國遥　四十三字　韋端己三首　温飛卿二首
梅花令　四十三字　虞道園一首
殿前歡　四十三字　倪雲林一首
訴衷情　四十四字　僧仲殊一首　黄魯直三首　歐陽永叔一首　魏承斑五首　蘇子瞻三首　王荊公五首
菩薩蠻　四十四字　李太白一首　何籀一首　秦少游二首　黄叔暘二首　孫巨源一首　張子野一首　李後主二首　牛嶠四

首　無名氏二首　黄師憲一首　舒信道二首　歐陽烱一首　蘇子瞻廿首　陳達叟一首　黄魯直三首　李易安一首　王通叟一首　朱淑真一首　張于湖一首　辛幼安十二首　楊孟載一首　馮延巳一首　葉夢得一首　温庭筠十三首　韋端己五首　和凝一首　孫光憲五首　魏承斑二首　尹鶚一首　毛熙震三首　李珣三首　王荊公一首

卜算子　四十四字　秦處度一首　徐師川一首　僧皎如晦一首　蘇子瞻二首　朱希真一首　止禪師一首　陸務觀一首　黄魯直一首　辛幼安十二首

巫山一段雲　四十四字　毛文錫一首　李珣二首

減字木蘭花　四十四字　黄魯直十三首　秦少游一首　朱希真一首　歐陽永叔五首　蘇子瞻廿四首　辛幼安三首

醜奴兒令　四十四字　歐陽永叔十三首　辛幼安八首　康伯可一首　李後主二首　秦少游一首　和凝一首　黄魯直七首　蘇子瞻一首

玉樹後庭花　四十四字　張子野一首　孫光憲二首　毛熙震三首

水仙子　四十四字　倪雲林三首

好事近　四十五字　蔣子雲一首　秦少游一首　陸放翁一首　黄魯直三首　蘇子瞻三首　辛幼安四首

柳含烟　四十五字　毛文錫四首

繡帶子　四十五字　黄魯直三首

杏園芳　四十五字　尹鶚一首
華清引　四十五字　蘇子瞻一首
憶秦娥　四十六字　李太白一首　孫夫人一首　康伯可一首　張安國一首　周美成一首　黄叔暘二首　楊孟載一首　蘇子瞻一首　倪雲林二首
謁金門　四十六字　馮延巳一首　俞克成一首　秦處度一首　韋端己三首　張宗端一首　賀方回一首　薛昭藴一首　牛希濟一首　孫光憲一首　黄魯直一首　蘇子瞻三首　辛幼安三首
望仙門　四十六字　晏同叔一首
洛陽春　四十六字　陳後山一首　朱希真一首　陸放翁一首　歐陽永叔一首
清平樂　四十六字　黄魯直六首　韋端己四首　趙德麟一首　劉巨濟一首　孫夫人一首　李後主一首　歐陽永叔二首　楊孟載一首　温飛卿二首　孫光憲二首　毛熙震一首　蘇子瞻一首　倪雲林一首　辛幼安十五首　王荊公一首
更漏子　四十六字　温飛卿六首　牛嶠三首　韋端己一首　毛文錫一首　顧夐一首　孫光憲二首　毛熙震二首　黄魯直二首　蘇子瞻一首　歐陽永叔一首
憶少年　四十六字　謝勉仲一首
占春芳　四十六字　蘇子瞻一首

玉聯環　四十七字　張子野一首
阮郎歸　四十七字　李後主一首　歐陽永叔四首　秦少游六首　黄山谷七首　蘇養直一首　蘇子瞻三首　曾純甫一首　白玉蟾一首　辛幼安一首
畫堂春　四十七字　秦少游一首　徐師川一首　鄭中卿一首　黄魯直二首
喜遷鶯　四十七字　薛昭藴三首　韋端己二首　毛文錫一首　夏桂洲一首　歐陽永叔一首
相思兒令　四十七字　晏同叔一首
烏夜啼　四十七字　蘇子瞻一首
聖無憂　四十七字　歐陽永叔一首
武陵春　四十八字　毛澤民一首　李易安一首　辛幼安二首
海棠春　四十八字　秦少游一首
錦堂春　四十八字　趙德麟一首　劉無黨三首
眼兒媚　四十八字　秦少游一首　王元澤一首　無名氏一首
朝中措　四十八字　歐陽永叔一首　辛幼安五首
山花子　四十八字　李後主一首　李景一首　賀方回一首　毛文錫一首　和凝一首　劉伯温一首　辛幼安八首

漁歌子 五十字 李珣四首 顧敻一首 孫光憲二首 魏承斑一首
雙荷葉杯 五十字 韋端己二首
憶漢月 五十字 歐陽永叔一首
燕歸梁 五十字 柳耆卿一首
太常引 五十字 劉靜修一首 倪雲林二首 辛幼安四首
西江月 五十字 柳耆卿一首 蘇子瞻十三首 朱希真一首 黄山谷四首 張子野一首 秦少游一首 辛幼安十四首
迎春樂 五十一字 秦少游一首
思越人 五十一字 張泌一首 孫光憲二首 盧虔扆一首
瑶池燕 五十一字 蘇子瞻一首
滿宫花 五十一字 張泌一首 尹鶚一首 魏承斑一首
醉紅粧 五十二字 張子野一首
少年遊 五十二字 晏叔原二首 張子野一首 林少瞻一首 周美成一首 蘇子瞻三首 柳耆卿一首 歐陽永叔三首
探春令 五十二字 晏叔原一首
尋芳草 五十二字 辛幼安一首

戀繡衾　五十四字　陸放翁一首　辛幼安一首

留春令　五十四字　黄魯直一首

江月晃重山　五十四字　陸游一首

夜行舡　五十五字　歐陽修二首

芳草渡　五十五字　歐陽修二首

鷓鴣天　五十五字　秦少游一首　向伯恭一首　辛幼安三首　黄魯直八首　朱希真一首　歐陽修一首　晏叔原一首　蘇子瞻三首　無名氏三首　李元膺一首　陸放翁一首　倪雲林一首　辛幼安五十七首

河傳　五十五字　温飛卿三首　韋端己三首　張泌二首　顧夐三首　孫光憲四首　閻選一首　李珣二首　劉伯温一首　黄山谷一首　秦少游二首　辛幼安一首

瑞鷓鴣　五十六字　賀方回一首　黄叔暘一首　蘇子瞻二首　歐陽修一首　辛幼安五首

鵲橋仙　五十六字　秦少游一首　謝勉仲一首　陸放翁三首　朱希真一首　黄山谷二首　蘇子瞻二首　歐陽修一首　倪雲林一首　辛幼安七首

雨中花　五十六字　王逐客一首　無名氏一首

玉樓春　五十六字　晏同叔一首　魏承斑二首　温飛卿一首　毛澤民一首　宋子京一首　謝無逸一首　歐陽炯一首　錢思

醉蘆花　五十七字　程靳山一首

踏莎行　五十八字　秦少游一首　黄魯直二首　寇平叔(一)二首　歐陽永叔二首　無名氏一首　賀方回一首　楊孟載一首　倪雲林一首　辛幼安五首

東坡引　五十八字　辛幼安三首

小重山　五十八字　韋端己一首　李漢老一首　趙德仁一首　和凝二首　蔣子雲一首　汪彦章一首　宋豐之一首　薛昭蘊二首　毛熙震一首　辛幼安三首

惜分釵　五十八字　張仲宗一首

接賢賓　五十九字　毛文錫一首

以上詞名共一百五十七調　一千四百七十三首

(一) 正文署寇平仲。

南歌子 分增《詩餘圖譜》附入《南柯子》，誤

首句五字，二句五字平韻起，三句五字平叶，四句五字，五句三字平叶。一段五句三韻二十三字。

手裡金鸚鵡，胸前繡鳳凰。偷眼暗形相。不如從嫁與，作鴛鴦。 温飛卿

似帶如絲柳，團酥握雪花。簾捲玉鈎斜。九衢塵欲暮，逐香車。 温飛卿

鬌墮低梳髻，連娟細掃眉。終日兩相思。爲君憔悴盡，百花時。 温飛卿

臉上金霞細，眉間翠鈿深。欹枕覆鴛衾。隔簾鶯百囀，感君心。　温飛卿

撲蕋添黃子，呵花滿翠鬟。鴛枕映屏山。月明三五夜，對芳顏。　温飛卿

轉盼如波眼，娉婷似柳腰。花裡暗相招。憶君腸欲斷，恨春宵。　温飛卿

懶拂鴛鴦枕，休逢翡翠裙。羅帳罷爐熏。近來心更切，爲思君。　温飛卿

憑闌人

首句七字平韻起，二句七字仄叶，三句五字平叶，四句三字，五句三字平叶。

一段五句四韻二十五字。

贈吳國良 倪雲林

客有吳郎吹洞簫。明月沉江春霧曉。湘靈不可招。水雲中，環珮搖。

荷葉杯

首句六字仄韻起，二句二字仄叶，三句五字平韻換，四句七字平叶，五句三字平叶，六句三字平叶疊上句。

一段六句六韻二十六字。

春盡小庭花落。寂寞。凭檻斂雙眉。忍教成病憶佳期。知麼知。知麼知。 **顧敻**

脚注： 末不應作三字句。

歌發誰家筵上。寥亮。別恨正悠悠。蘭釭背帳月當樓。愁麼愁。愁麼愁。 **顧敻**

顧敻

弱柳好花盡拆。晴陌。陌上少年郎。滿身蘭麝撲人香。狂麼狂。狂麼狂。

顧敻

記得那時相見。膽顫。鬢亂四肢柔。泥人無語不擡頭。羞麼羞。羞麼羞。旁注：入底裏。

顧敻

夜久歌聲怨咽。殘月。菊冷露微微。看看濕透縷金衣。歸麼歸。歸麼歸。

顧敻

我憶君詩最苦。知否。字字盡關心。紅箋爲寄表情深。吟麼吟。吟麼吟。

顧敻

金鴨香濃鴛被。枕膩。小髻簇花鈿。腰如細柳臉如蓮。憐麼憐。憐麼憐。

顧敻

曲砌蝶飛烟暖。春半。花發柳垂條。花如雙臉柳如腰。嬌麼嬌。嬌麼嬌。旁注：搭上有情。

一去又乖期信。春盡。滿院長莓苔。手拈裙帶獨徘徊。來麼來。來麼來。　顧敻

一點露珠凝冷。波影。滿池塘。緑莖紅艷兩相亂。腸斷。水風凉。　温飛卿

鏡水夜來秋月。如雪。採蓮時。小娘紅粉對寒浪。惆悵。正思惟。　温飛卿

楚女欲歸南浦。朝雨。濕愁紅。小船搖様入花裡。波起。隔西風。　温飛卿

摘得新

首句三字平韻起，二句五字平叶，三句五字，四句三字平叶，五句七字，六句三字平叶。

一段六句四韻二十六字。

酌一卮。須教玉笛吹。錦筵紅蠟燭，莫來遲。繁紅一夜經風雨，是空枝。 皇甫松

摘得新。枝枝葉葉春。管絃兼美酒，最關人。平生都得幾十度，展香茵。 皇甫松

夢江南

首句三字，二句五字平韻起，三句七字，四句七字平叶，五句五字平叶。

一段五句三韻二十七字。

千萬恨，恨極在天涯。山月不知心裡事，水風空落眼前花。摇曳碧雲斜。 温飛卿

梳洗罷，獨倚望江樓。過盡千帆皆不是，斜暉脈脈水悠悠。腸斷白蘋洲。 温飛卿

蘭燼落，屏上暗紅蕉。閒夢江南梅熟日，夜船吹笛雨蕭蕭。人語驛邊橋。　皇甫松

樓上寢，殘月下簾旌。夢見秣陵惆悵事，桃花柳絮滿江城。雙髻坐吹笙。　皇甫松

啣泥燕，飛到畫堂前。占得杏梁安穩處，體輕惟有主人憐。堪羨好因緣。　牛嶠

紅繡被，兩兩間鴛鴦。不是鳥中偏愛爾，爲緣交頸睡南塘。全勝薄情郎。　牛嶠

皈依三寶讚本集名《望江南》

歸依衆，梵行四威儀。願我遍游諸佛土，十方賢聖不相離。永滅世間癡。　王荊公

歸依法，法法不思議。願我六根常寂靜，心如寶月映琉璃。了法更無疑。　前人

歸依佛，彈指越三祇。願我速登無上覺，還如佛坐道場時。能智又能悲。　前人

三界裏，有取總災危。普願眾生同我願，能于空有善思惟。三寶共住持。　前人

搗練子

○□□首句三字□○○二句三字平韻起∩□○○□□○三句七字平叶∩□∩○○□□四句七字∩○
∩□□○○五句七字平叶

一段五句三韻二十七字。

秋閨　宋秦少游名觀

心耿耿，淚雙雙。皓月清風冷透牕。人去秋來宮漏永，夜深無語對銀釭。

秋閨　南唐李後主

深院靜，小庭空。斷續寒砧斷續風。無奈夜長人不寐，數聲和月到簾櫳。

閨情　李後主

雲鬟亂，晚粧殘。帶恨眉兒遠岫攢。斜托香腮春笋嫩，爲誰和淚倚闌干。

分增 南鄉子

首句四字平韻起，二句七字平叶，三句七字仄韻換，四句三字仄叶，五句七字仄叶。

一段五句五韻二十八字。

歐陽炯

嫩草如烟。石榴花發海南天。日暮江亭春影淥。鴛鴦浴。水遠山長看不足。

其二

畫舸停橈。槿花籬外竹横橋。水上遊人沙上女。迴顧。笑指芭蕉林裏住。

其三

岸遠沙平。日斜歸路晚霞明。孔雀自憐金翠尾。臨水。認得行人驚不起。

其四

洞口誰家。木蘭船繫木蘭花。紅袖女郎相引去。遊南浦。笑倚春風相對語。

其五

二八花鈿。胸前如雪臉如蓮。耳墜金鐶穿瑟瑟。霞衣窄。笑倚江頭招遠客。

其六

路入南中。桄榔葉暗蓼花紅。兩岸人家微雨後。收紅豆。樹底纖纖擡素手。

其七

袖斂鮫綃。採香深洞笑相邀。藤杖枝頭蘆酒滴。鋪葵蓆。豆蔻花間趖晚日。

其八

翡翠鵁鶄。白蘋香裏小沙汀。島上陰陰秋雨色。蘆花撲。數隻漁船何處宿。

李珣

烟漠漠，雨凄凄。岸花零落鷓鴣啼。遠客扁舟臨野渡。思鄉處。潮退水平春色暮。

其二

蘭棹舉，水紋開。競攜藤籠採蓮來。迴塘深處遥相見。邀同宴。綠酒一巵紅上面。

其三

歸路近，扣舷歌。採真珠處水風多。曲岸小橋山月過。烟深鎖。荳蔻花垂千萬朵。

其四

乘綵舫，過蓮塘。棹歌驚起睡鴛鴦。遊女帶羞偎伴笑。争窈窕。競折團荷遮晚照。

其五

傾綠蟻，泛紅螺。閑邀女伴簇笙歌。避暑信舡輕浪裡。閑遊戲。夾岸荔枝紅蘸水。

其六

雲帶雨，浪迎風。釣翁迴棹碧灣中。春酒香熟鱸魚美。誰同醉。纜却扁舟蓬底睡。

其七

沙月静，水烟輕。芰荷香裏夜舡行。緑鬟紅臉誰家女。遥相顧。緩唱棹歌極浦去。

其八

漁市散，渡舡稀。越南雲樹望中微。行客待潮天欲暮。送春浦。愁聽猩猩啼瘴雨。

其九

攏雲髻，插犀梳。蕉紅衫映緑羅裾。越王臺下春風暖。花盈岸。遊賞每邀鄰女伴。

其十

相見處，晚晴天。刺桐花下越臺前。暗裡迴眸深屬意。遺雙翠。騎象背人先過水。

江南春

○□□首句三字∩○○二句三字平韻起∩○○□□三句五字○□□○○四句五字平叶∩

○○□○○□五句七字∩□○○○□○六句七字平叶

一段六句三韻三十字。

春暮　宋寇平仲

波渺渺，柳依依。孤村芳草遠，斜日杏花飛。江南春盡離腸斷，蘋滿汀洲人未歸。

法駕引

○○□首句三字　○○□二句三字∩　□□○○三句五字平韻起　□□∩　○○□□四句七字∩
○○□□○○五句七字平叶○□□○○六句五字平叶

一段六句三韻三十字。

歌飲　韓夫人

東風起，東風起，海上百花搖。十八風鬟雲半動，飛花和雨着輕綃。歸路碧迢迢。

憶王孫

∩○∩□□○○首句七字平韻起∩□○○∩□○二句七字平叶∩□○○∩□○三句七字平叶

□○○四句三字平叶∩□○○∩□○五句七字平叶

一段五句五韻三十一字。

春景　**秦少游**

萋萋芳草憶王孫。柳外樓高空斷魂。杜宇聲聲不忍聞。欲黃昏。雨打梨花空掩門。

脚注： 末句與《鷓鴣天》詞同。「空掩」後作「深閉」，似勝。

夏景　**周美成**

風蒲獵獵小池塘。過雨荷花滿院香。沉李浮瓜冰雪涼。竹方牀。針線慵拈午夢長。

冬景　**歐陽永叔**

同雲風掃雪初晴。天外孤鴻三兩聲。獨擁寒衾不忍聽。月籠明。窗外梅花影瘦橫。

歌女續譜名《豆葉黃》

張仲宗

輕羅團扇掩微羞。酒滿玻璃花滿頭。小板齊聲唱石州。月如鉤。一寸横波入鬢流。

秋江送别

辛幼安

登山臨水送將歸。悲莫悲兮生别離。不用登臨怨落暉。昔人非。惟有年年秋雁飛。

脚注： 直是集句矣。

蕃女怨

首句七字仄韻起，二句四字仄叶，三句三字，四句三字仄叶，五句四字仄叶，六句七字平韻換，七句三字平叶。

一段七句六韻三十一字。

温飛卿

萬枝香雪開已遍。細雨雙燕。鈿蟬箏，金雀扇。畫梁相見。雁門消息不歸來。又飛迴。

磧南沙上驚雁起。飛雪千里。玉連環，金鏃箭。年年征戰。畫樓離恨錦屏空。杏花紅。

温飛卿

遐方怨

首句三字，二句三字平韻起，三句四字平叶(一)，四句七字平叶，五句七字平叶，六句五字，七句三字平叶。

一段七句五韻三十二字

憑繡檻，解羅幃。未得君書，腸斷瀟湘春雁飛。不知征馬幾時歸。海棠花謝也，雨霏霏。

温飛卿

花半拆，雨初晴。未捲珠簾，夢殘惆悵聞曉鶯。宿粧眉淺粉山横。約鬟鸞鏡裡，繡羅輕。

温飛卿

(一) 此句不叶韻。

分增**調笑令**與後《調笑令》秦少游諸作不同

○□首句二字仄韻起○□二句二字仄叶○□□○⋂□三句六字仄叶⋂○□□○○四句六字平韻換○□○○□○五句六字平叶○□六句二字仄韻換○□七句二字仄叶⋂□⋂○○□八句六字仄叶

一段八句八韻三十二字。

春暮 **斗南**

蝴蝶。蝴蝶。飛繞碧桃千葉。今朝走覓西鄰。明日天涯暮春。春暮。春暮。花落蝶歸何處。

蘇子瞻

漁父。漁父。江上微風細雨。青蓑黃篛裳衣。紅酒白魚暮歸。歸暮。歸暮。長笛一聲何處。

前人

歸雁。歸雁。飲啄江南南岸。將飛卻下盤旋。塞外春來苦寒。寒苦。寒苦。藻荇欲生

且住。

後庭花

一段八句五韻三十三字。

清谿一葉舟。芙蓉兩岸秋。採菱誰家女，歌聲起暮鷗。亂雲愁。滿頭風雨，帶荷葉，歸去休。　　趙子昂

甘州子

□○⋂□□○○首句七字平韻起○□□二句三字□○○三句三字平叶□○○□□○○四句七字平叶⋂□□○○五句五字平叶⋂□□六句三字○□□○○七句五字平叶

一段七句五韻三十三字。

宮情

顧敻

一爐龍麝錦帷傍。屏掩映，燭熒煌。禁樓刁斗喜初長。羅薦繡鴛鴦。山枕上，私語口脂香。

其二

每逢清夜與良晨。多悵望，足傷神。雲迷水隔意中人。寂寞繡羅茵。山枕上，幾點淚痕新。

其三

曾如劉阮訪仙蹤。深洞客，此時逢。綺筵散後繡衾同。欵曲見韶容。山枕上，長是怯晨鐘。

其四

露桃花裏小樓深。持玉盞，聽瑤琴。醉歸青瑣入鴛衾。月色照衣襟。山枕上，翠鈿鎮眉心。

其五

紅爐深夜醉調笙。敲拍處，玉纖輕。小屏古畫岸低平。烟月滿閑庭。山枕上，燈背臉波橫。

西溪子

首句六字仄韻起，二句六字仄叶，三句三字，四句三字仄韻換，五句三字仄叶，六句六字仄叶，七句三字平韻換，八句三字平叶。

一段八句七韻三十三字。

牛嶠

捍撥雙盤金鳳。蟬鬢玉釵摇動。畫堂前，人不語。絃解語。彈到昭君怨處。翠蛾愁。不擡頭。

毛文錫

昨日西溪遊賞。芳樹奇花千樣。瑣春光，金罇滿。聽絃管。嬌妓舞衫香暖。不覺到斜暉。馬馱歸。

李珣

金縷翠鈿浮動。粧罷小窗圓夢。日高時，春已老。人來到。滿地落花慵掃。無語倚屏風。泣殘紅。

如夢令

⋂□⋂○○□首句六字仄韻起⋂□⋂○○□二句六字仄叶⋂□□○○三句五字⋂□⋂○○□四句六字仄叶○□○□五句四字仄叶⋂□□○○□六句六字仄叶

一段六句五韻三十三字。

春景　秦少游

門外綠陰千頃。兩兩黄鸝相應。睡起不勝情，行到碧梧金井。人靜人靜。風弄一枝花影。

其二

鶯嘴啄花紅溜。燕尾點波綠皺。指冷玉笙寒，吹徹小梅春透。依舊依舊。人與綠楊俱瘦。

冬景　秦少游

冬夜月明如水。風緊驛亭深閉。夢破鼠窺燈，霜送曉寒侵被。無寐無寐。門外馬嘶人起。

脚注：「冬夜月明」一作「遥夜沉沉」。

春晚亦見少游《淮海集》　周美成

池上春歸何處。滿目殘花飛絮。孤館悄無人，夢斷月堤歸路。無緒無緒。簾外五更風雨。

脚注：「殘」一作「落」。

其二　周美成

花落鶯啼春暮。陌上綠楊飛絮。金鴨晚香寒，人在洞房深處。無語無語。葉上數聲疎雨。

春晚　　李易安

昨夜雨踈風驟。濃睡不消殘酒。試問卷簾人，卻道海棠依舊。知否知否。應是緑肥紅瘦。

春恨亦見少游《淮海集》　　晏叔原

樓外殘陽紅滿。春入柳條將半。桃李不禁風，回首落英無限。腸斷腸斷。人共楚天俱遠。

閨情　　秦少游

門外鶯啼楊柳。春色着人如酒。睡起熨沉香，玉腕不勝金斗。消瘦消瘦。還是襯花時候。

脚注：「鶯」一作「鴉」。

閨情　　秦少游

幽夢匆匆破後。妝粉亂痕沾袖。遥想酒醒來，無奈玉銷花瘦。回首回首。遶岸夕陽踈柳。

春情書趙伯充家小姬領巾　　黄魯直

去歲迷藏花柳。恰似如今時候。心緒幾曾懽，贏得鏡中消瘦。生受生受。更被養娘催繡。

脚注：一本首二句云：「天氣把人僝僽。落絮遊絲時候。茶飯可曾忺。」未知孰是。

閨怨 李易安

誰伴明窗獨坐。和我影兒兩個。燈盡欲眠時，影也把人拋彈。無那無那。好个恓惶的我。

春雪 楊孟載

點綴落梅穠李。埋没蒼苔芳芷。樓上倚闌人，立在玉屏風裡。風起風起。都做一江春水。

旁注：「立」字有活相。

佳人 按原本一名《宴桃源》 黄魯直

韻似江梅標致。美似紅梅多麗。清似臘梅香，白似雪梅肌膩。非是非是。我道梅花似你。

脚注：嬉笑成文，詞格不妨用諧。

蘇子瞻

元豐十年十冬浴泗州雅熙塔下，戲作此曲。本唐莊宗製，名《憶仙姿》，嫌其不雅，故改今名。蓋其詞卒章云：「如夢如夢。和淚出門相送。」遂取以爲名耳。

水垢何曾相受。細看兩俱無有。寄語揩背人，盡日勞君揮肘。輕手輕手。居士本來無垢。

脚注：入禪思又作一種。

同前　　前人

自淨方能洗彼。我自汗流呀氣。寄語澡浴人，且共肉身遊戲。但洗但洗。俯爲人間一切。

有寄　　前人

爲向東坡傳語。人在畫堂深處。别後有誰來，雪壓小橋無路。歸去歸去。江上一犁春雨。

春思　　前人

手種堂前桃李。無限緑陰青子。簾外百舌兒，驚起五更春睡。居士居士。莫忘小橋流水。

題清淮樓　　前人

城上層樓疊巘。城下清淮古汴。舉手揖吴雲，人與暮天俱遠。魂斷魂斷。後夜松江月滿。

倪雲林

削跡松陵華寓。藏密白雲深處。造物已安排，萬事何須先慮。歸去歸去。海鶴山猿同住。

梁燕　　辛幼安

燕子幾曾歸去。只在翠岩深處。重到畫梁間，誰與舊巢爲主。深許深許。聞道鳳凰來住。

旁注：推尋到此，深玩物情。

分增 訴衷情 與後《訴衷情》仲殊輩作者不同

首句七字，二句三字平韻起，三句三字，四句五字平叶，五句五字平叶，六句二字平叶，七句五字平叶，八句三字平叶。

一段八句六韻三十三字。

香滅簾垂春漏永，整鴛衾。羅帶重，双鳳縷黃金。窗外月光臨。沉沉。斷腸無處尋。負春心。　顧　敻

永夜拋人何處去，絶來音。香閣掩，眉斂月將沉。争忍不相尋。怨孤衾。換我心。爲你心。始知相憶深。　顧　敻

風流子 與《如夢令》相似

首句六字仄韻起，二句六字仄叶，三句三字，三句三字[一]，四句六字仄叶，五句四字仄叶，六句六字仄叶。

一段七句五韻三十四字。

茅舍槿籬溪曲。雞犬自南自北。菰葉長，水葓開，門外春波漲緑。聽織聲促。軋軋鳴梭穿屋。　孫光憲

樓倚長衢欲暮。瞥見神仙伴侶。微傅粉，攏梳頭，隱映畫簾開處。無語無緒。慢曳羅裙歸去。　孫光憲

[一] 此處當爲四句，以下句數依次沿誤。

孫光憲

金絡玉銜嘶馬。繫向緑楊陰下。朱户掩，繡簾垂，曲院水流花榭。歡罷歸也。猶在九衢深夜。

歸國遥 歐陽本集名《歸自謠》

歐陽永叔

首句三字仄韻起，二句七字仄叶，三句七字仄叶。首句七字仄韻起，二句三字仄叶，三句七字仄叶。

前段三句三韻十七字，後段三句三韻十七字。

此三詞並載馮延巳《陽春録》

何處笛。深夜夢回情脈脈。竹風簷雨寒窓隔。離人幾歲無消息。今頭白。不眠特地重相憶。**夾注**：一作「夢魂」。

春豔豔。江上晚山三四點。柳絲如剪花如染。香閨寂寂門半掩。愁眉斂。淚珠滴破

胭脂臉。

寒水碧。水上何人吹玉笛。扁舟遠送瀟湘客。　蘆花千里霜月白。傷行色。來朝便是關山隔。夾注：一作「明朝」。

天僊子

首句七字仄韻起，二句七字仄叶，三句七字，四句三字仄叶，五句三字仄叶，六句七字仄叶。

一段六句五韻三十四字。

皇甫松

晴野鷺鷥飛一隻。水葓花發秋江碧。劉郎此日別天仙，登綺席。淚珠滴。十二晚峰高歷歷。

皇甫松

躑躅花開紅照水。鷓鴣飛遶青山觜。行人經歲始歸來，千萬里。錯相倚。懊惱天仙應有以。

韋端己

悵望前回夢裡期。看花不語苦尋思。露桃宮裡小腰肢。眉眼細，鬢雲垂。惟有多情宋玉知。

韋端己

深夜歸來長酩酊。扶入流蘇猶未醒。醺醺酒氣麝蘭和。驚睡覺，笑呵呵。長道人生能幾何。**眉批：**不韻。

韋端己

蟾彩霜華夜不分。天外鴻聲枕上聞。繡衾香冷懶重熏。人寂寂，葉紛紛。纔睡依前夢見君。

韋端己

夢覺雲屏依舊空。杜鵑聲咽隔簾櫳。玉郎薄倖去無踪。一日日，恨重重。淚界蓮腮兩線紅。

韋端己

金似衣裳玉似身。眼如秋水鬢如雲。霞裙月帔一羣羣。來洞口，望煙分。劉阮不歸春日曛。

和　凝

柳色披衫金縷鳳。纖手輕拈紅豆弄。翠蛾雙臉正含情，桃花洞。瑤臺夢。一片春愁誰與共。

和　凝

洞口春紅飛蔌蔌。仙子含愁眉黛綠。阮郎何事不歸來，懶燒金，慵篆玉。流水桃花空斷續。

江城子

首句七字平韻起，二句三字平叶，三句三字平叶，四句四字，五句五字平叶，六句七字，七句三字，八句三字平叶。

一段八句五韻三十五字。

夜中　韋端己

恩重嬌多情易傷。漏更長。解鴛鴦。朱脣未動，先覺口脂香。緩揭繡衾抽皓腕，移鳳枕，枕潘郎。**眉批：**□結二語雖淺近而點次含神。

韋端己

髻鬟狼籍黛眉長。出蘭房。別檀郎。角聲嗚咽，星斗漸微茫。露冷月殘人未起，留不住，淚千行。

牛嶠

鵁鶄飛起郡城東。碧江空。半灘風。越王宮殿，蘋葉藕花中。簾卷水樓漁浪起，千片雪，

雨濛濛。

牛　嶠

極浦烟消水鳥飛。離筵分首時。送金巵。渡口楊花，狂雪任風吹。日暮空江波浪急，芳草岸，雨如絲。

張　泌

碧欄干外小中庭。雨初晴。曉鶯聲。飛絮落花，時節近清明。睡起卷簾無一事，匀面了，没心情。

張　泌

浣花溪上見卿卿。臉波秋水明。黛眉輕。緑雲高綰，金簇小蜻蜓。好是問他來得麽，和笑道，莫多情。

歐陽炯

晚日金陵岸草平。落霞明。水無情。六代繁華，暗逐逝波聲。空有姑蘇臺上月，如西子鏡，照江城。

望江怨

首句三字仄韻起，二句七字仄叶，三句五字仄叶，四句七字仄叶，五句三字仄叶，六句五字，七句五字仄叶。

一段七句六韻三十五字。

牛嶠

東風急。惜別花時手頻執。羅幃愁獨入。馬嘶殘雨春蕪濕。倚門立。寄語薄情郎，粉香和淚泣。

定西番

首句六字仄韻起，二句三字，三句三字平韻換，四句三字平叶。

起句六字仄叶首句韻，二句五字平叶三句韻，三句六字仄叶，四句三字平叶。(一)
前段四句三韻十五字，後段四句四韻二十字。

温飛卿

漢使昔年離別。攀弱柳，折寒梅。上高臺。千里玉關春雪。雁來人不來。羌笛一聲愁絶。月徘徊。

温飛卿

海燕欲飛調羽。萱草緑，杏花紅。隔簾櫳。雙鬟翠霞金縷。一枝春艷濃。樓上月明三五。瑣窗中。

温飛卿

細雨曉鶯春晚。人似玉，柳如眉。正相思。羅幕翠簾初捲。鏡中花一枝。腸斷塞門消息，雁來稀。

(一) 此譜直書内容，無符號。後文同此例，不再注。

牛嶠

紫塞月明千里，金甲冷，戍樓寒。夢長安。鄉思望中天闊。漏殘星亦殘。畫角數聲嗚咽。雪漫漫。

孫光憲

雞祿山前遊騎。邊草白，朔天明。馬蹄輕。鵲面弓離短韔，彎來月欲成。一隻鳴髇雲外。曉鴻驚。

孫光憲

帝子枕前秋夜，霜幄冷，月華明。正三更。何處戍樓寒笛，夢殘聞一聲。遙想漢關萬里，淚縱橫。

毛熙震

蒼翠濃陰滿院，鶯對語，蝶交飛。戲薔薇。斜日倚欄風好，餘香出繡衣。未得玉郎消息，幾時歸。

思帝鄉

首句二字平韻起，二句五字平叶，三句六字，四句三字平叶，五句六字，六句五字平叶，七句六字，八句五字平叶㈠。

一段八句四韻三十六字。

温飛卿

花花。滿枝紅似霞。羅袖畫簾腸斷，卓香車。迴面共人閒語，戰篦金鳳斜。唯有阮郎春盡，不歸家。

韋端己

雲髻墜，鳳釵垂。髻墜釵垂無力，枕函欹。翡翠屏深月落，漏依依。説盡人間天上，兩心知。

㈠ 當爲八句三字平韻叶。

韋端己

春日遊。杏花吹滿頭。陌上誰家年少，足風流。妾擬將身嫁與，一生休。縱被無情弃，不能羞。

孫光憲

如何。遺情情更多。永日水晶簾下，斂羞蛾。六幅羅裙窣地，微行曳碧波。看盡滿池疏雨，打團荷。

相見懽 一名《上西樓》

∩○∩□○○首句六字平韻起□○○二句三字平叶∩□∩○○□三句六字□○○四句三字平叶

∩○□起句三字∩○□二句三字□○○三句三字平叶∩□∩○○□□○○四句九字平叶

前段四句三韻十八字，後段四句二韻十八字。

離懷

南唐李後主

無言獨上西樓。月如鉤。寂寞梧桐深院，鎖清秋。　剪不斷，理還亂，是離愁。別是一般滋味在心頭。

朱希真

秋風又到人間。葉珊珊。四望烟波無盡，欠青山。　浮生事，長江水，幾時閒。幸是古來如此且開顔。

朱希真

東風吹盡江梅。橘花開。舊日吴王宫殿，鎖蒼苔。　今古事，英雄淚，老相催。長恨夕陽西去晚潮回。

脚注：《詞品》「盡」作「又」，「橘」作「揉」，「鎖」作「長」，「去」作「下」。

春暮

陸放翁

江頭緑暗紅稀。燕交飛。忽到當年行處，恨依依。　灑清淚，嘆人事，與心違。滿酌玉壺花露送春歸。

薛昭藴

羅襦繡袂香紅。畫堂中。細草平沙蕃馬，小屏風。卷羅幕，憑粧閣，思無窮。暮雨輕煙魂斷隔簾櫳。

山行約范先之不至按本集名《烏夜啼》，疑誤

辛幼安

江頭醉倒山公。月明中。記得昨宵歸路，笑兒童。溪欲轉，山已斷，兩三松。一段可憐風月欠詩翁。

先之見和，復用韻

前　人

人言我不如公。酒杯中。更把平生湖海，問兒童。千尺蔓，雲葉亂，繫長松。却笑一身纏繞似衰翁。

又

前　人

晚花露葉風條。燕飛高。行過長廊西畔，小紅橋。歌再唱，人再舞，酒纔消。更把一杯重勸摘櫻桃。

長相思

⊙◎○首句三字平韻起⊙◎○二句三字平叶◎●○○◎●○三句七字平叶⊙○⊙●○四句五字平叶

前段四句四韻十八字，後段同前。

別意 一作秋景

張子野

蘋滿溪。柳繞堤。相送行人溪水西。歸時壠月低。 烟霏霏。雨淒淒。重倚朱門聽馬嘶。寒鴉相對啼。**脚注：**《詩餘續集》作黄山谷，「歸」作「回」，「雨」作「風」，「鴉」作「鷗」，「啼」作「飛」，又見《歐文忠集》，此四字亦與《詩餘續集》同。**眉批：**结見人不如鸟，□言外多味。

秋怨

李後主

一重山。兩重山。山遠天高烟水寒。相思楓葉丹。 菊花開，菊花殘。塞雁高飛人未還。一簾風月閒。**眉批：**「山遠」、「塞雁」二句俱高爽。

春閨

馮延巳

紅滿枝。緑滿枝。宿雨厭厭睡起遲。閒庭花影移。 憶歸期。數歸期。夢見雖多相見

稀。相逢知幾時。

秋懷 **黄叔暘**

天悠悠。水悠悠。月印金樞曉未收。笛聲人倚樓。蘆花秋。蓼花秋。催得吴霜點鬢稠。香箋莫寄愁。

錢塘 唐**白樂天**

汴水流。泗水流。流到瓜洲古渡頭。吴山點點愁。思悠悠。恨悠悠。恨到歸時方始休。月明人倚樓。

閨怨亦見歐集，或又作無名氏詞 **白樂天**

深畫眉。淺畫眉。蟬鬢鬅鬙雲滿衣。陽臺行雨回。巫山高，巫山低。暮雨蕭蕭郎不歸。空房獨守時。**脚注：**一作「低頭雙淚垂」。**眉批：**此情此景黯然難言。

山驛 **万俟雅言**

短長亭。古今情。樓外涼蟾一暈生。雨餘秋更清。暮雲平。暮山横。幾葉秋聲和雁聲。行人不要聽。

佳人

李後主

雲一緺。玉一梭。澹澹衫兒薄薄羅。輕顰雙黛螺。秋風多。雨如和。簾外芭蕉三兩窠。夜長人奈何。

離思

歐陽永叔

花似伊。柳似伊。花柳春來人別離。低頭雙淚垂。長江東，長江西。兩岸鴛鴦兩處飛。相逢知幾時。

眉批：「春來」本集作「青春」。

旅思

張宗端

山無情。水無情。楊柳飛花春雨晴。征衫長短亭。擬行行。重行行。行到江南第幾程。江南山漸青。

歐陽永叔

深花枝。淺花枝。深淺花枝相並時。花枝難似伊。玉如肌。柳如眉。愛着鵝黃金縷衣。啼粧更爲誰。

河滿子

首句六字，二句六字平韻起，三句七字，四句六字平叶，五句六字，七句六字平叶。

一段六句三韻三十七字。

和凝

正是破瓜年紀，含情慣得人饒。桃李精神鸚鵡舌，可堪虚度良宵。却愛藍羅裙子，羨他長束纖腰。

其二

寫得魚牋無限，其如花鎖春輝。目斷巫山雲雨路，空教殘夢依依。却愛熏香小鴨，羨他長在屏幃。

孫光憲

冠劍不隨君去，江河還共恩深。歌袖半遮眉黛慘，淚珠旋滴衣襟。惆悵雲愁雨怨，斷魂何處相尋。

調笑令

首句五字仄韻起，二句七字仄叶，三句七字仄叶，四句六字仄叶，五句七字仄叶，六句六字仄叶。

一段六句六韻三十捌字。

王昭君　　秦少游

回顧漢宮路。捍撥檀槽鸞對舞。玉容寂寞花無主。顧影偷彈玉筯。未央宮殿知何處。目送征鴻南去。**脚注**：「檀槽」以檀爲槽，琵琶也。**眉批**：十詞詞直意淺，應是僞作。

樂昌公主　　秦少游

輦路江楓古。樓上吹簫人在否。菱花半壁香塵污。往日繁華何處。舊歡新愛誰爲主。啼笑兩難分付。

崔徽　　秦少游

翡翠好容止。誰使庸奴輕點綴。裴郎一見心如醉。笑裏偷傳深意。羅衣深夜與門吏。暗

結城西幽會。

無雙 秦少游

相慕無雙女。當日尚書先曾許。王郎明俊神仙侶。腸斷別離情苦。數年睽恨今復遇。笑指襄江歸去。

灼灼 秦少游

腸斷繡簾捲。妾願身爲梁上燕。朝朝暮暮長相見。莫遣恩遷情變。紅綃粉淚知何限。萬古空傳遺怨。

盼盼 秦少游

戀戀樓中燕。燕子樓空春日晚。將軍一去音容遠。空鎖樓中深怨，春風重到人不見。十二闌干倚遍。

崔鶯鶯 秦少游

春夢神仙洞。冉冉拂牆花影動。西廂待月知誰共。更覺玉人情重。紅娘深夜行雲送。困嚲釵橫金鳳。

採蓮　秦少游

柳岸水清淺。笑折荷花呼女伴。盈盈日照新妝面。水調空傳幽怨。扁舟日暮笑聲遠。對此令人腸斷。

烟中怨　秦少游

眷戀西湖岸。湖面樓臺侵雲漢。阿溪本是飛瓊伴。風月朱扉斜掩。謝郎巧思詩裁剪。能動芳懷幽怨。

離魂記　秦少游

心素與誰語。始信別離情最苦，蘭舟欲解春江暮。精爽隨君歸去。異時攜手重來處。夢覺春風庭户。

調嘯詞見本集　唐韋應物

胡馬。胡馬。遠放燕支山下。跑沙跑雪獨嘶。東望西望路迷。路迷。路迷。迷路邊草無窮日暮。

其二

河漢。河漢。曉挂秋城漫漫。愁人起望相思。江南塞北別離。別離。別離。離別河漢雖同路絕。

醉太平

⊙○●○首句四字平韻起⊙○●○二句四字平叶◎○⊙●○○三句六字平叶◎○○●○四句五字平叶

前段四句四韻十九字，後段同前。

劉龍洲

情高意真。眉長鬢青。小樓明月調箏。寫春風數聲。　思君憶君。魂牽夢縈。翠綃香暖雲屏。更那堪酒醒。

辛幼安

態濃意遠。眉顰笑淺。薄羅衣窄絮風軟。鬢雲欺翠捲。　南園花樹春光暖。香徑裡，

榆錢滿。欲上鞦韆又驚懶。且歸休怕晚。

望梅花

○□⋂○○□首句六字仄韻起⋂□⋂○○□二句六字仄叶⋂□○○○□□三句七字仄叶⋂□○○⋂□起句六字仄叶○□⋂○○□□二句七字仄叶○□○○○□三句六字仄叶

前段三句三韻十九字，後段三句三韻十九字。

落梅　和凝

春草全無消息。臘雪猶餘蹤跡。越嶺寒枝香自拆。冷豔奇芳堪惜。何事壽陽無處覓。吹入誰家橫笛。

此獨用平韻，句亦稍异　**孫光憲**

數枝開與短牆平。見雪萼、紅跗相映。引起離人邊塞情。簾外欲三更。吹斷離愁月正明。空聽隔江聲。

感恩多

首句五字仄韻起，二句五字仄叶，三句五字平韻換，四句三字平叶。首句六字，二句三字平叶，三句疊上，四句四字，五句五字平叶。前段四句四韻十八字，後段五句三韻二十一字。

牛　嶠

兩條紅粉淚。多少香閨意。强攀桃李枝。斂愁眉。　陌上鶯啼蝶舞，柳花飛。柳花飛。願得郎心，憶家還早歸。

牛　嶠

自從南浦別。愁見丁香結。近來情轉深。憶鴛衾。　幾度將書託烟雁，淚盈襟。淚盈襟。禮月求天，願君知我心。

薄命女 又名《長命女》

○⋂□首句三字仄韻起⋂□○○○□□二句七字仄叶○□○○□三句五字仄叶　□⋂○○□□首句六字⋂□○○□□二句六字仄叶□□⋂○○□□三句七字仄叶□□○○□四句五字仄叶

前段三句三韻十五字，後段四句三韻二十四字。

宮怨

和凝

天欲曉。宮漏穿花聲繚繞。窓裏星光少。　冷霞寒侵帳額，殘月光沉樹杪。夢斷錦幃空悄悄。强起愁眉小。

昭君怨

首句六字仄韻起，二句六字仄叶，三句五字平韻换，四句三字平叶。

起句六字仄叶首句韻，二句六字仄叶，三句五字平叶前段三句韻，四句三字平叶。

前段四句四韻二十字，後段同前。

陸放翁

晝永蟬聲庭院。人倦懶摇團扇。小景寫瀟湘。自生涼。　簾外蹴花雙燕。簾下有人同見。寶篆折宮黄。炷薰香。

春夜　**王山樵**

門外春風幾度。馬上行人何處。休更捲朱簾。草連天。　立盡海棠花月。飛到荼蘼香雪。莫恨夢難成。夢無憑。

送別　**蘇子瞻**

誰作桓伊三弄。驚破緑窗幽夢。新月與愁煙。滿江天。　欲去又還不去。明日落花飛絮。飛絮送行舟。水東流。

寄張定叟　**辛幼安**

常記瀟湘秋晚。歌舞橘洲人散。走馬月明中。折芙蓉。　今日西山南浦。畫棟朱簾雲雨。風景不爭多。奈愁何。

送晁楚老游荊門　　前人

夜雨剪殘春韭。明日重斟别酒。君去問曹瞞。好公安。　試看如今白髮。卻爲中年離别。風雨正崔嵬。早歸來。

又　　前人

人面不如花面。花到開時重見。獨倚小闌干。許多山。　落葉西風時候。人共青山都瘦。説到夢陽臺。幾曾來。

胡蝶兒

首句三字平韻起，二句三字平叶，三句七字平叶，四句五字平叶。
首句五字，二句五字平叶，三句七字平叶，四句五字平叶。
前段四句四韻十八字，後段四句三韻二十二字。

張泌

胡蝶兒。晚春時。阿嬌初着淡黃衣。倚窗學畫伊。　還似花間見，雙雙對對飛。無端和淚拭臙脂。惹教雙翅垂。

生查子 與《醉花間》相似，今分出

⊙○◎●○首句五字◎●○○●二句五字仄韻起◎●●○○三句五字◎●○○●四句五字仄叶

前段四句二韻二十字，後段同前。

詠箏 亦見歐集　**張子野**

含羞整翠鬟，得意頻相顧。雁柱十三絃，一一春鶯語。　嬌雲容易飛，夢斷知何處。深院鎖黃昏，陣陣芭蕉雨。

魏承班

烟雨晚晴天，零落花無語。難話此時心，梁燕雙來去。　琴韻對薰風，有恨和情撫。腸

斷斷絃頻，淚滴黃金縷。

孫學士

寂寂掩朱門，正是天將暮。暗澹小庭中，滴滴梧桐雨。繡工夫，牽心緒。配盡鴛鴦縷。待得没人時，偎倚論私語。

暖日策花驄，嚲鞚垂楊陌。芳草惹烟青，落絮隨風白。誰家繡轂動香塵，隱映神仙客。狂殺玉鞭郎，咫尺音容隔。

春恨

晏叔原

金鞍美少年，去躍青驄馬。牽繫玉樓人，翠被春寒夜。消息未歸來，寒食梨花謝。無處説相思，背面秋千下。

元夜有懷 亦見歐集

秦少游

去年元夜時，花市燈如畫。月在柳梢頭，人約黃昏後。今年元夜時，月與燈依舊。不見去年人，淚滿春衫袖。**眉批：**「月在」歐本作「月到」，「月與燈依舊」一作「燈月仍依舊」。

春夜　**秦少游**

眉黛遠山長，新柳開青眼。樓閣斷霞明，羅幕春寒淺。杯嫌玉漏遲，燭厭金刀剪。月色忽飛來，花影和簾捲。

閨情　**無名氏**

閒倚曲屏風，試寫相思字。不道極多情，卻是渾無思。笑近短牆陰，抛個青梅子。苔上印鉤彎，邂逅難忘此。

別怨　**無名氏**

郎如陌上塵，妾似堤邊絮。一別兩悠揚，蹤跡無尋處。粉面妬青春，淚眼零紅雨。過了別離時，還解相思苦。

閨思　**無名氏**

相思懶下牀，春夢迷蝴蝶。入柳又穿花，去去輕如葉。可堪歧路長，不道關山隔。無賴是黃鸝，喚起空愁絶。

閨情

無名氏

娟娟月入眉，整整雲歸鬢。鏡裏弄妝遲，簾外風移影。斜窺秋水長，軟語春鶯近。無計奈情何，只有相思分。

牛希濟

春山煙欲收，天澹稀星小。殘月臉邊明，別淚臨清曉。語多情未了。迴首猶重道。記得緑羅裙，處處憐芳草。夾注：一作「語已多」。

即孫學士孫光憲

金井墮高梧，玉殿籠斜月。永巷寂無人，斂態愁堪絶。玉爐寒，香燼滅。還似君恩歇。翠輦不歸來，幽恨將誰説。

魏承斑

寂寞畫堂空，深夜垂羅幕。燈暗錦屏欹，月冷珠簾薄。愁恨夢難成，何處貪歡樂。看看又春來，還是長蕭索。

訴別　蘇子瞻

三度別君來，此別真遲暮。白盡老髭鬚，明日淮南去。酒罷月隨人，淚溼花如霧。後夜逐君還，夢繞湖邊路。

山行寄楊民瞻　辛幼安

昨宵醉裡行，山吐三更月。不見可憐人，一夜頭如雪。今宵醉裡歸，明月關山笛。收拾錦囊詩，要寄揚雄宅。

又荅和　前人

誰傾滄海珠，簸弄千明月。喚取酒邊來，軟語裁春雪。人間無鳳凰，空費穿雲笛。醉裡卻歸來，松菊陶潛宅。

有覓詞者爲賦　前人

去年燕子來，繡户深深處。花徑得泥歸，都把琴書污。今年燕子來，誰聽呢喃語。不見捲簾人，一陣黄昏雨。

獨遊西岩　**前人**

溪邊照影行，天在清溪底。天上有行雲，人在行雲裏。高歌誰和余，空谷清音起。非鬼亦非仙，一曲桃花水。

又　**前人**

青山招不來，偃蹇誰憐汝。歲晚太寒生，喚我溪邊住。山頭明月來，本在天高處。夜夜入清溪，聽讀離騷去。

又　**前人**

青山非不佳，未解留儂住。赤脚踏層冰，爲愛青溪故。朝來山鳥啼，勸上山高處。我意不關渠，自在尋詩去。

簡吴子似縣尉　**前人**

高人千丈崖，太古儲冰雪。六月火雲時，一見森毛髮。俗人如盜泉，照影成昏濁。高處掛吾瓢，不飲吾寧渴。

春雪和趙晉臣　**前人**

漫天春雪來，纔抵梅花半。最愛雪邊人，些些裁成亂。雪兒偏解歌，只要金杯滿。誰道雪天寒，翠袖闌干暖。

又　**前人**

梅子褪花時，直與黃梅接。煙雨幾曾開，一春江裡雪。富貴使人忙，也有閒時節。莫作路旁花，長教人看殺。

題京口郡治塵表亭　**前人**

悠悠萬世功，矻矻當年苦。魚自入深淵，人自居平土。紅日又西沉，白浪長東去。不是望金山，我自思量禹。

分增 **醉公子** 與《菩薩蠻》同，止首二句五言

◎●○○●首句五字仄韻起◎●○○●二句五字仄叶◎●●○○三句五字平韻換⊙○⊙●○四句五字平叶

前段四句四韻二十字，後段同前。

顧夐

漠漠秋雲澹。紅藕香侵檻。枕倚小山屏。金鋪向晚扃。睡起橫波慢。獨望情何限。衰柳數聲蟬。魂銷似去年。

薛昭蘊

慢綰青絲髮。光砑吴綾襪。床上小燻籠。韶州新退紅。叵耐無端處。捻得從頭污。惱得眼慵開。問人閒事來。

顧夐

岸柳垂金線。雨晴鶯百囀。家住緑楊邊。往來多少年。馬嘶芳草遠。高樓簾半捲。斂袖翠蛾攢。相逢爾許難。

尹鶚

暮烟籠蘚砌。戟門猶未閉。盡日醉尋春。歸來月滿身。離鞍偎繡袂。墜巾花亂綴。何處惱佳人。檀痕衣上新。

分增賀聖朝與後《賀聖朝》葉道卿作者不同

首句七字平韻起，二句三字平叶，三句七字平叶，四句三字平叶。

前段四句四韻二十字，後段同前首句仄起。

春景本集名《賀聖朝影》 **歐陽永叔**

白雪梨花紅粉桃。露華高。垂楊慢舞緑絲縧。草如袍。風過小池輕浪起，似江臯。

千金莫惜買香醪。且陶陶。

舊名《楊柳枝》 唐**張泌**

膩粉瓊粧透碧紗。雪休誇。金鳳搔頭墜鬢斜。髮交加。倚著雲屏新睡覺。思夢笑。

紅腮隱出枕函花。有些些。

舊名《楊柳枝》 **顧敻**

秋夜香閨思寂寥。漏迢迢。鴛幃羅幌麝烟消。燭光摇。正憶玉郎遊蕩去。無尋處。

更聞簾外雨瀟瀟。滴芭蕉。

酒泉子

首句四字平韻起，二句六字仄韻換，三句三字，四句三字仄叶，五句三字平叶首句韻。起句七字仄韻換，二句五字仄叶，三句三字，四句三字仄叶，五句三字平叶首句韻。前段五句四韻十九字，後段五句四韻二十一字。

温飛卿

花映柳條。閒向緑萍池上。凭欄干，窺細浪。雨瀟瀟。　近來音信兩疎索。洞房空寂寞。掩銀屏，垂翠箔。度春宵。

温飛卿

日映紗牕。金鴨小屏山碧。故鄉春，烟靄隔。背蘭釭。　宿粧惆悵倚高閣。千里雲影薄。草初齊，花又落。燕雙雙。

温飛卿

楚女不歸。樓枕小河春水。月孤明，風又起。杏花稀。　玉釵斜篸雲鬟髻。裙上金縷

鳳。八行書，千里夢。雁南飛。

温飛卿

羅帶惹香。猶繫别時紅豆。淚痕新，金縷舊。斷離腸。一雙嬌燕語雕梁。還是去年時節。緑陰濃，芳草歇。柳花狂。

韋端己

月落星沉。樓上美人春睡。緑雲傾，金枕膩。畫屏深。子規啼破相思夢。曙色東方纔動。柳烟輕，花露重。思難任。

牛嶠

記得去年。烟暖杏園花正發。雪飄香。江草緑，柳絲長。鈿車纖手卷簾望。眉學春山樣。鳳釵低裊翠鬟上。落梅粧。

張泌

春雨打窗。驚夢覺來天氣曉。畫堂深，紅餤小。背蘭釭。酒香噴鼻懶開缸。惆悵更無人共醉。舊巢中，新燕子。語雙雙。

張泌

紫陌青門，三十六宮春色，御溝輦路暗相通。杏園風。 咸陽沽酒寶釵空。笑指未央歸去，插花走馬落殘紅。月明中。

毛文錫

綠樹春深，燕語鶯啼聲斷續。蕙風飄蕩入芳叢。惹殘紅。 柳絲無力裊烟空。金盞不辭須滿酌，海棠花下思朦朧。醉香風。

牛希濟

枕轉簟涼。清曉遠鐘殘夢。月光斜，簾影動。舊爐香。 夢中説盡相思事。纖手匀雙淚。去年書，今日意。斷離腸。

顧敻

楊柳舞風。輕惹春烟殘雨。杏花愁，鶯正語。畫樓東。 錦屏寂寞思無窮。還是不知消息。鏡塵生，珠淚滴。損儀容。

其二　顧夐

羅帶縷金。蘭麝烟凝魂斷。畫屏欹，雲鬢亂。恨難任。幾迴垂淚滴鴛衾。薄情何處去。月臨窗，花滿樹。信沉沉。

其三　顧夐

小檻日斜，風度緑窗人悄悄。翠幃閒掩舞雙鸞。舊香寒。别來情緒轉難判。韶顔看却老。依稀粉上有啼痕。暗銷魂。

其四　顧夐

黛薄紅深。約掠緑鬟雲膩。小鴛鴦，金翡翠，稱人心。錦鱗無處傳幽意。海燕蘭堂春又去。隔年書，千點淚。恨難任。

其五　顧夐

掩却菱花，收拾翠鈿休上面。金蟲玉燕鎖香奩。恨厭厭。雲鬟半墜懶重篸。淚侵山枕濕。銀燈背帳夢方酣。雁飛南。

其六　顧敻

水碧風清，入檻細香紅藕膩。謝娘斂翠恨無涯。小屏斜。堪憎蕩子不還家。謾留羅帶結。帳深枕膩炷沉煙。負當年。

其七　顧敻

黛怨紅羞，掩映畫堂春欲暮。殘花微雨隔青樓。思悠悠。芳菲時節看將度。寂寞無人還獨語。畫羅襦，香粉污。不勝愁。

孫光憲

空磧無邊，萬里陽關道路。馬蕭蕭，人去去。隴雲愁。香貂舊製戎衣窄。胡霜千里白。綺羅心，魂夢隔。上高樓。

其二　孫光憲

曲檻小樓，正是鶯花二月。思無憀，愁欲絕。鬱離襟。展屏空對瀟湘水。眼前千萬里。淚淹紅，眉斂翠。恨沉沉。

其三

斂態窗前，裊裊雀釵抛頸。燕成雙，鸞對影。耦新知。

照。翠連娟，紅縹緲。早粧時。

閑卧繡幃，慵想萬般情寵。錦檀偏，翹股重。翠雲欹。

蕙蘭心，魂夢役，斂蛾眉。

其二

鈿匣舞鸞，隱映豔紅修碧。月梳斜，雲鬢膩。粉香寒。

輭。日初昇，簾半卷，對殘粧。

寂寞青樓。風觸繡簾珠碎。撼月朦朧，花暗澹，鎖春愁。

紅色重。鬢欹蟬，釵墜鳳。思悠悠。

孫光憲

玉纖澹拂眉山小。鏡中嗔共

毛熙震

暮天屏上春山碧，映香煙霧隔。

毛熙震

曉花微斂輕呵展。裹釵金燕

李珣

尋思往事依稀夢。淚臉露桃

其二　李珣

雨漬花零。紅散香凋池兩岸。別情遥，春夢斷。掩銀屏。孤帆早晚離三楚。閒理鈿箏愁幾許。曲中情，絃上語。不堪聽。

其三　李珣

秋雨聯綿，聲散敗荷叢裏。那堪深夜枕前聽。酒初醒。牽愁惹思更無停。燭暗香凝天欲曉。細和烟，冷和雨，透簾中。

李珣

秋月嬋娟，皎潔碧紗窗外照。花穿竹，冷沉沉。印池心。凝露滴，砌蛩吟。驚覺謝娘殘夢。夜深斜傍枕前來。影徘徊。

無題　辛幼安

流水無情，潮到空城頭盡白。離歌一曲怨殘陽。斷人腸。東風官柳舞雕牆。三十六宮花濺淚，春聲何處說興亡。燕雙雙。

玉蝴蝶

首句六字平韻起，二句五字平叶，三句五字平叶，四句五字平叶。

首句五字，二句五字平叶，三句五字平叶，四句五字平叶。

前段四句四韻二十一字，後段四句三韻二十字。

温飛卿

秋風凄切傷離。行客未歸時。塞外草先衰。江南雁到遲。芙蓉凋嫩臉，楊柳墮新眉。摇落使人悲。斷腸誰得知。

孫光憲

春欲盡，景仍長。滿園花正黄。粉翅兩悠颺。翩翩過短牆。鮮飈暖。牽遊伴。飛去立殘芳。無語對蕭娘。舞衫沉麝香。

上行盃

首句六字仄韻起，二句三字，三句四字仄叶，四句七字仄叶。
首句六字仄叶，二句七字仄叶，三句二字仄叶，四句三字，五句三字仄叶。

前段□句三韻二十字，後段五句四韻二十一字。

勸酒

韋端己

芳草灞陵春岸。柳烟深，滿樓絃管。一曲離聲腸寸斷。今日送君千萬。紅縷玉盤金鏤盞。須勸。珍重意，莫辭滿。

其二

白馬玉鞭金轡。少年郎，離別容易。迢遞去程千萬里。惆悵異鄉雲水。滿酌一盃勸和淚。須愧。珍重意，莫辭醉。

孫光憲

草草離亭鞍馬，從遠道，此地分袂。燕宋秦吴千萬里。無辭一醉。野棠開，江草濕。

佇立。沾泣。征騎駸駸急。

孫光憲

離棹逡巡欲動。臨極浦，故人相送。去住心情知不共。金船滿捧。綺羅愁，絲管咽。迴別帆影滅。江浪如雪。

點絳唇

⊙●○○首句四字◎○⊙●○○●二句七字仄韻起◎○○●三句四字仄叶●●○○●四句五字仄叶◎●◎○首句四字⊙●○○●二句五字仄叶○○●三句三字仄叶◎○○●四句四字仄叶◎●○○●五句五字仄叶

前段四句三韻二十字，后段五句四韻二十一字。

春閨

何籀

春雨濛濛，淡煙深鎖垂楊院。暖風輕扇。落盡桃花片。薄倖不來，前事思量遍。無由

見。淚痕如線。界破殘粧面。

其二

鶯踏花翻，亂紅堆徑無人掃。杜鵑來了。梅子枝頭小。撥盡琵琶，總是相思調。知音少。暗傷懷抱。門掩青春老。

春暮又見《東坡集》　　**賀方回**

紅杏飄香，柳含煙翠拖輕縷。水邊朱户。門掩黄昏雨。燭影摇紅，一枕傷春緒。歸不去。鳳樓何處。芳草迷歸路。

秋閨　　**汪彥章**

高柳蟬嘶，採菱歌斷秋風起。晚雲如髻。湖上山横翠。簾捲西樓，雨過涼生袂。天如水。畫樓十二。有箇人同倚。

冬景　　**汪彥章**

新月娟娟，夜寒江靜山銜斗。起來搔首。梅影横窗瘦。好個霜天，閒卻傳杯手。君知否。亂鴉啼後。歸興濃如酒。

詠草

宋林君復名逋

金谷年年，亂生春樹誰爲主。餘花落處。滿地和煙雨。又是離歌，一闋長亭暮。王孫去。萋萋無數。南北東西路。

秋思

蘇子瞻

獨倚胡床，庾公樓外峰千朵。與誰同坐。明月清風我。別乘一來，有偈終須和。還知麽。自從添个。風月平分破。旁注：・唱。

鞦韆

無名氏

蹴罷鞦韆，起來整頓纖纖手。露濃花瘦。薄汗輕衣透。見客入來，襪剗金釵溜。和羞走。倚門回首。卻把青梅嗅。

春景

朱希真

春雨春風，問誰染就江南草。燕嬌鶯巧。只是參軍老。今古紅塵，愁了人多少。尊前好。緩歌低笑。醉向花間倒。

閨思 　**李易安**

寂寞深閨，愁腸一寸愁千縷。惜春春去，幾點催花雨。倚遍闌干，祇是無情緒。人何處。連天衰草，望斷歸來路。

離別 　**晏叔原**

明月征鞍，又將南陌垂楊折。自憐輕別。拚得音塵絶。杏子枝邊，倚遍闌干月。依前缺。去年時節。舊事無人説。**眉批：**恨甚，似決絶詞。

春景 　**晏叔原**

花信來時，恨無人似花依舊。又成春瘦。折斷門前柳。天與多情，不與長相守。分飛後。淚痕和酒。占了雙羅袖。

閨怨見《東坡集》 　**秦少游**

月轉烏啼，畫堂宮徵生離恨。美人愁悶。不管羅衣褪。清淚斑斑，揮斷柔腸寸。嗔人問。背燈偷搵。拭盡殘紅粉。

桃源亦見《東坡集》　**秦少游**

醉漾輕舟，信流引到花深處。塵緣相誤。無計花間住。　煙水茫茫，千里斜陽暮。山無數。亂紅如雨。不記來時路。

記夢　**蕭竹屋**

花徑相逢，眼期心諾情如昨。怕人疑著。佯弄秋千索。　知有而今，何似當初莫。愁難託。雨鈴風鐸。夢斷燈花落。

陸放翁

采藥歸來，獨尋茅店沽新釀。暮煙千嶂。處處聞漁唱。　醉弄扁舟，不怕黏天浪。江湖上。這回疏放。作箇閒人樣。

九日寄懷嗣弟時在涪陵用東坡餘杭九日舊韻　**黃魯直**

濁酒黃花，畫簾十日無秋燕。夢中相見。似作枯禪觀。　鏡裏朱顏，又減心情半。江山遠。登高人健。寄語東飛雁。

其二　　前人

幾日無書，舉頭欲問西來燕。世情夢幻。復作如斯觀。　自歎人生，分合常相半。戎雖遠。念中相見。不托魚和雁。

前人

羅帶雙垂，妙香常恁攜纖手。半粧紅豆。各自相思瘦。　聞道伊家，終日眉兒皺。不能勾。淚珠輕溜。裛損揉藍袖。

重九和蘇堅　　蘇子瞻

我輩情鍾，古來誰似龍山宴。而今楚甸。戲馬餘飛觀。　顧謂佳人，不覺秋强半。簫聲遠。鬢雲撩亂。愁入參差雁。

重九再用前韻　　前人

不用悲秋，今年身健還高宴。江村海甸。總作空花觀。　尚想横汾，蘭菊紛相半。樓船遠。白雲飛亂。空有年年雁。

再和送錢公永 前　人

莫唱陽關，風流公子方終宴。秦山禹甸。縹緲真奇觀。　北望平原，落日山銜半。孤帆遠。我歌君亂。一送西飛雁。

雷博山寺 辛幼安

隱隱輕雷，雨聲不受春回護。落梅如許。吹盡牆邊去。　春水無情，礙斷溪南路。憑誰訴。寄聲傳語。没个人知處。

又 前　人

身後虛名，古來不換生前醉。青鞋自喜。不踏長安市。　竹外僧歸，路指霜鐘寺。孤鴻起。丹青手裡。剪破松江水。

趙子昂

富貴浮雲，休戀青綾被。歸與未。放懷煙水。不受風塵眯。　昏曉相催，百年窗暗窗明裡。人生能幾。贏得貂裘敝。

紗窗恨

首句七字仄韻起，二句三字平韻換，三句七字仄叶首句韻，四句三字平叶二句韻。

首句三字，二句四字，三句三字，四句四字平叶，五句四字，六句三字平叶。

前段四句四韻二十字，後段六句二韻二十一字。

毛文錫

新春燕子還來至。一雙飛。壘巢泥濕時時墜。涴人衣。後園裏，看百花發，香風拂，繡户金扉。月照紗窗，恨依依。

毛文錫

雙雙蝶翅塗鉛粉。咂花心。綺窗繡户飛來穩。畫堂陰。二三月，愛隨飄絮，伴落花，來拂衣襟。更剪輕羅片，傅黄金。

中興樂

首句七字平韻起，二句六字平叶，三句三字，四句五字平叶。

首句七字仄韻換，二句三字仄叶，三句四字仄叶，四句三字，五句三字平叶前段韻。

前段四句三韻二十一字，後段五句四韻二十字。

毛文錫

荳蔻花繁烟豔深。丁香軟結同心。翠鬟女，相與共淘金。紅蕉葉裏猩猩語。鴛鴦浦。

鏡中鸞舞。絲雨隔，荔枝陰。

牛希濟

池塘暖碧浸晴暉。濛濛柳絮輕飛。紅蘂凋來，醉夢還稀。春雲空有雁歸。珠簾垂。

東風寂寞，恨郎抛擲，淚濕羅衣。

女冠子

首句七字平韻起，二句六字仄叶，三句三字平韻換，四句五字，五句七字平叶。首句五字，二句五字平叶，三句五字，四句三字平叶。

前段五句四韻二十三字，後段四句二韻十八字。

温飛卿

含嬌含笑。宿翠殘紅窈窕。鬢如蟬。寒玉簪秋水，輕紗捲碧烟。雪胸鸞鏡裏，琪樹鳳樓前。寄語青娥伴，早求仙。

温飛卿

霞帔雲髮。鈿鏡仙容似雪。畫愁眉。遮語迴輕扇，含羞下繡幃。玉樓相望久，花洞恨來遲。早晚乘鸞去，莫相遺。

憶别

韋端己

四月十七。正是去年今日。别君時。忍淚佯低面，含羞半斂眉。不知魂已斷，空有夢相隨。除却天邊月，没人知。

其二

昨夜夜半。枕上分明夢見。語多時。依舊桃花面，頻低柳葉眉。半羞還半喜，欲去又依依。覺來知是夢，不勝悲。

美人入道　　薛昭藴

求仙去也。翠鈿金篦盡捨。入喦巒。霧捲黄羅帔，雲彫白玉冠。野烟溪洞冷，林月石橋寒。静夜松風下，禮天壇。

其二　　薛昭藴

雲羅霧縠。新授明威法籙。降真函。髻綰青絲髮，冠抽碧玉篸。往來雲過五，去住島經三。正遇劉郎使，啓瑶緘。脚注：「篸」，古「簪」字。

牛嶠

緑雲高髻。點翠匀紅時世。月如眉。淺笑含雙靨，低聲唱小詞。眼看惟恐化，魂蕩欲相隨。玉趾迴嬌步，約佳期。

牛嶠

錦江烟水。卓女燒春濃美。小檀霞。繡帶芙蓉帳，金釵芍藥花。額黄侵膩髮，臂釧透紅紗。柳暗鶯啼處，認郎家。**眉批**：豐豔飽人看。

牛嶠

星冠霞帔。住在蕊珠宫裏。佩丁當。明翠摇蟬翼，纖珪理宿粧。醮壇春草緑，藥院杏花香。青鳥傳心事，寄劉郎。

牛嶠

雙飛雙舞。春晝後園鶯語。卷羅幃。錦字書封了，銀河雁過遲。鴛鴦排寶帳。豆蔻繡連枝。不語匀珠淚，落花時。

張泌

露花烟草。寂寞五雲三島。正春深。貌減潛銷玉，香殘尚惹襟。竹疎虛檻靜，松密醮壇陰。何事劉郎去，信沉沉。

孫光憲

蕙風芝露。壇際殘香輕度。蕊珠宮。苔點分圓碧。桃花破淺紅。品流巫峽外，名籍紫微中。真侶慵成會，夢魂通。

其二　孫光憲

澹花瘦玉。依約神仙粧束。佩瓊文。瑞露通宵貯，幽香盡日焚。碧紗籠絳節，黄藕冠濃雲。勿以吹簫伴，不同羣。

鹿虔扆

鳳樓琪樹。惆悵劉郎一去。正春深。洞裏愁空結，人間信莫尋。竹疎齋殿迥，松密醮壇陰。倚雲低首望，可知心。

其二　鹿虔扆

步虛壇上。絳節霓旌相向。引真仙。玉珮摇蟾影，金爐裊麝烟。露濃霜簡濕，風緊羽衣偏。欲留難得住，却歸天。

碧桃紅杏。遲日媚籠光影。綵霞深。香暖薰鶯語，風清引鶴音。　翠鬟冠玉葉，霓袖捧瑤琴。應共吹簫侶，暗相尋。　　毛熙震

脩蛾慢臉。不語檀心一點。小山粧。蟬鬢低含綠，羅衣澹拂黃。　悶來深院裏，閒步落花傍。纖手輕輕整，玉爐香。　　毛熙震

星高月午。丹桂青松深處。醮壇開。金磬敲清露，珠幢立翠苔。　步虛聲縹緲，想像思徘徊。曉天歸去路，指蓬萊。　　李珣

其二　　李珣

春山夜靜。愁聞洞天疏磬。玉堂虛。細霧垂珠珮，輕烟曳翠裾。　對花情脈脈，望月步徐徐。劉阮今何處，絶來書。

春光好

○●●首句三字●○○二句三字平韻起●○○三句三字平叶⊙●○○●●○四句七字平叶●○○五句三字平叶　◎●⊙○⊙●起句六字⊙○⊙●⊙○二句六字平叶⊙●⊙○○●●三句七字●○○四句三字平叶

前段五句四韻十九字，後段四句二韻二十二字。

和凝

蘋葉軟，杏花明。畫船輕。雙浴鴛鴦出緑汀。棹歌聲。　春水無風無浪，春天半雨半晴。紅粉相隨南浦晚，幾多情。

和凝

紗窗暖，畫屏閒。嚲雲鬟。睡起四肢無力，半春間。　玉指剪裁羅勝，金盤點綴酥山。窺宋深心無限事，小眉彎。

增分 醉花間 與《生查子》同，首二句稍異

⊙◎⊙首句三字◎○●二句三字仄韻起⊙●○○●三句五字仄叶⊙●●○○四句五字⊙●○○●五句五字仄叶

前段五句二十一字，後段同前。

舊名《生查子》 **唐張泌**

相見稀，喜相見。相見還相遠。檀畫荔枝紅，金蔓蜻蜓軟。魚雁疎，芳信斷。花落庭陰晚。可惜玉肌膚，銷瘦成慵嬾。

毛文錫

休相問。怕相問。相問還添恨。春水滿塘生，鸂鶒還相趂。昨夜雨霏霏，臨明寒一陣。偏憶戍樓人，久絶邊庭信。

毛文錫

深相憶。莫相憶。相憶情難極。銀漢是紅牆，一帶遥相隔。金盤珠露滴。兩岸榆花

白。風摇玉佩清，今夕爲何夕。

贊浦子

毛文錫

首句五字，二句五字平韻起，三句五字，四句五字平叶。

首句六字，二句六字平叶，三句五字，四句五字平叶。

前段四句二韻二十字，後段四句二韻二十二字。

錦帳添香睡，金鑪換夕薰。嬾結芙蓉帶，慵拖翡翠裙。　正是桃夭柳媚，那堪暮雨朝雲。宋玉高唐意，裁瓊欲贈君。

戀情深

◎●⊙○○●●首句七字仄韻起◎○○●二句四字仄叶⊙○◎●●○○三句七字平韻換●○○四句

三字平叶　◎●(一)⊙●●○○起句七字平叶◎●●○○二句五字平叶◎●●○○●三句六字
●○○四句三字平叶

前段四句四韻二十一字，後段四句三韻二十一字。

宫詞

毛文錫

玉殿春濃花爛熳。簇神仙伴。羅裙窣地縷黄金。奏清音。酒闌歌罷兩沉沉。一笑動君心。永願作鴛鴦伴，戀情深。

其二

滴滴銅壺寒漏咽。醉紅樓月。宴餘香殿會鴛衾。蕩春心。真珠簾下曉光侵。鶯語隔瓊林。寶帳欲開慵起，戀情深。

(一) 此處當爲平。

霜天曉角

首句四字仄韻起，二句五字仄叶，三句六字，四句五字仄叶。
首句五字仄叶，二句五字仄叶，三句六字，四句三字，五句三字仄叶。
前段四句三韻二十字，後段五句三韻二十二字。

旅興 **辛幼安**

吴頭楚尾。一棹人千里。休説舊愁新恨，長亭今如此。　宦游吾倦矣。玉人留我醉。明日落花寒食，得且住，爲佳耳。

又 **前人**

暮山層碧。掠岸西風急。一葉軟紅深處，不是利名客。　玉人還佇立。緑窗生怨泣。萬里衡陽歸恨，先倩雁，寄消息。

浣溪沙亦名《山花子》

◎●○○●●○首句七字平韻起⊙○◎●●○○二句七字平叶◎○⊙●●○○三句七字平叶

◎●◎○○●●起句七字◎○⊙●●○○二句七字平叶◎○⊙●●○○三句七字平叶

前段三句三韻二十一字，後段三句三韻(一)二十一字。

春閨

一作秦少游，見《淮海集》**張子野**

錦帳重重捲暮霞。屏風曲曲鬭紅牙。恨人何事苦離家。枕上夢魂飛不去，覺來紅日又西斜。滿庭芳草襯殘花。

紅日已高三丈透。金鑪次第添香獸。紅錦地衣隨步皺。佳人舞徹金釵溜。酒惡時拈花蕊嗅。別殿遙聞簫鼓奏。

(一) 當爲二韻。

春景　周美成

水漲魚天拍柳橋。雲拖鳩雨過江皋。一番春信入東郊。閒碾鳳團消短夢，靜看燕子壘新巢。又移日影上花梢。

春暮　周美成

樓上晴天碧四垂。樓前芳草接天涯。勸君莫上最高梯。新筍看成堂下竹，落花都上燕巢泥。忍聽林表杜鵑啼。

夏景　周美成

日射欹紅蠟蒂香。風乾微汗粉襟涼。碧綃對掩簟紋光。自剪柳枝明畫閣，戲抛蓮菂種橫塘。長亭無事好思量。

其二

翠葆參差竹徑成。新荷跳雨淚珠傾。曲欄斜轉小池亭。風約簾衣歸雁急，水摇扇影戲魚驚。柳梢殘日弄微晴。

春景　　歐陽永叔

小院閒窗春色深。重簾未捲影沉沉。倚樓無語理瑤琴。遠岫出雲催薄暮，細風吹雨弄輕陰。梨花欲謝恐難禁。

春遊　　歐陽永叔

湖上朱橋響畫輪。溶溶春水浸春雲。碧琉璃滑淨無塵。當路游絲縈醉客，隔花啼鳥喚行人。日斜歸去奈何春。

春懷　　歐陽永叔

雨過殘紅濕未飛。珠簾一帶透斜暉。游蜂釀蜜竊香歸。金屋無人風竹亂，夜篝盡日水沉微。一春須有憶人時。

詠酒　　一作黃山谷**歐陽永叔**

堤上游人逐畫船。拍堤春水四垂天。緑楊樓外出秋千。白髮帶花君莫笑，六么催拍盞頻傳。人生何處似樽前。**眉批：**「樓外」一作「梢外」。**旁注：**「戴」。

晚景 賀方回

鶯外紅銷一縷霞。淡黄楊柳帶棲鴉。玉人和月折梅花。笑撚粉香歸繡户，半垂羅幕護窗紗。東風寒似夜來些。

春恨見《東坡集》 李　景

風壓輕雲貼水飛。乍晴池館燕爭泥。沈郎多病不勝衣。沙上未聞鴻雁信，竹間時有鷓鴣啼。此情惟有落花知。

其二

一曲新詞酒一杯。去年天氣舊亭臺。夕陽西下幾時回。無可奈何花落去，似曾相識燕歸來。小園香徑獨徘徊。

漁父擬張志和漁父詞　其二 黄魯直

新婦磯頭眉黛愁。女兒浦口眼波秋。驚魚錯認月沉鈎。青箬笠前無限事，緑蓑衣底一時休。斜風吹雨轉船頭。

春閨 見歐集　　**秦少游**

青杏園林煮酒香。佳人初試薄羅裳。柳絲搖曳燕飛忙。　乍雨乍晴花易老，閒愁閒悶日偏長。爲誰消瘦減容光。**眉批：**歐集「試」作「着」，「易老」作「自落」，「日」作「晝」，「減」作「損」。

春閨　　**張子野**

樓倚江邊百尺高。暮烟收處見歸橈。幾時期信似春潮。　花片片飛風弄葉，柳陰陰下水平橋。日長人去又今宵。

其二

水滿池塘花滿枝。亂香深裏語黃鸝。東風輕軟弄簾幃。　日正長時春夢短，燕交飛處柳煙低。玉窗紅子斗棊時。

春思　　《續詩餘》作歐陽永叔**秦少游**

漠漠輕寒上小樓。曉陰無賴似窮秋，澹煙流水畫屏幽。　自在飛花輕似夢，無邊絲雨細如愁。寶簾閒掛小銀鉤。

其二　閨情　《續詩餘》作歐陽永叔**秦少游**

香靨凝羞一笑開。柳腰如醉暖相挨。日長春困下樓臺。照水有情聊整鬢，倚闌無緒更兜鞋。眼邊牽恨懶歸來。**脚注：**「春」一作「人」。

其三

霜縞同心翠黛連。紅綃四角綴金錢。惱人香爇是龍涎。枕上忽收疑是夢，燈前重看不成眠。又還一段惡因緣。

其四或作黄山谷

脚上鞋兒四寸羅。唇邊朱粉一櫻多。見人無語但回波。料得有心憐宋玉，只應無奈楚襄何。今生有分共伊麽。**脚注：**「朱粉」或作「朱麝」，「只應」或作「秖因」。

鞦韆　**歐陽永叔**

雲曳香綿彩柱高。絳旗風颭出花梢。一梭紅帶往來拋。束素美人羞不打，卻嫌裙幔褪纖腰。日斜深院影空摇。

遊湖 歐陽永叔

紅粉佳人白玉杯。木蘭船穩棹歌催。緑荷風裏笑聲來。細雨輕煙籠草樹，斜橋曲水繞樓臺。夕陽高處畫屏開。

遠歸 晏叔原

午醉西橋夕未醒。雨花淒斷不堪聽。歸時應減鬢邊青。衣化客塵今古道，柳含春意短長亭。鳳樓爭見路旁情。

春宴 晏叔原

家近旗亭酒易沽。花時常得醉工夫。伴人歌笑懶妝梳。户外緑楊春系馬，床前紅燭夜呼盧。相逢不解有情無。

春閨 蘇子瞻

道字嬌訛苦未成。未應春閣夢多情。朝來何事緑鬟傾。綵索身輕長趁燕，紅窗睡重不聞鶯。困人天氣近清明。

青娥 贈田待制小鬟　蘇子瞻

學畫鵶兒正妙年。陽城下蔡困嫣然。憑君莫唱短姻緣。霧帳吹笙香嫋嫋，霜庭按舞月娟娟。曲終紅袖落雙纏。

重陽　蘇子瞻

晚菊花前斂翠蛾。挼花傳酒緩聲歌。柳枝團扇別離多。擁髻淒涼論舊事，曾隨織女度銀梭。當年今夕奈愁何。

方響 以敗鐵爲之　蘇子瞻

花滿銀塘水漫流。犀槌玉版奏涼州。順風環珮過秦樓。遠漢碧雲輕漠漠，今宵人在鵲橋頭。一聲敲徹絳河秋。

覓茶　蘇子瞻

簌簌衣巾落棗花。村南村北響繅車。半依古柳賣黃瓜。酒困路長惟欲睡，日高人渴漫思茶。敲門試問野人家。

野眺　米元章

日射平溪玉宇中。雲横遠渚岫重重。野花猶向澗邊紅。靜看沙頭魚入網，閒支藜杖醉迎風。小春天氣惱人濃。

春情　周美成

薄薄紗廚望似空。簟紋如水浸芙蓉。起來嬌眼未醒忪。强整羅衣擡皓腕，更將紈扇掩酥胸。羞郎何事面微紅。

晚景　賀方回

鸚鵡驚人促下簾。碧紗如霧隔青奩。雪兒窺鏡晚纖纖。烏鵲橋邊河絡角，鴛鴦樓外月西南。門前嘶馬弄金銜。

春遊　賀方回

宫錦袍熏水麝香。越羅裙染鬱金黄。茜蘿依約見明粧。繡陌不逢攜手伴，緑窗誰是畫眉郎。春風千里斷人腸。

閨情　**李易安**

髻子傷春慵更梳。晚風庭院落梅初。淡雲來往月疎疎。玉鴨薰爐閒瑞腦，朱櫻斗帳掩流蘇。遺犀還解辟寒無。

其二

繡面芙蓉一笑開。斜飛寶鴨襯香腮。眼波纔動被人猜。一面風情深有韻，半牋嬌恨寄幽懷。月移花影約重來。

旅況　**陸渭南**

謾向寒爐醉玉瓶。喚君同賞小聰明。夕陽吹角最關情。忙日苦多閒日少，新愁常續舊愁生。客中無伴怕君行。

春夜　**陸渭南**

花市東風捲笑聲。柳溪人影亂於雲。梅花何處暗香聞。露濕翠雲裘上月，燭摇紅影帳前春。瑶臺有路漸無塵。

上巳

楊孟載

軟翠冠兒簇海棠。研羅衫子繡丁香。閒來水上踏青陽。　風煖有人能作伴，日長無事可思量。水流花落任匆忙。

花朝

楊孟載

鸞股先尋斗草釵。鳳頭新繡踏青鞋。衣裳宮樣不須裁。　雕玉鏤成鸚鵡架，泥金鐫就牡丹牌。明朝相約看花來。

韋端己

清曉妝成寒食天。柳毬斜裊間花鈿。捲簾直出畫堂前。　指點牡丹初綻朵，日高猶自凭朱欄。含嚬不語恨春殘。

韋端己

欲上秋千四體慵。擬教人送又心忪。畫堂簾幕月明風。　此夜有情誰不極，隔牆梨雪又玲瓏。玉容憔悴惹微紅。

韋端己

惆悵夢餘山月斜。孤燈照壁背窗紗。小樓高閣謝娘家。暗想玉容何所似，一枝春雪凍梅花。滿身香霧簇朝霞。

韋端己

緑樹藏鶯鶯正啼。柳絲斜拂白銅鞮。弄珠江上草萋萋。日暮飲歸何處客，繡鞍驄馬一聲嘶。滿身蘭麝醉如泥。

韋端己

夜夜相思更漏殘。傷心明月凭欄干。想君思我錦衾寒。咫尺畫堂深似海，憶來惟把舊書看。幾時攜手入長安。

薛昭蘊

紅蓼渡頭秋正雨，印沙鷗跡自成行。整鬟飄袖野風香。不語含嚬深浦裏，幾回愁殺棹船郎。燕歸帆盡水茫茫。

薛昭蘊

鈿匣菱花錦帶垂。靜臨蘭檻卸頭時。約鬟低珥算歸期。茂苑草青湘渚闊，夢餘空有漏依依。二年終日損芳菲。

薛昭蘊

粉上依稀有淚痕。郡庭花落歛黃昏。遠情深恨與誰論。記得去年寒食日，延秋門外卓金輪。日斜人散暗銷魂。

薛昭蘊

握手河橋柳似金。蜂鬚輕惹百花心。蕙風蘭思寄清琴。意滿便同春水滿，情深還似酒盃深。楚煙湘月兩沈沈。

薛昭蘊

簾下三間出寺牆。滿堦垂柳緑陰長。嫩紅輕翠間濃粧。瞥地見時猶可可，却來閒處暗思量。如今情事隔仙鄉。

薛昭蘊

江館清秋纜客船。故人相送夜開筵。麝煙蘭燄簇花鈿。正是斷魂迷楚雨，不堪離恨咽湘絃。月高霜白水連天。

薛昭蘊

傾國傾城恨有餘。幾多紅淚泣姑蘇。倚風凝睇雪肌膚。吳主山河空落日，越王宮殿半平蕪。藕花菱蔓滿重湖。

薛昭蘊

越女淘金春水上，步摇雲鬟佩鳴璫。渚風江草又清香。不爲遠山凝翠黛，只因含恨向斜陽。碧桃花謝憶劉郎。

唐**張泌**

鈿轂香車過柳堤。樺煙分處馬頻嘶。爲他沉醉不成泥。花滿驛亭香露細，杜鵑聲斷玉蟾低。含情無語倚樓西。

張　泌

馬上凝情憶舊遊。照花淹竹小溪流。鈿箏羅幕玉搔頭。早是出門長帶月，可堪分袂又經秋。晚風斜日不勝愁。

張　泌

獨立寒堦望月華。露濃香泛小庭花。繡屏愁背一燈斜。雲雨自從分散後，人間無路到仙家。但憑魂夢訪天涯。

張　泌

依約殘眉理舊黃。翠鬟抛擲一簪長。暖風晴日罷朝粧。閑折海棠看又撚，玉纖無力惹餘香。此情誰會倚斜陽。

張　泌

翡翠屏開繡幄紅。謝娥無力曉妝慵。錦帷鴛被宿香濃。微雨小庭春寂寞，燕飛鶯語隔簾櫳。杏花凝恨倚東風。

張泌

枕障熏鑪隔繡帷。二年終日兩相思。杏花明月始應知。天上人間何處去，舊歡新夢覺來時。黃昏微雨畫簾垂。

張泌

花月香寒悄夜塵。綺筵幽會暗傷神。嬋娟依約畫屏人。人不見時還暫語，令纔拋後愛微顰。越羅巴錦不勝春。

張泌

偏戴花冠白玉簪。睡容新起意沈吟。翠鈿金縷鎮眉心。小檻日斜風悄悄，隔簾零落杏花陰。斷香輕碧鎖愁深。

張泌

晚逐香車入鳳城。東風斜揭繡簾輕。慢迴嬌眼笑盈盈。消息未通何計是，便須佯醉且隨行。依稀聞道太狂生。

張　泌

小市東門欲雪天。衆中依約見神仙。蘂黄香畫帖金蟬。飲散黄昏人草草，醉容無語立門前。馬嘶塵烘一街烟。

毛文錫

七夕年年信不違。銀河清淺白雲微。蟾光鵲影伯勞飛。每恨蟪蛄憐婺女，幾迴嬌妬下鴛機。今宵嘉會兩依依。

蜀歐陽炯

落絮殘鶯半日天。玉柔花醉只思眠。惹窗映竹滿爐煙。獨掩畫屏愁不語，斜欹瑶枕髻鬟偏。此時心在阿誰邊。

歐陽炯

天碧羅衣拂地垂。美人初著更相宜。宛風如舞透香肌。獨坐含嚬吹鳳竹，園中緩步折花枝。有情無力泥人時。

歐陽炯

相見休言有淚珠。酒闌重得敘歡娛。鳳屏鴛枕宿金鋪。蘭麝細香聞喘息，綺羅纖縷見肌膚。此時還恨薄情無。

顧夐

春色迷人恨正賒。可堪蕩子不還家。細風輕露著梨花。簾外有情雙燕颺，檻前無力緑楊斜。小屏狂夢極天涯。

其二

紅藕香寒翠渚平。月籠虛閣夜蛩清。塞鴻驚夢兩牽情。寶帳玉爐殘麝冷，羅衣金縷暗塵生。小窗孤燭淚縱橫。

其三

荷芰風輕簾幕香。繡衣鸂鶒泳迴塘。小屏閒掩舊瀟湘。恨入空幃鸞影獨，淚凝雙臉渚蓮光。薄情年少悔思量。

其四

惆悵經年別謝娘。月窗花院好風光。此時相望最情傷。　青鳥不來傳錦字，瑶姬何處鎖蘭房。忍教魂夢兩茫茫。

其五

庭菊飄黄玉露濃。冷莎隈砌隱鳴蛩。何期良夜得相逢。　背帳風摇紅蠟滴，惹香暖夢繡衾重。覺來枕上怯晨鐘。

其六

雲澹風高葉亂飛。小庭寒雨緑苔微。深閨人静掩屏幃。　粉黛暗愁金帶枕，鴛鴦空繞畫羅衣。那堪辜負不思歸。

其七

雁響遥天玉漏清。小紗窗外月朧明。翠幃金鴨炷香平。　何處不歸音信斷，良宵空使夢魂驚。簟凉枕冷不勝情。

其八

露白蟾明又到秋。佳期幽會兩悠悠。夢牽情役幾時休。　記得昵人微斂黛，無言斜倚小書樓。暗思前事不勝愁。

孫光憲

蓼岸風多橘柚香。江邊一望楚天長。片帆烟際閃孤光。　目送征鴻飛杳杳，思隨流水去茫茫。蘭紅波碧憶瀟湘。

其二

桃杏風香簾幙閑。謝家門户約花關。畫梁幽語燕初還。　繡閣數行題了壁，曉屏一枕酒醒山。却疑身是夢魂間。**脚注：**「幽語」一作「雙語」。

其三

花漸凋疎不耐風。畫簾垂地晚堂空。墮堦縈蘚舞愁紅。　膩粉半粘金靨子，殘香猶暖繡薰籠。蕙心無處與人同。

其四

攬鏡無言淚欲流。凝情半日嬾梳頭。一庭疎雨濕春愁。楊柳秖知傷怨別，杏花應信損嬌羞。淚沾魂斷軫離憂。

其五

半踏長裙宛約行。晚簾疎處見分明。此時堪恨昧平生。早是銷魂殘燭影，更愁聞着品絃聲。杳無消息若爲情。

其六

蘭沐初休曲檻前。暖風遲日洗頭天。濕雲新斂未梳蟬。翠袂半將遮粉臆，寶釵長欲墜香肩。此時模樣不禁憐。

其七

風遞殘香出繡簾。團窠金鳳舞襜襜。落花微雨恨相兼。何處去來狂太甚，空推宿酒睡無厭。争教人不別猜嫌。**脚注：**是詰問。五代人「狂」字大約作「恣情」解。

其八

輕打銀箏墜燕泥。斷絲高罥畫樓西。花冠閒上午牆啼。粉籜半開新竹逕，紅苞盡落舊桃蹊。不堪終日閉深閨。

其九

烏帽斜欹倒佩魚。靜街偷步訪仙居。隔牆應認打門初。將見客時微掩袂，得人憐處且生疎。低頭羞問壁邊書。

《續譜》作《小庭花》

閻選

寂寞流蘇冷繡茵。倚屏山枕惹香塵。小庭花露泣濃春。劉阮信非仙洞客，嫦娥終是月中人。此生無路訪東鄰。

毛熙震

春暮黃鶯下砌前。水晶簾影露珠懸。綺霞低映晚晴天。弱柳萬條垂翠帶，殘紅滿地碎香鈿。蕙風飄蕩散輕烟。

其二

花樹香紅烟景迷。滿庭芳草緑萋萋。金鋪閒掩繡簾低。紫燕一雙嬌語碎，翠屏十二晚峯齊。夢魂銷散醉空閨。

其三

晚起紅房醉欲銷。緑鬟雲散裊金翹。雪香花語不勝嬌。好是向人柔弱處，玉纖時弄繡裙腰。春心牽惹轉無憀。

其四

一隻横釵墜髻叢。静眠珍簟起來慵。繡羅紅嫩抹酥胸。羞斂細蛾魂暗斷，困迷無語思猶濃。小屏香靄碧山重。

其五

雲薄羅裙綬帶長。滿身新裛瑞龍香。翠鈿斜映豔梅粧。佯不覷人空婉約，笑和嬌語太猖狂。忍教牽恨暗形相。

其六

碧玉冠輕裊燕釵。捧心無語步香堦。緩移弓底繡羅鞋。　暗想歡娛何計好，豈堪期約有時乖。日高深院正忘懷。

其七

半醉凝情卧繡茵。睡容無力卸羅裙。玉籠鸚鵡厭聽聞。　慵整落釵金翡翠，象梳欹鬢月生雲。錦屏綃幌麝烟薰。

李珣

入夏偏宜澹薄粧。越羅衣褪鬱金黄。翠鈿檀注助容光。　相見無言還有恨，幾迴拚却又思量。月窗香逕夢悠颺。

其二

晚出閑庭看海棠。風流學得内家粧。小釵横戴一枝芳。　鏤玉梳斜雲鬢膩，縷金衣透雪肌香。暗思何事立殘陽。

其三

訪舊傷離欲斷魂。無因重見玉樓人。六街微雨浥香塵。　早爲不逢巫峽夢，那堪虚度錦江春。遇花傾酒莫辭頻。

其四

紅藕花香到檻頻。可堪閒憶似花人。舊歡如夢絶音塵。　翠疊畫屏山隱隱，冷鋪紋簟水潾潾。斷魂何處一蟬新。

擬張志和漁父詞一　**黄魯直**

西塞山邊白鳥飛。散花洲外片帆微。桃花流水鱖魚肥。　自庇一身青箬笠，相隨到處綠蓑衣。斜風細雨不須歸。**眉批：**又見《東坡集》，「白鳥」作「白鷺」。

佳人　**前人**

飛鵲臺前暈翠蛾。千金新買帝青螺。最難如意爲情多。　幾處淚痕留醉袖，一春愁思近横波。遠山低盡不成歌。**旁注：**×，誤。

前　人

一葉扁舟捲畫簾。老妻學飲伴清談。人傳詩句滿江南。林下猿垂窺滌硯，巖前鹿卧看收帆。杜鵑聲亂水如環。

新秋　**蘇子瞻**

風捲珠簾自上鉤。蕭蕭亂葉報新秋。獨攜纖手上高樓。缺月向人舒窈窕，三星當户照綢繆。香生霧縠見纖柔。

遊蘄水清泉寺寺臨蘭溪溪水西流　前　人

山下蘭芽短浸溪。松間沙路淨無泥。蕭蕭暮雨子規啼。誰道人生無再少，門前流水尚能西。休將白髮唱黄雞。**脚注**：樂天《玲瓏歌》有云：「黄鷄催曉丑時鳴，白日催年酉時没。」不知是指此否。

冬日雨後微雪，太守徐君猷攜酒見過，坐上作三首。明日酒醒，雪大作，又作二首　前　人

覆塊青青麥未蘇。江南雲葉暗隨車。臨臯煙景世間無。雨脚半收簷斷線，雪林初下瓦踈珠。歸來冰顆亂粘鬚。

次韻 前人

醉夢昏昏曉未蘇。門前歷轆使君車。扶頭一盞怎生無。　廢圃寒蔬挑翠羽，小槽春酒凍真珠。清香細細嚼梅鬚。

次韻 前人

雪裏餐氈例姓蘇。使君載酒爲回車。天寒酒色轉頭無。　薦士已聞飛鶚表，報恩應不用蛇珠。醉中還許攬桓鬚。

次韻 前人

半夜銀山上積蘇。朝來九陌帶隨車。濤江煙渚一時無。　空腹有詩衣有結，溼薪如桂米如珠。凍吟誰伴撚髭鬚。

次韻 前人

萬頃風濤不記蘇。雪晴江上麥千車。但令人飽我愁無。　翠袖倚風縈柳絮，絳唇得酒爛櫻珠。尊前呵手鑷霜鬚。

重九　前人

珠檜絲杉冷欲霜。山城歌舞助淒涼。且餐山色飲湖光。共挽朱轓留半日，强揉青蕊作重陽。不知明日爲誰黄。

次韻　前人

霜鬢真堪插拒霜。哀絃危柱作伊涼。暫時流轉爲風光。未遣清樽空北海，莫因長笛賦山陽。金釵玉腕瀉鵝黄。

有感　前人

傅粉郎君又粉奴。莫教施粉與施朱。自然冰玉照香酥。有客能爲神女賦，憑君送與雪兒書。夢魂東去覓桑榆。

橘　前人

菊暗荷枯一夜霜。新苞緑葉照林光。竹籬茅舍出青黄。香霧噀人驚半破，清泉流齒怯初嘗。吴姬三日手猶香。

上元日寄袁公濟　　前人

雪頷霜髯不自驚。更將剪綵發春榮。羞顔未醉已先頳。莫唱黄雞并白髮，且呼張友喚殷兄。有人歸去欲卿卿。

次韻　　前人

料峭東風翠幙驚。云何不飲對公榮。水晶盤瑩玉鱗頳。花影莫孤三夜月，朱顔未稱五年兄。翰林子墨主人卿。

徐門石潭謝雨道上作　　前人

照日深紅暖見魚。連溪緑暗晚藏烏。黄童白叟聚睢盱。麋鹿逢人雖未慣，猿猱聞鼓不須呼。歸家説與採桑姑。

同前　　前人

旋抹紅妝看使君。三三五五棘籬門。相挨踏破蒨羅裙。老幼扶攜收麥社，烏鳶翔舞賽神村。道逢醉叟卧黄昏。

同前 前人

麻葉層層檾葉光。誰家煮繭一村香。隔籬嬌語絡絲娘。垂白杖藜擡醉眼，捋青擣麨軟飢腸。問言豆葉幾時黃。

同前 前人

軟草平莎過雨新。輕沙走馬路無塵。何時收拾耦耕身。日暖桑麻光似潑，風來蒿艾氣如薰。使君元是此中人。

菊節別元素 前人

縹緲危樓紫翠間。良辰樂事苦難全。感時懷舊獨淒然。璧月瓊枝空夜夜，菊花人貌自年年。不知來歲與誰看。

春情 前人

桃李溪邊駐畫輪。鷓鴣聲裡倒清尊。夕陽雖好近黃昏。香在衣裳妝在臂，水連芳草月連雲。幾人歸去不消魂。

荷花　　前人

四面垂楊十里荷。問云何處最花多。畫樓南畔夕陽和。天氣乍涼人寂寞，光陰須得酒消磨。且來花裏聽笙歌。

贈閭丘朝議時過徐州　　前人

一別姑蘇已四年。秋風南浦送歸船。畫簾重見水中仙。霜鬢不須催我老，杏花依舊駐君顏。夜闌相對夢魂間。

有贈　　前人

恠見眉間一點黃。詔書催發羽書忙。從教嬌淚洗紅妝。上殿雲霄生羽翼，論兵齒頰帶風霜。歸來衫袖有天香。

憶舊　　前人

長記鳴琴子賤堂。朱顏緑髮映垂楊。如今秋鬢數莖霜。聚散交遊如夢寐，升沈閒事莫思量。仲卿終不避桐鄉。

野飲松下作　**前　人**

紹聖元年十月十三日與侯晉叔、譚汲遊大雪寺。野飲松下，作松黄湯。又余近釀酒，名「萬家春」。蓋嶺南萬户酒也。

羅襪空飛洛浦塵。錦袍不見謫仙人。攜壺藉草亦天真。　玉粉輕黄千歲藥，雪花浮動萬家春。醉歸江路野梅新。

重九　**前　人**

白雪清詞出座間。愛君才器兩俱全。異鄉風景各依然。　可恨相逢能幾日，不知重會是何年。茱萸仔細更重看。

冬日從泗州劉倩叔遊南山　**前　人**

細雨斜風作曉寒。淡煙疏柳媚晴灘。入淮清洛漸漫漫。　雪沫乳花浮午盞，蓼芽蒿筍試春盤。人間有味是清歡。

送梅庭老赴潞州學官　**前　人**

門外東風雪灑裾。山頭回首望三吴。不應彈鋏爲無魚。　上黨從來天下脊，先生元是古之儒。時平不用魯連書。

徐州藏春閣園中 前人

慚愧今年二麥豐。千畦翠浪舞晴空。化工餘力染夭紅。歸去山公應倒載，攔街拍手笑兒童。甚時名作錦薰籠。

揚州賞芍藥櫻桃 前人

芍藥櫻桃兩鬬新。名園高會送芳辰。洛陽初夏廣陵春。紅玉半開菩薩面，丹砂穠點柳枝唇。樽前還有箇中人。

再贈田待制小鬟 前人

一夢江湖費五年。歸來風物故依然。相從一醉是前緣。遷客不應常眊矂，使君爲出小嬋娟。翠鬟聊着小詩纏。

端午 前人

輕汗微微透碧紈。明朝端午浴芳蘭。流香漲膩滿晴川。綵線輕纏紅玉臂，小符斜掛緑雲鬟。佳人相見一千年。

感舊　前人

徐邈能中酒聖賢。劉伶席地幕青天。潘郎白璧爲誰連。無可奈何新白髮，不如歸去舊青山。恨無人借買山錢。

自適　前人

傾蓋相逢勝白頭。故山空復夢松楸。此心安處是菟裘。賣劍買牛真欲老，乞漿得酒更何求。願爲祠社宴春秋。

寓意和前韻　前人

炙手無人傍屋頭。蕭蕭晚雨脱梧楸。誰憐季子敝貂裘。顧我已無當世望，似君須向古人求。歲寒松柏肯驚秋。

即事　前人

畫隼横江喜再遊。老魚跳檻識清謳。流年未肯付東流。黄菊籬邊無悵望，白雲鄉裏有温柔。挽回霜鬢莫教休。

前人

玉腕氷寒滴露華。粉融香雪透輕紗。晚來妝面勝荷花。鬟嚲欲迎眉際月，酒紅初上臉邊霞。一場春夢日西斜。

端午　　前人

入袂輕風不破塵。玉簪犀璧醉佳辰。一番紅粉爲誰新。團扇只堪題往事，新絲那解繫行人。酒闌滋味似殘春。

前人

幾共查梨到雪霜。一經題品便生光。木奴何處避雌黃。北客有來初未識，南金無價喜新嘗。含滋嚼句齒牙香。

前人

山色橫侵蘸暈霞。湘川風靜吐寒花。遠林屋·散尚啼鴉。夢到故園多少路，酒醒南望隔天涯。月明千里照平沙。**旁注**：·疑誤。

宋歐陽永叔

葉底青青杏子垂。枝頭薄薄柳綿飛。日高深院晚鶯啼。堪恨風流成薄倖，斷無消息道歸期。托腮無語翠眉低。

前人

翠袖嬌鬟舞石州。兩行紅粉一時羞。新聲難逐管絃愁。白髮主人年未老，清時賢相望偏優。一樽風月爲公留。

前人

燈燼垂花月似霜。薄簾映月兩交光。酒醺紅粉自生香。雙手舞餘拖翠袖，一聲歌已釂金觴。休回嬌眼斷人腸。

前人

十載相逢酒一巵。故人纔見便開眉。老來遊舊更同誰。浮世歌歡真易失，宦途離合信難期。尊前莫惜醉如泥。

漫興 **辛幼安**

未到山前騎馬回。風吹雨打已無梅。共誰消遣兩三杯。一似舊時春意思，百無事處老形骸。也曾頭上戴花來。

黄沙嶺 **前　人**

寸步人間百十樓。孤城春水一沙鷗。天風吹樹幾時休。突兀趁人山石狠，朦朧避路野花羞。人家平水廟東頭。

壽内子 **前　人**

壽酒同斟喜有餘。朱顔卻對白髭須。兩人百歲恰乘除。婚嫁剩添兒女拜，平安頻拆外家書。年年堂上壽星圖。

瓢泉偶作 **前　人**

新葺茅檐次第成。青山恰對小窗横。去年曾共燕經營。病卻杯盤甘止酒，老依香火苦翻經。夜來依舊管弦聲。

赴閩別瓢泉 前人

細聽春山杜宇啼。一聲聲是送行詩。朝來白鳥背人飛。對鄭子真嵒石臥，赴陶元亮菊花期。而今堪誦北山移。

常山道中即事 前人

北隴田高踏水頻。西溪禾早已嘗新。隔牆沽酒煮纖鱗。忽有微涼何處雨，更無留影霎時雲。賣瓜人過竹邊村。

宿山寺 前人

花向今朝粉面勻。柳因何事翠眉顰。東風吹雨細於塵。自笑好山如好色，只今懷樹更懷人。閒愁閒恨一番新。

又 前人

歌串如珠箇箇勻。被花勾引笑和顰。向來驚動畫梁塵。莫倚笙歌多樂事，相看紅紫又拋人。舊巢還有燕泥新。

又　　前人

父老爭言雨水勻。眉頭不似去年顰。殷勤謝卻甑中塵。　啼鳥有時能勸客，小桃無賴已撩人。梨花也作白頭新。

別杜叔高　　前人

這裡裁詩話別離。那邊應是望歸期。人言心急馬行遲。　去雁無憑傳錦字，春泥抵死汚人衣。海棠過了有荼蘼。

賦溪臺　　前人

臺倚崩崖玉滅痕。青山卻作捧心顰。遠林煙火幾家村。　引入滄浪魚得計，展成寥闊鶴能言。幾時高處見層軒。

又　　前人

妙手都無斧鑿痕。飽參佳處卻成顰。恰如春入浣花村。　筆墨今宵光有豔，管弦從此悄無言。主人席次兩眉軒。

種松未成　前人

草木於人也作疏。秋來咫尺異榮枯。空山歲晚孰華余。孤竹君窮猶抱節，赤松子嫩已生須。主人相愛肯留無。

種梅菊　前人

百世孤芳肯自媒。直須詩句與推排。不然喚起酒邊來。自有陶潛方有菊，若無和靖即無梅。秖今何處向人開。

別澄上人送性禪師　前人

梅子生時到幾回。桃花開後不須猜。重來松竹意徘徊。慣聽禽聲應可諳，飽觀魚陣已能排。晚雲挾雨喚歸來。

集句　王荊公

百畝中庭半是苔。門前白道水縈迴。愛閒能有幾人來。小院回廊春寂寂，山桃溪杏兩三栽。爲誰零落爲誰開。

李叔固丞相會間贈歌者岳貴貴　**趙子昂**

滿捧金卮低唱詞。尊前再拜索新詩。老夫慚愧鬢成絲。羅袖染將脩竹翠，粉香吹上小梅枝。相逢不似少年時。

雪花飛

首句六字，二句六字平韻起，三句六字，四句四字平叶。

首句五字，二句五字平叶，三句六字，四句四字平叶。

前段四句二韻二十二字，後段四句二韻二十字。

黃魯直

攜手青雲路穩，天聲迆邐傳呼。袍笏恩章乍賜，春滿皇都。何處難忘酒，瓊花照玉壺。歸娲絲梢競醉，雪舞郊衢。

小桃紅

首句七字平韻起，二句五字仄叶，三句七字仄叶，四句三字平叶。四句七字仄叶，二句四字，三句四字，四句五字仄叶。前段四句四韻二十二字，後段四句二韻二十字。

倪雲林

陸莊風景又蕭條。堪歎還堪笑。世事茫茫更誰料。訪漁樵。後庭玉樹當時調。可憐商女，不知亡國，吹向紫鸞簫。

前 人

一江秋水淡寒煙。水影明如練。眼底離愁數行雁。寫晴天。白蘋紅蓼參差見。吳歌蕩槳，一聲哀怨，驚起鷺鷗眠。

前 人

五湖煙水未歸身。天地雙蓬鬢。白酒新篘會隣近。主酬賓。百年世事興亡運。青山數家，漁舟一葉，聊且避風塵。

清商怨

宋**欧阳永叔**名脩

⊙○⊙●◎●●首句七字仄韻起◎◎○●●二句五字仄叶◎●○○三句四字⊙○○●●四句五字仄叶

⊙○○○●●起句六字仄叶◎●●◎○○●二句七字仄叶◎●○○三句四字⊙○○●●四句五字仄叶

前段四句三韻二十一字，後段四句三韻二十二字。

關河愁思望處滿。漸素秋向晚。雁過南雲，行人回淚眼。雙鸞衾裯悔展。夜又永枕孤人遠。夢未成歸，梅花聞塞管。

葭萌驛作

陸放翁

江頭日夜痛飲。乍雪晴猶凜。山驛凄涼，燈昏人獨寢。鴛機新寄斷錦。歎往事不堪重省。夢破南樓，緑雲堆一枕。

歸國遥 與前《歸國遥》異

首句三字仄韻起，二句七字仄叶，三句六字仄叶，四句五字仄叶。首句六字仄叶，二句五字仄叶，三句六字仄叶，四句五字仄叶。前段四句三韻二十一字，後段四句四韻二十二字。

唐**韋端己**名莊

春欲暮。滿地落花紅帶雨。惆悵玉籠鸚鵡。單棲無伴侣。南望去程何許。問花花不語。早晚得同歸去。恨無雙翠羽。

韋端己

金翡翠。爲我南飛傳我意。罨畫橋邊春水。幾年花下醉。别後只知相愧。淚珠難遠寄。羅幕繡幃鴛被。舊歡如夢裡。

韋端己

春欲晚。戲蝶遊蜂花爛熳。日落謝家池館。柳絲金縷斷。睡覺緑鬟風亂。畫屏雲雨散。閒倚博山長歎。淚流沾皓腕。

温飛卿

香玉。翠鳳寶釵垂䍡𦋺。鈿筐交勝金粟。越羅春水渌。畫堂照簾殘燭。夢餘更漏促。謝娘無限心曲。曉屏山斷續。

温飛卿

雙臉。小鳳戰篦金颭豔。舞衣無力風斂。藕絲秋色染。錦帳繡幃斜掩。露珠清曉簟。粉心黃蘂花靨。黛眉山兩點。

梅花令

□□○○首句四字平韻起⋂○⋂□○二句五字平叶□□○○□□三句六字⋂□□□○○四句六字平

叶

⋂○○□○首句五字平叶⋂○○□○二句五字平叶⋂□○○□□三句六字○□□□○○四句六字平叶

前段四句三韻二十一字，後段四句三韻二十二字。

詠梅　虞道園

剪玉裁冰。有人嫌太清。更有人嫌太瘦，都不是我知音。知音何處尋。孤山人姓林。一自西湖別後，憔悴損到如今。

殿前歡

首句三字平韻起，二句七字平叶，三句七字仄叶，四句四字平叶。

首句三字，二句三字平叶，三句三字仄叶，四句五字仄叶，五句四字，六句四字平叶。

前段四句四韻二十一字，後段六句四韻二十二字。

倪雲林

揾啼紅。杏花消息雨聲中。十年一覺楊州夢，春水如空。雁波寒，寫去蹤。離愁重。

南浦行雲送。冰弦玉柱，彈怨東風。

訴衷情

⋂○⋂□□○○首句七字平韻起⋂□□○○二句五字平韻叶⋂○□○○□三句六字⋂□□○○四句五字平叶
⋂□□首句三字□○○二句三字平叶□○○三句三字平叶⋂○□□四句四字⋂□○○五句四字⋂□○○六句四字平叶

前段四句三韻二十三字，後段六句三韻二十一字。

寒食　僧仲殊

湧金門外小瀛洲。寒食更風流。紅船滿湖歌吹，花外有高樓。晴日暖，澹煙浮。恣嬉遊。三千粉黛，十二闌干，一片雲頭。

畫眉　黃魯直

一本「鬪彎蛾」作「着紅靴」，「遠峯看有無」作「宛宛鬪彎蛾」

旋揎玉指鬪彎蛾。遠峯看有無。天然自有殊態，供愁黛，不須多。分遠岫，壓橫波。

妙難過。自欹枕處，獨倚闌時，不奈嚬何。

畫眉 一本作黄魯直詞。「清晨簾幕」作「珠簾繡幕」，「流芳」作「流光」，「擬歌」作「未歌」 歐陽永叔

清晨簾幕卷輕霜。呵手試梅粧。都緣自有離恨，故畫作，遠山長。思往事，惜流芳。易成傷。擬歌先斂，欲笑還顰，最斷人腸。

魏承斑

高歌宴罷月初盈。詩情引恨情。煙露冷，水流輕。思想夢難成。羅帳裊香平。恨頻生。思君無計睡還醒。隔層城。

其二

春深花簇小樓臺。風飄錦繡開。新睡覺，步香堦。山枕印紅顋。鬢亂墜金釵。語檀偎。臨行執手重重囑，幾千迴。

其三

銀漢雲晴玉漏長。蛩聲悄畫堂。筠簟冷，碧牕涼。紅蠋淚飄香。皓月瀉寒光。割人腸。那堪獨自步池塘。對鴛鴦。

其四

金風輕透碧窗紗。銀釭焰影斜。欹枕卧，恨何賒。山掩小屏霞。　雲雨别吴娃。想容華。夢成幾度遶天涯。到君家。

其五

春情滿眼臉紅銷。嬌妬索人饒。星靨小，玉璫摇。幾共醉春朝。　别後憶纖腰。夢魂勞。如今風葉又蕭蕭。恨迢迢。

黄魯直

小桃灼灼柳鬖鬖。春色滿江南。雨晴風暝煙淡，天氣正醺酣。　山潑黛，水挼藍。翠相攙。歌樓酒旆，故故招人，權典青衫。

在戎州登臨勝景未嘗不歌《漁父》以謝江山，門生請問先生家風如何，爲作此章

前　人

一波纔動萬波隨。蓑笠一鉤絲。金鱗正在深處，千尺也須垂。　吞又吐，信還疑。上鉤遲。水寒江淨，滿目青山，載月明歸。

送述古迓元素　**蘇子瞻**

錢塘風景古來奇。太守例能詩。先驅負弩何在，心已浙江西。　花盡後，葉飛時。雨淒淒。若爲情緒，更問新官，向舊官啼。

海棠　**前　人**

海棠珠綴一重重。清曉近簾櫳。胭脂誰與勻淡，偏向臉邊濃。　看葉嫩，惜花紅。意無窮。如花似葉，歲歲年年，共占春風。

琵琶女　**前　人**

小蓮初上琵琶弦。彈破碧雲天。分明繡閣幽恨，都向曲中傳。　膚瑩玉，鬢梳蟬。綺窗前，素娥今夜，故故隨人，似鬭嬋娟。

和俞秀老鶴詞　**王荊公**

常時黃色見眉間。松桂我同攀。每言天上辛苦，不肯餌金丹。　憐水靜，愛雲閒。便忘還。高歌一曲，岩谷逶迤，宛似商山。

前人

練巾藜杖白雲間。有興即躋攀。追思往昔如夢，華轂也曾丹。　塵自擾，性長閑。更無還。達如周召，窮似丘軻，祇個山山。

前人

芒然不肯住林間。有處即追攀。將他死語圖度，怎得離真丹。　漿水價，匹如閑。也須還。何如直截，踢倒軍持，贏取溈山。

前人

鶯巢燕子逞翱翔。微志在雕梁。碧雲舉翮千里，其奈有鸞皇。　臨濟處，德山行。果承當。自時降在，一切天魔，掃地焚香。

前人

莫言普化祇顛狂。真解作津梁。驀然打個筋斗，直跳過羲皇。　臨濟處，德山行。果承當。將他建立，認作心誠，也是尋香。

菩薩蠻

一名《重疊金》，一名《子夜歌》，宋朱紫陽愛作逐句迴文，明邱瓊山愛作通篇迴文

⊙○◎●○○●首句七字仄韻起⊙○○●○○●二句七字仄叶◎●●○○三句五字平韻換⊙○◎●○四句五字平叶

⊙○○●●起句五字仄韻再換◎●○○●二句五字仄叶◎●●○○三句五字平韻三換⊙○◎●○四句五字平叶

前段四句四韻二十四字，後段四句四韻二十字。

閨情

唐**李太白**名白

平林漠漠煙如織。寒山一帶傷心碧。暝色入高樓。有人樓上愁。闌干空佇立。宿鳥歸飛急。何處是歸程。長亭更短亭。

春閨

《花間集》温庭筠作**何籀**

南園滿地堆輕絮。愁聞一霎清明雨。雨後却斜陽。杏花零落香。無言勻睡臉。枕上屏山掩。時節欲黃昏。無聊獨倚門。

脚注：「聊」一作「憀」。

秋閨　秦少游

蟲聲泣露驚秋枕。羅幃淚濕鴛鴦錦。獨卧玉肌涼。殘更與恨長。陰風翻翠幔。雨澀燈花暗。畢竟不成眠。鴉啼金井寒。

其二

金風簌簌驚黄葉。高樓影轉銀蟾匝。夢斷繡簾垂。月明烏鵲飛。新愁知幾許。欲似絲千縷。雁已不堪聞。砧聲何處村。

冬景　黄叔暘

南山未解松梢雪。西山已掛梅梢月。説似玉林人。人間無此清。此身元是客。小住娱今夕。拍手憑欄干。霜風吹鬢寒。

離别　孫巨源

樓頭尚有三通鼓。何須抵死催人去。上馬苦匆匆。琵琶曲未終。回頭凝望處。那更廉纖雨。漫道玉爲堂。玉堂今夜長。

詠箏　張子野

哀箏一弄湘江曲。聲聲寫盡湘波緑。纖指十三絃。細將幽恨傳。當筵秋水慢。玉柱斜飛雁。彈到斷腸時。春山眉黛低。

宫詞　李後主

銅黄韻脆鏘寒竹。新聲慢奏移纖玉。眼色暗湘鉤。秋波横欲流。雨雪深繡户。來便諧衷素。宴罷又成空。夢迷春睡中。

春思　牛嶠

玉釵風動春幡急。交枝紅杏籠煙泣。樓上望卿卿。寒牕新雨晴。薰爐蒙翠被。翠被鴛鴦睡。何處最相知。羨他初畫眉。

春暮　牛嶠

風簾燕舞鶯啼柳。妝臺約鬢低纖手。釵重髻盤姗。一枝紅牡丹。門前行樂客。白馬嘶春色。故故墜金鞭。回頭應眼穿。

閨情　　無名氏

牡丹帶露真珠顆。佳人折向庭前過。含笑問檀郎。花强妾貌强。檀郎故相惱。只道花枝好。一面發嬌嗔。碎挼花打人。

腳注：一作黄山谷詞，「庭前」作「簾前」。

佳人　　黄師憲

眉尖早識愁滋味。嬌羞未解論心事。試問憶人否。無言只點頭。嗔人歸不早。故把金杯惱。醉看舞時腰。還如舊日嬌。

送別　　舒信道

畫船撾鼓催君去。高樓把酒留君住。去住若爲情。江頭潮欲平。江潮容易得。却是人南北。今日此尊空。知君何日同。

冬景　　舒信道

江梅未放枝頭結。江樓已見山頭雪。待得此花開。知君來未來。風帆雙畫鷁。小雨隨山色。空得鬱金裙。酒痕和淚痕。

冬宴　歐陽炯

紅爐煖閣佳人睡。隔簾飛雪添香氣。小院奏笙歌。香風簇綺羅。　酒傾金盞滿。銀燭重開宴。公子醉如泥。天街聞馬嘶。

代伎送陳述古　蘇子瞻

娟娟缺月西南落。相思撥斷琵琶索。枕淚夢魂中。覺來眉暈重。　畫堂堆燭淚。長笛吹新水。醉客各西東。應思陳孟公。夾注：令名。

秋思　陳達叟

舉頭忽見衡陽雁。千聲萬字情何限。叵耐薄情夫。一行書也無。　泣歸香閣恨。和淚淹紅粉。待雁卻回時。也無書寄伊。

離思　無名氏

有情潮落西陵浦。無情人向西陵去。去也不教知。怕人留戀伊。　憶了千千萬。恨了千千萬。畢竟憶時多。恨時無奈何。

閨情 **黄魯直**

輕風裊斷沉煙炷。霏微盡日寒塘雨。殘繡没心情。鳥啼花外聲。　離愁難自製。年少乖盟誓。寂寞掩朱門。羅衣空淚痕。

閨情 《花間集》牛嶠作**李易安**

緑雲鬢上飛金雀。愁眉翠斂春煙薄。香閣掩芙蓉，畫屏山幾重。　牕寒天欲曙。猶結同心苣。啼粉污羅衣，問郎歸幾時。**脚注：**一作「何日歸」。

歸思 **王通叟**

單于吹落山頭月。漫漫江上沙如雪。誰唱縷金衣。水寒船舫稀。　蘆花楓葉浦。憶抱琵琶語。身未發長沙。夢魂先到家。**夾注：**笛曲名。

詠梅 或作黄山谷**朱淑真**

濕雲不度溪橋冷。嫩寒初透東風景。橋下水聲長。一枝和雪香。　人憐花似舊。花比人應瘦。莫憑小闌干。夜深花正寒。

春暮 **張于湖**

東風約略吹羅幕。一簾細雨春陰薄。試把杏花看。濕紅嬌暮寒。佳人雙玉枕。烘醉鴛鴦錦。折得最繁枝。煖香薰翠幃。

題西江造口 **辛幼安**

鬱孤臺下清江水。中間多少行人淚。西北是長安。可憐無數山。青山遮不住。畢竟東流去。江晚正愁予。山深聞鷓鴣。

梨花夜月 **楊孟載**

水晶簾外涓涓月。梨花枝上層層雪。花月兩模糊。隔簾看欲無。月華今夜黑。全見梨花白。花也笑姮娥。讓他春色多。

閨思 **李後主**

花明月暗飛輕霧。今朝好向郎邊去。剗韈步香階。手提金縷鞋。畫堂南畔見。一向偎人顫。奴爲出來難。教君恣意憐。

念遠

馮延巳

梅花吹入誰家笛。行雲半夜凝空碧。欹枕不成眠。關山人未還。聲隨幽怨絶。空斷澄霜月。月影下重簷，輕風花滿簾。

秋思

葉夢得

平波不盡蒹葭遠。清霜半落沙痕淺。煙樹晚微茫。孤鴻下夕陽。梅花消息近。試向南枝問。記得水邊春。江南别後人。

立秋

黄叔暘

西風半夜驚羅扇。蛩聲入夢傳幽怨。碧藕試初涼。露痕啼粉香。清冰凝簟竹。不許雙鴛宿。又是五更鐘。啼鴉金井桐。

温庭筠

小山重疊金明滅。鬢雲欲度香顋雪。懶起畫蛾眉。弄粧梳洗遲。照花前後鏡。花面交相映。新帖繡羅襦。雙雙金鷓鴣。

温庭筠

水精簾裡頗黎枕。暖香惹夢鴛鴦錦。江上柳如烟。雁飛殘月天。藕絲秋色淺。人勝參差剪。雙鬢隔香紅。玉釵頭上風。

温庭筠

蕊黃無限當山額。宿粧隱笑紗牕隔。相見牡丹時。暫來還別離。翠釵金作股。釵上蝶雙舞。心事竟誰知。月明花滿枝。

温庭筠

翠翹金縷雙鸂鶒。水紋細起春池碧。池上海棠梨。雨晴紅滿枝。繡衫遮笑靨。烟草粘飛蝶。青瑣對芳菲。玉關音信稀。

温庭筠

杏花含露團香雪。緑楊陌上多離別。燈在月朧明。覺來聞曉鶯。玉鈎褰翠幕。粧淺舊眉薄。春夢正關情。鏡中蟬鬢輕。

温庭筠

玉樓明月長相憶。柳絲裊娜春無力。門外草萋萋。送君聞馬嘶。畫羅金翡翠。香燭銷成淚。花落子規啼。緑窓殘夢迷。

温庭筠

鳳凰相對盤金縷。牡丹一夜經微雨。明鏡照新粧。鬢輕雙臉長。畫樓相望久。欄外垂絲柳。音信不歸來。社前雙燕迴。

温庭筠

牡丹花謝鶯聲歇。緑楊滿院中庭月。相憶夢難成。背窓燈半明。翠鈿金壓臉。寂寞香閨掩。人遠淚闌干。燕飛春又殘。

温庭筠

滿宮明月梨花白。故人萬里關山隔。金雁一雙飛。淚痕沾繡衣。小園芳草緑。家住越溪曲。楊柳色依依。燕歸君不歸。

温庭筠

寶函鈿雀金鸂鶒。沉香閣上吳山碧。楊柳又如絲。驛橋春雨時。畫樓音信斷。芳草江南岸。鸞鏡與花枝。此情誰得知。

温庭筠

夜來皓月纔當午。重簾悄悄無人語。深處麝烟長。卧時留薄粧。當年還自惜。往事那堪憶。花露月明殘。錦衾知曉寒。

温庭筠

雨晴夜合玲瓏日。萬枝香裊紅絲拂。閒夢憶金堂。滿庭萱草長。繡簾垂簏簌。眉黛遠山緑。春水渡溪橋。凭闌魂欲消。

温庭筠

竹風輕動庭除冷。珠簾月上玲瓏影。山枕隱穠粧。緑檀金鳳凰。兩蛾愁黛淺。故國吳宮遠。春恨正關情。畫樓殘點聲。

紅樓别夜堪惆悵，香燈半捲流蘇帳。殘月出門時。美人和淚辭。琵琶金翠羽。弦上黄鶯語。勸我早歸家。緑窗人似花。　韋端己

江南樂

人人盡説江南好。遊人只合江南老。春水碧於天。畫船聽雨眠。壚邊人似月。皓腕凝雙雪。未老莫還鄉。還鄉須斷腸。　韋端己

其二

如今卻憶江南樂。當時年少春衫薄。騎馬倚斜橋。滿樓紅袖招。翠屏金屈曲。醉入花叢宿。此度見花枝。白頭誓不歸。　韋端己

勸酒

勸君今夜須沉醉。樽前莫話明朝事。珍重主人心。酒深情亦深。須愁春漏短。莫訴金杯滿。遇酒且呵呵。人生能幾何。　韋端己

韋端己

洛陽城裡春光好。洛陽才子他鄉老。柳暗魏王堤。此時心轉迷。桃花春水綠。水上鴛鴦浴。凝恨對殘暉。憶君君不知。

牛嶠

舞裙香暖金泥鳳。畫梁語燕驚殘夢。門外柳花飛。玉郎猶未歸。愁勻紅粉淚。眉剪春山翠。何處是遼陽。錦屏春晝長。

牛嶠

柳花飛處鶯聲急。晴街春色香車立。金鳳小簾開。臉波和恨來。今宵求夢想。難到青樓上。贏得一場愁。鴛衾誰並頭。

牛嶠

畫屏重疊巫陽翠。楚神尚有行雲意。朝暮幾般心。向他情謾深。風流今古隔。虛作瞿塘客。山月照山花。夢迴燈影斜。

牛嶠

玉樓冰簟鴛鴦錦。粉融香汗流山枕。簾外轆轤聲。斂眉含笑驚。柳陰烟漠漠。低鬟蟬釵落。須作一生拚。盡君今日歡。

和凝

越梅半拆輕寒裡。冰清澹薄籠藍水。暖覺杏梢紅。遊絲狂惹風。閑堦莎徑碧。遠夢猶堪惜。離恨又迎春。相思難重陳。

孫光憲

月華如水籠香砌。金鐶碎撼門初閉。寒影墮高簷。鈎垂一面簾。碧烟輕裊裊。紅顫燈花笑。即此是高唐。掩屏秋夢長。

其二

花冠頻鼓牆頭翼。東方澹白連窓色。門外早鶯聲。背樓殘月明。薄寒籠醉態。依舊鉛華在。握手送人歸。半拖金縷衣。

其三

小庭花落無人掃。疎香滿地東風老。春晚信沉沉。天涯何處尋。曉堂屏六扇。眉共湘山遠。爭奈别離心。近來尤不禁。

其四

青巖碧洞經朝雨。隔花相喚南溪去。一隻木蘭船。波平遠浸天。扣舷驚翡翠。嫩玉擡香臂。紅日欲沉西。烟中遥觧攜。

其五

木棉花映叢祠小。越禽聲裡春光曉。銅鼓與蠻歌。南人祈賽多。客帆風正急。茜袖偎檣立。極浦幾迴頭。烟波無限愁。

魏承班

羅裾薄薄秋波染。眉間畫時山兩點。相見綺筵時。深情暗共知。翠翹雲鬢動。斂態彈金鳳。宴罷入蘭房。邀人解珮璫。

其二

羅衣穩約金泥畫。玳筵一曲當秋夜。聲顫覷人嬌。雲鬟裊翠翹。酒醺紅玉軟。眉翠秋山遠。繡幌麝烟沉。誰人知兩心。

尹鶚

隴雲暗合秋天白。俯窗獨坐窺烟陌。樓際角重吹。黃昏方醉歸。荒唐難共語。明日還應去。上馬出門時。金鞭莫與伊。

毛熙震

梨花滿院飄香雪。高樓夜靜風箏咽。斜月照簾帷。憶君和夢稀。小窗燈影背。燕語驚愁態。屏掩斷香飛。行雲山外歸。

其二

繡簾高軸臨塘看。雨翻荷芰真珠散。殘暑晚初涼。輕風渡水香。無憀悲往事。爭耐牽情思。光影暗相催。等閒秋又來。

其三

天含殘碧融春色。五陵薄倖無消息。盡日掩朱門。離愁暗斷魂。鶯啼芳樹暖。燕拂迴塘滿。寂寞對屏山。相思醉夢間。

李　珣

迴塘風起波紋細。刺桐花裡門斜閉。殘日照平蕪。雙雙飛鷓鴣。征帆何處客。相見還相隔。不語欲魂銷。望中烟水遥。

其二

等閑將度三春景。簾垂碧砌參差影。曲檻日初斜。杜鵑啼落花。恨君容易處。又話瀟湘去。凝思倚屏山。淚流紅臉斑。

其三

隔簾微雨雙飛燕。砌花零落紅深淺。捻得寶筝調。心隨征棹遥。楚天雲外路。動便經年去。香斷畫屏深。舊歡何處尋。

效荆公作　　黄魯直

王荆公新築草堂於半山，引入功德水作小港，其上壘石作橋。爲集句云：「數間茅屋閒臨水。窄衫短帽垂楊裡。花是去年紅。吹開一夜風。　　竹梢新月偃。午醉醒來晚。何物最關情。黄鸝三兩聲。」因戲效之。

半煙半雨溪橋畔。漁翁醉着無人唤。疏懶意何長。春風花草香。　　江山如有待。此意陶潛解。問我去何之。君行到自知。**眉批：**按《臨川集》亦載此詞，「數間」作「數家」，「窄衫」作「單衫」。　第三四句作：「今日是何朝，看予度石橋。」「竹梢」作「梢梢」，「三兩聲」作「一兩聲」。今此詞宜另録於前，不宜附山谷題下。

謝惠酒　　黄魯直

寒食節淹泊平山堂，固陵録事周參軍表弟周元固惠酒，爲作此謝之。

細腰宫外清明雨。雲陽臺上煙如縷。雲雨暗巫山。流人殊未還。　　阿誰知此意。解遣雙壺至。不是白頭新。周郎舊可人。

歌妓　　蘇子瞻

繡簾高捲傾城出。燈前瀲灧横波溢。皓齒發清歌。春山入翠蛾。　　悽音休怨亂。我已先偷玩。梅萼月窓虚。纍纍一串珠。

又　**前　人**

碧紗微露纖纖玉。一曲雲和湘水緑。越調變新聲。龍吟徹骨清。夜長殘酒醒。頓覺霜袍冷。不見意中人。新啼壓舊痕。

西湖　**前　人**

秋風湖上蕭蕭雨。使君欲去還留住。今日漫留君。明朝愁殺人。樽前千點淚。灑向長河水。不用斂雙蛾。路人啼更多。

杭妓往蘇　**前　人**

玉童西迓浮丘伯。洞天冷落秋蕭瑟。不用許飛瓊。瑶臺空月明。清香凝夜宴。借與韋郎看。莫便過姑蘇。扁舟下五湖。

前　人

天憐豪俊□□□。□□□向松江滿。□景爲淹留。從君都占秋。身閒惟□□。□□邀遊首。帝夢□□□。匆匆歸去時。**旁注**：此詞多闕文。

感舊　前人

玉笙不受珠唇暖。離聲淒咽胸填滿。遺恨幾千秋。恩留人不留。　他年京國酒。泫淚攀枯柳。莫唱短因緣。長安遠似天。

新月　前人

畫簷初挂彎彎月。孤光未滿先憂缺。還認玉簾鉤。天孫梳洗樓。　佳人言語好。不願求新巧。此恨固應知。願人無別離。

七夕　前人

風迴仙□□開扇。更闌月墜星河轉。枕上夢魂驚。曉簷疎雨零。　相逢雖草草。長共天難老。終不羨人間。人間夜似年。

有寄　前人

城隅靜女何人見。先生日夜歌彤管。誰識蔡姬賢。江南顧彥先。　先生那久困。湯沐須名郡。惟有謝夫人。從來見擬倫。

前人

買田陽羨吾將老。從來只爲溪山好。來往一虛舟。聊隨物外遊。有書仍懶著。水調歌歸去。筋力不辭詩。要須風雨時。

回文　前人

落花閒院春衫薄。薄衫春院閒花落。遲日恨依依。依依恨日遲。夢回鶯舌弄。弄舌鶯回夢。郵便問人羞。羞人問便郵。

回文夏景　前人

火雲凝汗揮珠顆。顆珠揮汗雲凝火。瓊暖碧紗輕。輕紗碧暖瓊。暈腮嫌枕印。印枕嫌腮暈。閒照晚妝殘。殘妝晚照閒。

回文　前人

嶠南江淺紅梅小。小梅紅淺江南嶠。窺我向疏籬。籬疏向我窺。老人行即到。到即行人老。離別惜殘枝。枝殘惜別離。

回文春閨怨

前人

翠鬟斜幔雲垂耳。耳垂雲幔斜鬟翠。春晚睡昏昏。昏昏睡晚春。細花梨雪墜。墜雪梨花細。顰淺念誰人。人誰念淺顰。

回文夏閨怨

前人

柳庭風靜人眠晝。晝眠人靜風庭柳。香汗薄衫涼。涼衫薄汗香。手紅冰腕藕。藕腕冰紅手。郎笑藕絲長。長絲藕笑郎。

回文秋閨怨

前人

井梧雙照新敉冷。冷敉新照雙梧井。羞對井花愁。愁花井對羞。影孤憐夜永。永夜憐孤影。樓上不宜秋。秋宜不上樓。

回文冬閨怨

前人

雪花飛暖融香頰。頰香融暖飛花雪。欺雪任單衣。衣單任雪欺。別時梅子結。結子梅時別。歸不恨開遲。遲開恨不歸。

前人

娟娟侵鬢粧痕淺。雙顰相媚彎如剪。一瞬百般宜。無論笑與啼。酒闌思翠被。特故騰騰地。生怕促歸輪。微波先泥人。

詠足　前人

塗香莫惜蓮承步。長愁羅襪淩波去。只見舞迴風。都無行處蹤。偷穿宮樣穩。竝立雙趺困。纖妙說應難。須從掌上看。

前人

玉環墜耳黃金飾。輕衫罩體香羅碧。緩步困春醪。春融臉上桃。花鈿從委地。誰與郎爲意。長愛月華清。此時憎月明。

金陵賞心亭　辛幼安

青山欲共高人語。聯翩萬馬來無數。煙雨卻低回，望來終不來。人言頭上髮，總向愁中白。拍手笑沙鷗。一身都是愁。

用前韻　前人

錦書誰寄相思語。天邊數徧飛鴻數。一夜夢千回。梅花入夢來。漲痕紛樹髮。霜落瀟湘白。心事莫驚鷗。人間千萬愁。

又　前人

江山病眼昏如霧。送愁直到津頭路。歸念樂天詩。平生足別離。雲屏深夜語。夢到君知否。玉筯莫偷垂。斷腸天不知。

書江西造口壁　前人

西風都是行人恨。馬頭漸喜歸期近。試上小紅樓。飛鴻字字愁。闌干閒倚處。一帶山無數。不似遠山橫。秋波相共明。

又　前人

功名飽聽兒童説。看公兩眼明如月。萬里勒燕然。老人書一編。玉階方寸地。好趁風雲會。他日赤松游。依然萬户侯。

送祐之弟歸浮梁　前人

無情最是江頭柳。長條折盡還依舊。木葉下平湖。雁來書有無。雁無書尚可。好語憑誰和。風雨斷腸時。小山生桂枝。

鄭守厚卿赴闕　前人

送君直上金鑾殿。情知不久須相見。一日甚三秋。愁來不自由。九重天一笑。定是留中了。白髮少經過。此時愁奈何。

送曹君之莊所　前人

人間歲月堂堂去。勸君快上青雲路。堅處一燈傳。工夫螢雪邊。麴生風味惡。辜負西窗約。沙岸片帆開。寄書無雁來。

分賦得櫻桃　前人

香浮乳酪玻瓈碗。年年醉裏嘗新慣。何物比春風。歌脣一點紅。江湖清夢斷。翠籠明光殿。萬顆瀉輕勻。低頭愧野人。

賦摘阮

前人

阮琴斜掛香羅綬。玉纖初試琵琶手。桐葉雨聲乾。珍珠落玉盤。朱絃調未慣。笑倩東風伴。莫作別離聲。且聽雙鳳鳴。

雪樓賞牡丹

前人

紅牙籤上群仙客。翠羅蓋底傾城色。和雨淚闌干。沉香亭北看。東風休放去。怕有流鶯訴。試問賞花人。曉妝勻未勻。

和盧國華提刑

前人

旌旗依舊長亭路。尊前試點鶯花數。何處捧心顰。人間別樣春。功名君自許。少日聞雞舞。詩句到梅花。春風十萬家。

卜算子 平韻即《巫山一段雲》

⊙●●○○首句五字⊙●○○●二句五字仄韻起◎●○○◎●○三句七字⊙●○○●四句五字仄叶

前段四句二韻二十二字，後段同前。

春恨　秦處度

春透水波明，寒峭花枝瘦。極目煙中百尺樓，人在樓中不。四和裊金凫，雙陸思纖手。擬倩東風浣此情，情更濃如酒。

春怨　徐師川

胷中千種愁，掛在斜陽樹。綠葉陰陰自得春，草滿鶯啼處。不見凌波步。空想如簧語。門外重重疊疊山，遮不斷、愁來路。

送春　僧皎如晦

有意送春歸，無計留春住。畢竟年年用着來，何似休歸去。目斷楚天遥，不見春歸路。風急桃花也似愁，點點飛紅雨。

孤鴻　蘇子瞻

缺月掛疏桐，漏斷人初靜。誰見幽人獨往來，縹緲孤鴻影。驚起卻回頭，有恨無人省。揀盡寒枝不肯棲，楓落吴江冷。眉批：按趙右史云：親見坡公墨蹟，末句是「寂寞沙汀冷」。

離思 **朱希真**

碧瓦小紅樓，芳草江南岸。雨後牕紗幾陣寒，零落梨花晚。看到水如雲，送盡鴉成點。南北東西處處愁，獨倚闌干遍。

止禪師

書是玉關來，淚向松江墮。梅自飄香柳自青，嘹唳征鴻過。沙漠暗塵飛，嵩嶽愁雲鎖。淮上千營夜枕戈，此恨憑誰破。

落梅 **陸務觀**

驛外斷橋邊，寂寞開無主。已是黃昏獨自悲，更着風和雨。無意苦爭春，一任群芳妬。零落成泥輾作塵，只有香如故。

黃魯直

要見不能見，要近不能近。試問得君多少憐，管不鮮，多於恨。禁止不得淚，忍耐不得悶。天上人間有底愁，向個裡，都諳盡。**脚注**：两「能」字一本俱作「得」。

感舊　**蘇子瞻**

蜀客到江南，長憶吴山好。吴蜀風流自古同，歸去應須早。還與去年人，共藉西湖草。莫惜樽前子細看，應是容顔老。

尋春　**辛幼安**

修竹翠蘿寒，遲日江山暮。幽逕無人獨自芳，此恨知無數。只共梅花語。懶逐游絲去。着意尋春不肯香，香在無尋處。

荷花　**前人**

紅粉靚梳妝，翠蓋低風雨。占斷人間六月涼，明月鴛鴦浦。根底藕絲長，花裡蓮心苦。只爲風流有許愁，更襯佳人步。

聞李正之訃　**前人**

欲行且起行，欲坐重來坐。坐坐行行有倦時，更枕閒書卧。病是近來身，懶是從前我。静掃瓢泉竹樹陰，且恁隨緣過。

飲酒

前人

盜跖倘名丘，孔子如名跖。跖聖丘愚直到今，美惡無真實。簡策寫虛名，螻蟻侵枯骨。千古光陰一霎時，且進杯中物。

用莊語

前人

一以我爲牛，一以我爲馬。人與之名受不辭，善學莊周者。江海任虛舟，風雨從飄瓦。醉者乘車墜不傷，全得於天也。

漫興三首用前韻

前人

夜雨醉瓜廬，春水行秧馬。點檢田間快活人，未有如翁者。掃禿兔毫錐，磨透銅臺瓦。誰伴揚雄作解嘲，烏有先生也。

其二

珠玉作泥沙，山谷量牛馬。試上纍纍丘隴看，誰是强梁者。水浸淺深簷，山壓高低瓦。山水朝來笑問人，翁早歸來也。

其三

漢代李將軍，奪得胡兒馬。李蔡爲人在下中，卻是封侯者。　芸草去陳根，筧竹添新瓦。萬一朝廷舉力田，舍我其誰也。

用韻答趙晉臣 趙有真得歸、方是閑二堂　　前人

百郡怯登車，千里輸流馬。乞得膠膠擾擾身，卻笑區區者。　野水玉鳴渠，急雨珠跳瓦。一榻清風方是閑，真是歸來也。

前人

萬里只浮雲，一噴空凡馬。歎息曹瞞老驥詩，伏櫪如公者。　山鳥哢窺簷，野鼠饑翻瓦。老我癡頑合住山，此地菟裘也。

飲酒成病　　前人

一箇去學仙，一箇去學佛。仙飲千杯醉似泥，皮骨如金石。　不飲便康强，佛壽須千百。八十餘年入涅盤，且進杯中物。

飲酒不寫書

前　人

一飲動連宵，一醉長三日。廢盡寒温不寫書，富貴何由得。　請看塚中人，塚似當時筆。萬札千言只恁休，且進杯中物。

巫山一段雲 與《卜算子》同，異在平韻 併入

巫山一段雲

毛文錫

雨霽巫山上。雲輕映碧天。遠風吹散又相連。十二晚峰前。　暗濕啼猿樹，高籠過客船。朝朝暮暮楚江邊。幾度降神仙。

李　珣

有客經巫峽，停橈向水湄。楚王曾此夢瑶姬。一夢杳無期。　塵暗珠簾捲，香銷翠幄垂。西風迴首不勝悲。暮雨洒空祠。

其二

古廟依青嶂，行宫枕碧流。水聲山色鏁粧樓。往事思悠悠。　雲雨朝還暮，烟花春復

秋。啼猿何必近孤舟。行客自多愁。

減字木蘭花

⊙○●●首句四字仄韻起◎●⊙○○●●二句七字仄叶◎●○○三句四字平韻換◎●⊙○●●○四句七字平叶

前段四句四韻二十二字，後段同前。

登巫山縣樓一作春望　　宋**黄魯直**名庭堅號山谷

襄王夢裡。草緑煙深何處是。宋玉臺頭。暮雨朝雲幾許愁。飛花漫漫。不管羈人腸欲斷。春水茫茫。欲度南陵更斷腸。

秦少游

天涯舊恨。獨自淒涼人不問。欲見回腸。斷盡金爐小篆香。黛蛾長斂。任是東風吹不轉。困倚危樓。過盡飛鴻字字愁。

聽琵琶

朱希真

劉郎已老。不管桃花依舊笑。要聽琵琶。重院啼鶯覓謝家。曲終人醉。多似潯陽江上淚。萬里東風。故國山河落照紅。

曉景

歐陽永叔

樓臺向曉。淡月低雲天氣好。翠幕風微。宛轉梁州入破時。香生舞袂。楚女腰肢天與細。汗粉重勻。酒後輕寒不着人。夾注：調名。

巫山縣追懷老杜作

黃魯直

巫山古縣。老杜淹留情始見。撥悶題詩。千古神交世不知。雲陽臺下。更值清明風雨夜。知道愁辛。果是當時作賦人。

次韻趙文儀

前　人

詩翁才刃。曾陷文場貔虎陣。誰敢當哉。況是焚舟決勝來。三巴春杪。客館夢回風雨曉。胸次峥嶸。欲共濤頭赤甲平。

其二　前人

蒼崖萬仞。下有奔雷千百陣。自古危哉。誰遣西園淴麽來。猿啼雲杪。破夢一聲巫峽曉。苦喚愁生。不是西園作麽平。夾注：淴音習，影也。

前人

餘寒爭令。雪共臈梅相照映。昨夜東風。已出耕牛勸歲功。陰陰羃羃。近覺去天無幾尺。休恨春遲。桃李稍頭次第知。

前人

終宵忘寐。好事如何猶尚未。仔細沉吟。珠淚盈盈濕袖襟。與君別也。願在郎心莫暫捨。記取盟言。聞作回程卻再圓。

張仲謀遣騎相迎，因送所和巫山縣樓作，且約近郊相見，復用前韻先往　前人

使君那裏。千騎塵中依約是。拂我眉頭。無處重尋庾信愁。山雲瀰漫。夾道旌旗聯復斷。萬事茫茫。分付澄波與爛腸。腳注：「爛」字疑亦是「斷」字。

秋夜陪黔陽曹使君佰達翫月，兼簡施州張使君仲謀 前　人

中秋多雨。常是罇罍狼藉去。今夜雲開。須道姮娥特特來。　不知雲外。還有清光同此會。笛在層樓。聲徹摩圍頂上頭。脚注：「特特」一作「得得」。

其二

中秋無雨。醉送月啣西嶺去。笑口須開。幾度中秋見月來。　前年江水。兒女傳杯兄弟會。此夜登樓。小謝清吟慰白頭。

其三

濃陰驟雨。巫峽有情來又去。今夜天開。不與姮娥作伴來。　清光無外。白髮老人心自會。何處歌樓。貪看氷輪不轉頭。

仲秋黔守席上，客有舉岑嘉州詩曰：「今夜鄜州月，閨中只獨看。」因戲作遥憐小兒女，未解憶長安。　前　人

舉頭無語。家在月明生處住。擬上摩圍。最上峰頭試望之。　偏憐絡秀。苦淡同甘誰更有。想見牽衣。月到愁邊揔未知。

戲荅　前人

月中笑語。萬里同依光景住。天水相圍。相見無因夢見之。諸兒媚秀。儒學傳家渠自有。自作秋衣。漸老先寒人未知。

用前韻示知命弟　前人

當年夜雨。頭白相依無去住。兒女成圍。歡笑罇前月照之。阿連高秀。千萬里來忠孝有。豈謂無衣。歲晚先寒要弟知。

贈潤守許仲途，時適有妓鄭容求落籍，高瑩乞從良，因即用爲句首　蘇子瞻

鄭莊好客。容我尊前先墮幘。落筆生風。籍籍聲名不負公。高山白早。瑩骨冰膚那解老。從此南徐。良夜清風月滿湖。

寓意　前人

雲鬢傾倒。醉倚闌干風月好。憑仗相扶。誤入仙家碧玉壺。連天衰草。不走湖南西去道。一舸姑蘇。便逐鴟夷去得無。

荔枝

前人

閩溪珍獻。過海雲帆來似箭。玉座金盤。不貢奇葩四百年。輕紅釀白。雅稱佳人纖手擘。骨細肌香。恰似當年十八娘。

送東武令趙晦之

前人

賢哉令尹。三仕已之無喜愠。我獨何人。猶把虚名玷縉紳。不如歸去。二頃良田無覓處。歸去來兮。待有良田是幾時。

送別

前人

玉觴無味。中有佳人千點淚。學道忘憂。一念還成不自由。如今未見。歸去東園花似霰。一語相開。匹似當初本不來。

復送趙令

前人

春光亭下。流水如今何在也。歲月如梭。白首相看擬奈何。故人重見。世事年來千萬變。官況闌珊。慚愧青松守歲寒。

過吴興李公擇生子三日會客作此戲之　**前　人**

惟熊佳夢。釋氏老君親抱送。壯氣橫秋。未滿三朝已食牛。犀錢玉果。利市平分沾四座。多謝無功。此事如何到得儂。

得書　**前　人**

曉來風細。不會鵲聲來報喜。卻羡寒梅。先覺春風一夜來。香箋一紙。寫盡迴紋機上意。欲卷重開。讀遍千囬與萬囬。

送别　**前　人**

天台舊路。應恨劉郎來又去。别酒頻傾。忍聽陽關第四聲。劉郎未老。懷戀仙鄉重得到。只恐因循。不見如今勸酒人。

錢塘西湖有詩僧清順居其上，自名藏春塢。門前二古松，各有淩霄花絡于上，順常晝卧其下。子瞻爲郡，一日屏騎從過之，松風騷然。順指落花覓句，子瞻爲賦此詞。

雙龍對起。白甲蒼髯煙雨裏。疏影微香。下有幽人晝夢長。湖風清軟。雙鵲飛來爭噪晚。翠颭紅輕。時下凌霄百尺英。

贈小鬟琵琶 前人

琵琶絶藝。年紀都來十一二。撥弄么絃。未解將心指下傳。主人嗔小。欲向東風先醉倒。已屬君家。且更從容等待他。

立春 前人

春牛春杖。無限春風來海上。便與春工。染得桃花似肉紅。春幡春勝。一陣春風吹酒醒。不似天涯。捲起楊花似雪花。

雪詞 前人

雲容皓白。破曉玉英紛似織。風力無端。欲學楊花更耐寒。相如未老。梁苑猶能陪俊少。莫惹閒愁。且折江梅上小樓。

前人

玉房金蕊。宜在玉人纖手裏。淡月朦朧。更有微微弄袖風。温香熟美。醉慢雲鬟垂兩耳。多謝春工。不是花紅是玉紅。

春月　前人

春庭月午。搖蕩香醪光欲舞。步轉迴廊。半落梅花婉娩香。輕風薄霧。總是少年行樂處。不似秋光。只與離人照斷腸。

贈王勝之　前人

天然宅院。賽了千千并萬萬。説與賢知。表德元來是勝之。今來十四。海裡猴兒奴子是。要賭休癡。六隻骰兒六點兒。

琴　前人

神閒意定。萬籟收聲天地靜。玉指冰絃。未動宮商意已傳。悲風流水。寫出寥寥千古意。歸去無眠。一夜餘音在耳邊。

　前人

銀箏旋品。不用纏頭千尺錦。玅思如泉。一洗閒愁十五年。爲公少止。起舞屬公公莫起。風裡銀山。擺撼魚龍我自閒。

贈君猷家姬　前人

柔和性氣。雅稱佳名呼懿懿。解舞能謳。絶妙年中有品流。　眉長眼細。淡淡梳妝新綰髻。懊惱風情。春著花枝百態生。

前人

鶯初解語。最是一年春好處。微雨如酥。草色遥看近卻無。　休辭醉倒。花不看開人易老。莫待春回。顛倒紅英間緑苔。

前人

江南遊女。問我何年歸得去。雨細風微。兩足如霜挽紵衣。　江亭夜語。喜見京華新樣舞。蓮步輕飛。遷客今朝始是歸。

贈徐君猷三侍人 嫵卿　前人

嬌多媚煞。體柳輕盈千萬態。殢主尤賓。斂黛含顰喜又嗔。　徐君樂飲。笑謔從伊情意恁。臉嫩膚紅。花倚朱闌裏住風。

二 勝之　　前人

雙鬟緑墜。嬌眼橫波眉黛翠。妙舞蹁躚。掌上身輕意態妍。曲窮力困。笑倚人旁香喘噴。老大逢歡。昏眼猶能仔細看。

三 慶姬　　前人

天真雅麗。容態温柔心性慧。響亮歌喉。遏住行雲翠不收。妙詞佳曲。囀出新聲能斷續。重客多情。滿勸金卮玉手擎。

歐陽永叔

留春不住。燕老鶯慵無覓處。説似殘春。一老應無却少人。風和月好。辦得黄金須買笑。愛惜芳時。莫待無花空折枝。

前人

傷懷離抱。天若有情天亦老。此意如何。細似輕絲渺似波。扁舟岸側。楓葉荻花秋瑟瑟。細想前歡。須着人間比夢間。

前人

畫堂雅宴。一抹朱絃初入遍。慢捻輕籠。玉指纖纖嫩剥葱。撥頭惚利。怨月愁花無限意。紅粉輕盈。倚煖香檀曲未成。

前人

歌檀斂袂。繚繞雕梁塵暗起。柔滑清圓。百琲明珠一綫穿。櫻唇玉齒。天上仙音心下事。留往行雲。滿坐迷魂酒半醺。

宿僧舍

辛幼安

僧窗夜雨。茶鼎薰爐宜小住。卻恨春風。勾引詩來惱殺翁。狂歌未可。且把一尊料理我。我到亡何。卻聽農家陌上歌。

又

前人

昨朝官告。一百五年村父老。更莫驚疑。剛道人生七十稀。使君喜見。恰限華堂開壽宴。問壽如何。百代兒孫擁太婆。

長沙道中壁上有婦人題恨爲賦此　前　人

盈盈淚眼。往日青樓天樣遠。秋月春花。輸與尋常姊妹家。水村山驛。日暮行雲無氣力。錦字偷裁。立盡西風雁不來。

醜奴兒令 一名《採桑子》，一名《羅敷媚》

⊙◯◎●◯◯●首句七字⊙●◯◯二句四字平韻起◎●◯◯三句四字平叶◎●◯◯◎●◯四句七字平叶

前段四句四韻二十二字，後段同前。

詠雪　宋康伯可

馮夷剪碎澄溪練，飛下同雲。著地無痕。柳絮梅花處處春。山陰此夜明如晝，月滿前村。莫掩溪門。恐有扁舟乘興人。

秋怨　李後主

轆轤金井梧桐晚，幾樹驚秋。晝雨和愁。百尺蝦鬚上玉鉤。瓊窗春斷雙蛾皺，回首邊頭。欲寄鱗遊。九曲寒波不泝流。

離恨 或作黄山谷戲贈黄中行　　**秦少游**

夜來酒醒清無夢，愁倚闌干。露滴輕寒。雨打芙蓉淚不乾。佳人别後音塵悄，瘦盡難拚。明月無端。已過紅樓十二間。**旁注：**「瘦盡」作「消瘦」。

春思　　**李後主**

亭前春逐紅英盡，舞態徘徊。細雨霏微。不放雙眉時暫開。緑窗冷静芳音斷，香印成灰。可奈情懷。欲睡朦朧入夢來。

舊名《採桑子》　　**和　凝**

蝤蠐領上訶梨子，繡帶雙垂。椒户閑時。競學樗蒲賭荔枝。叢頭鞋子紅編細，裙窣金絲。無事嚬眉。春思翻教阿母疑。

黄魯直

櫻桃着子如紅豆，不管春歸。聞道開時。蜂惹香鬚蝶惹衣。樓臺燈火明珠翠，酒戀歌迷。醉玉東西。少個人人煖被攜。

前人

城南城北看桃李，依倚年華。楊柳藏鴉。又是無言颭落花。春風一面長含笑，偷顧羞遮。分付誰家。把酒花前試問他。

戲贈黃中行[一]　**前人**

宗盟有妓能歌舞，宜醉尊罍。待約新醅。車上危坡盡要推。西鄰三弄爭秋月，邀勒春回。個裡聲催。鐵樹枝頭花也開。

送彭道微移知永康軍　**前人**

荔枝灘上留千騎，桃李陰繁。宴寢香殘。畫戟森森鎮八蠻。永康又得風流守，管領江山。少訟多閒。煙靄樓臺舞翠鬟。

其二

虛堂密候參同火，梨棗枝繁。深鎖三關。不要樊姬與小蠻。遙知風雨更闌夜，猶夢巫山。濃麗清閒。曉鏡新梳十二鬟。

其三

投荒萬里無歸路，雪點鬢繁。度鬼門關。已拚兒童作楚蠻。黄雲苦竹啼歸去，繞荔枝山。蓬户身閒。歌板誰家教小鬟。

其四

馬湖來舞釵初賜，笳鼓聲繁。賢將開關。威竦西山將詔蠻。南溪地逐名賢重，深鎖群山。燕喜公閒。一斛明珠兩小鬟。

脚注：「將詔」本集作「公詔」，疑蠻地名。

潤州多景樓與孫巨源相遇 蘇子瞻

多情多感仍多病，多景樓中。樽酒相逢。樂事回頭一笑空。停杯且聽琵琶語，細撚輕攏，醉臉春融。斜照江天一抹紅。

西湖其一 歐陽永叔

輕舟短棹西湖好，緑水逶迆，芳草長堤。隱隱笙歌處處隨。無風水面琉璃滑，不覺船移。微動漣漪。驚起沙禽掠岸飛。

其二

春深雨過西湖好，百卉爭妍。蝶亂蜂喧，晴日催花暖欲然。蘭橈畫舸悠悠去，疑是神仙。返照波間。水濶風高颺管絃。

其三

畫船載酒西湖好，急管繁絃。玉盞催傳。穩泛平波任醉眠。行雲卻在行舟下，空水澄鮮。俯仰留連。疑是湖中別有天。

其四

群芳過後西湖好，狼藉殘紅。飛絮濛濛。垂柳欄干盡日風。笙歌散盡游人去，始覺春空。垂下簾櫳。雙燕歸來細雨中。

其五

何人解賞西湖好，佳景無時。飛蓋相追。貪向花間醉玉卮。誰知閒憑闌干處，芳草斜暉。水遠煙微。一點滄洲白鷺飛。

其六

清明上巳西湖好，滿目繁華。爭道誰家。緑柳朱輪走鈿車。　游人日暮相將去，醒醉諠嘩。路轉堤斜。直到城頭總是花。

其七

荷花開後西湖好，載酒來時。不用旌旗。前後紅幢緑蓋隨。　畫船撐入花深處，香泛金卮。煙雨微微。一片笙歌醉裏歸。

其八

天容水色西湖好，雲物俱鮮。鷗鷺閒眠。應慣尋常聽管絃。　風清月白偏宜夜，一片瓊田。誰羨驂鸞。人在舟中便是仙。

其九

殘霞夕照西湖好，花塢蘋汀。十頃波平。野岸無人舟自横。　西南月上浮雲散，軒檻涼生。蓮芰香清。水面風來酒面醒。

其十　前人

平生最愛西湖好，來擁朱輪。富貴浮雲。俯仰流年二十春。歸來恰似遼東鶴，城郭人民。觸目皆新。誰識當年舊主人。

又　前人

畫樓鐘動君休唱，往事無蹤。聚散匆匆。今日歡娛幾客同。去年綠鬢今年白，不覺衰容。明月清風。把酒何人憶謝公。

前人

十年一別流光速，白首相逢。莫話哀翁。但鬥樽前語笑同。勸君滿酌君須醉，盡日從容。畫鷁牽風。即去朝天□□□。**眉批**：「朝天」下三字模糊不辨，記查別集。

前人

十年前是尊前客，月白風清。憂患凋零。老去光陰速可驚。鬢華雖改心無改，試把金觥。舊曲重聽。猶似當年醉裡聲。

醉中有歌此詩勸酒者聊檃括之　　辛幼安

晚來雲淡秋光薄，落日晴天。落日晴天。堂上風斜畫燭煙。從渠去買人間恨，字字都圓。字字都圓。腸斷西風十四絃。

又　　前人

尋常中酒扶頭後，歌舞支持。歌舞支持。誰把新詞喚住伊。臨歧也有旁人笑，笑已爭知。笑已爭知。明月樓空燕子飛。

書博山道中壁　　前人

煙蕪露芰荒池柳，洗雨烘晴。洗雨烘晴。一樣春風幾樣青。提壺脱袴催歸去，萬恨千情。萬恨千情。各自無聊各自鳴。

又　　前人

此生自斷天休問，獨倚危樓。獨倚危樓。不信人間别有愁。君來正是眠時節，君且歸休。君且歸休。説與西風一任秋。

又 前人

少年不識愁滋味，愛上層樓。愛上層樓。爲賦新詞强說愁。而今識盡愁滋味，欲說還休。欲說還休。卻道天凉好個秋。

又 前人

近來愁似天來大，誰解相憐。誰解相憐。又把愁來做箇天。都將今古無窮事，放在愁邊。放在愁邊。卻自移家向酒泉。

和鉛山陳簿韻 前人

鵝湖山下長亭路，明月臨關。明月臨關。幾陣西風落葉乾。新詞誰解裁冰雪，筆墨生寒。筆墨生寒。會說離愁千萬般。

又 前人

年年索盡梅花笑，疎影黄昏。疎影黄昏。香滿東風月一痕。詩清冷落無人寄，雪豔冰魂。雪豔冰魂。浮玉溪頭煙樹村。

玉樹後庭花

◎○◎●○○●首句七字仄韻起◎○○●二句四字仄叶⊙○◎●○○三句六字●◎○○●四句五字仄叶

前段四句三韻二十二字，後段同前。**眉批**：《後庭花》不宜混入。

上元 張子野

華燈火樹紅相鬪。往來如晝。橋河水白天青，訝別生星斗。落梅穠李還依舊。寶釵沽酒。曉蟾殘漏心情，恨雕鞍歸後。

孫光憲

景陽鐘動宮鶯囀。露凉金殿。輕飈吹起瓊花旋。玉葉如剪。晚來高閣上，珠簾卷。見墜香千片。脩蛾慢臉陪雕輦。後庭新宴。

其二 孫光憲

石城依舊空江國。故宮春色。七尺青絲芳草緑。絶世難得。玉英凋落盡，更何人識。

野棠如織。只是教人添怨憶。悵望無極。

毛熙震

鶯啼燕語芳菲節。瑞庭花發。昔時歡宴歌聲揭。管絃清越。　自從陵谷追遊歇。畫梁塵黦。傷心一片如珪月。閒鎖宮闕。

其二　毛熙震

輕盈舞妓含芳豔。競粧新臉。步摇珠翠修蛾斂。膩鬟雲染。　歌聲慢發開檀點。繡衫斜掩。時將纖手匀紅臉。笑拈金靨。

其三　毛熙震

越羅小袖新香蒨。薄籠金釧。倚闌無語摇輕扇。半遮匀面。　春殘日暖鶯嬌嬾。滿庭花片。争不教人長相見。畫堂深院。

水仙子

首句七字平韻起，二句七字平韻叶，三句七字仄韻叶。首句五字平韻叶，二句六字平韻叶，三句四字，四句四字平韻叶，五句四字平韻叶。前段三句三韻二十一字，後段五句四韻二十三字。**眉批**：此譜更商。

倪雲林

東風花外小紅樓。南浦山横翠黛愁。春寒不管花枝瘦。無情水自流。簷間燕語嬌柔。驚回幽夢，難尋舊遊。落日簾鈎。

次韻　　**前　人**

吹簫聲斷更登樓。獨自憑闌獨自愁。斜陽緑慘紅消瘦。長江日際流。百般嬌、千種温柔。金縷曲、新聲低按，碧油車、名園共遊，絳綃裙、羅襪如鉤。

觀《花間集》作　　**前　人**

香腮玉膩鬢蟬輕。翡翠釵梁碧燕横。新粧懶步紅芳逕。小重山，空畫屏。繡簾風煖春酲。煙草粘飛絮，遊絲罥落英。無限傷情。

好事近

◎●●○○首句五字⊙●◎○○●二句六字仄韻起⊙●◎○○●三句六字●○○○●四句五字仄叶

⊙○⊙●●○○起句七字◎●◎○●二句五字仄叶⊙●◎○○●三句六字●○○○●四句五字仄叶

前段四句二韻二十二字，後段四句二韻二十三字。

初夏　蔣子雲

葉暗乳鴉啼，風定老紅猶落。蝴蝶不隨春去，入薰風池閣。休歌金縷勸金卮，酒病煞如昨。簾捲日長人靜，任楊花飄泊。

夢中作一作幽居　秦少游

春路雨添花，花動一山春色。行到小溪深處，有黃鸝千百。飛雲當面化龍蛇，夭矯轉空碧。醉卧古藤陰下，了不知南北。

陸放翁

溢口放船歸，薄暮散花洲宿。兩岸白蘋紅蓼，映一蓑新綠。有沽酒處便爲家，菱芡四時足。明日又乘風去，任江南江北。

太平州小妓楊姝彈琴送酒

黃魯直

一弄醒心絃，情在兩山斜疊。彈到古人愁處，有珍珠承睫。使君來去本無心，休淚界紅頰。自恨老來憎酒，負十分金葉。

其二

前　人

不見片時間，魂夢鎮相隨著。因甚近新無據，誤竊香深約。思量模樣忔憎兒，惡又怎生惡。終待共伊相見，與佯佯奚落。

湯詞

前　人

歌罷酒闌時，瀟灑座中風色。主禮到君須盡，奈賓朋南北。暫時分散總尋常，難堪久離析。不似建溪春草，鮮畱連佳客。

送君猷 **蘇子瞻**

紅粉莫悲啼，俯仰半年離別。看取雪堂坡下，老農夫淒切。明年春水漾桃花，柳岸隘舟楫。從此滿城歌吹，看黃州闐咽。

前人

煙外倚危樓，初見遠燈明滅。卻跨玉虹歸去，看洞天星月。當時張范風流在，況一樽浮雪。莫問世間何事，與劍頭微訣。

湖上 **前人**

湖上雨晴時，秋水半篙初没。朱檻俯窺寒鑑，照衰顔華髮。醉中欲墮白綸巾，溪風漾流月。獨棹小舟歸去，任煙波飄兀。

中秋席上 **辛幼安**

明月到今宵，常是不如人約。想見廣寒宮殿，正雲梳風掠。夜深休更喚笙歌，簷頭雨聲惡。不是小山詞就，這一場寥索。

席上送李致一

前人

和淚唱陽關，依舊字嬌聲穩。回首長安何處，怕行人歸晚。垂楊折盡只啼鴉，把離愁勾引。卻笑遠山無數，被行雲低損。

元夕立春

前人

彩勝鬥華燈，平把東風吹卻。喚取雪中明月，伴使君行樂。紅旗鐵馬響春冰，老去此情薄。惟有前村梅在，倩一枝隨著。

和城中諸友韻

前人

雲氣上林梢，畢竟非空非色。風景不隨人去，到而今留得。老無情味到篇章，詩債怕人索。卻喜近來林下，有許多詞客。

柳含烟

首句三字，二句三字平韻起，三句六字，四句七字平叶。五句三字平叶。

首句七字仄韻換，二句六字仄叶，三句七字平韻換，四句三字平叶。前段五句三韻二十二字，後段四句四韻二十三字。

柳含烟 **毛文錫**

隋堤柳，汴河春。夾岸緑陰千里，龍舟鳳舸木蘭香。錦帆張。因夢江南春景好。一路流蘇羽葆。笙歌未盡起橫流。鎖春愁。

其二

河橋柳，占芳春。映水含烟拂路，幾迴攀折贈行人。暗傷神。樂府吹爲橫笛曲。能使離腸斷續。不如移植在金門。近天恩。

其三

章臺柳，近垂旒。低拂往來冠蓋，朧朧春色滿皇州。瑞烟浮。直與路邊江畔別。免被離人攀折。最憐京兆畫蛾眉。葉纖時。

其四

御溝柳，占春多。半出宫牆婀娜，有時倒影蘸輕羅。麴塵波。昨日金鑾巡上苑。風亞舞腰纖軟。栽培得地近皇宮。瑞烟濃。

繡帶子 一名《好女兒》

◎●●○○首句五字平韻起⊙●●○○二句五字平叶◎●⊙○⊙●三句六字◎●●○○四句五字平叶

◎●●○○起句五字平叶◎●●⊙●○○二句七字平叶⊙○⊙●三句四字⊙○◎●四句四字◎●○○五句四字平叶

前段四句三韻二十一字，後段五句三韻二十四字。

詠梅

宋**黃魯直**

小院一枝梅。衝破曉寒開。晚到芳園游戲，滿袖帶香回。玉酒覆銀盃。盡醉去猶待重來。東鄰何事，驚吹怨笛，雪片成堆。**脚注：**一本「晚到芳園」作「偶到張園」，「滿袖」作「沾袖」。

前人

春去幾時還。問桃李無言。燕子歸棲風勁，梨雪亂西園。唯有月嬋娟。似人人難近如天。願教清影常相見，更乞取團圓。

前人

粉淚一行行。啼破曉來粧。懶繫酥胸羅帶，羞見繡鴛鴦。擬待不思量。怎奈向目下恓惶。假饒來後，教人見了，卻去何妨。

杏園芳

首句六字平韻起，二句六字平韻叶，三句七字平韻叶，四句三字平韻叶。

首句七字，二句六字平韻叶，三句七字平韻叶，四句三字平叶。

前段四句四韻二十二字，後段四句三韻二十三字。

尹鶚

嚴粧嫩臉花明。教人見了關情。含羞舉步越羅輕。稱娉婷。終朝咫尺窺香閣，迢遥似隔層城。何時休遣夢相縈。入雲屏。

華清引

首句七字平韻起，二句四字平韻叶，三句六字，四句五字平叶。

首句七字平叶，二句六字平叶，三句五字，四句五字平叶。

前段四句三韻二十二字，後段四句三韻二十三字。

感舊

蘇子瞻

平時十月幸蓮湯。玉甃瓊梁。五家車馬如水，珠璣滿路旁。　翠華一去掩方床。獨留烟樹蒼蒼。至今清夜月，依舊過繚牆。

憶秦娥 一名《秦樓月》

○⊙●首句三字仄韻起⊙○◎●○○●二句七字仄叶○○●三句疊上三字⊙○◎●四句四字●○○●五句四字仄叶

◎○⊙●○○●起句七字仄叶⊙○◎●○○●二句七字仄叶○○●三句疊上三字

⊙〇⊙●四句四字●〇〇●五句四字仄叶

前段五句三韻二十一字，後段五句三韻二十五字。

樂遊原《草堂詩餘》作秋思　　唐**李太白**

簫聲咽。秦娥夢斷秦樓月。秦樓月。年年柳色，灞陵傷別。樂遊原上清秋節。咸陽古道音塵絶。音塵絶。西風殘照，漢家陵闕。

閨情　　或作黄山谷**孫夫人**

花深深。一鉤羅襪行花陰。行花陰。閒將柳帶，試結同心。耳邊消息空沉沉。畫眉樓上愁登臨。愁登臨。海棠開後，望到如今。**脚注**：「如」一作「於」。

春思　　**康伯可**

春寂寞。长安古道东風恶。东風恶。臙脂满地，杏花零落。臂销不奈黄金约。天寒猶怯春衫薄。春衫薄。不禁揾泪，为君弹却。

詠雪　　**張安國**

雲垂幕。陰風慘淡天花落。天花落。千林瓊玖，滿空鸞鶴。征車渺渺穿華薄。路迷迷路增離索。增離索。楚溪山水，碧湘樓閣。

佳人

周美成

香馥馥。樽前有個人如玉。人如玉。翠翹金鳳，內家妝束。嬌羞愛把眉兒蹙。逢人只唱相思曲。相思曲。一聲聲是，怨紅愁綠。

秋宵

黃叔暘

心如結。西風老盡黃花節。黃花節。塞鴻聲斷，冷煙淒月。漢朝陵廟唐宮闕。興衰萬變從誰說。從誰說。千年青史，幾人華髮。

邯鄲道中

黃叔暘

風蕭瑟。邯鄲古道傷行客。傷行客。繁華一瞬，不堪思憶。叢臺歌舞無消息。金尊玉管空陳跡。空陳跡。連天衰草，暮雲凝碧。

楊花

楊孟載

東風惡。一溪春水楊花落。楊花落。惹人衫袖，綴人簾幕。纔飛卻墮能纖弱。倏來還去無拘著。無拘著。山遥水遠，任伊飄泊。

蘇集又名《雙荷葉》　　**蘇子瞻**

雙溪月。清光偏照雙荷葉。雙荷葉。紅心未偶，緑衣偷結。背風迎雨淚珠滑。輕舟短棹先秋折。先秋折。煙鬟未上，玉杯微缺。

雨中木樨盛開與友人索飲　　**倪雲林**

扶疏玉。蟾宮樹影闌干曲。闌干曲。一襟香露，幾枝金粟。姮娥鏡掩秋雲緑。無端風雨聲相續。聲相續。不須澄霽，爲沽醽醁。

其二　　**前　人**

參差玉。笙聲暮起瑤臺曲。瑤臺曲。輕風香浸，夜涼肌粟。黃雲巧綴飛霞緑。清吟未斷秋霖續。秋霖續。恐孤花意，倒尊中醁。

謁金門

○◎●首句三字仄韻起⊙●◎○○●二句六字仄叶⊙●⊙○○●●三句七字仄叶⊙○○●●四句五

字仄叶　◎●⊙○◎●起句六字仄叶◎●⊙○⊙●二句六字仄叶⊙●◎○○●●三句七字仄叶◎○○●●四句五字仄叶

前段四句四韻二十二字，後段四句四韻二十四字。

春閨　南唐**馮延巳**

風乍起。吹皺一池春水。閑引鴛鴦芳徑裏。手挼紅杏蘂。　鬬鴨欄干獨倚。碧玉搔頭斜墜。終日望君君不至。舉頭聞鵲喜。

春思　**俞克成**

愁脈脈。目斷江南江北。煙樹重重芳信隔。小樓山幾尺。　細草孤雲斜日。一向弄晴天色。簾外落花飛不得。東風無氣力。

春恨　**秦處度**

鴛鴦浦。春漲一江花雨。隔岸數聲初過櫓。晚風生碧樹。　舟子相呼相語。載取暮愁歸去。寒食江村芳草路。愁來無著處。

春恨　韋端己

空相憶，無計與傳消息。天上嫦娥人不識。寄書何處覓。春睡覺來無力。不忍把伊書跡。滿院落花春寂寂。斷腸芳草碧。脚注：「與」一作「得」。

其二 此詞《花間集》不載

春雨足。染就一溪新緑。柳外飛來雙羽玉。弄晴相對浴。樓外翠簾高軸。倚遍闌干幾曲。雲淡水平煙樹簇。寸心千里目。

初春　張宗端

花事淺。方費工夫勻染。牆角紅梅開未遍。小桃纔數點。人在暮寒庭院。閒續茶經香傳。酒思如冰詩思懶。雨聲簾不捲。

春愁　賀方回

花滿院。飛去飛來雙燕。紅雨入簾寒不捲。曉屏山六片。翠袖玉笙淒斷。脈脈雙蛾愁淺。消息不知郎近遠。一春長夢見。

春漏促。金燼暗挑殘燭。一夜簾前風撼竹。夢魂相斷續。　有個嬌嬈如玉。夜夜繡屏孤宿。閑抱琵琶尋舊曲。遠山眉黛緑。

韋端己

春滿院。疊損羅衣金線。睡覺水晶簾未捲。簷前雙語燕。　斜掩金鋪一扇。滿地落花千片。蚤是相思腸欲斷。忍交頻夢見。

薛昭藴

秋已暮。重疊關山歧路。嘶馬摇鞭何處去。曉禽霜滿樹。　夢斷禁城鐘鼓。涙滴枕檀無數。一點凝紅和薄霧。翠蛾愁不語。

牛希濟

留不得。留得也應無益。白苧春衫如雪色。揚州初去日。　輕别離，甘抛擲。江上滿帆風疾。却羨彩鴛三十六。孤鸞還一隻。

孫光憲

示弟　黄魯直

山又水。行盡吴頭楚尾。兄弟燈前家萬里。相看如夢寐。君似成蹊桃李。入我草堂松桂。莫厭歲寒無氣味。餘生吾已矣。

秋夜　蘇子瞻

秋帷裏。長漏伴人無寐。低玉枕涼輕繡被。一番秋氣味。曉色又侵窗紙。窗外雞聲初起。聲斷幾聲還到耳。已明聲未已。

秋興　前人

秋池閣。風傍曉庭簾幕。霜葉未衰吹未落。半驚鴉喜鵲。自笑浮名情薄。似與世人疏略。一片懶心雙懶脚。好教閒處著。

秋感　前人

今夜雨。斷送一年殘暑。坐聽潮聲來別浦。明朝何處去。孛負金樽緑醑。來歲今宵圓否。酒醒夢回愁幾許。夜闌還獨語。

無題　辛幼安

遮索月。雲外金虵明滅。翻樹啼鴉聲未徹。雨聲驚落葉。　寶炬成行嫌熱。玉腕藕絲誰雪。流水高山絃斷絶。怒蛙聲自咽。

又　前人

山吐月。畫燭從教風滅。一曲瑤琴纔聽徹。金蕉三兩葉。　驟雨微涼還熱。似欠舞瓊歌雪。近日醉鄉音問絶。有時清淚咽。

又　前人

歸去未。風雨送春行李。一枕離愁頭徹尾。如何消遣是。　遥想歸舟天際。緑鬢瓏璁慵理。好夢未成鶯喚起。粉香猶自殢。

望仙門

◎○⊙●●○○首句七字平韻起●○○二句三字平叶⊙○◎●●○○三句七字平叶●○○四句三字平

叶

◎●○○●起句五字⊙○◎●○○二句六字平叶◎○⊙●●○○三句七字平叶●○○四句疊上三字⊙●●○○五句五字平叶

前段四句四韻二十字，後段五句四韻二十六字。

晏同叔

玉池波浪碧如鱗。露蓮新。清歌一曲翠眉嚬。舞華茵。　滿酌蘭英酒，須知獻壽千春。太平無事荷君恩。荷君恩。齊唱望仙門。

洛陽春亦名《一落索》

◎●⊙○○●首句六字仄韻起⊙○○●二句四字仄叶◎○⊙●●○○三句七字◎◎●○○●四句六字仄叶

前段四句三韻二十三字，後段同前。

陳後山

素手拈花纖軟。生香相亂。却須詩力與丹青，恐俗手難成染。　一顧教人微倩。那堪親見。不辭紫袖拂清塵，也要識春風面。

朱希真

慣被好花留住。蝶飛鶯語。少年場上醉鄉中，容易放春歸去。今日江南春暮。朱颜何處。莫將愁緒比飛花，花有數愁無數。**脚注：**此詞舊名《一落索》。

陸放翁

滿路遊絲飛絮。韶光將暮。此時誰與説新愁，有百囀流鶯語。俯仰人間今古。神仙何處。花前須判醉扶歸，酒不到劉伶墓。

歐陽永叔

紅紗未曉黃鸝語。蕙爐銷蘭炷。錦屏羅幕護春寒，昨夜三更雨。繡簾閒倚吹輕絮。斂眉山無緒。看花拭淚向歸鴻，問來處、逢郎否。

清平樂

⊙〇⊙●首句四字仄韻起◎●〇〇●二句五字仄叶◎●⊙〇〇●●三句七字仄叶◎●⊙〇〇●四句六字仄叶　⊙〇⊙●〇〇起句六字平韻換⊙〇◎●〇〇二句六字平叶◎●⊙〇⊙●三句六字⊙〇◎●〇〇四句六字平叶

前段四句四韻二十二字，後段四句三韻二十四字。

送春　　宋**黃魯直**

春歸何處。寂寞無行路。若有人知春去處。喚取歸來同住。春無蹤跡誰知。除非問取黃鸝。百囀無人能解，因風飛過薔薇。**脚注：**「飛過」一本作「吹過」。

唐**韋端己**名莊

春愁南陌。故國音書隔。細雨霏霏梨花白。燕拂畫簾金額。盡日相望王孫。塵滿衣上淚痕。誰向橋邊吹笛，駐馬西望銷魂。

春景　　趙德麟

東風依舊。著意隋堤柳。搓得鵝兒黃欲就。天氣清明時候。　去年紫陌青門。今宵雨魄雲魂。斷送一生憔悴，只消幾箇黃昏。

夏景　　劉巨濟

深沉院宇。枕簟清無暑。睡起花陰初轉午。一霎飛雲過雨。　雨餘隱隱殘雷。夕陽卻照庭槐。莫把珠簾垂下，妨他雙燕歸來。

詠雪　　孫夫人

悠悠颺颺。做盡輕模樣。半夜蕭蕭窓外響。多在梅邊竹上。　朱樓向曉簾開。六花片片飛來。無奈薰爐煙霧，騰騰扶上金釵。

憶別　　李後主

別來春半。觸目愁腸斷。砌下落梅如雪亂。拂了一身還滿。　雁來音信無憑。路遥歸夢難成。離恨卻如春草，更行更遠還生。

春晚　**歐陽永叔**

小庭春老。碧砌紅萱草。長憶小闌閒共遶。攜手緑蔭含笑。別來音信全乖。舊期前事堪猜。門掩日斜人靜，落花愁點蒼苔。**脚注：**「蒼」本集作「青」。

詠柳　**楊孟載**

欺烟困雨。拂拂愁千縷。曾把腰肢羞舞女。贏得輕盈如許。猶寒未煖時光。將昏漸曉池塘。記取春來楊柳，風流全在輕黃。

温飛卿

上陽春晚。宮女愁蛾淺。新歲清平思同輦。争奈長安路遠。鳳帳鴛被徒燻。寂寞花瑣千門。競把黃金買賦，爲妾將上明君。

温飛卿

洛陽愁絶。楊柳花飄雪。終日行人恣攀折。橋下水流嗚咽。上馬争勸離觴。南浦鶯聲斷腸。愁殺平原年少，迴首揮淚千行。

韋端己

野花芳草。寂莫關山道。柳吐金絲鶯語早。惆悵香閨暗老。羅帶悔結同心。獨凭朱欄思深。夢覺半牀斜月，小窗風觸鳴琴。

韋端己

何處遊女。蜀國多雲雨。雲觧有情花觧語。窣地繡羅金縷。粧成不整金鈿。含羞待月秋千。住在緑槐陰裏，門臨春水橋邊。

別意 韋端己

鶯啼殘月。繡閣香燈滅。門外馬嘶郎欲別。正是落花時節。粧成不畫蛾眉。含愁獨倚金扉。去路香塵莫掃，掃即郎去歸遲。

孫光憲

愁腸欲斷。正是青春半。連理分枝鸞失伴。又是一塲離散。掩鏡無語眉低。思隨芳草萋萋。憑仗東風吹夢，與郎終日東西。

孫光憲

等閒無語。春恨如何去。終是疏狂留不住。花暗柳濃何處。盡日目斷魂飛。晚窗斜界殘暉。長恨朱門薄暮，繡鞍驄馬空歸。

毛熙震

春光欲暮。寂寞閑庭户。粉蝶雙雙穿檻舞。簾捲晚天疏雨。含愁獨倚閨幃。玉爐烟斷香微。正是銷魂時節，東風滿樹花飛。

寄示知命弟　黃魯直

乍晴秋好。黃菊欹烏帽。不見清談人絶倒。更憶添丁小小。蜀娘謾點花酥。酒槽空滴珍珠。兄弟四人別住，他年同插茱萸。

又用前韻　前人

舞鬟娟好。白髮黃花帽。醉任傍觀嘲潦倒。扶老偏宜年小。舞回臉玉胷酥。纏頭一斛明珠。日日梁州薄媚，年年金菊茱萸。

前人

黃花當户。已覺秋容暮。雲夢南州逢笑語。心在歌邊舞處。使君一笑眉開。新晴照酒罇來。且樂尊前見在，休思走馬章臺。

前人

休推小户。看即風光暮。萸糝菊英浮盌醑。報答風光有處。幾回笑口能開。少年不肯重來。借問牛山繫馬，今爲誰姓池臺。**夾注：**親賢宅酒名。

前人

氷堂酒好。只恨銀杯小。新作金荷工獻巧。圖要連拗倒。采蓮一曲清歌。急檀催卷金荷。醉裏香飄睡鴨，更驚羅襪凌波。**夾注：**唐龍朔中子母箱云：「連臺拗倒。」山谷謂杯盤爲子母，故用之。

秋詞 **蘇子瞻**

清淮濁汴。更在江西岸。紅旆到時黃葉亂。霜入梁王故苑。秋原何處攜壺。停驂訪古踟躕。雙廟遺風尚在，漆園傲吏應無。

歐陽永叔

雨晴烟晚。緑水新池滿。雙燕飛來垂柳院。小閣畫簾高捲。黄昏獨倚朱闌。西南初月眉彎。砌下落花風起，羅衣特地春寒。

在荊溪作　倪雲林

汀煙溪樹。揔是傷心處。望斷溪流東北注。夢逐孤雲歸去。山花野鳥初春。漁郎樵叟南津。誰識摧頹老子，醉人推罵從嗔。

博山道中即事　辛幼安

柳邊飛鞚。露濕征衣重。宿鷺窺沙孤影動。應有魚蝦入夢。一川明月疏星。浣紗人影娉婷。笑背行人歸去，門前稚子啼聲。

又　前人

茅檐低小。溪上青青草。醉裡吴音相媚好。白髮誰家翁媪。大兒鋤豆溪東。中兒正織雞籠。最喜小兒無賴，溪頭卧剝蓮蓬。

獨宿王氏菴　　前　人

繞床饑鼠。蝙蝠翻燈舞。屋上松風吹急雨。破紙窗間自語。平生塞北江南。歸來華髮蒼顏。布被秋宵夢覺，眼前萬里江山。

檢校山園　　前　人

連雲松竹。萬事從今足。拄杖東家分社肉。白酒床頭初熟。西風梨棗山園。兒童偷把長竿。莫遣旁人驚去，老夫靜處閒看。

又　　前　人

斷崖松竹。竹裏藏冰玉。路繞清溪三百曲。香滿黄昏雪屋。行人繫馬疏籬。折殘猶有高枝。留得東風數點，只緣嬌嫩春遲。

爲兒鐵柱作　　前　人

靈皇醮罷。福祿都來也。試引鵷雛花樹下。斷了驚驚怕怕。從今日日聰明。更有潭妹嵩兄。看取辛家鐵柱，無災無難公卿。

木犀 **前人**

月明秋曉。翠蓋團團好。碎剪黄金敷恁小。都著葉兒遮了。打來休似年時。小窗能有高低。無頓許多香處，只消三兩枝兒。

再賦 **前人**

東園向曉。陣陣西風好。唤起仙人金小小。翠羽玲瓏裝了。一枝枕畔開時。羅幃翠幕垂低。恁地十分遮護，打窗早有蜂兒。

憶吴江賞木犀 **前人**

少年痛飲。憶向吴江醒。明月團團高樹影。十里水沉煙冷。大都一點宫黄。人間直恁芳芬。怕是秋天風露，染教世界都香。

壽信守王道夫 **前人**

此身長健。還卻功名願。枉讀平生三萬卷。滿酌金杯聽勸。男兒玉帶金魚。能消幾許詩書。料得今宵醉也，兩行紅袖爭扶。

壽趙民則提刑 前人

詩書萬卷。合上明光殿。案上文書看來遍。眉裏陰功早見。十分竹瘦松堅。看君自是長年。若鮮尊前痛飲，精神便是神仙。

題上盧橋 前人

清泉奔快。不管青山礙。十里盤盤平世界。更著溪山襟帶。古今陵谷茫茫。市朝往往耕桑。此地居然形勝，似曾小小興亡。

前人

清詞索笑。莫厭銀杯小。應是天孫新與巧。剪恨裁愁句好。有人夢斷關河。小窗日飲亡何。想見重簾不捲，淚痕滴盡湘娥。

呈趙昌甫 前人

雲煙草樹。山北山南雨。溪上行人相背去。惟有啼鴉一處。門前萬斛春寒。梅花可噉催殘。使我長忘酒易，要君不作詩難。

書德由王主簿扇　前　人

溪回沙淺。紅杏都開遍。鸂鶒不知春水暖。猶傍垂楊春岸。片帆千里輕船。行人想見欹眠。誰似先生高舉，一行白鷺青天。

王荊公

雲垂平野。掩映竹籬茅舍。闃寂幽居實瀟灑。是處緑嬌紅冶。丈夫運用堂堂。且莫五角六張。若有一卮芳酒，逍遥自在無妨。

更漏子

◎○○首句三字○●●二句三字仄韻起⊙●◎○○●三句六字仄叶○●●四句三字●○○五句三字平韻換◎○○●○六句五字平叶

前段六句四韻二十三字，後段同前(一)。

(一) 實際後段首句用韻，與前段不同。

秋思

唐**温飛卿**名庭筠

玉爐香，紅蠟淚。偏照畫堂秋思。眉翠薄，鬢雲殘。夜長衾枕寒。梧桐樹。三更雨。
不道離情正苦。一葉葉，一聲聲。空堦滴到明。

名嶠**牛給事**

春夜闌，更漏促。金燼暗挑殘燭。驚夢斷，錦屏深。兩鄉明月心。閨草碧。望歸客。
還是不知消息。孤負我，悔憐君。告天天不聞。

温飛卿

柳絲長，春雨細。花外漏聲迢遞。驚塞雁，起城烏。畫屏金鷓鴣。香霧薄。透簾幕。
惆悵謝家池閣。紅燭背，繡簾垂。夢長君不知。

春早

温飛卿

星斗稀，鐘鼓歇。簾外曉鶯殘月。蘭露重，柳風斜。滿庭堆落花。虛閣上。倚闌望。
還似去年惆悵。春欲暮，思無窮。舊懽如夢中。

温飛卿

金雀釵，紅粉面。花裏暫時相見。知我意，感君憐。此情須問天。香作穗。蠟成淚。還似兩人心意。山枕膩，錦衾寒。覺來更漏殘。

温飛卿

相見稀，相憶久。眉淺澹烟如柳。垂翠幕，結同心。待郎薰繡衾。城上月。白如雪。蟬鬢美人愁絶。宫樹暗，鵲橋横。玉籤初報明。

温飛卿

背江樓，臨海月。城上角聲嗚咽。堤柳動，島烟昏。兩行征雁分。京口路。歸帆渡。正是芳菲欲度。銀燭盡，玉繩低。一聲村落雞。

韋端己

鐘鼓寒，樓閣暝。月照古桐金井。深院閉，小庭空。落花香露紅。烟柳重，春霧薄。燈背水窗高閣。閒倚户，暗沾衣。待郎郎不歸。

牛嶠

星漸稀，漏頻轉。何處輪臺聲怨。香閣掩，杏花紅。月明楊柳風。挑錦字。記情事。唯願兩心相似。收淚語，背燈眠。玉釵横枕邊。

牛嶠

南浦情，紅粉淚。争奈兩人深意。低翠黛，卷征衣。馬嘶霜葉飛。招手别。寸腸結。還是去年時節。書託雁，夢歸家。覺來江月斜。

毛文錫

春夜闌，春恨切。花外子規啼月。人不見，夢難憑。紅紗一點燈。偏怨别。是芳節。庭下丁香千結。宵霧散，曉霞輝。梁間雙燕飛。

顧敻

舊歡娱，新悵望。擁鼻含嚬樓上。濃柳翠，晚霞微，江鷗接翼飛。簾半捲。屏斜掩。遠岫參差迷眼。歌滿耳，酒盈罇。前非不要論。

孫光憲

聽寒更，聞遠雁。半夜蕭娘深院。扃繡户，下珠簾。滿庭噴玉蟾。人語静。香閨冷。紅幕半垂清影。雲雨態，蕙蘭心。此情江海深。

其二

今夜期，來日別。相對祇堪愁絶。偎粉面，撚瑶簪。無言淚滿襟。銀箭落。霜華薄。牆外曉雞咿喔。聽囑付，惡情悰。斷腸西復東。

毛熙震

秋色清，河影淡。深户燭寒光暗。綃幌碧，錦衾紅。博山香炷融。更漏咽。蛩鳴切。滿院霜華如雪。新月上，薄雲收。映簾懸玉鈎。

其二

煙月寒，秋夜静。漏轉金壺初永。羅幕下，繡屏空。燈花結碎紅。人悄悄。愁無了。思夢不成難曉。長憶得，與郎期。竊香私語時。

詠餘甘湯

黄魯直

菴摩勒，西土果。霜後明珠顆顆。憑玉兔，搗香塵。稱爲席上珍。號餘甘，無奈苦。臨上馬時分付。管回味，卻思量。忠言君但嘗。

前　人

體妖嬈，鬟婀娜。玉甲銀箏照座。危柱促，曲聲殘。王孫帶笑看。休休休，莫莫莫。愁撥个絲中索。了了了，玄玄玄。山僧無盌禪。

送孫巨源

蘇子瞻

水涵空，山照市。西漢二疏鄉里。新白髮，舊黄金。故人恩義深。海東頭，山盡處。自古客槎來去。槎有信，赴秋期。使君行不歸。

歐陽永叔

風帶寒，枝正好，蘭蕙無端先老。情悄悄，夢依依。離人殊未歸。褰羅幕。凭朱閣。不獨堪悲摇落。月東出，雁南飛，誰家夜擣衣。**眉批：**「情悄悄」一作「雲杳杳」。

憶少年

首句四字，二句四字，三句四字仄韻起，四句五字，五句五字仄韻叶。首句七字仄韻叶，二句七字仄叶，三句五字，四句五字仄叶。

前段五句二韻二十二字，後段四句三韻二十四字。

寒食　謝勉仲

池塘緑遍，王孫芳草，依依斜日。游絲捲晴晝，繫東風無力。蝶趚幽香蜂釀蜜。秋千外卧紅堆碧。心情費消遣，更梨花寒食。

占春芳

首句三字，二句三字，三句五字平韻起，四句六字，五句六字平叶。首句五字平叶，二句七字平叶，三句七字，四句四字平叶。

前段五句二韻二十三字，後段四句三韻二十三字。

蘇子瞻

紅杏了，夭桃盡，獨自占春芳。不比人間蘭麝，自然透骨生香。　對酒莫相忘。似佳人兼合明光。只憂長笛吹花落，除是寧王。

玉聯環

⊙○◎●○○●首句七字仄韻起◎○○●二句四字仄叶◎○⊙●●○○三句七字◎●●○○●四句六字仄叶　⊙●⊙○○●起句六字仄叶◎○○●二句四字仄叶◎○⊙●●○○三句七字⊙●●○○●四句六字仄叶

前段四句三韻二十四字，後段四句三韻二十三字。

張子野

來時露浥衣香潤。綵縧垂鬢。卷簾還喜月相親，把酒與花相近。　西去陽關休問。未歌先恨。玉峰山下水長流，流水盡情無盡。

阮郎歸 一名《醉桃源》

⊙○⊙●●○○首句七字平韻起⊙○○●○二句五字平叶◎○⊙●●○○三句七字平叶⊙○◎

●○四句五字平叶　⊙●●起句三字●○○二句三字平叶⊙○◎●○三句五字平叶⊙○⊙●

●○○四句七字平叶◎○○●○五句五字平叶

前段四句四韻二十四字，後段五句四韻二十三字。

春景 亦見歐集　**李後主**

東風吹水日銜山。春來長是閑。落花狼藉酒闌珊。笙歌醉夢間。春睡覺，晚妝殘。無人整翠鬟。留連光景惜朱顏，黃昏人倚闌。**夾注**：「睡覺」一作「睡起」。**眉批**：歐集「吹水」作「臨水」，「光景」作「老景」，「人倚」作「獨倚」。

春景　宋**歐陽永叔**

南園春半踏青時。風和聞馬嘶。青梅如豆柳如眉，日長蝴蝶飛。花露重，草烟低。人家簾幙垂。鞦韆慵困解羅衣。畫堂雙燕歸。**眉批**：本集「春半」作「春早」，「畫堂」作「畫梁」，「歸」作「棲」。

春閨　秦少游

春風吹雨繞殘枝。落花無可飛。小池寒緑欲生漪。雨晴還日西。簾半捲，燕雙歸。諱愁無奈眉。翻身整頓著殘棋。沉吟應劫遲。

旅況　秦少游

湘天風雨破寒初。燈殘庭院虛。麗譙吹徹小單于。迢迢清夜徂。人意遠，旅情孤。崢嶸歲又除。衡陽猶有雁傳書。郴陽和雁無。

詠茶　黃山谷

歌停檀板舞停鸞。高陽飲興闌。獸煙噴盡玉壺乾。香分小鳳團。雲浪淺，露珠圓。捧甌春筍寒。絳紗籠下躍金鞍。歸時人倚闌。**旁注**：「露珠」一本作「露花」。

春閨　蘇養直

西園風暖落花時。緑陰鶯亂啼。倚闌無語惜芳菲。絮飛蝴蝶飛。緣底事，減腰圍。

遺愁愁著眉。波連春渚暮天垂。燕歸人未歸。

初夏　**蘇子瞻**

綠槐高柳咽新蟬。薰風初入絃。碧紗窗下水沉烟。棋聲驚晝眠。　微雨過，小荷翻。榴花開欲燃。玉盆纖手弄清泉。瓊珠碎又圓。

初夏　**曾純甫**

柳陰庭館占風光。呢喃清晝長。碧波新漲小池塘。雙雙蹴水忙。　萍散漫，絮飄揚。輕盈體態狂。爲憐流去落紅香。銜將歸畫梁。

舊名《醉桃源》　**秦少游**

碧天如水月如眉。城頭銀漏遲。綠波風動畫船移。嬌羞初見時。　銀燭暗，翠簾垂。芳心兩自知。楚臺魂斷曉雲飛。幽歡難再期。

春暮　**秦少游**

褪花新綠漸團枝。撲人風絮飛。秋千未拆水平堤。落紅成地衣。　遊蝶困，乳鶯啼。怨春春怎知。日長早被酒禁持。那堪更別離。

幽會　秦少游

宮腰裊裊翠鬟鬆。夜堂深處逢。無端銀燭殞秋風。靈犀得暗通。　更有限。恨無窮。星河沉曉空。隴頭流水各西東，佳期如夢中。

詠淚　秦少游

瀟湘門外水平鋪。月寒征棹孤。紅妝飲罷少踟躕。有人偷向隅。　揮玉筯，灑真珠。梨花春雨餘。人人盡道斷腸初。那堪腸已無。**脚注：**「已 一」作「也」。

別怨　歐陽永叔

劉郎何日是歸時。無心雲勝伊。行雲猶解傍山扉。郎行去不歸。　强匀畫，又芳菲。春深輕薄衣。桃花無語伴相思。陰陰月上時。**眉批：**「歸時」本集作「來時」。

春恨　歐陽永叔

落花流水樹臨池。年前心眼期。見來無事去還思。而今花又飛。　淺螺黛，淡胭脂。閒粧取次宜。隔簾風雨閉門時。此情風月知。**眉批：**「流水」本集作「浮水」。

舟行即事舊名《醉桃源》　**白玉蟾**

淡煙凝翠鎖寒蕪。斜陽掛碧梧。沙頭三兩雁相呼。蕭蕭風捲蘆。何處笛，一聲孤。岸邊人釣魚。快帆一夜泊桐廬。問人沽酒無。

佳人　**黃魯直**

曾夷文既盼陳湘歌舞，便出其類，學書亦進。來求小楷，作此付之。

盈盈嬌女似羅敷。湘江明月珠。起來綰髻又重梳。弄妝仍學書。歌調態，舞工夫。湖南都不如。他年未厭白髭鬚。同舟歸五湖。

詠茶效福唐獨木橋體獨木橋謂首尾叶韻皆「山」字也　**前人**

烹茶留客駐雕鞍。有人愁遠山。別郎容易見郎難。月斜窗外山。歸去後，憶前歡。畫屏金博山。一杯春露莫留殘。與郎扶玉山。

又詠茶　**前人**

摘山初製小龍團。色和香味全。碾聲初斷夜將闌。烹時鶴避烟。消滯思，解塵凡。金甌雪浪翻。只愁啜罷水流天。餘清攪夜眠。

又　　前人

黔中桃李可尋芳。摘茶人自忙。月團犀胯鬭圓方。研膏入焙香。青箬裹，絳紗囊。品高聞外江。清闌傳盌舞紅裳。都濡春味長。**脚注**：「都濡」，地名。

佳人　　前人

退紅衫子亂蜂兒。衣寬只爲伊。爲伊去得忒多時。教人直是疑。長睡晚，理妝遲。愁多懶畫眉。夜來算得有歸期。燈花則甚知。

述懷　　前人

貧家春到也騷騷。瓊漿注小槽。老夫不出長蓬蒿。鄰牆開碧桃。木芍藥，品題高。一枝煩剪刀。傳杯猶似少年豪。醉紅侵雪毛。

詠梅集句　　蘇子瞻

暗香浮動月黃昏。堂前一樹春。東風何事入西鄰。兒家常閉門。雪肌冷，玉容真。香腮粉未勻。折花欲寄隴頭人。江南日暮春。

蘇州席上作　**前人**

一年三度過蘇臺。清樽長是開。佳人相問苦相猜。這回來不來。情未盡。老先催。人生真可咍。他年桃李阿誰栽。劉郎雙鬢催。

歐陽永叔

角聲吹斷隴梅枝。孤窗月影低。塞鴻無限欲驚飛。城烏休夜啼。尋斷夢，掩深閨。行人去路迷。門前楊柳綠陰齊。何時聞馬嘶。

來陽道中爲張處父作　**辛幼安**

山前燈火欲黃昏。山頭來去雲。鷓鴣聲裏數家村。瀟湘逢故人。揮羽扇，整綸巾。少年鞍馬塵。如今憔悴賦招魂。儒冠多誤身。

畫堂春

⊙○⊙●●○○首句七字平韻起◎○⊙●○○二句六字平叶◎○⊙●●○○三句七字平叶◎

●○○四句四字平叶⊙●◎○⊙●起句六字◎○⊙●○○二句六字平叶◎○⊙●●○○三句七字平叶⊙●○○四句四字平叶

前段四句四韻二十四字，後段四句三韻二十三字。

春怨 或作山谷詞。「零落」作「零亂」，「香」作「寶」，「暗」作「烟」，「鸞」作「龍」，「縈遶」作「雲鎖」，「暮」作「夜」，「輕」作「微」　宋**秦少游**

東風吹柳日初長。雨餘芳草斜陽。杏花零落燕泥香。睡損紅妝。香篆暗銷鸞鳳，畫屏縈遶瀟湘。暮寒輕透薄羅裳。無限思量。

春怨 亦見秦少游《淮海集》　**徐師川**

落紅鋪徑水平池。弄晴小雨霏霏。杏花憔悴杜鵑啼。無奈春歸。柳外畫樓獨上，憑闌手撚花枝。放花無語對斜暉。此恨誰知。

春思　**鄭中卿**

東風吹雨破花慳。客氈曉夢生寒。有人斜倚小屏山。蹙損眉彎。合是一釵雙燕，卻成兩鏡孤鸞。暮雲脩竹淚畱殘。翠袖凝斑。

黃魯直

東堂西畔有池塘。使君棐几明窗。日西人吏散東廊。蒲葦送輕涼。翠筦細通巖溜，小峯重疊山光。近池催置琵琶床。衣帶水風香。

前　人

摩圍小隱枕蠻江。蛛絲閒鎖晴窗。水風山影上修廊。不到晚來涼。相伴蝶穿花徑，獨飛鷗舞溪光。不因送客下繩床。添火炷爐香。

喜遷鶯

首句三字，二句三字平叶，三句五字平叶，四句七字平叶，五句五字平叶。

起句三字，二句三字仄韻換，三句六字仄叶，四句七字平叶前段韻，五句五字平叶。

前段五句四韻二十三字，後段五句四韻二十四字。

薛昭蘊

殘蟾落，曉鍾鳴。羽化覺身輕。乍無春睡有餘酲。杏苑雪初晴。紫陌長，襟袖冷。不是人間風景。迴看塵土似前生。休羡谷中鶯。

薛昭蘊

金門曉，玉京春。駿馬驟輕塵。樺烟深處白衫新。認得化龍身。九陌喧，千户啓。滿袖桂花風細。杏園歡宴曲江濱。自此占芳辰。

薛昭蘊

清明節，雨晴天。得意正當年。馬驕泥軟錦連乾。香袖半籠鞭。花色融，人競賞。盡是繡鞍朱鞅。日斜無計更畱連。歸路草和烟。

韋端己

人洶洶。鼓鼕鼕。襟袖五更風。大羅天上月朦朧。騎馬上虛空。香滿衣，雲滿路。鸞鳳遶身飛舞。霓旌絳節一羣羣。引見玉華君。

韋端己

街鼓動，禁城開。天上探人迴。鳳銜金榜出雲來。平地一聲雷。鶯已遷，龍已化。一夜滿城車馬。家家樓上簇神仙。争看鶴沖天。

毛文錫

芳春景，曖晴烟。喬木見鶯遷。傳枝隈葉語關關。飛過綺叢間。錦翼鮮，金毳軟。百囀千嬌相喚。碧紗窗曉怕聞聲。驚破鴛鴦暖。

初夏《續譜》名《鶴沖天》

明**夏桂洲**

臨水閣，倚風軒。細雨熟梅天。一池新水碧荷圓。榴花紅欲燃。薄羅裳，輕紈扇。睡起緑陰滿院。曲闌斜轉正閒憑。何處玉簫聲。

本集亦名《鶴沖天》

歐陽永叔

梅謝粉，柳拖金。香滿舊園林。養花天氣半晴陰。花好卻愁深。花無數，愁無數。花好卻愁春去。戴花持酒祝東風。千萬莫匆匆。

人月圓

首句七字，二句五字平韻起，三句四字，四句四字，五句四字平叶。起句八字，二句四字平叶，三句七字，四句四字平叶。前段五句二韻二十四字，後段四句二韻二十二字。

趙子昂

一枝仙桂香生玉，消得喚卿卿。緩歌金縷，輕敲象板，傾國傾城。　幾時不見紅裙翠袖，多少閒情。想應舊春山淡淡，秋水盈盈。**眉批**：「舊」疑「由」。

相思兒令

◎●◎○○●首句六字⊙●●○○二句五字平韻起⊙●◎○○●三句六字⊙●●○○四句五字平叶

◎●●●○○起句六字平叶●○○⊙●○○二句七字平叶⊙○⊙●○○三句六字◎○⊙

●○○四句六字平叶

前段四句二韻二十二字，後段四句三韻二十五字。

晏同叔

昨日探春消息，湖上綠波平。無奈繞堤芳草，還向舊痕生。　有酒且醉瑤觥。更何妨檀板新聲。誰教楊柳千絲，就中牽繫人情。

武陵春

⊙●⊙○○●●首句七字◎●●○○二句五字平韻起◎●○○●●○三句七字平叶⊙●●○○四句五字平叶

前段四句三韻二十四字，後段同前。

燈夜觀雪既而月復明　**毛澤民**

風過氷檐環珮響，宿霧在華茵。賸落瑤花襯月明。嫌怕有纖塵。　鳳口銜燈金炫轉，人醉覺寒輕。但得清光鮮照人。不負五更春。

春晚 李易安

風住塵香花已盡，日晚倦梳頭。物是人非事事休。欲語淚先流。聞説雙谿春尚好，也擬泛輕舟。只恐雙谿舴艋舟。載不動、許多愁。

春興 辛幼安

桃李風前多嫵媚，楊柳更温柔。喚取笙歌爛熳遊。且莫管閒愁。好趁晴時連夜賞，雨便一春休。草草杯盤不要收。纔晚又扶頭。

又 前人

走去走來三百里，五日以爲期。六日歸時已是疑。應是望多時。鞭个馬兒歸去也，心急馬行遲。不免相煩喜鵲兒。先報那人知。

烏夜啼 與《聖無憂》同

首句五字，二句六字平韻起，三句七字，四句五字平韻叶。

前段四句二韻二十三字，後段同首句多一字。

寄遠　蘇子瞻

莫恠歸心速，西湖自有蛾眉。若見故人須細説，白髮倍當時。小鄭非常强記，二南依舊能詩。更有鱸魚堪切膾，兒輩莫教知。

聖無憂 與《烏夜啼》同

首句五字，二句六字平韻起，三句七字，四句五字平韻叶。

首句六字，二句六字平叶，三句七字，四句五字平叶。

前段四句二韻二十三字，後段同首句多一字。

歐陽永叔

世路風波險，十年一別須臾。人生聚散長如此，相見且歡娛。好酒能消光景，春風不染髭鬚。爲公一醉花前倒，紅袖莫來扶。

海棠春

⊙○⊙●○○●首句七字仄韻起◎●●◎○○●二句七字仄叶◎●●○○三句五字◎●○○●四句五字仄叶

前段四句三韻二十四字，後段同前。

春晚

宋秦少游

流鶯窗外啼聲巧。睡未足把人驚覺。翠被曉寒輕，寶篆沈煙裊。宿酲未觧宮娥報。道別院笙歌會早。試問海棠花，昨夜開多少。

錦堂春 一名《烏夜啼》

⊙●⊙○●●首句六字⊙○◎●○○二句六字平韻起⊙○⊙●○○●三句七字⊙●●○○四句五字平叶

前段四句二韻二十四字，後段同前。

閨情　**趙德麟**

樓上縈簾弱絮，牆頭礙月低花。年年春事關心事，腸斷欲棲鴉。舞鏡鸞衾翠減，啼珠鳳蠟紅斜。重門不鎖相思夢，隨意遶天涯。

離情　**劉無黨**

離恨遠縈楊柳，夢魂長遶梨花。青衫記得章臺月，歸路玉鞭斜。翠鏡啼痕印袖，紅牆醉墨籠紗。相逢不盡平生事，春思入琵琶。

閨思　**劉無黨**

菱鑑玉奩秋月，蕙爐銀葉朝雲。宿酲人困屏山夢，煙樹小江村。翠甲未消蘭恨，粉香不斷梅魂。離愁分付殘春雨，花外泣黃昏。

西湖　　劉無黨

水漫汀洲新綠，雲開崦嶂微青。殘紅不見成陰後，鵾鳩寂無聲。笑傲坡詩一夢，風流杜牧三生。西湖依舊人中意，來去竟難憑。

眼兒媚　一名《秋波媚》

⊙●○○●○○首句七字平韻起⊙●●○○二句五字平叶◎○●●三句四字◎○○●四句四字◎●○○五句四字平叶　◎○⊙●○○●起句七字

前段五句三韻二十四字，後段同前起句平仄不同。

春景　　宋秦少游

樓上黃昏杏花寒。斜月小欄干。一雙燕子，兩行歸雁，畫角聲殘。綺窗人在東風裏，無語對春閒。也應似舊，盈盈秋水，淡淡春山。

春景　王元澤

楊柳絲絲弄輕柔。煙縷織成愁。海棠未雨，梨花先雪，一半春休。而今往事難重省，歸夢遶秦樓。相思只在，丁香枝上，豆蔻梢頭。

有感　無名氏

蕭蕭江上荻花秋。做弄許多愁。半竿落日，兩行新雁，一葉扁舟。惜分長怕君先去，直待醉時休。今宵眼底，明朝心上，後日眉頭。

朝中措

⊙○⊙●●○○首句七字平韻起⊙●●○○二句五字平叶◎●⊙○⊙●三句六字◎○◎●○○四句六字平叶

⊙○●●起句四字⊙○●●二句四字◎●○○三句四字平叶⊙●◎○⊙●四句六字⊙○◎●○○五句六字平叶

前段四句二韻二十四字，後段五句二韻二十四字。

平山堂

宋歐陽永叔

平山欄檻倚晴空。山色有無中。手種堂前楊柳，別來幾度春風。文章太守，揮毫萬字，一飲千鍾。行樂直須年少，尊前看取衰翁。**眉批**：「楊柳」本集作「垂柳」。

醉歸

辛幼安

籃輿嫋嫋破重岡。玉笛兩紅粧。這裏都愁酒盡，那邊正和詩忙。爲誰醉倒，爲誰歸去，都莫思量。白水東邊籬落，斜陽欲下牛羊。

又

前　人

夜深殘月過山房。睡覺北窗涼。起遶中庭獨步，一天星斗文章。朝來客話，山林鐘鼎，那處難忘。君向沙頭細問，白鷗知我行藏。

爲人壽

前　人

年年黃菊艷秋風。更有拒霜紅。黃似舊時宮額，紅如此日芳容。青青未老，尊前要看，兒輩平戎。試釀西江爲壽，西江綠水無窮。

又　**前人**

年年金蕊豔西風。人與菊花同。霜鬢經春重緑，仙姿不飲長紅。焚香度日儘從容。笑語調兒童。一歲一杯爲壽，從今更數千鍾。

九日小集　**前人**

年年團扇怨秋風。愁絶玉杯空。山下卧龍豐度，臺前戲馬英雄。而今休也，花殘一似，人老花同。莫怪東籬韻減，只今丹桂香濃。

分增 山花子 一名《攤破浣溪沙》

⊙●○○◎●○首句七字平韻起⊙○⊙●●○○二句七字平叶⊙●○○◎⊙●三句七字●○○四句三字平叶

前段四句三韻二十四字，後段同前。

秋思《詩餘》名《浣溪沙》　南唐**李後主**

菡萏香銷翠葉殘。西風愁起緑波間。還與容光共憔悴，不堪看。細雨夢回雞塞遠，小樓吹徹玉笙寒。多少淚痕無限恨，倚闌干。

春恨《詩餘》名《浣溪沙》　　**李　景**

手捲真珠上玉鉤。依前春恨鎖重樓。風裏落花誰是主，思悠悠。青鳥不傳雲外信，丁香空結雨中愁。回首緑波三峽暮，接天流。

彈箏《續詩餘》作《攤破浣溪沙》　　**賀方回**

錦韉朱絃瑟瑟徽。玉纖新擬鳳雙飛。縹緲燭煙花幕暗，就更衣。約略整環釵影動，遲回顧步珮聲微。宛是春風蝴蝶舞，帶香歸。

《花間集》作《浣溪沙》　　**毛文錫**

春水輕波浸緑苔。枇杷洲上紫檀開。晴日眠沙鸂鶒穩，暖相隈。羅襪生塵游女過，有人逢著弄珠迴。蘭麝飄香初解珮，忘歸來。

和　凝

鶯錦蟬綃馥麝臍。輕裾花草曉烟迷。鸂鶒顫金紅掌墜，翠雲低。星靨笑偎霞臉伴，蹙金開襜襯銀泥。春思半和芳草嫩，緑萋萋。

其二

銀字笙寒調正長。水紋簟冷畫屏涼。玉腕重金扼臂，澹梳粧。幾度試香纖手暖，一迴嘗酒絳唇光。佯弄紅絲蠅拂子，打檀郎。

初夏《續譜》作《攤破浣溪沙》　明**劉伯温**

燕子巢成倦不飛。緑陰鳴蚻静頻嘶。拄杖獨穿芳草徑，立多時。池面紫錢荷點點，枝頭青彈杏離離。更愛葵花紅粉豔，似崔徽。

荅傅岩叟酧春之約本集名《添字浣溪沙》　**辛幼安**

豔杏夭桃兩行排。莫攜歌舞去相催。次第未堪供醉眼，去年栽。春意纔從梅裏過，人情都向柳邊來。咫尺東家還又有，海棠開。

謝岩叟惠瑞香用韻　**前　人**

句裏明珠字字排。多情應也被春催。恠得名花和淚送，雨中栽。赤脚未安芳斛穩，蛾眉早把橘枝來。報道錦薰籠底下，麝臍開。

三山戲作　　前人

記得瓢泉快活時。長年耽酒更吟詩。驀地捉將來斷送，老頭皮。　繞屋人扶行不得，閒窗學得鷓鴣啼。卻有杜鵑能勸道，不如歸。

又　　前人

日日閒看燕子飛。舊巢新壘畫簾低。玉曆今朝推戊己，卻啣泥。　先自春光留不住，那堪更著子規啼。一陣晚香吹不斷，落花溪。

賞山茶一朵忽墮地戲作　　前人

酒面低迷翠被重。黃昏院落月朦朧。墮髻啼粧孫壽醉，泥秦宮。　試問花留春幾日，略無人管雨和風。瞥向緑珠樓下見，墜殘紅。

東傅岩叟　　前人

總把平生入醉鄉。大都三萬六千場。今古悠悠多少事，莫思量。　微有些寒春雨好，更無尋處野花香。年去年來還又笑，燕飛忙。

謝岩叟餽名花鮮蕈用前韻　前人

楊柳温柔是故鄉。紛紛蜂蝶去年場。大率一春風雨事，最難量。滿把攜來紅粉面，堆盤更覺紫芝香。幸自麯生閒去了，又教忙。

病起獨坐停雲　前人

强欲加餐竟未佳。只宜長伴病僧齋。心似風吹香篆過，也無灰。山下朝來雲出岫，隨風一去未曾回。次第前村行雨了，合歸來。

洞天春

⊙〇◎●〇●首句六字仄韻起◎●〇〇●●二句六字仄叶◎●〇〇●〇●三句七字仄叶●〇〇●四句五字仄叶　⊙〇◎●◎●起句六字仄叶◎●〇〇●●二句六字仄叶◎●〇〇三句四字◎〇〇●四句四字⊙〇〇●五句四字仄叶

前段四句四韻二十四字，後段五句三韻二十四字。

宋**歐陽永叔**

鶯啼緑樹聲早。檻外殘紅未掃。露點珍珠遍芳草。正簾幃清曉。秋千宅院悄悄。又是清明過了。燕蝶輕狂，柳絲撩亂，春心多少。**眉批**：「珍」本集作「真」。

秋蕊香

⊙●⊙○◎●首句六字仄韻起⊙●◎○⊙●二句六字仄叶◎○⊙●○○●三句七字仄叶⊙●◎○⊙●四句六字仄叶⊙○◎●○○●起句七字仄叶◎○●二句三字仄叶◎○⊙●◎○●三句七字仄叶⊙●⊙○⊙●四句六字仄叶

前段四句四韻二十五字，後段四句四韻二十三字。

晏叔原

池苑清陰欲就。還傍送春時候。眼中人去難歡偶。誰共一杯芳酒。朱欄碧砌皆如舊。記攜手。有情不管別離久。情在相逢終有。

三字令

首句三字，二句三字平韻起，三句三字平叶，四句三字，五句三字平叶，六句三日平叶，七句三字，八句三字平叶。

前段八句五韻二十四字，後段同前。

蜀**歐陽烱**

春欲盡，日遲遲。牡丹時。羅幌卷，翠簾垂。綵牋書，紅粉淚，兩心知。人不在，燕空歸。負佳期。香燼落，枕函欹。月分明，花澹薄，惹相思。

賀聖朝(一)

◎○◎●○○●首句七字仄韻起◎○○⊙●二句五字仄叶⊙○○●三句四字◎○○●四句四字

(一) 本頁夾抄便箋：「蘇子瞻守杭時，毛澤民爲法曹，公以中人遇之，而澤民與伎瓊芳者善。及秩滿辭去，作《（惜）分飛》詞以贈伎云云。子瞻一日宴客，伎歌此詞，問誰所作，伎以澤民對。公語坐客：『郡僚有詞人而不及知，軾之罪也。』翌日折柬追回，留連數日，每預文酒之會，澤民因此得名。陳頎。右『淚濕闌干』紀事。」

◎○○●五句四字仄叶

前段五句三韻二十四字，後段同前。

春暮　葉道卿

滿斟緑醑留君住。莫匆匆歸去。三分春色，二分愁悶，一分風雨。花開花謝都來幾。且高歌休訴。知他來歲，牡丹時候，相逢何處。

黄魯直

脱霜披茜初登第。名高得意。櫻桃榮宴玉墀遊，領群仙行綴。佳人何事輕相戲。道得之何濟。君家聲譽古無雙，且君平居二。

桃源憶故人 一名《虞美人影》

◎○⊙●◎○●首句七字仄韻起⊙●⊙○○●二句六字仄叶⊙●◎○○●三句六字仄叶◎●○○●四句五字仄叶

前段四句四韻二十四字，後段同前。

冬景　**秦少游**

玉樓深鎖薄情種。清夜悠悠誰共。羞見枕衾鴛鳳。悶則和衣擁。無端畫角嚴城動。驚破一番新夢。窗外月華霜重。聽徹梅花弄。**夾注：**「玉」一作「秦」。**脚注：**「則」一作「即」。

春閨　**秦少游**

碧紗影弄東風曉。一夜海棠開了。枝上數聲啼鳥。粧點知多少。妬雲恨雨腰肢裊。眉黛不堪重掃。薄倖不來春老。羞帶宜男草。

春恨　**朱希真**

雨斜風横香成陣。春去空留春恨。歡少愁多因甚。燕子渾難問。碧尖蹙損眉慵暈。淚濕臙脂紅沁。可惜海棠吹盡。又是黃昏近。

冬飲　**張于湖**

朔風弄月吹銀霰。簾幕低垂三面。酒入玉肌香軟。壓得寒威斂。檀槽乍撥么絃慢。彈得相思一半。不道有人腸斷。猶作聲聲顫。**夾注：**調名。

應靈道中 **陸放翁**

欄干幾曲高齋路。正在重雲深處。丹碧未乾人去。高棟空留句。離離芳草長亭暮。無奈征車不住。惟有斷鴻煙渚。知我頻回顧。

陸放翁

一彈指頃浮生過。墮甑元知當破。去去醉吟高卧。獨唱何須和。殘年還我從來我。萬里湖烟一舸。脱盡利名韁鎖。世界元來大。

春早 **黄魯直**

碧天露洗春容淨。淡月曉收殘暈。花上密煙飄盡。花底鶯聲嫩。雲歸楚峽厭厭困。兩點遥山新恨。和淚暗彈紅粉。生怕人來問。

暮春 **蘇子瞻**

華胥夢斷人何處。聽得鶯啼紅樹。幾點薔薇香雨。寂寞閒庭户。暖風不解留花住。片片着人無數。樓上望春歸去。芳草迷歸路。

歐陽永叔

梅梢弄粉香猶嫩。欲寄江南春信。別後寸腸縈損。說與伊爭穩。小爐獨守寒灰燼。
忍淚低頭畫盡。眉上萬重新恨。竟日無人問。夾注：一作「芳」；一作「愁」；一作「無言」。

前人

鶯愁燕苦春歸去。寂寂花飄紅雨。碧草綠楊岐路。況是長亭暮。少年行客情難訴。
泣對東風無語。目斷兩三煙樹。翠隔江淹浦。

青衫濕 一名《人月圓》

∩○∩□○○□首句七字∩□□○○二句五字平韻起∩○∩□三句四字∩○∩□四句四字∩
□○○五句四字平韻叶　∩○∩□首句四字∩○∩□二句四字∩□○○三句四字平韻叶∩○∩□
四句四字∩○∩□五句四字∩□○○六句四字平韻叶

前段五句二韻二十四字，後段六句二韻二十四字。

感舊

吳彥高

南朝千古傷心地，還唱後庭花。舊時王謝，堂前燕子，飛入人家。恍然在遇，天姿勝雪，宮鬢堆鴉。江州司馬，青衫濕淚，同是天涯。

倪雲林

傷心莫問前朝事，重上越王臺。鷓鴣啼處，東風草緑，殘照花開。悵然孤嘯，青山故國，喬木蒼苔。當時明月，依依素影，何處飛來。

前　人

驚回一枕當年夢，漁唱起南津。畫屏雲嶂，池塘春草，無限消魂。舊家應在，梧桐覆井，楊柳藏門。閒身空老，孤篷聽雨，燈火江村。

柳梢青

◎●○○首句四字平韻起⊙○◎●二句四字◎●○○三句四字平叶◎●○○四句四字⊙○○●五句四

字⊙●○○六句四字平叶　⊙○◎●○○起句六字平叶◎●●○○●○二句七字平叶⊙●○○三句四字⊙○○●四句四字⊙●○○五句四字平叶

前段六句三韻二十四字，後段五句三韻二十五字。

春景　　宋**秦少游**

岸草平沙。吴王故苑，柳裊煙斜。雨後寒輕，風前香軟，春在梨花。　行人一棹天涯。酒醒處殘陽亂鴉。門外秋千，牆頭紅粉，深院誰家。**眉批**：别思一倍關情。

春暮　　**賀方回**

子規啼血。可憐又是，春歸時節。滿院東風，海棠鋪繡，梨花飛雪。　丁香露泣殘枝，悄未比愁腸寸結。自是休文，多情多感，不干風月。

佳人　　**周美成**

有箇人人。海棠標韻，飛燕輕盈。酒暈潮紅，羞娥凝緑，一笑生春。　爲伊無限傷心。更説甚巫山楚雲。斗帳香消，紗窗月冷，著意温存。

七夕　劉叔安

乾鵲收聲，濕螢度影，庭院秋香。步月移陰，梳雲約翠，人在迴廊。醺醺宿酒殘粧。待付與温柔醉鄉。卻扇藏嬌，牽衣索笑，今夜差涼。

遊女　蔣　達

學唱新腔，秋千架上，釵股敲雙。柳雨花風，翠鬆裙褶，紅膩鞵幫。歸來門掩銀釭。淡月裏疏鐘漸撞。嬌欲人扶，醉嫌人問，斜倚樓牕。

贈妓小瓊英　倪雲林

樓上玉笙吹徹。白露冷、飛瓊珮玦。黛淺含顰，香殘棲夢，子規啼月。揚州往事荒涼，有多少、愁縈思結。燕語空梁，鷗盟寒渚，畫闌飄雪。

過陸莊作　前　人

片帆輕、水遠山長。鴻雁將來，菊蕊初黄。碧海鯨鯢，蘭苕翡翠，風露兇央。問音信、何人寄將。想情懷、舊日風光。楊柳池塘，隨處凋零，無限思量。

牡丹和范先之韻　辛幼安

姚魏名流。年年攬斷，雨恨風愁。解釋春光，剩須破[缺]，酒令詩籌。玉肌紅粉温柔。更染盡、天香未休。今夜簪花，他年第一，玉殿東頭。

三山歸途代白鷗見嘲　辛幼安

白鳥相迎，相憐相笑，滿面塵埃。華髮蒼顏，去時曾勸，及早歸來。而今豈是高懷。爲千里、蓴羹計哉。好把移文，從今日日，讀取千回。

辛酉生辰前兩日，夢道士話長年之術，痛以理折之，覺而賦八難之詞　前人

莫鍊丹難。黃河可塞，金可成難。休辟穀難。吸風飲露，長忍饑難。勸君莫遠游難。何處有、西王母難。休采藥難。人沉下土，我上天難。

應天長

◎○⊙●○○●首句七字仄韻起⊙●○○◎●●二句七字仄叶●○○三句三字○●●四句三字仄

叶◎●◎○○●●五句七字仄叶　◎○○●●起句五字仄叶⊙●◎○○●二句六字仄叶◎●◎○○●三句六字仄叶◎○○●●四句五字仄叶

前段五句四韻二十七字，後段四句四韻二十二字。

《花間集》韋莊作**歐陽永叔**

緑槐陰裏黃鶯語。深院無人日正午。繡簾垂，金鳳舞。寂寞小屏香一炷。碧雲凝合處。空役夢魂來去。昨夜緑窗風雨。問君知也否。**眉批：**「鶯語」或作「梅雨」；「日正」作「春晝」；「繡」作「畫」；「小」作「繡」；「碧雲凝合處」作「碧天雲無定處」；「役」作「有」；「問君知也否」作「斷腸君信否」；「昨夜」作「夜夜」。

曉起見《歐集》　**李後主**

一鉤初月臨粧鏡。蟬鬢鳳釵慵不整。重簾靜。層樓迥。惆悵落花風不定。柳堤芳草徑。夢斷轆轤金井。昨夜更闌酒醒。春愁過却病。**眉批：**歐本「鉤」作「彎」，「粧」作「鸞」，「蟬」作「雲」，「重」作「珠」，「層」作「重」，「柳堤芳草」作「緑烟低柳」，「夢斷」作「何處」，「過」作「勝」。

韋端己

別來半歲音書絶。一寸離腸千萬結。難相見，易相別。又是玉樓花似雪。暗相思，無處説。惆悵夜來烟月。想得此時情切。淚沾紅袖黦。

玉樓春望晴烟滅。舞衫斜捲金條脱。黄鸝嬌囀聲初歇。杏花飄盡攏山雪。

節。筵上王孫愁絶。鴛鴦對啣羅結。兩情深夜月。

雙眉澹薄藏心事。清夜背燈嬌又醉。玉釵横，山枕膩。寶帳鴛鴦春睡美。

限意。虛道相思憔悴。莫信綵箋書裏。賺人腸斷字。

平江波暖鴛鴦語。兩兩釣船歸極浦。蘆洲一夜風和雨。飛起淺沙翹雪鷺。

渚。蘭棹今宵何處。羅袂從風輕舉。愁殺採蓮女。

瑟瑟羅裙金線縷。輕透鵝黄香畫袴。雙垂交帶盤鸚鵡。褭褭翠翹移玉步。

注。慢展横波偷覰。斂黛春情暗許。倚屏慵不語。

牛嶠

鳳釵低赴

牛嶠

別經時，無

毛文錫

漁燈明遠

顧敻

背人匀檀

石城山下桃花綻。宿雨初晴雲未散。南去棹，北飛鴈。水闊山遥腸欲斷。倚樓情緒懶。惆悵春心無限。燕度蒹葭風晚，欲歸愁滿面。**眉批**：「山遥」一作「天遥」。

歐陽永叔

河瀆神

首句五字平韻起，二句六字平韻叶，三句七字平韻叶，四句六字平韻叶。首句七字仄韻換，二句六字仄韻叶，三句六字仄韻叶，四句六字仄韻叶。

前段四句四韻二十四字，後段四句四韻二十五字。

河上望叢祠。廟前春雨來時。楚山無限鳥飛遲。蘭棹空傷別離。何處杜鵑啼不歇。豔紅開盡如血。蟬鬢美人愁絕。百花芳草佳節。

温飛卿

温飛卿

孤廟對寒潮。西陵風雨蕭蕭。謝娘惆悵倚蘭橈。淚流玉筯千條。暮天愁聽思歸樂。
早梅香滿山郭。迴首兩情蕭索。離魂何處飄泊。

温飛卿

銅鼓賽神來。滿庭幡蓋徘徊。水村江浦過風雷。楚山如畫烟開。離別櫓聲空蕭索。
玉容惆悵粧薄。青麥燕飛落落。捲簾愁對珠閣。

張　泌

古樹噪寒鴉。滿庭楓葉蘆花。晝燈當午隔輕紗。畫閣珠簾影斜。門外往來祈賽客。
翩翩帆落天涯。迴首隔江烟火，渡頭三兩人家。

孫光憲

汾水碧依依。黄雲落葉初飛。翠華一去不言歸。廟門空掩斜暉。四壁陰森排古畫。
依舊瓊輪羽駕。小殿沉沉清夜。銀燈飄落香灺。

孫光憲

江上草芊芊。春晚湘妃廟前。一方泖色楚南天。數行征雁聯翩。獨倚朱欄情不極。魂斷終朝相憶。兩槳不知消息。遠汀時起鸂鶒。

女城祠

辛幼安

芳草綠萋萋。斷腸絕浦相思。山頭人望翠雲旗。蕙肴桂酒君歸。惆悵畫簷雙燕舞。東風吹散靈雲。香火冷殘簫鼓。斜陽門外今古。旁注：×。

月宮春

首句七字平韻起，二句五字平叶，三句七字平叶，四句五字平叶。首句七字，二句七字平叶，三句六字，四句五字平叶。前段四句四韻二十四字，後段四句二韻二十五字。

毛文錫

水精宮裏桂花開。神仙探幾迴。紅芳金蕊繡重臺。低傾馬瑙盃。玉兔銀蟾争守護，姮娥姹女戲相隈。遥聽鈞天九奏，玉皇親看來。

太常引

首句七字平韻起，二句五字平叶，三句五字平叶，四句七字平叶。首句四字，二句四字，三句五字平叶，四句五字平叶，五句七字平叶。

前段四句四韻二十四字，後段五句三韻二十五字。

趙子昂

水風吹樹晚蕭蕭。散髮醉吹簫。塵事苦如毛。要洗耳時聽舜韶。舊游何處，瓊山銀海，宮殿鬱岧嶤。誰與共游遨。尚記得仙人子喬。

趙子昂

弄晴微雨細絲絲。山色澹無姿。柳絮飛殘，荼蘼開罷，青杏已團枝。闌干倚徧人何處，愁聽語黄鸝。寶瑟塵生，翠銷香減，天遠雁書遲。

一落索與《洛陽春》相似

首句七字仄韻起，二句五字仄叶，三句七字，四句六字仄叶。首句六字仄叶。前段四句三韻二十五字，後段同前首句不同。

秦少游

楊花終日空飛舞。奈久長難駐。海潮雖是暫時來，卻有箇堪憑處。紫府碧雲爲路。好相將歸去。肯如薄倖五更風，不解與花爲主。

黄魯直

誰道秋來煙景素。任游人不顧。一番時態一番新，致得意、皆歡慕。紫萸黄菊繁華處。對風庭月露。愁來即便去尋芳，更作甚、悲秋賦。

閨思　**辛幼安**

羞見鑑鸞孤卻。倩人梳掠。一春長是爲花愁，甚夜夜、東風惡。行繞翠簾珠箔。錦箋誰託。玉觴淚滿卻停觴，怕酒似、郎情薄。

信守王道夫席上　**前　人**

錦帳如雲處。高不知重數。夜深銀燭淚成行，算都把、心期付。莫待燕飛泥污。問花花訴。不知花定有情無，似卻怕、新詞妒。

偷聲木蘭花

◎○⊙●○○●首句七字仄韻起◎●⊙○○●●二句七字仄叶◎●○○三句四字平韻換◎●○○◎●○四句七字平叶　⊙○◎●○○●起句七字仄韻換⊙●◎○○●●二句七字仄叶◎●○○三句四字平韻換◎●◎○⊙●○四句七字平叶

前段四句四韻二十五字，後段同前。

張子野

雪籠瓊苑梅花瘦。外院重扉聯寶獸。海月新生。上得高樓没奈情。簾波不動銀釭小。今夜夜長爭得曉。欲夢高唐。祇恐覺來添斷腸。

滴滴金

⊙◯◎●◯◯●首句七字仄韻起◎◯◯二句三字⊙◯●三句三字仄叶◎●◯◯●◯●四句七字仄叶◎⊙◯◯●五句五字仄叶

前段五句四韻二十五字，後段同前。

晏同叔

梅花漏泄春消息。柳絲長，草芽碧。不覺星霜鬢邊白。念時光堪惜。蘭堂把酒留嘉客。對離筵，駐行色。千里音塵便疎隔。合有人相憶。

惜分飛

◎●⊙○○●●首句七字仄韻起⊙●○○●●二句六字仄叶◎●○○●三句五字仄叶◎○⊙●○○●四句七字仄叶

前段四句四韻二十五字，後段同前。

贈伎瓊芳　毛澤民

泪濕闌干花著露。愁到眉峰碧聚。此恨平分取。更無言语空相覷。断雨残雲無意緒。寂寞朝朝暮暮。今夜山深处。断魂分付潮回去。

春思　辛幼安

翡翠樓前芳草路。寶馬墜鞭暫駐。最是周郎顧。幾度歌聲誤。望斷碧雲空日暮。流水桃源何處。聞道春歸去。更無人管飄紅雨。

漁歌子

◎○○首句三字⊙●●二句三字仄韻起⊙○◎●○○●三句七字仄叶◎○○四句三字⊙●●五句三字仄叶⊙●◎○○●六句六字仄叶

前段六句四韻二十五字，後段同前。

漁家　李詢

楚山青，湘水緑。春風淡蕩看不足。草芊芊，花簇簇。漁艇棹歌相續。信浮沉，無管束。釣迴乘月歸灣曲。酒盈樽，雲滿屋。不見人間榮辱。

其二

荻花秋，瀟湘夜。橘洲佳景如屏畫。碧烟中，明月下。小艇垂綸初罷。水爲鄉，蓬作舍。魚羹稻飯常飡也。酒盈杯，書滿架。名利不將心挂。

其三

柳垂絲，花滿樹。鶯啼楚岸春天暮。棹輕舟，出深浦。緩唱漁歌歸去。罷垂綸，還酌醑。孤村遥指雲遮處。下長汀，臨淺渡。驚起一行沙鷺。

其四

九疑山，三湘水。蘆花時節秋風起。水雲間，山月裏。棹月穿雲遊戲。鼓清琴，傾緑蟻。扁舟自得逍遥志。任東西，無定止。不議人間醒醉。

顧　敻

曉風清，幽沼緑。倚闌凝望珍禽浴。畫簾垂，翠屏曲。滿袖荷香馥郁。好攄懷，堪寓目。身閒心静平生足。酒盃深，光影促。名利無心較逐。

孫光憲

草芊芊，波漾漾。湖邊草色連波漲。沿蓼岸，泊楓汀，天際玉輪初上。扣舷歌，聯袂望。槳聲咿軋知何向。黄鵠叫，白鷗眠，誰似儂家疎曠。

其二

泛流螢，明又滅。夜凉水冷東灣濶。風浩浩，笛寥寥，萬頃金波澄澈。杜若洲，香郁烈。一聲宿雁霜時節。經霅水，過松江，盡屬儂家日月。

柳如眉，雲似髮。蛟綃霧縠籠香雪。夢魂驚，鐘漏歇。窗外曉鶯殘月。　　　魏承斑

幾多情，無處説。落花飛絮清明節。少年郎，容易別。一去音書斷絶。

雙荷葉杯 分增 與《荷葉杯》相似，此則兩段

首句六字仄韻起，二句二字仄叶，三句五字平韻換，四句七字平叶，五句五字平叶。

前段五句五韻二十五字，後段同前。

憶遠　　　韋端己

絶代佳人難得。傾國。花下見無期。一雙愁黛遠山眉。不忍更思惟。　閒掩翠屏金鳳。殘夢。羅幕畫堂空。碧天無路信難通。惆悵舊房櫳。

其二　　　韋端己

記得那年花下。深夜。初識謝娘時。水堂西面畫簾垂。攜手暗相期。　惆悵曉鶯殘

月。相別。從此隔音塵。如今俱是異鄉人。相見更無因。

憶漢月

歐陽永叔

前段四句　韻二十五字，後段　句　韻二十五字。

紅豔幾枝輕裊。新被東風開了。倚烟啼露爲誰嬌，故惹蝶憐蜂惱。多情游賞處，留戀向緑叢千遶。酒闌歡罷不成歸，腸斷月斜春老。

燕歸梁

◎●○○◎●○首句七字平韻起◎●○○二句四字平叶◎○⊙●●○○三句七字平叶⊙○●●○○四句六字平叶　⊙○◎●○○●起句七字⊙○●●○○二句六字平叶◎○⊙●●○○三

句七字平叶⊙●●●○○四句六字平叶

前段四句四韻二十四字，後段四句三韻二十六字。

柳耆卿

織錦裁篇寫意深。字直千金。一回披翫一愁吟。腸成結淚盈襟。幽歡已散前期遠，無聊賴是而今。密憑歸燕寄芳音。恐冷落舊時心。

太常引

⊙○⊙●●○○首句七字平韻起◎○●●○○二句六字平叶◎●●○○三句五字平叶◎●●○○●○四句七字平叶

⊙○●●起句四字◎○⊙●二句四字⊙●●○○三句五字平叶⊙●●○○四句五字平叶⊙●●○○●○五句七字平叶

前段四句四韻二十五字，後段五句三韻二十五字。

閒逸　　劉靜修

男兒勳業古來難。歎人世幾千般。一夢覺邯鄲。好看得浮雲等閒。紅塵盡處，白雲堆裏，高臥對青山。風味似陳摶。休錯比當年謝安。

傷逝　　倪雲林

門前楊柳密藏鴉。春事到桐華。敲火試新茶。想月珮、雲衣故家。苔生雨館，塵凝錦瑟，寂寞聽鳴蛙。芳草際天涯。蝶栩栩、春暉夢華。

壽彝齋　　倪雲林

柳陰濯足水侵磯。香度野薔薇。芳草緑萋萋。問何事、王孫未歸。一壺濁酒，一聲清唱，簾幙燕雙飛。風暖試輕衣。介眉壽、遥瞻翠微。

建康中秋夕　　辛棄疾

一輪秋影轉金波。飛鏡又重磨。把酒問姮娥。被白髮、欺人奈何。乘風好去，長空萬里，直下看山河。斫去桂婆娑。人道是、清光更多。

壽韓南澗尚書　　前人

君王著意履聲間。便合押、紫宸班。今代又尊韓。道吏治、文章太山。一杯千歲，問公何事，早伴赤松閒。功業後來看。似江左、風流謝安。

賦十四絃　　前人

仙機似欲織纖羅。髣髴度金梭。無奈玉纖何。卻彈作、清商恨多。朱簾影裏，如花半面，絕勝隔簾歌。世路苦風波。且痛飲、公無度河。

壽趙晉臣　　前人

論公耆德舊宗英。吳季子、百餘齡。奉使老于行。更看舞、聽歌最精。須同衛武，九十入相，菉竹自青青。富貴出長生。記門外、清溪姓彭。**脚注：**彭溪，晉臣居也。

西江月

∩□∩○∩□首句六字∩○∩□○○二句六字平韻起∩○∩□□○○三句七字平叶∩□∩○○□

前段四句三韻二十五字，後段同前。

四句六字仄叶

春日　柳耆卿

鳳額繡簾高卷，獸鐶朱户頻摇。兩竿紅日上花梢。春睡厭厭難覺。好夢狂隨飛絮，閒愁濃勝香醪。不成雨暮與雲朝。又是韶光過了。

春夜　蘇子瞻

公自序云：「春夜蘄水中，過酒家，飲醉，乘月至一溪橋上，解鞍曲肱，少休及覺，亂山蔥蘢，不謂人世也。書此語橋柱上。」

照野瀰瀰淺浪，横空曖曖微霄。障泥未解玉驄驕。我欲醉眠芳草。可惜一溪明月，莫教踏碎瓊瑶。解鞍攲枕綠楊橋。杜宇數聲春曉。

重陽　蘇子瞻

點點樓前細雨。重重江外平湖。當年戲馬會東徐。今日淒涼南浦。莫恨黄花未吐。且教紅粉相扶。酒闌不必看茱萸。俯仰人間今古。

梅花　蘇子瞻

玉骨那愁瘴霧，冰肌自有仙風。海仙時遣探芳叢。倒掛緑毛么鳳。　素面飜嫌粉涴，洗粧不褪唇紅。高情已逐曉雲空。不與梨花同夢。**脚注：**惠州梅花上珍禽曰「倒掛子」，似緑毛鳳而小。

朱希真

世事短如春夢，人情薄似秋雲。不須計較苦勞心。萬事元來有命。　幸遇三杯酒美，況逢一朵花新。片時歡笑且相親。明日陰晴未定。**脚注：**「美」，集作「好」。

勸酒　黄山谷

斷送一生惟有，破除萬事無過。遠山横黛蘸秋波。不飲旁人笑我。　花病等閒瘦弱，春愁没處遮攔。杯行到手莫留殘。不道月斜人散。**旁注：**一本「横黛」作「微影」，「秋波」作「横波」，「春愁」作「春來」，「没處」作「没个」。

懷舊又見《山谷集》　蘇子瞻

別夢已隨流水，淚巾猶裛香泉。相如依舊是臞仙。人在瑤臺閬苑。　花霧縈風縹緲，歌珠滴水清圓。蛾眉新作十分妍。走馬歸來便面。

佳人　前　人

聞道雙銜鳳帶，不妨單著鮫綃。夜香知與阿誰燒。悵望水沉煙裊。雲鬢風前緑捲，玉顔醉裏紅潮。莫教空度可憐宵。月與佳人共僚。

贈别　張子野

憶昔錢塘話别，十年社燕秋鴻。今朝忽遇暮雲東。對坐旗亭説夢。破帽手遮西日，練衣袖捲寒風。蘆花江上雨蓑翁。消得幾番相送。

閨情　《續譜》作晏同叔　秦少游

愁黛顰成月淺，啼妝印得花殘。只消鴛枕夜來閒，曉鏡心情便懶。醉帽檐頭風細，征衫袖口香寒。緑江春水寄書難。攜手佳期又晚。

次韻酬惠洪上人有序　黄魯直

崇寧甲申，遇惠洪上人於湘中。洪作長短句見贈云：「大廈吞風吐月，小舟坐水眠空。霧窗春色翠如蔥。睡起雲濤正擁。往事回頭笑處，此生彈指聲中。玉箋佳句敏驚鴻。聞道衡陽價重。」次韻酧之。時余方謫宜陽，而洪歸分寧龍安。

月側金盆墮水，雁回醉墨書空。君詩秀色雨園葱。想見衲衣寒擁。　蟻穴夢魂人世，楊花蹤跡風中。莫將社燕等秋鴻。處處春山翠重。

詠茶　　前人

龍焙頭綱春早，谷簾第一泉香。已醺浮蟻嫩鵝黃。想見翻匙雪浪。　兔褐金絲寶盌，松風蟹眼新湯。無因更發次公狂。甘露來從仙掌。

佳人　　前人

宋玉短牆東畔，桃源落日西斜。濃粧下著繡簾遮。鼓笛相催清夜。　轉盼驚翻長袖，低徊細踏紅靴。舞餘猶顫滿頭花。嬌學男兒拜謝。

真覺賞瑞香　　蘇子瞻

公子眼花亂發，老夫鼻觀先通。領巾飄下瑞香風。驚起謫仙春夢。　后土祠中玉蕊，蓬萊殿後鞓紅。此花清艷更纖穠。把酒何人心動。

坐客見和復次韻　　前人

小院朱闌幾曲，重城畫鼓三通。更看微月轉光風。歸去香雲入夢。　翠袖爭浮大白，皂羅半插斜紅。燈花零落酒花穠。妙語一時飛動。

再用前韻戲曹子方坐客云瑞香爲紫丁香，遂以此曲辨證之　前人

恠此花枝怨泣，託君詩句名通。憑將草木記吴風。繼取相如雲夢。點筆袖沾醉墨，謗花面有慚紅。知君卻是爲情穠。怕見此花撩動。

送茶并谷簾與王勝之　前人

龍焙今年絶品，谷簾自古珍泉。雪芽雙井散神仙。苗裔來從北苑。湯發雲腴釃白，盞浮花乳輕圓。人間誰敢更爭妍。鬥取紅窗粉面。

姑熟再見勝之次前韻　前人

別夢已隨流水，淚巾猶裛香泉。相如依舊是臞仙。人在瑶臺閬苑。花霧縈風縹緲，歌珠滴水清圓。蛾眉新作十分妍。走馬歸來便面。眉批：此詞已見前，醉中誤録，今去之。

黄州中秋　前人

世事一場大夢，人生幾度新涼。夜來風葉已鳴廊。看取眉頭鬢上。酒賤常愁客少，月明多被雲妨。中秋誰與共孤光。把醆淒然北望。

送錢待制　　前人

莫歎平原落落，且應去魯遲遲。與君各記少年時。須信人生如寄。　白髮千莖相送，深杯百罰休辭。拍浮何用酒爲池。我已爲君德醉。

平山堂　　前人

三過平山堂下，半生彈指聲中。十年不見老仙翁。壁上龍蛇飛動。　欲弔文章太守，仍歌楊柳春風。休言萬事轉頭空。未轉頭時皆夢。

蘇州交代林子中席上作　　前人

昨日扁舟京口，今朝馬首長安。舊官何物與新官。只有湖山公案。　此景百年幾變，箇中下語千難。使君才氣卷波瀾。與把新詩判斷。**脚注：**「下」或作「不」，記查。

漁父　　辛幼安

□□□□□□，□川落日□金。白鷗來□□□□。□甚風波一任。　別浦魚肥堪膾，前村酒美重斟。千年往事已沉沉。閒管興亡則甚。

壽范南伯知縣南伯以去歲七月生子　　前人

秀骨青松不老，新詞玉珮相磨。靈槎準擬泛銀河。剩摘天星幾個。　奠枕樓頭風月，駐春亭上笙歌。留君一醉意如何。金印明年斗大。

丹桂　　前人

宮粉厭塗嬌額，濃粧再厭秋花。西真人醉憶仙家。飛珮丹霞羽化。　十里芬芳未足，一亭風露先加。杏腮桃臉費鉛華。終慣秋蟾影下。

三山被召，經從建安，席上和韻　　前人

風月亭危致爽，管弦聲脆休催。主人只是舊情懷。錦瑟傍邊須醉。　玉殿何曾儂去，沙堤正要公來。看看紅藥又翻階。趁取西湖春會。

又　　前人

且對東君痛飲，莫教華髮空催。瓊瑰千字已盈懷。消得津頭一醉。　休唱陽關別去，只今鳳詔歸來。五雲兩兩望三台。已覺精神聚會。

三山作　　前人

貪數明朝重九，不知過了中秋。人生有得許多愁。只有黃花如舊。萬象亭中殢酒，九仙閣上扶頭。城鴉喚我醉歸休。細雨斜風時候。

夜行黃沙道中　　前人

明月別枝驚鵲，清風半夜鳴蟬。稻花香裏説豐年。聽取蛙聲一片。七八箇星天外，兩三點雨山前。舊時茅店社林邊。路轉溪頭忽見。

春晚　　前人

賸欲讀書已懶，只今多病長閒。聽風聽雨小窗眠。過了春光太半。往事數尋去鳥，消愁難觧連環。流鶯不肯入西園。喚起畫梁飛燕。

木犀　　前人

金粟如來出世，蕊宮仙子乘風。清香一袖意無窮。洗盡塵緣千種。長爲西風作主，更居明月光中。十分秋意與玲瓏。拚卻今宵無夢。

壽祐之弟時新居落成　**前　人**

畫棟新垂簾幕，華燈未放笙歌。一杯瀲灩泛金波。先向大夫稱賀。富貴無應自有，功名不用渠多。只將緑鬢抵羲娥。金印須教斗大。

遣興　**前　人**

醉裏且貪歡笑，要愁那得工夫。近來始覺古人書。信著全無是處。昨夜松邊醉倒，問松我醉何如。只疑松動要來扶。以手推松曰去。

秋瀑　**前　人**

八萬四千偈後，更誰妙語披襟。紉蘭結珮有同心。喚取詩翁來飲。鏤玉裁冰著句，高山流水知音。胸中不受一塵侵。卻怕靈均獨醒。

悠然閣　**前　人**

一柱中擎遠碧，兩峰旁聳高寒。横陳削盡短長山。莫把一分增減。我望雲煙目斷，人言風景天慳。被公詩筆盡追還。更上層梯一覽。

示兒曹

前人

萬事雲煙忽過，百年蒲柳先衰。而今何事最相宜。宜醉宜游宜睡。早趁催科了納，更量出入收支。迺翁依舊管些兒，管竹管山管水。

又

前人

粉面都成醉夢，霜髯能幾春秋。來時送我伴牢愁。一見尊前似舊。詩在陰何側畔，字居羅趙前頭。錦囊來往幾時休。已遣蛾眉等候。

迎春樂

首句七字仄韻起，二句六字仄叶，三句七字仄叶，四句六字仄叶。首句七字仄叶，二句七字仄叶，三句六字，四句五字仄叶。

前段四句四韻二十六字，後段四句三韻二十五字。

秦少游

菖蒲葉葉知多少。惟有箇蜂兒妙。雨晴紅粉齊開了。露一點嬌黃小。　早是被曉風力暴。更春共斜陽俱老。怎得花香深處，作個蜂兒抱。夾注：舊作「香香」，恐是當時語。

思越人 與《滿宮花》字句同，平仄不同

首句三字，二句三字，三句六字平韻起，四句七字，五句六字平叶。　首句七字仄韻換，二句六字仄叶，三句七字仄叶，四句六字仄叶。

前段五句二韻二十五字，後段四句四韻二十六字。

張泌

燕雙飛，鶯百囀，越波堤下長橋。鬪鈿花筐金匣恰，舞衣羅薄纖腰。　東風澹蕩慵無力。黛眉愁聚春碧。滿地落花無消息。月明腸斷空憶。

古臺平，芳草遠，館娃宮外春深。翠黛空留千載恨，教人何處相尋。綺羅無復當時事。孫光憲
露花點滴香淚。惆悵遥天横緑水。鴛鴦對對飛起。

其二

渚蓮枯，宮樹老，長洲廢苑蕭條。想像玉人何處所，月明獨上溪橋。經春初敗秋風起。
紅蘭緑蕙愁死。一片風流傷心地。魂銷目斷西子。

翠屏攲，銀燭背，漏殘清夜迢迢。雙帶綉窠盤錦薦，淚侵花暗香消。珊瑚枕膩鴉鬟亂。鹿虔扆
玉纖慵整雲散。苦是適來新夢見。離腸争不千斷。

瑶池燕

前段五句四韻二十五字，後段□句□韻二十六字。

琴曲有《瑶池燕》今變其詞作閨怨寄陳季常　蘇子瞻

飛花成陣春心困。寸寸柔腸，多少愁悶。無人問。偷啼自搵殘妝粉。抱瑶琴尋出新韻。玉纖趂。南風未解幽慍。低雲鬟眉峰斂暈。嬌和恨。

滿宮花與《思越人》相似　張泌

首句三字，二句三字仄韻起，三句六字仄叶，四句七字，五句六字仄叶。首句七字仄叶，二句六字仄叶，三句七字，四句六字仄叶。

前段五句三韻二十五字，後段四句三韻二十六字。

花正芳，樓似綺。寂寞上陽宫裏。鈿籠金鎖睡鴛鴦，簾冷露華珠翠。嬌豔輕盈香雪膩。細雨黄鶯雙起。東風惆悵欲清明，公子橋邊沉醉。

尹鶚

月沉沉，人悄悄。一炷後庭香裊。風流帝子不歸來，滿地禁花慵掃。　離恨多，相見少。何處醉迷三島。漏清宮樹子規啼，愁鎖碧窗春曉。

魏承班

雪霏霏，風凜凜。玉郎何處狂飲。醉時想得縱風流，羅帳香幃鴛寢。　春朝秋夜思君甚。愁見繡屏孤枕。少年何事負初心，淚滴縷金雙衽。

醉紅粧

⊙○◎●●○○首句七字平韻起●○○二句三字◎●○三句三字平叶◎○⊙●●○○四句七字平叶○●●五句三字●○○六句三字　⊙○⊙●●○○起句七字平叶◎○●二句三字●○○三句三字平叶◎●⊙○○●●四句七字○●●五句三字●○○六句三字平叶

前段六句四韻二十六字，後段六句三韻二十六字。

張子野

瓊林玉樹不相饒。薄雲衣，細柳腰。一般粧樣百般嬌。眉眼秀，總如描。東風搖草雜花飄。恨無計，上青條。更起雙歌郎且飲，郎未醉，有金貂。

少年遊

◎○⊙●首句四字⊙○◎●二句四字⊙●●○○三句五字仄韻起◎○⊙●四句四字⊙○◎●五句四字⊙●●○○六句五字仄叶

前段六句二韻二十六字，後段同前。

晏叔原

綠勾欄畔，黃昏淡月，攜手對殘紅。紗窗影重，朦朧春睡，繁杏小屏風。須愁別後，天高海濶，何處更相逢。幸有花前，一杯芳酒，歸計莫匆匆。

前人

雕梁燕去，裁詩寄遠，庭院舊風流。黃花醉了，碧梧題罷，閒卧對高秋。繁雲破後，分明素月，涼影掛金鉤。有人凝澹倚西樓。新樣兩眉愁。

詠井桃 張子野

碎霞浮動曉朦朧。春意與花通。銀瓶素綆，玉泉金甃，真色浸朝紅。花枝人面難常見，青子小叢叢。韶華長在，明年依舊，相與笑東風。

曉行 林少瞻

霽霞散曉月猶明。疎木掛殘星。山徑人稀，翠蘿深處，啼鳥兩三聲。霜華重逼雲裘冷，心共馬蹄輕。十里青山，一溪流水，都做許多情。

冬景 周美成

并刀如水，吴鹽勝雪，纖手破新橙。錦幄初温，獸煙不斷，相對坐調笙。低聲問向誰行宿，城上已三更。馬滑霜濃，不如休去，直自少人行。

蘇子瞻

去年相送，餘杭門外，飛雪似楊花。今年春盡，楊花似雪，猶不見還家。對酒捲簾邀明月，風露透窗紗。恰似姮娥憐雙燕，分明照畫梁斜。

秋思 柳耆卿

參差煙樹灞陵橋，風物盡前朝。衰楊古柳，幾經攀折，憔悴楚宮腰。夕陽閃淡秋光淨，離思滿衡皋。一曲陽關，斷腸聲裏，獨上木蘭橈。

端午贈黃守徐君猷 蘇子瞻

銀塘朱檻麴塵波。圓綠卷新荷。蘭條薦浴，菖花釀酒，天氣尚清和。好將沉醉酬佳節，十分酒十分歌。獄草煙深，訟庭人悄，無悋宴遊過。

前人

黄之僑人郭氏每歲正月迎紫姑神，以箕爲腹，箸爲口，畫灰盤中爲詩，敏捷立成。余往觀之，神請予作《少年遊》，乃以此戲之。

玉肌鉛粉傲秋霜。準擬鳳呼凰。伶倫不見，清香未吐，且糠粃吹揚。到處成雙君獨隻，空無數爛文章。一點香檀，誰能借箸，無復似張良。

歐陽永叔

去年秋晚此園中。攜手翫芳叢。拈花嗅蕊，惱煙撩霧，拚醉倚西風。今年重對芳叢處，追往事又成空。敲遍闌干，向人無語，惆悵滿枝紅。

前人

肉紅圓樣淺心黃。枝上巧如裝。雨輕煙重，無憀天氣，啼破曉來粧。寒輕貼體風頭冷，忍拋棄向秋光。不會深心，爲誰惆悵，回面恨斜陽。

前人

玉壺冰瑩獸爐灰。人起繡簾開。春叢一夜，六花開盡，不待剪刀催。洛陽城闕中天起，高下遍樓臺。絮亂風輕，拂鞍沾袖，歸路似章街。

探春令

◎○⊙●●○○首句七字◎○○⊙●二句五字仄韻起◎◎○⊙●○○●三句八字◎⊙●○○●四句六字仄叶　◎○⊙●○○●起句七字仄叶◎○○⊙●二句五字仄叶◎◎○⊙●○○●三句八字◎⊙●○○●四句六字仄叶

前段四句二韻二十六字，後段四句三韻二十六字。

春恨　晏叔原

緑楊枝上曉鶯啼，報融和天氣。被數聲吹入紗窗裏。又驚起嬌娥睡。緑雲斜嚲金釵墜。惹芳心如醉。爲少年濕了鮫綃帕，上都是相思淚。

尋芳草

前段五句□韻二十六字，後段四句三韻二十六字。

嘲陳莘叟憶內 辛幼安

有得許多淚。更閒卻許多鴛被。枕頭兒放處都不是。舊家時怎生睡。更也沒書來，那堪被雁兒調戲。道無書卻有書中意。排幾個人人字。

青門引

◎●○⊙●首句五字仄韻起⊙●◎○○●二句六字仄叶⊙○◎●●○○三句七字⊙○◎●◎●●○●四句九字仄叶

⊙○◎●○○●起句七字仄叶◎●○○●二句五字仄叶◎○◎●○●三句六字◎○◎●○○●四句七字仄叶

前段四句三韻二十七字，後段四句三韻二十五字。

懷舊 張子野

乍暖還輕冷。風雨晚來方定。庭軒寂寞近清明，殘花中酒，又是去年病。樓頭畫角風吹醒。入夜重門靜。那堪更被明月，隔牆送過鞦韆影。**脚注：**「輕」一作「乍」。

品令

首句六字，二句六字仄韻起，三句八字仄叶，四句三字，五句三字仄叶。

前段五句三韻二十六字，後段同前。

秦少游

幸自得一分索，强教人難喫。好好地惡了十來日。恰而今，較些不。須管啜持教笑，又也何須肐織。衒倚賴臉兒得人惜。放軟頑，道不得。

秦少游

掉又懼天然個，品格于中壓一。簾兒下時把鞋兒踢。語低低，笑咭咭。每每秦樓相見，見了無限憐惜。人前强不欲相沾識。把不定，臉兒赤。

爲族姑慶八十　　辛幼安

更休說便是個，住世觀音菩薩。甚今年容貌八十歲，見底道，纔十八。莫獻壽星香燭，莫祝靈椿龜鶴。只消得把筆輕輕去，十字上，添一撇。

醉花陰

◎●⊙○○●●首句七字仄韻起◎●○○●二句五字仄叶⊙●●○○三句五字◎●○○⊙●○○●四句九字仄叶　⊙○◎●○○●起句七字仄韻

前段四句三韻二十六字，後段同前起句平仄不同。

重陽　李易安

薄霧濃雲愁永晝。瑞腦噴金獸。佳節又重陽，寶枕紗廚半夜秋先透。東籬把酒黄昏後。有暗香盈袖。莫道不銷魂，簾捲西風人似黄花瘦。

爲人壽　辛幼安

黄花謾説年年好。也趁秋光老。緑鬢不驚秋，若鬪尊前人好花堪笑。蟠桃結子知多少。家住三山島。何日跨歸鸞，滄海飛塵人世因緣了。

南柯子「柯」亦作「歌」

⊙●○○●首句五字⊙○◎●○二句五字平韻起⊙○⊙●●○○三句七字平叶◎●◎○○●●○○四句九字平叶

前段四句三韻二十六字，後段同前。

端午　**蘇東坡**

山與歌眉歛，波同翠眼流。遊人都上十三樓。不羨竹西歌吹古揚州。菰黍連昌歜，瓊彝倒玉舟。誰家水調唱歌頭。聲遶碧山飛去晚雲留。

秋日　**僧仲殊**

十里青山遠，潮平路帶沙。數聲啼鳥怨年華。又是淒涼時候在天涯。白露收殘月，清風散曉霞。緑楊堤畔鬧荷花。記得年時沽酒那人家。

秦少游

玉漏迢迢盡，銀潢淡淡橫。夢回宿酒未全醒。已被鄰雞催起怕天明。臂上粧猶在，襟間淚尚盈。水邊燈火漸人行。天外一鉤殘月帶三星。

閨情　秦少游

愁黛香雲墜，嬌眸水玉裁。月屏風幔爲誰開。天外不知音耗百般猜。玉露沾庭砌，金風動琯灰。相看有似夢初回。只恐又拋人去幾時來。夾注：一作「幌」。脚注：「愁黛」一作「愁鬢」。

閨怨　秦少游

香墨彎彎畫，胭脂淡淡勻。揉藍衫子杏黃裙。獨倚玉闌無語點檀唇。人去空流水，花飛半掩門。亂山何處覓行雲。又是一鉤新月照黃昏。

別思　賀方回

斗帳才供淚，扁舟只載愁。畫橋青柳小朱樓。猶記出城車馬爲遲留。有恨花空委，無情水自流。河陽新鬢儘禁秋。蕭散楚雲巫雨此生休。

夏景　劉致君

榴破猩肌血，萱開鳳尾黃。舊閒風簟雪肌涼。一枕濃香魂夢到巫陽。雲紵描瑤草，蓮腮洗玉漿。碧梧深院小藤牀。此意一江春水正難量。

《花間集》作《南歌子》，止一段，又與温飛卿詞不同　　**唐張泌**

柳色遮樓暗，桐花落砌香。畫堂開處遠風凉。高卷水精簾額襯斜陽。

岸柳拖烟緑，庭花照日紅。數聲蜀魄入簾櫳。驚斷碧窗殘夢畫屏空。

錦薦紅鸂鶒，羅衣繡鳳凰。綺疎飄雪北風狂。簾幕盡垂無事鬱金香。

毛熙震

遠山愁黛碧，横波慢臉明。膩香紅玉茜羅輕。深院晚堂人静理秦筝。鬢動行雲影，裙遮點屐聲。嬌羞愛問曲中名。楊柳杏花時節幾多情。**脚注**：「秦」作「銀」。

其二

惹恨還添恨，牽腸即斷腸。凝情不語一枝芳。獨映畫簾閒立繡衣香。暗想爲雲女，應憐傅粉郎。晚來輕步出蘭房。髻慢釵横無力縱猖狂。

黄魯直

槐緑低窗暗，榴紅照眼明。玉人邀我少留行。無奈一帆煙雨畫船輕。柳葉隨歌皺，梨花與淚傾。别時不似見時情。今夜月明江上酒初醒。

詩有淵明語，歌無子夜聲。論文思見老彌明。坐想羅浮山下羽衣輕。　　前　人

何處黔中郡，遥知隔晚晴。雨餘風急斷虹横。應夢池塘春草若爲情。

東坡過楚州見淨慈法師作《南歌子》，因用其韻贈郭詩翁二首　　前　人

秋浦横波眼，春窗遠岫眉。補陀巖畔夕陽遲。何似金沙灘上放憨時。

郭大贈名我，劉翁復是誰。入鏖能作和鑼槌。特地干戈相待使人疑。

其二

金雁斜妝頰，青螺淺畫眉。庖丁有底下刀遲。直要人牛無際是休時。

萬里滄江月，清波説向誰。鎖門須更下金椎。只恐風吹鷩草動又生疑。

湖景和前端午作　　**蘇子瞻**

古岸開青葑，新渠走碧流。會看光滿萬家樓。記取他年扶路入西州。

佳節連梅雨，餘生寄葉舟。只將菱角與雞頭。更有月明千頃一時留。

寓意 前人

雨暗初疑夜，風回忽報晴。淡雲斜照著山明。細草軟沙溪路馬蹄輕。卯酒醒還困，仙材夢不成。藍橋何處覓雲英。只有多情流水伴人行。

次前韻 前人

日出西山雨，無晴又有晴。亂山深處過清明。不見綵繩花板細腰輕。盡日行桑野，無人與目成。且將新句琢瓊英。我是世間閒客此閒行。

再用前韻 前人

帶酒衝山雨，和衣睡晚晴。不知鐘鼓報天明。夢裏栩然蝴蝶一身輕。老去才都盡，歸來計未成。求田問舍笑豪英。自愛湖邊沙路免泥行。

晚春 前人

日薄花房綻，風和麥浪輕。衣來微雨洗郊坰。正是一年春好近清明。已改煎茶火，猶調入粥餳。使君高會有餘清。此樂無聲無味最難名。**眉批**：「衣」疑「夜」。

八月十八日觀潮　　前人

海上乘槎侶，仙人萼綠華。飛昇元不用丹砂。住在潮頭來處渺天涯。　雷輥夫差國，雲翻海若家。坐中安得弄琴牙。寫取餘聲歸向水仙誇。

次前韻　　前人

苒苒中秋過，蕭蕭兩鬢華。寓身化世一塵沙。笑看潮來潮去了生涯。　方士三山路，漁人一葉家。早知身世兩聱牙。好伴騎鯨公子賦雄誇。

東坡守錢塘，日攜妓謁大通禪師，師慍形于色，東坡作此詞令妓歌之，師亦爲之解顔　　前人

師唱誰家曲，宗風嗣阿誰。借君拍板與門槌。我也逢場作戲莫相疑。　溪女方偷眼，山僧莫眨眉。卻愁彌勒下生遲。不見老婆三五少年時。

別潤州許仲途　　前人

欲執河梁手，還升月旦堂。酒闌人散月侵廊。北客明朝歸去雁南翔。　窈窕高明玉，風流鄭季莊。一時分散水雲鄉。惟有落花芳草斷人腸。

湖州作　前人

山雨瀟瀟過，溪橋瀏瀏清。小園幽榭枕蘋汀。門外月華如水綵舟橫。岧岸霜花盡，江湖雪陣平。兩山遥指海門青。回首水雲何處覓孤城。

前人

紫陌尋春去，紅塵拂面來。無人不道看花回。惟見石榴新蕊一枝開。冰簟堆雲髻，金尊灩玉醅。緑陰青子莫相催，留取紅巾千點照池臺。

黄州臘月八日飲懷民小閣　前人

衛霍元勳後，韋平外族賢。吹笙只合在緱山。閒駕綵鸞歸去趁新年。烘暖燒香閣，輕寒浴佛天。他時一醉畫堂前。莫忘故人憔悴老江邊。

有感　前人

笑怕薔薇罥，行憂寶瑟僵。美人依約在西廂。只恐暗中迷路認餘香。午夜風翻幔，三更月到牀。簟紋如水玉肌涼。何物與儂歸去有殘粧。

感舊 前人

寸恨誰云短，綿綿豈易裁。半年眉緑未曾開。明月好風閒處是人猜。春雨消殘凍，温風到冷灰。樽前一曲爲誰哉。留取曲終一拍待君來。

楚守周豫出舞鬟回作二首贈之 前人

紺綰雙蟠髻，雲攲小偃巾。輕盈紅臉小腰身。疊鼓忽催花拍鬭精神。空濶輕紅歇，風和約柳春。蓬山才調更清新。勝似纏頭千錦共藏珍。

又 前人

琥珀裝腰珮，龍香入領巾。只應飛燕是前身。共看剝葱纖手舞凝神。柳絮風前轉，梅花雪裏春。鴛鴦翡翠兩爭新。但得周郎一顧勝珠珍。

舞妓 前人

雲鬟裁新緑，霞衣曳曉紅。待歌凝立翠筵中。一朵綵雲何事下巫峰。趂拍鸞飛鏡，回身燕漾空。莫翻紅袖過簾櫳。怕被楊花勾引嫁東風。

見説東園好，能消北客愁。雖非吾土且登樓。行盡江南南岸此淹留。
霜暗菊毬。流年回首付東流。憑仗挽回潘鬢莫教秋。

鳳髻金泥帶，龍紋玉掌梳。走來窗下笑相扶，愛道畫眉深淺入時無。
花試手初。等閒妨了繡功夫。笑問雙鴛鴦字怎生書。

山中夜坐

世事從頭減，秋懷徹底清。夜深猶送枕邊聲。試問清溪底事未能平。
先遠處鳴。是中無有利和名。因甚山前未曉有人行。

獨坐蔗菴

玄入參同契，禪依不二門。細看斜日隙中塵。始覺人間何處不紛紛。
知懶是真。百般啼鳥苦撩人。除卻提壺此外不堪聞。

前　人

短日明楓纈，清

歐陽永叔

弄筆偎人久，描

辛幼安

月到愁邊白，雞

前　人

病笑春先到，閒

新開池戲作

前　人

散髮披襟處，浮瓜沉李杯。涓涓流水細侵階。鑿個池兒喚個月兒來。　畫棟頻摇動，紅蕖盡倒開。鬭匀紅粉照香腮。有個人人把做鏡兒猜。

望江東

首句七字仄韻起，二句六字仄叶，三句七字仄叶，四句六字仄叶。　首句七字仄叶，二句六字仄叶，三句七字仄叶，四句六字仄叶。

前段四句四韻二十六字，後段同。

黄山谷

江水西頭隔煙樹。望不見江東路。思量只有夢來去。更不怕江闌住。　燈前寫了書無數。算没個人傳與。直饒尋得雁分付。又還是秋將暮。

梁州令

□○○□首句五字仄韻起○□○○○□二句六字仄叶□○○□□○○三句七字○□○○四句四字□□○○□五句五字仄叶　⋂○□□○○□首句七字仄叶○□○○□二句五字仄叶⋂○○□三句四字□□○○四句四字□□○○□五句五字仄叶

前段五句三韻二十七字，後段五句三韻二十五字。

春暮　劉伯温

雨過羣山翠。楊柳含烟如醉。畫簷雙燕引雛飛，風動榴花，點點猩紅碎。　對花莫把闌干倚。心亂難爲理。夕陽江上，滿眼清波，總是愁人淚。

望遠行

首句七字平韻起，二句六字平叶，三句七字平叶，四句七字平叶。　首句三字，二句三字平叶，三句六字平叶，四句七字平叶，五句七字平叶。

前段四句四韻二十七字，後段五句四韻二十六字。

李珣

春日遲遲思寂寥。行客關山路遙。瓊窗時聽語鶯嬌。柳絲牽恨一條條。休暈繡，罷吹簫。貌逐殘花暗凋。同心猶結舊裙腰。忍辜風月度良宵。

其二

露滴幽庭落葉時。愁聚蕭娘柳眉。玉郎一去負佳期。水雲迢遞雁書遲。屏半掩，枕斜攲。蠟淚無言對垂。吟蛩斷續漏頻移。入窗明月鑒空帷。

怨王孫

∩□∩□首句四字仄韻起∩○∩□二句四字仄叶∩□○○三句四字∩○□□四句四字仄叶∩□∩□○○五句六字平韻換□○○六句三字平叶

∩○∩□○○□首句七字仄韻換○∩□二句三字仄叶∩□○∩□三句三字仄叶∩○□□∩□四句六字∩□○○五句四字平韻換□○○六句三字平叶

前段六句五韻二十五字，後段六句五韻二十八字。

春暮　**李易安**

夢斷漏悄。愁濃酒惱。寶枕生寒，翠屏向曉。門外誰掃殘紅。夜來風。玉簫聲斷人何處。春又去。忍把歸期負。此情此恨此際，擬託行雲。問東君。

其二

帝里春晚。重門深院。草緑階前，暮天雁斷。樓上遠信誰傳。恨綿綿。多情自是多沾惹。難拚舍。又是寒食也。秋千巷陌，人靜皎月初斜。浸梨花。

望江南㈠ 一名《夢江南》，一名《望江梅》，又名《法駕導引》

○●●首句三字⊙●●○○二句五字平韻起⊙●◎○○●●三句七字⊙○⊙●●○○四句七字平叶

㈠ 譜後圈删温飛卿「千萬恨」、皇甫松「蘭燼落」二詞。「千萬恨」詞前注：「《花間集》作《夢江南》，分爲二首，實二段也，今改正。」

⊙●●○○五句五字平叶

前段五句三韻二十七字，後段同前。**眉批**：「此譜再商。」**眉批**：「另立譜。」

李後主

多少恨，昨夜夢魂中。還似舊時遊上苑，車如流水馬如龍。花月正春風。多少淚，斷臉復橫頤。心事莫將和淚説，鳳笙休向淚時吹。腸斷更無疑。

春暮

蘇子瞻

春已老，春服幾時成。曲水浪低蕉葉穩，舞雩風軟紵羅輕。酣詠樂昇平。微雨過，何處不催耕。百舌無言桃李盡，柘林深處鵓鴣鳴。春色屬蕪菁。

春暮

前人

春未老，風細柳斜斜。試上超然臺上看，半壕春水一城花。煙雨暗千家。寒食後，酒醒卻咨嗟。休對故人思故國，且將新火試新茶。詩酒趁年華。

歐陽永叔

江南蝶，斜日一雙雙。身似何郎曾傅粉，心如韓壽愛偷香。天賦與輕狂。微雨後，薄翅膩煙光。纔伴遊蜂來小院，又隨飛絮過東牆。長是爲花忙。

廬山尋真觀 載《續譜》名《法駕導引》　**虞道園**

欄干曲，正面碧崔嵬。嵐氣著衣成紫霧，墨香横壁長蒼苔。柏影掃空臺。江海客，欲去更徘徊。霧鬢雲鬟何處去，風泉雪磴幾時來。鶴翅九秋開。

鼓笛令

首句七字仄韻起，二句七字仄叶，三句七字仄叶，四句七字仄叶。首句六字仄叶，二句六字仄叶，三句七字仄叶，四句七字仄叶。

前段四句四韻二十八字，後段四句四韻二十六字。

戲詠打揭　**黄魯直**

酒闌命友閒爲戲。打揭兒非常愜意。各自輸贏只賭是。賞罰采分明須記。小五出來無事。卻跋翻和九底。若要十一花下死。管十三不如十二。

前人

寶犀未解心先透。惱殺人遠山微皺。意淡言疏情最厚。枉教作著行官柳。小雨勒花時候。抱琵琶爲誰清瘦。翡翠金籠思珍偶。忍拚與山雞儔偢。

前人

見來兩個寧寧地。眼廝打過如拳踢。恰得嘗些香甜底。苦殺人遭誰調戲。臘月望州坡上地。凍著你影⿰身差村鬼。你但那些一處睡。燒沙餹管好滋味。

前人

見來便覺情於我。廝守著新來好過。人道他家有婆婆。與一口管教瑑磨。副靖傳語木大。鼓兒裡且打一和。更有些兒得處囉。燒沙餹香藥添和。

浪淘沙 一名《賣花聲》

⊙●●○○首句五字平韻起⊙●○○二句四字平叶⊙○◎●●○○三句七字平叶◎●◎○○●●四

句七字◎●○○五句四字平叶

前段五句四韻二十七字，後段同前。

憶舊一作春暮 南唐**李後主**

簾外雨潺潺。春意闌珊。羅衾不暖五更寒。夢裏不知身是客，一晌貪歡。獨自莫凭欄。無限江山。別時容易見時難，流水落花春去也，天上人間。

閨情 **康伯可**

蹙損遠山眉。幽怨誰知。羅衾滴盡淚臙脂。夜過春寒愁未起，門外鴉啼。惆悵阻佳期。人在天涯。東風頻動小桃枝。正是銷魂時候也，撩亂花飛。

懷舊 **歐陽永叔**

把酒祝東風。且共從容。垂楊紫陌洛城東。總是當年攜手處，遊遍芳叢。聚散苦匆匆。此恨無窮。今年花勝去年紅。可惜明年花更好。知與誰同。**眉批：**「當年」，本集作「當時」；「可惜」一作「料得」。

春遊　歐陽永叔

花外倒金翹。飲散無憀。柔桑蔽目柳迷條。此地年時曾一醉。還是春朝。今日舉輕橈。帆影飄飄。長亭回首短亭遥。過盡長亭人更遠。特地魂銷。**眉批：**「目」本集作「日」。

感悼　歐陽永叔

五嶺麥秋殘。荔子紅丹。絳紗囊裏水晶丸。可惜天教生處遠。不近長安。往事憶開元。妃子偏憐。一從魂散馬嵬關。只有紅塵迷驛使。滿眼驪山。**脚注：**「殘」一作「寒」，「裏」一作「裏」，「一從」一作「自從」，「關」一作「前」。**眉批：**本集「紅丹」作「初丹」，「迷」作「無」。

閨情　歐陽永叔

簾外五更風。吹夢無蹤。畫樓重上與誰同。記得玉釵斜撥火，寶篆成空。回首紫金峰。雨潤煙濃。一江春浪醉醒中。留得羅襟前日淚，彈與征鴻。

感念此在汴京念秣陵事作　李後主

往事只堪哀。對景難排。秋風庭院蘚侵階。一片珠簾閑不捲，終日誰來。金歛玉沈埋。壯氣蒿萊。晚涼天靜月華開。想得玉樓瑤殿影，空照秦淮。

閨情　李易安

素約小腰身。不奈傷春。疏梅影下晚粧新。裊裊娉婷何樣似，一縷輕雲。歌巧動朱脣。字字嬌嗔。桃花深經一通津。悵望瑶臺清夜月，還送歸輪。

康州泊船　朱希真

風約雨横江。秋滿蓬窗。個中物色儘淒涼。更是行人行未得，獨繫歸航。擁被换殘香。黄卷堆床。開愁展恨剪思量。伊是行雲儂是夢，休問家鄉。**眉批**：「開愁」一作「懷」，集作「窓」。

楊花　張子野

腸斷送韶華。爲惜楊花。雪毬摇曳逐風斜。容易著人容易去，飛過誰家。聚散苦咨嗟。無計留他。行人灑淚滴流霞。今日畫堂歌舞地，明日天涯。

懷古　趙子昂

今古幾齊州。華屋山丘。杖藜徐步立芳洲。無主桃花開又落，空使人愁。波上往來舟。萬事悠悠。春風曾見昔人游。只有石橋橋下水，依舊東流。

懽飲舊名《賣花聲》　**歐陽永叔**

今日北池游。漾漾輕舟。波光瀲灩柳條柔。如此春來春又去，白了人頭。　好妓好歌喉。不醉無休。勸君滿滿酌金甌。縱使花前常病酒，也是風流。**眉批：**本集「無」作「難」，「前」作「時」。

荔枝　**黃魯直**

憶昔謫巴蠻。荔子親攀。冰肌照映柘枝冠。日擘輕紅三百顆，一味甘寒。　重入鬼門關。也似人間。一雙和葉插雲鬟。賴得清湘燕玉面，同倚闌干。

探春　**蘇子瞻**

昨日出東城。試探春情。牆頭紅杏暗如傾。檻内群芳芽未吐，早已回春。　綺陌斂香塵。雪霽前村。東君用意不辭辛。料想春光先到處，吹綻梅英。

歐陽永叔

萬恨苦綿綿。舊約前歡。桃花溪畔柳陰間。幾度日高春睡重，綉户深關。　樓外夕陽閒。獨自憑闌。一重水隔一重山。水濶山高人不見，有淚無言。

山寺夜半聞鐘　辛幼安

身世酒杯中，萬事皆空。古來三五个英雄。雨打風吹何處是，漢殿秦宮。夢入少年叢。歌舞匆匆。老僧夜半誤鳴鐘。驚起西窗眠不得，捲地西風。

虞美人草　前　人

不肯過江東。玉帳匆匆。只今草木憶英雄。唱著虞兮當日曲，便舞春風。兒女此情同。往事朦朧。湘娥竹上淚痕濃。舜目重瞳堪痛恨，羽又重瞳。

送吴子似縣尉　前　人

金玉舊情懷。風月追陪。扁舟千里興佳哉。不似子猷行半路，卻棹船回。來歲菊花開。記我清杯。西風雁過鎖山臺。把似倩他書不到，好與同來。

王荊公

伊吕兩衰翁。歷遍窮通。一爲釣叟一耕傭。若使當時身不遇，老了英雄。湯武偶相逢。風虎雲龍。興王秖在笑談中。直至如今千載後，誰與爭功。

趙子昂

今古幾齊州。華屋山丘。杖藜徐步立芳洲。無主桃花開又落，空使人愁。波上往來舟。萬事悠悠。春風曾見昔人游。只有石橋橋下水，依舊東流。

杏花天

◎○⊙●○○●首句七字仄韻起◎●●⊙○○●二句七字仄叶⊙○◎●○○●三句七字仄叶⊙●◎○●●四句六字仄叶

前段四句四韻二十七字，後段同前。

朱希真

淺春庭院東風曉。細雨打鴛鴦寒峭。花尖望見秋千了。無路踏青鬬草。人別後碧雲信杳。對好景愁多歡少。等他燕子傳音耗。紅杏開時未到。

無題　辛幼安

病來自是于春懶。但別院笙歌一片。蛛絲網遍玻璃盞。更問舞裙歌扇。有多少鶯愁蝶怨。甚夢裏春歸不管。楊花也笑人情淺。故故沾衣撲面。

又　前人

牡丹昨夜方開遍。畢竟是今年春晚。荼蘼付與薰風管。燕子忙時鶯懶。多病起日長人倦。不待得酒闌歌散。甫能得見荼甌面。卻早安排腸斷。

嘲牡丹　前人

牡丹比得誰顏色。似宮中太真第一。漁陽鼙鼓邊風急。人在沉香亭北。買栽池館多何益。莫虛把千金拋擲。若教解語應傾國。一個西施也得。

戀繡衾

◎●○○●●○首句七字平韻起⊙○○○●●○二句七字仄叶⊙●●○○●三句六字◎○○●

●○四句七字平叶⊙○◎●○○●起句七字◎○○○●●○二句七字平叶◎●◎○○●三句
六字◎○○○●●○四句七字平叶
前段四句三韻二十七字，後段四句二韻二十七字。

退閒

陸放翁

不惜貂裘換釣篷。嗟時人誰識放翁。歸櫂借風輕穩，數聲聞林外暮鐘。幽棲莫笑蝸廬小，有雲山煙水萬重。半世向丹青看，喜如今身在畫中。

無題

辛幼安

長夜偏冷添被兒。枕頭兒移了又移。我自是笑別人底，卻元來當局者迷。如今只恨因緣淺，也不曾抵死恨伊。合手下安排了，那筵席須有散時。

留春令

首句七字仄韻起，二句七字仄叶，三句七字，四句六字仄叶。首句七字仄叶，二句七字仄叶，三句七字，四句六字仄叶。

前段四句三韻二十七字，後段同前。

謝客池塘春 **黃魯直**

江南一雁横秋水。歎咫尺斷行千里。回文機上字縱横，欲寄遠憑誰是。

都未。微微動短牆桃李。半陰纔暖卻清寒，是瘦損人天氣。

江月晃重山

首句六字，二句六字平韻起，三句七字平叶，四句三字，五句五字平叶。

前段五句三韻二十七字，後段同前。

憶遠 **陸游**

芳草洲前道路，夕陽樓上闌干。碧雲何處望歸鞍。從軍客，耽樂不思還。

洞裏仙人種

玉，江邊楚客滋蘭。鴛鴦沙暖鵜鴣寒。菱花晚，不奈鬢毛斑。

金錯刀(一)

首句三字仄韻起，二句三字仄叶，三句七字仄叶，四句七字，五句七字仄叶。前段五句四韻二十七字，後段同前。

贈賈似道

似道循州安置，至泉州洛陽橋遇葉李，李自漳州放還，見于客邸，李賦詞贈之云云

宋葉李

余歸路。君來路。天理昭昭胡不悟。公田關會竟何如，仔細思量真自誤。雷州户。崖州户。人生會有相逢處。客中邂逅欠蒸羊，聊贈一篇長短句。

夜行舡

前段□句□韻二十七字，後段□句□韻二十八字。

(一) 原稿失調名，今校補。

歐陽永叔

憶昔西都歡縱。自別後有誰能共。伊川山水洛川花，細尋思舊遊如夢。今日相逢情愈重。愁聞唱畫樓鐘動。白髮天涯逢此景，倒金樽殢誰相送。

前　人

滿眼東風飛絮。催行色短亭春暮。落花流水草連雲，看看是斷腸南浦。檀板未終人去去。扁舟在綠楊深處。手把金尊難爲別，更那聽亂鶯疏雨。

前段□句□韻□十□字，後段□句□韻□十□字。

芳草渡

歐陽永叔

梧桐落，蓼花秋。煙初冷，雨纔收。蕭條風物正堪愁。人去後，多少恨，在心頭。燕鴻遠。羌笛怨。渺渺澄波一片。山如黛，月如鉤。笙歌散。夢魂斷。倚高樓。**眉批：**「澄波」一作「清江」。

前　人

珠簾捲，暮雲愁。垂楊暗鎖青樓。煙雨濛濛如畫，輕風吹旋收。香斷錦屏新別，人間玉簟初秋。多少舊歡新恨，書杳杳，夢悠悠。**眉批**：二詞句法太異，記查。

鷓鴣天

⊙●○○◎●○首句七字平韻起⊙○⊙●●○○二句七字平叶◎○◎●○○●三句七字⊙●

○○⊙●○四句七字平叶　○●●起句三字●○○二句三字平叶⊙○⊙●●○○三句七字平叶

⊙○◎●○○●四句七字◎●○○⊙●○五句七字平叶

前段四句三韻二十八字，後段五句三韻二十七字。

春閨

秦少游

枝上流鶯和淚聞。新啼痕間舊啼痕。一春魚鳥無消息，千里關山勞夢魂。無一語，對芳樽。安排腸斷到黃昏。甫能炙得燈兒了，雨打梨花深閉門。眉批：末句已見少游《憶王孫》詞，此重見。

上元　向伯恭

紫禁煙花一萬重。鰲山宮闕隱晴空。玉皇端拱彤雲上，人物嬉遊陸海中。　星轉斗，駕回龍。五侯池館醉春風。而今白髮三千丈，愁對寒燈數點紅。

春行即事　辛幼安

著意尋春懶便回。何如信步兩三盃。山纔好處行還倦，詩未成時雨早催。　攜竹杖，更芒鞋。朱朱粉粉野蒿開。誰家寒食歸寧女，笑語柔桑陌上來。**眉批：**「春」一作「梅」。

秋意　前人

枕簟溪堂冷欲秋。斷雲依水晚來收。紅蓮相倚深如怨，白鳥無言定自愁。　書咄咄，且休休。一丘一壑也風流。不知筋力衰多少，但覺新來懶上樓。**眉批：**「深如怨」一作「渾如醉」。

重陽有集句一首在後，此係次韻　黃魯直

黃菊枝頭破曉寒，人生莫放酒杯乾。風前橫笛斜吹雨，醉裏簪花倒著冠。　身健在，且

加餐。舞裙歌板盡清歡。黃花白髮相牽挽，付與時人冷眼看。**脚注：**「時人」一作「傍人」。

漁父 **黃魯直**

西塞山邊白鷺飛。桃花流水鱖魚肥。朝廷尚覓玄真子，何處如今更有詩。青箬笠，緑蓑衣。斜風細雨不須歸。人間欲避風波險，一日風波十二時。**眉批：**此詞見東坡集，按公自序載玄真子漁父詞云：「西塞山邊白鷺飛。桃花流水鱖魚肥。青箬笠，緑蓑衣。斜風細雨不須歸。」公表弟李如篪言此詞以《鷓鴣天》歌之甚叶音律，但詞少聲多。公因以憲宗畫像訪求玄真子文章及其兄勸歸之意，足成前後數句。**尾注又按：**山谷自序云：「憲宗時，畫玄真子像，訪之江湖，不可得，因令集其歌詩上之。玄真之兄松齡，懼玄真放浪而不返也，和答其漁父詞云：『樂在風波釣是閒。草堂松桂已勝攀。太湖水，洞庭山。狂風浪起且須還。』此□續成之意也。」二集各載，又各有序，未知誰是。

除夕 **朱希真**

檢盡曆頭冬又殘。愛他風雪耐他寒。拖條竹杖家家酒，上箇籃輿處處山。添老大，轉癡頑。謝天教我老來閒。道人還了鴛鴦債，紙帳梅花醉夢間。

詠酒 **晏叔原**

緑袖慇懃捧玉鍾。當年拚卻醉顏紅。舞低楊柳樓頭月，歌盡桃花扇底風。從別後，憶相逢。幾囬魂夢與君同。今宵賸把銀釭照，猶恐相逢是夢中。

妓館　蘇子瞻

笑撚紅梅嚲翠翹。揚州十里最妖饒。夜來綺席新曾見，撮得精神滴滴嬌。嬌後眼，舞時腰。劉郎幾度欲魂銷。明朝酒醒知何處，腸斷雲間碧玉簫。

佳人　蘇子瞻

羅帶雙垂畫不成。殢人嬌態最輕盈。酥胸斜抱天邊月，玉手輕彈水面冰。無限事，許多情。四絃絲竹苦丁寧。饒君撥盡相思調，待聽梧桐葉落聲。

車中　無名氏

紫陌朱輪去似流。丁香初結小銀鉤。憑闌試問秦樓路，瞥見纖纖玉指柔。金約腕，玉搔頭。儘教人看卻佯羞。欲題紅葉無流水，別是桃源一段愁。

離別　無名氏

鎮日無心掃黛眉。臨行愁見理征衣。尊前只恐傷郎意，閣淚汪汪不敢垂。停寶馬，捧瑶卮。相斟相勸忍分離。不如飲待奴先醉，圖得不知郎去時。

佳人

無名氏

全似丹青捏染成。更將何物比輕盈。雪因舞態羞頻下，雲爲歌聲不忍行。　螺髻小，鳳鞵輕。天邊斗柄又斜橫。水晶亭柱琉璃帳，客去同誰看月明。

春晴

李元膺

寂寞秋千兩繡旗。日長花影轉階遲。燕驚午夢周遮語，蝶困春遊落托飛。　思往事，入顰眉。柳梢陰重又當時。薄情風絮難拘束，飛過東牆不肯歸。

東陽道中

辛幼安

撲面征塵去路遥。香篝漸覺水沉消。山無重數周遭碧，花不知名分外嬌。　人歷歷，馬蕭蕭。旌旗又過小紅橋。愁邊剩有相思句，摇斷吟鞭碧玉梢。

陸放翁

家住荒煙落照間。絲毫塵事不相關。斟殘玉瀣行穿竹，卷罷黄庭卧看山。　貪咲傲，任衰殘。不妨隨處一開顏。元知造化心腸別，老卻英雄似等閒。

陸放翁

纔淺笑，卻南浦舟中兩玉人。誰知重見楚江濱。憑教後苑紅牙板，引上西川緑錦茵。

輕嚬。淡黄楊柳又催春。情知言語難傳恨，不似琵琶道得真。

重九日集句

黄魯直

蘭委佩，菊塞雁初來秋景寒。霜林風過葉聲乾。龍山落帽千年事，我對西風猶整冠。

堪餐。人情時事半悲歡。但將酩酊酬佳節，更把茱萸仔細看。

明日獨酌自嘲呈史應之仍用前韻

前　人

金作鼎，玉萬里令人心骨寒。故人墳上土新乾。淫坊酒肆閒居士，李下何妨也整冠。

爲餐。老來亦失少時歡。茱萸菊蕊年年事，十日還將九日看。

其二

甘酒病，廢紫菊黄花風露寒。平沙戲馬雨聲乾。且看欲盡花驚眼，休説彈冠與整冠。

朝餐。何人得似醉中歡。十年一覺揚州夢，爲報時人洗眼看。

前人

節去蜂愁蝶不知。曉庭還繞折殘枝。自然今日人心別，未必秋香一夜衰。無閒事，即芳期。菊花須插滿頭歸。宜將酩酊酬佳節，不用登臨怨落暉。

前人

聞說君家有翠娥。施朱施粉總嫌多。背人語處藏珠履，覷得羞時整玉梭。拖遠岫，壓橫波。何時傳酒更傳歌。爲君寫就黃庭了，不要山陰道士鵝。

吉祥長者設長松湯因爲作此 前人

湯泛冰瓷一坐春。長松林下得靈根。吉祥老子親拈出，個個教成百歲人。燈焰焰，酒醺醺。壑源曾未破醒魂。與君更把長生盌，略爲清歌駐白雲。**眉批：**昔一僧病癩將死，有人見者，教服長松湯，遂復爲完人，故篇中見此意。

在黃州作 蘇子瞻

林斷山明竹隱牆。亂蟬衰草小池塘。翻空白鳥時時見，照水紅蕖細細香。村舍外，古城旁。杖藜徐步轉斜陽。慇懃昨夜三更雨，又得浮生一日涼。

歐陽永叔

學畫宮眉細細長。芙蓉出水鬬新粧。只知一笑能傾國，不信相看有斷腸。雙黄鵠，兩鴛鴦。迢迢雲水恨難忘。早知今日長相憶，不及從初莫作雙。

倪雲林

笠澤沿洄十五年。親知情義日堪憐。偷兒三顧吾何有，俗士群譏自省愆。聊復爾，豈其然。田翁輕慢牧童顛。乃知造物深相與，急使江湖棹去船。

別司馬漢章　**辛幼安**

聚散匆匆不偶然。三年歷徧楚山川。但將痛飲酬風月，莫放離歌入管絃。縈緑帶，點青錢。東湖春水碧連天。明朝放我東歸去，後夜相思月滿舡。

和張子志提舉　**前人**

別後妝成白髮新。空教兒女笑陳人。醉尋夜雨旗亭酒，夢斷東風輦路塵。騎騄駬，荷青雲。看公冠珮玉階春。忠言句句唐虞際，便是人間要路津。

又　　前人

樽俎風流有幾人。當年未遇已心親。金陵種柳歡娛地，庾嶺逢梅寂寞濱。樽似海，筆如神。故人南北一般春。玉人好把新粧樣，淡畫眉兒淺注脣。

代人賦　　前人

晚日寒鴉一片愁。柳塘新緑卻温柔。若教眼底無離恨，不信人間有白頭。腸已斷，淚難收。相思重上小紅樓。情知已被雲遮斷，頻倚闌干不自由。

又　　前人

陌上柔桑破嫩芽。東鄰蠶種已生些。平岡細草鳴黃犢，斜日寒林點暮鴉。山遠近，路橫斜。青旗沽酒有人家。城中桃李愁風雨，春在溪頭薺菜花。

又　　前人

唱徹陽關淚未乾。功名餘事且加餐。浮天水送無窮樹，帶雨雲埋一半山。今古恨，幾千般。只今離合是悲歡。江頭未是風波惡，別有人間行路難。

鵝湖道中　　前人

一榻清風殿影涼。涓涓流水響回廊。千章雲木鉤輈叫，十里溪風䆉稏香。衝急雨，趂斜陽。山園細路轉微茫。倦途卻被行人笑，只爲林泉有底忙。

鵝湖歸病起作　　前人

指點芳尊特地開。風帆莫引酒舡回。方驚共折津頭柳，卻喜重尋嶺上梅。催月上，喚風來。莫愁瓶罄恥金罍。只愁畫角樓頭起，急管哀絃次第催。

又　　前人

翠木千尋上薜蘿。東湖經雨又增波。只因買得青山好，卻恨歸來白髮多。明畫燭，洗金荷。主人起舞客高歌。醉中只恨歡娛少，無奈明朝酒醒何。

又　　前人

困不成眠奈夜何。情知歸未轉愁多。暗將往事思量遍，誰把多情惱亂他。些底事，誤人多。不成真個不思家。嬌癡卻妬香香睡，喚起醒鬆說夢些。

謝余伯山 前人

夢斷京華故倦游。只今芳草替人愁。陽關莫作三疊唱，越女應須爲我畱。看逸韻，自名流。青衫司馬且江州。君家兄弟真堪笑，箇箇能修五鳳樓。

有所贈 前人

趁得西風汗漫游。見他歌後怎生愁。事如芳草春長在，人似浮雲影不畱。眉黛斂，眼波流。十年薄倖説揚州。明朝短棹輕衫夢，只在溪南罨畫樓。

徐衡仲惠琴不受 前人

千丈陰崖百丈溪。孤桐枝上鳳偏宜。玉香落落雖難合，横理庚庚定自奇。人散後，月明時。試彈幽忿淚空垂。不如卻付騷人手，畱和南風解愠詩。

詠雪用前韻 前人

莫上扁舟訪剡溪。淺斟低唱正相宜。從教犬吠千家白，且與梅成一段奇。香煖處，酒醒時。畫檐玉箸已偷垂。笑君解識春風恨，倩拂蠻箋只費詩。

重九席上　前人

戲馬臺前秋雁飛。管絃歌舞更旌旗。要知黄菊清高處，不入當年二謝詩。傾白酒，繞東籬。只於陶令有心期。明朝九日渾瀟灑，莫使尊前欠一枝。

又　前人

有甚閒愁可皺眉。老懷無緒自傷悲。百年旋逐花陰轉，萬事長看鬢髮知。溪上枕，竹間棊。怕尋酒伴懶吟詩。十分筋力誇强健，只比年時病起時。

送范先之秋試　前人

白苧新袍入嫩涼。春蠶食葉響回廊。禹門已準桃花浪，月殿先收桂子香。鵬北海，鳳朝陽。又攜書劍路茫茫。明年此日青雲上，卻笑人間舉子忙。

又　前人

一夜清霜變鬢絲。怕愁剛把酒禁持。玉人今夜相思否，想見頻將翠枕移。真个恨，未多時。也應香雪減些兒。菱花照面須頻記，曾道偏宜淺畫眉。

送歐陽國瑞入吳中　　前人

莫避春陰上馬遲。春來未有不陰時。人情輾轉閒中看，客路崎嶇倦後知。　梅似雪，柳如絲。試聽別語慰相思。短篷吹飯鱸魚熟，除卻松江枉費詩。

又　　前人

木落山高一夜霜。北風驅雁又離行。無言每覺情懷好，不飲能令興味長。　頻聚散，試思量。爲誰春草滿池塘。中年長作東山恨，莫遣離歌苦斷腸。

席上再用韻　　前人

水底明霞十頃光。天教鋪錦襯鴛鴦。最憐楊柳如張緒，卻笑蓮花似六郎。　方竹簟，小胡牀。晚來消得許多涼。背人白鳥都飛去，落日殘鴉更斷腸。

石門道中　　前人

山上飛泉萬斛珠。懸崖千丈落鼪鼯。已通樵逕行還礙，似有人聲聽卻無。　閒約略，遠遊圖。溪南修竹有茅廬。莫嫌杖屨頻來往，此地偏宜著老夫。

敗棊罰賦梅雨　前人

漠漠輕雲撥不開。江南細雨熟黃梅。有情無道東邊日，已怒重驚忽地雷。雲柱礎，水樓臺。羅衣費盡博山灰。當時一識和羹味，便道爲霖消息來。

黃沙道中即事　前人

句裡春風正剪裁。溪山一片畫圖開。輕鷗自趁虛船去，荒犬還迎野婦囬。松共竹，翠成堆。要擎殘雪斗疏梅。亂鴉畢竟無才思，時把瓊瑤蹴下來。

元溪不見梅　前人

千丈氷溪百步雷。柴門都向水邊開。亂雲剩帶炊煙去，野水閒將日影來。穿窈窕，過崔嵬。東林試問幾時栽。動摇意態雖多竹，點綴風流卻欠梅。

戏题村舍　辛弃疾

雞鴨成群晚未收。桑麻長過屋山頭。有何不可吾方羨，要底都無飽便休。新柳樹，舊沙洲，去年溪打脚邊流。自言此地生兒女，不嫁余家即聘周。

春日即事題毛村酒壚 辛弃疾

春日平原薺菜花。新耕雨後落群鴉。多情白髮春無奈，晚日青簾酒易賒。閑意態，細生涯，牛欄西畔有桑麻。青裙縞袂誰家女，去趁蠶生看外家。

睡起即事 辛弃疾

水荇參差動緑波。一池蛇影噤群蛙。因風野鶴饑猶舞，積雨山梔病不花。名利處，戰爭多。門前蠻觸日干戈。不知更有槐安國，夢覺南柯日未斜。

又 前人

石壁虛雲積漸高。溪聲繞屋幾周遭。自從一雨花零落，卻愛微風草動搖。呼玉友，薦溪毛。殷勤野老着相邀。杖藜忽避行人去，認是翁來卻過橋。

送元濟之歸豫章 辛弃疾

敧枕婆娑兩鬢霜。起聽簷溜碎喧江。那邊玉箸消啼粉，這裡車輪轉別腸。詩酒社，水雲鄉。可看醉墨凭淋浪。畫圖却似歸家夢，千里河山寸許長。

尋菊無有戲作　前人

掩鼻人間臭腐場。古今惟有酒偏香。自從來住雲煙畔，直到而今歌舞忙。呼老伴，共秋光。黃花何處避重陽。要知爛熳開時節，直待西風一夜霜。

又　前人

翰墨諸公久擅場。胸中書傳許多香。都無絲竹啣杯樂，卻有龍蛇落筆忙。閒意思，老風光。酒徒今有凭高陽。黃花不怯西風冷，只怕詩人兩鬢霜。

又　前人

自古高人最可嗟。只因疏懶取名多。居山一似庚桑楚，種樹真成郭槖駝。雲子飯，水晶瓜。林間攜客更烹茶。君歸休矣吾忙甚，要看蜂兒晚趂衙。

三山道中　前人

抛卻山中詩酒窠。卻來官府聽笙歌。閒愁做弄天來大，白髮栽培日許多。新劍戟，舊風波。天生予懶奈予何。此身已覺渾無事，卻教兒童莫恁麽。

又　　前人

點盡蒼苔色欲空。竹籬茅舍要詩翁。花餘歌舞歡娛外，詩在經營慘澹中。　聽軟語，笑衰容。一枝斜墜翠鬟鬆。淺顰深笑誰看醉，看取蕭然林下風。

用韻賦梅　　前人

病繞梅花酒不空。齒牙牢在莫欺翁。恨無飛雪青松畔，卻放疎花翠葉中。　冰作骨，玉爲容。當年宮額鬢雲鬆。直須爛熳燒銀燭，橫笛難堪一夜風。

又　　前人

桃李漫山過眼空。也宜惱損杜陵翁。若將玉骨冰姿比，李蔡爲人在下中。　尋驛使，寄芳容。隴頭休放馬蹄鬆。吾家籬落黃昏後，剩有西湖處士風。

有感　　前人

出處從來自不齊。後車方載太公歸。誰知寂寞空山裏，卻有高人賦采薇。　黃菊嫩，晚香枝。一般同是採花時。蜂兒辛苦多官府，蝴蝶花間自在飛。

讀淵明詩不去手戲作此送之　前人

晚歲躬耕不怨貧。隻雞斗酒聚比鄰。都無晉宋之間事，自是羲皇以上人。千載後，百篇存。更無一字不清真。若教王謝諸郎在，未抵柴桑陌上塵。

又　前人

髮底青青無限春。殘紅飛雪謾紛紛。黃花也伴秋光老，何事尊前見在身。書萬卷，筆如神。眼看同輩上青雲。个中不許兒童會，只恐功名更過人。

拜命復職　前人

老退何曾說著官。今朝放罪上恩寬。便支香火真祠奉，更綴文書舊殿班。扶病脚，洗衰顏。快從老病借衣冠。此身忘世渾容易，使世相忘卻自難。

和趙晉臣韻　前人

緑鬢都無白髮侵。醉時拈筆越精神。愛將蕪語追前事，更把梅花比那人。囬急雪，遏行雲。近時歌舞舊時情。君侯要識誰輕重，看取金杯幾許深。

詠雪和傅先之韻　　前人

泉上長吟我獨清。喜君未共雪爭明。已驚並水鷗無色，更怪行沙蟹有聲。添爽氣，動雄容。奇因六出憶陳平。卻嫌鳥雀投林去，觸破當樓雲母屏。

博山寺作　　前人

不向長安路上行。卻教山寺厭逢迎。味無味處求吾樂，材不材間過此生。寧作我，豈其卿。人間走遍卻歸耕。一松一竹真朋友，山鳥山花好弟兄。

不寐　　前人

老病那堪歲月侵。霎時光景值千金。一生不負溪山債，百藥難醫書史淫。隨巧拙，任浮沉。人無同處面如心。不妨舊事從頭記，要寫行藏入笑林。

有客談功名追念少時戲作　　前人

壯歲旌旗擁萬夫，錦襜突騎渡江初。燕兵夜娖銀胡䩮，漢箭朝飛金僕姑。追往事，歎今吾，春風不染白髭鬚。卻將萬字平戎策，換得東家種樹書。**眉批：**「娖」，側角反。

祝良顯家牡丹一本　前人

占斷雕欄只一株。春風費盡幾工夫。天香夜染衣猶濕，國色朝酣醉未蘇。嬌欲語，巧相扶。不妨老榦自扶疏。恰如翠幙高堂上，來看紅衫百子圖。

主人以謗花索賦解嘲　前人

翠蓋牙籤數百株。楊家姊妹夜遊初。五花結隊香如霧，一朵傾城醉未蘇。閒小立，困相扶。夜來風雨有情無。愁紅慘緑今宵看，卻似吴宫教陣圖。

再賦　前人

濃紫深黄一畫圖。中間更有玉盤盂。先裁翡翠裝成蓋，更點胭脂染透酥。香瀲灩，錦模糊。主人長得醉工夫。莫攜美玉欄邊去，羞得花枝一朵無。

又　前人

去歲花枝把酒杯。雪中曾見牡丹開。而今紈扇薰風裏，又見疎枝月下梅。歡幾許，醉方囬。明朝歸路有誰催。低聲待向他家道，帶得歌聲滿耳來。

壽吳子似 前人

上巳風光好放懷。故人猶未看花回。茂林映帶誰家竹，曲水流傳第幾杯。摛錦繡，寫瓊瑰。長年富貴屬多才。要知此日生男好，曾有周公祓禊來。

寄葉仲洽 前人

是處移花是處開。古今興廢幾池臺。背人翠羽偷魚去，抱蕊黃鬚趂蝶來。掀老甕，潑新醅。客來且盡兩三杯。日高盤饌供何晚，市遠魚鮭買未回。

登一丘一壑偶成 前人

莫殢春光花下游。便須準備落花愁。百年雨打風吹卻，萬事三平二滿休。將擾擾，付悠悠。此生於世百無憂。新愁次第相抛捨，要伴春歸天盡頭。

山行 前人

誰共春光管日華。朱朱粉粉野蒿花。閒愁投老無多子，酒病而今較減些。山遠近，路橫斜。正無聊處管絃嘩。去年醉後猶能記，細數溪邊第幾家。

過峽石答吴子似　前人

歎息頻年廪未高。新詞空賀此丘遭。遥知醉帽時時落，見説吟鞭步步摇。乾玉唾，秃錐毛。只今明月費招邀。最憐烏鵲南飛句，不解風流見二喬。

吴子似過秋水　前人

秋水長廊水石間。有誰來共聽潺潺。羡君人物東西晉，分我詩名大小山。窮自樂，晚方閒。人間路窄酒杯寬。看君不了癡兒事，又似風流靖長官。

和趙昌父　前人

萬事紛紛一笑中。淵明把菊對秋風。細看爽氣今猶在，惟有南山一似翁。情味好，語言工。三賢高致古來同。誰知止酒停雲老，獨立斜陽數過鴻。

河傳　諸家各異，未詳孰是，今姑從温飛卿詞

首句二字仄韻起，二句二字仄叶，三句三字平韻換，四句六字平叶，五句七字平叶，六句二

字平叶，七句五字平叶。

首句七字仄韻換，二句三字仄叶，三句五字仄叶，四句三字平韻換，五句三字平叶，六句二字平叶，六句二字平叶，七句五字平叶。

前段七句七韻二十七，後段七句七韻二十八字。

温飛卿

江畔。相喚。曉粧鮮。仙景箇女採蓮。請君莫向那岸邊。少年。好花新滿船。紅袖搖曳逐風暖。垂玉腕。腸向柳絲斷。浦南歸。浦北歸。莫知。晚來人已稀。

温飛卿

湖上。閒望。雨蕭蕭。烟浦花橋路遥。謝娘翠蛾愁不銷。終朝。夢魂迷晚潮。蕩子天涯歸棹遠。春已晚。鶯語空腸斷。若耶溪。溪水西。柳堤。不聞郎馬嘶。

温飛卿

同伴。相喚。杏花稀。夢裏每愁依違。仙客一去燕已飛。不歸。淚痕空滿衣。天際雲鳥引情遠。春已晚。烟靄渡南苑。雪梅香。柳帶長。小娘。轉令人意傷。

揚州懷古　**韋端己**

何處。烟雨。隋堤春暮。柳色葱蘢。畫橈金縷，翠旗高颭香風。水光融。　青娥殿脚春粧媚。輕雲裏。綽約司花妓。江都宫闕，清淮月映迷樓。古今愁。

韋端己

春晚。風暖。錦城花滿。狂殺遊人。玉鞭金勒，尋勝馳驟輕塵。惜良辰。　翠娥争勸臨卭酒。纖纖手。拂面垂絲柳。歸時烟裏，鐘鼓正是黄昏。暗銷魂。

韋端己

錦浦。春女。繡衣金縷。霧薄雲輕。花深柳暗時節，正是清明。雨初晴。　玉鞭魂斷烟霞路。鶯鶯語。一望巫山雨。香塵隱映，遥見翠檻紅樓。黛眉愁。

張　泌

渺莽雲水。惆悵暮帆，去程迢遞。夕陽芳草，千里萬里。雁聲無限起。　夢魂悄斷烟波裏。心如醉。相見何處是。錦屏香冷無睡。被頭多少淚。

張泌

紅杏交枝相映。密密濛濛。一庭濃豔倚東風。香融。透簾櫳。

斜陽似共春光語。蝶争舞。更引流鶯妬。魂銷千片玉罇前。神仙。瑶池醉暮天。

顧夐

燕颺晴景。小牕屏煖，鴛鴦交頸。菱花掩却翠鬟攲。慵整。海棠簾外影。

綉幃香斷金鸂鶒。無消息。心事空相憶。倚東風。春正濃。愁紅。淚痕衣上重。

其二

曲檻。春晚。碧流紋細，綠楊絲軟。露花鮮。杏枝繁。鶯囀。野蕪平似剪。

直是人間到天上。堪遊賞。醉眼疑屏障。對池塘。惜韶光。斷腸。爲花須盡狂。

其三

棹舉。舟去。波光渺渺，不知何處。岸花汀草共依依。雨微。鷓鴣相逐飛。

天涯離恨江聲咽。啼猿切。此意向誰説。艤蘭橈。獨無憀。魂銷。小鑪香欲焦。

孫光憲

太平天子。等閑遊戲。疏河千里柳如絲。隈倚緑波春水。長淮風不起。如花殿脚三千女。争雲雨。何處留人住。錦帆風。烟際紅。燒空。魂迷大業中。

其二

柳拖金縷。著烟籠霧。濛濛落絮。鳳凰舟上楚女。妙舞。雷喧波上鼓。龍争虎戰分中土。人無主。桃葉江南渡。襞花牋。豔思牽。成篇。宫娥相與傳。

其三

花落。烟薄。謝家池閣。寂寞春深。翠蛾輕斂意沉吟。沾襟。無人知此心。玉爐香斷霜灰冷。簾鋪影。梁燕歸紅杏。晚來天。空悄然。孤眠。枕檀雲髻偏。

其四

風颭。波斂。團荷閃閃。珠傾露點。木蘭舟上，何處吴娃越豔。藕花紅照臉。大堤狂殺襄陽客。烟波隔。渺渺湖光白。身已歸。心不歸。斜暉。遠汀鸂鶒飛。

閻选

秋雨。秋雨。無晝無夜，滴滴霏霏。暗燈涼簟怨分離。妖姬。不勝悲。西風稍急喧窗竹。停又續。膩臉懸雙玉。幾回邀約雁來時。違期。雁歸人不歸。

李珣

去去。何處。迢迢巴楚。山水相連。朝雲暮雨。依舊十二峯前。猿聲到客船。愁腸豈異丁香結。因離別。故國音書絶。想佳人花下，對明月春風。恨應同。

其二

春暮。微雨。送君南浦。愁斂雙蛾。落花深處。啼鳥似逐離歌。粉檀珠淚和。臨流更把同心結。情哽咽。後會何時節。不堪迴首，相望已隔汀洲。艣聲幽。

江上作

劉伯温

江上風過水生紋。煙裏斜陽半曛。雨聲不堪客耳聞。紛紛。夢魂迷斷雲。夢斷天涯歸路杳。天欲曉。殘月窺窗小。木蘭舟。蘆葦秋。汀洲。藕花相伴愁。

有士大夫家歌秦少游「好殺人天不管」之曲，戲爲之作　黃魯直

心情老懶。對歌對舞，猶是當時眼。巧笑靚粧，近我衰容華鬢，似扶著賣卜算。　思量好個當年見。催酒闕文只怕歸期短。飲散燈稀，背銷落花深院。好殺人天不管。

秦少游

亂花飛絮。又望空鬪合，離人愁苦。那更夜來，一霎薄情風雨。暗掩將春色去。　籬枯壁盡因誰做。若說相思，佛也眉兒聚。莫怪爲伊，底死縈腸惹肚。爲沒教人恨處。

前　人

恨眉醉眼。甚輕輕覷著，神魂迷亂。常記那回，小曲闌干西畔。鬢雲鬆羅襪剗。　丁香笑吐嬌無限。語軟聲低，道我何曾慣。雲雨未諧，早被東風吹散。悶損人天不管。

效花間體　辛幼安

春水。千里。孤舟浪起。夢攜西子。覺來村巷夕陽斜。幾家。短牆紅杏花。　晚雲做造些兒雨。折花去。岸上誰家女。太狂顛。那邊。柳線。被風吹上天。

瑞鷓鴣 似律詩體

首句七字平韻起，二句七字平叶，三句七字，四句七字平叶，五句七字，六句七字平叶，七句七字，八句七字平叶。

前段四句二十八字，後段同前。

閨思　賀方回

月痕依約到西廂。曾羨花枝拂短牆。初未識愁那是淚，每渾疑夢奈餘香。歌逢嫋處眉先嫵，酒半醒時眼更狂。閒倚繡簾吹柳絮，問人何似冶游郎。

春恨　黃叔陽

門前楊柳緑成陰。翠塢籠香徑自深。遲日暖薰芳草眼，好風輕撼落花心。無多春恨鶯難語，最晚朝眠蝶易尋。惟有狂醒不相貸，釀成憔悴到如今。

觀潮　蘇子瞻

碧山影裏小紅旗。儂是江南踏浪兒。拍手欲嘲山簡醉，齊聲爭唱浪婆詞。西興渡口帆初落，漁浦山頭日未攲。儂欲送潮歌底曲，樽前還唱使君詩。

前　人

映山黃帽螭頭舫，夾岸青烟鵲尾爐。老病逢春只思睡，獨求僧榻寄須臾。城頭月落尚啼烏。朱艦紅船早滿湖。鼓吹未容迎五馬，水雲先已漾雙鳧。

歐陽永叔

隴禽有恨猶能說，江月無情也解圓。更被春風送惆悵，落花飛絮兩翩翩。**眉批**：「相看」一作「相勾」，「遠如」一作「宛如」，「翩翩」一作「茫然」。楚王臺上一神仙。眼色相看意已傳。見了又休還似夢，坐來雖近遠如天。

京口有懷山中故人

辛幼安

偷閒定向山中老，此意須教鶴輩知。聞道只今秋水上，故人曾榜北山移。暮年不賦短長詞。和得淵明數首詩。君自不歸歸甚易，今猶未足足何時。

病中起登連滄觀

前　人

何人可覓聲名少日畏人知。老去行藏與願違。小草舊曾呼遠志，故人今有寄當歸。

安心法，有客來觀杜德機。卻笑使君那得似，清江萬頃白鷗飛。

又　　　　前人

膠膠擾擾幾時休。一出山來不自由。秋水觀中秋月夜，停雲堂下菊花秋。隨緣道理應須會，過分功名莫强求。先自一身愁不了，那堪愁上更添愁。

奉祠歸舟次餘干作　　　　前人

江頭日日打頭風。憔悴歸來邴曼容。鄭賈正應求死鼠，葉公豈是好真龍。孰居無事陪犀首，未辨求封遇萬松。卻笑千年曹孟德，夢中相對也龍鍾。

又

期思溪上日千回。樟木橋邊酒數杯。人影不隨流水去，醉顏重帶少年來。疏蟬響澀林逾靜，冷蝶飛輕菊半開。不是長卿終慢世，只緣多病又非才。

鵲橋仙

⊙○◎●首句四字⊙○⊙●二句四字⊙●⊙○◎●三句六字仄韻起⊙○◎●●○○四句七字◎●
●⊙○⊙●五句七字仄叶

前段五句二韻二十八字，後段同前。

七夕　秦少游

纖雲弄巧，飛星傳恨，銀漢迢迢暗度。金風玉露一相逢，便勝卻人間無數。柔情似水，佳期如夢，忍顧鵲橋歸路。兩情若是久長時，又豈在朝朝暮暮。

七夕　謝勉仲

鉤簾借月，染雲爲幌，花面玉枝交映。涼生河漢一天秋，問此會今宵孰勝。銅壺尚滴，燭龍已駕，淚浥西風不盡。明朝烏鵲到人間，試説向青樓薄倖。

陸放翁

華燈縱博，雕鞍馳射，誰記當年豪舉。酒徒一一取封侯，獨去江邊作漁父。輕舟八尺，低篷三扇，占斷蘋洲烟雨。鏡湖元自屬閒人，又何必君恩賜與。

陸放翁

一竿風月，一蓑烟雨，家在釣臺西住。賣魚生怕近城門，況肯到紅塵深處。潮生理櫂，潮平繫纜，潮落浩歌歸去。時人錯把比嚴光，我自是無名漁父。

陸放翁

茅簷人靜，篷牕燈暗，春晚連江風雨。林鶯巢燕總無聲，偏月夜常啼杜宇。催成清淚，驚殘孤夢，又揀深枝飛去。故山猶自不堪聞，況半世飄然羈旅。

梅花

朱希真

溪清水淺，月朧煙淡，玉破梅梢未遍。橫窗纖瘦有如無，但空裏疏枝花點。乘風欲去，凌波難住，誰見紅愁粉怨。夜深青女濕微霜，暗香散廣寒宮殿。**旁注：**「梅破」；「枝」；「花數」。

眉批：旁注從本集，似勝。

七夕

黃魯直

朱樓綵舫，浮瓜沉李，報答風光有幾。一年樽酒暫時同，別淚作人間曉雨。鴛鴦機綜，能令能巧，也待乘槎仙去。若逢海上白頭翁，共一訪癡牛騃女。

又次東坡七夕韻　前人

八年不見，清都絳闕，望銀漢溶溶漾漾。年年牛女恨風波，算此事人間天上。　野麋豐草，江鷗遠水，老大惟便疏放。百錢端往問君平，早晚具歸田小舫。脚注：「漢」一作「河」。

七夕　蘇子瞻

緱山仙子，高情雲渺，不學癡牛騃女。鳳簫聲斷月明中，舉手謝時人欲去。　客槎時犯，銀河微浪，尚帶天風海雨。相逢一醉是前緣，風雨散飄然何處。

又七夕和蘇堅韻　前人

乘槎歸去，成都何在，萬里江沱漢漾。與君各賦一篇詩，留織女鴛鴦機上。　還將舊曲，重賡新韻，須信吾儕天放。人生何處不兒嬉，看乞巧朱樓綵舫。

歐陽永叔

月波清霽，煙容明淡，靈漢舊期還至。鵲迎橋路接天津，映夾岸星榆點綴。　雲屏未卷，仙雞催曉，腸斷去年情味。多應天意不教長，恁恐把歡娛容易。

富豪休恃。英雄休使。一旦繁華如洗。鵲巢何事借鳩居，數載主三易矣。

倪雲林

東家烟起。西家烟起。無復碧翬朱棨。我來重宿半間雲，舊制唯餘此耳。

爲人慶八十席上戲作 **辛幼安**

朱顏暈酒，方瞳點漆，閒傍松邊倚杖。不須更展畫圖看，自是個壽星底模樣。今朝盛事，一杯深勸，更把新詞齊唱。人間八十最風流，長貼在兒孫額上。

和范先之送祐之弟歸浮梁 **前　人**

小窗風雨，從今便憶，中夜笑談清軟。啼鴉衰柳自無聊，更管得離人腸斷。詩書事業，猶在青氈，頭上貂蟬會見。莫貪風月卧江湖，道日近長安路遠。

壽徐伯熙察院 **前　人**

豸冠風采，繡衣聲價，曾把經綸少試。看看有詔日邊來，便入侍明光殿裡。東君未老，花明柳媚，且引玉缸沉醉。好將三萬六千場，自今日從頭數起。

山行　**前人**

松岡避暑。茅檐避雨。閒去閒來幾度。醉扶怪石看飛泉，又卻是前回醒處。東家娶婦。西家歸女。燈火門前笑語。釀成千頃稻花香，夜夜費一天風露。

慶岳母八十　**前人**

八旬慶會，人間盛事，齊勸一杯春釀。胭脂小字點眉間，猶記得舊時宮樣。彩衣更著，功名富貴，直過太公以上。大家著意記新詞，遇著個十年便唱。

贈鷺鷥　**前人**

溪邊白鷺。來吾告汝。溪裏魚兒堪數。主人憐汝汝憐魚，要物我欣然一處。白沙遠浦。青泥別渚。剩有蝦跳鰍舞。聽君飛去飽時來，看頭上風吹一縷。

和趙晉臣　**前人**

少年風月，少年歌舞，老去方知堪羨。歎折腰五斗賦歸來，問走了羊腸幾遍。高車駟馬，金章紫綬，傳語渠儂穩便。問東湖帶得幾多春，且看凌雲筆健。

雨中花

◎●⊙○○●●首句七字仄韻起◎○●◎○◎●二句七字仄叶◎⊙●○○三句五字⊙○⊙●四句四字◎●○○●五句五字仄叶

前段五句三韻二十八字，後段同前。

夏景　王逐客

百尺清泉聲陸續。映瀟灑碧梧翠竹。面千步回廊，重重簾幕，小枕攲寒玉。　試展鮫綃看畫軸。見一片瀟湘凝綠。待玉漏穿花，銀河垂地，月上欄干曲。

春暮　無名氏

聞說海棠開盡了。怎生得夜來一笑。顰綠枝頭，落紅點裏，問有愁多少。　小院閉門春悄悄。禁不得瘦腰如裊。豆蔻濃時，酴醿香處，試把菱花照。

歐陽永叔

千古都門行路。能使離歌聲苦。送盡行人，花殘春晚，又到東君去。　醉藉落花吹暖絮。多少曲堤芳樹。且攜手留連，良辰美景，留作相思處。

玉樓春 一名《木蘭花令》

◎○⊙●○○●首句七字仄韻起⊙●⊙○○●●二句七字仄叶⊙○⊙●●○○三句七字⊙●⊙○○●●四句七字仄叶

前段四句三韻二十八字，後段同前。

春景　晏同叔

緑楊芳草長亭路，年少拋人容易去。樓頭殘夢五更鐘，花底離愁三月雨。無情不似多情苦。一寸還成千萬縷。天涯地角有窮時，只有相思無盡處。

魏承班

寂寂畫堂梁上燕。高捲翠簾横素扇。一庭春色惱人來，滿地落花紅幾片。愁倚錦屏低雪面。淚滴綉羅金縷線。好天涼月盡傷心，爲是玉郎長不見。

春暮

唐温飛卿

家臨長信往來道。乳燕雙雙拂烟草。油壁車輕金犢肥，流蘇帳曉春雞報。

籠中嬌鳥暖猶睡，簾外落花閑不掃。衰桃一樹近前池，似惜容顔鏡中老。

立春

毛澤民

小烟弄柳晴先暖。殘雪禁梅香尚淺。殷勤洗拂舊東君，多少韶華都借看。

小園半夜東風轉。吹皺氷池雲母面。曉披閶闔見朝陽，知向碧階添幾線。

春景

宋子京

東城漸覺風光好。皺縠波紋迎客棹。緑楊煙外曉雲輕，紅杏枝頭春意鬧。

浮生長恨歡娛少。肯愛千金輕一笑。爲君持酒勸斜陽，且向花間留晚照。

寒食

謝無逸

東君著意憐樊素。一段韶華天付與。妝成不管露桃嗔，舞罷從教風柳妬。

弄晴數點梨梢雨。門外畫橋寒食路。杜鵑飛破草間烟，蛺蝶惹殘花底霧。

春睡　蜀**歐陽炯**

日照玉樓花似錦。樓上醉和春色寢。綠楊風送小鶯聲，殘夢不成離玉枕。堪愛晚來韶景甚。寶柱秦箏方再品。青蛾紅臉笑來迎，又向海棠花下飲。

春恨　**錢思公**

城上風光鶯語亂。城下煙波春拍岸。綠楊芳草幾時休，淚眼愁腸先已斷。情懷漸覺成衰晚。鸞鏡朱顔驚暗換。昔年多病厭芳樽，今日芳樽惟恐淺。

宫詞　**李後主**

晚粧初了明肌雪。春殿嬪娥魚貫列。笙簫吹斷水雲閑，重按霓裳歌偏徹。臨春誰更飄香屑。醉拍闌干情味切。歸時休照燭花紅，待放馬蹄清夜月。

天台　**周美成**

桃溪不作從容住。秋藕絶來無續處。當時無奈烏轂哀，今日重尋芳草路。煙中列岫青無數。雁背夕陽紅欲暮。人如風後入江雲，情似雨餘黏地絮。

妓館

歐陽永叔

妖冶風情天與措。清瘦肌膚冰雪妬。百年心事一宵同，愁聽雞聲牕外度。信阻青禽雲雨暮。海月空驚人兩處。强將離恨倚江樓，江水不能流恨去。

離別

晏叔原

鞦韆院落重簾暮。寂寞春閒扃繡户。牆頭紅杏雨餘花，門外緑楊風後絮。朝雲信斷知何處。應作巫陽春夢去。紫騮認得舊游踪。嘶過畫橋東畔路。

牛嶠

春入横塘摇淺浪。花落小園空惆悵。此情誰信爲狂夫，恨翠愁紅流枕上。小玉窗前嗔燕語。紅淚滴穿金線縷。雁歸不見報郎歸，織成錦字封過與。

顧敻

月照玉樓春漏促。颯颯風摇庭砌竹。夢驚鴛被覺來時，何處管絃聲斷續。惆悵少年遊冶去。枕上兩蛾攢細緑。曉鶯簾外語花枝，背帳猶殘紅蠟燭。

其二

柳映玉樓春日晚。雨細風輕烟草軟。畫堂鸚鵡語雕籠，金粉小屏猶半掩。 香滅繡幃人寂寂，倚檻無言愁思遠。恨郎何處縱疎狂，長使含啼眉不展。

其三

月皎露華窗影細。風送菊香粘繡袂。博山爐冷水沉微，惆悵金閨終日閉。 嬾展羅衾垂玉筯。羞對菱花簪寶髻。良宵好事枉教休，無計那他狂耍壻。

其四

拂水雙飛來去燕。曲檻小屏山六扇。春愁凝思結眉心，綠綺嬾調紅錦薦。 話別情多聲欲顫。玉筯痕留紅粉面。鎮長獨立到黄昏，却怕良宵頻夢見。

魏承斑

輕斂翠蛾呈皓齒。鶯囀一枝花影裏。聲聲清迥遏行雲，寂寂畫梁塵暗起。 玉斝滿斟情未已。促坐王孫公子醉。春風筵上貫珠勻，豔色韶顔嬌旎旖。

當塗解印後一日郡中置酒呈郭功甫　　黄山谷

凌歊臺上青青麥。姑熟堂前餘翰墨。暫分一印管江山，稍爲諸公分皂白。　江山依舊雲空碧。昨日主人今日客。誰分賓主强惺惺，問取磯頭新婦石。**脚注：**又一詞改首四句云：「翰林本是神仙謫。落帽風流傾座席。座中還有賞音人，能玩烏紗傾大白。」「雲空碧」改「雲横碧」。

次前韻再呈郭功甫　　前　人

青壺乃似壺中謫。萬象光輝森宴席。紅塵鬧處便休休，不是個中無皂白。　歌煩舞倦朱成碧。春草池塘凌坐客。共君商略老生涯，歸種玉田秧白石。

席上勸酒　　前　人

庚郎二九常安樂。使有萬錢無處著。徐熙小鴨水邊花，明月清風都占卻。　朱顔老盡心如昨。萬事休休還莫莫。樽前見在不饒人，歐舞梅歌君更酌。**脚注：**歐、梅，當時二妓。

用前韻贈功甫　　前　人

少年得意從軍樂。晚歲天教閒處著。功名富貴久寒灰，翰墨文章新諱卻。　是非不用分今昨。雲月孤高公也莫。喜歡爲地醉爲鄉，飲客不來但自酌。

風開氷面魚紋皺。暖入芳心犀點透。乍看晴日弄柔條，憶得章臺人姓柳。

前人

心情老大癡成就。不復淋浪沾翠袖。早梅獻笑尚窺鄰，小蜜竊香如遺壽。

東君未試雷霆手。灑雪開春春鎖透。帝臺應點萬年枝，窮巷偏欺三徑柳。

前人

峰排群玉森相就。中有摩圍爲領袖。凝香窗下與誰看，一曲琵琶千萬壽。

新年何許春光漏。小院閒門風日透。酥花入座頗欺梅，雪絮因風全是柳。

前人

使君落筆春詞就。應喚歌檀催舞袖。得開眉處且開眉，人世可能金石壽。

黃金捍撥春風手，簾幕重重音韻透。梅花破蕚便春回，似有黃鸝鳴翠柳。

前人

曉粧未愜梅添就。玉筍捧杯離細袖。會拚千日笑尊前，他日相思空損壽。

前人

黔中士女遊晴晝。花信輕寒羅綺透。爭尋穿石道宜男，更買江魚雙貫柳。竹枝歌好移船就。依倚風光垂翠袖。滿傾蘆酒指摩圍，相守與郎如許壽。

前人

可憐翡翠隨雞走。學綰雙鬟年紀小。見來行待惡憐伊，心性嬌癡空解笑。紅蕖照映霜林表。楊柳舞腰風嫋嫋。衾餘枕剩儘相容，只是老人難再少。

贈別上饒黃倅

辛幼安

往年龍蹤堂前路。路上人誇通判雨。去年拄杖過瓢泉，縣吏垂頭民歎語。學窺聖處文章古。清到窮時風味苦。尊前老淚不成行，明日送君天上去。

效樂天體

前人

少年纔把笙歌醆。夏日非長愁夜短。因他老病不相饒，好把心情都做懶。故人別後書來勸。乍可停杯强喫飯。云何相見酒邊時，卻道達人須引滿。

用韻荅葉仲洽 **前人**

山中有酒提壺勸。好語憐君堪鲊飯。至今有句落人間，渭水秋風黄葉滿。狂歌擊碎村醪醆。欲舞還憐衫袖短。心如溪上釣磯閒，身似道旁官堠懶。

用韻荅吴子似 **前人**

高懷自飲無人勸。馬有青芻奴白飯。向來珠履玉簪人，頗覺酒量車載滿。君如九醖臺粘醆。我似茅柴風味短。幾時秋水美人來，長恐扁舟乘興懶。

客有游山者忘攜具而以詞來索酒用韻荅之 **前人**

城南東野應聯句。好記琅玕題字處。也應竹裡著行廚，已向甕邊防吏部。山行日日妨風雨。風雨晴時君不去。牆頭塵滿短轅車，門外人行芳草路。

又 **前人**

舊時楓落吴江句。今日錦囊無著處。看封關外水雲侯，剩接山中詩酒部。人間反覆成雨雲。鳧雁江湖來又去。十千一斗飲中仙，一百八盤天上路。

戲賦雲山　　前人

何人半夜推山去。四面浮雲猜是汝。當時相對兩三峰，走遍溪頭無覓處。西風瞥起雲橫渡。忽見東南天一柱。老僧拍手笑相誇，且喜青山依舊住。

用韻答友　　前人

青山不觧乘雲去。怕有愚公驚著汝。人間踏地出租錢，借使移將無著處。三星昨夜光移度。妙語來題橋上柱。黃花不插滿頭歸，定向白雲遮且住。

又　　前人

無心雲自來還去。元共青山相爾汝。霎時迎雨障崔嵬，雨過卻尋歸路處。侵天翠竹何曾度。遙見屹然星砥柱。今朝不管亂雲深，來伴仙翁山下住。

又　　前人

瘦筇倦作登高去。卻把黃花相爾汝。嶺頭拭目望龍山，更在雲煙遮斷處。思量落帽人風度。休說當年功紀柱。謝公直是愛東山，畢竟東山畱不住。

又　　**前人**

風前欲勸春光住，春在城南芳草路。未隨流落水邊花，且作飄零泥上絮。鏡中已有星星誤。人不負春春自負。夢回人遠許多愁，只在梨花風雨處。

又　　**前人**

三三兩兩誰家婦。聽取鳴禽枝上語。提壺沽酒已多時，婆餅焦時須早去。醉中忘卻來時路。借問行人家住處。只尋古廟那邊行，更過溪南烏桕樹。

寄題鄭元英巢經樓　　**前人**

悠悠莫向文山去。要把襟裾牛馬汝。遙知書帶草邊行，正在雀羅門裡住。平生插架昌黎句。不似拾柴東野苦。侵天且擬鳳凰巢，掃地從他鸜鵒舞。

樂令謂衛玠，人未嘗夢「搗虀餐鐵杵，乘車入鼠穴」。以謂世無是事，不知竟有之也。因戲作此　　**前人**

有無一理誰差別。樂令區區渾未達。事言無處未嘗無，試把所無憑理說。伯夷饑采西山蕨。何異搗虀餐杵鐵。仲尼去衛又之陳，此是乘車穿鼠穴。

隱湖戲作　　前人

客來底事逢迎晚。行裡鳴禽尋未見。日高猶苦聖賢心，門外誰酣蠻觸戰。多方爲渴泉尋遍。何日成陰松種滿。不辭長向水雲來，只怕頻頻魚鳥倦。

石觀音像　　前人

琵琶亭畔多芳草。時對香爐峰一笑。偶然重傍玉溪行，不是白頭誰覺老。普陀大士神通妙。影入石頭光了了。看來將獻可無言，長似慈悲顏色好。

奉祠西歸將至仙人磯　　前人

江頭一帶斜陽樹。總是六朝人住處。悠悠興廢不關心，惟有沙洲雙白鷺。仙人磯下多風雨。好卸征帆留不住。直須抖擻盡塵埃，卻趁新涼秋水去。

余與郭生遊寒溪，主簿吴亮置酒。郭生善作挽歌，酒酣發聲。座爲淒然。郭生言恨無佳詞，因爲略改樂天寒食詩歌之，坐客有泣者，其詞云云。每雜以散聲。見《百斛明珠》。　　前人

烏啼鴉噪昏喬木。清明寒食誰家哭。風吹曠野紙錢飛，古墓纍纍春草緑。棠梨花映

白楊樹。盡是死生離別處。冥漠重泉哭不聞，蕭蕭暮雨人歸去。**眉批：**此詞亦載《東坡外記》，所謂余未知是東坡否，字句同《玉樓春》，但前後二韻不同，姑附此。

木蘭花令 與《玉樓春》同

⋂○⋂□○○□首句七字仄韻起⋂□⋂○⋂□□二句七字平叶⋂○⋂□□○○三句七字⋂□⋂○○□□四句七字平叶(一)

前段四句三韻二十八字，後段同前。

春晚 **賈子明**

都城水綠嬉游處。仙棹往來人笑語。紅隨遠浪泛桃花，雪散平堤飛柳絮。東君欲共春歸去。一陣狂風和驟雨。碧油紅旆錦障泥，斜日畫橋芳草路。

(一) 二句、四句皆仄叶。譜誤。

冬景

徐昌圖

沈檀煙起盤紅霧，一剪霜風吹繡户。漢宫花面學梅妝，謝女雪詩栽柳絮。　長垂天幕孤鸞舞，旋炙銀笙雙鳳語。紅牕酒病對寒氷，永覺相思無夢處。

秦少游

秋容老盡芙蓉院。草上霜花匀似剪。西樓促坐酒杯深，風壓繡簾香不捲。　玉纖慵整銀箏雁，紅袖時籠金鴨煖。歲華一任委西風，獨有春紅留醉臉。**脚注：**「秋容」一本作「秋光」。

韋端己

坐看落花空歎息。羅袂濕斑紅淚滴。千山萬水不曾行。魂夢欲教何處覓。　獨上小樓春欲暮。愁望玉關芳草路。消息斷不逢人，却斂細眉歸綉户。

立春

陸放翁

三年流落巴山道。破盡青衫塵滿帽。身如西瀼渡頭雲，愁抵瞿塘關上草。春盤春酒年年好。試帶銀旛拚醉倒。今朝一歲大家添，不是人間偏我老。**脚注：**「春盤春酒」一本作「春花秋月」，「試帶」作「試戴」。

魏承斑

小芙蓉，香旖旎。碧玉堂深清似水。閉寶匣，掩金鋪，倚屏拖袖愁如醉。遲遲好景烟花媚。曲渚鴛鴦眠錦翅。凝然愁望靜相思，一雙笑靨嚬香蘂。**脚注：**減兩字。

毛熙震

掩朱扉，鈎翠箔。滿院鶯聲春寂寞。匀粉淚恨檀郎，一去不歸花又落。對斜暉，臨小閣。前事豈堪重想著。金帶冷，畫屏幽，寶帳慵薰蘭麝薄。**脚注：**減兩字。

春思　無名氏

柳梢緑小梅如印。乍暖還寒猶未定。惜花長是爲花愁，殢酒卻嫌添酒病。蠅頭蝸角都休競。萬古豪華同一盡。東君曉夜促歸期，三十六番花遞信。

遊宴　六一居士

西湖南北煙波濶。風裡絲簧聲韻咽。舞餘裙帶緑羅垂，酒入香腮紅一抹。杯深不覺琉璃滑。貪看六幺花十八。明朝車馬各西東，惆悵畫橋風與月。**眉批：**「舞餘」一作「舞徐」，「羅」本集作「雙」。

春恨 前人

尊前擬把歸期説。未語春容先慘咽。人生自是有情癡，此恨不關風與月。　離歌且莫翻新闋。一曲能教腸萬結。直須看盡洛城花，始共春風容易別。**眉批**：「萬」，本集作「寸」。

閨情 前人

湖邊柳外樓高處。望斷雲山多少路。闌干倚遍使人愁，又是天涯初日暮。　輕無拘管狂無數。水畔飛花風裏絮。算伊渾似薄情郎，去便不來來便去。**眉批**：本集「拘管」作「管繫」，「飛花」作「花飛」。

春景 前人

南園春蝶能無數。度翠穿紅來復去。倡條冶葉恣留連，飄蕩輕於花上絮。　朱闌夜夜風兼露。宿粉棲香無定所。多情翻卻似無情，贏得百花無限妬。

宴飲 前人

西亭飲散清歌闋。花外遲遲宮漏發。塗金燭引紫騮嘶，柳曲西頭歸路別。　佳人只恐幽期闊。密贈殷勤衣上結。翠屏魂夢莫相尋，禁斷六街清夜月。

杜鵑　前　人

江南三月春光老。月落禽啼天未曉。露和啼血染花紅，恨過千家煙樹杪。雲垂玉枕屏山小。夢欲成時驚覺了。人心應不似伊心，若解思歸歸合早。

祖宴　前　人

春山斂黛低歌扇。暫解吴鉤登祖宴。畫樓鐘動已魂消，何況馬嘶芳草岸。青門柳色隨人遠。望欲斷時腸已斷。洛城春色待君來，莫到落花飛似霰。

佳人　蘇東坡

個人丰韻真堪羨。問著佯羞回卻面。若言無意向咱行，爲甚夢中頻夢見。不如及早還心願。免使牽人魂夢亂。風流腸肚不堅牢，只恐被伊牽惹斷。

琵琶見歐集　前　人

檀槽響碎金絲撥。露濕潯陽江上月。不知商婦爲誰愁，一曲行人留未發。畫堂花月新聲別。紅葉調長彈未徹。試將深意祝膠絃，唯願絃絃無斷絶。**眉批：**歐集「響碎」作「碎響」，「未發」作「夜發」，「紅葉」作「紅蘂」，「試將」作「暗將」。

聞笛　王武子

紅樓十二闌干側。樓角暮寒吹玉笛。天津橋上舊曾聽，三十六宮秋草碧。韶華人去無消息。江上青山空晚色。一聲落盡短亭花，無數行人歸未得。

元日　晏小山

一年滴盡蓮花漏。碧井酴酥沉凍酒。曉寒料峭尚欺人，春意苗條先到柳。佳人重勸千長壽。柏葉椒花芬翠袖。醉鄉深處少相知，衹與東君偏故舊。

次歐公西湖韻　蘇子瞻

霜餘已失長淮濶。空聽潺潺清潁咽。佳人猶唱醉翁詞，四十三年如電抹。草頭秋露流珠滑。三五盈盈還二八。與予同是識翁人，惟有西湖波底月。

次馬中玉韻　前　人

知君仙骨無寒暑。千載相逢猶旦暮。故將別語惱佳人，要看梨花枝上雨。落花已逐迴風去。花本無心鶯自訴。明朝歸路下塘西，不見鶯啼花落處。

宿造口聞夜雨寄子由方叔　前人

梧桐葉上三更雨。驚破夢魂無覓處。夜涼枕簟已知秋，更聽寒蛩促機杼。　夢中歷歷來時路。猶在江亭醉歌舞。樽前必有問君人，爲道別來心與緒。

前人

元宵似是歡遊好。何況公庭民訟少。萬家遊賞上春臺，十里神仙迷海島。　原平不似高陽傲。促席雍容陪語笑。坐中有客最多情，不惜玉山拚醉倒。

前人

經旬缺東君信。一夕薰風來解慍。紅綃衣薄麥秋寒，緑綺韻低梅雨潤。　瓜頭緑染山光嫩。弄色金桃新傅粉。日高慵捲水晶簾，猶帶春醪紅玉困。

前人

高平四面開雄壘。三月風光初覺媚。園中桃李使君家，城上亭臺遊客醉。　歌翻楊柳金尊沸。飲散憑闌無限意。雲深不見玉關遥，草細山重殘照裡。

歐陽永叔

風遲日媚烟光好。緑樹依依芳意早。年華容易即凋零，春色只宜長恨少。池塘隱隱驚雷曉。柳眼未開梅萼小。樽前貪愛物華新，不道物新人漸老。

前　人

洛陽正值芳菲節。濃豔清香相間發。遊絲有意苦相縈，垂柳無端爭贈別。杏花紅處青山缺。山畔行人山下歇。今宵誰肯遠相隨，惟有寂寥孤館月。

前　人

殘春一夜狂風雨。斷送紅飛花落樹。人心花意待畱春，春色無情容易去。高樓把酒愁獨語。借問春歸何處所。暮雲空濶不知音，惟有緑楊芳草路。

前　人

常憶洛陽風景媚。煙煖風和添酒味。鶯啼宴席似畱人，花出牆頭如有意。別來已隔千山翠。望斷危樓斜日墜。關心只爲牡丹紅，一片春愁來夢裡。

玉鉤簾下　前人

池塘水緑春微暖。記得玉真初見面。從頭歌韻響錚鏦，入破舞腰紅亂旋。
香階畔。醉後不知紅日晚。當時共我賞花人，點檢如今無一半。

人生聚散　前人

兩翁相遇逢佳節。正值柳綿飛似雪。便須豪飲敵青春，莫對新花羞白髮。
如弦筈。老去風情尤惜别。大家金盞倒垂蓮，一任西樓低曉月。

聞琴解珮　前人

燕鴻過後春歸去。細算浮生千萬緒。來如春夢幾多時，去似朝雲無覓處。
神仙侣。挽斷羅衣留不住。勸君莫作獨醒人，爛醉花間應有數。**眉批：**「幾多」一作「不多」。

樓前獨遶　前人

蝶飛芳草花飛路。把酒已嗟春色暮。當時枝上落殘花，今日水流何處去。
鳴蟬樹。憶把芳條吹暖絮。紅蓮緑芰亦芳菲，不奈金風兼玉露。

前人

別後不知君遠近。觸目淒涼多少悶。漸行漸遠漸無書，水濶魚沉何處問。夜深風竹敲秋韻。萬葉千聲皆是恨。故欹單枕夢中尋，夢又不成燈又燼。

前人

紅緜約束瓊肌穩。拍碎香檀催急袞。隴頭嗚咽水聲繁，葉下間關鶯語近。美人才子傳芳信。明月清風傷別恨。未知何處有知音，常爲此情留此恨。

前人

春蔥指甲輕攏撚。五彩垂條雙袖卷。雪香濃透紫檀槽，胡語急隨紅玉腕。當頭一曲情何限。入破錚鏦金鳳戰。百分芳酒祝長春，再拜斂容擡粉面。

前人

金花盞面紅烟透。舞急香茵隨步皺。青春才子有新詞，紅粉佳人重勸酒。也知自爲傷春瘦。歸騎休教銀燭候。擬將沉醉爲清歡，無奈醒來還感舊。

前人 一作馮延巳

雪雲乍變春雲簇。漸覺年華堪送目。北枝梅蕊犯寒開，南浦波紋如酒緑。芳菲次第還相續。自是情多無處足。樽前百計得春歸，莫爲傷春歌黛蹙。**眉批：**「送目」一作「縱目」，「還相」一作「長相」，「不奈」一作「自是」。

前人

黃金弄色輕於粉。濯濯春條如水嫩。爲緣力薄未禁風，不奈多嬌長似困。腰柔乍怯人相近。眉小未知春有恨。勸君著意惜芳菲，莫待行人攀折盡。

前人

珠簾半下香銷印。二月東風催柳信。琵琶傍畔且尋思，鸚鵡前頭休借問。驚鴻過後生離恨。紅日長時添酒困。未知心在阿誰邊，滿眼淚珠言不盡。

前人

沉沉庭院鶯吟弄。日煖煙和春氣重。緑楊嬌眼爲誰囬，芳草深心空自動。倚闌無語傷離鳳。一片風情無處用。尋思還有舊家心，蝴蝶時時來役夢。

前人

去時梅萼初凝粉。不覺小桃風力損。梨花最晚又凋零，何事歸期無定準。闌干倚遍重來憑。淚粉偷將紅袖印。蜘蛛喜鵲誤人多，似此無憑安足信。

前人

酒美春濃花世界。得意人人千萬態。莫教辜負豔陽天，過了堆金何處買。已去少年無計奈。且願芳心長恁在。閒愁一點上心來，算得東風吹不觧。

前人

東風本是開花信。及至花時風更緊。吹開吹謝苦匆匆，春意到頭無處問。把酒臨風千萬恨。欲掃殘紅猶未忍。夜來風雨轉離披，滿眼淒涼愁不盡。

前人

陰陰樹色籠晴晝。清淡園林春過後。杏腮輕粉日催紅，池面綠羅風卷皺。佳人向晚新妝就。圓膩歌喉珠欲溜。當筵莫放酒杯遲，樂事良辰難入手。

前　人

美人爭勸梨花盞。舞困玉腰帬縷慢。莫教銀燭促歸期，已祝斜陽休更晚。

翻香令

蘇子瞻

前段□句□韻二十八字，後段同前。

背人偷蓋小蓬山。更將沈水暗同燃。且圖得，氤氳久，爲情深嫌怕斷頭烟。

芙蓉鬦暈燕支淺。留著晚花開小宴。畫船紅日晚風清，柳色溪光晴照暖。

金爐猶暖麝煤殘。惜香更把寶釵翻。重聞處，餘熏在，這一番氣味勝從前。

虞美人

國朝高郵張綖有詞内藏律詩一首體

⊙○⊙●○○●首句七字仄韻起◎●○○●二句五字仄叶◎○◎●●○○三句七字平韻換◎●

◎○⊙●●○○四句九字平叶

前段四句四韻二十八字，後段同前。

感舊 李後主

春花秋月何時了。往事知多少。小樓昨夜又東風。故國不堪回首月明中。雕闌玉砌應猶在。只是朱顏改。問君都有幾多愁。恰是一江春水向東流。夾注：一作「卻似」。

風情 亦見東坡集 周美成

落花已作風前舞。又送黄昏雨。曉來庭院半殘紅。惟有游絲千丈裊晴空。慇勤花下重攜手。更盡杯中酒。美人不用斂歌眉。我亦多情無奈酒闌時。

離別 蘇子瞻

波聲拍枕長淮曉。隙月窺人小。無情汴水自東流。只載一船離恨向西州。竹溪花浦曾同醉。酒味多於淚。誰教風鑑在塵埃。醞造一場煩惱送人來。尾注：又見山谷集，「隙」作「缺」，「汴」作「江」，「溪」作「陰」，「浦」作「塢」，「誰」作「若」，「風」作「金」。

瓊枝玉樹　秦少游

高城望斷塵如霧。不見聯驂處。夕陽村外小灣頭。只有柳花無數送歸舟。
頻相見。只恨離人遠。欲將幽恨寄青樓。爭奈無情江水不西流。

輕寒細雨　秦少游

碧桃天上栽和露。不是凡花數。亂山深處水縈洄。可惜一枝如畫爲誰開。
情何限。不道春難管。爲君沉醉又何妨。只怕酒醒時候斷人腸。

紅妝艇子　秦少游

行行信馬橫塘畔。煙水秋平岸。緑荷多少夕陽中。知爲阿誰凝恨背西風。
來何處。蕩槳偷相顧。鴛鴦驚起不無愁。柳外一雙飛去卻回頭。

遥思　毛文錫

鴛鴦對浴銀塘暖。水面蒲梢短。垂楊低拂麴塵波。蛟絲結網露珠多。滴圓荷。
桃葉吴江碧。便是天河隔。錦鱗紅鬣影沉沉。相思空有夢相尋。意難任。

毛文錫

寶檀金縷鴛鴦枕。綬帶盤宮錦。夕陽低映小窗明。南園緑樹語鶯鶯。夢難成。玉鑪香暖頻添炷。滿地飄輕絮。珠簾不捲度沉烟。庭前閒立畫鞦韆。艷陽天。

顧敻

曉鶯啼破相思夢。簾捲金泥鳳。宿粧猶在酒初醒。翠翹慵整倚雲屏。轉娉婷。香檀細畫侵□臉。羅袂輕輕斂。佳期堪恨再難尋。緑蕪滿院柳成陰。負春心。

其二

觸簾風送景陽鐘。鴛被繡花重。曉幃初捲冷烟濃。翠勻粉黛好儀容。思嬌慵。起來無語理朝粧。寶匣鏡凝光。緑荷相倚滿池塘。露清枕簟藕花香。恨悠颺。

其三

翠屏閑掩垂珠箔。絲雨籠池閣。露粘紅藕咽清香。謝娘嬌極不成狂。罷朝粧。小金鸂鶒沉烟細。膩枕堆雲髻。淺眉微斂注檀輕。舊歡時有夢魂驚。悔多情。

其四

碧梧桐映紗窓晚。花謝鶯聲懶。小屏屈曲掩青山。翠幃香粉玉爐寒。兩蛾攢。顛狂年少輕離別。辜負春時節。畫羅紅袂有啼痕。魂銷無語倚閨門。欲黃昏。

其五

深閨春色勞思想。恨共春蕪長。黃鸝嬌囀呢芳妍。杏枝如畫倚輕烟。瑣窓前。凭闌愁立雙蛾細。柳影斜搖砌。玉郎猶是不還家。教人魂夢逐楊花。繞天涯。

其六

少年豔質勝瓊英。早晚別三清。蓮冠穩篸鈿篦橫。飄飄羅袖碧雲輕。畫難成。遲遲少轉腰身裊。翠靨眉心小。醮壇風急杏枝香。此時恨不駕鸞凰。訪劉郎。

孫光憲

紅窓寂寂無人語。暗澹梨花雨。綉羅紋地粉新描。博山香炷旋抽條。暗魂銷。天涯一去無消息。終日長相憶。教人相憶幾時休。不堪長觸別離愁。淚還流。

其二

好風微揭簾旌起。金翼鸞相倚。翠簷愁聽乳禽聲。此時春態暗關情。獨難平。　畫堂流水空相翳。一穗香遥曳。教人無處寄相思。落花芳草過前期。没人知。

鹿虔扆

卷荷香澹浮烟渚。緑嫩擎新雨。瑣窗疎透曉風清。象床珍簟冷光輕。水紋平。　九疑黛色屏斜掩。枕上眉心斂。不堪相望病將成。鈿昏檀粉淚縱横。不勝情。

閻選

粉融紅膩蓮房綻。臉動雙波慢。小魚啣玉鬢釵横。石榴裙染象紗輕。轉娉婷。　偷期錦浪荷深處。一夢雲兼雨。臂畱檀印齒痕香。深秋不寐漏初長。盡思量。**脚注：**「盡」一作「儘」。

其二

楚腰蠐領團香玉。鬢疊深深緑。月蛾星眼笑微嚬。柳夭桃豔不勝春。晚粧匀。　水紋簟映青紗帳。霧罩秋波上。一枝嬌卧醉芙蓉。良宵不得與君同。恨忡忡。**脚注：**「笑微嚬」一作「笑和嚬」。

李珣

金籠鶯報天將曙。驚起分飛處。夜來潛與玉郎期。多情不覺酒醒遲。失歸期。映花避月遥相送。膩髻偏垂鳳。却迴嬌步入香閨。倚屏無語撚雲篦。翠眉低。

春怨

李後主

風回小院庭蕪緑。柳眼春相續。凭闌半日獨無言。依舊竹聲新月似當年。笙歌未散尊罍在。池面氷初鮮。燭明香暗畫樓深。滿鬢清霜殘雪思難禁。

春愁

程正伯

輕紅短白東城路。記得分襟處。柳絲無賴舞春愁。不繫離人人鮮繫離愁。如今花謝春將老。柳下無人到。月明門外子規啼。喚得人愁爭似喚人歸。

春恨

向伯恭

去年不到瓊花底。蝶夢相依倚。今年特地趂花來。因甚不教同醉過花開。花知此恨年年有。閑伴人春瘦。一枝和淚寄春風。應把舊愁新怨入眉峰。

至當塗呈郭功甫 黃魯直

平生本愛江湖住。鷗鷺無人處。江南江北水雲連。莫笑醯雞歌舞甕中天。當塗艤棹蒹葭外。賴有賓朋在。此身無路入修門。慚愧詩翁清些與招魂。

宜州見梅作 前人

天涯也有江南信。梅破知春近。夜闌風細得香遲。不道曉來開遍向南枝。玉臺弄粉花應妬。飄到眉心住。平生個裏願杯深。去國十年老盡少年心。

琵琶 蘇子瞻

定場賀老今何在。幾度新聲改。新聲坐使舊聲闌。俗耳只知繁手不須彈。斷絃試問誰能曉。七歲文姬小。試教彈作輥雷聲。應有開元遺老淚縱橫。

送馬中玉 前人

歸心正似三春草。試著萊衣小。橘懷幾日向翁開。懷祖已嗔文度不歸來。禪心已斷人間愛。只有平交在。笑論瓜葛一枰同。看取靈光新賦有家風。

陳述古將去杭席上作

前人

湖山信是東南美。一望濔千里。使君能得幾回來。便使尊前醉倒且徘徊。沙河塘裏燈初上。水調誰家唱。夜闌風靜欲歸時。惟有一江明月碧琉璃。

前人

冰肌自是生來瘦。那更分飛後。日長簾幙望黃昏。及至黃昏時候轉消魂。君還知道相思苦。怎忍拋奴去。不辭迢遞過關山。只恐別郎容易見郎難。

前人

深深庭院清明過。桃李初紅破。柳絲搭在玉闌干。簾外瀟瀟微雨做輕寒。晚晴臺榭增明媚。已拚花前醉。更闌人靜月侵廊。獨自行來行去好思量。

前人

持杯遙勸天邊月。願月圓無缺。持杯更復勸花枝。且願花枝長在莫離披。持杯月下花前醉。休問榮枯事。此歡能有幾人知。對酒逢花不飲待何時。

歐陽永叔

爐香晝永龍煙白。風動金鸞額。畫屏寒掩小山川。睡容初起枕痕圓。墜花鈿。　樓高不及煙霄半。望盡相思眼。豔陽剛愛挫愁人。故生芳草碧連雲。怨王孫。

茶蘼　　辛幼安

群花泣盡朝來露。爭奈春歸去。不知庭下有荼蘼。偷得十分春色怕春知。　淡中有味清中貴。飛絮殘紅避。露華微浸玉肌香。恰似楊妃初試出蘭湯。

壽趙文鼎提舉　　前人

翠屏羅幕遮前後。舞袖翻長壽。紫髯冠佩御爐香。看取明年歸奉萬年觴。　今宵池上蟠桃席。咫尺長安日。寶烟飛焰萬花濃。試看中間白鶴駕仙風。

用前韻　　前人

一杯莫落他人後。富貴功名壽。胸中書傳有餘香。寫得蘭亭小字記流觴。　問誰分我漁樵席。江海消閒日。看看天上拜恩濃。卻怕畫樓無處着春風。

虞美人花　前人

當年得意如芳草。日日春風好。拔山力盡忽悲歌。飲罷虞兮從此奈君何。人間不識精誠苦。貪看青青舞。驀然斂袂卻亭亭。怕是曲中猶帶楚歌聲。

趙子昂

池塘處處生春草。芳思紛繚繞。醉中時作短歌行。無奈夕陽偏傍小窗明。故園荒徑迷行迹。只有山仍碧。及今作樂送春歸。莫待春歸去後始知非。

浙江舟中作　趙子昂

潮生潮落何時了。斷送行人老。消沉萬古意無窮。盡在長空澹澹鳥飛中。海門幾點青山小。望極煙波渺。何當駕我以長風。便欲乘桴浮到日華東。

南鄉子

⊙●●○○首句五字平韻起◎●○○●●○二句七字平叶◎●◎○○●●三句七字○○四句二字平

叶◎●○○◎●○五句七字平叶

前段五句四韻二十八字，后段同前。

九日　**蘇子瞻**

霜降水痕收。淺碧鱗鱗露遠洲。酒力漸消風力軟，颼颼。破帽多情卻戀頭。詩酒若爲酬。但把清樽斷送秋。萬事到頭都是夢，休休。明日黃花蝶也愁。**夾注：**一作「佳節」。

曉景　**周美成**

晨色動粧樓。短燭熒熒悄未收。自在開簾風不定，颼颼。池面冰澌趁水流。早起怯梳頭。欲綰雲鬟又卻休。不會沉吟思底事，凝眸。兩點春山滿鏡愁。

夜景　**黃叔暘**

萬籟寂無聲。衾鐵稜稜近五更。香斷燈昏吟未穩，淒清。只有霜華伴月明。應是夜寒凝。惱得梅花睡不成。我念梅花花念我，關情。起看清冰滿玉缾。

闺情　**孫夫人**

曉日壓重簷。斗帳春寒起未忺。天氣困人梳洗懶，眉尖。淡畫春山不喜添。閒把繡絲挦。認得金針又倒拈。陌上遊人歸也未，厭厭。滿院楊花不捲簾。

妓館　**潘庭堅**

生怕倚闌干。閣下溪聲閣外山。惟有舊時山共水，依然。暮雨朝雲去不還。　應是躡飛鸞。月下時時整珮環。月又漸低霜又下，更闌。折得梅花獨自看。

秦少游

妙手寫徽真。水翦雙眸點絳唇。疑是昔年窺宋玉。東鄰。只露牆頭一半身。　往事已酸辛。誰記當年翠黛顰。盡道有些堪恨處，無情。任是無情也動人。

陸放翁

歸夢寄吳檣。水驛江程去路長。想見芳洲初繫纜，斜陽。煙樹參差認武昌。　愁鬢點新霜。曾是朝衣染御香。重到故鄉交舊少，淒涼。卻恐他鄉勝故鄉。

佳人　**韓文璞**

泊雁小汀洲。冷淡湘裙水漫秋。裙上唾花無處覓，重遊。隔柳惟存月半鉤。　準擬架層樓。望得伊家見始休。還怕粉雲天凍起，悠悠。化作相思一片愁。

西湖　晏叔原

緑水帶青潮。上下朱闌小渡橋。橋上女兒雙笑靨，妖嬈。倚着闌干弄柳條。　月夜落花朝。減字偷聲按玉簫。柳外行人囬首處，迢迢。若比銀河路更遥。

夏夜　黄叔暘

多病帶圍寬。風月情懷轉竟闌。夢破小窗風馬響，珊珊。缺月無情轉畫闌。　涼入苧衾單。起探燈花夜欲殘。書册滿床空伴睡，慵觀。拈得漁樵笛譜看。

荷花　六一居士

雨後斜陽。細細風來細細香。風定波平花映水，休藏。照出輕盈半面粧。　路隔秋江。蓮子深深隱翠房。意在蓮心無問處，難忘。淚浥紅腮不記行。

本意见歐集　無名氏

翠密紅繁。水國涼生未是寒。雨打荷花珠不定，輕翻。冷撥鴛鴦鎖翅斑。　盡日憑闌。弄蕊拈花仔細看。偷得馬蹄新鑄樣，無端。藏在紅房豔粉間。**眉批：**歐集「撥」作「潑」，「鎖」作「錦」，「馬蹄」作「裹蹄」。

九日涪陵作示知命弟　**黃魯直**

落帽晚風回。又報黃花一番開。扶杖老人心未老，堪咍。謾有才情付與誰。　芳意正徘徊。傳語西風且漫吹。明日餘樽還共倒，重來。未必秋香一夜衰。

次年重九知命已向成都感憶復次前韻二首　**前　人**

招喚欲千回。暫得樽前笑口開。萬水千山還麽去，悠哉。酒面黃花欲醉誰。　顧影且徘徊。立到斜風細雨吹。見我未衰容易去，還來。不道年年即漸衰。

其二

未報賈船回。三徑荒鋤菊卧開。想得鄰舟野笛罷，沾衣。不爲涪翁更爲誰。　風力嫋萸枝。酒面紅鱗愜細吹。莫笑插花和事老，摧頹。卻向人間耐盛衰。

　前　人

黃菊滿東籬。與客攜壺上翠微。已是有花兼有酒，良期。不用登臨怨落暉。　滿酌不須辭。莫待無花空折枝。寂寞酒醒人散後，堪悲。節去蜂愁蝶不知。

九日用東坡韻寄懷彭道微　前　人

卧稻雨餘收。處處游人簇遠洲。白髮又挨紅袖醉，戎州。亂摘黄花插滿頭。青眼想風流。畫出西樓一段秋。卻憶去年歡意舞，梁州。寒雁西來特地愁。

宜州城樓宴集仍用前韻　前　人

諸將説封侯。短笛長歌獨倚樓。萬事盡隨風雨去，休休。戲馬臺南金絡頭。催酒莫遲留。酒味今秋似去秋。花向老人頭上笑，羞羞。白髮簪花不鮮愁。**脚注：**一作「人不羞花花自羞」。

春情　蘇子瞻

晚景落瓊杯。照眼雲山翠作堆。認得岷峨春雪浪，初來。萬頃葡萄漲淥醅。暮雨暗陽臺。亂灑高樓溼粉腮。一陣東風來捲地，吹迴。落照江天一半開。

和楊元素梅花詞　前　人

寒雀滿疎籬。争抱寒柯看玉蕤。忽見客來花下坐，驚飛。踏散芳英落酒巵。痛飲又能詩。坐客無氈醉不知。花盡酒闌春到也，離離。一點微酸已著枝。

席上勸李公擇酒　前人

不到謝公臺。明月清風好在哉。舊日髯孫何處去，重來。短李風流更上才。秋色漸摧頹。滿院黃英映酒杯。看取桃花春二月，爭開。盡是劉郎去後栽。

送述古　前人

回首亂山橫。不見居人只見城。誰似臨平山上塔，亭亭。迎客西來送客行。臨路晚風清。一枕初寒夢不成。今夜殘燈斜照處，熒熒。秋雨晴時淚不晴。

有感　前人

冰雪透香肌。姑射仙人不似伊。濯錦江頭新樣錦，非宜。故著尋常淡薄衣。暖日下重幃。春睡香凝索起遲。曼倩風流緣底事，當時。愛被西真喚作兒。

和楊元素　前人

東武望餘杭。雲海天涯兩杳茫。何日功成名遂了，還鄉。醉笑陪公三萬場。不用訴離觴。痛飲從來別有腸。今夜送歸燈火冷，河塘。墮淚羊公卻姓楊。

自述

前人

涼簟碧紗廚。一枕清風晝睡餘。卧聽晚衙無一事，徐徐。讀盡床頭幾卷書。搔首賦歸歟。自覺功名懶更疏。若問使君才與術，何如。占得人間一味愚。

沈强輔雯上出犀麗玉作胡琹送元素還朝，同子野各賦一首

前人

裙帶石榴紅。卻水猒懃解贈儂。應許逐雞雞莫怕，相逢。一點靈犀必暗通。何處遇良工。琢刻天真半欲空。願作龍香雙鳳撥，輕攏。長在環兒白雪胸。

贈行

前人

旌旆滿江湖。詔發樓船萬舳艫。投筆將軍因笑我，迂儒。帕首腰刀是丈夫。粉淚怨離居。喜子垂窓報捷書。試問伏波三萬語，何如。一斛明珠換綠珠。

雙荔枝

前人

天與化工知。賜得衣裳總是緋。每向華堂深處見，憐伊。兩箇心腸一片兒。自小便相隨。綺席歌筵不暫離。苦恨人人分折破，東西。怎得成雙似舊時。

集句 **前人**

寒玉細凝膚吴融。清歌一曲倒金壺鄭谷。冶葉倡條遍相識李商隱，爭如。豆蔻花梢二月初杜牧。　年少只須臾白居易。芳時偷得醉工夫白居易。羅帳細垂銀燭背韓渥，歡娱。豁得平生俊氣無杜牧。

集句 **前人**

悵望送春杯杜牧。漸老逢春能幾回杜甫。花滿楚城愁遠别許渾，傷懷。何況清絲急管催劉禹錫。　吟斷望鄉臺李商隱。萬里歸心獨上來許渾。景物登臨閒始見杜牧，徘徊。一寸相思一寸灰李商隱。

集句 **前人**

何處倚闌干杜牧。絃管高樓月正圓杜牧。蝴蝶夢中家萬里崔塗，依然。老去愁來强自寬杜甫。　明鏡借紅顔李商隱。須著人間比夢間韓愈。蠟燭半籠金翡翠李商隱，更闌。繡被焚香獨自眠許渾。

用韻和道輔 前　人

未倦長卿遊。漫舞夭歌爛不收。不是使君能矯世，誰留。教有瓊梳脱麝油。　香粉縷金裘。花豔紅牋筆欲流。從此丹脣并皓齒，清柔。唱遍山東一百州。

用前韻贈田叔通家舞鬟 前　人

繡鞅玉鐶遊。燈晃簾疎笑卻收。久立香車催欲上，還留。更且檀唇點杏油。　花遍六么毬。面旋迴風帶雪流。春入腰肢金縷細，輕柔。種柳應須柳柳州。

東林橋雨篷夢歸 倪雲林

篷上雨潺潺。篷底幽人夢故山。磵户林扉元不閉，蕭閒。只有飛雲可往還。　波冷玉珊珊。一壑松風引珮環。詠得池塘春草句，更闌。行盡千峰半霎間。

贈歌姬 辛幼安

隔户語春鶯。才掛簾兒斂袂行。漸見淩波羅襪步，盈盈。隨笑隨顰百媚生。　著意聽新聲。盡是司空自教成。今夜酒腸難道窄，多情。莫放紗籠蠟炬明。

舟中記夢　　前人

敧枕櫓聲邊。貪聽咿啞聒醉眠。夢裡笙歌花底去，依然。翠袖盈盈在眼前。　別後兩眉尖。欲説還休夢已闌。只記埋冤前夜月，相看。不管人愁獨自圓。

慶前岡周氏旌表　　前人

無處著風光。天上飛來詔十行。父老歡呼童稚舞，前岡。千載周家孝義鄉。　草木盡芬芳。更覺溪頭水也香。我道烏頭門側畔，諸郎。準備他年晝錦堂。

送趙國宜赴高安　　前人

日日老萊衣。更解風流蠟鳳嬉。膝上放教文度去，須知。要使人看玉樹枝。　剩記迺翁詩。緑水紅蓮覓舊題。歸騎春衫花滿路，相期。來歲流觴曲水時。

登北固亭有懷　　前人

何處望神州。滿眼風光北固樓。千古興亡多少事，悠悠。不盡長江滾滾流。　年少萬兜鍪。坐斷東南戰不休。天下英雄誰敵手，曹劉。生子當如孫仲謀。

王荊公

嗟見世間人。但有纖毫即是塵。不住舊時無相貌，沉淪。祇爲從來認識神。作麽有疏親。我自降魔轉法輪。不是攝心除妄想，求真。幻化空身即法身。

前　人

自古帝王州。鬱鬱葱葱佳氣浮。四百年來成一夢，堪愁。晉代衣冠成古丘。繞水恣行遊。上盡層城更上樓。往事悠悠君莫問，回頭。檻外長江空自流。

趙子昂

雲擁髻鬟愁。好在張家燕子樓。稀翠疏紅春欲透，温柔。多少閒情不自由。歌罷錦纏頭。山下晴波左右流。曲裏吴音嬌未改，障羞。一朵夫容滿扇秋。

步蟾宮

⋂○⋂□○○□首句七字仄韻起□⋂□⋂○⋂□二句七字仄叶○○⋂□□○○三句七字⋂○□

∩○∩□四句七字仄叶

前段四句三韻二十八字，後段同前。

送侄赴省

汪公澤

玉京此去春猶淺。正雪絮馬頭零亂。姮娥剪就緑羅衣，待來步蟾宫與換。明年二月桃花岸。正雙槳浪平煙煖。揚州十里小紅樓，盡捲上珠簾一半。

黃魯直

蟲兒真個惡伶俐。惱亂得道人眼起。醉歸來恰似出桃源，但目斷落花流水。不如隨我歸雲際。共作個佳山活計。照清溪，匀粉面，插山花，算須勝風塵滋味。

明月棹孤舟

∩□∩○○□□首句七字仄韻起∩○□□○∩□二句七字仄叶□□○○三句四字∩○□□四句四字○□□○○□五句六字仄叶

前段五句三韻二十八字，後段同前。

木樨

黃在軒

雁帶愁來寒事早。西風把鬢華吹老。猛省中秋，都來幾日，先自木樨開了。淰淰輕陰天弄曉。平白地被花相惱。一枕雲閒，半窗秋透，時有陣香飛到。

醉落魄

⊙○◎●首句四字仄韻起◎○◎●○○●二句七字仄叶⊙○⊙●○○●三句七字仄叶⊙●○○四句四字◎●○○●五句五字仄叶

⊙○◎●○○●七句七字仄叶◎○⊙●○○●二句七字仄叶◎○◎●○○●三句七字仄叶⊙●○○四句四字◎●○○●五句五字仄叶

前段五句四韻二十七字，後段五句四韻三十字。

詠佳人吹笛

張子野

雲輕柳弱。內家髻子新梳掠。生香真色人難學。橫管孤吹，月淡天垂幕。朱脣淺破櫻桃萼。倚樓人在闌干角。夜寒指冷羅衣薄。聲入霜林，簌簌驚梅落。

詠茶　**黃魯直**

紅牙板歌。韶聲斷六么初徹。小槽酒滴真珠竭。紫玉甌圓，淺浪泛春雪。香芽嫩蕊清心骨。醉中襟量與天闊。夜闌似覺歸仙闕。走馬章臺，踏碎滿街月。

陸放翁

江湖醉客。投杯起舞遺烏幘。三更冷翠沾衣濕。嫋嫋菱歌，催落半川月色。空花昨夢休尋覓。雲臺麟閣俱陳跡。原來只有閒難得。青史功名，天卻無心惜。

黃魯直

蒼顏華髮。故鄉歸路無因得。舊交新貴音書絶。惟有家人，猶作慇懃別。離亭欲去歌聲咽。瀟瀟細雨涼生頰。淚珠不用羅襟裛。彈在羅衣，圖得見時説。**旁注**：應作「佳人」。

戲作二首有序　**前人**

余見舊有一曲云：「醉醒醒醉。憑君會取些滋味。濃斟琥珀香浮蟻。一入愁腸，便有陽春意。須將幕席爲天地。歌前起舞花前睡。從他兀兀陶陶裡。猶勝醒醒，惹得閒憔悴。」此曲意。

亦有佳句，而多斧鑿痕，又語高下不甚入律。疑是王仲父作。因戲作二篇呈吴元祥、黄中行，似能道二公意中事。

陶陶兀兀。尊前是我華胥國。爭名爭利休休莫。雪月風花，不醉怎歸得。邯鄲一枕誰憂樂。新詩新事因閒適。東山小妓攜絲竹。家裡樂天，村裡謝安石。**眉批：**此詞蘇本亦載，「此滋味」作「這滋味」，「一入」作「一到」。

其二

陶陶兀兀。人生無累何由得。杯中三萬六千日。悶損傍觀，我但醉落魄。扶頭不起還頹玉。日高春睡平生足。誰門可款新篘熟。安樂春泉，玉醴荔枝緑。**脚注：**「魄」古拓字，與「托」通用；末二句乃親賢宅四酒名。

止酒二首　　前　人

公自序云：「老夫止酒十五年矣。到戎州，恐爲瘴癘所侵，故晨舉一杯。不相察者乃强見酌，遂能作病。因復止酒，用前韻作二篇。」

陶陶兀兀。人生夢裏槐安國。教公休醉公但莫。盞倒垂蓮，一笑是贏得。街頭酒賤民聲樂。尋常行處逢歡適。醉看檐雨森銀燭。我欲憂民，渠有二千石。

其二

陶陶兀兀。醉鄉路遠歸不得。心情那似當年日。割愛金荷，一盌淡不拓。　異鄉薪桂吹香玉。摩挲經笥須知足。明年小麥能秋熟。不管經霜，點盡鬢邊緑。

席上呈元素　蘇子瞻

分攜如昨。人生到處萍飄泊。偶然相聚還離索。多病多愁，須信從來錯。　樽前一笑休辭卻。天涯同是傷淪落。故山猶負平生約。西望峨嵋，長羨歸飛鶴。

閶門留別　前人

蒼頭華髮。故山歸計何時決。舊交新貴音書絶。惟有佳人，猶作殷勤別。　離亭欲去歌聲咽。瀟瀟細雨涼吹頰。淚珠不用羅巾裛。彈在羅衣，圖得見時説。

離京口作　前人

輕雲微月。二更酒醒船初發。孤城回望蒼煙合。公子佳人，不記歸時節。　巾偏扇墜藤床滑。覺來幽夢無人説。此生飄蕩何時歇。家在西南，長作東南別。

一斛珠

◎○○●首句四字仄韻起⊙○⊙●○○●二句七字仄叶◎○⊙●○○●三句七字仄叶◎●○○四句四字◎●○○●五句五字仄叶　⊙●◎○○●●起句七字仄叶⊙○⊙●○○●二句七字仄叶◎○⊙●○○●三句七字仄叶◎●○○四句四字◎●○○●五句五字仄叶

前段五句四韻二十七字，後段五句四韻三十字。

詠佳人口　**李後主**

晚妝初過。沉檀輕注些兒箇，向人微露丁香顆。一曲清歌，暫引櫻桃破。羅袖裛殘殷色可。盃深旋被香醪涴。繡牀斜凭嬌無那。爛嚼紅茸，笑向檀郎唾。**眉批**：句句見題。

春思　**蘇東坡**

洛陽春晚。垂楊亂掩紅樓半。小池輕浪紋如篆。燭下花前，曾醉離歌宴。自惜風流雲雨散。關山有限情無限。待君重見尋芳伴。爲說相思，目斷西樓燕。

夜遊宮

◎●⊙○⊙●首句六字仄韻起◎○●◎○⊙●二句七字仄叶◎●○○◎◎●三句七字仄叶●○○●○○四句六字○●●五句三字仄叶

◎●○○●起句五字仄叶◎◎●◎○○●二句七字仄叶◎●○○⊙◎●三句七字仄叶●○○●○○四句六字○●●五句三字仄叶

前段五句四韻二十九字，後段五句四韻二十八字。

宮詞　陸放翁

獨夜寒侵翠被。奈幽夢不成還起。欲寫新愁淚濺紙。憶承恩歎餘生，今至此。　蔌蔌燈花墜。問此際報人何事。咫尺長門過萬里。恨君心似危欄，難久倚。

苦俗客　辛幼安

幾個相知可喜。纔廝見説山説水。顛倒爛熟只這是。怎奈何一回説，一回美。　有個尖新底。説底話非名即利。説底口乾罪過你。且不罪俺略起，去洗耳。**眉批：**原本作「非名非利」，恐誤。

梅花引

□○○首句三字平韻起□○○二句三字平叶∩□○○∩□○三句七字平叶□○○四句三字平叶□○○五句三字平叶疊上句∩□∩○六句四字∩○∩□○七句五字平叶

∩○∩□○○□首句七字∩○∩□○○□二句七字□○○三句三字平叶□○○四句三字平叶疊上句∩□∩○五句四字∩○∩□○六句五字平叶

前段七句六韻二十八字，後段六句三韻二十九字。

冬景

万俟雅言

曉風酸。曉霜乾。一雁南飛人度關。客衣單。客衣單。千里斷魂，空歌行路難。

寒梅驚破前村雪。寒雞啼破西樓月。酒腸寬。酒腸寬。家在日邊，不堪頻倚闌。

醉蘆花

∩○○首句三字○□□二句三字仄韻起○○∩□∩○□三句七字仄叶∩○○□□○○四句七字

□□○○○□□五句七字仄叶　∩□∩○∩□○首句七字∩○∩□○○□二句七字仄叶
○○□□∩○○三句七字○○□○□□○○□四句九字仄叶
前段五句三韻二十七字，後段四句三韻三十字。

漁樂圖

程靳山

秋山青，秋水綠。漁翁時把一竿竹。釣魚沽酒入蘆花，飲罷蘆中歌一曲。醉棹輕舟江上行，倦邀明月蘆中宿。簪纓白首遭流離，何如此翁自得無榮辱。**眉批：**細玩此詞，殊不似詞家聲調，當是歌行体，《詩餘圖譜》誤録之耳。

踏莎行

◎●○○首句四字◎○⊙●二句四字仄韻起⊙○◎●○○●三句七字仄叶◎○⊙●●○○四句七字◎○⊙●○○●五句七字仄叶
前段五句三韻二十九字，後段同前。

郴州旅舍一作春旅　秦少游

霧失樓臺，月迷津度。桃源望斷無尋處。可堪孤館閉春寒，杜鵑聲裡斜陽暮。驛寄梅花，魚傳尺素。砌成此恨無重數。郴江幸自繞郴山，爲誰流下瀟湘去。

賞春　黄魯直

臨水夭桃，倚牆繁李。長楊風掉青驄尾。坐中有酒可酬春，更尋何處無愁地。明日重來，落花如綺。芭蕉漸著山公啓。欲牋心事寄天公，教人長壽花前醉。**脚注：**一本「可酬」作「且酬」，「欲牋」作「欲將」。

春閨　寇平叔

春色將闌，鶯聲漸老。紅英落盡青梅小。畫堂人靜雨濛濛，屏山半掩餘香裊。密約沉沉，離情杳杳。菱花塵滿慵將照。倚樓無語欲魂銷，長空黯淡連芳草。

其二

小徑紅稀，芳郊緑遍。高臺樹色陰陰見。春風不解禁楊花，濛濛亂撲行人面。翠葉藏鶯，朱簾隔燕。爐香靜逐遊絲轉。一場愁夢酒醒時，斜陽卻照深深院。

離別　**歐陽永叔**

候館梅殘，溪橋柳細。草芳風暖揺征轡。離愁漸遠漸無窮。迢迢不斷如春水。　寸寸柔腸，盈盈粉淚。樓高莫近危闌倚。平蕪盡處是春山。行人更在春山外。**眉批：**「草芳」，本集作「草薰」。

夜景　**無名氏**

碧蘚回廊，緑楊深院。花期夜入簾猶捲。照人無奈月華明，潛身卻恨花陰淺。　密約難憑，幽情未展。看看滴盡銅壺箭。闌干敲遍不應人，分明燭下聞刀剪。

春暮　**賀方回**

急雨收春，斜風約水。浮紅漲緑魚紋起。年年游子惜餘春，春歸不解招游子。　留恨城隅，關情紅尾。闌干長對西曛倚。鴛鴦俱是白頭時，江南渭北三千里。

暮春　**楊孟載**

淺碧凝鬟，輕紅染瓣。東風著意催初綻。不須抵死恨開遲，遲開卻得遲遲看。　醉眼微醒，覊魂欲斷。斜陽流水東西岸。只知人有萬千愁，花枝更有愁千萬。

詠茶

黃魯直

畫鼓催春，蠻歌走向。火前一焙爭春長。低株摘盡到高株，高株別是閩溪樣。碾破春風，香凝午帳。銀瓶雪滾翻輕浪。今宵無睡酒醒時，摩圍影在秋江上。

歐陽永叔

雨霽風光，春分天氣。千花百卉爭明媚。畫梁新燕一雙雙，玉籠鸚鵡愁孤睡。薜荔依牆，莓苔滿地。青樓幾處歌聲麗。驀然舊事上心來，無言斂皺眉山翠。

倪雲林

春渚芹蒲，秋郊梨棗。西風沃野收紅稻。檐前炙背媚晴陽，天涯轉瞬萋芳草。魯望漁村，陶朱煙島。高風峻節如今掃。黃雞啄黍濁醪香，開門迎笑東鄰老。

中秋後小酌

辛幼安

夜月樓臺，秋香院宇。笑吟吟地人來去。是誰秋到便淒涼，當年宋玉悲如許。隨分盃盤，等閒歌舞，問他有甚堪悲處。思量卻也有悲時，重陽節近多風雨。

木樨　前人

弄影闌干，吹香嵓谷。枝枝點點黄金粟。未堪收拾付薰爐，窓前且把離騷讀。　奴僕葵花，兒曹金菊。一枝風露清涼足。傍邊只欠個姮娥，分明身在蟾宫宿。

賦稼軒集經句　前人

進退存亡，行藏用捨。小人請學樊須稼。衡門之下可棲遲，日之夕矣牛羊下。　去衛靈公，遭桓司馬。東西南北之人也。長沮桀溺耦而耕，丘何爲是棲棲者。

和趙國興韻　前人

吾道悠悠，憂心悄悄。最無聊處秋光到。西風林外有啼鴉，斜陽山下多衰草。　長憶商山，當年四老。塵埃也走咸陽道。爲誰書到便幡然，至今此意無人曉。

東坡引

首句五字仄韻起，二句五字仄叶，三句七字仄叶，四句五字仄叶，五句五字仄叶。　首句四字，二句四字仄叶，三句六字仄叶，四句七字仄叶，五句五字仄叶，六句五字仄叶。

前段五句五韻二十七字，後段六句三十一字。

閨怨 **辛幼安**

玉纖彈舊怨。還敲繡屏面。清歌自送西風雁。雁行吹字斷。雁行吹字斷。夜深拜月，瑣窗西畔。但桂影空階滿。翠幃自掩無人見。羅衣寬一半。羅衣寬一半。

又 **前人**

君如梁上燕。妾如手中扇。團團青影雙雙伴。秋來腸欲斷。秋來腸欲斷。黃昏淚眼。青山隔岸。但咫尺如天遠。病來只謝傍人勸。龍華三會願。龍華三會願。

又 **前人**

花梢紅未足。條破鶯新綠。重簾下遍闌干曲。有人春睡熟。有人春睡熟。鳴禽破夢，雲偏黛蹙。起來香腮褪紅玉。花時愛與愁相續。羅裙過半幅。羅裙過半幅。

小重山 一名《小冲山》

◎●○○⊙●○首句七字平韻起◎○○●●二句五字●○○三句三字平叶◎○⊙●●○○四句七字平叶⊙⊙●五句三字⊙●●○○六句五字平叶

⊙●●○○起句五字平叶◎○○●●二句五字●○○三句三字平叶◎○⊙●●○○四句七字平叶⊙⊙●五句三字●●○○六句五字平叶(一)

前段六句四韻三十字，後段六句四韻二十八字。

宮詞　唐韋端己名莊

一閉昭陽春又春。夜寒宮漏永，夢君恩。卧思陳事暗銷魂。羅衣濕，紅袂有啼痕。歌吹隔重闈。遶庭芳草綠，倚長門。萬般惆悵向誰論。凝情立，宮殿欲黄昏。

立春　李漢老

誰勸東風臘裡來。不知天待雪，惱江梅。東郊寒色尚徘徊。雙彩燕，飛傍鬢雲堆。玉

(一) 尾句空缺一譜字。

冷曉粧臺。宜春金縷字，拂香腮。紅羅先繡踏青鞋。春猶淺，花信更須催。

春閨　趙德仁

樓上風和玉漏遲。秋千庭院靜，落花飛。午窗才起暖金巵。勻面了，欄畔看春池。　何事苦顰眉。碧雲春信斷，儘來時。鴛鴦游戲鎮相隨。雲霧斂，新月掛天西。

宮詞　和凝

春入神京萬木芳。禁林鶯語滑，蝶飛忙。曉桃凝露妬啼粧。紅日永，風和百花香。　烟鎖柳絲長。御溝澄碧水，轉池塘。時時微雨洗風光。天衢遠，到處引笙簧。

初夏　蔣子雲

花過園林清蔭濃。琅玕新脱筍，緑叢叢。語聲只在小池東。閒攲枕，直面芰荷風。　斜日敞簾櫳。輕塵飛不到，畫堂空。一尊今夜與誰同。人如玉，相對月明中。

秋閨　汪彦章

月下潮生紅蓼汀。殘霞都斂盡，四山青。柳梢風急墮流螢。隨波去，點點亂寒星。　别語記丁寧。如今能間隔，幾長亭。夜來秋氣入銀屏。梧桐雨，還恨不同聽。

佳人　　**宋豐之**

花樣妖嬈柳樣柔。眼波流不斷、滿眶秋。窺人佯整玉搔頭。嬌無力，舞罷卻成羞。　無計與遲留。滿懷禁不得，許多愁。一溪春水送行舟。無情月，偏照水東樓。

长門怨　　**薛昭蘊**

春到長門春草青。玉堦華露滴，月朧明。東風吹斷紫簫聲。宮漏促，簾外曉啼鶯。　愁極夢難成。紅粧流宿淚，不勝情。手挼帬帶遶階行。思君切，羅幌暗塵生。**脚注：**「愁極」誤作「愁起」，「遶階」誤作「遶宮」。

其二

秋到長門秋草黄。畫梁雙燕去，出宮牆。玉簫無復理霓裳。金蟬墜，鸞鏡掩休粧。　憶昔在昭陽。舞衣紅綬帶，綉鴛鴦。至今猶惹御爐香。魂夢斷，愁聽漏更長。

和凝

正是神京爛熳時。羣仙初折得，郄詵枝。烏犀白紵最相宜。精神出，御陌袖鞭垂。　柳色展愁眉。管絃分響亮，探花期。光陰占斷曲江池。新榜上，名姓徹丹墀。

毛熙震

梁燕雙飛畫閣前。寂寥多少恨，懶孤眠。曉來閑處想君憐。紅羅帳，金鴨冷沉烟。誰信損嬋娟。倚屏啼玉筯，濕香鈿。四肢無力上鞦韆。羣花謝，愁對豔陽天。

送李子永提幹　**辛幼安**

旋製離歌唱未成。陽關先畫出，柳邊亭。中年懷抱管絃聲。難忘處，風月此時情。夜雨共誰聽。儘教清夢去，兩三程。商量詩價重連城。相如老，漢殿舊知名。

三山與客泛西湖　**前人**

緑漲連雲翠拂空。十分風月處，著衰翁。垂楊影斷岸西東。君恩重，教且種芙蓉。十里水晶宮。有時騎馬去，笑兒童。殷勤卻謝打頭風。船兒住，且醉浪花中。

茉莉　**前人**

倩得薰風染緑衣。國香收不起，透冰肌。畧開些个未多時。窓兒外，卻早被人知。越惜越嬌癡。一枝雲鬢上，那人宜。莫將他去比荼蘼。分明是，他更韻些兒。

惜分釵

○○□首句三字仄韻起○○□二句三字仄叶∩○□□○∩□三句七字仄叶□○○四句三字平韻換□○○五句三字平叶∩□○○六句四字∩□○○七句四字平叶○○八句二字平叶

前段八句六韻二十九字，後段同前。

春思　張仲宗

春將半。鶯聲亂。柳絲拂馬花迎面。小堂風。暮樓鐘。草色連雲，暝色連空。重重。鞦韆畔。何人見。寶釵斜照春粧淺。酒霞紅。與誰同。試問別來，近日情悰。忡忡。

接賢賓

首句七字平韻起，二句五字平叶，三句四字，四句六字平叶。　首句七字，二句六字平叶，三句七字，四句六字平叶，五句三字，六句三字，七句五字平叶。

前段四句三韻二十二字，後段七句四韻三十七字。

毛文錫

少年公子能乘馭，金鑣玉轡瓏璁。爲惜珊瑚鞭不下，驕生百步千蹤。信穿花，從拂柳，向九陌追風。

香韉鏤襜五花驄。值春景初融。流珠噴沫，躞蹀汗血流紅。

「十四五」國家重點圖書

詞譜要籍整理與彙編（第二輯）

朱惠國◎主編　劉尊明◎副主編

詞海評林

下册

［明］毛　晉◎編著　吴雨辰◎整理

華東師範大學出版社
·上海·

詩餘圖譜填詞之法備焉矣　先君此書之作於棣
之而更先廣為凡少一字者、多一字者居後
旁搜博覽彙緝成帙釐為三卷一生心力固不僅於
是而孜孜矻矻已大費詳慎亟欲付梓而玉樓之召
孔亟惜哉今其原本即云穿而日失然不能成
先人之志以垂將來而倚永永是則扆之大罪也
將來或遇有力者不惜多金以登梨棗其幸為何
如耶丙寅秋大病之後翻閱是書草草命兒代書
於簡端云　扆

中國國家圖書館藏

清稿本《詞海評林》卷首毛扆跋文

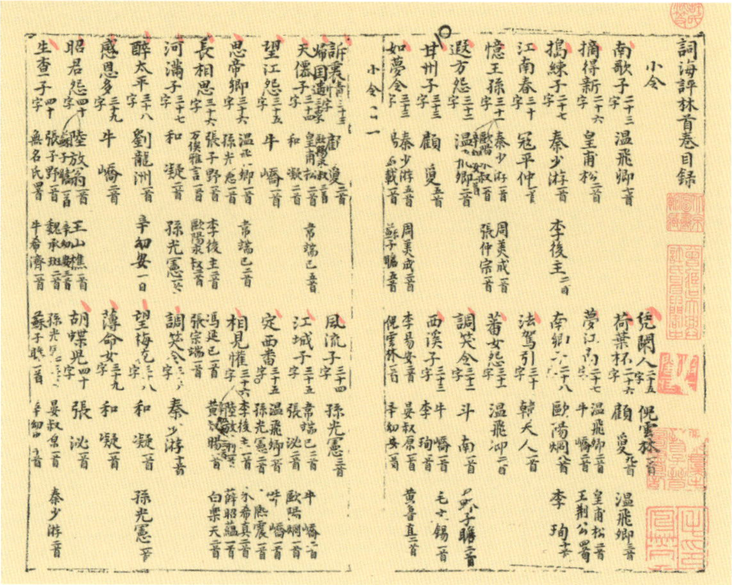

詞海評林首卷目錄

小令

南歌子二十三字 溫飛卿一首
摘得新二十六字 皇甫松二首
搗練子二十七字 秦少游一首 李後主二首
江南春三十字 寇平仲一首
憶王孫三十一字 秦少游一首 周美成一首 張仲宗一首
遐方怨三十二字 溫飛卿一首
甘州子三十三字 顧敻五首
如夢令三十三字 秦少游五首 周美成一首 蘇子瞻五首
凭闌人二十五字 倪雲林一首
荷葉杯二十六字 顧敻九首 溫飛卿一首
夢江南二十七字 溫飛卿一首 牛嶠一首 皇甫松一首 王荊公一首
南鄉子二十八字 歐陽炯一首 李珣十首
法駕引三十字 韓夫人一首
蕃女怨三十一字 溫飛卿二首
調笑令三十二字 斗南一首 蘇子瞻二首
西溪子三十三字 牛嶠一首 李珣一首 毛文錫一首
李易安一首 倪雲林一首 晏叔原一首 辛幼安一首 黃魯直二首

小令 二一

訴衷情三十三字 顧敻二首 韋端己五首
歸國遙三十四字 皇甫松二首
天仙子三十四字 和凝二首 韋端己五首
望江怨三十五字 牛嶠一首
思帝鄉三十六字 溫飛卿一首 孫光憲一首 韋端己二首
長相思三十六字 張子野一首 万俟雅言一首 李後主一首 歐陽永叔一首
河滿子三十七字 和凝一首 孫光憲一首
醉太平三十八字 劉龍洲一首 辛幼安一首
感恩多三十九字 牛嶠一首
昭君怨四十字 陸放翁一首 張子野一首 王山樵一首 辛幼安三首
生查子四十字 無名氏一首 魏承班二首 牛希濟一首
風流子三十四字 孫光憲三首 牛嶠二首
江城子三十五字 韋端己二首 張泌一首 歐陽炯一首
定西番三十五字 溫飛卿一首 孫光憲二首 牛嶠一首
相見懽三十六字 李後主一首 薛昭蘊一首 白樂天一首
馮延巳一首 張宗端一首
調笑令三十八字 秦少游一首
望梅花三十八字 和凝一首 孫光憲一首
薄命女三十九字 和凝一首
胡蝶兒四十字 張泌一首
孫光憲一首 蘇子瞻一首 晏叔原一首 辛幼安一首 秦少游一首

中國國家圖書館藏

清稿本《詞海評林》書影（一）

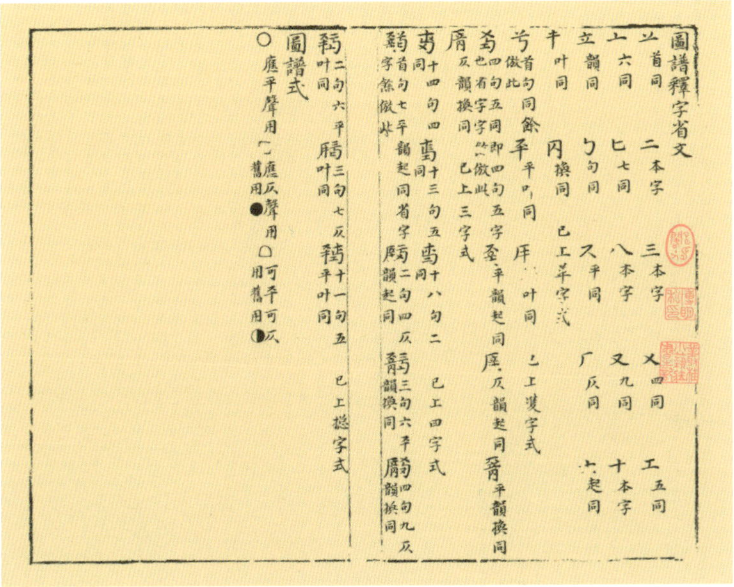

圖譜釋字省文

丷首同　二本字　三本字　乂四同　工五同

丄六同　匕七同　八本字　又九同　十本字

立韻同　勹句同　久平同　厂仄同　⺀起同

㐄叶同　冂換同　已上單字式

兮首句同餘倣此　平平叶同　庠叶同　已上雙字式

䍃四句五同即四句五字也有字字從此倣此　奎平韻起同　㡯仄韻起同　齊平韻換同

屑仄韻換同　已上三字式

㪍十四句四同　蔦十三句五同　㪍十八句二同　已上四字式

𥶡首句七平韻起同省字　䴌二句四仄韻起同　𥶡三句六平韻換同　𡾟四句九仄韻換同　字餘倣此

䳇二句六平叶同　䳇三句七仄叶同　䳇十一句五平叶同　已上總字式

圖譜式

○應平聲用　◎應仄聲用　●舊用　◠可平可仄用　◐舊用

中國國家圖書館藏

清稿本《詞海評林》書影（二）

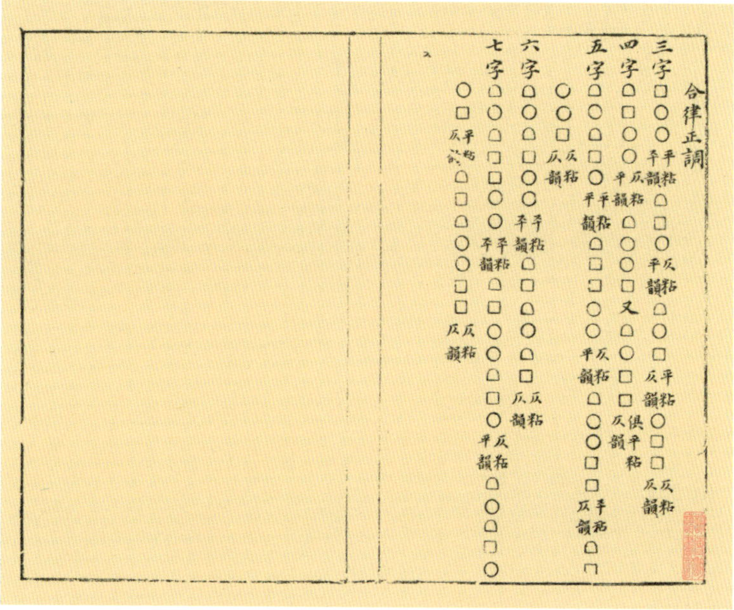

合律正調

三字

四字

五字

六字

七字

中國國家圖書館藏

清稿本《詞海評林》書影（三）

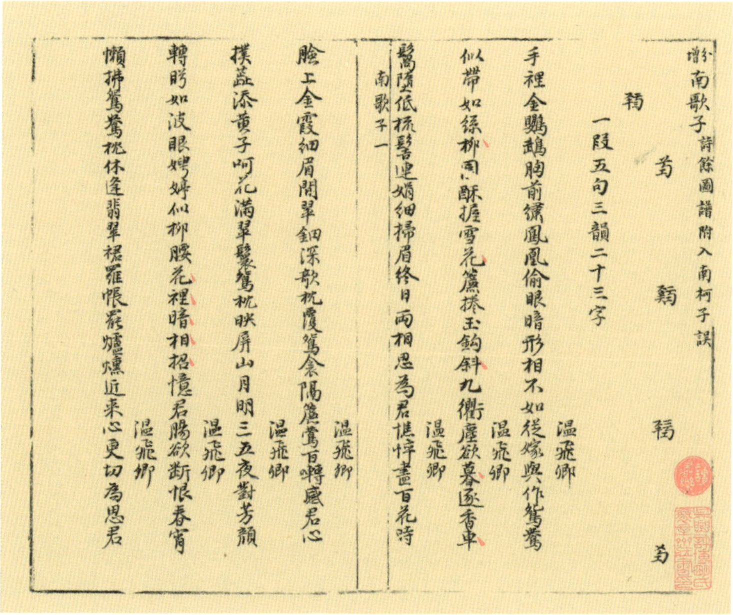
增。南歌子　詩餘圖譜附入南柯子誤

苟　鞠　稭　苟

稭

一段五句三韻二十三字

手裡金鸚鵡胸前繡鳳凰偷眼暗形相不如從嫁與作鴛鴦　溫飛卿

似帶如絲柳團酥握雪花簾捲玉鉤斜九衢塵欲暮逐香車　溫飛卿

鬢墮低梳髻連娟細掃眉終日兩相思為君憔悴盡百花時　溫飛卿

南歌子一

臉上金霞細眉間翠鈿深欹枕覆鴛衾隔簾鶯百囀感君心　溫飛卿

撲蕊添黃子呵花滿翠鬟鴛枕映屏山月明三五夜對芳顏　溫飛卿

轉盼如波眼娉婷似柳腰花裡暗相招憶君腸欲斷恨春宵　溫飛卿

懶拂鴛鴦枕休縫翡翠裙羅帳罷爐熏近來心更切為思君　溫飛卿

中國國家圖書館藏

清稿本《詞海評林》書影（四）

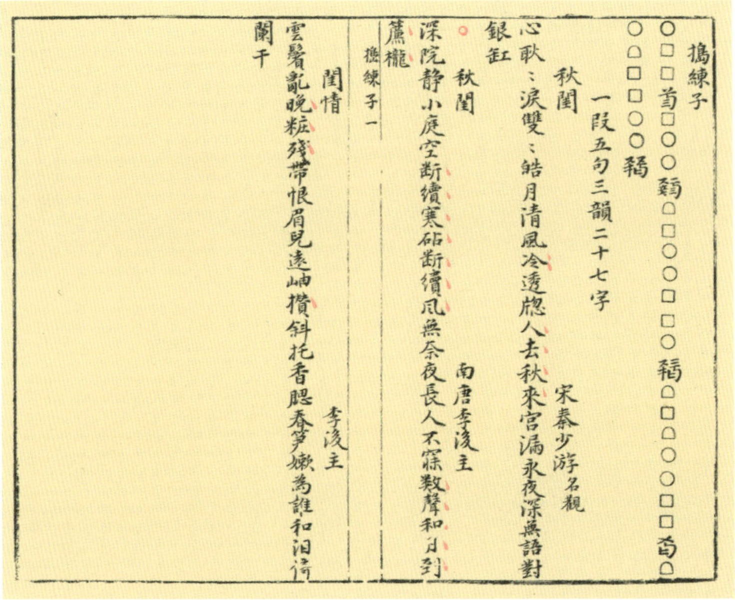

搗練子

○□□句□○○韻⌓□○○□□○韻⌓□⌓○○□□句⌓

○⌓□□○○韻

一段五句三韻二十七字

秋閨　宋秦少游名觀

心耿耿淚雙雙皓月清風冷透窻人去秋來宮漏永夜深無語對銀釭

秋閨　南唐李後主

深院靜小庭空斷續寒砧斷續風無奈夜長人不寐數聲和月到簾櫳

搗練子一

閨情　李後主

雲鬢亂晚粧殘帶恨眉兒遠岫攢斜托香腮春笋嫩為誰和淚倚闌干

中國國家圖書館藏

清稿本《詞海評林》書影（五）

詞海評林二卷目録

中調

臨江仙 六十字 陳去非一首 無名氏一首 晏同叔一首 顧敻三首 賀方回一首 晁無咎一首 歐陽永叔二首 李知幾一首 鹿虔扆二首 張泌一首 毛文錫一首 牛希濟七首 和凝二首 孫光憲二首 閻選二首 尹鶚二首 毛熙震二首 李珣二首 蘇東坡十四首 秦少游二首 張弘範一首 辛幼安廿三首

荷花媚 六十字 蘇子瞻一首

少年心 六十字 黄山谷一首

賀明朝 六十一字 欧阳炯二首

玉堂春 六十一字 晏同叔一首

撥棹子 六十一字 黄魯直一首

金蕉葉 六十二字 柳耆卿一首

蘇幕遮 六十二字 周美成一首 范希文一首 蘇子瞻一首

漁家傲 六十二字 王介甫一首 陸放翁一首 周美成一首一首 范希文一首 歐陽脩卅一首 謝無逸一首 張仲宗一首 譚在菴一首 杜安世一首 黄魯直五首 蘇子瞻六首 辛幼安一首

破陣子 六十二字 晏同叔一首 蘇子瞻一首 辛幼安五首

青杏兒 六十二字 劉伯温一首

行香子　六十六字　張子野一首　蘇子瞻七首　趙宜之一首　中峯和尚八首　辛幼安四首

錦纏道　六十六字　宋子京一首

看花回　六十六字　柳耆卿一首

風中柳　六十六字　孫夫人一首

聲聲令　六十六字　俞克成一首

添字少年心　六十七字　黄山谷一首

鳳凰閣　六十七字　葉道卿一首

青玉案　六十七字　賀方回一首　歐陽永叔一首　陳瑩中一首　吴彦高一首　無名氏三首　楊孟載二首　黄魯直二首　蘇子瞻一首

一年春　六十七字　楊孟載一首

感皇恩　六十七字　毛澤民一首　張子野一首　辛幼安五首

天仙子　六十八字　張子野一首　沈會宗一首

殢人嬌　六十八字　晏同叔一首　蘇子瞻三首

折桂令　六十八字　倪雲林一首

兩同心　六十八字　柳耆卿一首　晏叔原一首　黄魯直三首
獻衷心　六十九字　顧敻一首　歐陽炯一首
小桃紅　七十字　劉龍洲一首
江城子　七十字　秦少游三首　謝無逸一首　蘇子瞻十三首　黄山谷二首　倪雲林二首　辛幼安十三首
歸田樂　七十字　黄魯直二首
連理枝　七十字　晏同叔一首
千秋歲　七十一字　秦少游一首　歐陽永叔二首　謝無逸一首　辛幼安一首　黄魯直二首　蘇子瞻一首
粉蝶兒　七十二字　毛澤民一首　辛幼安一首
憶帝京　七十二字　黄魯直三首
離亭燕　七十二字　黄魯直一首
撼庭竹　七十二字　黄魯直一首
隔浦蓮　七十三字　周美成一首
師師令　七十三字　張子野一首
風入松　七十三字　康伯可一首　虞邵菴一首

河滿子　七十四字　孫巨源一首　毛熙震二首　蘇子瞻一首
傳言玉女　七十四字　胡浩然一首
百媚娘　七十四字　张子野一首
剔銀燈　七十五字　柳耆卿一首
訴衷情近　七十五字　柳耆卿一首
千年調　七十五字　辛幼安二首
下水舡　七十五字　黄魯直一首
鮮蹀躞　七十五字　周美成一首
春草碧　七十五字　王子瑜一首
越溪春　七十五字　夏桂洲一首　歐陽永叔一首
御街行　七十六字　柳耆卿一首　范希文一首　程正伯一首　歐陽永叔一首　辛幼安二首
婆羅門引　七十六字　李致美一首　辛幼安五首
祝英臺近　七十七字　辛幼安二首　蘇子瞻一首
四園竹　七十七字　周美成一首

側犯　七十七字　周美成一首
陽關引　七十八字　寇平仲一首
過澗歇　七十八字　柳耆卿一首
一叢花　七十八字　張子野一首　秦少游一首　蘇子瞻一首
鳳樓春　七十八字　歐陽炯一首
上西平　七十八字　辛幼安二首
紅林檎近　七十九字　周美成二首
金人捧露盤　七十九字　魯純甫一首
山亭柳　七十九字　晏同叔一首
柳初新　八十字　柳耆卿一首
皂羅特髻　八十一字　蘇子瞻一首
最高樓　八十一字　劉伯温一首　辛幼安八首
鬭百花　八十一字　柳耆卿一首
驀山溪　八十二字　黄山谷四首　張東父一首　陸放翁一首　易彦祥一首　宋謙甫一首　曹元龍一首　歐陽永叔一首　辛幼

安二首

拂霓裳　八十二字　晏同叔一首

爪茉莉　八十二字　柳耆卿一首

南州春色　八十二字　汪梅溪一首

新荷葉　八十二字　僧仲殊一首　辛幼安五首

千秋歲引　八十二字　王介甫一首

早梅芳　八十二字　周美成一首

滿路花　八十三字　周美成一首　黄魯直一首　朱希真一首　秦少游一首

洞仙歌　八十二字　晁無咎一首　柳耆卿一首　黄山谷一首　李元膺一首　蘇子瞻二首　林外一首　毛澤民一首　辛幼安四首

蕙蘭芳引　八十四字　周美成一首

華胥引　八十五字　周美成一首

惜紅衣　八十七字　姜堯章一首

離別難　八十七字　薛昭蘊一首

滿園花　八十七字　秦少游一首
江城梅花引　八十七字　康伯可一首
勸金缸　八十八字　蘇子瞻一首
八六子　八十八字　秦少游一首
魚游春水　八十九字　阮逸女一首
玉帶花　八十九字　夏桂洲一首

一剪梅

∩□○○∩□○首句七字平韻起∩□○○二句四字平叶∩□○○三句四字平叶∩○∩□□○○四句七字平叶∩□○○五句四字平叶∩□○○六句四字平叶

前段六句六韻三十字，後段同前。

虞道園

荳蔻梢頭春色闌。風滿前山，雨滿前山。杜鵑啼血五更殘。花不禁寒。人不禁寒。離合悲歡事幾般。離有悲歡。合有悲歡。別時容易見時難。怕唱陽關。莫唱陽關。

脚注： 此詞見虞道園《嬌紅傳》，與他詞有異，或未可據，不知何以入《圖譜》。

離別

李易安

紅藕香殘玉簟秋。輕解羅裳，獨上蘭舟。雲中誰寄錦書來，雁字回時，月滿西樓。　花自飄零水自流。一種相思，兩處閒愁。此情無計可消除，纔下眉頭，卻上心頭。

遊蔣山呈葉丞相　辛幼安

獨立蒼茫醉不歸。日暮天寒，歸去來兮。探梅踏雪幾何時。今我來思。楊柳依依。白石岡頭曲岸西。一片閒愁，芳草萋萋。多情山鳥不須啼。桃李無言，下自成蹊。

中秋無月　前人

憶對中秋丹桂叢。花在杯中。月在杯中。今宵樓上一尊同。雲濕紗囱。雨濕紗囱。渾欲乘風問化工。路也難通。信也難通。滿堂惟有燭花紅。杯且從容。歌且從容。

繫裙腰

∩○∩□□○○首句七字平韻起∩○□□○○二句六字平叶∩○∩□○○○□三句七字∩□○○四句四字平叶∩○□□○○五句六字平叶　∩□∩○○□□首句七字∩□□□○○二句六字平叶∩○∩□○○□三句七字∩□○○四句四字平叶∩□□□○○五句六字平叶

前段五句四韻三十字，後段五句三韻三十字。(一)

張子野

濃霜澹照夜雲天。朦朧影畫勾欄。人情縱侶長情月，算一年年。又能得幾番圓。欲寄西江題葉字，流不到五亭前。東池始有荷新緑，尚小如錢。問何日藕幾時蓮。

釵頭鳳

○○□首句三字仄韻起○○□二句三字仄叶∩○∩□○○□三句七字仄叶○○□四句三字仄韻換

○○□五句三字仄叶∩○○□六句四字∩○○□七句四字仄叶□□□八句三字仄叶

前段八句七韻三十字，後段同前。

憶舊

陸放翁

紅酥手。黃藤酒。滿城春色宮墻柳。東風惡。歡情薄。一懷愁緒，幾年離索。錯錯

(一) 下片末句多一「問」字，當爲三十一字。

錯。　春如舊。人空瘦。淚痕紅浥鮫綃透。桃花落。閒池閣。山盟雖在，錦書難託。莫莫莫。

一籮金

首句七字仄韻起，二句四字，三句五仄叶，四句七字仄叶，五句七字仄叶。前段五句四韻三十字，後段同前。

賀人納妾　　李石才

武陵春色濃如酒。游冶才郎，初試花間手。絳蠟燒殘人靜後。眉峰頓作傷春皺。　一霎風狂和雨驟。柳嫩花柔，渾不耐僝僽。明日餘香知在否。粉羅猶有殘紅透。

錦帳春

首句四字，二句四字仄韻起，三句七字仄叶，四句三字，五句三字，六句五字仄叶，七句四字仄叶。

前段七句四韻三十字，後段同。(一)

杜叔高席上　辛幼安

春色難留，酒杯常淺。更舊恨新愁相間。五更風，千里夢，看飛紅幾片。這般庭院。幾許風流，幾般嬌懶。問相見何如不見。燕飛忙，鶯語亂，恨重簾不捲。翠屏平遠。

望遠行

首句七字平韻起，二句五字平叶，三句七字平叶，四句五字平叶。起句三字，二句三字平韻換，三句六字平叶，四句七字平叶，五句七字平叶，六句五字，七句五字平叶。

前段四句四韻二十四字，後段七句五韻三十六字。

(一) 實際後段多一韻。

唐韋莊

欲別無言倚畫屏。含恨暗傷情。謝家庭樹錦雞鳴。殘月落邊城。人欲別，馬頻嘶。緑槐千里長堤。出門芳草路萋萋。雲雨別來易東西。不忍別君後，却入舊香閨。

勾尉有所眄，爲太守見嫌。又有所愛，住馬湖，常出丁香核荔枝以遺之。故爲戲作

黃魯直

自見來，虛過卻好時好日。這訑尿粘膩得處煞是律。據眼前言定，也有十分七八。冤我無心除告佛。管人閒底，且放我快活。得便索些別茶祗待，又怎不遇，偎花映月。且與一斑半點，只怕你沒丁香核。**旁注：**疑誤。**眉批：**此詞體格大異，又用仄韻，恐非《望遠行》曲，今姑從舊本附録於此。

糖多令「糖」一作「唐」

⋂□□○○首句五字平韻起⋂○⋂□○二句五字平叶⋂□○⋂□○○三句七字平叶⋂□⋂○○□□四句七字⋂□□□○○五句六字平叶

前段五句四韻三十字，後段同前。

重過武昌　**劉改之**

蘆葉滿汀洲。寒沙帶淺流。二十年重過南樓。柳下繫舟猶未穩，能幾日又中秋。　黄鶴斷磯頭。故人曾到否。舊江山渾是新愁。欲買桂花同載酒，終不似少年遊。

旅恨　**文文山**

雨過水明霞。潮回岸帶沙。葉聲寒飛透窗紗。懊恨西風吹世換，又吹我落天涯。　寂寞古豪華。烏衣又日斜。說興亡燕入誰家。只有南來無數雁，和明月宿蘆花。

蝶戀花 一名《鳳棲梧》，一名《鵲踏枝》

⋂□⋂○○□□首句七字仄韻起⋂□○○二句四字⋂□○○□三句五字仄叶⋂□⋂○○□□四句七字仄叶⋂○⋂□○○□五句七字仄叶

前段五句四韻三十字，後段同前。

春暮　歐陽永叔

庭院深深深幾許。楊柳堆烟，簾幙無重數。金勒雕鞍遊冶處。樓高不見章臺路。雨横風狂三月暮。門掩黄昏，無計留春住。淚眼問花花不語。亂紅飛過鞦韆去。**眉批：**「金」本集作「玉」。

元日立春　辛幼安

誰向椒盤簪彩勝。整整韶華，爭上春風鬢。往日不堪重記省。爲花長抱新春恨。春未來時先借問。晚恨開遲，早又飄零近。今歲花期消息定。只愁風雨無憑準。

清明　趙德麟

欲減羅衣寒未去。不捲珠簾，人在深深處。紅杏枝頭花幾許。啼痕止恨清明雨。盡日水沉香一縷。宿酒醒遲，惱破春情緒。飛燕又將歸信誤。小屏風上西江路。

春暮見歐集　李世英

遥夜亭皋閑信步。纔過清明，漸覺傷春暮。數點雨聲風約住。朦朧澹月雲來去。桃杏依稀香暗度。誰在鞦韆，笑裏輕輕語。一寸相思千萬緒。人間没箇安排處。**脚注：**又一本

「纔過」作「過了」，「傷春暮」作「春將暮」，「依稀」作「無言」，「誰」作「人」，「輕輕」作「低低」，「芳心」作「相思」。**眉批：**歐集「纔過」作「乍過」，「誰在」作「誰上」，「杏」一作「李」。

春暮　**蘇子瞻**

花褪殘紅青杏小。燕子來時，緑水人家繞。枝上柳綿吹又少。天涯何處無芳草。　牆裏鞦韆牆外道。牆外行人，牆裡佳人笑。笑漸不聞聲漸悄。多情卻被無情惱。

春暮又見東坡集，亦見歐陽集　**晏同叔**

簾幕風輕雙語燕。午醉醒來，柳絮飛撩亂。心事一春猶未見。餘花落盡青苔院。　百尺朱樓閒倚遍。薄雨濃雲，抵死遮人面。消息未知歸早晚，斜陽只送平波遠。**眉批：**歐集「午醉」作「午後」，「餘花」作「紅英」，「消息」二句作「羌管不須吹別怨，無腸更爲新聲斷」。

春恨　**趙德麟**

捲絮風頭寒欲盡。墜粉飄香，日日紅成陣。新酒又添殘酒困。今春不減前春恨。　蝶去鶯來無處問，隔水樓高，望斷雙魚信。惱亂横波秋一寸，斜陽只與黄昏近。

深秋 晏叔原

庭院碧苔紅葉遍。黃菊開時，已近重陽宴。日日露荷凋綠扇，粉塘煙水明如練。試倚涼風醒酒面，雁字來時，恰向層樓見。幾點護霜雲影轉。誰家蘆管吟愁怨。

曉行 周美成

月皎驚烏棲不定。更漏將殘，轣轆牽金井。喚起兩眸清炯炯。淚花滴破珊瑚枕。執手霜風吹鬢影。去意徊徨，別語愁難聽。樓上闌干橫斗柄。露寒人遠鴛鴦冷。

懷舊 俞克成

夢斷池塘驚乍曉。百舌無端，故作枝頭鬧。報道不禁寒料峭。未教舒展閒花草。盡日簾垂人不到。老去情疎，底事傷春瘦。相對一樽歸計早。玉山不減巫山好。

懷舊見歐集 俞克成

海燕雙來歸畫棟。簾影無風，花影頻移動。半醉海棠春睡重。綠鬟堆枕香雲擁。翠被雙盤金縷鳳。憶得前春，有箇人人共。花裏鶯聲時一弄。日斜驚起相思夢。**眉批：**歐集「海棠」作「騰騰」，「鶯聲」作「黃鶯」。

感舊　**秦少游**

忙處人多閒處少。閒處光陰，幾箇人知道。獨上小樓雲杳杳。天涯一點青山小。鐘送黄昏雞報曉。昏曉相催，世事何時了。萬苦千愁人自老。春來依舊生芳草。

離別　**蘇子瞻**

咫尺江山分楚越。目斷魂銷，應是音塵絶。夢破五更心欲折。角聲吹梅花月。春事闌珊芳草歇。客裏風光，又過清明節。小院黄昏人憶別。落紅處處聞啼鴂。

陸放翁

夢若由人何處去。短帽輕衫，夜夜眉州路。不怕銀缸深繡户。只愁風斷青衣渡。水漾萍根風卷絮。倩笑嬌顰，忍記逢迎處。只有夢魂能再遇。堪嗟夢不由人做。

春宴　**冯延巳**

窈窕人家顔似玉。弦管泠泠，齊奏雲和曲。公子歡筵猶未足。斜陽不用相催促。芳草滿園花滿目。簾外微微，細雨籠庭竹。楊柳千條珠緑簌。碧池波縐鴛鴦浴。

採蓮

歐陽永叔

越女採蓮秋水畔。窄袖輕羅，暗露雙金釧。照影摘花花似面。芳心只共絲爭亂。鸂鶒灘頭風浪晚。霧重煙輕，不見來時伴。隱隱歌聲歸棹遠。離愁引著江南岸。

冬景

前　人

南雁依稀回側陣。雪霽牆陰，偏覺蘭芽嫩。中夜夢餘消酒困。鑪香卷穗燈生暈。急景流年都一瞬。往事前歡，無奈縈方寸。臘後花期知漸近。東風已作寒梅信。眉批：「無奈」本集作「未免」。

春閨

前　人

簾幕東風寒料峭。雪裏香梅，先報春來早。紅蠟枝頭雙燕小。金刀剪綵呈纖巧。旋暖金爐薰蕙藻。酒入橫波，困不禁煩惱。繡被五更春睡好。羅幃不覺紗窗曉。旁注：「青」。

姝麗

蘇子瞻

一顆櫻桃樊素口。不愛黃金，衹愛人長久。學畫鴉兒猶未就。眉尖已作傷春皺。撲蝶西園隨伴走。花落花開，漸解相思瘦。破鏡重來人在否。章臺折盡青青柳。

春情　秦少游

曉日窺軒雙燕語。似與佳人，共惜春將暮。屈指豔陽都幾許，可無時霎閒風雨。流水落花無問處。只有飛雲，冉冉來還去。把酒勸雲雲且住。憑君礙斷樓東路。

紀夢　晏叔原

夢入江南煙水路。行盡江南，不與離人遇。睡裏消魂無説處。覺來惆悵佳期誤。欲盡此情書尺素。浮雁沉魚，終了無憑據。却倚闌干歌別緒。斷腸移破秦箏柱。

閨情　朱淑真

樓外垂楊千萬縷。欲繫青春，少住春還去。獨自風前飄柳絮。隨春且看歸何處。滿目山川聞杜宇。便做無情，莫也愁人意。把酒送春春不語。黄昏卻下瀟瀟雨。

舟行懷舊　蕭竹屋

十幅歸帆風力滿。記得來時，買酒朱橋畔。遠樹平蕪空目斷。亂山惟見斜陽半。誰把新聲翻玉筦。吹過滄洲，多少傷春怨。已是客懷如絮亂。畫樓人更回頭看。

舞妓

劉雲間

一剪晴波嬌欲溜。緑怨紅愁，長爲春風瘦。舞罷金杯眉黛皺。背人倦倚晴窗綉。臉暈潮生微帶酒。催唱新詞，不應頻摇手。閒抱琵琶調未就。羞郎還又垂紅袖。

春夜

劉雲間

日暮楊花飛亂雪。寶鏡慵拈，强整雙鴛結。燒罷夜香愁萬疊。穿花暗避階前月。鳳尾羅衾寒尚怯。卻悔當初，容易成分别。悶對鏡鸞誰共説。柔情一點薔薇血。

閨怨

楊孟載

淨洗胭脂輕掃黛。鬭草亭邊，自拗梨花戴。一段心情空自愛。風流那得時長在。屈指春光歸已快。不掩珠簾，又恐東風怪。花影低將新月礙。小闌干外深深拜。

閨情

前人

新製羅衣珠絡縫。消瘦肌膚，欲試猶嫌重。莫信鵲聲相侮弄。燈花幾度成春夢。風雨又將花斷送。滿地胭脂，補盡蒼苔空。獨自移將萱草種。金釵挽得花枝動。

秋懷　**王介甫**

小院秋光濃欲滴。獨自鉤簾，細數歸鴻翼。鴻斷天高無處覓。矮窗催暝蛩催織。涼
月去人纔數尺。短髮蕭騷，醉傍西風立。愁眼望天收不得。露華衣上三更濕。

黃魯直

海角芳菲留不住。筆下風生，吹入青雲去。仙籍有名天賜與。致君事業安排取。要
識世間平坦路。當使人人，各有安身處。黑髮便逢堯舜主。笑人白首耕南畝。

送春　**蘇子瞻**

雨過春容清更麗。只有離人，幽恨終難洗。北固山前三面水。碧瓊梳擁青螺髻。一
紙鄉書來萬里。問我何年，真个成歸計。白首送春拚一醉。東風吹破千行淚。

暮春別李公擇　**前　人**

簌簌無風花自嚲。寂寞園林，柳老櫻桃過。落日多情還照座。山青一點橫雲破。路
盡河回千轉柁。繫纜漁村，月暗孤燈火。憑仗飛魂招楚些，我思君處君思我。

密州上元　　前人

燈火錢塘三五夜。明月如霜，照見人如畫。帳底吹笙香吐麝。此般風味應無價。　寂寞山城人老也。擊鼓吹簫，乍入農桑社。火冷燈稀霜露下。昏昏雪意雲垂野。

密州冬夜文安國席上作　　前人

簾外東風交雨霰。簾裡佳人，笑語如鶯燕。深惜今年正月暖。燈光酒色摇金盞。　摻鼓漁陽撾未遍。舞褪瓊釵，汗溼香羅軟。今夜何人吟古怨，清詩未就氷生硯。

過漣水贈趙晦之　　前人

自古漣漪佳絶地。繞郭荷花，欲把吴興比。倦客塵埃何處洗。真君堂下寒泉水。　左海門前酤酒市。夜半潮來，月下孤舟起。傾蓋相逢拚一醉。雙鳧飛去人千里。

述懷　　前人

雲水縈回溪上路。疊疊青山，環繞溪東注。月白沙汀翹宿鷺。更無一點塵來處。　溪叟相看私自語。底事區區，苦要爲官去。樽酒不空田百畝。歸來分得閒中趣。

送潘大臨　前人

別酒勸君君一醉。清潤潘郎，又是何郎婿。記取釵頭新利市。莫將分付東鄰子。回首長安佳麗地。三十年前，我是風流帥。爲向青樓尋舊事。花枝缺處餘名字。

同安生日放魚取《金光明經》救魚事　前人

泛泛東風初破五。江柳微黄，萬萬千千縷。佳氣鬱葱來繡户。當年江上生奇女。一盞壽觴誰與舉。三個明珠，膝上王文度。放盡窮鱗看圉圉。天公爲下曼陀雨。

前人

記得畫屏初會遇。好夢驚回，望斷高唐路。燕子雙飛來又去。紗窗幾度春光暮。那日繡簾相見處。低眼佯行，笑整香雲縷。斂盡春山羞不語。人前深意難輕訴。

前人

昨夜秋風來萬里。月上屏幃，冷透人衣袂。有客抱衾愁不寐。那堪玉漏長如歲。羈舍留連歸計未。夢斷魂銷，一枕相思淚。衣帶漸寬無別意。新書報我添憔悴。

前人

梨葉初紅蟬韻歇。銀漢風高，玉管聲淒切。枕簟乍涼銅漏絶。誰教社燕輕離別。草際蛩吟珠露結。宿酒醒來，不記歸時節。多少衷腸猶未説。珠簾一夜朦朧月。旁注：「徹」；「蟲」；「秋」；「疏」；「夜」。

前人

玉枕冰寒消暑氣。碧簟紗廚，向午朦朧睡。鶯舌惺憁如會意。無端畫扇驚飛起。雨後初涼生水際。人面桃花，的的遥相似。眼看紅芳猶抱蕊。叢中已結新蓮子。

前人

雨霰疏疏經潑火。巷陌鞦韆，猶未清明過。杏子梢頭香蕾破。淡紅褪白胭脂涴。苦被多情相折挫。病緒厭厭，渾似年時箇。繞遍迴廊還獨坐。月朧雲暗重門鎖。

前人

蝶懶鶯慵春過半。花落狂風，小院殘紅滿。午醉未醒紅日晚。黄昏簾幕無人捲。雲鬢鬅鬆眉黛淺。總是愁媒，欲訴誰消遣。未信此情難繫絆。楊花猶有東風管。旁注：「管」。

歐陽永叔

臈雪初消梅蕊綻。梅雪相和，喜鵲穿花轉。睡起夕陽迷醉眼。新愁長向東風亂。　瘦覺玉肌羅帶緩。紅杏梢頭，二月春猶淺。望極不來芳信斷。音書縱有爭如見。

前人

面旋落花風蕩漾。柳重煙深，雪絮飛來往。雨後輕寒猶未放。春愁酒病成惆悵。　枕畔屏山圍碧浪。翠被華燈，夜夜空相向。寂寞起來褰繡幌。月明正在梨花上。

前人

六曲闌干偎碧樹。楊柳風輕，展盡黄金縷。誰抱鈿箏移玉柱，穿簾海燕雙飛去。　滿眼遊絲兼落絮，紅杏開時，一霎清明雨。濃醉覺來鶯亂語，驚殘好夢無尋處。**眉批：**「誰抱」一作「誰把」，「雙飛」一作「驚飛」，「濃醉」一作「濃睡」，「鶯亂語」一作「慵不語」。

前人

永日環堤乘彩舫。煙草蕭疏，恰似晴江上。水浸碧天風皺浪。菱花荇蔓隨雙槳。　紅粉佳人翻麗唱。驚起鴛鴦，兩兩飛相向。且把金尊傾美釀。休思往事成惆悵。

前人

水浸秋天風皺浪。縹緲仙舟，只似秋天上。和露採蓮愁一餉。看花卻又啼妝樣。折得蓮莖絲未放。蓮斷絲牽，特地成惆悵。歸棹莫隨花蕩漾。江頭有箇人相望。

前人

誰道閑情拋棄久。每到春來，惆悵還依舊。日日花前常病酒。不辭鏡裏朱顏瘦。河畔青蕪堤上柳。爲問新愁，何事年年有。獨立小橋風滿袖。平林新月人歸後。

前人

翠苑紅芳晴滿目。綺席流鶯，上下長相逐。紫陌閒隨金轣轆。馬蹄踏遍春郊緑。一覺年華春夢促。往事悠悠，百種尋思足。煙雨滿樓山斷續。人閒倚遍闌干曲。

前人

小院深深門掩亞。寂寞珠簾，畫閣重重下。欲近禁煙微雨罷。緑楊深處秋千掛。傅粉狂游猶未捨。不念芳時，眉黛無人畫。薄幸未歸春去也。杏花零落香紅謝。

前人

幾日行雲何處去。忘了歸來，不道春將暮。百草千花寒食路。香車繫在誰家樹。淚眼倚樓頻獨語。雙燕來時，陌上相逢否。撩亂春愁如柳絮。依依夢裏無尋處。

前人

欲過清明煙雨細。小檻臨窗，點點殘花墜。梁燕語多驚曉睡。銀屏一半堆香被。新歲風光如舊歲。所恨征輪，漸漸程迢遞。縱有遠情難寫寄。何妨解有相思淚。旁注：「遠」。

前人

畫閣歸來春又晚。燕子雙飛，柳軟桃花淺。細雨滿天風滿院。愁眉斂盡無人見。獨倚闌干心緒亂。芳草芊綿，尚憶江南岸。風月無情人暗換。舊游如夢空腸斷。

前人

常愛西湖春色早。臈雪方消，已見桃開小。頃刻光陰都過了。如今緑暗紅英少。且趁餘花謀一笑。況有笙歌，豔態相縈繞。老去風情應不到。憑君賸把芳尊倒。旁注：「嘗」。

夜永愁人偏起早。容鬢蕭蕭，鏡裡看枯槁。雨葉鋪庭風爲掃。閑門寂寞生秋草。　行路難行悲遠道。説著客行，真個令人惱。久客還家貧亦好。無家謾自傷懷抱。

倪雲林

和趙景明

辛幼安

老去怕尋年少伴。畫棟珠簾，風月無人管。公子看花朱碧亂。新詞攪斷相思怨。　涼夜愁腸千百轉。一雁西風，錦字何時遣。畢竟啼烏才思短。唤回曉夢天涯遠。

和楊濟翁

前人

檢點笙歌多釀酒。蝴蝶西園，暖日明花柳。醉倒東風眠畫錦。覺來小院重攜手。　可惜春殘風又雨。收拾情懷，閑把詩僝僽。楊柳人兒離別後。腰肢近日和他瘦。

餞范南伯歸京口

前人

淚眼送君傾似雨。不折垂楊，只倩愁隨去。有底風光留不住。煙波萬頃春江艣。　老馬臨流癡不渡。應惜障泥，忘了尋春路。身在稼軒安穩處。書來不用多行數。

贈楊家侍兒　前人

小小年華才月半。羅幕春風，幸自無人見。剛道羞郎低粉面。傍人瞥見回嬌盼。昨夜西池陪女伴。柳困花慵，見説歸來晚。勸客持觴渾未慣。未歌先覺花頭顫。

送鄭元英　前人

莫向城頭聽漏點。説與行人，默默情千萬。總是離愁無近遠。人間兒女空悲怨。錦繡心胸氷雪面。舊日詩名，曾道空梁燕。傾蓋未償平日願。一杯早唱陽關勸。

又送別首句用客語　前人

燕語鶯啼人乍遠。卻恨西園，依舊鶯和燕。笑語十分愁一半。翠圍特地春光暖。只道書來無過雁。不道柔腸，近日無腸斷。柄玉莫摇湘淚點。怕君喚作秋風扇。

送祐之弟　前人

衰草殘陽三萬頃。不算飄零，天外孤鴻影。幾許淒涼須痛飲。行人自向江頭醒。會少離多看兩鬢。萬縷千絲，何況新來病。不是離愁難整頓，被他引惹其他恨。

月下醉書雨岩石浪　　前人

九畹芳菲蘭佩好。空谷無人，自怨蛾眉巧。寶瑟泠泠千古調。朱絲弦斷知音少。　冉冉年華吾自老。水滿汀洲，何處尋芳草。喚起湘纍歌未了。石龍舞罷松風曉。

用前韻送人行　　前人

意態憨生元自好。學畫鴉兒，舊日偏他好。蜂蝶不禁花引調。西園人去春風少。　春色無情秋又老。誰管閒愁，千里青青草。今夜倩簪黃菊了。斷腸明日霜天曉。

又　　前人

洗盡機心隨法喜。看取尊前，秋思如春意。誰與先生寬髮齒。醉時惟有歌而已。　歲月何須溪上記。千古黃花，自有淵明比。高卧石龍呼不起。微風不動天如醉。

又　　前人

何物能令公怒喜。山要人來，人要山無意。恰似哀箏弦下齒。千情萬意無時已。　自要溪堂韓作記。今代雲梯，好語花難比。老眼狂花空亂處。銀鉤未見心先醉。

儂是江南游冶子。烏帽青鞋，行樂東風裡。落盡楊花春滿地。萋萋芳草愁千里。　扶上蘭舟人欲醉。日莫青山，相映雙蛾翠。萬頃湖光歌扇底。一聲催下相思淚。趙子昂

海燕雙來歸畫棟。簾影無風，花影頻移動。半醉騰騰春睡重。緑鬟堆枕香雲擁。　翠被雙盤金縷鳳。憶得前春，有箇人人共。花裏黄鶯時一弄。日斜驚起相思夢。歐陽脩

獨倚危樓風細細。望極離愁，黯黯生天際。草色山光殘照裏。無人會得憑欄意。　也擬疏狂圖一醉。對酒當歌，强飲還無味。衣帶漸寬都不悔。況伊銷得人憔悴。歐陽脩

簾下清歌簾外宴。雖愛新聲，不見如花面。牙板數敲珠一串。梁塵暗落琉璃盞。　桐樹花深孤鳳怨。漸遏遥天，不放行雲散。坐上少年聽未慣。玉山將倒腸光斷。前人

臨江仙

⋂□⋂○○□□首句七字⋂○⋂□○○二句六字平韻起⋂○⋂□□○○三句七字平叶⋂○○□□四句五字⋂□□○○五句五字平叶

前段五句三韻三十字，後段同前。

感舊　陳去非

憶昔午橋橋上飲，坐中多少豪英。長溝流月去無聲。杏花疏影裏，吹笛到天明。二十餘年成一夢，此身雖在堪驚。閒登小閣看新晴。古今多少事，漁唱起三更。旁注：一作「是」。

憶舊

鬭草堦前初見，穿針樓上曾逢。羅裙香露玉釵風。靚粧眉沁綠，羞黶粉生紅。流水便隨春遠，行雲終與誰同。酒醒長恨錦屏空。相尋夢裏路，飛雨落花中。

晏同叔

東野亡來無麗句，于君去後少交親。追思往事好沾巾。白頭王建在，猶見詠詩人。學道深山空自老，留名千載不干身。酒筵歌席莫辭頻。爭如南陌上，占取一年春。

顧夐

碧染長空池似鏡，倚樓閑望凝情。滿衣紅藕細香清。象牀珍簟，山障掩，玉琴橫。暗想昔時歡笑事，如今贏得愁生。博山爐煖澹煙輕。蟬吟人靜，殘日傍，小窗明。

立春　賀方回

巧翦合歡羅勝子，釵頭春意翩翩。豔歌淺笑拜嫣然。願郎宜此酒，行樂駐華年。未至文園多病客，幽襟淒斷堪憐。舊游夢掛碧雲邊。人歸落雁後，思發在花前。

春暮　晁無咎

綠暗汀洲三月暮，落花風靜帆收。垂楊低映木蘭舟。半篙春水滑，一段夕陽愁。灞水橋東回首處，美人親上簾鉤。青鸞無計入紅樓。行雲歸楚峽，飛夢到楊州。

夏景

歐陽永叔

燕子飛來窺畫棟，玉鉤垂下簾旌。涼波不動簟紋平。水晶雙枕，傍有墮釵横。池外輕雷池上雨，雨聲滴碎荷聲。小樓西角斷虹明。欄干倚處，待得月華生。**脚注**：「池外」一本作「柳外」。

夜景

李知幾

坐待不來來不去，一方明月中庭。粉牆東畔小橋横。起來花影下，扇子撲飛螢。煙柳疏疏人悄悄，畫樓風外吹笙。倚闌聞唤小紅聲。熏香臨欲睡，玉漏已三更。

宫詞

鹿虔扆

烟月不知人事改，夜闌還照深宫。藕花相向野塘中。暗傷亡國，清露泣香紅。金鏁重門荒苑静，綺窗愁對秋空。翠華一去寂無蹤。玉樓歌吹，聲斷已隨風。

張　泌

翠竹暗留珠淚怨，閒調寶瑟波中。花鬟月鬢緑雲重。古祠深殿，香冷雨和風。烟收湘渚秋江静，蕉花露泣愁紅。五雲雙鶴去無蹤。幾回魂斷，凝望向長空。

泊湘浦　毛文錫

暮蟬聲盡落斜陽。銀蟾影挂瀟湘。黄陵廟側水茫茫。楚山紅樹，烟雨隔高唐。　岸泊漁燈風颭碎，白蘋遠散濃香。靈娥鼓瑟韻清商。朱絃淒切，雲散碧天長。

牛希濟

峭碧參差十二峰。冷煙寒樹重重。瑤姬宮殿是仙蹤。金爐珠帳，香靄晝偏濃。　一自楚王驚夢斷，人間無路相逢。至今雲雨帶愁容。月斜江上，征棹動晨鐘。

其二

謝家仙觀寄雲岑。巖蘿拂地成陰。洞房不閉白雲深。當時丹竈，一粒化黄金。　石壁霞衣猶半挂，松風長似鳴琴。時聞唳鶴起前林。十洲高會，何處許相尋。

其三

渭闕宮城秦樹凋。玉樓獨上無憀。含情不語自吹簫。調清和恨，天路逐風飄。　何事乘龍人忽降，似知深意相招。三清攜手路非遥。世間屏障，彩筆畫嬌饒。

其四

江繞黃陵春廟閑。嬌鶯獨語關關。滿庭重叠緑苔斑。陰雲無事，四散自歸山。　簫鼓聲稀香燼冷，月娥斂盡灣環。風流皆道勝人間。須知狂客，判死爲紅顔。

其五

素洛春光瀲灩平。千重媚臉初生。凌波羅韈勢輕輕。煙籠日照，珠翠半分明。　風引寶衣疑欲舞，鸞回鳳翥堪驚。也知心許恐無成。陳王辭賦，千載有聲名。

其六

柳帶摇風漢水濱。平蕪兩岸爭匀。鴛鴦對浴浪痕新。弄珠遊女，微笑自含春。　輕步暗移蟬鬢動，羅裙風惹輕塵。水精宮殿豈無因。空勞纖手，解佩贈情人。

其七

洞庭波浪颭晴天。君山一點凝煙。此中真境屬神仙。玉樓珠殿，相映月輪邊。　萬里平湖秋色冷，星辰垂影参然。橘林霜重更紅鮮。羅浮山下，有路暗相連。

和凝

海棠香老春江晚，小樓霧縠空濛。翠鬟初出繡簾中。麝烟鸞珮，惹蘋風。碾玉釵搖鸂鶒戰，雪肌雲鬢將融。含情遥指碧波東。越王臺殿，蓼花紅。

其二

披袍窣地紅宮錦，鶯語時轉輕音。碧羅冠子穩犀簪。鳳凰雙颭，步摇金。肌骨細勻紅玉軟，臉波微送春心。嬌羞不肯入鴛衾。蘭膏光裏，兩情深。

顧敻

幽閨小檻春光晚，柳濃花澹鶯稀。舊歡思想尚依依。翠顰紅斂，終日損芳菲。何事狂夫音信斷，不如梁燕猶歸。畫堂深處麝煙微。屏虛枕冷，風細雨霏霏。

其二

月色穿簾風入竹，倚屏雙黛愁時。砌花含露兩三枝。如啼恨臉，魂斷損容儀。香燼暗消金鴨冷，可堪辜負前期。繡襦不整鬢鬟攲。幾多惆悵，情緒在天涯。

孫光憲

霜拍井梧乾葉墮，翠幃雕檻初寒。薄鉛淺黛稱花冠，含情無語，延佇倚闌干。杳杳征輪何處去，離愁別恨千般。不堪心緒正多端。鏡匳長掩，無意對孤鸞。

其二

暮雨淒淒深院閉，燈前凝坐初更。玉釵低壓鬢雲橫。半垂羅幕，相映燭光明。終是有心投漢珮，低頭但理秦箏。燕雙鸞偶不勝情。只愁明發，將逐楚雲行。

鹿虔扆

無賴曉鶯驚夢斷，起來殘酒初醒。映窗絲柳裊煙青。翠簾慵捲，約砌杏花零。一自玉郎遊冶去，蓮凋月慘儀形。暮天微雨灑閑庭。手挼裙帶，無語倚雲屏。

阎選

雨停荷芰逗濃香。岸邊蟬噪垂楊。物華空有舊池塘。不逢仙子，何處夢襄王。珍簟對欹鴛枕冷，此來塵暗淒涼。欲憑危檻恨偏長。藕花珠綴，猶似汗凝妝。

其二

十二高峰天外寒。竹梢輕拂仙壇。寶衣行雨在雲端。畫簾深殿，香霧冷風殘。欲問楚王何處去，翠屏猶掩金鸞。猿啼明月照空灘。孤舟行客，驚夢亦艱難。

尹鶚

一番荷芰生池沼，檻前風送馨香。昔年於此伴蕭娘。相偎佇立，牽惹敘衷腸。時逞笑容無限態，還如菡萏爭芳。別來虛遣思悠揚。慵窺往事，金鎖小蘭房。

其二

深秋寒夜銀河靜，月明深院中庭。西窗鄉夢等閑成。逡巡覺後，特地恨難平。紅燭半消殘焰短，依稀暗背銀屏。枕前何事最傷情。梧桐葉上，點點露珠零。

毛熙震

南齊天子寵嬋娟。六宮羅綺三千。潘妃嬌豔獨芳妍。椒房蘭洞，雲雨降神仙。縱態迷歡心不足，風流可惜當年。纖腰宛約步金蓮。妖君傾國，猶自至今傳。

其二

幽閨欲曙聞鶯啭。紅窗月影微明。好風頻謝落花聲。隔幃殘燭，猶照綺屏箏。　繡被錦茵眠玉煖，炷香斜裊煙輕。澹蛾羞斂不勝情。暗思閑夢，何處逐雲行。

李珣

不語簾捲池心小閣虛。暫涼閑步徐徐。芰荷經雨半凋疎。拂堤垂柳，蟬噪夕陽餘。　低鬟幽思遠，玉釵斜墜雙魚。幾回偷看寄來書，離情別恨，相隔欲何如。

其二

鶯報簾前煖日紅，玉爐殘麝猶濃。起來閨思尚疎慵。別愁春夢，誰解此情悰。　强整嬌姿臨寶鏡，小池一朵芙蓉。舊歡無處再尋蹤。更堪回顧，屏畫九疑峰。

春暮

蘇東坡

九十日春都過了，貪忙何處追遊。三分春色一分愁。雨翻榆莢陣，風轉柳花毬。　閬苑先生須自責，蟠桃動是千秋。不知人世苦厭求。東皇不拘束，肯爲使君留。

佳人

秦少游

髻子偎人嬌不整，眼兒失睡微重。尋思模樣早心忪。斷腸攜手處，何事太匆匆。不忍殘紅猶在臂，翻疑夢裏相逢。遥憐南埭上孤篷。夕陽空逝水，紅滿淚痕中。

張弘範

千古武陵溪上路，桃花流水潺潺。可憐仙契剩濃歡。黄鸝驚夢破，青鳥喚春還。回首舊遊渾不見，蒼烟一片荒山。玉人何處倚闌干，紫簫明月底，翠袖暮雲寒。

秦少游

千里瀟湘挼藍浦，蘭橈昔日曾經。月高風定露華清。微波澄不動，冷浸一天星。獨倚危樓情悄悄。遥聞妃瑟泠泠。新聲含盡古今情。曲終人不見，江上數峰青。

蘇子瞻

龍丘子自洛之蜀，載二侍女，戎裝駿馬。至溪山佳處，輒留數日，見者以爲異人。後十年，築室黄岡之北，號曰「静庵居士」。作此贈之。

細馬遠馱雙侍女，青巾玉帶紅靴。溪山好處便爲家。誰知巴峽路，卻見洛城花。面旋落英飛玉蕊，人間春日初斜。十年不見紫雲車。龍丘新洞府，鉛鼎養丹砂。

贈送　前人

詩句揣來磨我鈍，鈍錐不解生鋩。歡顔爲我解冰霜。酒闌清夢覺，春草滿池塘。應念雪堂坡下老，昔年共採芸香。功成名遂早還鄉。回車來過我，喬木擁千章。眉批：「揣」或作「端」。

離杭至潤別張弼秉道　前人

我勸髯張歸去好，從來自己忘情。塵心消盡道心生。江南與塞北，何處不堪行。俎豆庚桑真過矣，憑君説與南榮。願聞吴越報豐登。君王如有問，結襪賴王生。

冬日即事　前人

自古相從休務日，何妨低唱微吟。天垂雲重作春陰。坐中人半醉，簾外雪將深。聞道分司狂御史，紫雲無路追尋。淒風寒雨更騷騷。問囚長損氣，見鶴總驚心。

送王緘　前人

忘卻成都來十載，因君未免思量。憑將清淚灑江陽。故山知好在，孤客自悲涼。坐上別愁君未見，歸來欲斷無腸。殷勤且更盡離觴。此身如傳舍，何處是吾鄉。

夜到揚州席上作　前人

樽酒何人懷李白，草堂遥指江東。珠簾十里捲香風。花開花又謝，離恨幾千重。輕舸渡江連夜到，一時驚笑衰容。語意猶自帶吴儂。夜闌相對處，依舊夢魂中。

風水洞　前人

四大從來多遍滿，此間風水何疑。故應爲我發新詩。幽花香澗谷，寒藻舞淪漪。借與玉川生兩腋，天仙未必相思。還憑流水送人歸。層巔餘落日，草露已沾衣。

前人

一别都門三改火，天涯踏盡紅塵。依然一笑作春温。無波真古井，有節是秋筠。惆悵孤帆連夜發，送行淡月微雲。樽前不用翠眉顰。人生如逆旅，我亦是行人。

疾愈登望湖樓贈項長官　前人

多病休文都瘦損，不堪金帶垂腰。望湖樓上暗香飄。和風春弄袖，明月夜聞簫。酒醒夢回清漏永，隱床無限更潮。佳人不見董嬌饒。徘徊花上月，空度可憐宵。

前人

夜飲東坡醒復醉，歸來髣髴三更。家童鼻息已雷鳴。敲門都不應，倚杖聽江聲。長恨此身非我有，何時忘卻營營。夜闌風靜縠紋平。小舟從此逝，江海寄餘生。

前人

冬夜夜寒冰合井，畫堂明月侵幃。青缸明滅照悲啼。青缸挑欲盡，粉淚裛還垂。未盡一樽先掩淚，歌聲半帶清悲。情聲兩盡莫相違。欲知腸斷處，梁上暗塵飛。

贈王友道

前人

誰道東陽都瘦損，凝然點漆精神。瑤林終自隔風塵。試看披鶴氅，仍是謫仙人。省可清言揮玉麈，真須保器全真。風流何似道家純。不應同蜀客，惟愛卓文君。

前人

昨夜渡江何處宿，望中疑是秦淮。月明誰起笛中哀。多情王謝女，相逐過江來。雲雨未成還又散，思量好事難諧。憑凌急槳兩相催。想伊歸去後，應似我情懷。

歐陽永叔

聞説閬山通閬苑，樓高不見君家。孤城寒日等閒斜。離愁難盡，紅樹遠連霞。記得金鑾同唱第，春風上國繁華。如今薄宧老天涯。十年岐路，空負曲江花。

探梅

辛幼安

臘向老去惜花心已懶，愛梅猶繞江村。一枝先破玉溪春。更無花態度，全是雪精神。青山餐秀色，爲渠著句清新。竹根流水帶溪雲。醉中渾不記，歸路月黄昏。

醉宿崇福寺寄祐之弟

前　人

小陸莫向空山吹玉笛，壯懷酒醒心驚。四更霜月太寒生。被翻紅錦浪，酒滿玉壺氷。未須臨水笑，山林我輩鍾情。今宵依舊醉中行。試尋殘菊處，中路候淵明。

再用原韻送祐之歸浮梁

前　人

記取鐘鼎山林都是夢，人間寵辱休驚。只消閒處過平生。酒杯秋泣露，詩句夜裁氷。小窗風雨夜，對床燈火多情。問誰千里伴君行。晚山眉樣翠，秋水鏡般明。

又

前人

小靨人憐都惡瘦，曲眉天與長顰。沉思歡事惜腰身。枕添離別淚，粉落卻深旬。翠袖盈盈渾力薄，玉笙嫋嫋愁新。夕陽依舊倚窗塵。葉紅苔鬱碧，深院斷無人。旁注：×。

又

前人

逗曉鶯啼聲呢呢，掩關高樹冥冥。小渠春浪細無聲。井窗聽夜雨，出蘚轆轤青。碧碧旋荒金谷路，烏絲重記蘭亭。强扶殘醉繞雲屏。一枝風露濕，花重入疏櫺。旁注：×。

和南澗

前人

風雨催春寒食近，平原一片丹青。溪頭喚渡柳邊行。花飛蝴蝶亂，桑嫩野蠶生。綠野先生閒袖手，卻尋詩酒功名。未知明日定陰晴。今宵成獨醉，卻笑衆人醒。

爲岳母壽

前人

住世都知菩薩行，仙家風骨精神。壽如山岳福如雲。金花湯沐誥，竹馬綺羅裙。更願昇平添喜事，大家禱祝殷勤。明年此地慶佳辰。一杯千歲酒，重拜太夫人。

和王道夫　前人

記取年年爲客夜，只今明月相隨。莫教絃管便生衣。引壺觴自酌，須富貴何時。　入手清風詞更好，細書白繭烏絲。海山問我幾時歸。棗瓜如可啖，直欲覓安期。

又　前人

春色饒君白髮了，不妨倚緑偎紅。翠鬟催喚出房櫳。垂肩金縷窄，蘸甲寶杯濃。　睡起鴛鴦飛燕子，門前沙煖泥融。畫樓人把玉西東。舞低花外月，唱徹柳邊風。

戲壽期思詹老　前人

手種門前烏桕樹，而今千尺蒼蒼。田園只是舊耕桑。杯盤風月夜，簫鼓子孫忙。　七十五年無事客，不妨兩鬢如霜。緑窗剗地調紅妝。更從今日醉，三萬六千場。

又　前人

手撚黃花無意緒，等閒行盡回廊。捲簾芳桂散餘香。枯荷難睡鴨，疏雨暗添塘。　憶得舊時攜手處，如今水遠天長。羅巾浥淚別殘粧。舊歡新夢裏，閒處卻思量。

詠羊桃

前　人

憶醉三山芳樹下，幾曾風韻忘懷。黄金顔色五花開。味如廬橘熟，貴似荔枝來。　聞道商山餘四老，橘中自釀秋醅。試呼名品細推排。重重香肺腑，偏殢聖賢杯。

又

前　人

冷雁寒雲渠有恨，春風自滿予懷。更教無日不花開。未須愁菊盡，相次有梅來。　□□□□□□□，□□□□□□□。□□□多要安排。不須連日醉，且進兩三杯。

賦錢字與侍者阿錢贈行

前　人

一自酒情詩興懶，舞裙歌扇闌珊。好天良夜月團團。杜陵真好事，留得一錢看。　歲晚人欺程不識，怎教阿堵留連。楊花榆莢雪漫天。從今花影下，只看緑苔圓。**眉批**：稼軒有妾名「錢錢」，意即此人，一名田田。

又

前　人

夜雨南堂新瓦響，三更急雨珊珊。交情莫作碎沙團。死生貧富際，試向此中看。　記取他年耆舊傳，與君名字牽連。清風一枕晚涼天。覺來還自笑，此夢倩誰圓。

生日書懷　　**前　人**

六十三年無限事，從頭悔恨難追。已知六十二年非。只應今日是，後日又尋思。　少是多非惟有酒，何須過後方知。從今休似去年時。病中留客飲，醉裏和人詩。

再用圓字韻　　**前　人**

窄樣金杯休放了，房櫳試聽珊珊。莫教秋扇雪團團。古今悲笑事，長付後人看。　記取桔槔春雨後，短畦菊艾相連。拙於人處巧於天。君看流水地，難得正方圓。

爲蒼壁解嘲　　**前　人**

莫笑吾家蒼壁小，稜層勢欲摩空。相知惟有主人翁。有心雄泰華，無意巧玲瓏。　天作高山難得料，解嘲試倩楊雄。君看當日仲尼窮。從人賢子貢，自欲學周公。

簪花屢墮戲作　　**前　人**

□子花開春爛漫，荒園無限思量。今朝拄杖過西鄉。急呼桃葉渡，爲看牡丹忙。　不管昨宵風雨横，依然紅紫成行。白頭陪奉少年場。一枝簪不住，推道帽簷長。

又 前人

一斗醉帽吟鞭花不住，卻招花共商量。人生何必醉爲鄉。從教斟酒淺，休更和詩忙。

百篇風月地，饒他老子當行。從今三萬六千場。青青頭上髮，還作柳絲長。

聞家報牡丹漸開 前人

魏紫秖恐牡丹留不住，與君約束分明。未開微雨半開晴。要花開定準，又更與花盟。

朝來將進酒，玉盤盂樣先呈。鞓紅似向舞腰橫。風流人不見，錦繡夜間行。

又 前人

試向老去渾身無著處，天教只住山林。百年光景百年心。更歡須歎息，無病也呻吟。

浮瓜沉李處，清風散髮披襟。莫嫌淺後更頻斟。要他詩句好，須是酒杯深。

停雲偶作 前人

多謝偶向停雲堂上坐，曉猿夜鶴驚猜。主人何事太塵埃。低頭還說向，被召又重來。

北山山下老，殷勤一語佳哉。借君竹杖與芒鞋。徑須從此去，深入白雲堆。

荷花媚

前段□句□韻二十八字，後段□句□韻三十二字。

詠荷花　蘇子瞻

霞苞霓荷碧。天然地別是風流標格。重重青蓋下，千嬌照水，好紅紅白白。每恨望明月清風夜，甚低迷不語，妖邪無力。終須放船兒去，清香深處住，看伊顏色。

少年心

前段□句□韻三十字，後段□句□韻三十字。

寄祝有道按：山谷云：「諸樂府雖有賞嘆其詞而未深解其義者，故并奉寄。」　黄山谷

對景惹起愁悶。染相思病成方寸。是阿誰先有意，阿誰薄倖。斗頓您少喜多嗔。合下休傳音問。你有我我無你分。似合歡桃核，真堪人恨。心兒裡有兩個人人。

賀明朝

首句七字仄韻起，二句六字仄叶，三句六字，四句八字仄叶，五句四字仄叶。首句七字仄叶，二句五字，三句五字仄叶，四句五字仄叶，五句四字，六句四字仄叶。前段五句四韻三十一字，後段六句四韻三十字。

詞

歐陽炯

憶昔花間初識面。紅袖半遮妝臉。輕轉石榴裙帶，故將纖纖玉指偷撚。雙鳳金線。碧梧桐鎖深深院。誰料得兩情，何日教繾綣。羡春來雙燕。飛到畫樓，朝暮相見。

其二

憶昔花間相見後。只憑纖手，暗抛紅豆。人前不解，巧傳心事，別來依舊。辜負春晝。碧羅衣上蹙金繡。覩對鴛鴦，空裛淚痕透。想韶顏非久。終是爲伊，只恁偷瘦。

玉堂春

⋂○○□首句四字仄韻起⋂□⋂○⋂□二句六字仄叶⋂□○○三句四字⋂□○○四句四字平韻換⋂□○○五句四字⋂□○○□六句五字⋂□○○⋂□○七句七字平叶

⋂□⋂○⋂□首句六字⋂○⋂□○二句五字平叶⋂□○○三句四字⋂□○○□四句五字⋂□○○⋂□○五句七字平叶

前段七句四韻三十四字，後段五句二韻二十七字。

晏同叔

斗城池館。二月風和煙煖。繡户珠簾，日影初長。玉轡金鞌，繚繞沙堤路，幾處行人映緑楊。

小檻朱闌回倚，千花濃露香。脆管清弦，欲奏新翻曲，依約林間坐夕陽。

撥棹子

首句三字平韻起，二句三字平叶，三句七字平叶，四句七字平叶，五句三字，六句七字仄叶。首句三字仄叶，二句三字仄叶，三句八字仄叶，四句七字仄叶，五句五字，六句五字仄叶。

前段六句五韻三十字，後段六句五韻三十一字。

黃魯直

歸去來。歸去來。攜手舊山歸去來。有人共對月尊罍。橫一琴，甚處不逍遙自在。

閒世界。無利害。何必向世間甘幻愛。與君釣晚煙寒瀨。蒸白魚稻飯，溪童供筍菜。

金蕉葉

∩○∩□○○□首句七字仄韻起∩○∩∩○○□二句七字仄叶∩□○○三句四字∩○∩□○○□四句七字仄叶∩□∩○∩□五句六字仄叶

前段五句四韻三十一字，後段同前第三句平仄異前。

夜宴　柳耆卿

厭厭夜飲平陽第。添銀燭旋呼佳麗。巧笑難禁，豔歌無間聲相繼。準擬幕天席地。

金蕉葉泛金波霽。未更闌已盡狂醉。就中有個，風流暗向燈光底。惱遍兩行珠翠。

蘇幕遮

□○○首句三字○□□二句三字仄韻起⋂□○○⋂□○○□三句九字仄叶⋂□⋂○○□□四句七字仄叶⋂□○○⋂□○○□五句九字仄叶

前段五句四韻三十一字，後段同前。

風情　周美成

隴雲沉，新月小。楊柳梢頭能有春多少。試著羅裳寒尚峭。簾捲青樓卓得東風早。

翠屏深，香篆裊。流水落花不管劉郎到。三疊陽關聲漸杳。斷雨殘雲只怕巫山曉。

懷舊

范希文

碧雲天，黃葉地，秋色連波波上寒煙翠。山映斜陽天接水。芳草無情更在斜陽外。　黯鄉魂，追旅思。夜夜除非好夢留人睡。明月樓高休獨倚。酒入愁腸化作相思淚。

詠選仙圖

蘇子瞻

暑籠晴，風解愠。雨後餘清暗襲衣裾潤。一局選仙逃暑困。笑指罇前誰向青霄近。　整金盆，輪玉筍。鳳駕鸞車誰敢爭先進。重五休言升最緊。縱有碧油到了輪堂印。

漁家傲

一段即《憶王孫》、《豆葉黃》，但平仄不同

⋂□⋂○○□□首句七字仄韻起⋂○⋂□○○□二句七字仄叶⋂□⋂○○□□三句七字仄叶

○□□四句三字仄叶⋂○⋂□○○□五句七字仄叶

前段五句五韻三十一字，後段同前。

春景一作山居　**王介甫**

平岸小橋千嶂抱。揉藍一水縈花草。茅屋數間窗窈窕。塵不到。時時自有春風掃。

午枕覺來聞語鳥。攲眠似聽朝雞早。忽憶故人今總老。貪夢好。茫茫忘卻邯鄲道。

眉批：《臨川集》「揉藍」作「柔藍」，「茫茫」作「茫然」。

寄仲高　**陸放翁**

東望山陰何處是。往來一萬三千里。寫得家書空滿紙。流清淚。書回已是明年事。

寄語紅橋橋下水。扁舟何日尋兄弟。徧天涯真老矣。愁無寐。鬢絲幾縷茶煙裏。

春恨　**周美成**

幾日輕陰寒惻惻。東風急處花成積。醉踏陽春懷故國。歸未得。黄鸝久住如相識。

賴有蛾眉能暖客。長歌屢勸金杯側。歌罷月痕來照席。貪歡適。簾前重露成涓滴。

秋思　**范希文**

塞下秋來風景異。衡陽雁去無留意。四面邊聲連角起。千嶂裏。長煙落日孤城閉。

濁酒一杯家萬里。燕然未勒歸無計。羌管悠悠霜滿地。人不寐。將軍白髮征夫淚。

冬景

歐陽脩

十月小春梅蕊綻。紅爐煖閣新粧遍。錦帳美人貪睡煖。羞起懶。玉壺一夜冰澌滿。

樓上四垂簾不捲。天寒山色偏宜遠。風急雁行吹字斷。紅日晚。江天雪意雲撩亂。

眉批：本集「煖閣」作「畫閣」，「懶」作「晚」，「日晚」作「日短」。又一本「錦帳」作「鴛帳」。

漁父

謝無逸

秋水無痕清見底。蓼花汀上西風起。一葉小舟煙霧裡。蘭棹艤。柳條帶雨穿雙鯉。

自歎直鉤無處使。笛聲吹散雲山翠。鱠落霜刀紅縷細。新酒美。醉來獨枕蓑衣睡。

漁父

張仲宗

釣笠披雲青嶂繞。綠蓑雨細春江渺。白鳥飛來風滿棹。收綸了。漁童拍手樵青笑。

明月太虛同一照。浮家泛宅忘昏曉。醉眼冷看城市鬧。煙波老。誰能認得閒煩惱。

春思

譚在庵

深意纏綿歌宛轉。橫波停恨燈前見。最憶來時門半掩。春不煖。梨花落盡成秋苑。

疊鼓收聲帆影亂。燕飛又趁東風軟。目力漫長心力短。消息斷。青山一點和煙遠。

秋晚　**杜安世**

疏雨纔收淡苧天。微雲綻處月娟娟。寒雁一聲人正遠。添幽怨。那堪往事思量遍。
誰道綢繆兩意堅。水萍風絮不相緣。舞鑑鸞腸虛寸斷。芳容變。好將憔悴教伊見。

戲作有序　**黄魯直**

予嘗戲作詩云：「大葫蘆挈小葫蘆。惱亂檀那得便沽。每到夜深人静後，小葫蘆入大葫蘆。」又云：「大葫蘆乾枯，小葫蘆行沽。一往金仙宅，一往黄公壚。有此通大道，無此令人老。不問惡與好，兩葫蘆俱倒。」或請以此意倚聲律使人歌之，因爲作此詞。

踏破草鞋參到老。等閒收得衣中寶。遇酒逢花須一笑。重年少。俗人不用嗔貧道。
是處青旗誇酒好。醉鄉路上多芳草。提著葫蘆行未到。風落帽。葫蘆卻纏葫蘆倒。

江寧江口阻風戲效寶寧勇禪師作　**前　人**

萬水千山來此土。本提心印傳梁武。對朕者誰渾不顧。成死語。江頭暗折長蘆渡。
面壁九年看二祖。一花五葉親分付。隻履提歸葱嶺去。君知否。分明忘卻來時路。

其二

三十年來無孔竅。幾回得眼還迷照。一見桃花參學了。呈法要。無絃琴上單于調。

摘葉尋枝虚半老。拈花特地重年少。今後水雲人欲曉。非玄妙。靈雲合破桃花笑。

其三

憶昔藥山生一虎。華亭船上尋人渡。散卻夾山拈坐具。呈見處。繫驢橛上合頭語。

千户垂絲君看取。離鉤三寸無生路。驀口一橈親子父。猶回顧。瞎驢喪我兒孫去。

其四

百丈峰頭開古鏡。馬鉤踏殺重蘇醒。接得古靈心眼淨。光炯炯。歸來藏在袈裟影。

好個佛堂佛不聖。祖師沉醉猶看境。卻與斬新提祖令。方猛省。無聲三昧天皇餅。

金陵賞心亭送王勝之龍圖,王守金陵,視事一日即移南郡 **蘇子瞻**

千古龍蟠并虎踞。從公一弔興亡處。渺渺斜風吹細雨。芳草渡。江南父老留公住。

公駕飛車淩彩霧。紅鸞驂乘青鸞馭。卻訝此洲名白鷺。非吾侶。翩然欲下還飛去。

送台守江郎中 **前 人**

送客歸來燈火盡。西樓淡月涼生暈。明日潮來無定準。風來穩。舟橫渡口重城近。

江水似知孤客恨。南風爲解佳人愠。莫學時流輕久困。頻寄問。錢塘江上須忠信。

皎皎牽牛河漢女。盈盈臨水無由語。望斷碧雲空日暮。無尋處。夢回芳草生春浦。前人

鳥散餘花紛似雨。汀洲蘋老香風度。明月多情來入户。但攬取。清光長送人歸去。

送張元唐省親秦州　前人

一曲陽關情幾許。知君欲向秦川去。白馬皂貂留不住。回首處。孤城不見天濛霧。

到日長安花似雨。故關楊柳初飛絮。漸見靴刀迎夾路。誰得似。風流膝上王文度。

眉批：「濛霧」原本作「霖霧」，非。

贈曹光州　前人

些小白鬚何用染。幾人得見星星點。作郡浮光雖似箭。君莫厭。也應勝我三年貶。

我欲自嗟還不敢。向來三郡寧非忝。婚嫁事稀年冉冉。知有漸。千鈞重擔從頭減。

前人

臨水□□回晚控。歸來轉覺情懷動。梅笛煙中聞幾弄。秋陰重。西山雪淡雲□□。

美酒一杯誰與共。樽前舞雪狂歌送。腰跨金魚旌旆擁。將何用。只堪粧點浮生夢。

歐陽永叔

一派潺湲流碧漲。新亭四面山相向。翠竹嶺頭明月上。迷俯仰。月輪正在泉中漾。更待高秋天氣爽。菊花香裏開新釀。酒美賓嘉真勝賞。紅粉唱。山深分外歌聲響。

與趙康靖公　　前人

四紀才名天下重。三朝構廈爲梁棟。定册功成身退勇。辭榮寵。歸來白首笙歌擁。顧我薄才無可用。君恩近許歸田壠。今日一觴難得共。聊對捧。官奴爲我高歌送。

前人

暖日遲遲花裊裊。人將紅粉爭花好。花不能言惟解笑。金壺倒。花開未老人年少。車馬九門來擾擾。行人莫羨長安道。丹禁漏聲衢鼓報。催昏曉。長安城裡人先老。

前人

紅粉牆頭花幾樹。落花片片和驚絮。牆外有樓花有主。尋花去。隔牆遥見鞦韆侣。綠索紅旗雙綵柱。行人只得偷回顧。腸斷樓南金鎖户。天欲暮。流鶯飛到秋千處。

前人

妾本錢塘蘇小妹。芙蓉花共門相對。昨日爲逢青傘蓋。慵不採。今朝陡覺凋零曒。

愁倚畫樓無計奈。亂紅飄過秋塘外。料得明年秋色在。香可愛。其如鏡裡花顏改。

前人

花底忽聞敲兩槳。逡巡女伴來尋訪。酒盞旋將荷葉當。蓮舟蕩。時時盞裏生紅浪。

花氣酒香清廝釀。花腮酒面紅相向。醉倚緑陰眠一餉。驚起望。船頭閣在沙灘上。

旁注：一作「相」。

前人

葉有清風花有露。葉籠花罩鴛鴦侶。白錦頂絲紅錦羽。蓮女妬。驚飛不許長相聚。

日脚沉紅天色暮。青涼傘上微微雨。早是水寒無宿處。須回步。枉教雨裏分飛去。

前人

荷葉田田青照水。孤舟挽在花陰底。昨夜蕭蕭疏雨墜。愁不寐。朝來又覺西風起。

雨擺風搖金蕊碎。合歡枝上香房翠。蓮子與人長廝類。無好意。年年苦在中心裏。

前人

葉重如將青玉亞。花輕疑是紅綃掛。顏色清新香脱灑。堪長價。牡丹怎得稱王者。
雨筆露箋勻彩畫。日爐風炭薰蘭麝。天與多情絲一把。誰廝惹。千條萬縷縈心下。

前人

粉蕊丹青描不得。金針線線功難敵。誰傍暗香輕採摘。風淅淅。船頭觸散雙鸂鶒。
夜雨染成天水碧。朝陽借出胭脂色。欲落又開人共惜。秋氣逼。盤中已見新荷的。

前人

幽鷺謾來窺品格。雙魚豈解傳消息。緑柄嫩香頻採摘。心似織。條條不斷誰牽役。
珠淚暗和清露滴。羅衣染盡秋江色。對面不言情脈脈。煙水隔。無人説似長相憶。

旁注：「思」。

前人

楚國細腰元自瘦。文君膩臉誰描就。日夜鼓聲催箭漏。昏復晝。紅顏豈得長如舊。
醉拆嫩房紅蕊嗅。天絲不斷清香透。卻傍小闌凝望久。風滿袖。西池月上人歸後。

七夕

前人

喜鵲填河仙浪淺。雲軿早在星橋畔。街鼓黃昏霞尾暗。炎光斂。金鉤側倒天西面。
一別經年今始見。新歡往恨知何限。天上佳期貪眷戀。良宵短。人間不合催銀箭。

眉批：「暗」一作「亂」。**旁注：**「橋」。

又

前人

乞巧樓頭雲幔捲。浮花催洗嚴妝面。花上蛛絲尋得遍。顰笑淺。雙眸望月牽紅線。
奕奕天河光不斷。有人正在長生殿。暗付金釵清夜半。千秋願。年年此會長相見。

旁注：「未」。

又

前人

別恨長長歡計短。疎鐘促漏真堪怨。此會此情都未半。星初轉。鸞琴鳳樂匆匆卷。
河鼓無言西北盼。香蛾有恨東南遠。脈脈橫波珠淚滿。歸心亂。離腸便逐星橋斷。

前人

九日歡游何處好。黃花萬蕊雕闌繞。通體清香無俗調。天氣好。煙滋露結功多少。

日脚清寒高下照。寶釘密綴圓斜小。落葉西園風裊裊。催秋老。叢邊莫厭金樽倒。

前人

青女霜前催得綻。金鈿亂散枝頭遍。落帽臺高開雅宴。芳尊滿。挼花吹在流霞面。桃李三春雖可羨。鶯來蝶去芳心亂。爭似仙潭秋水岸。香不斷。年年自作茱萸伴。

前人

露裛嬌黃風擺翠。人間晚秀非無意。仙格淡粧天與麗。誰可比。女真裝束真相似。筵上佳人牽翠袂。纖纖玉手挼新蕊。美酒一杯花影膩。邀客醉。紅瓊共作熏熏媚。

前人

對酒當歌勞客勸。惜花只惜年華晚。寒豔冷香秋不管。情眷眷。憑闌盡日愁無限。思抱芳期隨塞雁。悔無深意傳雙燕。悵望一枝難寄遠。人不見。樓頭望斷相思眼。

續添

前人

正月斗杓初轉勢。金刀剪彩功夫異。稱慶高堂歡幼稚。看柳意。偏從東面春風至。十四新蟾圓尚未。樓前乍看紅燈試。氷散緑池泉細細。魚欲戲。園林已是花天氣。

前人

二月春耕昌杏密。百花次第爭先出。惟有海棠梨第一。深淺拂。天生紅粉真無匹。
畫棟歸來巢未失。雙雙款語憐飛乙。留客醉花迎曉日。金盞溢。卻憂風雨飄零疾。

前人

三月清明天婉娩。晴川祓禊歸來晚。況是踏青來處遠。猶不倦。秋千別閉深庭院。
更值牡丹開欲遍。酴醿壓架清香散。□□□□誰解勸。增眷戀。東風回晚無情絆。

前人

四月園林春去後。深深密幄陰初茂。折得花枝猶在手。香滿袖。葉間梅子青如豆。
風雨時時添氣候。成行新筍霜筠厚。題就送春詩幾首。聊對酒。櫻桃色照銀盤溜。

前人

五月榴花妖豔烘。緑楊帶雨垂垂重。五色新絲纏角粽。金盤送。生綃畫扇盤雙鳳。
正是浴蘭時節動。菖蒲酒美清樽共。葉裏黃鸝時一弄。猶䰒鬆。等閒驚破紗窗夢。

前人

六月炎天時霎雨。行雲湧出奇峰露。沼上嫩蓮腰束素。風兼露。梁王宮闕無煩暑。
畏日亭亭殘蕙炷。傍簾乳燕雙飛去。碧盌敲冰傾玉處。朝與暮。故人風快涼輕度。

前人

七月新秋風露早。渚蓮尚折庭梧老。是處瓜華時節好。金樽倒。人間綵縷爭祈巧。
萬葉敲聲涼乍到。百蟲啼晚煙如掃。箭漏初長天杳杳。人語悄。那堪夜雨催清曉。

前人

八月秋高風歷亂。衰蘭敗芷紅蓮岸。皓月十分光正滿。清光畔。年年常願瓊筵看。
社近愁看歸去燕。江天空濶雲容漫。宋玉當時情不淺。成幽怨。鄉關千里危腸斷。

前人

九月霜穠秋已盡。烘林敗葉紅相映。惟有東籬黃菊盛。遺金粉。人家簾幕重陽近。
曉日陰陰晴未定。授衣時節輕寒嫩。新雁一聲風又勁。雲欲凝。雁來應有吾鄉信。

前人

十一月新陽排壽宴。黄鐘應管添宫線。獵獵寒威雲不捲。風頭轉。時看雪霰吹人面。南至迎長知漏箭。書雲紀候冰生硯。臘近探春春尚遠。閒庭院。梅花落盡千千片。

眉批：應入後十月一首。

前人

十二月嚴凝天地閉。莫嫌臺榭無花卉。惟有酒能欺雪意。增豪氣。直教耳熱笙歌沸。隴上雕鞌惟數騎。獵圍半合新霜裡。霜重鼓聲寒不起。千人指。馬前一雁寒空墜。

壽余伯熙察院有引

辛幼安

信之讖云：「水打烏龜石，三台出此時。」伯熙舊居城西，值龜山之北。溪水齧山足矣，意伯熙當之耶。伯熙學道有新功，一日語余云：「溪上嘗得異石，有文隱然，如記姓名，且有『長生』等字。」因其生朝，遂摭二事爲詞以壽之。

道德文章傳幾世。到君合上三台位。自是君家門户事。當此際。龜山正抱西江水。

三萬六千排日醉。鬢毛只恁青青地。江裡石頭爭獻瑞。分明是。中間有個長生字。

王介甫

燈火已收正月半。山南山北花撩亂。聞說洊亭新水漫。騎款段。穿雲入鳥尋遊伴。

卻拂僧床褰素幔。千岩萬壑春風暖。一弄松聲悲急管。吹夢斷。西看窗日猶嫌短。

此篇已載但數字不同

歐陽修

十月小春梅蕊綻。紅樓畫閣新妝遍。鴛帳美人貪睡暖。梳洗懶。玉壺一夜輕澌滿。

樓上四垂簾不卷。天寒山色偏宜遠。風急雁行吹字斷。紅日晚。江天雪意雲撩亂。

眉批：應在十一月前。

破陣子 又名《十拍子》

∩□∩○∩□首句六字∩○∩□○○二句六字平韻起∩□∩○○□□三句七字∩□○○∩□○

四句七字平叶∩○∩□○五句五字平叶

前段五句三韻三十一字，後段同前。

晏同叔

海上蟠桃易熟，人間好月常圓。惟有擘釵分鈿侶，離別常多會面難。此情須問天。　蠟燭到明垂淚，熏爐盡日生煙。一點凄涼愁絶意，謾道秦箏有剩弦。何曾爲細傳。

暮秋 蘇集本名《十拍子》，查與《破陣子》無異，因附於後　**蘇子瞻**

白酒新開九醞，黄花已過重陽。身外儻來都似夢，醉裏無何即是鄉。東坡日月長。　玉粉旋烹茶乳，金虀新擣橙香。强染霜髭扶翠袖，莫道狂夫不解狂。狂夫老更狂。

爲范南伯壽因勉之就盧溪宰　**辛幼安**

擲地劉郎玉斗，掛帆西子扁舟。千古風流今在此，萬里功名莫放休。君王三百州。　燕雀豈知鴻鵠，貂蟬元出兜鍪。卻笑盧溪如斗大，肯把牛刀試手不。壽君雙玉甌。

寄陳同甫　**前人**

醉裡挑燈看劍，夢回吹角連營。八百里分麾下角，五十絃翻塞外聲。沙場秋點兵。　馬作的盧飛快，弓如霹靂弦驚。了卻君王天下事，贏得生前身後名。可憐白髮生。

眉批：「角」

原本作「奐」。

贈行 前人

少日春風滿眼，而今秋葉辭柯。便好消磨心下事，也憶尋常醉後歌。新來白髮多。明日扶頭顛倒，倩誰伴舞婆娑。我定思君拚瘦損，君不思兮可奈何。天寒將息呵。

趙晉臣幼女覓詞 前人

菩薩叢中慧眼，碩人詩裏蛾眉。天上人間真福相，畫就描成好靨兒。行時嬌更遲。勸酒偏多最劣，笑時猶有些癡。更著十年君看取，兩國夫人更是誰。殷勤秋水詞。

峽石道中懷吳子似 前人

宿麥畦中雉雊，柔桑陌上蠶生。燈火須防花月暗，咳唾常攜彩筆行。隔牆人笑聲。莫說弓刀事業，依然詩酒功名。千載途中今古事，萬石溪頭長短亭。小塘風浪平。

青杏兒

首句五字平韻起，二句七字平叶，三句七字，四句四字，五句四字，六句四字平叶。前段六句三韻三十一字，後段同前。

秋恨　劉伯温

獨自倚闌干。西風起玉宇清寒。夜深月轉長河曲，疎螢度竹，啼螿依草，涼露漙漙。莫把素琴彈。氷絃上商冷宫殘。萬牛不挽東流水，悠悠碧落，茫茫雲海，疊疊憂端。

定風波

葉夢得詞中仄句俱藏韻，「見」、「淺」叶，「伴」、「斷」換，「暮」、「雨」再換

首句七字平韻起，二句七字平叶，三句七字，四句二字，五句七字平叶。首句七字，二句二字，三句七字平叶，四句七字，五句二字，六句七字平叶。前段五句三韻三十字，後段六句二韻三十二字。

詠梅

葉夢得

破萼初驚一點紅。又看青子映簾櫳。冰雪肌膚誰復見。清淺。尚餘疏影照晴空。　惆悵年年桃李伴。腸斷。秖應芳信負東風。待得微黄春亦暮。烟雨。半和飛絮作濛濛。

次高左藏使君韻

黄魯直

萬里黔中一漏天。屋居終日似乘船。及至重陽天也霽。催醉。鬼門關近蜀江前。　莫笑老翁猶氣岸。君看。幾人白髮上華顛。戲馬臺前追兩謝。馳射。風情猶拍古人肩。

其二

前人

自斷此生休問天。白頭波上泛膠船。老去文章無氣味。憔悴。不堪驅使菊花前。　聞道使君攜將吏。高會。參軍吹帽晚風顛。千騎插花秋色暮。歸去。翠蛾扶入醉時肩。

客有兩新鬟善歌者，請作送湯曲，因戲成之

前人

歌舞闌珊褪晚粧。主人情重更留湯。冠帽斜攲辭醉去。邀住。玉人纖手自磨香。　又得尊前聊笑語。如許。短歌宜舞小紅裳。寶馬促歸朱户閉。人睡。夜來應恨月侵牀。

夾注：一云「醉裏還家明亦未」。

前　人

把酒花前欲問溪。問溪何似晚聲悲。名利往來人盡老。誰道。溪聲今古有休時。且共玉人斟玉醑。休訴。笙歌一曲黛眉低。情似長溪長不斷。君看。水聲東去月輪西。

前　人

小院難圖雲雨期。幽歡渾待賞花時。到得春來君卻去。相誤。不須言語淚雙垂。密約尊前難囑付。偷顧。手搓金橘斂雙眉。庭樹清風明月媚。須記。歸時莫待杏花飛。

前　人

晚歲監州聞荔枝。赤英垂墜壓闌枝。萬里來逢芳意歇。愁絶。滿盤空憶去年時。潤草山花光照座。春過。等閒枯李天纍纍。辜負寒泉浸紅皺。消瘦。有人花病損香肌。

旁注：疑「又」字。

前　人

准擬階前摘荔枝。今年歇盡去年枝。莫是春光廝料理。無比。譬如痎瘧有休時。碧甃朱闌情不淺。何晚。來年枝上報纍纍。雨後園林坐清影。蘇醒。紅裳剝盡看香肌。

前人

上客休辭酒醆深。素兒歌裏細聽沉。粉面不須歌扇掩。閒靜。一聲一字總關心。花外黃鸝能密語。休訴。有花能得幾時斟。畫作遠山臨碧水。明媚。夢爲蝴蝶去登臨。

十月九日孟亨之置酒秋香亭，有拒霜獨向君猷而開。坐客笑謂非使君莫可當此花，故作是詞

蘇子瞻

兩兩輕紅半暈腮。依依獨爲使君回。若道使君無此意。何爲。雙花不向別人開。但看低昂煙雨裏。不已。勸君休訝十分杯。更問尊前狂副使。來歲。花開時節與誰來。

三月七日沙湖道中遇雨，同行皆狼狽，余獨不覺。已而遂晴，作此詞

前人

莫聽穿林打葉聲。何妨吟嘯且徐行。竹杖芒鞋輕勝馬。誰怕。一蓑煙雨任平生。料峭春風吹酒醒。微冷。山頭斜照卻相迎。回首向來瀟灑處。歸去。也無風雨也無晴。

重陽括杜牧之詩

前人

與客攜壺上翠微。江涵秋影雁初飛。塵世難逢開口笑。年少。菊花須插滿頭歸。酩酊但酬佳節了。雲嶠。登臨不用怨斜暉。古往今來誰不老。多少。牛山何必更沾衣。

感舊　前人

莫怪鴛鴦繡帶長。腰輕不勝舞衣裳。薄倖只貪遊冶去。何處。垂楊繫馬恣輕狂。花謝絮飛春又盡。堪恨。斷絃塵管伴啼粧。不信歸來但自看。怕見。爲郎憔悴卻羞郎。

送元素　前人

千古風流阮步兵。平生遊宦愛東平。千里遠來還不住。歸去。空留風韻照人清。紅粉尊前深懊惱。知道。怎生留得許多情。記得明年花絮亂。須看。泛西湖是斷腸聲。

集古句作墨竹詞　前人

雨洗娟娟嫩葉光。風吹細細緑筠香。秀色亂侵書帙晚。簾捲。清陰微過酒樽涼。人畫竹身肥擁腫。何用。先生落筆勝蕭郎。記得小軒岑寂夜。廊下。月和疏影上東牆。

詠紅梅　前人

好睡慵開莫厭遲。自憐冰臉不時宜。偶作小紅桃杏色，閒雅，尚餘孤瘦雪霜姿。休把閒心隨物態。何事。酒生微暈沁瑶肌。詩老不知梅格在，吟詠，更看緑葉與青枝。

後六客詞　前　人

昔與張子野、劉孝叔、李公擇、陳令舉、楊元素會於吴興。時子野作六客詞，其卒章云：「盡道賢人聚吴分。試問。也應旁有老人星。」凡二十五年，再過吴興，而五人者皆已亡矣。時張仲謀與曹子方、劉景文、蘇伯固、張秉道爲坐客，仲謀因請作後六客詞。

月滿苕溪照夜堂。五星一老鬭光芒。十五年間真夢裡。何事。長庚對月獨淒凉。　緑鬢蒼顔同一醉。還是。六人吟笑水雲鄉。賓主談鋒誰得似。看取。曹劉今對兩蘇張。

贈王定國侍儿　前　人

王定國嶺外歸，有歌兒曰柔奴，姓宇文氏。眉目娟麗，善應對，家世住京師。一日出以侑酒，余問柔：「廣南風土應是不好？」柔對曰：「此心安處便是吾鄉。」因爲綴詞云。

誰羡人間琢玉郎。天應乞與點酥娘。盡道清歌傳皓齒。風起。雪飛炎海變清涼。　萬里歸來顔愈少。微笑。笑時猶帶嶺梅香。試問嶺南應不好。卻道。此心安處是吾鄉。

眉批：按《長公外紀》，「誰羡」作「常羡」。「天應乞與」作「天教分付」，「盡道清歌」作「自作清歌」，「顔」作「年」，「笑時」作「時時」。

歐陽永叔

把酒花前欲問他。對花何怯醉顔酡。春到幾人能爛賞。何況。無情風雨等閒多。　豔樹香叢都幾許。朝暮。惜紅愁粉奈情何。好是金船浮玉浪。相向。十分深送一聲歌。

夾注：一作「惜」。

前人

把酒花前欲問伊。忍嫌金盞負春時。紅豔不能旬日看。宜算。須知開謝只相隨。　蝶去蜂來猶戀戀。難見。回頭還是度年期。莫候飲闌花已盡。方信。無人堪與補殘枝。

前人

把酒花前欲問公。對花何事訴金鍾。爲問去年春甚處。虛度。鶯聲撩亂一場空。　今歲春來須愛惜。難得。須知花面不長紅。待得酒醒君不見。千片。不隨流水即隨風。

前人

把酒花前欲問君。世間何計可留春。縱使青春留得住。虛語。無情花對有情人。　任是好花須落去。自古。紅顔能得幾時新。暗想浮生何事好。唯有。清歌一曲倒金樽。

前人

早是閒愁依舊在。無奈。那堪更被宿酲兼。把酒送春惆悵甚。長恁。年年三月病懨懨。

過盡韶華不可添。小樓紅日下層簷。春睡覺來情緒惡。寂寞。楊花撩亂拂珠簾。

夾注：一作「光」。

前人

粉面麗姝歌窈窕。清妙。樽前信任醉醺醺。不是狂心貪燕樂。自覺。年來白髮滿頭新。

對酒追歡莫負春。春光歸去可饒人。昨日紅芳今綠樹。已暮。殘花飛絮兩紛紛。

暮春漫興　辛幼安

卷盡殘花風未定。休恨。花開元自要春風。試問春歸誰得見。飛燕。來時相遇夕陽中。

少日春懷似酒濃。插花走馬醉千鐘。老去逢春如病酒。唯有。茶甌香篆小簾櫳。

葛園大醉家人戒飲故書于壁　前人

昨夜山公倒載歸。兒童應笑醉如泥。試與扶頭渾未醒。休問。夢魂猶在葛家溪。欲覓醉鄉今古路。知處。温柔東畔白雲西。起向綠窗高處看。題徧。劉伶元自有賢妻。

招馬荀仲遊雨岩用葯名以其善醫也　前人

山路風來草木香。雨餘涼意到胡床。泉石膏肓吾已甚。多病。隄防風月費篇章。孤負尋常山間醉。獨自。應知楊子草玄忙。湖海早知身汗漫。誰伴。只甘松竹共淒涼。

又藥名　前人

仄月高寒水石鄉。倚空青碧對禪房。白髮自憐心似鐵。風月。史君子細與平章。平昔生涯笻竹杖。來往。卻慚沙鳥笑人忙。便好剩留黃卷句。誰賦。銀鉤小草晚天涼。

席上賦　前人

春到蓬壺特地晴。神仙隊裏相公行。翠玉相挨呼小字。須記。笑簪花底是飛瓊。總是傾城來一處。誰妬。誰攜歌舞到園亭。柳妒腰肢花妒豔。聽看。流鶯直是妬歌聲。

送范先之遊建鄴　前人

聽我尊前醉後歌。人生無奈別離何。但使情親千里近。須信。無情對面是山河。寄語石頭城下水。居士。而今渾不怕風波。借使未成鷗鷺伴。經慣。也應學得老漁蓑。

三山送盧國華　前人

少日猶堪話別離。老來怕作送行詩。極目南雲無雁過。君看，梅花也解寄相思。無限江山行未了。父母。不須和淚看旌旗。後會丁寧何日是。須記。春風十里放燈時。

國華置酒又用韻　前人

莫望中州歎黍離。元和盛德要君詩。老去不堪誰似我。歸臥。青山活計費尋思。誰築詩壇高十丈。直上。看君斬將更搴旗。歌舞正濃還有語。記取。鬚髯不似少年時。

又自和　前人

金印纍纍佩陸離。河梁更賦斷腸詩。莫擁旌旗真個去。何處。玉堂元自要論思。且約風流三學士。同醉。春風看試幾槍旗。從此酒酣明月夜。耳熱。那邊應是說儂時。

杜鵑花　前人

百紫千紅過了春。杜鵑聲苦不堪聞。卻解啼教春小住。風雨。空山招得海棠魂。恰似蜀宮當日女。無數。猩猩血染赭羅巾。畢竟花開誰作主。記取。大都花屬惜花人。

用韻和趙晉臣 前人

野草閒花不當春。杜鵑卻是舊知聞。謾道不如歸去住。梅雨。石榴花又是離魂。前殿群臣深殿女，赭袍一點萬紅巾。莫問興亡今幾許。聽取。花前毛羽已羞人。

贊成功 毛文錫

前段七句四韻三十一字，後段七句四韻三十一字。

海棠未坼，萬點深紅。香包緘結一重重。似含羞態，邀勒春風。蜂來蝶去，任遶芳叢。昨夜微雨，飄灑庭中。忽聞聲滴井邊桐。美人驚起，坐聽晨鐘。快教折取，戴玉瓏璁。

醜奴兒

首句五字平韻起，二句七字平叶，三句七字，四句四字，五句四字，六句四字平叶。首句五字平叶，二句七字平叶，三句七字，四句四字，五句四字，六句四字平叶。
前段六句三韻三十一字，後段同前。

黃魯直

得計許多時。長醉賞月下花枝。暴風急雨年年有，金籠鎖定，鶯雛燕友，不被雞欺。
紅旆轉逶迤。悔無計千里追隨。再來重綰瀘南印，而今目下，恓惶怎向，日永春遲。

前　人

濟楚好得些。憔悴損都是因他。那回得句閒言語，傍人盡道你管，又還鬼那人吵。得過口兒嘛。直勾得風了自家。是即好意也毒害，你還甜殺人了，怎生申報孩兒。

壽仙翁

首句四字仄韻起，二句四字仄叶，三句七字仄叶，四句九字仄叶，五句六字仄叶。首句四字，二句六字仄叶，三句七字仄叶，四句九字仄叶，五句六字仄叶。

前段五句五韻三十字，後段五句四韻三十二字。

五日壽張太宰　夏桂洲

渠荷凝碧。海榴舒赤。正節近端陽五日。日日湖邊敞笙歌綺席。光映壽星南極。帶束金犀，鶴錦新裁宮織。喜烏帽籠頭未白。好爲蒼生大展經綸力。永作明堂柱石。

鳳啣盃

∩□○○∩○□首句七字仄韻起∩○∩∩○○□二句七字仄叶∩∩□○○三句五字∩○∩□○○□四句七字仄叶∩□□○○□五句六字仄叶

□○○首句三字∩○□二句三字仄叶∩○∩□○○□三句七字仄叶∩∩□○○四句五字∩○∩□○○□五句七字仄叶∩□□○○□六句六字仄叶

前段五句四韻三十二字，後段六句四韻三十一字。

追悔當初孤深願。經年價兩成幽怨。任越水吴山，似屏如障堪游翫。奈獨自慵擡眼。賞煙花，聽絃管。圖歡娱轉加腸斷。縱時展丹青，强拈書信頻頻看。又爭似親相見。

柳耆卿

甘州徧

首句三字，二句五字平韻起，三句三字平叶，四句四字，五句四字，六句七字平叶。起句三字，二句三字平叶，三句六字，四句五字平叶，五句三字，六句五字平叶，七句三字平叶，八句四字，九句五字平叶。

前段六句三韻二十六字，後段九句六韻三十七字。

春光好，公子愛閑遊。足風流。金鞍白馬，雕弓寶劒，紅纓錦襜出長鞦。花蔽膝，玉銜頭。尋芳逐勝歡宴，絲竹不曾休。美人唱，揭調是甘州。醉紅樓。堯年舜日，樂聖永無憂。

毛文錫

其二　毛文錫

秋風緊，平磧雁行低。陣雲齊。蕭蕭颯颯，邊聲四起，愁聞戍角與征鼙。青塚北，黑山西。沙飛聚散無定，往往路人迷。鐵衣冷，戰馬血沾蹄。破蕃奚。鳳皇詔下，步步躡丹梯。

醉春風

∩□○○□首句五字仄韻起∩○○□□二句五字仄叶∩○∩□□○○三句七字□□□四句三字仄叶疊韻∩□○○五句四字∩○○□六句四字∩○○□七句四字仄叶

前段七句四韻三十二字，後段同前。

夢仙　朱希真

夜飲西真洞。群仙驚戲弄。素娥傳酒袖陵風，送送送。吸盡金波，醉朝天闕，闔班星拱。　碧簡承新寵。紫微恩露重。忽然推枕草堂空。夢夢夢。帳冷衾寒，月斜燈暗，畫樓鐘動。

春閨

趙德麟

陌上清明近。行人難借問。風流何處不歸來，悶悶悶。回雁峰前，戲魚波上，試尋芳信。　夜久蘭膏燼。春睡何曾穩。枕邊珠淚幾時乾，恨恨恨。惟有窗前，過來明月，照人方寸。

黃鐘樂

⋂○⋂□□○○首句七字平韻起⋂□○○二句四字⋂□○□□○○三句七字平叶⋂□⋂○○□□四句七字⋂○⋂□□○○五句七字平叶

⋂□⋂○○□□首句七字

前段五句三韻三十二字，後段同前首句平仄不同。

魏承班

池塘煙暖草萋萋。惆悵閑宵，含恨愁坐思堪迷。遥想玉人情事遠，音容渾似隔桃溪。

偏記同歡秋月底，簾外論心，花畔和醉暗相攜。何事春來君不見，夢魂長在錦江西。

瑞鷓鴣

⋂○⋂□□○○首句七字平韻起⋂○⋂□□○○二句七字平叶⋂□○○⋂□○○□三句九字⋂□○○⋂□○四句七字平叶

⋂○⋂□○○□首句七字⋂○⋂□○○二句六字平叶⋂○⋂□○○三句六字⋂□○○□四句五字□○○五句三字平叶⋂□○○⋂□○六句七字平叶

前段四句三韻三十字，後段六句三韻三十四字。

詠紅梅　晏同叔

越娥紅淚泣朝雲。越梅從此學妖頻。臘月初頭庚嶺繁開後。特染妍華贈世人。　前溪昨夜深深雪，朱顏不掩天真。何時驛西歸，寄與相思客，一枝新。報道江南別樣春。

淡黃柳

首句四字仄韻起，二句五字仄叶，三句七字仄叶，四句六字，五句七字仄叶。　首句三字仄叶，二句五字仄叶，三句六字仄叶，四句八字，五句四字，六句四字，七句六字仄叶。

前段五句四韻二十九字，後段七句四韻三十六字。

台城秋夜　劉伯温

江城夜寂。何處吹羌笛。城上月高風淅淅。翻動林梢敗葉，一片琅玕下空碧。　倦遊客。鄉關暮雲隔。謾回首盼歸翼。想柴門流水依然在，白髮參軍，青衫司馬，休向天涯淚滴。

品令

首句五字仄叶，二句六字仄叶，三句四字，四句四字，五句四字仄叶，六句四字，七句六字仄叶。

前段七句四韻三十三字，後段同前首句少一字。

詠茶　黄山谷

鳳舞團團餅。恨分破教孤另。金渠體淨，隻輪慢碾，玉塵光瑩。湯響松風，早減二分酒病。味濃香永。醉鄉路成佳境。恰如燈下，故人萬里，歸來對影。口不能言，心下快活自省。

送黔守曹伯達供備　前　人

敗葉霜天曉。漸鼓吹催行棹。栽成桃李，未開便解，銀章掃。去取麒麟，圖畫要及年少。勸君醉倒。别語怎醒時道。楚山千里暮雲，鎮誰人懷抱。記取江州司馬，座中最老。

喝火令

首句五字，二句五字平韻起，三句七字平叶，四句六字，五句五字平叶。

首句五字，二

句五字平叶，三句七字平叶，四句四字，五句五字平叶，六句六字，七句五字平叶。

前段五句三韻二十八字，後段七句四韻三十七字。

黃魯直

見晚情如舊，交疎分已深。舞時歌處動人心。烟水數年魂夢，無處可追尋。　昨夜燈前見，重題漢上襟。便愁雲雨又難尋。曉也星稀，曉也月西沉。曉也雁行低度，不會寄芳音。

解佩令

⋂○○□首句四字⋂○□□二句四字⋂○○○⋂○□三句七字仄韻起⋂□○○四句四字⋂⋂□

⋂○○□五句七字仄韻起⋂○○⋂○○□六句七字仄叶

前段六句三韻三十三字，後段同前。

宮詞

晏叔原

玉階秋感，年華暗去，掩深宮團扇無緒。記得當時，自剪下機中輕素。點丹青畫成秦女。涼襟猶在，朱絃未改，忍霜紈飄零何處。自古悲涼，是情事輕如雲雨。倚么弦恨長難訴。

謝池春

∩□○○首句四字∩□∩○○□二句六字仄韻起∩○○∩○∩□三句七字仄叶∩○○□四句四字∩○○○□五句五字仄叶∩○○∩○∩□六句七字仄叶　∩○□□首句四字

前段六句四韻三十三字，後段同前首句平仄不同。

陸放翁

賀監湖邊，初繫放翁歸棹。小園林時時醉倒。春眠驚起，聽啼鶯催曉。歎功名誤人堪笑。　朱橋翠徑，不許京塵飛到。掛朝衣東歸欠早。連宵風雨，捲殘紅如掃。恨尊前送春人老。

行香子

∩□○○首句四字平韻起∩□○○二句四字平叶∩○∩∩□○○三句七字平叶∩○○□四句四字∩

□○○五句四字平叶□∩○□六句四字∩○□七句三字□○○八句三字平叶

前段八句五韻三十三字，後段同前有首二句不用韻者。

閒情　　張子野

舞雪歌雲。閒淡粧勻。藍溪水深染輕裙。酒香醺臉，粉色生春。更巧談話，美情性，好精神。

江空無畔，凌波何處，月橋邊青柳朱門。斷鐘殘角，相送黃昏。奈心中事，眼中淚，意中人。

晚景　　蘇子瞻

北望平川。野水荒灣。共尋春飛步巉嵒。和風弄袖，香霧縈鬟。正酒酣，人語笑，白雲間。

飛鴻落照，相將歸去，澹娟娟玉宇清閒。何人無事，宴坐空山。望長橋上，燈火亂，使君還。

述懷　**前　人**

清夜無塵。月色如銀。酒斟時須滿十分。浮名浮利，休苦勞神。似隙中駒，石中火，夢中身。　雖抱文章，開口誰親。且陶陶樂取天真。幾時歸去，作箇閒人。皆一張琴，一壺酒，一溪雲。

歸興　**趙宜之**

鏡裏流年。緑鬢華顛。謝西山青眼依然。人生安用，利鎖名纏。似燕營巢，蜂釀蜜，蟻爭羶。　詞苑羣仙，塲屋諸賢，看文章大筆如椽。閒人書册，且枕頭眠。有洗心經，傳燈録，坐忘篇。

隱樂詞八首　**中峯和尚**

玉殿瓊樓。金鎖銀鉤。總不如巖谷清幽。蒲團紙帳，瓦鉢磁甌。卻不知春，不知夏，不知秋。　萬事俱休。名利都勾。罷攀緣永絶追求。溪山作伴，雲月爲儔。但樂清閒，樂自在，樂優游。

其二

木槿籬笆。雪屋梅花。香馥馥疏影横斜。久辭闤闠，識破浮華。有雲門餅，金牛飯，趙州茶。　驗盡龍蛇。凡聖交加。喜清貧不愛嬌奢。孤窗獨坐，目對天涯。閒伴清風，伴明月，伴煙霞。

其三

無物思量。萬慮皆忘。坐兩班大衆禪床。粗衣遮體，糲飯充腸。有一函經，一佛像，一爐香。　功課尋常。道行非狂。愛山中白晝偏長。翠苔巖洞，緑竹山房。有一天風，一天月，一天涼。

其四

四序無窮。萬物皆同。守空門佛祖家風。香煙裊白，燭影摇紅。對翠梧桐，金菡萏，玉芙蓉。　潦倒山翁。少小頑童。天性兒一樣疏慵。偶來塵世，卻想山中。有一枝梅，千竿竹，萬年松。

其五

欲出樊籠。須契真宗。善知識千載難逢。弘施捧喝，擊碎虛空。卻有鉗鎚，有爐鞴，有機鋒。坐斷孤峰。咲月吟風，握龍泉獨鎮寰中。野猿絶跡，狐兎潛蹤。卻善調獅，善伏虎，善降龍。

其六

頓脱塵羈。深處幽棲。兀騰騰絶慮忘機。繩床石枕，竹榻柴扉。卻也無憂，也無喜，也無非。淡飯黄虀。寂寞相宜。類孤雲野鶴無疑。策筇峰頂，岩洞閒嬉。但看青山，看緑水，看雲飛。

其七

不愛驕奢。不喜諠譁。身穿著百衲袈裟。行中乞化，坐演三車。卻怕人知，怕人問，怕人誇。雪竹交加。玉樹槎牙。一枝開五葉梅花。東村檀越，西市恩家。但去時齋，閒時講，坐時茶。

其八

松嫩堪湌。竹密須删。息塵緣何事相干。心超物外，身處人間。有十分清，十分閒。　學道非艱。守道多難。結跏趺坐斷塵寰。苦空僧舍，寂寞禪關。對幾層雲，幾層水，幾層山。

詠茶　蘇子瞻

綺席纔終。歡意猶濃。酒闌時高興無窮。共誇君賜，初拆黄封。看分香餅，黄金縷，密雲龍。　鬥贏一水，功敵千鍾。覺涼生兩腋清風。暫留紅袖，少卻紗籠。放笙歌散，庭館靜，略從容。

寓意　前人

三入承明。四至九卿。問書生何辱何榮。金張七葉，珥金貂纓。無汗馬事，不獻賦，不明經。　成都卜肆，寂寞君平。鄭子真巖谷躬耕。寒灰炙手，人重人輕。除竺乾學，得無念，得無名。

秋興　前人

涼夜霜風。先入梧桐。渾無處回避衰容。問公何事，不語書空。但一回醉，一回病，一回慵。　秋來庭下，光陰似箭，似無言有意傷儂。都將萬事，付與千鍾。任酒花白，眼花亂，燭花紅。

冬思　前人

攜手江村。梅雪飄裙。情何限處處銷魂。故人不見，舊曲重聞。向望湖樓，孤山寺，湧金門。　尋常行處，題詩千首，繡羅衫與拂紅塵。別來相憶，知是何人。有湖中月，江邊柳，隴頭雲。

過七里灘　前人

一葉舟輕。雙槳鴻驚。水天清影湛波平。魚翻藻鑑，鷺點煙汀。過沙溪急，霜溪冷，月溪明。　重重似畫，曲曲如屏。算當年虛老嚴陵。君臣一夢，今古虛名。但遠山長，雲山亂，曉山青。

三山作　辛幼安

好雨當春。要趁歸耕。況而今已是清明。小窗坐地，側聽簷聲。恨夜來風，夜來月，夜來雲。　花絮飄零。鶯燕丁寧。怕妨儂湖上閒行。天心肯後，費甚心情。放霎時陰，霎時雨，霎時晴。

山居客至　前　人

白露園蔬。碧水溪魚。笑先生釣罷還鋤。小窗高卧，風展殘書。看北移山，盤谷序，輞川圖。　白飯青芻。赤脚長鬚。客來時酒盡重沽。聽風聽雨，吾愛吾廬。歎苦無心，剛自瘦，此君疎。

戲呈趙昌甫韓仲止　前　人

少日嘗聞。富不如貧。貴不如賤者長存。由來至樂，總屬閒人。且飲瓢泉，弄秋水，看停雲。　歲晚情親。老語彌真。記前時勸我殷勤。都休殢酒，也莫論文。把相牛經，種魚法，教兒孫。

雲岩道中　前人

雲岫如簪。野漲挼藍。向春闌緑醒紅酣。青裙縞袂，兩兩三三。把麴生禪，玉版局，一時參。拄杖彎環。過眼嵌岩。岸輕烏白髮鬖鬖。他年來種，萬桂千杉。聽小綿蠻，新格磔，舊呢喃。

錦纏道

⋂□○○首句四字⋂□⋂○○□二句六字仄韻起⋂○○⋂○○□三句七字仄叶⋂○⋂□○○□四句七字仄叶⋂□○○五句四字⋂□○○□六句五字仄叶

⋂○⋂□○首句五字⋂○○□二句四字仄叶⋂○○□○○□三句七字仄叶⋂○⋂□○○□四句七字⋂○○□五句四字⋂□○○□六句五字仄叶

前段六句四韻三十三字，後段六句三韻三十三字。

春景　宋子京

燕子呢喃，景色乍長春晝。覩園林萬花如繡。海棠經雨胭脂透。柳展宮眉，翠拂行人首。　向郊原踏青，恣歌攜手。醉醺醺尚尋芳問㈠酒。牧童遥指孤村道，杏花深處，那裏人家有。

看花回

柳耆卿

∩□○○∩□○首句七字平韻起∩□○○二句四字平叶∩○∩□○○□三句七字∩○∩□○○四句六字平叶∩○○□□五句五字∩□○○六句四字平叶

前段六句四韻三十三字，後段同前。

屈指勞生百歲期。榮瘁相隨。利牽名惹逡巡過，奈兩輪玉走金飛㈡。紅顔成白首，極品何爲。　塵事常多雅會稀。忍不開眉。畫堂歌管深深處，難忘酒盞花枝。醉鄉風景好，

㈠ 較譜多一字。

㈡ 較譜多一字。

攜手同歸。

風中柳

首句四字，二句六字仄韻起，三句三字，四句四字仄叶，五句四字，六句五字仄叶，七句三字，八句四字仄叶。

前段八句四韻三十三字，後段同前。

閨情　孫夫人

銷減芳容，端的爲郎煩惱。鬢慵梳，宮粧草草。别離情緒，待歸來都告。怕傷郎，又還休道。　利鎖名韁，幾阻當年歡笑。更那堪，鱗鴻信杳。蟾枝高折，願從今須早。莫辜負，鳳幃人老。

聲聲令

首句四字，二句四字平韻起，三句七字平叶，四句四字，五句六字平叶，六句三字平叶，七句四字平叶。

首句四字平叶，二句三字，三句三字平叶，四句七字平叶，五句四字，六句六字平叶，七句三字平叶，八句四字平叶。

前段七句五韻三十二字，後段八句六韻三十四字。

春思　俞克成

簾移碎影，香褪衣襟。舊家庭院嫩苔侵。東風過盡，暮雲鎖緑窗深。怕對人，閒枕剩衾。

樓底輕陰。春信斷怯登臨。斷腸魂夢兩沉沉。花飛水遠，便從今莫追尋。又怎禁，驀地上心。

添字少年心

前段□句□韻三十五字，後段□句□韻三十二字。

黄魯直

心裏人人，暫不見，霎時難過。天生你要憔悴我。把心頭從前鬼，著手摩挲。抖擻了百病銷磨。見説那廝脾鱉熱。大不成我便與拆破。待來時，鬲上與廝噉則個。温存着且教推磨。

鳳凰閣

首句九字仄韻起，二句七字仄叶，三句十字仄叶，四句七字仄叶。首句十字仄叶，二句七字仄叶，三句十字仄叶，四句七字仄叶。

前段四句四韻三十三字，後段四句四韻三十四字。

傷春

葉道卿

遍園林緑暗渾如翠幄。下無一片是花萼。可恨狂風横雨忒煞情薄。盡底把韶華送卻。楊花無奈是處穿簾透幕。豈知人意正蕭索。春去也這般愁没處安著。怎耐向黄昏院落。

青玉案

⋂○⋂□○○□首句七字仄韻起⋂□□○○□二句六字仄叶⋂□⋂○○□□三句七字仄叶⋂○○□四句四字⋂○○□五句四字⋂□○○□六句五字仄叶

前段六句四韻三十三字，後段同前第二句七字。

春暮　　賀方回

凌波不過横塘路。但目送芳塵去。錦瑟年華誰與度。月樓花院，綺窗朱户，惟有春知處。　碧雲冉冉衡皋暮。綵筆空題斷腸句。試問閒愁知幾許。一川煙草，滿城風絮，梅子黄時雨。

春日懷舊　　歐陽永叔

一年春事都來幾。早過了三之二。緑暗紅嫣渾可是。緑楊庭院，暖風簾幙，有個人憔悴。　買花載酒長安市。又爭似家山見桃李。不枉東風吹客淚。相思難表，夢魂無據，惟有歸來是。

詠雪　陳瑩中

碧空黯淡同雲繞。漸枕上風聲峭。明透紗窗天欲曉。珠簾纔捲，美人驚報，一夜青山老。　使君命客金樽倒。正千里瓊瑶未經掃。歛壓江梅春信早。十分農事，滿城和氣，管取來年好。

警悟　吴彦高

人生南北如歧路。世事悠悠等風絮。造化小兒無定據。翻來覆去，倒横直豎，眼見都如許。　伊周功業何須慕。不學淵明便歸去。坎止流行隨所寓。玉堂金馬，竹籬茅舍，總是無心處。

元宵　無名氏

東風未放花千樹。早吹隕星如雨。寶馬雕車香滿路。鳳簫聲動，玉壺光轉，一夜魚龍舞。　蛾兒雪柳黄金縷。笑靨盈盈暗香去。衆裏尋他千百度。驀然回首，那人卻在，燈火闌珊處。眉批：又見辛幼安集，「未放」作「夜放」，「早吹隕」作「更吹落」，「笑靨」作「笑語」。

社日 **前人**

年年社日停針線。怎忍見雙飛燕。今日江城春已半。一身猶在，亂山深處，寂寞溪橋畔。　春山著破誰針線。點點行行淚痕滿。落日解鞍芳草岸。花無人戴，酒無人勸，醉也無人管。

雪夜 **前人**

凍雲封却駞岡路。有誰訪溪梅去。夢裏疎香風暗度。覺來惟見，一窗涼月，瘦影無尋處。　明朝畫筆江天暮。定向漁簑得奇句。試問簾前深幾許。兒童笑道，黄昏時候，猶是廉纖雨。

春雨 **楊孟載**

平湖過雨清如鑑。柳下賣花船纜。雌蝶雄蜂飛繞檻。杏花終是，輕紅嫩白，不比梨花淡。　一春能幾花前探。天氣無憑故相賺。晴不多時陰亦暫。一回風雨，一回烟霧，何處堪登覽。

春興 前人

王孫芳草生無数。漸緑遍長干路。春色匆匆愁裏度。幾番風雨，幾番晴霽，又早遥天暮。青鞋不怕春泥汙。紅藥重教曲闌護。細数落花成獨步。自緣山野，不堪廊廟，不是文章誤。

至宜州次韻酧七兄原作附 **黄魯直**

寅菴解萍實宰，有詞云：「行人欲上來時路。破曉霧輕寒去。隔葉子規聲暗度。十分酒滿，舞裀歌袖，沾夜無尋處。故人近送旌旗暮。但聽陽關第三句。欲斷離腸餘幾許。滿天星月，看人憔悴，燭淚垂如雨。」公次其韻。

煙中一線來時路。極目送歸鴻去。第四陽關雲不度。山胡新囀，子規言語，正在人愁處。憂能損性休朝暮。憶我當年醉時句。渡水穿雲心已許。暮年光景，小軒南浦，同捲西山雨。夾注：舊詩句云：「我自只如常日醉，滿川風月替人愁。」

次賀方回韻送伯固歸吴中 **蘇子瞻**

三年枕上吴中路。遣黄耳隨君去。若到松江呼小渡。莫驚鷗鷺，四橋盡是，老子經行輞川圖上看春暮。常記高人右丞句。作個歸期天已許。春衫猶是，小蠻針線，曾溼西湖雨。

一年春

首句七字仄韻起，二句六字仄叶，三句七字仄叶，四句四字，五句四字，六句五字仄叶。前段六句四韻三十三字，後段同二句多一字。

歸興　楊孟載

鶯聲留我看山久。臨去也重回首。雖是春光隨處有。暖風輕霧，淡烟疎雨，都在江邊柳。　自知不是經綸手。無意封侯印如斗。行樂何須金谷友。只消尋箇，典衣伴侶，同醉金陵酒。

感皇恩

⋂□□○○首句五字⋂⋂⋂□二句四字仄韻起⋂□○○□○□三句七字仄叶⋂○⋂□四句四字⋂□
⋂○○□五句六字仄叶⋂○○□□六句五字○○□七句三字仄叶

前段七句四韻三十四字，後段同前首句四字。

飲酒　毛澤民

多病酒尊疎，飲少輒醉。年少銜盃可追記。無多酌我，醉倒阿誰扶起。滿懷明月冷，爐烟細。　雲漢雖高，風波無際。何似歸來醉鄉裏。玻璃紅盞，滿載春光花氣。蒲萄仙浪軟，迷紅翠。

安居訪閱道同遊湖山　張子野

廊廟當時共代工。睢陵千里約，遠相從。欲知賓主與誰同。宗枝内，黄閣舊有三公。　廣樂起雲中。湖山看畫軸，兩仙翁。武林佳話幾時窮。元豐際，德星聚，照江東。

滁州壽范倅

辛幼安

春事到清明，十分花柳。喚得笙歌勸君酒。酒如春好，春色年年依舊。青春元不老，君知否。　席上看君，竹清松瘦。待與青春鬭長久。三山歸路，明日天香襟袖。更持金盞起，爲君壽。

又

前　人

七十古來稀，人人都道。不是陰功怎生到。松姿雖瘦，偏耐雪寒霜曉。看君雙鬢底，青青好。　樓雪初晴，庭闈嬉笑。一醉何妨玉壺倒。從今康健，不用靈丹仙草。更看一百歲，人難老。

慶嬸母王恭人七十

前　人

七十古來稀，未爲希有。須是榮華更長久。滿床靴笏，羅列兒孫新婦。精神渾似個，西王母。　遥想畫堂，兩行紅袖。妙舞清歌擁前後。大男小女，逐個出來爲壽。一個一百歲，一杯酒。

讀莊子聞朱晦菴即世　　前人

案上數編書，非莊即老。會説忘言始知道。萬言千句，不自能忘堪笑。今朝梅雨霽，青天好。　一壑一丘，輕衫短帽。白髮多時故人少。子雲何在，應有玄經遺草。江河流日夜，何時了。

壽鉛山丞陳及之　　前人

富貴不須論，公應自有。且把新詞祝公壽。當年仙桂，父子同攀希有。人言金殿上，他年久。　冠冕在前，周公拜手。同日催班魯公後。此時人羨，緑鬢朱顏依舊。親朋來賀喜，休辭酒。

天仙子

∩□∩○○□□首句七字仄韻起∩□∩○○□□二句七字仄叶○○∩□□○○三句七字○∩□四句三字仄叶○∩□五句三字仄叶∩□∩○○□□六句七字仄叶

前段六句五韻三十四字，後段同前。

張子野

水調數聲持酒聽。午醉醒來愁未醒。送春春去幾時回，臨晚鏡。傷流景。往事後期空記省。沙上竝禽池上瞑。雲破月來花弄影。重重簾幕密遮燈，風不定。人初靜。明日落紅應滿徑。

水閣

沈會宗

景物因人成勝概。滿目更無塵可礙。等閒簾幕小闌干，衣未解。心先快。明月清風如有待。誰信門前車馬隘。別是人間閒世界。坐中無物不清涼，山一帶。水一派。流水白雲長自在。

殢人嬌

⋂□◯◯首句四字⋂□⋂◯⋂□二句六字仄韻起⋂□□⋂◯⋂□三句七字仄叶⋂◯□□四句四字

⋂○○⋂□五句五字仄叶⋂□□六句三字⋂□⋂○○□七句六字仄叶　⋂□○○首句四字⋂○□□二句四字仄叶⋂□□⋂○⋂□三句七字仄叶⋂○□□四句四字⋂○○⋂□五句五字仄叶○□□六句三字⋂□⋂○⋂□七句六字仄叶

前段七句四韻三十五字，後段七句四韻三十三字。舊本各段六七句作九字一句。

上壽　**晏同叔**

玉樹微涼，漸覺銀河影轉。林葉靜疏紅欲遍。朱簾細雨，尚遲留歸燕。嘉慶日，多少世人良願。　楚竹驚鸞，秦箏起雁。縈舞袖急翻羅薦。雲回一曲，更輕櫳檀板。香炷遠，同祝壽期無限。

王都尉席上贈侍人　**蘇子瞻**

滿院桃花，盡是劉郎未見。於中更一枝纖軟。仙家日月，笑人間春晚。濃睡起，驚飛亂紅千片。　密意難窺，羞容易見。平白地爲伊腸斷。問君終日，怎安排心眼。須信道，司空自來見慣。

贈朝雲　　蘇子瞻

白髮蒼顔，正是維摩境界。空方丈散花何礙。朱脣筯點，更髻鬟生彩。這些箇，千生萬生只在。　好事心腸，著人情態。閒窗下斂雲凝黛。明朝端午，待學紉蘭爲佩。尋一首好詩，要書裙帶。

戲邦直　　前人

別駕來時，燈火無數。向青瑣隙中偷覷。元來便是，共綵鸞仙侶。方見了，管須低聲説與。　百子流蘇，千枝寶炬。人間有洞房煙霧。春來何事，故抛人別處。坐望斷，樓中遠山歸路。

折桂令《採桑子》第十二首末三字未明記查

前段□句□韻三十三字，後段□句□韻三十五字。

擬張鳴善

元倪瓚號雲林

草茫茫秦漢陵闕。世代興亡，卻便似月影圓缺。山人家堆案圖書，當窗松桂，滿地薇蕨。侯門深何須刺謁，白雲自可怡悅。到如今世事難説。天地間不見一個英雄，不見一個豪傑。

兩同心

⋂□◯◯首句四字⋂◯◯□二句四字仄韻起⋂◯□⋂□◯◯三句七字⋂◯□⋂◯◯□四句七字仄叶⋂⋂◯⋂□◯◯五句七字⋂⋂◯□六句四字仄叶　⋂□⋂◯◯□首句六字仄叶⋂◯◯□二句四字仄叶⋂◯□⋂□◯◯三句七字⋂◯□⋂◯◯□四句七字仄叶⋂⋂◯⋂□◯◯五句七字⋂⋂◯□六句四字仄叶

前段六句三韻三十三字，後段六句四韻三十五字。

柳耆卿

竚立東風，斷魂南國。花光媚春醉瓊樓，蟾彩迴夜遊香陌。憶當時酒戀花迷，役損詞客。別有眼長腰搦。痛憐深惜。鴛衾冷夕雨淒飛，錦書斷暮雲凝碧。想別來好景良時，也應相憶。

晏叔原

楚鄉春晚。似入仙源。拾翠處閒隨流水，踏青路暗惹香塵。心心在柳外青簾，花下朱門。對景且醉芳尊。莫話銷魂。好意思曾同明月，惡滋味最是黄昏。相思處一紙紅牋，無限啼痕。

黄魯直

巧笑眉顰。行步精神。隱隱似朝雲行雨，弓弓樣羅襪生塵。樽前見玉檻雕籠，堪愛難親。自言家住天津。生小從人。恐舞罷隨風飛去，顧阿母教窣珠裙。從今去唯願銀缸，莫照離樽。

又　前　人

一笑千金。越樣情深。曾共結合歡羅帶，終願效比翼文禽。許多時伶俐惺惺，驀地昏沈。自從官不容針。直取而今。你共人女邊著子，爭知我門裡挑心。記攜手小院回廊，月影花陰。

又　　前人

秋水遥岑。粧淡情深。儘道教心堅穿石，更説甚官不容針。霎時間雨散雲歸，無處追尋。小樓朱閣沉沉。一笑千金。你共人女邊著子，爭知我門裏挑心。最難忘小院回廊，月影花陰。

獻衷心

□○○□□首句五字□□□○○二句五字平韻起○□□三句三字□○○四句三字平叶□∩○○□五句五字□○□○○六句五字平叶○○□七句三字○□□八句三字□○○九句三字平叶　∩○○□首句四字∩□○○二句四字平叶∩○○□三句四字□□○○四句四字平叶∩○○○□五句五字○□○○六句四字○○□七句三字○□□八句三字□○○九句三字平叶

前段九句四韻卅五字，後段九句四韻卅四字。

閨思

顧敻

繡鴛鴦帳煖，畫孔雀屏欹。人悄悄，月明時。想昔年歡笑，恨今日分離。銀釭背，銅漏永，阻佳期。小鑪烟細，虛閣簾垂。幾多心事，暗地思維。被嬌娥牽役，魂夢如癡。金閨裏，珊枕上，始應知。

歐陽炯

見好花顏色，爭笑東風。雙臉上，晚粧同。閉小樓深閣，春景重重。三五夜，偏有恨，月明中。情未已，信曾通。滿衣猶自染檀紅。恨不如雙燕，飛舞簾櫳。春欲暮，殘絮盡，柳條空。

小桃紅

⋂□○○□首句五字仄韻起⋂□○○□二句五字仄叶⋂□○○三句四字⋂○○□四句四字⋂○○□五句四字仄叶⋂○○○□□○○六句八字□○○○□七句五字仄叶

前段七句四韻三十五字，後段同前。

詠美人畫眉　劉龍洲

晚入紗窗靜。戲弄菱花鏡。翠袖輕勻，玉纖彈去，小粧紅粉。畫行人愁外兩青山，與尊前離恨。　宿酒醺難醒。笑記香肩竝。暖借蓮腮，碧雲微透，暈眉斜印。最多情生怕外人猜，拭香津微揾。

江城子　一名《江神子》

∩○∩□□○○首句七字平韻起□○○二句三字平叶□○○三句三字平叶∩□○○∩□□○○四句九字平叶∩□∩○○□□五句七字○□□□○○六句六字平叶

前段六句五韻三十五字，後段同前。

春恨　一作離別　秦少游

西城楊柳弄春柔。動離憂。淚難收。猶記多情曾爲繫歸舟。碧野朱橋當日事，人不見水空流。　韶華不爲少年留。恨悠悠。幾時休。飛絮落花時候一登樓。便做春江都是淚，流不盡許多愁。

春思　**謝無逸**

杏花村館酒旗風。水溶溶。颺殘紅。野渡舟横楊柳緑陰濃。望斷江南山色遠。人不見草連空。　夕陽樓外晚煙籠。粉香融。淡眉峰。記得年時相見畫屏中。只有關山今夜月，千里外素光同。

春别　**蘇子瞻**

天涯流落思無窮。既相逢。卻匆匆。攜手佳人和淚折殘紅。爲問東君餘幾許，春總在與誰同。　隋隄三月水溶溶。背歸鴻。去吳中。回望彭城清泗與淮通。寄我相思千點淚，流不到楚江東。

憶舊陳述古去餘杭爲去思者作　前　人

翠蛾羞黛怯人看。掩霜紈。淚偷彈。且盡一杯收淚唱陽關。謾道帝城天樣遠，天易見見君難。　畫堂新締近孤山。曲闌干。爲誰安。飛絮落花春色屬明年。欲棹小舟尋舊事，無處問水連天。

憶別 一本作：「倚闌干。霎時間。」「長」作「常」，「偷」作「休」，「泣」作「哭」　**黄山谷**

畫堂高會酒闌珊。霎時間。倚闌干。千里關山長恨見伊難。及至而今相見了，依舊是隔關山。　倩人傳語問平安。省愁煩。淚偷彈。泣損眼兒，不似舊時單。尋得石榴雙葉子，憑寄與插雲鬟。

又 用仄韻　**前　人**

新來曾被眼奚搐。不甘伏。怎拘束。似夢還真煩亂損心曲。見面暫時還不見，看不足惜不足。　不成歡笑不成哭。覷人目。遠山蹙。有分看伊無分共伊宿。一貫一文饒十貫，千不足萬不足。**旁注：**疑誤。

離別 亦見東坡集，「莫匆匆」二句作：「且從容。莫匆匆。」　**秦少游**

南來飛燕北歸鴻。偶相逢。慘愁容。綠鬢朱顏重見兩衰翁。別後悠悠君莫問，無限事不言中。　小槽春酒滴珠紅。莫匆匆。滿金鍾。飲散落花流水各西東。後會不知何處是，煙浪遠暮雲重。

又

前人

棗花金釧約柔荑。昔曾攜。事難期。咫尺玉顏和淚鎖春閨。恰似小園桃與李，雖同處不同枝。　玉笙初度顫鸞篦。落花飛。爲誰吹。月冷風高，此恨只天知。任是行人無定處，重相見是何時。

蘇子瞻

昔陶淵明以正月五日遊斜川，臨流班坐，顧瞻南阜，愛曾城之獨秀，乃作斜川詩，至今使人想見其處。元豐壬戌之春，余躬耕於東坡，築雪堂居之。南挹四望亭之後丘，西控北山之微泉，慨然而歎，此亦斜川之遊也。乃作此以歌之。

夢中了了醉中醒。只淵明。是前生。走遍人間依舊卻躬耕。昨夜東坡春雨足，烏鵲喜報新晴。　雪堂西畔暗泉鳴。北山傾。小溪橫。南望亭丘孤秀聳曾城。都是斜川當日境，吾老矣寄餘齡。

湖上與張先同賦

前人

鳳凰山下雨初晴。水風清。晚霞明。一朵芙蕖開過尚盈盈。何處飛來雙白鷺，如有意慕娉婷。忽聞江上弄哀箏。苦含情。遣誰聽。煙斂雲收依約是湘靈。欲待曲終尋問取，人不見數峰青。

詠獵　前人

老夫聊發少年狂。左牽黄。右擎蒼。錦帽貂裘千騎卷平岡。爲報傾城隨太守，親射虎看孫郎。酒酣胸膽尚開張。鬢微霜又何妨。持節雲中何日遣馮唐。會挽雕弓如滿月，西北望射天狼。

冬景　前人

相逢不覺又初寒。對尊前。惜流年。風緊離亭冰結淚珠圓。雪意留君君且住，從此去少清歡。轉頭山下轉頭看。路漫漫。玉花翻。銀海光寬何處是超然。知道故人相念否，攜翠袖倚朱闌。

大雪寄懷朱康叔使君　前人

黄昏猶是雨纖纖。曉開簾。欲平簷。江闊天低無處認青帘。孤坐凍吟誰伴我，揩病目撚衰髯。使君留客醉厭厭。水晶鹽。爲誰甜。手把梅花東望憶陶潛。雪似故人人似雪，雖可愛有人嫌。

陳直方妾嵇，錢塘人也。丐新詞，爲作此。錢塘人好唱陌上花緩緩曲，故戲及之　　**前人**

玉人家在鳳凰山。水雲間。掩門閒。門外行人立馬看弓彎。十里春風誰指似，斜日映繡簾斑。　多情好事與君還。閔新鰥。拭餘潸。明月空江香霧著雲鬟。陌上群花開盡也，聞舊曲破朱顏。

悼亡　　**前人**

十年生死兩茫茫。不思量。自難忘。千里孤墳無處話淒涼。縱使相逢應不識，塵滿面鬢如霜。　夜來幽夢忽還鄉。小軒窗。正梳妝。相顧無言惟有淚千行。料得年年腸斷處，明月夜短松岡。

前人

銀濤無際捲蓬瀛。落霞明。暮雲平。曾見青鸞紫鳳下層城。二十五絃彈不盡，空感慨惜離情。　蒼梧煙水斷歸程。捲霓旌。爲誰迎。空有千行流淚寄幽貞。舞罷魚龍雲海晚，千古恨入江聲。

前人

前瞻馬耳九仙山。碧連天。晚雲間。城上高臺真个是超然。莫使匆匆雲雨散，今夜裡月嬋娟。　小溪鷗鷺靜聯拳。去翩翩。點輕煙。人事淒涼回首便他年。莫忘使君歌笑處，垂柳下矮槐前。

前人

墨雲拖雨過西樓。水東流。晚烟收。柳外殘陽回照動簾鉤。今夜巫山真个好，花未落酒新篘。　美人微笑轉星眸。月華羞。捧金甌。歌扇縈風吹散一春愁。試問江南諸伴侶，誰似我醉揚州。

前人

膩紅勻臉襯檀脣。晚妝新。暗傷春。手撚花枝誰會兩眉顰。連理帶頭雙□□，留與待個中人。　淡煙籠月繡簾陰。畫堂深。夜沈沈。誰道□□□繫得人心。一自緑窗偷見後，便憔悴到如今。

感舊　　倪雲林

窗前翠影濕芭蕉。雨蕭蕭。思無聊。夢入故園山水碧迢迢。依舊當年行樂地，香徑杳緑苔饒。　沉香火底坐吹簫。憶妖嬈。想風標。同步芙蓉花畔赤闌橋。漁唱一聲驚夢覺，無覓處不堪招。

九日　　前　人

滿城風雨近重陽。濕秋光。暗横塘。蕭瑟汀蒲岸柳送淒涼。親舊登高前日夢，松菊逕也應荒。　堪將何物比愁長。緑泱泱。繞秋江。流到天涯盤屈九回腸。煙外青蘋飛白鳥，歸路阻思微茫。

和人韻　　辛幼安

賸雲殘日弄陰晴。晚山明。小溪横。枝上綿蠻休作斷腸聲。但是青山山下路，青到處總堪行。　當年綵筆賦蕪城。憶平生。若爲情。試把靈槎歸路問君平。花底夜深寒較甚，須拚卻玉山傾。

又　前人

梨花著雨晚來晴。月朧明。淚縱横。繡閣香濃深鎖鳳簫聲。未必人知春意思，還獨自遶花行。　酒兵昨夜壓愁城。太狂生。轉關情。寫盡胸中磈磊未全平。卻與平章珠玉價，看醉裡錦囊傾。

和陳仁和韻　前人

玉簫聲遠憶驂鸞。幾悲歡。帶羅寬。且對花前痛飲莫留殘。歸去小窗明月在，雲一縷玉千竿。　吴霜應點鬢雲斑。綺窗閒。夢連環。説與東風歸興有無間。芳草姑蘇臺下路，和淚看小屏山。

又　前人

寶釵飛鳳鬢驚鸞。望重歡。水雲寬。腸斷新來翠被粉香殘。待得來時春盡也，梅結子筍成竿。　湘筠簾捲淚痕斑。珮聲閒。玉垂環。個裡温柔容我老其間。卻笑平生三羽箭，何日去定天山。

和人韻

前　人

梅梅柳柳閗織穠。亂山中。爲誰容。試著春衫依舊怯東風。何處踏青人未去，呼女伴認驕驄。　兒家門户幾重重。記相逢。畫樓東。明日重來風雨暗殘紅。可惜行雲春不管，裙帶褪鬢雲鬆。

書博山王氏壁

前　人

一川松竹任横斜。有人家。被雲遮。雪後疏梅時見兩三花。比著桃源溪上路，風景好不爭些。　旗亭有酒徑須賒。晚寒咱。怎禁他。醉裡匆匆歸騎自隨車。白髮蒼顔吾老矣，只此地是生涯。

聞蟬蛙戲作

前　人

簟鋪湘竹帳籠紗。醉眠些。夢天涯。一枕驚回水底沸鳴蛙。借問喧天成鼓吹，良自苦爲官耶。　心空喧靜不爭多。病維摩。意云何。掃地燒香且看散天花。斜日緑陰枝上噪，還又問是蟬麽。

脚注：「蟬」一作「禪」。

送元濟之歸豫章　　前　人

亂雲擾擾水潺潺。笑溪山。幾時閑。更覺桃源人去隔仙凡。萬壑千岩樓外雪，瓊作樹玉爲闌。　倦游回首且加餐。短篷寒。畫圖間。見説嬌顰擁髻待君看。二月東湖湖上路，官柳嫩野梅殘。

梅花　　前　人

暗香横路雪垂垂。晚風吹。曉風吹。花意爭春先出歲寒枝。畢竟一年春事了，緣太早卻成遲。　未應全是雪霜姿。欲開時。未開時。粉面朱唇一半點胭脂。醉裡謗花花莫恨，渾冷澹有誰知。

别吴子似末寄潘德久　　前　人

看君人物漢西都。過吾廬。笑談初。便説公卿元自要通儒。一自梅花開了後，長怕説賦歸歟。　而今别恨滿江湖。怎消除。算何如。杖屨當時聞早放教疏。今代故交新貴後，渾不寄數行書。

侍者請先生賦詞自壽　　前人

兩輪屋角走如梭。太忙些。怎禁他。擬倩何人天上勸羲娥。何似從容來左右，傾美酒聽高歌。　人生今古不須磨。積教多。似塵沙。未必堅牢剗地實堪嗟。漫道長生學不得，學得後待如何。

呈趙晉臣　　前人

五雲高處望西清。玉階升。棣華榮。築屋溪頭樓觀畫難成。長夜笙歌還起問，誰放月又西沉。　家傳鴻寶舊知名。看長生。奉嚴宸。且把風流水北畫耆英。咫尺西風詩酒社，石鼎句要彌明。

賦水仙　　趙子昂

冰肌綽約態天然。淡無言。帶蹁蹮。遮莫人間凡卉避清妍。承露玉杯餐沆瀣，真合喚水中仙。　幽香冉冉暮江邊。佩空捐。恨誰傳。遥夜清霜翠袖怯春寒。羅襪凌波歸去晚，風裊裊月娟娟。

歸田樂

前段□句□韻卅字，後段前段□句□韻三十七字。

黄魯直

暮雨濛階砌。漏漸移轉添寂寞，點點心如碎。怨你又戀你。恨你惜你。畢竟教人怎生是。

前歡算未已。奈向如今愁無計。爲伊聰俊，銷得人憔悴。這裡誚睡裡。夢裡心裡。一向無言但垂淚。旁注：×。

前人

對景還銷瘦。被個人把人調戲，我也心兒有。憶我又喚我，見我嗔我，天甚教人怎生受。

看承幸廝勾。又是尊前眉峰皺。是人驚怪，冤我忒撋就。拚了又捨了，定是這回休了，及至相逢又依舊。

連理枝

⋂□○○□首句五字仄韻起⋂□○○□二句五字仄叶⋂○□□三句四字⋂○□□四句四字⋂○□□五句四字仄叶⋂○○⋂□○○六句八字□○○□□七句五字仄叶

前段七句四韻三十五字，後段同前[第三句平仄不同]。

慶壽　晏同叔

緑樹鶯聲老。金井生秋早。不寒不暖，裁衣按曲，天時正好。況蘭堂逢著壽筵開，見爐香縹緲。組繡呈纖巧。歌舞誇妍妙。玉酒頻傾，朱絃翠管，移宮易調。獻金杯重疊祝長生，永逍遥奉道。

千秋歲

⋂○○□首句四字仄韻起⋂□○○□二句五字仄叶○□□三句三字○○□四句三字仄叶⋂○○□□五

句五字⋂□○○□六句五字仄叶○□□七句三字⋂○⋂□○○□八句七字仄叶　⋂□○○□首句五字仄叶

前段八句五韻三十五字，後段同前首句五字。

春景　**秦少游**

水邊沙外。城郭輕寒退。花影亂，鶯聲碎。飄零疏酒盞，離別寬衣帶。人不見，碧雲暮合空相對。　憶昔西池會。鵷鷺同飛蓋。攜手處，今誰在。日邊清夢斷，鏡裏朱顏改。春去也，落紅萬點愁如海。**夾注**：一作「柳」。

歐陽永叔

數聲鶗鴂。又報芳菲歇。惜春更把殘紅折。雨輕風色暴，梅子青時節。永豐柳，無人盡日花飛雪。　莫把絲絃撥。怨極絃能說。天不老，情難絕。心似千絲網，中有千千結。夜過也，東窗未白殘燈滅。**眉批**：本集「千絲」作「雙絲」，「中」作「終」。

春恨　**前　人**

柳花飛盡。魚鳥無音信。盃減量，愁添鬢。梅酸心未老，藕斷絲猶嫩。歡笑地，轉頭都做江淹恨。　香冷灰消印。燈暗煤生暈。空自解，誰偢問。夜長春夢短，人遠天涯近。庭院晚，一簾風雨寒成陣。

夏景　謝無逸

練花飄砌。蔌蔌清香細。梅雨過，蘋風起。情隨湘水遠，夢遶吴峰翠。琴書倦，鷓鴣喚起南窗睡。　密意無人寄。幽恨憑誰洗。修竹畔，疏簾裡。歌餘塵拂扇，舞罷風掀袂。人散後，一鉤淡月天如水。

慶壽　辛幼安

塞垣秋草。又報平安好。尊俎上，英雄表。金湯生氣象，珠玉霏談笑。春近也，梅花得似人難老。　莫惜金樽倒。鳳詔看看到。留不住，江東小。從容帷幄裡，整頓乾坤了。千百歲，從今盡是中書考。**眉批**：「梅花」一作「春花」。

追和少游作有序　黄魯直

少游被謫，嘗夢中作詞云：「醉卧古藤陰下，了不知南北。」竟以元符庚辰，死於藤州光華亭上。崇寧甲申，庭堅竄宜州，道過衡陽。覽其遺墨，悵然有懷，因爲追和此詞云。

柳邊花外。記得同朝退。飛騎軋，鳴珂碎。齊歌雲繞扇，趙舞風回帶。嚴鼓斷，杯盤狼藉猶相對。灑淚誰能會。醉卧藤陰蓋。人已去，詞空在。兔園高宴悄，虎觀英遊改。重感慨，波濤萬頃珠沉海。

前　人

世間好事。恰恁廝當對。乍夜永，涼天氣。雨稀簾外滴，香篆盤中字。長入夢，如今見也分明是。歡極嬌無力，玉軟花攲墜。釵罥袖，雲堆臂。燈斜明媚眼，汗浹瞢騰醉。奴奴睡，奴奴睡也奴奴睡。

湖州暫來徐州重陽作　蘇子瞻

淺霜侵綠。髮少仍新沐。冠直縫，巾横幅。美人憐我老，玉手簪黃菊。秋露重，珍珠落袖沾餘馥。坐上人如玉。花映花奴肉。蜂蝶亂，飛相逐。明年人縱健，此會應難復。須細看，晚來月上和銀燭。

粉蝶兒

⋂□○○首句四字⋂○⋂⋂○□二句六字仄韻起⋂○○⋂○⋂□三句七字仄叶⋂○○○□□四句六字⋂○⋂□五句四字仄叶⋂⋂○⋂⋂□○○□六句九字仄叶

前段六句四韻三十六字，後段同前。

毛澤民

雪遍梅花，素光都共奇絶。到窗前認君時節。下重幃香篆冷，蘭膏明滅。夢悠揚空繞斷雲殘月。　沈郎帶寬，同心放開重結。褪羅衣楚腰一捻。正春風新着摸，花花葉葉。粉蝶兒這回共花同活。

落梅

辛幼安

昨日春如，十三女兒學繡，一枝枝不教花瘦。甚無情便下得，雨僝風僽。向園林鋪作地衣紅縐。　而今春似，輕薄蕩子難久。記前時送春歸後。把春波都釀作，一江醇酎。約清愁楊柳岸邊相候。

憶帝京

⋂◯⋂□◯◯□首句七字仄韻起⋂□⋂◯◯□二句六字仄叶⋂□□◯◯三句五字⋂□◯◯□四句五字仄叶⋂□□◯◯五句五字⋂□◯◯□六句五字仄叶　⋂□□⋂◯◯□首句七字仄叶◯□□◯⋂◯□二句七字仄叶⋂□◯◯三句四字⋂◯◯□四句四字⋂◯⋂□◯◯□五句七字仄叶⋂□□◯◯六句五字⋂□◯◯□七句五字仄叶

前段六句四韻三十三字，後段七句四韻三十九字。

慶壽黔州張倅生日　**黃魯直**

鳴鳩乳燕春閒暇。化作緑陰槐夏。壽酒舞紅裳，睡鴨飄香麝。醉此洛陽人，佐郡深儒雅。　況座上玉麟金馬。更莫問鶯老花謝。萬里相依，千金爲壽，未厭玉燭傳清夜。不醉欲言歸，笑殺高陽社。**脚注**：「酒」一作「斝」。

前　人

銀燭生花如紅豆。占好事而今有。人醉曲屏深，借寶瑟輕招手。一陣白蘋風，故滅燭教相就。花帶雨冰肌香透。恨啼烏轆轤聲曉，柳岸微涼吹殘酒。斷腸中依舊。鏡中銷瘦。恐那人知後。鎮把你來僝僽。

贈彈琵琶妓　前人

薄妝小靨閒情素。抱著琵琶凝竚。慢捻復輕籠，切切如私語。轉撥割朱絃，一段驚沙去。萬里嫁烏孫公主。對易水明妃不渡。粉淚行行，紅顔片片，指下花落狂風雨。借問本師誰，斂撥當胷住。

離亭燕

首句六字仄韻起，二句六字仄叶，三句七字，四句六字仄叶，五句五字，六句六字仄叶。首句六字仄叶，二句六字仄叶，三句七字，四句六字仄叶，五句五字，六句六字仄叶。

前段六句四韻三十六字，後段同前。

次韻答黎功略見寄　黃魯直

十載樽前談笑。天祿故人年少。可是陸沉英俊地，看即瑣窗批照。此處忽相逢，潦倒禿翁同調。　西顧郎官湖渺。東看庾樓人小。短艇絶江空悵望，寄得詩來高妙。夢去倚君傍，蝴蝶歸來清曉。

撼庭竹

前段六句□韻三十六字，後段六句□韻三十六字。

辛太和日吉州城外作　黃魯直

嗚咽南樓吹落梅。聞鴉樹驚飛。夢中相見不多時。隔城今夜也應知。坐久水空碧，山月影沉西。　買個宅兒住著伊。剛不肯相隨。如今卻被天嗔你，永落雞群受雞欺。空恁惡憐伊。風日損花枝。**夾注：**一作「人相思」。

隔浦蓮

首句六字仄韻起，二句五字仄叶，三句五字，四句六字仄叶，五句五字仄叶，六句三字仄叶，七句五字仄叶，八句三字仄叶。

首句四字，二句六字仄叶，三句四字，四句六字仄叶，五句七字仄叶，六句二字仄叶，七句六字仄叶。

前段八句七韻三十八字，後段七句五韻三十五字。

夏景

周美成

新篁摇動翠葆。曲徑通深窈。夏果收新脆，金丸落驚飛鳥。濃靄迷岸草。蛙聲鬧。驟雨鳴池沼。水亭小。

浮萍破處，簷花簾影顛倒。綸巾羽扇，醉卧北窗清曉。屏裡吴山夢自到。驚覺。依前身在江表。

師師令

∩○□□首句四字仄韻起∩○○∩□二句五字仄叶∩○∩□□○○三句七字∩□□∩○○□四句七字仄叶∩□∩○○□□五句七字仄叶∩□○○□六句五字仄叶

∩○∩□○○□首句七字仄叶

前段六句五韻三十五字，後段同前首句七字。

贈美人　張子野

香鈿寶珥。拂菱花如水。學妝皆道稱時宜，粉色有天然春意。蜀綵衣長勝未起。縱亂霞垂地。都城池苑誇桃李。問東風何似。不須回扇障清歌，唇一點小於朱蕊。正值殘英和月墜。寄此情千里。

風入松

∩○∩□□○○首句七字平韻起∩□○○二句四字仄叶∩○∩□○○□三句七字∩○∩□○○四句六字平叶∩□∩○○□五句六字∩○∩□○○六句六字平叶

前段六句四韻三十六字，後段同前第四句七字。

春晚

康伯可

一宵風雨送春歸。緑暗紅稀。畫樓盡日無人到，與誰同撚花枝。門外薔薇開也，枝頭梅子酸時。　玉人應是數歸期。翠斂愁眉。塞鴻不到雙魚遠，歎樓前流水難西。新恨欲題紅葉，東風滿院花飛。

虞邵菴

畫堂紅袖倚清酣。華髮不勝簪。幾回晚直金鑾殿，東風軟花裡停驂。書詔許傳宮燭，輕羅初試朝衫。　御溝氷泮水拖藍。紫燕語呢喃。重重簾幙寒猶在，憑誰寄錦字泥緘。報道先生歸也，杏花春雨江南。

河滿子

∩□∩○□□|首句六字∩○∩□○○|二句六字平韻起∩□∩○○□□|三句七字∩○∩□○○|四句

六字平叶⋂□⋂○○□五句六字⋂○⋂□○○六句六字平叶

前段六句三韻三十七字，後段同前。

秋怨

孫巨源

悵望浮生急景，淒涼寶瑟餘音。楚客多情偏怨別，碧山遠水登臨。目送連天衰草，夜闌幾處疏砧。　黄葉無風自落，秋雲不雨長陰。天若有情天亦老，搖搖幽恨難禁。惆悵舊歡如夢，覺來無處追尋。

毛熙震

寂寞芳菲暗度，歲華如箭堪驚。緬想舊歡多少事，轉添春思難平。曲檻絲垂金柳，小窗弦斷銀箏。　深院空聞燕語，滿園閑落花輕。一片相思休不得，忍教長日愁生。誰見夕陽孤夢，覺來無限傷情。

其二

無語殘妝澹薄，含羞嚲袂輕盈。幾度香閨眠過曉，綺窗疎日微明。雲母帳中偷惜，水晶枕上初驚。　笑靨嫩疑花拆，愁眉翠斂山橫。相望只教添悵恨，整鬟時見纖瓊。獨倚朱扉閑立，誰知別有深情。

湖州作　　**蘇子瞻**

見説岷峨悽愴，旋聞江漢澄清。但覺秋來歸夢好，西南自有長城。東府三人最少，西山八國初平。　莫負花溪縱賞，何妨藥市微行。試問當壚人在否，空教是處聞名。唱著子淵新曲，應須分外含情。

傳言玉女

⋂□○○首句四字⋂□⋂○○○□二句六字仄韻起⋂○○□三句四字□○○□□四句五字仄叶○⋂□

⋂五句四字⋂□⋂○○□六句六字仄叶⋂○○□七句四字⋂○○□八句四字仄叶

前段八句四韻三十七字，後段同前。

元宵　　**胡浩然**

一夜東風，不見柳梢殘雪。御樓煙暖，對鰲山綵結。簫鼓向曉，鳳輦初回宮闕。千門燈火，九逵風月。繡閣人人，乍嬉遊困又歇。艷妝初試，把珠簾半揭。嬌羞向人，手撚玉梅低説。相逢長是，上元時節。

百媚娘

首句六字仄韻起，二句六字仄叶，三句七字仄叶，四句六字仄叶，五句七字仄叶，六句五字仄叶。

前段六句六韻三十七字，後段同前。

美人　張子野

珠閣五雲仙子。未省有誰能似。百媚等應天乞與，淨飾豔妝俱美。取次芳華皆可意。何處無桃李。蜀被錦紋鋪水。不放綵鸞雙戲。樂事也知存後會，爭奈眼前心裡。緑皺小池紅疊砌。花外東風起。

剔銀燈

∩□∩●●□首句六字仄韻起∩□□∩○○□二句七字仄叶∩□○○三句四字∩○○□四句四字∩

□∩○○□五句六字仄叶∩●○□六句四字仄叶∩∩□∩○○□七句七仄字仄叶(一)

前段七句五韻三十八字，後段同前二句六字，三句平仄不同。

春景

柳耆卿

何事春工用意。繡畫出萬紅千翠。豔杏夭桃，垂楊芳草，各鬬雨膏煙膩。如斯佳致。早晚是讀書天氣。　漸漸園林明媚。便好安排歡計。論籃買花，盈車載酒，百琲千金邀妓。何妨沉醉。有人伴日高春睡。

(一) 此譜符號錯雜多誤。

訴衷情近

首句四字，二句六字仄叶，三句六字，四句六字仄叶，五句六字，六句四字，七句五字仄叶。　首句三字仄叶，二句六字仄叶，三句四字，四句五字仄叶，五句三字仄叶，六句四字，七句四字，八句四字仄叶，九句五字仄叶。

前段七句三韻三十七字，後段九句六韻三十八字。

初夏　柳耆卿

景闌晝永，漸入清和氣序。榆錢飄滿閒階，蓮葉嫩生翠沼。遥望水邊幽逕，山崦孤村，是處園林好。　閒情悄。綺陌遊人漸少。少年風韻，自覺隨春老。追前好。帝城信阻，天涯目斷，暮雲芳草。竚立空殘照。

千年調

首句五字，二句五字仄韻起，三句六字，四句四字仄叶，五句四字，六句五字仄叶，七句三字，八句三字，九句三字仄叶。

首句四字，二句五字仄叶，三句六字，四句四字仄叶，五句四字，六句五字仄叶，七句三字，八句三字，九句三字仄叶。

前段九句四韻三十八字，後段九句四韻三十七字。

開山徑得蒼壁石喜而賦此 辛幼安

左手把青霓，右手挾明月。吾使豐隆前導，叫開閶闔。周游上下，徑入寥天一。覽玄圃，萬斛泉，千丈石。 鈞天廣樂，燕我瑶池席。帝飲予觴甚樂，賜汝蒼璧。璘珣突兀，正在一丘壑。余馬懷，僕夫悲，下恍惚。

嘲蔗菴卮言閣 前人

卮酒向人時，和氣先傾倒。最要然然可可，萬事稱好。滑稽坐上，更對鴟夷笑。寒與熱，總隨人，甘國老。 少年使酒，出口人嫌拗。此個和合道理，近日方曉。學人言語，未會十分巧。看他們，得人憐，秦吉了。

下水舡

首句五字仄韻起，二句六字仄叶，三句四字，四句六字仄叶，五句三字仄叶，六句六字，七句六字仄叶。　首句三字仄叶，二句五字仄叶，三句六字仄叶，四句四字，五句六字仄叶，六句三字仄叶，七句六字，八句六字仄叶，

前段七句五韻三十六字，後段八句六韻三十九字。

黄魯直

總領神仙侶。齊到青雲歧路。丹禁風微，咫尺諦聞天語。盡榮遇。看即如龍變化，一擲靈梭風雨。　真游處。上苑尋春去。芳草芊芊迎步。幾曲笙歌，櫻桃豔裡歡聚。瑶觴舉。回祝堯齡萬萬，端的君恩難負。

解蹀躞

首句六字，二句五字仄韻起，三句四字，四句五字仄叶，五句六字，六句六字，七句四字仄

叶。　首句三字仄叶，二句六字仄叶，三句五字仄叶，四句九字仄叶，五句六字，六句六字，七句四字仄叶。

前段七句三韻三十六字，後段七句五韻三十九字。

秋思　周美成

候館丹楓吹盡，面旋隨風舞。夜寒霜月，飛來伴孤旅。還是獨擁秋衾，夢餘酒困都醒，滿懷離苦。　甚情緒。深念凌波微步。幽房暗相遇。淚珠都作秋宵枕前雨。此恨音驛難通，待憑征雁歸時，帶將愁去。

春草碧

首句七字仄韻起，二句八字仄叶，三句六字，四句七字仄叶，五句五字，六句三字仄叶。首句六字，二句四字仄叶，三句五字，四句三字仄叶，五句六字，六句七字仄叶，七句五字，八句三字仄叶。

前段六句四韻三十六字，後段八句四韻三十九字。

憶舊

王子瑜

幾番風雨西城陌。不見海棠紅梨花白。底事勝賞匆匆，政自天付酒腸窄。更笑老東君，人間客。　賴有玉管新翻，羅襟醉墨。望中倚闌人，如曾識。舊夢回首何堪，故苑春光又陳迹。落盡後庭花，春草碧。

越溪春

首句七字，二句五字平韻起，三句七字，四句七字平叶，五句四字，六句四字，七句四字平叶。　首句六字平叶，二句五字平叶，三句七字，四句三字，五句四字平叶，六句六字，七句六字平叶。

前段七句三韻三十八字，後段七句四韻三十七字。

送楊憲副南遷

夏桂洲

紫袍金帶歸來早，高卧舊江鄉。羨汝東溪溪上水，風煙好喬木蒼蒼。隔斷紅塵，坐移白日，一曲滄浪。　長安數載相望。秋日送歸航。我欲留君君不住，故園遠，鄉話偏長。無限青山懷抱，空慚白首巖廊。

歐陽永叔

三月十三寒食日，春色遍天涯。越溪閬苑繁華地，傍禁垣珠翠烟霞。紅粉牆頭，鞦韆影裏，臨水人家。　歸來晚駐香車。銀箭透窗紗。有時三點兩點雨霽，朱門柳細風斜。沉麝不燒金鴨冷，籠月照梨花。

御街行

∩◯∩□◯◯□首句七字仄韻起∩□◯◯□二句五字仄叶∩◯∩□□◯◯三句七字∩□∩◯◯□四句六字仄叶∩◯◯□五句四字∩◯◯□六句四字∩□◯◯□七句五字仄叶

前段七句四韻三十八字，後段同前。

觀郊祀　柳耆卿

燔柴煙斷星河曙。寶輦回天步。端門羽衛簇雕欄，六樂舜韶先舉。鶴書飛下，雞竿高聳，恩霑均寰寓。赤霜袍爛飄香霧。喜色成春煦。九儀三事仰天顔，八彩旋生眉宇。椿齡無盡，蘿圖有慶，常作乾坤主。旁注：×。

秋日懷舊　范希文

紛紛墮葉飄香砌。夜寂靜寒聲碎。真珠簾捲玉樓空，天淡銀河垂地。年年今夜，月華如練，長是人千里。愁腸已斷無由醉。酒未到先成淚。殘燈明滅枕頭攲，諳盡孤眠滋味。都來此事，眉間心上，無計相回避。

閨怨　程正伯

傷春時候一憑闌。何況別離難。東風只解催人去，也不道鶯老花殘。青箋未約，紅綃忍淚，無計鎖征鞌。寶釵瑤鈿一時閒。此恨苦天慳。如今直恁抛人去，也不應人瘦衣寬。歸來忍見，重樓淡月，依舊五更寒。

歐陽永叔

夭非華豔輕非霧。來夜半天明去。來如春夢不多時，去似朝雲何處。乳雞酒燕，落星沉月，紞紞城頭鼓。參差漸辨西池樹。朱閣斜欹户。綠苔深徑少人行，苔上屐痕無數。遺香餘粉，剩衾閒枕，天把多情賦。

無題

辛幼安

闌干四面山無數。供望眼朝與暮。好風吹雨過山來，吹盡一簾煩暑。紗厨如霧，簟紋如水，別有生涼處。冰肌不受鉛華污。更旎旎真香聚。臨風一曲最妖嬈，唱得行雲且住。藕花都放，木犀開後，待與乘鸞去。

山中問盛復之提幹行期

前人

山城甲子冥冥雨。門外青泥路。杜鵑只是等閒啼，莫被他催歸去。垂楊不語，行人去後，也會風前絮。情知夢裡尋鵷鷺。玉殿追班處。怕君不飲太愁生，不是苦留君住。白頭笑我，年年送客，自嘆春江渡。

婆羅門引

首句四字，二句七字平韻起，三句六字平叶，四句六字，五句五字平叶，六句五字，七句四字平叶。首句四字平叶，二句六字平叶，三句六字，四句四字平叶，五句四字，六句八字平叶，七句三字，八句四字平叶。

前段七句四韻三十七字，後段八句五韻三十九字。

保德西樓　李致美

汗融畏日，豈知高處有風清。倚闌襟袖涼生。坐看崩雲晚壞，不礙亂峯青。待目窮千里，卻怕傷情。河分古城。聽裂岸怒濤驚。好是烽沉幽障，鼓臥邊亭。西樓老子，更無用胸中十萬兵。酒到處，莫放杯停。

別杜叔高　辛幼安

落花時節，杜鵑聲裡送君歸。未消文字湘纍。只怕蛟龍雲雨，後會渺難期。更何人念我，老大傷悲。已而已而。算此意只君知。記取岐亭貰酒，雲洞題詩。爭如不見，纔相見便有別離時。千里月，兩地相思。

別郭逄道用韻　　前　人

綠陰啼鳥，陽關未徹早催歸。歌珠淒斷纍纍。回首海山何處，千里共襟期。歎高山流水，絃斷堪悲。　中心悵而。似風雨落花知。更擬停雲君去，細和陶詩。見君何日，待瓊林宴罷醉歸時。人爭看，寶馬來思。

傅先宰龍泉歸用韻答寄　　前　人

龍泉佳處，種花滿縣卻東歸。腰間玉若金纍。須信功名富貴，長與少年期。恨高山流水，古調今悲。　卧龍暫而。算天上有人知。最好五十學易，三百篇詩。男兒事業，看一日須有致君時。端的了，休便尋思。

又用答趙晉臣　　前　人

不堪鶗鴂，早教百草放春歸。江頭愁殺吾纍。卻覺君侯雅句，千載共心期。便留春甚樂，樂了須悲。　瓊而素而。被花惱只鶯知。正要千鐘角酒，五字裁詩。江東日暮，道繡斧人去未多時。還又要，玉殿論思。

趙晉臣張燈索賦　　前人

落星萬點，一天寶焰下層霄。人間疊作仙鰲。最愛金蓮側畔，紅粉裊花梢。更鳴鼉擊鼓，噴玉吹簫。曲江畫橋。記花月可憐宵。想見閒愁未了，宿酒纔消。東風搖蕩，似楊柳十五女兒腰。人共柳，那個無聊。

祝英臺近

首句三字，二句三字仄韻起，三句五字仄叶，四句四字，五句五字仄叶，六句六字，七句四字，八句七字仄叶。

首句三字仄叶，二句六字，三句五字仄叶，四句四字，五句五字仄叶，六句六字，七句四字仄叶，八句七字仄叶。

前段八句四韻三十七字，後段八句五韻四十字。

春晚　　辛幼安

寶釵分，桃葉渡。烟柳暗南浦。陌上層樓，十日九風雨。斷腸點點飛紅，都無人管，倩誰喚流鶯聲住。

鬢邊覷。試把花卜歸期，纔簪又重數。羅帳燈昏，哽咽夢中語。是他春帶愁來，春歸何處。又不解帶將愁去。眉批：「倩」一作「更」，「又不」一作「卻不」。

惜別

蘇子瞻

挂輕帆，飛急槳，還過釣臺路。酒病無聊，攲枕聽鳴櫓。斷腸簇簇雲山，重重煙樹。回首望孤城何處。　閒離阻。誰念縈損襄王，何曾夢雲雨。舊恨前歡，心事兩無據。要知欲見無由，癡心猶自，倩人道一聲傳語。

客問泉聲喧靜荅之

辛幼安

水縱橫，山遠近。拄杖占千頃。老眼羞明，水底看山影。試教水動山搖，吾生堪笑，似此個青山無定。　一瓢飲。人問翁愛飛泉，來尋個中靜。遶屋聲喧，怎做靜中境。我眠君且歸休，維摩方丈，待天女散花時問。

四園竹

首句四字，二句五字平韻起，三句四字，四句四字，五句四字平叶，六句三字，七句三字仄韻換，八句四字，九句六字平叶。首句三字平叶，二句六字，三句六字平叶，四句六字，五句四字，六句七字仄韻換，七句三字，八句五字平叶。

前段九句四韻三十七字，後段八句四韻四十字。

秋怨　**周美成**

浮雲護月，未放滿朱扉。鼠摇暗壁，螢度破窗，偷入書幃。秋意濃，閒竚立。庭柯影裏，好風襟袖先知。夜何其。江南路繞重山，心知謾與前期。奈何燈前墮淚，腸斷蕭娘，舊日書辭猶在紙。雁信絶，清宵夢又稀。

首句四字，二句七字仄韻起，三句二字仄叶，四句八字仄叶，五句五字，六句五字仄叶，七句二字仄叶，八句八字仄叶。

側犯

首句四字，二句五字仄叶，三句三字仄叶，四句八字仄叶，五句四字，六句四字仄叶，七句四字，八句四字仄叶。

前段八句六韻四十一字，後段八句五韻三十六字。

夏夜遣興　周美成

暮霞霽雨，小蓮出水紅粧靚。風定。看步襪江妃照明鏡。飛螢度暗草，秉燭遊花徑。人靜。攜豔質追涼就槐影。金環皓腕，雪藕清泉瑩。誰念省。滿身香猶是舊荀令。見説胡姬，酒壚寂靜。煙鎖漠漠，藻池苔井。

陽關引

首句五字仄韻起，二句五字仄叶，三句四字，四句三字，五句三字仄叶，六句十字仄叶，七句三字，八句七字仄叶。首句五字，二句三字仄叶，三句四字，四句三字，五句三字仄叶，六句五字，七句五字仄叶，八句五字，九句五字仄叶。

前段八句五韻四十字，後段九句四韻三十八字。

離別 寇平仲

塞草煙光濶。渭水波聲咽。春朝雨霽，輕塵斂，征鞌發。指青青楊柳又是輕攀折。動黯然，知有後會甚時節。更盡一杯酒，歌一闋。歎人生裏，難歡會，易離別。且莫辭沉醉，聽取陽關徹。念故人千里，自此共明月。

過澗歇

首句三字，二句四字仄韻起，三句四字，四句六字仄叶，五句三字仄叶，六句六字，七句五字仄叶，八句三字，九句七字仄叶。

首句四字，二句五字，三句四字仄叶，四句五字仄叶，五句四字，六句四字，七句四字，八句七字仄叶。

前段九句五韻四十一字，後段八句三韻三十七字。

苦熱 柳耆卿

淮楚曠，望極千里。火雲燒空，盡日西郊無雨。厭行旅。數幅輕帆旋落，檥棹蒹葭浦。避畏景，兩兩舟人夜深語。　此際爭可，便恁奔利名，九衢塵裏。　衣冠冒炎暑。　回首江鄉，月觀風亭，水邊石上，幸有散髮披襟處。

一叢花

∩○∩□□○○首句七字平韻起∩□□○○二句五字平叶∩○∩□○○□三句七字∩○□∩□○○四句七字平叶∩□∩○五句四字∩○∩□六句四字∩□□○○七句五字平叶

前段七句四韻三十九字，後段同前。

張子野

傷高懷遠幾時窮。　無物似情濃。　離心正引千絲亂，更南陌飛絮濛濛。　嘶騎漸遥，征塵不斷，何處認郎蹤。　雙鴛池沼水溶溶。　南北小橈通。　梯橫畫閣黄昏後，又還是斜月簾櫳。　沉恨細思，不如桃杏，猶解嫁東風。　**眉批：**見歐集，「傷高」作「傷春」，「離心正引千絲亂」作「離愁正恁牽絲亂」，「嘶騎」作「歸騎」，「橈」作「橋」，「斜」作「新」，「杏」作「李」。

秦少游

年時今夜見師師。雙頰酒紅滋。疏簾半捲微燈外，露華上煙裊涼颸。簪髻亂拋，偎人不倦，起彈淚唱新詞。　佳期誰料久參差。愁緒暗縈絲。想應妙舞清歌罷，又還對秋色嗟咨。惟有畫樓，當時明月，兩處照相思。

蘇子瞻

今年春淺臘侵年。冰雪破春妍。東風有信無人見，露微意柳際花邊。寒夜縱長，孤衾易暖，鐘鼓漸清圓。　朝來初日半含山。樓閣淡疏烟。遊人便作尋芳計，小桃杏應已爭先。衰病少情，疏慵自放，惟愛日高眠。

鳳樓春

首句五字平韻起，二句四字平叶，三句三字平叶，四句四字，五句六字，六句三字平叶，起句七字，八句五字平叶。

首句七字平叶，二句四字，三句四字，四句六句平叶，五句五字平叶，六句七字平叶，七句四字，八句四字平叶。

前段八句五韻三十七字，後段八句五韻四十一字。

春閨

歐陽炯

鳳髻緑雲叢。深掩房櫳。錦書通。夢中相見，覺來慵匀面淚，臉珠融。因想玉郎何處去，對淑景誰同。　小樓中春思無窮。倚闌凝望，暗牽愁緒，柳花飛起東風。斜日照簾櫳。羅幃香冷錦屏空。海棠零落，鶯語殘紅。

上西平

首句三字，二句三字，三句三字平韻起，四句七字平叶，五句四字，六句七字平叶，七句十字平叶。

首句三字，二句三字，三句三字，四句三字平叶，五句七字平叶，六句四字，七句七字平叶，八句四字，九句七字平叶。

前段七句四韻三十七字，後段九句四韻四十一字。

秋風亭翫雪　辛幼安

九衢中，杯逐馬，帶隨車。問誰解愛惜瓊華。何如竹外，靜聽窣窣蟹行沙。自憐是海山頭種玉人家。　紛如鬬，嬌如舞，纔整整，又斜斜。要圖畫還我漁蓑。凍吟應笑，羔兒無分謾煎茶。起來極目，向彌茫數盡歸鴉。

送杜叔高　前人

恨如新，新恨了，又重新。看天上多少浮雲。江南好景，落花時節又逢君。夜來風雨春歸似欲留人。　尊如海，人如玉，詩如錦，筆如神。能幾字盡殷勤。江天日暮，何時重與細論文。緑楊陰裡，聽陽關門掩黃昏。

紅林檎近

∩□○○□首句五字∩○○□○二句五字平韻起∩□□○□三句五字∩○□○○四句五字平叶

⋂○⋂○□□五句六字⋂□⋂□○○六句六字平叶⋂□⋂□○○七句六字平叶⋂□□○○八句五字平叶

⋂□○⋂□首句五字⋂□□○○二句五字平叶⋂○□□三句四字⋂○⋂□○○四句六字平叶⋂⋂○⋂□五句五字⋂○□□六句四字⋂○⋂□○○七句七字平叶

前段八句五韻四十三字，後段七句三韻三十六字。

詠雪　周美成

高柳春纔軟，凍梅寒更香。暮雪助清峭，玉塵散林塘。那堪飄風遞冷，故遣度幕穿窗。似欲料理新妝。呵手弄絲簧。　冷落詞賦客，蕭索水雲鄉。援毫授簡，風流猶憶東梁。望虛簷徐轉，迴廊未掃，夜長莫惜空酒觴。

冬初　前人

風雪驚初霽，水鄉增暮寒。樹杪墮毛羽，簷牙掛琅玕。纔喜堆門積巷，可惜迤邐銷殘。漸看低竹翩翻。清池漲微瀾。　步屧晴正好，宴席晚方歡。梅花耐冷，亭亭來入冰盤。對山前橫素，愁雲變色，放盃同覓高處看。

金人捧露盤

□○○首句三字○○□二句三字□○○三句三字平韻起□⋂○⋂□○○四句七字平叶⋂○□□五句四字⋂○⋂□□○○六句七字平叶⋂○⋂□⋂○□七句七字⋂□○○八句四字平叶

□○○首句三字○○□二句三字○○□三句三字□○○四句三字平叶□⋂○⋂□○○五句七字平叶⋂○□□六句四字⋂○⋂□□○○七句七字平叶⋂○⋂□⋂○□八句七字⋂□○○九句四字平叶

前段八句四韻三十八字，後段九句四韻四十一字。

春晚感舊

曾純甫

記神京，繁華地，舊遊蹤。正御溝春水溶溶。平康巷陌，繡鞍金勒躍青驄。解衣沽酒醉絃管，柳緑花紅。

到如今，餘霜鬢，嗟前事，夢魂中。但寒煙滿目飛蓬。雕欄玉砌，空餘三十六離宮。塞笳驚起暮天雁，寂寞東風。

山亭柳

∩□○○首句四字平韻起∩□□○○二句五字平叶∩∩□□○○三句六字平叶∩□∩○∩□四句六字∩○∩□○○五句六字平叶∩□∩○∩□六句六字∩□○○七句四字平叶

∩○∩□○○□首句七字∩○∩□□○○二句七字平叶∩∩□□○○三句六字平叶∩□∩○∩□四句六字∩○∩□○○五句六字平叶∩□∩○∩□六句六字∩□○○七句四字平叶

前段七句五韻三十七字，後段七句四韻四十二字。

贈歌者

晏同叔

家住西秦，賭博藝隨身。花柳上鬪尖新。偶學念奴聲調，有時高遏行雲。蜀錦纏頭無數，不負辛勤。　數年來往咸京道，殘杯冷炙謾消魂。衷腸事託何人。若有知音見采，不辭遍唱陽春。一曲當筵落淚，重掩羅巾。

柳初新

⋂○⋂□○○□首句七字仄韻起⋂□□○○□二句六字仄叶⋂○○□三句四字⋂○⋂□四句四字⋂
□⋂○○□五句六字仄叶⋂□⋂○○□六句六字仄叶□○○⋂○○□七句七字仄叶⋂
□○○□□首句六字仄叶⋂○○⋂○○□二句七字仄叶⋂○○□三句四字⋂○⋂□四句四字⋂□
⋂○○□五句六字仄叶⋂□⋂○○□六句六字仄叶□○○⋂○○□七句七字仄叶

前段七句五韻四十字，後段七句五韻四十字。

早春　　柳耆卿

東郊向曉星杓亞。報帝里春來也。柳臺煙眼，花匀露臉，漸覺綠嬌紅姹。妝點層臺芳榭。運神功丹青無價。　別有堯階試罷。新郎君成行如畫。杏園風細，桃花浪暖，競喜羽遷鱗化。遍九陌將遊冶。驟香塵寶鞍驕馬。

皂羅特髻

前段□句□韻四十六字，後段□句□韻三十五字。

采菱拾翠 兩侍兒 蘇子瞻

采菱拾翠，算似此佳名，阿誰消得。采菱拾翠，稱使君知客。千金買采菱拾翠，更羅裙滿把真珠結。采菱拾翠，正髻鬟初合。真个采菱拾翠，但深憐輕拍。一雙手采菱拾翠，繡衾下抱著俱香滑。采菱拾翠，待到京尋覓。

最高樓

首句三字，二句五字平韻起，三句五字平叶，四句七字，五句七字平叶，六句三字，七句三字，八句三字平叶。首句三字，二句五字仄韻換，三句三字，四句五字仄韻換，五句六字平叶，六句七字，七句七字平叶，八句三字，九句三字，十句三字平叶。

前段八句四韻三十六字，後段十句五韻四十五字。

暮春　劉伯温

花信緊，二十四番愁。風雨五更頭。侵階苔蘚宜羅襪，逗衣梅潤試香篝。緑窗閒，人夢覺，鳥聲幽。　按秦箏，學弄相思調。寫幽情，恨殺知音少。向何處説風流。一絲楊柳千絲恨，三分春色二分休。落花中，流水裏，兩悠悠。

四時歌　辛幼安

長安道，投老倦游歸。七十古來稀。藕花雨濕前湖夜，桂枝風澹小山時。怎消除，須殢酒，更吟詩。　也莫向，竹邊辜負雪。也莫向，柳邊辜負月。閒過了總成癡。種花事業無人問，惜花情緒只天知。笑山中，雲出早，鳥歸遲。

詠牡丹　前　人

西園買，誰載萬金歸。多病勝遊稀。風斜畫燭天香夜，涼生翠蓋酒酣時。待重尋，居士譜，謫仙詩。　看黄底，御袍元自貴。看紅底，狀元新得意。如斗大笑花癡。漢妃翠被嬌無奈，吴姬粉陣恨誰知。但紛紛，蜂蝶亂，恨春遲。

送丁懷忠教授入廣　　前　人

相思苦，君與我同心。魚没雁沈沈。是夢松後追軒冕，是化鶴後去山林。對西風，且悵望，到如今。　待不飲，奈何君有恨。待痛飲，奈何吾又病。君起舞試重斟。蒼梧雲外湘妃淚，鼻亭山下鷓鴣吟。早歸來，流水外，有知音。

慶洪景盧内翰七十　　前　人

金閨彦，眉壽正如川。七十具華筵。樂天詩句香山裡，杜陵酒債曲江邊。問何如，歌窈窕，舞嬋娟。　更十歲，太公方出將。又十歲，武公方入相。留盛事看明年。直須腰下添金印，莫教頭上欠貂蟬。向人間，長富貴，地行仙。

聞前岡周氏旌表有期　　前　人

君聽取，尺布尚堪縫。斗粟也堪舂。人間朋友猶能合，古來兄弟不相容。棣華詩，悲二叔，弔周公。　長歎息，脊令原上急。重歎息，豆萁煎正泣。形則異氣應同。周家五世將軍後，前岡千載義居風。看明朝，丹鳳詔，紫泥封。

客有敗棋者代賦梅 前人

花知否，花一似何郎。又似沈東陽。瘦棱棱地天然白，冷清清地許多香。笑東君，還又向，北枝忙。　著一陣，霎時間底雪。更一個，缺些兒底月。山下路水邊牆。風流怕有人知處，影兒守定竹旁廂。且饒他，桃李趁，少年場。

用韻答趙晉臣 前人

花好處，不趁綠衣郎。縞袂立斜陽。面皮兒上因誰白，骨頭兒裡幾多香。侭饒他，心似鐵，也須忙。　甚喚得，雪來白倒雪。便喚得，月來香殺月。誰立馬更窺牆。將軍止渴山南畔，相公調鼎殿東廂。忒高才，經濟地，戰爭場。

擬乞歸，犬子以田産未置止我，賦此罵之 前人

吾衰矣，須富貴何時。富貴是危機。暫忘設醴抽身去，未曾得米棄官歸。穆先生，陶縣令，是吾師。　待葺個、園兒名佚老。更作個、亭兒名亦好。閒飲酒，醉吟詩。千年田換八百主，一人口插幾張匙。咄豚奴，愁産業，豈佳兒。

閗百花

首句六字仄韻起，二句六字仄叶，三句六字，四句六字仄叶，五句四字，六句六字，七句六字仄叶，八句五字仄叶。首句四字，二句六字仄叶，三句四字，四句六字仄叶，五句四字，六句六字，七句六字仄叶。

前段八句五韻四十五字，後段七句三韻三十六字。

春景

柳耆卿

煦色韶光明媚。輕靄低籠芳樹。池塘淺蘸煙蕪，簾幕閒垂風絮。春困厭厭，抛擲閗草工夫，冷落踏青心緒。終日扃朱户。　遠恨綿綿，淑景遲遲難度。年少傅粉，依前醉眠何處。深院無人，黄昏乍拆秋千，空鏁滿庭花雨。

驀山溪

∩○∩□首句四字∩□○○□二句五字仄韻起∩□□○○三句五字□○○∩○∩□五句七字仄叶

∩○□□五句四字∩□□○○六句五字○□□七句三字仄叶○○□八句三字仄叶∩□○○□九句五字仄叶

前段九句五韻四十一字，後段同前。

春景　黄山谷

鴛鴦翡翠，小小思珍偶。眉黛斂秋波，儘湖南山明水秀。娉娉嫋嫋，恰似十三餘，春未透。花枝瘦。正是愁時候。　尋花載酒。肯落誰人後。只恐遠歸來，緑成陰青梅如豆。心期得處，每自不由人，長亭柳。君知否。千里猶回首。

脚注：一本「恰似」作「恰近」，「遠歸」作「晚歸」，「由人」作「隨人」。

又　張東父

青梅如豆，斷送春歸去。小緑間長紅，看幾處雲歌柳舞。偎花識面，對月共論心，攜素手，採香游，踏遍西池路。　水邊朱户。曾記銷魂處。小立背鞦韆，空悵望娉婷韻度。楊花撲面，香糝一簾風，情脈脈，酒厭厭，回首斜陽暮。

遊三榮龍洞　陸放翁

窮山孤壘，臘盡春初破。寂寞掩空齋，好一箇無聊底我。嘯臺龍岫，隨分有雲山，臨淺瀨，蔭長松，閒據胡床坐。。　三杯徑醉，不覺紗巾墮。畫角喚人歸，落梅村籃輿夜過。城門漸近，幾點妓衣紅，官驛外，酒壚前，也有閒燈火。

春情

易彦祥

海棠枝上，留得嬌鶯語。雙燕幾時來，並飛入東風院宇。夢回芳草，緑遍舊池塘，梨花雪，桃花雨。畢竟春誰主。　東郊拾翠，襟袖沾飛絮。寶馬趁雕輪，亂紅中香塵滿路。十千斗酒，相與買春閒，吴姬唱，秦娥舞。拚醉青樓暮。

自述

宋謙甫

壺山居士，未老心先懶。愛學道人家，辦竹几蒲團茗碗。青山可買，小結屋三間，開一徑，俯清溪，修竹栽教滿。　客來便請，隨分家常飯。若肯小留連，更薄酒三杯兩琖。吟詩度曲，風月任招呼，身外事，不關心，自有天公管。

早梅

曹元龍

洗妝真態。不假鉛華飾。竹外一枝斜，想佳人天寒日暮。黄昏院落，無處著清香，風細細，雪垂垂，何況江頭路。　月邊疏影，夢到銷魂處。結子欲黄時，又須作廉纖細雨。孤芳一世，供斷有情愁，消瘦損，東陽也，試問花知否。

黃魯直

山圍江暮。天鏡開晴絮。斜影過梨花，照文星老人星聚。清樽一笑，歡甚卻成愁，別時襟，餘點點，疑是高唐雨。　無人知處，夢裏雲歸路。回雁曉風清，雁不來啼鴉無數。心情老懶，尤物解移人，春盡也，有南風，好便回帆去。

至宜州寄衡陽妓陳湘　前人

稠花亂蘂。到處撩人醉。林下有孤芳，不怱怱成蹊桃李。今年風雨，莫送斷腸紅，斜枝倚。風塵裏。不帶風塵氣。　微嗔又喜。約略知春味。江上一帆愁，夢猶尋歌梁舞地。如今對酒，不似那回時，書罷寫，夢來空，只有相思是。旁注：匆。

又　前人

山明水秀。盡屬詩人道。應似五陵兒，見衰翁孤吟絶倒。一觴一詠，瀟灑寄高閒，松月下，竹風間，試想爲襟抱。　玉關遥指，萬里天衢杳。筆陣掃秋風，瀉珠璣琅琅皎皎。臥龍智畧，三詔佐昇平，煙塞事，玉堂心，頻把菱花照。

歐陽永叔

新正初破，三五銀蟾滿。纖手染香羅，剪紅蓮滿城開遍。樓臺上下，歌管咽春風，駕香輪，停寶馬，只待金烏晚。　帝城今夜，羅綺誰爲伴。應卜紫姑神，問歸期相思望斷。天涯情緒，對酒且開顔，春宵短。春寒淺。莫待金杯暖。**眉批：**「管」一作「吹」。

停雲竹逕初成

辛幼安

小橋流水，欲下前溪去。喚起故人來，伴先生風煙杖屨。行穿窈窕，時歷小崎嶇，斜帶水，半遮山，翠竹栽成路。　一尊遐想，剩有淵明趣。山上有停雲，看山下濛濛細雨。野花啼鳥，不肯入詩來，還一似，笑翁詩，自没安排處。

效趙昌父賦一丘一壑

前　人

飯蔬飲水，客莫嘲吾拙。高處看浮雲，一丘壑中間甚樂。功名妙手，壯也不如人，今老矣，尚何堪，堪釣前溪月。　病來止酒，辜負鸕鷀杓。歲晚念平生，待都與鄰翁細説。人間萬事，先覺者賢乎，深雪裡，一枝開，春事梅先覺。

拂霓裳

■○○首句三字平韻起⊂○⊂□□○○二句七字平叶○□□三句三字⊂○⊂□□○○四句七字平叶⊂○○□□五句五字⊂□□○○六句五字平叶□○○七句三字平叶□○○⊂□□○○八句八字平叶

⊂○⊂□首句四字○□□□○○二句六字平叶⊂□□三句三字⊂○⊂□□○○四句七字平叶⊂○○□□五句五字⊂□□○○六句五字平叶□○○七句三字平叶□○○⊂□□○○八句八字平叶

前段八句六韻四十一字，後段八句五韻四十一字。

晏同叔

樂秋天。晚荷花上露珠圓。風日好，數行新雁貼寒烟。銀簧調脆管，瓊柱撥清絃。捧觥船。一聲聲齊唱太平年。　人生百歲，離别易會逢難。無事日，剩呼賓友啓芳筵。星霜催緑鬢，風露損朱顏。惜清歡。又何妨沉醉玉樽前。

爪茉莉

首句四字，二句五字仄韻起，三句三字，四句四字仄叶，五句四字，六句七字仄叶，七句七字，八句六字仄叶。　首句四字，二句六字仄叶，三句七字仄叶，四句四字，五句六字仄叶，六句九字仄叶，七句六字仄叶。

前段八句四韻四十字，後段七句五韻四十二字。

秋夜

柳耆卿

每到秋來，轉添甚況味。金風動，冷清清地。殘蟬噪晚，甚聒得人心欲碎。更休道宋玉多悲，石人也須下淚。衾寒枕冷，夜迢迢更無寐。深院靜月明風細。巴巴望曉，怎生捱更迢遞。料我兒只在枕頭根底。等人睡來夢裡。

南州春色

首句三字，二句三字平韻起，三句四字平叶，四句五字平叶，五句七字，六句五字平叶，七句六字，八句四字，九句五字平叶。

首句六字，二句四字，三句四字平叶，四句四字，五句四字，六句七字平叶，七句六字，八句五字平叶。

前段九句五韻四十二字，後段八句三韻四十字。

詠梅　汪梅溪

清溪曲，一株梅。無人偢倸。獨立古牆隈。莫恨東風吹不到，著意挽春回。一任天寒地凍，南枝香動，花傍一陽開。更待明年首夏，酸心結子，天自栽培。金鼎調羹，仁心猶在，還種取無限根荄。管取南州春色，都自此中來。

新荷葉

首句四字，二句六字平韻起，三句四字，四句六字平叶，五句三字，六句四字，七句四字平叶，八句六字，九句四字平叶。

首句四字，二句六字平叶，三句四字，四句六字平叶，五句四字，六句七字平叶，七句十字平叶。

前段九句四韻四十一字，後段七句四韻四十一字。

採蓮　僧仲殊

雨過回塘，圓荷嫩緑新抽。越女盈輕，畫橈穩泛蘭舟。波光豔，粉紅相間，脈脈嬌羞。菱歌隱隱漸遥，依約凝眸。　堤上郎心，波間妝影遲留。不覺歸時，暮天碧襯蟾鈎。風蟬噪晚，餘霞映幾點殘鷗。漁笛不道有人獨倚危樓。

和趙德莊　辛幼安

人已歸來，杜鵑欲勸誰歸。緑樹如雲，等閒付與鶯飛。兔葵燕麥，問劉郎，幾度沾衣。翠屏幽夢，覺來水遶山圍。　有酒重攜。小園隨意芳菲。往日繁華，而今物是人非。春風半面，記當年初識崔徽。南雲雁少錦書無個因依。

又和　前人

春色如愁，行雲帶雨纔歸。春意長閒，游絲盡日低飛。閒愁幾許，更晚風，特地吹衣。小窗人靜，棊聲似鮮重圍。光景難攜。任他鶗鴂芳菲。細數前愆，不應詩酒皆非。知音絃斷，笑淵明空撫餘徽。停杯對影待邀明月相依。

傅岩叟悠然閣

前人

種豆南山，零落一頃爲萁。歲晚淵明，也吟草盛苗稀。風流剗地，向尊前，採菊題詩。悠然忽見，此山正遶東籬。千載襟期。高情想像當時。小閣橫空，朝來翠撲人衣。是中真趣，問騁懷遊目誰知。無心出岫白雲一片孤飛。

又

前人

物盛還衰，眼看春葉秋萁。貴賤交情，翟公門外人稀。酒酣耳熱，又何須，幽憤裁詩。茂林修竹，小園曲逕疏籬。秋以爲期。西風黃菊開時。拄杖敲門，任他顛倒裳衣。去年堪笑，醉題詩醒後方知。而今東望心隨去鳥先飛。

上巳

前人

曲水流觴，賞心樂事良辰。蘭蕙光風，轉頭天氣還新。明眸皓齒，看江頭，有女如雲。折花歸去，綺羅陌上芳塵。能幾多春。試聽啼鳥殷勤。對景興懷，向來愛樂紛紛。且題醉墨，似蘭亭別敘時人。後之覽者又將有感斯文。

千秋歲引

首句四字，二句四字仄韻起，三句七字仄叶，四句七字，五句七字仄叶，六句三字，八句(一)三字，九句三字仄叶。

首句七字仄叶，二句七字仄叶，三句七字仄叶，四句七字，五句七字仄叶，六句三字，七句三字，八句三字仄叶。

前段九句四韻三十八字，後段八句五韻四十四字。

秋思

王介甫

別館寒砧，孤城畫角。一派秋聲入寥廓。東歸燕從海上去，南來雁向沙頭落。楚臺風，庾樓月，宛如昨。

無奈被些名利縛。無奈被他情擔閣。可惜風流總閒卻。當初謾留華表語，而今誤我秦樓約。夢闌時，酒醒後，思量著。

(一) 當爲「七句」，下句依次沿誤。

早梅芳

周美成

⋂□○首句三字○○□二句三字仄韻起⋂□○○□三句五字仄叶⋂○⋂□四句四字⋂□○○□○□五句七字仄叶⋂○○□□六句五字⋂□○○□七句五字仄叶□○○□□八句五字⋂□□○□九句五字仄叶

前段九句五韻四十二字，後段同前第八句少二字。

花竹深，房櫳好。夜闃無人到。隔窗寒雨，向壁孤燈弄餘照。淚多羅帕重，意密鶯聲小。正魂驚夢怯，門外已知曉。去難留，話未了。早促登長道。風披宿霧，露洗初陽射林表。亂愁迷遠覽，苦語縈懷抱。謾回頭，更堪歸路杳。

滿路花

⋂○⋂□○首句五字⋂□○○□二句五字平韻起(一)⋂○○□□三句五字⋂○□四句三字仄叶⋂

(一) 當爲仄韻起。

○□□五句四字∩□○○□六句五字仄叶∩○○□□七句五字仄叶∩□○○八句四字□○∩□○□九句六字仄叶

○○∩□首句四字□□○○□二句五字仄叶∩○∩□□○○三句八字仄叶∩○∩□四句四字∩□○○□五句五字仄叶∩□○○□六句五字仄叶□○□○□○七句六字○□○□八句四字仄叶

前段九句五韻四十二字，後段八句五韻四十一字。

冬懷　周美成

金花落燼燈，銀礫鳴窗雪。庭深微漏斷，行人絶。風扉不定，竹圃琅玕折。玉人新間濶。著甚情悰，更當恁地時節。　無言攲枕，帳底流清血。愁如春後絮來相接。知他那裡，爭信人心切。除共天公説。不成也還似伊，無個分别。

風情　朱希真

簾烘淚雨乾，酒壓愁城破。冰壺防飲渴，培殘火。朱消粉褪，絶勝新梳裹。不是寒宵短，日上三竿，殢人猶要同卧。　如今多病，寂寞章臺左。黄昏風弄雪門深鎖。蘭房密愛，萬種思量過。也須知有我。著甚情悰，你但忘了人呵。

《淮海集》名《促拍滿路花》　**秦少游**

露顆添花色。月彩投窗隙。春思如中酒，恨無力。洞房咫尺，曾寄青鸞翼。雲散無蹤跡。羅帳薰殘，夢回無處尋覓。輕紅膩白。步步熏蘭澤。約腕金環重宜妝飾。未知安否，一向無消息。不似尋常憶。憶後教人，片時存濟不得。

黃魯直

往時有人書此詞於州東酒肆間。愛其詞，不能歌也。後有醉道士歌於廣陵市中，羣小兒隨歌。得之，乃知其爲《促拍滿路花》。俗子口傳，加釀鄙語，正敗其好處，山谷老人爲録舊文，以告深於義味者。

秋風吹渭水，落葉滿長安。黃塵車馬道，獨清閑。自然爐鼎，虎繞與龍蟠。九轉丹砂就，琴心三疊，蕊宮看舞胎仙。任萬釘寶帶貂蟬，富貴欲薰天。黃粱炊未熟夢驚殘。是非海裏，直道作人難。袖手江南去，白蘋紅蓼，又尋盆浦廬山。**眉批：**詳味序意，必非黃九作。用平韻亦異。

洞仙歌

∩○□□首句四字∩□○○□二句五字仄韻起∩□○○∩□□三句七字仄叶□○○∩□○○□○○四句九字○∩□五句三字∩∩□∩∩□六句六字仄叶∩○○□□首句五字∩□○○二句四字∩□○○∩○□三句七字仄叶□○○∩∩○□○○四句九字∩□□○○○□五句七字仄叶□○□○○□○○○六句八字□∩□○○∩○∩□七句九字仄叶

前段六句三韻三十四字，後段七句三韻四十九字。

中秋　晁無咎

青煙幕處，碧海飛金鏡。永夜閒階卧桂影。露涼時零亂多少寒螿，神京遠，惟有藍橋路近。　水晶簾不下，雲母屏開，冷浸佳人淡脂粉。待都將許多明付金樽，投晚共流霞傾盡。更攜取胡床上南樓，看玉做人間素秋千頃。

又　柳耆卿

乘興閒泛蘭舟，渺渺煙波東去。淑氣散幽香，滿蕙蘭江渚。綠蕪平畹，和風輕暖，曲岸垂楊，隱隱隔桃花塢。芳樹外閃閃酒旗遥擧羇旅。　漸入三吴風景，水邨漁浦。閒思更遶神京，抛擲幽會，小歡何處。不堪獨倚危樓，凝情西望日邊，繁華地歸程阻。空自歎當時，言約無據。傷心最苦。竚立對碧雲將暮。關河遠，怎奈向此時情緒。

初春　**李元膺**

雪雲散盡，放曉晴庭院。楊柳於人便青眼。更風流多處，一點梅心相應遠。約略嚬輕笑淺。　一年春好處，不在濃芳，小豔疏香最嬌軟。到清明時候，百紫千紅花正亂。已失春風一半。早占取韶光共追遊，但莫管春寒醉紅自暖。

詠雨　**前人**

廉纖細雨，殢東風如困。縈斷千絲爲誰恨。向楚宫一夢，多少悲涼無處問。愁到而今未盡。　分明都是淚，泣柳沾花，常與騷人伴孤悶。記當年得意處酒力方酣，怯春寒玉爐香潤。又豈識情懷苦難禁，對點滴簷聲夜寒燈暈。

夏夜　**蘇子瞻**

冰肌玉骨，自清涼無汗。水殿風來暗香滿。繡簾開一點明月窺人，人未寢，攲枕釵横鬢亂。

起來攜素手，庭户無聲，時見疏星渡河漢。試問夜如何，夜已三更，金波淡玉繩低轉。但屈指西風幾時來，又不道流年暗中偷换。**眉批：**公自序云：「僕七歲時，見眉山老尼姓朱者，年九十餘，自言嘗隨其師入蜀主孟昶宫中。一日大熱，蜀主與花蕊夫人夜起避暑摩訶池上，作一詞。朱具能誦之。今四十年，朱已死矣，獨記其首兩句，暇日尋味，豈洞仙歌令乎，乃爲足之。」

垂虹橋 **林外**

飛梁壓水，虹影澄清曉。橘里漁村半烟草。歎今來古往，物换人非，天地裡，唯有江山不老。雨巾風帽。四海誰知我。一劍横空幾番過。按玉龍嘶未斷，月冷波寒歸去也，林屋洞闢無鎖。認雲屏煙障是吾廬，任滿地蒼苔年年不掃。

七夕 **毛澤民**

癡兒騃女，謾思深情遠。一歲惟能一相見。縱金風玉露，勝卻人間，爭奈向，雪月花時阻間。幽懽猶未足，催度橋歸，烏鵲無端便驚散。別夜欲重來，杳杳銀河，空悵望不勝淒斷。最可惜當初泛槎人，甚不問天邊這些磨難。

瀘守王補之生日 **黄魯直**

月中丹桂，自風霜難老。閱盡人間盛衰草。望中秋纔有幾日，十分圓霾風雨，雲表常如永畫。不得文章力，白首防秋，誰念雲中上功守。正注意得人雄，靜掃河西，應難指五湖歸棹。問持節馮唐幾時來，看再策勳名印窠如斗。旁注：疑「淨」。

詠柳 **蘇子瞻**

江南臘盡，早梅花開後。分付新春與垂柳。細腰肢自有入格風流，仍更是，骨體清英雅秀。永豐坊那畔，盡日無人，惟見金絲弄晴晝。斷腸是飛絮時，緑葉成陰，無個事一成消瘦。又莫是東風逐君來，便吹散眉間一點春皺。

題何同叔浮石山莊 **辛幼安**

松關桂嶺，望青蔥無路。費盡銀鉤榜佳處。悵空山歲晚，窈窕誰來，須著我，醉卧石樓風雨。仙人瓊海上，握手當年，笑許君攜半山去。劖疊嶂卷飛泉，洞府淒涼，又卻怕先生多取。怕夜半羅浮有時還，好長把雲煙再三遮住。

聞南樓初成賦 **前人**

婆娑欲舞，怪青山歡喜。分得清溪半篙水。記平沙鷗鷺，落日漁樵，湘江上，風景依然如此。東籬多種菊，待學淵明，酒興詩情不相似。十里漲春波，一棹歸來，只做個五湖萬蠡。是則是一般弄扁舟，爭知道他家有個西子。

和趙晉臣次李能伯韻　前人

舊交貧賤，太半成新貴。冠蓋門前幾行李。看匆匆哂笑，爭出山來，憑誰問，小草何如遠志。悠悠今古事。得喪乘除，暮四朝三又何異。任掀天事業，冠古文章，有幾個笙歌晚歲。況滿屋貂蟬未爲榮，記裂土分茅是公家世。

病中作　前人

賢愚相去，算其間能幾。差以毫釐謬千里。思量義利，舜跖之分，孳孳者，等是雞鳴而起。味甘終易壞，歲晚還知，君子之交淡如水。一餉聚飛蚊，其響如雷，深自覺昨非今是。羡安樂窩中太和湯，更劇飲無過半醺而已。

蕙蘭芳引

首句四字，二句三字，三句四字仄韻起，四句五字，五句六字仄叶，六句四字，七句七字仄叶，八句五字，九句六字仄叶。

首句四字，二句四字，三句四字仄叶，四句五字，五句六字仄叶，六句四字，七句四字仄叶，八句三字，九句六字仄叶。

前段九句四韻四十四字，後段九句四韻四十字。

秋懷　周美成

寒瑩晚空，照青鏡，斷霞孤鶩。對客館深扃，霜草未衰更緑。倦遊厭旅，但夢繞阿嬌金屋。想故人別後，盡日空疑風竹。　塞北氍毹，江南圖障，是處温燠。更花管雲箋，猶寫寄情舊曲。音塵迢遞，但勞遠目。今夜長，爭奈枕單人獨。

華胥引

首句四字，二句四字，三句四字仄叶，四句四字，五句七字仄叶，六句六字，七句五字仄叶，八句四字，九句六字仄叶。

首句四字，二句七字仄叶，三句四字，四句六字仄叶，五句六字，六句四字仄叶，七句四字，八句六字仄叶。

前段九句四韻四十四字，後段八句四韻四十一字。

秋思

周美成

川源澄映，煙月冥濛，去舟似葉。岸足沙平，蒲根水冷留雁唼。別有孤角吟秋，對曉風嗚軋。紅日三竿，醉頭扶起寒怯。　離思相縈，漸看看鬢絲堪鑷。舞衫歌扇，何人輕憐細閱。點檢從前恩愛，鳳牋盈篋。愁剪燈花，夜來和淚雙疊。

惜紅衣

首句四字，二句四字，三句四字仄韻起，四句四字，五句五字仄叶，六句四字，七句九字仄叶，八句四字，九句五字仄叶。

首句四字仄叶，二句四字，三句五字仄叶，四句四字，五句五字仄叶，六句六字，七句六字仄叶，八句四字，九句六字仄叶。

前段九句四韻四十三字，後段九句五韻四十四字。

本意　姜堯章

枕簟邀涼，琴書玩日，睡餘無力。細灑冰泉，并刀破甘碧。牆頭換酒，誰詢問城南詩客岑寂。高柳晚蟬，說西風消息。　虹梁水陌。魚浪吹香，紅衣半狼籍。維舟試望，故國渺天北。可惜柳邊花外，不共美人程涉。甚時同賦，三十六陂秋色。

離別難

薛昭蘊

前段九句□□四十三字，後段十一句□□四十四字。

寶馬曉鞴雕鞍。羅幃乍別情難。那堪春景媚。送君千萬里。半妝珠翠落，露華寒。紅蠟燭。青絲曲。偏能鉤引淚闌干。　良夜促。香塵綠。魂欲迷。檀眉半斂愁低。未別心先咽。欲語情，難説出。芳草路東西。摇袖立。春風急。櫻花楊柳雨淒淒。

滿園花

前段□句□韻四十四字，後段□句□韻四十三字。

秦少游

一向沉吟久。淚珠盈襟袖。我當初不合苦撋就。慣縱得軟頑，見底心先有。行待癡心守。甚捻著脈子倒把人來僝僽。近日來非常囉唕醜。佛也須眉皺。怎掩得衆人口。待收了孛羅，羅了從來斗。從今後。休道共我夢見，也不能得勾。

江城梅花引

∩○∩□□○○首句七字平韻起□○○二句三字平叶□○○三句三字平叶∩□∩○∩□□○○四句

九字平叶⋂□⋂○○□□五句七字⋂⋂□六句三字□○○七句三字□□○八句三字平叶⋂○□○□○○首句七字⋂⋂○二句三字平叶⋂⋂○三句三字平叶⋂□⋂□□四句七字⋂□○○五句四字平叶⋂□○○⋂□□○○六句九字平叶⋂□⋂○○□□七句七字⋂⋂□八句三字□○○九句三字□□○十句三字平叶

前段八句五韻三十八字，後段十句五韻四十九字。

閨情　　**康伯可**

娟娟霜月冷侵門。怕黄昏。又黄昏。手撚一枝獨自對芳樽。酒又不禁花又惱，漏聲遠，一更更，總斷魂。　斷魂斷魂不堪聞，被半温。香半薰。睡也睡也睡不穩，誰與温存。惟有床前銀燭照啼痕。一夜爲花憔悴損，人瘦也，比梅花，瘦幾分。**脚注**：按此調合《江城子》、《梅花引》二調而名，《江城子》、《梅花引》俱見小令。

勸金舡

首句七字仄韻起，二句五字仄叶，三句七字仄叶，四句五字仄叶，五句四字，六句六字仄叶，七句六字，八句四字仄叶。

前段八句六韻四十四字，後段同前。

八六子

和楊元素韻 自撰腔命名

蘇子瞻

無情流水多情客。勸我如曾識。杯行到手休辭卻。這公道難得。曲水池上，小字更書年月。如對茂林修竹，似永和節。纖纖素手如霜雪。笑把秋花插。尊前莫怪歌聲咽。又還是輕別。此去翺翔，遍賞玉堂金闕。欲問再來何歲，應有華髮。

首句三字平韻起，二句六字，三句四字平叶，四句七字，五句六字，六句四字平叶。首句六字平叶，二句六字，三句六字平叶，四句五字，五句四字，六句四字，七句六字，八句六字，九句六字平叶，十句三字平叶，十一句六字平叶。

前段六句三韻三十字，後段十一句五韻五十八字。

春怨　秦少游

倚危亭。恨如芳草萋萋，剗盡還生。念柳外青驄別後，水邊紅袂分時，悽然暗驚。無端天與娉婷。夜月一簾幽夢，春風十里柔情。怎奈向歡娛，漸隨流水，素絃聲斷，翠綃香減那堪，片片飛花弄晚，濛濛殘雨籠晴。正銷凝。黃鸝又啼數聲。

魚游春水

∩∩○○□首句五字仄韻起∩□∩○○□□二句七字仄叶∩○○□三句四字∩□∩○○□四句六字仄叶∩□○○□□○五句七字∩○□□○○□六句七字仄叶∩∩□○七句四字∩○○□八句四字仄叶

∩□○○□□首句六字仄叶∩□∩○○∩□二句七字仄叶□○∩□○○三句六字∩○∩□四句四字仄叶∩○○□○○□五句七字∩□○○○□六句七字仄叶∩∩□○七句四字∩○○□八句四字仄叶

前段八句五韻四十四字，後段八句六韻四十五字。

阮逸女

秦樓東風裏。燕子還來尋舊壘。餘寒猶峭，紅日薄侵羅綺。嫩草方抽碧玉茵，媚柳輕拂黃金縷。鶯轉上林，魚游春水。　幾曲欄干遍倚。又是一番新桃李。佳人應怪歸遲，梅妝淚洗。鳳簫聲絶沈孤鴈，望斷清波無雙鯉。雲山萬重，寸心千里。

玉帶花

首句七字，二句四字，三句四字仄韻起，四句八字，五句四字仄叶，六句七字，七句五字仄叶。　首句七字，二句四字，三句四字仄叶，四句四字，五句五字，六句四字仄叶，七句四字，八句七字仄叶，九句六字，十句五字仄叶。

前段七句三韻三十九字，後段十句四韻五十字。

寄友

夏桂洲

昔日少年今漸老，追憶舊遊，而今難得。朱雀橋邊烏衣巷口，前朝舊宅。秦淮畔走馬聽雞，幾醉笙歌月。　二十七年渾似夢，塵土風波，儘曾經歷。畫省黄扉，但碌碌無庸，枉教頭白。江左故人，時寄我錦箋盈尺。卻憐幾個同心，又隔天南北。

詞海評林三卷目録

長調

謝池春慢　九十字　張子野一首
夏雲峰　九十字　柳耆卿一首
一枝花　九十字　辛幼安一首
醉翁操　九十字　辛幼安一首
塞翁吟　九十二字　周美成一首
東風齊着力　九十二字　胡浩然一首
意難忘　九十二字　周美成一首　蘇東坡一首
法曲獻仙音　九十二字　周美成一首
滿江紅　九十三字　蘇子瞻五首　張仲宗一首　周美成一首　趙元鎮一首　張安國一首　吕居仁一首　康伯可一首　僧晦菴一首　秦少游一首　程正伯一首　辛幼安卅三首　元遺山一首　吴履齋一首

雪梅香　九十四字　柳耆卿一首

尾犯　九十四字　柳耆卿一首

玉漏遲　九十四字　宋子京一首

六么令　九十四字　周美成一首　辛幼安二首

鳳凰臺上憶吹簫　九十五字　李易安一首

玉女迎春慢　九十五字　彭巽吾一首

滿庭芳　九十五字　秦少游五首　周美成一首　康伯可一首　蘇東坡六首　胡浩然一首　張子野一首　程正伯一首　黄山谷三首　辛幼安四首

掃地花　九十五字　周美成一首

掃花遊　九十五字　張半湖一首

水調歌頭　九十五字　蘇子瞻五首　劉改之一首　黄山谷二首　韓無咎一首　韓子蒼一首　辛幼安卅五首

夢揚州　九十五字　秦少游一首

燭影揺紅　九十六字　張林甫一首　吴大年一首　王晉卿一首　孫夫人一首

晝夜樂　九十六字　柳耆卿一首　梁寅一首　黄魯直一首

黄鶯兒　九十六字　柳耆卿一首
塞垣春　九十六字　周美成一首
倦尋芳　九十六字　王元澤一首　蘇養直一首
天香　九十六字　劉方叔一首　王充一首
漢宫春　九十六字　康伯可一首　晁叔用一首　陸放翁一首　京仲遠一首　辛幼安六首
燕春臺　九十七字　張子野一首
帝臺春　九十七字　李景元一首
真珠簾　九十七字　張徹一首
慶清朝慢　九十七字　王通叟一首
醉蓬萊　九十七字　柳耆卿一首　葉少藴一首　謝幼槃一首　黄魯直一首　蘇子瞻一首
聲聲慢　九十七字　辛幼安四首　劉巨濟一首
夏初臨　九十七字　楊孟載一首　劉巨濟一首
八聲甘州　九十七字　蘇子瞻一首　晁無咎一首　葉夢得一首　辛幼安二首
三部樂　九十八字　蘇子瞻一首

錦堂春慢　九十八字　王靜得一首
玲瓏四犯　九十八字　周美成一首
燕山亭　九十八字　道君皇帝一首
東風第一枝　九十八字　瞿佑宗一首
應天長慢　九十八字　周美成一首　康伯可一首
雙雙燕　九十八字　史邦卿一首
雨中花慢　九十八字　黄山谷一首　秦少游一首　蘇子瞻三首　辛幼安二首
逍遥樂　九十八字　黄魯直一首
孤鸞　九十八字　周美成一首
瑣窗寒　九十九字　周美成一首
月華清　九十九字　蔡伯堅一首
月下笛　九十九字　曾鷗江一首
玉蝴蝶　九十九字　柳耆卿二首　辛幼安二首　高賓王一首　晁叔用一首
高陽臺　九十九字　僧皎如晦一首

金菊對芙蓉　九十九字　辛幼安一首　康伯可一首　僧仲殊一首
絳都春　百字　丁仙現一首　劉叔安一首　朱希真一首
遶佛閣　百字　周美成一首
慶春澤　百字　劉叔安一首
渡江雲　百字　周美成一首
玲瓏玉　百字　姚江村一首
木蘭花慢　百字　京仲遠一首　程正伯一首　曹通甫一首　辛幼安四首
御帶花　百字　歐陽永叔一首
解語花　百字　周美成一首
萬年歡　百字　胡浩然一首
念奴嬌　百字　辛幼安十九首　蘇子瞻二首　葉少藴一首　李易安一首　沈公述一首　僧仲殊二首　黄山谷一首　范元卿二首　朱希真三首　李漢老一首　姚孝寧一首　韓子蒼一首　張安國一首　張于湖一首　程正伯一首　趙承之一首　鄭中卿一首　趙閑閑一首　丘瓊山一首　蔡伯堅一首
壺中天慢　百字　夏桂洲一首

無俗念　百字　虞道園一首

長相思　百字　秦少游一首

玉燭新　百一字　周美成一首

喜朝天　百一字(一)

琵琶仙　百一字　姜堯章一首

看花回　百一字　黄魯直一首

曲遊春　百一字　王竹澗一首

桂枝香　百一字　王介甫一首　張宗瑞一首

水龍吟　百二字　秦少游一首　陸務觀一首　劉叔安一首　辛幼安十四首　蘇子瞻六首　周美成一首　章質夫一首　陳同甫一首　黄魯直一首

瑞鶴仙　百二字　康伯可一首　歐陽永叔一首　周美成一首　黄山谷一首　辛幼安三首

石州慢　百二字　張仲宗一首　高季迪一首

(一) 眉批補寫。

鼓笛慢　百二字　張仲宗一首　秦少游一首
齊天樂　百二字　周美成一首　王月山一首
慶春宮　百二字　柳耆卿一首
憶舊遊　百二字　周美成一首
晝錦堂　百二字　周美成一首
宴清都　百二字　何籀一首　周美成一首
金盞子　百二字　蔣捷一首
花犯　百二字　周美成一首
小樓連苑　百二字　楊樵雲一首
拜星月慢　百二字　周美成一首
南浦　百二字　魯逸仲一首
霓裳中序第一　百二字　詹天遊一首
氐州第一　百二字　周美成一首
綺羅香　百三字　史邦卿一首

西湖月　百三字　黄蓬甕一首

喜遷鶯　百三字　胡浩然一首　趙德莊一首　康伯可二首　易彦祥一首　吴子和二首　辛幼安一首

雨霖鈴　百三字　柳耆卿一首

春雲怨　百三字　馮偉壽一首

惜餘歡　百三字　黄魯直一首

永遇樂　百四字　鮮方叔一首　蘇子瞻三首　辛幼安五首

歸朝歡　百四字　馬莊甫一首　張子野一首　蘇子瞻一首　辛幼安四首

春從天上來　百四字　王秋澗一首　吴彦章一首

花心動　百四字　阮逸女一首

瀟湘逢故人慢　百四字　王和甫一首

送入我門來　百四字　胡浩然一首

涼州令　百五字　歐陽永叔一首

二郎神　百五字　徐幹臣一首　柳耆卿一首

解連環　百五字　黄水村一首　高賓王一首　周美成一首

春霽　百五字　胡浩然一首
秋霽　百五字　陳後主一首　無名氏一首
西河　百五字　周美成一首　辛幼安一首
尉遲杯　百五字　周美成一首
傾杯樂　百六字　柳耆卿一首
望梅　百六字　柳耆卿一首
望遠行　百六字　柳耆卿一首
望海潮　百七字　秦少游四首　柳耆卿一首　沈公述一首
夜飛鵲　百七字　周美成一首
折紅梅　百七字　杜安世一首
無愁可解　百七字　蘇子瞻一首
望湘人　百七字　賀方回一首
一萼紅　百七字　尹礀民一首
菩薩蠻慢　百八字　羅壺秋一首

薄倖　百八字　賀方回一首

風流子　百十字　張文潛一首　秦少游一首　周美成二首　吴彦高一首

疏影　百十字　彭履道一首

大聖樂　百十字　康伯可一首

江神子慢　百十字　蔡伯堅一首

過秦樓　百十一字　周美成一首

女冠子　百十一字　柳耆卿一首　李漢老一首　周美成一首

霜葉飛　百十一字　周美成一首　劉伯温一首

惜餘春慢　百十三字　魯逸仲一首

蘇武慢　百十三字　虞道園一首

沁園春　百十四字　辛幼安十三首　秦少游一首　黄魯直一首　蘇子瞻一首

紫萸香慢　百十四字　姚江村一首

丹鳳吟　百十四字　周美成一首

小梅花　百十四字　高仲常一首

摸魚兒　百十六字　辛幼安三首　歐陽永叔一首　晁無咎一首

賀新郎　百十六字　劉潛夫二首　李玉一首　葉夢得一首　蘇子瞻一首　趙文鼎一首　劉方叔一首　宋謙甫一首　無名氏一首　劉改之一首　辛幼安廿二首　劉後村一首　李南金一首

金縷曲　百十六字　陶安一首

金明池　百廿字　秦少游一首

緑頭鴨　百廿一字　無名氏一首

白苧　百廿六字　柳耆卿一首

蘭陵王　百卅字　周美成一首　張仲宗一首　辛幼安二首

十二時　百卅字　柳耆卿一首

瑞龍吟　百卅二字　周美成一首　劉伯温一首

大酺　百卅三字　周美成一首

浪淘沙慢　百卅三字　周美成一首

西平樂　百卅七字　周美成一首

玉女摇仙佩　百卅九字　柳耆卿一首

多麗　百四十字　聶冠卿一首　無名氏一首

六醜　百四十字　周美成一首

六州歌頭　百四十四字　張仲舉一首　辛幼安一首

寶鼎現　百五十五字　康伯可一首

三臺　百七十一字　万俟雅言一首

哨遍　二百二字　蘇子瞻二首　辛幼安三首

戚氏　二百十二字　柳耆卿一首　蘇子瞻一首

鶯啼序　二百卌十四字　黄在軒一首

醜奴兒近(一)　字數未詳　辛幼安一首

(一) 眉批「×」符。

謝池春慢

首句四字，二句六字仄韻起，三句五字，四句五字仄叶，五句五字，六句五字仄叶，七句三字，八句三字仄叶，九句四字，十句五字仄叶。

前段十句五韻四十五字，後段同前。

春興

張子野

繚牆重院，時聞有啼鶯到。繡被掩餘寒，畫幕明新曉。朱檻連雲闊，飛絮舞多少。徑沙平，池水渺。日長風靜，花影閒相照。塵香拂馬，逢謝女城南道。秀豔過施粉，多媚生輕笑。鬬色鮮衣薄，碾玉雙蟬小。歡難偶，春過了。琵琶流怨，都入相思調。

夏雲峰

首句三字平韻起，二句三字，三句六字平叶，四句六字，五句四字平叶，六句七字，七句四字平叶，八句十字平叶。首句六字平叶，二句三字，三句六字平叶，四句六字，五句四字平叶，六句七字，七句四字平叶人，八句七字，九句四字平叶。前段八句五韻四十三字，後段九句五韻四十七字。

夏意　柳耆卿

宴堂深。軒檻雨，輕壓暑氣低沉。花洞彩舟泛斝，坐繞清潯。楚臺風快湘簟冷，永日披襟。坐久覺疏絃脆管換新音。越娥蕙態蘭心。逞妖豔，泥歡邀寵難禁。筵上笑歌間發，舄履交侵。醉鄉歸處須盡興，滿酌高吟。向此免名繮利鎖，虛費光陰。

一枝花

前段□句□韻四十四字，後段□句□韻四十六字。

醉中戲作

辛幼安

千丈擎天手。萬卷懸河口。黄金腰下印大如斗。更千騎弓刀，揮霍遮前後。百計千方久。似鬥草兒童，贏個他家偏有。算枉了雙眉長皺。白髮空回首。那時閑説向山中友。看丘隴牛羊，更辨賢愚否。且自栽花柳。怕有人來，但只道今朝中酒。

醉翁操

一段十七句十三韻九十字。

别范先之

辛幼安

長松之風如公。肯余從。山中人心與吾兮誰同。湛湛千里之江，上有楓。噫送子于湄，望君之門兮九重。女無悦己，誰適爲容。不龜手藥，或一朝兮所封。昔與游兮皆童。我獨窮兮今翁。一魚兮一龍。勞心兮忡忡。噫命時逢。子之所食兮萬鍾。

塞翁吟

首句五字，二句六字平韻起，三句六字平叶，四句五字平叶，五句七字，六句六字平叶，七句三字，八句八字平叶。首句二字平叶，二句七字，三句七字平叶，四句七字，五句七字，六句四字平叶，七句四字，八句八字平叶。

前段八句五韻四十六字，後段八句四韻四十六字。

夏景　周美成

暗葉啼風雨，窗外曉色瓏璁。散水麝小池東。亂一岸芙蓉。蘄州簟展雙紋浪，輕帳翠縷如空。夢遠別，淚痕重淡鉛粉斜紅。　忡忡。嗟憔悴新寬帶結，羞豔冶都銷鏡中。有蜀紙堪憑寄恨，等今夜灑血書詞，剪燭親封。菖蒲漸老，早晚成花教見薰風。

東風齊着力

首句四字，二句四字，三句四字平韻起，四句四字，五句五字平叶，六句六字，七句三字，八句四字平叶，九句七字，十句四字平叶。首句五字平叶，二句九字平叶，三句四字，四句五字平叶，五句六字，六句七字平叶，七句三字，八句四字，九句四字平叶。

前段十句四韻四十五字，後段九句五韻四十七字。

除夕

胡浩然

殘臘收寒，三陽初轉，已換年華。東君律管，迤邐到山家。處處笙簧鼎沸，會佳宴，坐列仙娃。花叢裡金爐滿爇，龍麝煙斜。此景轉堪誇。深意祝壽山福海增加。玉觥滿泛，且莫厭流霞。幸有迎春壽酒，銀瓶浸幾朵梅花。休辭醉，園林秀色，百草萌芽。

意難忘

首句四字仄韻起(一)，二句五字，三句四字平叶，四句五字，五句五字平叶，六句三字，七句三字平叶，八句五字平叶，九句七字，十句四字平叶。

(一) 當爲平韻起。

前段十句六韻四十五字，後段同前首句多二字。

贈妓

周美成

衣染鶯黃。愛停歌駐拍，勸酒持觴。低鬟蟬影動，私語口脂香。簷露滴，竹風涼。拚劇飲淋浪。夜漸深籠燈就月，子細端相。知音見説無雙。解移宮換羽，未怕周郎。長顰知有恨，貪耍不成粧。些個事，惱人腸。試説與何妨。又恐伊尋消問息，瘦減容光。

妓館

蘇東坡

花擁鴛房。記駞肩髻小，約鬢眉長。輕身翻燕子，低語囀鶯簧。相見處，便難忘。肯親度瑶觴。夜向闌歌翻郢曲，帶換韓香。別來音信難將。似雲收楚峽，雨散巫陽。相逢情有在，不語意難量。些箇事，斷人腸。怎禁得恓惶。待與伊移根換葉，試又何妨。

法曲獻仙音

首句四字，二句四字，三句六字仄韻起，四句四字，五句四字，六句六字仄叶，七句六字，八句五字仄叶。首句三字仄叶，二句七字，三句三字，四句六字仄叶，五句五字，六句七字仄叶，七句四字，八句七字仄叶，九句十一字仄叶。

前段八句三韻三十九字，後段九句五韻五十三字。

感懷

周美成

蟬咽涼柯，燕飛塵幙，漏閣籤聲時度。倦脱綸巾，困便湘竹，桐陰半侵朱户。向抱影凝情處。時聞打窗雨。耿無語。歎文園近來多病，情緒懶，樽酒易成間阻。縹緲玉京人，想依然京兆眉嫵。翠幙深中，對徽容空在紈素。待花前月下見了不教歸去。

滿江紅

首句四字，二句七字仄韻起，三句七字，四句四字仄叶，五句七字，六句七字仄叶，七句八字，八句三字仄叶。首句三字，二句三字仄叶，三句三字，四句三字仄叶，五句五字，六句四字仄叶，七句七字，八句七字仄叶，九句八字，十句三字仄叶。

前段捌句四韻四十七字，後段十句五韻四十六字。

東武會流杯亭《詩餘》作春暮 《詩餘》作晁無咎**蘇子瞻**

東武南城，新堤固漣漪初溢。隱隱遍長林高阜，卧紅堆碧。枝上殘花吹盡也，與君試向江頭覓。問向前猶有幾多春，三之一。　宫裏事，何時畢。風雨外，無多日。相將泛曲水，滿城爭出。君不見蘭亭脩禊事，當時坐上皆豪逸。到如今脩竹滿山陰，空陳跡。脚注：「君」字羡。

春暮　**張仲宗**

春水連天，桃花浪幾番風惡。雲乍起遠山遮盡，晚風還作。緑遍芳洲生杜若，楚帆帶雨煙中落。訒向來沙嘴共停橈，傷飄泊。　寒猶在，衾偏薄。腸欲斷，愁難著。倚篷窗無寐，引杯孤酌。寒食清明都過了，可憐辜負年時約。相小樓日日望歸舟，人如削。

春閨　**周美成**

晝日移陰，攬衣起春帷睡足。臨寶鑑緑雲繚亂，未忺妝束。蝶粉蜂黄都過了，枕痕一線紅生玉。背畫欄脈脈悄無言，尋棋局。　重會面，何時卜。無限事，縈心曲。想秦箏依舊，尚嗚金屋。芳草連天迷遠望，寶香薰被成孤宿。最苦是蝴蝶滿園飛，無心撲。

秋望

趙元鎮

慘結秋陰，西風送絲絲雨濕。凝望眼征鴻幾字，暮投沙磧。欲往鄉關何處是，水雲浩蕩連南北。但脩眉一抹有無中，遥山色。天涯路，江上客。腸已斷，頭應白。空搔首興歎，莫年離隔。欲待忘憂除是酒，奈酒行欲盡愁無極。便挽將江水入尊罍，澆胸臆。

詠雨

張安國

斗帳高眠，寒窗靜瀟瀟雨意。南樓近更移三鼓，漏傳一水。點點不離楊柳外，聲聲只在芭蕉裏。也不管滴破故鄉心，愁人耳。無似有，游絲細。聚復散，真珠碎。天應分付與，别離滋味。破我一床蝴蝶夢，輸他雙枕鴛鴦睡。向此際别有好思量，人千里。

幽居

吕居仁

東里先生，家何在山陰溪曲。對一川平野，數椽茅屋。昨夜岡頭新雨過，門前流水清如玉。抱小橋回合柳參天，摇新緑。疏籬下，叢叢菊。虚簷外，蕭蕭竹。歎古今得失，是非榮辱。須信人生歸去好，世間萬事何時足。問此春春醖酒何如，今朝熟。

杜鵑　**康伯可**

惱殺行人，東風裏爲誰啼血。正青春未老，流鶯方歇。蝴蝶枕前顛倒夢，杏花枝上朦朧月。問天涯何事苦關情，思離別。　聲一喚，腸千結。閩嶺外，江南陌。正長堤楊柳，翠條堪折。鎮日叮嚀千百遍，只將一句頻頻説。道不如歸去不如歸，傷情切。

見《詩餘》注　**僧晦庵**

擾擾勞生，待足何時是足。據見定隨家豐儉，便堪龜縮。得意濃時休進步，須防世事多翻覆。枉教人白了少年頭，空碌碌。　誰不願，黄金屋。誰不愛，千鍾粟。筭五行不是，這般題目。枉使心機閒計較，兒孫自有兒孫福。又何須採藥訪蓬萊，但寡慾。

姝麗　或作黄山谷**秦少游**

越豔風流，占天上人間第一。須信道絶塵標致，傾城顔色。翠綰垂螺雙髻小，柳柔花媚嬌無力。笑從來到處只聞名，今相識。　臉兒美，鞋兒窄。玉纖嫩，酥胸白。覺愁腸攪亂，坐中狂客。金縷和盃曾有分，寶釵落枕知何日。謾從今一點在心頭，空成憶。

憶別

程正伯

門掩垂楊，寶香度翠簾重疊。春寒在羅衣初試，素肌猶怯。薄靄籠花天欲暮，小風送角聲初咽。但獨褰幽幌悄無言，傷初別。　衣上雨，眉間月。滴不盡，顰空切。羨栖梁歸燕，入簾雙蝶。愁緒多於花絮亂，柔腸過似丁香結。問何時重理錦囊書，從頭説。

春晚

辛幼安

浪蕊浮花，當不住晚風吹了。微雨過池塘飛絮，一簾晴晝。寂寂山光春似夢，依依草色熏如酒。近新來怕上小紅樓，憑闌眺。　心事阻，詩情少。東皇去，良辰杳。想故園閒趣，水村煙柳。此日鵑聲天不管，當年燕子人何有。歎江南離別酒初醒，頻回首。

對酒

元遺山

天上飛烏，阿誰遣東生西没。明鏡裏朝爲青鬢，暮爲華髮。弱水蓬萊三萬里，夢魂不到金銀闕。更幾人能有謝家山，飛仙骨。　山鳥弄，林花發。玉杯冷，秋雲滑。彭殤共一醉，不爭毫末。鞭石何年滄海過，三山只是尊中物。暫放教老子據胡床，邀明月。

清明　吴履齋

柳帶榆錢，又還過清明寒食。天一笑滿園羅綺，凝眸麗色。花樹得晴紅欲染，遠山過雨青如滴。問江南池館有誰來，江南客。　烏衣巷，今難覓。烏衣事，今猶昔。但年年燕子，晚煙斜日。抖擻一春塵土債，淒涼萬古英雄跡。但芳尊隨分趁芳時，休虚擲。

蘇子瞻

董義夫，名鉞，倅漕得罪。歸鄱陽，遇東坡於齊安。怪其豐暇自得，曰：「吾再娶柳氏，三日而去官。吾固不戚戚，而憂柳氏不能忘懷於進退也。已而欣然。同憂患如處富貴，吾是以益安焉。」令家僮歌其所作《滿江紅》，東坡嗟歎之，次其韻。

憂喜相尋，風雨過一江春緑。巫峽夢至今空有，亂山屏簇。何似伯鸞攜德耀，簞瓢未足清歡足。漸燦然光彩照階庭，生蘭玉。　幽夢裡，傳心曲。腸斷處，憑他續。文君婿知否，笑君卑辱。君不見周南歌漢廣，天教夫子休喬木。便相將左手托琴書，雲間宿。

寄鄂州朱使君　前人

江漢西來，高樓下葡萄深碧。猶自帶岷峨雲浪，錦江春色。君是南山遺愛守，我爲劍外思歸客。對此間風物豈無情，慇懃説。江表傳，君休讀。狂處士，真堪惜。空洲對鸚鵡，葦花蕭瑟。獨笑書生爭底事，曹公黄祖俱飄忽。願使君還賦謫仙詩，追黄鶴。

懷子由

前　人

清潁東流，愁目斷孤帆明滅。宦遊處青山白浪，萬重千疊。孳負當年林下意，對床夜雨聽蕭瑟。恨此生長向别離中，添華髪。一樽酒，黄河側。無限事，從頭説。相看怳如，許多年月。衣上舊痕餘苦淚，眉間喜氣添黄色。便與君池上覓殘春，花如雪。

正月十三日送姜安國還朝

前　人

天豈無情，天也解多情留客。春向暖朝來底事，尚飄輕雪。君過春來紆組綬，我應歸去耽泉石。恐異時杯酒忽相思，雲山隔。浮世事，俱難必。人縱健，頭應白。何辭更一醉，此歡難覓。欲向佳人訴離恨，淚珠先已凝雙睫。但莫遣新燕卻來時，音書絶。

建康史帥制道席上賦

辛幼安

鵬翼垂空，笑人世蒼然無物。又還去九重深處，玉階山立。袖裡珍奇光五色，他年要補天西北。且歸來談笑護長江，波澄碧。佳麗地，文章伯。金縷唱，紅牙拍。看尊前飛下，日邊消息。料想寶香熏閣夢，依然畫舫青溪笛。待如今端的約鍾山，長相識。

中秋寄遠 前 人

快上西樓，怕天教浮雲遮月。但喚取玉纖橫管，一聲吹裂。誰做冰壺凉世界，最憐玉斧修時節。問嫦娥孤處有愁無，應華髮。 雲液滿，瓊杯滑。長袖舞，清歌咽。歎十常八九，欲磨還缺。但愿長圓如此夜，人情未必看承別。把從前離恨總包藏，歸時説。

中秋 前 人

美景良辰，算只是可人風月。况素節揚輝，長是十分清徹。著意登樓瞻玉兔，何人張幕遮銀闕。倩飛廉特特爲吹開，憑誰説。 弦與望，從圓缺。今與昨，何區别。羡夜來把手，桂花堪折。安得便登天柱上，從容陪伴酹佳節。更如今不聽麈談清，愁如髮。

暮春 前 人

點火櫻桃，照一架荼蘼如雪。春正好，見龍孫穿破，紫苔蒼壁。乳燕引雛飛力弱，流鶯喚友嬌聲怯。問春歸不肯帶愁歸，腸千結。 層樓望，春山疊。家何在，煙波隔。把古今遺恨，向他誰説。蝴蝶不傳千里夢，子規叫斷三更月。聽聲聲枕上勸人歸，歸難得。

又

前　人

可恨東君，把春去春來無跡。便過眼等閒輸了，三分之一。晝永暖翻紅杏雨，風清扶起垂楊力。更天涯芳草最關情，烘殘日。　　湘浦岸，南塘驛。恨不盡，愁如織。算年年辜負，對他寒食。便恁歸來能幾許，風流早已非疇昔。憑畫闌一線數飛鴻，沉空碧。

又

前　人

家住江南，又過了清明寒食。花徑裡一番風雨，一番狼藉。紅粉暗隨流水去，園林漸覺清陰密。算年年落盡刺桐花，寒無力。　　庭院靜，空相憶。無説處，閒愁極。怕流鶯乳燕，得知消息。尺素如今何處也，綠雲依舊無蹤跡。謾教人羞去上層樓，平蕪碧。

贛州席上呈太守陳季陵

前　人

落日蒼茫，風纔定片帆無力。還記得眉來眼去，水光山色。倦客不知身遠近，佳人已卜歸消息。便歸來只是賦行雲，襄王客。　　些個事，如何得。知有恨，休重憶。但楚天特地，暮雲凝碧。過眼不如人意事，十常八九今頭白。笑江州司馬太多情，青衫濕。

賀王帥宣平湖南寇　前人

笳鼓歸來，舉鞭問何如諸葛。人道是匆匆五月，渡瀘深入。白羽生風貔虎譟，青溪路斷䶉鼯泣。早紅塵一騎落平岡，捷書急。　三萬卷，龍頭客。渾未得，文章力。把詩書馬上，笑驅鋒鏑。金印明年如斗大，貂蟬卻自兜鍪出。待刻公勳業到雲霄，浯溪石。

又　前人

漢水東流，都洗盡髭胡膏血。人盡說君家飛將，舊時英烈。破敵金城雷過耳，談兵玉帳冰生頰。想王郎結髮賦從戎，傳遺業。　腰間劍，聊彈鋏。尊中酒，堪爲別。況故人新擁，漢壇旌節。馬革裹屍當自誓，蛾眉伐性休重說。但從今記取楚臺風，庾樓月。

江行簡楊濟翁周顯先　前人

過眼溪山，怪都是舊時曾識。還記得夢中行遍，江南江北。佳處徑須攜杖去，能消幾緉平生屐。笑塵勞三十九年非，長爲客。　吴楚地，東南坼。英雄事，曹劉敵。被西風吹盡，了無塵跡。樓觀甫成人已去，旌旗未捲頭先白。歎人生哀樂轉相尋，今猶昔。

又　　前人

敲碎離愁，紗窗外風摇翠竹。人去後吹簫聲斷，倚樓人獨。滿眼不堪三月暮，舉頭已覺千山緑。但試把一紙寄來書，從頭讀。　相思字，空盈幅。相思意，何時足。滴羅襟點點，淚珠盈掬。芳草不迷行路客，垂楊只礙離人目。最苦是立盡月黄昏，闌干曲。

又　　前人

倦客新豐，貂裘敝征塵滿目。彈短鋏青蛇三尺，浩歌誰續。不念英雄江左老，用之可以尊中國。歎詩書萬卷致君人，翻沉陸。　休感慨，澆醽醁。人易老，歡難足。有玉人憐我，爲簪黄菊。且置請纓封萬户，竟須賣劍酧黄犢。甚當年寂寞賈長沙，傷時哭。

又　　前人

風捲庭梧，黄葉墜新涼如洗。一笑折秋英同賞，弄香挼蕊。天遠難窮休久望，樓高下還重倚。拚一襟寂寞淚彈秋，無人會。　今古恨，沉荒壘。悲歡事，隨流水。想登樓青鬢，未堪憔悴。極目煙横山數點，孤舟月淡人千里。對嬋娟從此話離愁，金尊裡。

冷泉亭　　前人

直節堂堂，看夾道冠纓拱立。漸翠谷群仙來下，珮環聲急。誰信天天(一)鋒飛墮地，傍湖千丈開青壁。是當年玉斧削方壺，無人識。　　山水潤，琅玕濕。秋露下，瓊珠滴。向危亭橫跨，玉淵澄碧。醉舞且摇鸞鳳影，浩歌莫遣魚龍泣。恨此中風物本吾家，今爲客。

次韻　　前人

照影溪梅，悵絶代佳人獨立。便小駐雍容千騎，羽觴飛急。琴裡新聲風響珮，筆端醉墨鴉棲壁。是使君文雅舊知名，今方識。　　高欲卧，雲還濕。清可漱，泉長滴。快晚風吹帽，滿懷空碧。寶馬嘶歸紅旆動，龍團試水銅瓶泣。怕他年重到路應迷，桃源客。

席間和洪景盧舍人　　前人

天與文章，看萬斛龍文筆力。聞道是一詩曾換，千金顏色。欲説又休新意思，强啼偷笑真消息。算人人合與共乘鸞，鑾坡客。　　傾國豔，難再得。還可恨，還堪憶。看書尋舊錦，

(一) 衍一「天」字。

衫裁新碧。鶯蝶一春花裏活，可堪風雨飄紅白。問誰家卻有燕歸梁，香泥濕。

送楊朝美自汴歸金壇　　前　人

瘴雨蠻煙，十年夢尊前休説。春正好故園桃李，待君花發。兒女燈前和淚拜，雞豚社裡歸時節。看依然舌在齒牙牢，心如鐵。　活國手，封侯骨。騰汗漫，排閶闔。待十分做了，詩書勳業。當日念君歸去好，而今卻恨中年別。笑江頭明月更多情，今宵缺。

送李正之提刑入蜀　　前　人

蜀道登天，一杯送繡衣行客。還自歎中年多病，不堪離別。東北看膽諸葛表，西南更草相如檄。把功名、收拾付君侯，如椽筆。　兒女淚，君休滴。荊楚路，吾能識。要新詩準備，廬山山色。赤壁磯頭千古浪，銅鞮陌上三更月。正梅花萬里雪深時，須相憶。

送信守鄭舜舉被召　　前　人

湖海平生，算不負蒼髯如戟。聞道是使君著意，大平長策。此老自當兵十萬，長安正在天西北。便鳳凰飛詔下天來，催歸急。　車馬路，兒童泣。風雨暗，旌旗濕。看野梅官柳，東風消息。莫向蔗菴追笑語，只今松竹無顔色。問人間誰管別離愁，杯中物。

送楊民瞻弟佑之還侍浮梁　前　人

塵土西風，便無限淒涼行色。還記取明朝應恨，今宵輕別。珠淚爭垂華燭暗，雁行欲斷哀箏切。看扁舟幸自澀清溪，休催發。　白石路，長亭側。千樹柳，千絲結。怕行人西去，棹歌聲闋。黄卷莫教詩酒汚，玉階不信仙凡隔。但從今伴我又隨君，佳哉月。

遊南岩和范先之韻　前　人

笑拍洪崖，問千丈翠岩誰削。依舊是西風白馬，北村南郭。似整復斜僧屋亂，欲吞還吐林煙薄。覺人間萬事到秋來，都摇落。　呼斗酒，同君酌。更小隱，尋幽約。且丁寧休負，北山猿鶴。有鹿從渠求鹿夢，非魚定未得魚樂。正仰看飛鳥卻應人，回頭錯。

和先之詠雪　前　人

天上飛瓊，畢竟向人間情薄。還又跨玉龍歸去，萬花摇落。雲破林梢添遠岫，月明屋角分層閣。記少年駿馬走韓廬，掀東郭。　吟凍雁，嘲饑鵲。人已老，歡猶昨。對瑶華滿地，與君酬酢。最愛霏霏迷遠近，都收擾擾還空濶。待羔兒飲罷又烹茶，揚州鶴。

病起寄俞山甫教授

前人

曲几團蒲，記方丈君來問疾。更夜雨匆匆别去，一杯南北。萬事莫侵閒鬢髮，百年正要佳眠食。最難忘此語重殷勤，千金值。　西崦路，東岩石。攜手處，今塵跡。望東來猶有，舊盟如日。莫信蓬萊風浪隔，垂天自有扶摇力。對梅花一夜苦相思，無消息。

餞鄭衡州厚卿

前人

莫折荼蘼，且留取一分春色。還待得青梅如豆，共伊同摘。少日對花渾醉夢，而今醒眼看風月。恨牡丹笑我倚東風，頭如雪。　榆莢錢，菖蒲葉。時節换，繁華歇。算怎禁風雨，怎禁鶗鴂。老冉冉兮花共柳，是棲棲者蜂和蝶。也不因春去有閒愁，因離别。

送徐行仲撫幹

前人

絶代佳人，曾一笑傾城傾國。休更歎舊時青鏡，而今華髮。明日伏波堂上客，老當益壯翁應説。恨苦遭鄧禹笑人來，長寂寂。　詩酒社，江山筆。松菊徑，雲煙屐。怕一觴一詠，風流絃絶。我夢横山孤鶴去，覺來卻與君相别。記功名萬里要吾身，佳眠食。

又　前　人

紫陌飛塵，望十里雕鞌繡轂。春未老已驚臺榭，瘦紅肥緑。睡雨海棠猶倚醉，舞風楊柳難成曲。問流鶯能説故園無，曾相熟。　巖泉上，飛鳬浴。巢林下，棲禽宿。恨荼蘼開晚，謾翻紅玉。蓮社豈堪談昨夢，蘭亭何處尋遺墨。但羈懷空自倚鞦韆，無心蹴。

盧國華移漕建安賦詞留别，和其韻　前　人

宿酒醒時，算只有清愁而已。人正在清涂堂上，月華如洗。紙帳梅花歸夢覺，蓴羹鱸鱠秋風起。問人生得意幾何時，吾歸矣。　君若問，相思事。料長在，歌聲裡。這情懷只是，中年如此。明月何妨千里隔，顧君與我如何耳。向尊前重約幾時來，江山美。

又和國華　前　人

漢節東南，看驷馬光華周道。須信是七閩還有，福星來到。庭草自生心意足，榕陰不動秋光好。問不知何處著君侯，蓬萊島。　還自笑，人今老。空有恨，縈懷抱。記江湖十載，厭持旌纛。濩落我材無所用，易除殆類無根潦。但欲搜好語謝新詞，羞瓊報。

山居即事　　前　人

幾個輕鷗，來點破一泓澄緑。更何處一雙鸂鶒，故來爭浴。細讀離騷還痛飲，飽看修竹何妨肉。有飛泉日日共明珠，五千斛。　春雨滿，秧新穀。閒日永，眠黄犢。看雲連麥隴，雪堆蠶簇。若要足時今足矣，以爲未足何時足。被野老相扶入東園，枇杷熟。

和傅岩叟香月韻　　前　人

半山佳句，最好是吹香隔屋。又還怪氷霜側畔，蜂兒成簇。更把香來薰了月，卻教影去斜侵竹。似神清骨冷住西湖，何由俗。　根老大，穿坤軸。枝夭嫋，蟠龍斛。快酒兵長俊，詩壇高築。一再人來風味惡，兩三杯後花緣熟。記五更聯句失彌明，龍銜燭。

壽趙茂嘉郎中並及兼濟倉事　　前　人

我對君侯，怪長見兩眉陰德。還夢見玉皇金闕，姓名仙籍。舊歲炊煙渾欲斷，被公扶起千人活。算胸中除卻五車書，都無物。　山左右，溪南北。花遠近，雲朝夕。看風流杖屨，蒼髯如戟。種柳已成陶令宅，散花更滿維摩室。勸人間且住五千年，如金石。

呈趙晉臣　前人

老子平生，原自有金盤華屋。還又要萬間寒士，眼前突兀。一舸歸來輕似葉，兩翁相對清如鵠。到如今吾亦愛吾廬，多松菊。　人道是，荒年穀。還又似，豐年玉。甚等閒卻爲，鱸魚歸速。野鶴溪邊留杖屨，行人牆外聽絲竹。問近來風月幾篇詩，三千軸。

清風峽和趙晉臣　前人

兩峽嶄巖，問誰占清風舊築。滿眼雲來鳥去，澗紅山緑。世上無人供笑傲，門前有客休迎肅。怕淒涼無物伴君時，多栽竹。　風采妙，凝冰玉。詩句好，餘膏馥。歎只今人物，一夔應足。人似秋鴻無定住，事如飛彈須圓熟。笑君侯陪酒又陪歌，陽春曲。

崑山報國寺度雲海遷報慈見《崑山褉詠》　衛培

字寧深，崑山人，文節公涇曾孫，延祐七年郡府以培充貢龍虎榜，賦文不起草，人稱有楊馬才，知州王安聘爲州學訓導。號月山，著《過耳集》。

雲海茫茫，度多少明師瞎漢。彈指頃言前新領，天台禪觀。報國幾年横拂子，報慈重舉新公案。想龍天擁出不由人，真難算。　塵中事，如碁换。座下衲，如雲滿。看彼迎此送，去留相半。談妙九句猶未了，靈山一會何曾散。聽丹書催召演真乘，龍墀畔。

雪梅香

首句三字，二句七字平韻起，三句五字，四句六字平叶，五句七字，六句七字平叶，七句七字，八句四字平叶。首句五字，二句四字，三句四字平叶，四句四字，五句六字平叶，六句七字，七句七字平叶，八句七字，九句四字平叶。

前段八句四韻四十六字，後段九句四韻四十八字。

秋思

柳耆卿

景蕭索，危樓獨立面晴空。動悲秋情緒，當時宋玉應同。漁市孤煙裊寒碧，水村殘葉舞愁紅。楚天闊浪浸斜陽，千里溶溶。臨風想佳麗，別後愁顔，鎮斂眉峰。可惜當年，頓乖雨跡雲蹤。媚態妍姿正歡洽，落花流水忽西東。無憀恨相思意盡，分付征鴻。

尾犯 亦名《碧芙蓉》

首句五字，二句四字，三句四字仄韻起，四句四字，五句五字仄叶，六句七字，七句七字仄叶，八句四字，九句四字，十句五字仄叶。首句五字，二句六字仄叶，三句四字，四句五字仄叶，五句七字，六句七字仄叶，七句四字，八句七字仄叶。前段十句四韻四十九字，後段八句四韻四十五字。

秋懷 柳耆卿

夜雨滴空階，孤館夢回，情緒蕭索。一片閒愁，想丹青難邈。秋漸老蛩聲正苦，夜將闌燈花旋落。最無端處，總把良宵，祇恁孤眠卻。佳人應怪我，別後寡信輕諾。記得當初，剪香雲爲約。甚時向深閨幽處，按新詞流霞共酌。再同歡笑，肯把金玉珍珠博。

玉漏遲

首句五字，二句八字仄韻起，三句四字，四句六字仄叶，五句六字，六句七字仄叶，七句三字仄叶，八句八字仄叶。

首句六字，二句九字仄叶，三句四字，四句六字仄叶，五句六字，六句七字仄叶，七句三字仄叶，八句六字仄叶。

前段八句五韻四十七字，後段八句五韻四十七字。

春景　　宋子京

杏香飄禁苑，須知自古皇都春早。燕子來時，繡陌漸薰芳草。惠圃夭桃過雨，弄碎影紅篩清沼。深院悄。緑楊影裏鶯聲低巧。　早是賦得多情，更對景臨風鎮辜歡笑。數曲欄干，故人謾勞登眺。天際微雲過盡，亂峰鎖一竿斜照。歸路杳。東風淚零多少。

六么令

首句四字，二句五字仄韻起，三句六字，四句五字仄叶，五句六字，六句五字仄叶，七句四字仄叶，八句四字，九句七字仄叶。

首句六字，二句五字仄叶，三句六字，四句五字仄叶，五句六字，六句五字仄叶，七句四字仄叶，八句四字，九句七字仄叶。

前段九句五韻四十六字，後段九句五韻四十八字。

九日　周美成

快風收雨，亭館清殘燠。池光靜橫秋影，岸柳如新沐。聞道宜城酒美，昨日新醅熟。輕鑣相逐。衝泥策馬，來折東籬半開菊。華堂花豔對列，一一驚郎目。歌韻巧共泉聲，間雜琮琤玉。惆悵周郎已老，莫唱當時曲。幽歡難卜。明年誰健，更把茱萸再三囑。

送玉山令陸德隆歸吴中　辛幼安

酒群花隊，攀得短轅折。誰憐故山歸夢，千里蓴羹滑。便整松江一棹，檢點能言鴨。故人欲接。醉懷霜橘，墮地金圓醒時覺。長喜劉郎馬上，肯聽詩書說。誰對叔子風流，直把曹劉壓。更看君侯事業，不負平生學。離腸愁怯。送君歸後，細寫茶經煮香雪。

次韻　前人

倒冠一笑，華髮玉簪折。陽關自來凄斷，卻怪歌聲滑。放浪兒童歸舍，莫惱比鄰鴨。水連山接。看君歸興，如醉中醒夢中覺。江上吴儂問我，一一煩君說。忍使尊酒頻空，賸欠珍珠壓。手把漁竿未穩，長向滄浪學。問愁誰怯。可堪楊柳，先作東風滿城雪。

鳳凰臺上憶吹簫

首句四字，二句四字，三句六字平韻起，四句五字，五句四字，六句六字，七句七字平叶，八句三字，九句八字平叶。首句二字平叶，二句四字，三句五字，四句四字平叶，五句五字，六句四字(一)，七句六字，八句七字平叶，九句三字，十句八字平叶。

前段九句三韻四十七字，後段九句四韻四十八字。

閨情《詩餘》作離別　**李易安**

香冷金猊，被翻紅浪，起來慵自梳頭。任寶奩塵滿，日上簾鉤。生怕離懷別苦，多少事欲說還休。新來瘦，非干病酒，不是悲秋。休休。這回去也，千萬遍陽關，也則難留。念武陵人遠，煙鎖秦樓。惟有樓前流水，應念我終日凝眸。凝眸處，從今又添一段新愁。

(一) 此句當爲平叶。

玉女迎春慢

首句四字，二句九字仄韻起，三句六字，四句六字仄叶，五句四字，六句七字仄叶，七句四字，八句四字，九句四字仄叶。

首句六字，二句四字，三句四字仄叶，四句六字，五句六字仄叶，六句四字，七句七字仄叶，八句四字，九句六字仄叶。

前段九句四韻四十八字，後段九句四韻四十七字。

人日　彭巽吾

淺入新年，逢人日拂拂淡煙無雨。葉底妖禽自語，小啄幽香還吐。東風辛苦，便怕有踏青人誤。清明寒食，消得渡江，黄翠千縷。　看臨小帖宜春，填輕暈濕，碧生花霧。爲説釵頭裊裊，繫著輕盈不住。問郎留否，似昨夜教成鸚鵡。走馬章臺，憶得畫眉歸去。

滿庭芳

首句四字，二句四字，三句六字平韻起，四句四字，五句五字平叶，六句六字，七句七字平叶，八句七字，九句五字平叶。

首句五字，二句四字，三句四字平叶，四句五字，五句四字，六句六字，七句七字平叶，八句七字，九句五字平叶。

前段九句四韻四十八字，後段九句三韻四十七字。

春景

秦少游

晚見雲開，春隨人意，驟雨纔過還晴。古臺芳榭，飛燕蹴紅英。舞困榆錢自落，鞦韆外緑水橋平。東風裡朱門映柳，低按小秦箏。　多情行樂處，珠鈿翠蓋，金轡紅纓。漸酒空醽醁，花困蓬瀛。豆蔻梢頭舊恨，十年夢屈指堪驚。憑欄久疏煙淡月，微映百層城。

眉批：《淮海集》「晚見」作「曉色」，「金轡」作「玉轡」，「醽醁」作「金榼」，「淡月」作「淡日」，「微映百層城」作「寂寞下蕪城」。

夏景　周美成

風老鶯雛，雨肥梅子，午陰嘉樹清圓。地卑山近，衣潤費爐煙。人靜烏鳶自樂，小橋外新緑濺濺。憑闌久黄蘆苦竹，擬泛九江船。　年年如社燕，飄流瀚海，來寄修椽。且莫思身外，長近樽前。憔悴江南倦客，不堪聽急管繁絃。歌筵畔先安枕簟，容我醉時眠。

秋思　秦少游

碧水澄秋，黄雲凝暮，敗葉零亂空階。洞房人靜，斜月照徘徊。又是重陽近也，幾處處碪杵聲催。重門外風摇翠竹，疑是故人來。　情懷增悵望，新歡易失，往事難猜。問籬邊黄菊，知爲誰開。謾道愁須殢酒，酒未醒愁已先回。憑欄久金波漸轉，白露點蒼苔。

冬景　康伯可

霜幕風簾，閒齋小户，素蟾初上雕櫳。玉盃醽醁，還與可人同。古鼎沉煙篆細，玉筍破橙橘香濃。梳妝懶脂輕粉薄，約略淡眉峰。　清新歌幾許，低隨慢唱，語笑相供。道文書針線，今夜休攻。莫厭蘭膏更繼，明朝又紛冗匆匆。酩酊也冠兒未卸，先把被兒烘。

晚景　秦少游

山抹微雲，天連衰草，畫角聲斷譙門。暫停征棹，聊共飲離樽。多少蓬萊舊事，空回首煙靄紛紛。斜陽外寒鴉數點，流水遶孤村。　銷魂當此際，香囊暗解，羅帶輕分。謾贏得青樓，薄倖名存。此去何時見也，襟袖上空染啼痕。傷情處高城望斷，燈火已黃昏。

佳人　蘇東坡

香靉雕盤，寒生冰筯，畫堂別是風光。主人情重，開宴出紅妝。膩玉圓搓素頸，藕絲嫩新織仙裳。雙歌罷虛欄轉月，餘韻尚悠颺。　人間何處有，司空見慣，應謂尋常。坐中有狂客，惱亂愁腸。報道金釵墜也，十指露春笋纖長。親曾見全勝宋玉，想像賦高唐。

警悟　蘇子瞻

蝸角虛名，蠅頭微利，算來著甚干忙。事皆前定，誰弱又誰强。且趁閒身未老，僅教我些子疏狂。百年裏渾教是醉，三萬六千場。　思量能幾許，憂愁風雨，一半相妨。又何須抵死，説短論長。幸對清月，苔茵展雲幕高張。江南好千鍾美酒，一曲滿庭芳。

吉席　胡浩然

瀟灑佳人，風流才子，天然分付成雙。蘭堂綺席，燭影耀熒煌。數幅紅羅繡帳，寶妝篆金鴨焚香。分明是芙蕖浪裡，一對浴鴛鴦。　歡娛當此際，山盟海誓，地久天長。願五男二女，七子成行。男作公卿將相，女須嫁君宰侯王。從茲去榮華富貴，福祿壽無疆。

漁舟　又見《淮海集》張子野

紅蓼花繁，黄蘆葉亂，夜深玉露初零。霽天空闊，雲淡楚江清。獨棹孤篷小艇，悠悠過煙渚沙汀。金鉤細絲綸慢捲，牽動一潭星。　時時橫短笛，清風皓月，相與忘形。任人笑生涯，泛梗飄萍。飲罷不妨醉卧，塵勞事有耳誰聽。江風靜日高未起，枕上酒微醒。

秋旅　程正伯

南月驚烏，西風破雁，又是秋滿平湖。采蓮人盡，寒色戰菰蒲。舊信江南好景，一萬里輕覓蓴鱸。誰知道吴儂未識，蜀客已情孤。　憑高增悵望，湘雲盡處，都是平蕪。問故鄉何日，重見吾廬。縱有荷紉芰製，終不似菊短籬疎。歸情遠三更雨夢，依舊遶庭梧。

夏景

黃山谷

修水柔藍，新條淡綠，翠光交映虛亭。錦鴛霜鷺，荷徑拾幽馨。蘋香度闌干屈曲，紅妝映薄綺疏楞。風清夜橫塘月滿，水淨見移星。　堪聽微雨過，盤姍藻荇，瑣碎浮萍。便移轉胡床，湘簟方屏。練霭鱗雲旋滿，聲不斷檐滴風鈴。重開宴瑤池雲沁，山露佛頭青。脚注：一本「滴」作「響」，「雲」作「雪」。

贈妓

黃魯直

明眼空青，忘憂萱草，翠玉閒淡梳妝。小來歌舞，長是倚風光。我已逍遥物外，人冤道別有思量。難忘處良辰美景，襟袖有餘香。　鴛鴦頭白早，多情易感，紅蓼池塘。又須得樽前，席上成雙。些子風流罪過，都説與明月空床。難拘管朝雲暮雨，分付楚襄王。

又贈妓

前　人

初綰雲鬟，纔勝羅綺，便嫌柳巷花街。占春才子，容易托行媒。其奈風流債負，煙花部不免差排。劉郎恨桃花片片，流水惹塵埃。　風流賢太守，能籠翠羽，宜醉金釵。且留取垂楊，掩映廳階。直待朱幡去後，從伊便窄襪弓鞋。知恩否朝雲暮雨，還向夢中來。

詠茶亦見山谷集　秦少游

北苑研膏〔黃本作「北苑龍團」，又「北苑春風」〕，方圭圓璧〔黃本作「江南鷹爪」〕，萬里名動京關。碎身粉骨〔黃本作「碾深羅細」〕，功合上凌煙〔黃本作「瓊蕊暖生煙」〕。樽酒風流戰勝，降春睡開拓愁邊〔黃本作「一段風流氣味，如甘露不染塵凡」〕。纖纖捧香泉濺乳〔黃本作「氷瓷瑩玉」，又「熬波濺乳」〕，金縷鷓鴣斑。相如方病酒，一觴一詠，賓有群賢〔黃本作「銀瓶蟹眼，波怒濤翻」〕。便〔黃本作「爲」〕扶起燈〔黃本作「樽」〕前，醉玉頹山。搜攬〔黃本作「攪」〕胸中萬卷，還傾動三峽詞源〔黃本又作「飲罷風生兩腋，醒魂到明月輪邊」〕。歸來晚文君未寢，相對小妝殘〔黃本作「小窗前」〕。**眉批**：又見東坡集，大約與黃本同，「碾深」作「輾輕」，「一段」作「一種」，「凡」作「煩」，「氷瓷瑩玉」作「冰姿玉瑩」，「扶起」上無「便」字，亦無「爲」字，「醒魂」作「神魂」，「歸來晚」作「歸來早」，「小妝」作「粉妝」。

詠茶　前人

雅燕飛觴，清談揮座，使君高會群賢。密雲雙鳳，初破縷金團。窗外爐煙似動，開尊試一品香泉。輕濤起香生玉腋，雪濺紫甌圓。　嬌鬆宜美盼，雙擎翠袖，穩步紅蓮。坐中客翻愁，酒醒歌闌。點上紗籠畫燭，花驄弄月影當軒。頻相顧餘歡未盡，欲去且留連。

蘇子瞻

元豐七年四月朔，余將自黄移汝，留别雪堂鄰里二三君子。會李仲覽自江東來别，遂書以遺之。

歸去來兮，吾歸何處，萬里家在岷峨。百年强半，來日苦無多。坐見黄州載閏，兒童盡楚語吴歌。山中友雞豚社飲，相勸老東坡。　云何當遠去，人生底事，來往如梭。待閒看秋風，洛水清波。好在堂前細柳，應念我莫剪柔柯。仍傳語江南父老，時與曬漁蓑。

前　人

既至南都蒙恩放歸陽羨復次前韻

歸去來兮，清溪無底，上有千仞嵯峨。晝橋西畔，天遠夕陽多。老去君恩未報，空回首彈鋏悲歌。船頭轉長風萬里，歸馬駐平坡。　無何何處是，銀潢盡處，天女停梭。問人間何事，久戲風波。顧問同來稚子，應爛汝腰下長柯。青衫破群仙笑我，千縷掛煙蓑。

前　人

有王長官者棄官三十三年，黄人謂之王先生，因送陳慥來過余，爲賦此。

三十三年，今誰存者，算只君與長江。凛然蒼檜，霜幹苦難雙。聞道司州古縣，雲溪上竹塢松窗。江南岸不因送子，寧肯過吾邦。　樅樅疏雨過，風林舞破，煙蓋雲幢。願持此邀君，一飲空缸。居士先生老矣，真夢裡相對殘□。歌舞斷行人未起，船鼓已逄逄。

前人

余年十七始與劉仲達往來於眉山，今年四十九相逢於泗上。洛水淺凍，久留郡中，晦日同遊南山，話舊感而作此。

三十三年，飄流江海，萬里煙浪雲帆。故人驚怪，憔悴老青衫。我自疏狂異趣，君何事奔走塵凡。流年盡窮途坐守，船尾凍相銜。　巉巉淮浦外，層樓翠壁，古寺空岩。步攜手林間，笑挽纖纖。莫上孤峰盡處，縈望眼雲水相攙。家何在因君問我，歸步遶松杉。

和丞相景伯韻　辛幼安

傾國無媒，入宮見妒，古來顰損蛾眉。看公如月，光彩衆星稀。袖手高山流水，聽群蛙鼓吹荒池。文章手直須補袞，藻火燦宗彝。　癡兒公事了，吴蠶纏繞，自吐餘絲。幸一枝粗穩，三逕新治。且約湖邊風月，功名事欲使誰知。都休問英雄千古，荒草没殘碑。

又用韻呈景盧内翰　前人

急管哀絃，長歌慢舞，連娟十樣宫眉。不堪紅紫，風雨曉稀稀。惟有楊花飛絮，依舊是萍滿芳池。酴醾在青虬快剪，插遍古銅彝。誰將春色去，鸞膠難覓，絃斷蛛絲。恨牡丹多病，也費醫治。夢裡尋春不見，空斷腸怎得春知。休惆悵一觴一詠，須刻右軍碑。

遊豫章東湖再用韻　　前　人

柳外尋春，花邊得句，怪公喜氣軒眉。陽春白雪，清唱古今稀。曾是金鑾舊客，記鳳凰獨繞天池。揮毫罷天顔有喜，催賜尚方彝。　只今江山遠，鈞天夢覺，清淚如絲。算除非痛把，酒療花治。明日五湖佳興，扁舟去一笑誰知。溪堂好且拚一醉，倚杖讀韓碑。

和趙昌父　　前　人

西崦斜陽，東江流水，物華不爲人留。錚然一葉，天下已知秋。屈指人問得意，問誰是騎鶴揚州。君知我從來雅興，未老已滄洲。　無窮身外事，百年能幾，一醉都休。恨兒曹抵死，謂我心憂。況有溪山杖屨，阮籍輩從我來游。還堪笑機心早覺，海上有驚鷗。

放生　　釋佛印

鱗甲何多，羽毛無數，悟來佛性皆同。世人何事，剛愛口頭醲。痛把衆生剖割，刀頭轉鮮血飛紅。零炮碎炙，不忍見渠儂。　喉嚨纔咽罷，龍肝鳳髓，畢竟無蹤。謾贏得前生，夭壽多凶。奉勸世人省悟，休恣意激惱閻翁。輪回轉本來面目，改换片時中。

掃地花

首句四字，二句五字，三句四字仄韻起，四句四字仄叶，五句五字，六句四字仄叶，七句四字，八句六字仄叶，九句三字，十句九字仄叶。首句五字仄叶，二句五字，三句四字仄叶，四句四字仄叶，五句五字，六句四字仄叶，七句四字，八句六字仄叶，九句三字仄叶，十句七字仄叶。

前段十句五韻四十八字，後段十句七韻四十七字。

春恨　　周美成

曉陰翳日，正霧靄煙横，遠迷平楚。暗黄萬縷。聽鳴琴按曲，小腰欲舞。細遶回堤，駐馬河橋避雨。信流去，那一葉怨題今在何處。　春事能幾許。任占地持杯，掃花尋路。淚珠濺俎。歎將愁度日，病傷幽素。恨入金徽，見説文君更苦。黯凝佇。掩重關遍城鐘鼓。

併入**掃花遊**與《掃地花》同

夏景

張半湖

柳絲曳緑，正豆雨初晴，水天朱夏。石榴綻也。看猩紅萬點，倚亭攲榭。鎖闥深中，料想酒闌歌罷。日將下，是那處藕花香勝沉麝。窗外風竹打。似戛玉敲金，送聲瀟灑。共觀古畫。命石鼎烹茶，細商幽話。寶鴨煙消，天外新蟾低掛。涼無價。又丁東數聲簷馬。

水調歌頭

首句五字，二句五字平韻起，三句六字，四句五字平叶，五句六字，六句六字，七句五字平叶，八句五字，九句五字平叶。

首句三字，二句三字，三句三字平叶，四句四字，五句七字平叶，六句六字，七句六字，八句五字平叶，九句五字，十句五字平叶。

前段九句四韻四十八字，後段十句四韻四十七字。

中秋寄子由 蘇子瞻

明月幾時有，把酒問青天。不知天上宮闕，今夕是何年。我欲乘風歸去，又恐瓊樓玉宇，高處不勝寒。起舞弄清影，何似在人間。　轉朱閣，低綺户，照無眠。不應有恨，何事長向別時圓。人有悲歡離合，月有陰晴圓缺，此事古難全。但願人長久，千里共嬋娟。

春半 劉改之

春事能幾許，密葉着青梅。日高花困，海棠風暖想都開。不惜春衣典盡，只怕春光歸去，片片點蒼苔。能得幾時好，追賞莫徘徊。　雨飄紅，風捲翠，苦相催。人生行樂，且須痛飲莫辭盃。坐則高談風月，醉則恣眠芳草，醒後亦佳哉。湖上新亭好，何事不重來。

春行 一本「花上」作「樓上」，「露」作「霧」，「欹」作「倚」，「軫」作「枕」，「朱」作「絳」 黃山谷

瑶草一何碧，春入武陵溪。溪上桃花無數，花上有黃鸝。我欲穿花尋路，直入白雲深處，浩氣展虹霓。只恐花深裡，紅露濕人衣。　坐白石，攲玉軫，拂金徽。謫仙何處，無人伴我白螺杯。我爲靈芝仙草，不爲朱脣丹臉，長嘯亦何爲。醉舞下山去，明月逐人歸。

重陽

韓無咎

今日我重九，莫負菊花開。試尋高處，攜手躡屐上崔嵬。放目蒼崖萬仞，雲護曉霜成陣，知我與君來。古寺倚修竹，飛檻絶纖埃。　笑談間，風滿座，酒盈杯。仙人跨海，休問誰處是蓬萊。落日平原西望，鼓角秋深悲壯，戲馬但荒臺。細把茱萸看，一醉且徘徊。

詠月

韓子蒼

江山自雄麗，風露與高寒。寄聲月姊，借我玉鑑此中看。幽壑魚龍悲嘯，倒影星辰摇動，海氣夜漫漫。擁起白銀闕，危駐紫金山。　表獨立，飛玉珮，整雲冠。漱氷濯雪，眇視萬里一毫端。回首三山何處，聞道群仙笑我，邀我欲俱還。揮手從此去，翳鳳更驂鸞。

快哉亭

蘇子瞻

落日繡簾捲，亭下水連空。知君爲我新作，窗户溼青紅。長記平山堂上，攲枕江南煙雨，杳杳没孤鴻。認得醉翁語，山色有無中。　一千頃，都鏡淨，倒碧峰。忽然浪起，掀舞一葉白頭翁。堪笑蘭臺公子，未解莊生天籟，剛道有雌雄。一點浩然氣，千里快哉風。

黃魯直

落日塞垣路，風勁戛貂裘。翩翩數騎閒獵，深入黑山頭。極目平沙千里，惟見琱弓白羽，鐵面駿驊騮。隱隱望青塚，特地起閒愁。　漢天子，方鼎盛，四百州。玉顔皓齒，深鎖三十六宫秋。堂有經綸賢相，邊有縱横謀將，不減翠蛾羞。戎虜和樂也，聖主永無憂。

蘇子瞻

余去歲在東武，作此調寄子由。今年子由相從彭城百餘日，過中秋而去，作曲以别。余以其語過悲，乃爲和之。其意以不早退爲戒，以退而相從之樂爲慰云耳。

安石在東海，從事鬢驚秋。中年親友難别，絲竹緩離愁。一旦功成名遂，準擬東還海道，扶病入西州。雅志因軒冕，遺恨寄滄洲。　歲云暮，須早計，要褐裘。故鄉歸去千里，佳處輒遲留。我醉歌時君和，醉倒須君扶我，惟酒可忘憂。一任劉玄德，相對卧高樓。

前人

歐陽文忠公嘗問余琴詩何者最善，答以退之穎師琴詩。公曰：此最奇麗，然非聽琴，乃聽琵琶也。余深然之。建安章質夫家善琵琶者乞爲歌詞，余久不作，特取退之詞，稍加檃括，使就聲律以遺之。

昵昵兒女語，燈火夜微明。恩冤爾汝來去，彈指淚和聲。忽變軒昂勇士，一鼓填然作氣，千里不留行。回首暮雲遠，飛絮攪青冥。　衆禽裡，真彩鳳，獨不鳴。躋攀寸步千險，一落百尋輕。煩子指間風雨，置我腸中冰炭，起坐不能平。推手從歸去，無淚與君傾。

又和子由徐州中秋作　　前　人

離別一何久，七度過中秋。去年東武今夕，明月不勝愁。豈意彭城山下，同泛清河古汴，船上載涼州。鼓吹助清賞，鴻雁起汀洲。　坐中客，翠羽被，紫綺裘。素娥無賴西去，曾不爲人留。今夜清樽對客，明夜孤帆水驛，依舊照離憂。但恐同王粲，相對永登樓。

舟次楊州作　　辛幼安

落日塞塵起，胡馬獵清秋。漢家組練十萬，列艦聳層樓。誰道投鞭飛渡，憶昔鳴鏑血汚，風雨佛貍愁。季子正年少，匹馬黑貂裘。　今老矣，搔白首，過揚州。倦游欲去江上，手種橘千頭。二客東南名勝，萬卷詩書事業，嘗試與君謀。莫射南山虎，直覓富民侯。

又　　前　人

落日古城角，把酒勸君留。長安路遠何事，風雪敝貂裘。散盡黄金身世，不管秦樓人怨，歸計狎沙鷗。明夜扁舟去，和月載離愁。　功名事，身未老，幾時休。詩書萬卷，致身須到古伊周。莫學班超投筆，縱得封侯萬里，憔悴老邊州。何處依劉客，寂寞仲宣樓。

有感　前　人

我飲不須勸，正怕酒尊空。別離亦復何恨，此別恨匆匆。頭上貂蟬貴客，花外麒麟高塚，人世竟誰雄。出門一笑去，千里落花風。　孫劉輩，能使我，不爲公。余髮種種如是，此事付渠儂。但得平生湖海，除了醉吟風月，此外百無功。毫髮皆帝力，更乞鑑湖東。

席上惜別　前　人

折盡武昌柳，掛席上瀟湘。二年魚鳥江上，笑我往來忙。富貴何時休問，離別中年堪恨，憔悴鬢成霜。絲竹陶寫耳，急羽且飛觴。　序蘭亭，歌赤壁，繡衣香。使君千騎鼓吹，風采漢侯王。莫把離歌頻唱，可惜南樓佳處，風月已淒涼。在家貧亦好，此語試平章。

盟鷗　前　人

帶湖吾甚愛，千丈翠奩開。先生杖屨無事，一日走千回。凡我同盟鷗鷺，今日既盟之後，來往莫相猜。白鶴在何處，嘗試與偕來。　破青萍，排翠藻，立蒼苔。窺魚笑汝癡計，不解舉吾杯。廢沼荒丘疇昔，明月清風此夜，人世幾歡哀。東岸緑陰少，楊柳更須栽。

湯朝美司諫見和用韻爲謝 前人

白日射金闕，虎豹九關開。見君諫疏頻上，談笑挽天回。千古忠肝義膽，萬里蠻煙瘴雨，往事莫驚猜。政恐不免耳，消息日邊來。　笑吾廬，門掩草，徑封苔。未應兩手無用，要把蟹螯盃。説劍論詩餘事，醉舞狂歌欲倒，老子頗堪哀。白髮寧有種，一一醒時栽。

嚴子文傅安道亦見和因再和謝之 前人

寄我五雲字，恰向酒邊開。東風過盡歸雁，不見客星回。均道瑣窗風月，更著詩翁杖屨，合作雪堂猜。歲旱莫留客，霖雨要渠來。　短燈檠，長劍鋏，欲生苔。雕弓掛壁無用，照影落清杯。多病關心藥裹，小摘親鋤菜甲，老子政須哀。夜雨北窗竹，更倩野人栽。**夾注：**子文作雪齋，寄書云：「近以旱，無以留客。」

和趙景明韻 前人

官事未易了，且向酒邊來。君如無我，問君懷抱向誰開。但放平生丘壑，莫管傍人嘲罵，深蟄要驚雷。白髮還自笑，何地置衰頹。　五車書，千石飲，百篇才。新詞未到，瓊瑰先夢滿吾懷。已過西風重九，且要黄花入手，詩興未關梅。君要花滿縣，桃李趁時栽。

壽趙漕介菴　前人

千里渥洼種，名動帝王家。金鑾當日奏草，落筆萬龍蛇。帶得無邊春下，等待江山都老，教看鬢方鴉。莫管錢流地，且擬醉黄花。　喚雙成，歌弄玉，舞緑華。一觴爲飲千歲，江海吸流霞。聞道清都帝所，要挽銀河仙浪，西北洗胡沙。回首日邊去，雲裡認飛車。

吴江觀雪和王政之見寄　前人

造化故豪縱，千里玉鸞飛。等閒更把，萬斛瓊粉蓋玻璨。好捲垂虹千丈，只放冰壺一色，雲海路應迷。老子舊游處，回首夢耶非。　謫仙人，鷗鳥伴，兩忘機。掀髯把酒一笑，詩在片帆西。寄語煙波舊侶，聞道蓴鱸正美，休裂芰荷衣。上界足官府，汗漫與君期。

九日游雲洞和韓南澗尚書韻　前人

今日復何日，黄菊爲誰開。淵明謾愛重九，胸次正崔嵬。酒亦關人何事，政自不能不爾，誰遣白衣來。醉把西風扇，隨處障塵埃。　爲公飲，須一日，三百杯。此心高處東望，雲氣見蓬萊。翳鳳驂鸞公去，落珮倒冠吾事，抱病且登臺。歸路踏明月，人影共徘徊。

再用韻呈南澗

前人

千古老蟾口，雲洞插天開。漲痕當日何事，洶湧到崔嵬。攫土摶沙兒戲，翠谷蒼崖幾變，風雨化人來。萬里須臾耳，野馬驟空埃。　笑年來，蕉鹿夢，畫蛇杯。黄花憔悴風露，野碧漲荒萊。此會明年誰健，後日猶今視昔，歌舞只空臺。愛酒陶元亮，無酒正徘徊。

再用韻示李子永

前人

君莫賦幽憤，一語試相開。長安車馬道上，平地起崔嵬。我愧淵明久矣，猶借此翁湔洗，素壁寫歸來。斜日透虚隙，一線萬飛埃。　斷吾生，左持螯，右持杯。買山自種雲樹，山下斸煙萊。百煉都成繞指，萬事直須稱好，人世幾輿臺。劉郎更堪笑，剛賦看花回。

慶南澗七十

前人

上古八千歲，纔是一春秋。不應此日，剛把七十壽君侯。看取垂天雲翼，九萬里風在下，與造物同遊。君欲計歲月，嘗試問莊周。　醉淋浪，歌窈窕，舞温柔。從今杖屨南澗，白日爲君留。聞道鈞天帝所，頻上玉卮春酒，冠蓋擁龍樓。快上星辰去，名姓動金甌。

又用黄德和韻壽南澗　前人

上界足官府，公是地行仙。青氈劍履舊物，玉立近天顔。莫怪新來白髮，恐是當年柱下，道德五千言。南澗舊活計，猿鶴且相安。　歌秦缶，寶康瓠，世皆然。不知清廟鐘磬，零落有誰編。莫問行藏用舍，畢竟山林鐘鼎，底事有虧全。再拜荷公賜，雙鶴一千年。脚注：公以雙鶴見壽。

和信守鄭舜舉韻　前人

萬事到白髮，日月幾西東。羊腸九折歧路，老我慣經從。竹樹前溪風月，雞酒東家父老，一笑偶相逢。此樂竟誰覺，天外有冥鴻。　味平生，公與我，定無同。玉堂金馬，自有佳處著詩翁。好鎖雲煙窗户，怕入丹青圖畫，飛去了無蹤。此語更癡絶，真有虎頭風。

送王桂發　前人

酒罷且勿起，重挽使君鬚。一身都是和氣，别去意何如。我輩情鍾休問，父老田頭説尹，淚落獨憐渠。秋水見毛髮，千尺定無魚。　望青闕，左黄閣，右紫樞。東風桃李陌上，下馬拜除書。屈指吾生餘幾，多病妨人痛飲，此事正愁余。江湖有歸雁，能寄草堂無。

送鄭厚卿赴衡州　　前人

寒食不少住，千騎擁春衫。衡陽石鼓城下，記我舊停驂。襟以瀟湘桂嶺，帶以洞庭春草，紫蓋屹西南。文字起騷雅，刀劍化新蠶。　看使君，於此事，定不凡。奮髯抵几堂上，尊俎自高談。莫信君門萬里，但使民歌五袴，歸詔鳳凰銜。君去我誰飲，明月影成三。

又　　前人

文字覷天巧，亭榭定風流。平生丘壑，歲晚也作稻粱謀。五畝園中秀野，一水田將綠遶，穲稏不勝秋。飯飽對花竹，可是便忘憂。　吾老矣，探禹穴，欠東游。君家風月幾許，白馬去悠悠。插架牙籤萬軸，射虎南山一騎，容我攬鬚否。更欲勸君酒，百尺卧高樓。

元日宿博山寺見者驚老　　前人

頭白牙齒缺，君勿笑衰翁。無窮天地今古，人在四之中。臭腐神奇俱盡，貴賤賢愚等耳，造物也兒童。老佛更堪笑，談妙説虛空。　坐堆豗，行答颯，立龍鍾。有時三盞兩盞，淡酒醉蒙鴻。四十九年前事，一百八盤狹路，拄杖倚牆東。老景竟何似，只與少年同。

送楊民瞻　前　人

日月如磨蟻，萬事且浮休。君看簷外江水，滚滚自東流。風雨瓢泉夜半，花草雪樓春到，老子已菟裘。歲晚問無恙，歸計橘千頭。　夢連環，歌彈鋏，賦登樓。黄鶴白酒，君去村社一番秋。長劍倚天誰問，夷甫諸人堪笑，西北有神州。此事君自了，千古一扁舟。

送施樞密聖與帥江西適應讖文　前　人

相公倦臺鼎，要伴赤松游。高牙千里東夏，笳鼓萬貔貅。試問東山風月，更著中年絲竹，留得謝公不。孺子宅邊水，雲影自悠悠。　占古語，方人也，正黑頭。穹龜突兀千丈，石打玉溪流。金印沙堤時節，畫棟珠簾雲雨，一醉早歸休。賤子祝再拜，西北有神州。

三山被召陳端仁給事飲餞席上作　前　人

長恨復長恨，裁作短歌行。何人爲我楚舞，聽我楚狂聲。余既滋蘭九畹，又樹蕙之百畝，秋菊更餐英。門外滄浪水，可以濯吾纓。　一杯酒，問何似，身後名。人間萬事，毫髮常重太山輕。悲莫悲生離别，樂莫樂新相識，兒女古今情。富貴非吾事，歸與白鷗盟。

題張晉英玉峰樓　前人

木末翠樓出，詩眼巧安排。天公一夜削出，四面玉崔嵬。疇昔此山安在，應爲先生見晚，萬馬一時來。白鳥飛不盡，却帶夕陽回。　勸君飲，左手蟹，右手杯。人間萬事變滅，今古幾池臺。君看莊生達者，猶對山林皋壤，哀樂未忘懷。我老尚能賦，風月試追陪。

答帥幕王君　前人

説與西湖客，觀水更觀山。淡妝濃抹西子，唤起一時觀。種柳人今天上，對酒歌翻水調，醉墨卷秋瀾。老子興不淺，歌舞莫教閒。　看尊前，輕聚散，少悲歡。城頭無限今古，落日曉霜寒。誰唱黄雞白酒，猶記紅旗清夜，千騎月臨關。莫説西州路，且盡一杯看。

即席和杜仲高韻　前人

萬事一杯酒，長歎復長歌。杜陵有客，剛賦雲外築婆娑。須信功名兒輩，誰識年來心事，古井不生波。種種看余髮，積雪就中多。　二三子，問丹桂，倩素娥。平生螢雪，男兒無奈五車何。看取長安得意，莫恨春風看盡，花柳自蹉跎。今夕且歡笑，明月鏡新磨。

醉吟　前人

四坐且勿語，聽我醉中吟。池塘春草未歇，高樹變鳴禽。鴻雁初飛江上，蟋蟀還來床下，時序百年心。誰要卿料理，山水有清音。　歡多少，歌長短，酒淺深。而今已不如昔，後定不如今。閒處直須行樂，良夜更教秉燭，高會惜分陰。白髮短如許，黃菊倩誰簪。

題趙晉臣真得歸方是閒二堂　前人

十里深窈窕，萬瓦碧參差。青山屋上流水，屋下綠横溪。真得歸來嘯語，方是閒中風月，剩費酒邊詩。點檢笙歌了，琴罷更圍棊。　王家竹，陶家柳，謝家池。知君勳業未了，不是枕流時。莫向癡兒説夢，且作山人索價，頗怪鶴書遲。一事定嗔我，已辦北山移。

傅岩叟悠然閣　前人

歲歲有黃菊，千載一東籬。悠然政須兩字，長笑退之詩。自古此山元有，何事當時纔見，此意有誰知。君起更斟酒，我醉不須辭。　回首處，雲正出，鳥倦飛。重來樓上，一句端的與君期。都把軒窗寫遍，更使兒童誦得，歸去來兮辭。萬卷有時用，植杖且耘耔。

題吴子似瑱山堂經德堂陸象山取名也

前　人

喚起子陸子，經德問何如。萬鍾於我何有，不負古人書。聞道千章松桂，剩有四時柯葉，霜雪歲寒餘。此是瑱山境，還似象山無。　耕也餒，學也禄，孔之徒。青山畢竟升斗，此意頗關渠。天地清寧高下，日月東西寒暑，何用著工夫。兩字君勿惜，借我榜吾廬。

松菊堂

前　人

淵明最愛菊，三徑也栽松。何人收拾，千載風味此山中。手把離騷讀遍，自掃落英餐罷，杖屨曉霜濃。皎皎然獨立，更插萬芙蓉。　水潺湲，雲澒洞，石巃嵸。素琴濁酒喚客，端有古人風。卻怪青山能巧，政爾横看成嶺，轉面已成峰。詩句得活法，日月有新工。

將遷新居，不成戲作，時以病酒止酒且遣去歌者，故末章及之

前　人

我亦卜居者，歲晚望三閭。昂昂千里，泛泛不作水中鳧。好在書攜一束，莫問家徒四壁，□□□□□。□□□□□，□□□□□。　舞烏有，歌亡是，飲子虛。二三子者愛我，此外故人疏。幽事欲論誰共，□□□□□□，□□□□□。□□□□□，□□□□□。

秋日卧病博山寺　前人

我志在寥闊，疇昔夢登天。摩挲素用，人世俛仰已千年。有客驂鸞翳鳳，雲遇青山赤壁，相約上高寒。酌酒援北斗，我亦虱其間。　少歌曰，神甚放，形則眠。鴻鵠一再高舉，天地睹方圓。欲重歌兮夢覺，推枕惘然獨念，人事底虧全。有美人可語，秋水隔嬋娟。

題楊少游一枝堂　前人

萬事幾時足，日月自西東。無窮宇宙，人是一粟太倉中。一葛一裘經歲，一鉢一瓶終日，老子舊家風。更著一杯酒，夢覺大槐宮。　記當年，嚇腐鼠，歎冥鴻。衣冠神武門外，驚倒幾兒童。休説須彌芥子，看取鵾鵬斥鷃，小大若爲同。君欲論齊物，須訪一枝翁。

席上爲葉仲洽賦　前人

高馬勿捶面，千里事難量。長魚變化雲雨，無使寸鱗傷。一壑一丘吾事，一斗一石皆醉，風月幾千場。鬚作蝟毛磔，筆作劍鋒長。　我憐君，癡絶似，顧長康。綸巾羽扇顛倒，又似竹林狂。解道長江如練，準備停雲堂上，千首買秋光。怨調爲誰賦，一斛貯檳榔。

與魏鶴臺飲夫容洲，牟成甫用東坡韻見贈，走筆和之，時己巳中秋也　趙子昂

行止豈人力，萬事總由天。燕南越北鞌馬，奔走度流年。今日夫容洲上，洗盡平生塵土，銀漢溢清寒。卻憶舊游處，回首萬山間。　客無嘩，君莫舞，我欲眠。杯到手先醉，明月爲誰圓。莫惜頻開笑口，只恐便成陳跡，樂事幾人全。但願身無恙，常對月嬋娟。夾注：丁亥秋與成甫會八詠樓，故云。

和張大經賦盆荷　趙子昂

江河渺何許，歸興浩無邊。忽聞數聲水調，令我意悠然。莫笑盆池咫尺，移得風煙萬頃，來傍小窗前。稀疎濇紅翠，特地向人妍。　華峰頭，花十丈，藕如船。那知此中佳趣，別是一壺天。倒挽碧筩釃酒，醉卧緑雲深處，雲影自田田。夢中呼一葉，散髮看書眠。

夢楊州

前段□句□韻四十五字，後段□句□韻五十字。

晚雲收。正柳塘烟雨初休。燕子未歸，惻惻清寒如秋。小闌外東風軟，透繡帷花密香稠。江南遠，人何處，鷓鴣啼破春愁。　長記曾陪燕遊。酬妙舞清歌，麗錦纏頭。殢酒困花，十載因誰淹留。醉鞭拂面歸來晚，望翠樓簾捲金鉤。佳會阻，離情正亂，頻夢楊州。

秦少游

燭影搖紅

首句四字，二句七字仄韻起，三句七字，四句五字仄叶，五句六字仄叶，六句七字仄叶，七句四字，八句四字，九句四字仄叶。

前段九句五韻四十八字，後段同前。

元宵　　張林甫

雙闕中天，鳳樓十二春寒淺。去年元夜奉宸游，曾侍瑤池宴。玉殿珠簾盡捲。擁群仙蓬壺閬苑。五雲深處，萬燭光中，揭天絲管。　馳隙流年，恍如一瞬星霜換。今宵誰念泣孤臣，回首長安遠。可是塵緣未斷。謾惆悵華胥夢短。滿懷幽恨，數點寒燈，幾聲歸雁。

又　吴大年

梅雪初消，麗譙吹罷單于晚。使君千炬起班春，歌吹香風暖。十里珠簾盡捲。人正在蓬壺閬苑。賣薪買酒，立馬傳觴，昇平重見。　誰識鰲頭，去年曾侍傳柑宴。至今衣袖帶天香，行處氤氲滿。已是春宵苦短。更莫遣歡遊意懶。細聽歸路，璧月光中，玉簫聲遠。

春恨　王晉卿

香臉輕匀，黛眉巧畫宫裝淺。風流天賦與精神，全在嬌波轉。早是縈心可慣。更那堪頻頻顧盼。幾回得見，見了還休，爭如不見。　燭影摇紅，夜闌飲散春宵短。當時誰解唱陽關，離恨天涯遠。無奈雲收雨散。憑闌干東風淚眼。海棠開後，燕子來時，黄昏庭院。

閨情　孫夫人

乳燕穿簾，亂鶯啼樹清明近。隔簾時度柳花飛，猶覺寒成陣。長記眉峰偷隱。臉桃紅難藏酒暈。背人微笑，半嚲鸞釵，輕籠蟬鬢。　别久啼多，眼應不似當時俊。滿園珠翠逞春嬌，没個他風韻。若見賓鴻試問。待相將綵箋寄恨。幾時得見，鬬草歸來，雙鴛微潤。

晝夜樂

首句七字仄韻起，二句六字仄叶，三句六字，四句六字仄叶，五句七字仄叶，六句六字仄叶，七句五字，八句五字仄叶。

前段八句六韻四十八字，後段同第五句不叶。

憶別　柳耆卿

洞房記得初相遇。便只合長相聚。何期小合幽歡，變作離情別緒。況值闌珊春色暮。對目亂花狂絮。直恐好風光，盡隨伊歸去。　一場寂寞憑誰訴。算前言總輕負。早知恁地難拚，悔不當初留住。無奈風流端正好，別有繫人心處。一日不思量，也攢眉千度。

懷金陵比前調多二字　梁　寅

秣陵猶憶豪華地。醉春風花明媚。碧城綵絢樓臺，紫陌香生羅綺。夾十里秦淮笙歌市。酒帘高曳紅摇翠。油壁小輕車，間雕鞌金轡。　同遊放浪多才子。詫酣歌如高李。傲時江海狂心，懷古虹蜺雄氣。歸卧雲廬霜滿鬢，十年多少愁思。春夢繞天涯，度煙波千里。

黃魯直

夜深記得臨岐語。説花時歸來去。教人每日思量，到處與誰分付。其奈冤家無定據。約雲朝又還雨暮。將淚入鴛衾，總不成行步。　元來也解知思慮。一封書深相許。情知玉帳堪歡，爲向金門進取。直待腰金拖紫後，有夫人縣君相與。爭奈會分疏，没嫌伊門路。

脚注：疑有誤。

黃鶯兒

首句七字仄韻起，二句四字，三句四字，四句八字仄叶，五句六字，六句五字仄叶，七句六字，八句八字仄叶。　首句二字仄叶，二句五字，三句五字仄叶，四句四字，五句四字，六句六字仄叶，七句六字，八句五字仄叶，九句六字，十句五字仄叶。

前段八句四韻四十八字，後段十句五韻四十八字。

詠鶯

柳耆卿

園林晴晝春誰主。暖律潛催，幽谷暄和，黃鸝翩翩乍遷芳樹。觀露濕縷金衣，葉映如簧語。

曉來枝上綿蠻，似把芳心深意低訴。　無據。乍出暖煙來，又趁游蜂去。恣狂蹤跡，兩兩相呼，黃昏霧迎風舞。當上苑柳濃時，別館花深處。此際海燕偏饒，都把韶光與。

塞垣春

首句五字仄韻起，二句六字仄叶，三句四字，四句四字，五句四字仄叶，六句八字仄叶，七句六字仄叶，八句六字，九句六字仄叶。　首句五字，二句七字仄叶，三句五字，四句五字仄叶，五句七字，六句八字仄叶，七句五字，八句五字仄叶。

前段九句六韻四十九字，後段八句四韻四十七字。

秋怨　周美成

暮色分平野。傍葦岸征帆卸。煙村極浦，樹藏孤館，秋景如畫。漸別離氣味難禁也。更物象供瀟灑。念多才渾衰減，一懷幽恨難寫。　追念綺窗人，天然自風韻閑雅。竟夕起相思，謾嗟怨遥夜。又還將兩袖珠淚，沉吟向寂寥寒燈下。玉骨爲多感，瘦來無一把。

倦尋芳

首句四字，二句四字，三句四字仄韻起，四句四字，五句六字仄叶，六句六字，七句七字仄叶，八句八字，九句四字仄叶。

首句七字，二句四字，三句四字仄叶，四句四字，五句六字仄叶，六句七字，七句七字仄叶，八句六字，九句四字仄叶。

前段九句四韻四十七字，後段九句六韻(一)四十九字。

春懷《詩餘》作春景　**王元澤**

露晞向曉，簾幙風輕，小院閒晝。翠逕鶯來，驚下亂紅鋪繡。倚危樓登高榭，海棠著雨胭脂透。算韶華又因循過了，清明時候。　倦遊燕風光滿目，好景良辰，誰共攜手。恨被榆錢，買斷兩眉長鬭。憶得高陽人散後，落花流水仍依舊。這情懷對東風，盡成消瘦。

(一) 按譜當爲四韻。

春閨

蘇養直

獸鐶半掩，鴛甃無塵，庭院瀟灑。樹色沉沉，春盡燕嬌鶯姹。夢草池塘青漸滿，海棠軒檻紅相亞。聽簫聲記秦樓夜約，彩鸞齊跨。漸迆邐更催銀箭，何處貪歡，猶繫驕馬。旋剪燈花，兩點翠眉誰畫。香滅羞回空帳裏，月高猶在重簾下。恨疏狂待歸來，碎挼花打。

天香

首句四字，二句四字，三句六字仄韻起，四句四字，五句四字，六句六字仄叶，七句四字，八句七字仄叶，九句六字，十句六字仄叶。首句六字，二句七字仄叶，三句六字，四句四字仄叶，五句七字，六句七字仄叶，七句四字，八句四字仄叶。前段十句四韻五十一字，後段八句四韻四十五字。

對梅花懷王侍御

劉方叔

漠漠江皋，迢迢驛路，天教爲春傳信。萬木叢邊，百花頭上，不管雪飛風緊。尋交訪舊，惟翠竹寒松相認。不意牽詩動興，何心襯妝添暈。孤標最甘冷落，不許蝶親蜂近。直自從來潔白，個中清韻。偬做重聞塞管也，何害香銷粉痕盡。待到和羹，纔明底蘊。

冬景

王充

霜瓦鴛鴦，風簾翡翠，今年早是寒少。矮釘明窗，側開朱户，斷莫亂教人到。重冷未解，雲共雪商量不少。青帳垂氈要密，紅放圍宜小。阿梅弄妝試巧。繡羅衣瑞雲芝草。伴我語同語，笑時同笑。已被金尊勸酒，又唱個新詞故相惱。盡道窮冬，元來恁好。

漢宮春

首句四字，二句五字，三句四字仄韻起，四句四字，五句六字仄叶，六句七字，七句四字仄叶，八句七字，九句四字（一）仄叶。

首句六字仄叶，二句五字，三句四字仄叶，四句四字，五句六字仄叶，六句七字，七句四字仄叶，八句七字，九句六字仄叶。

（一）當爲六字。

前段九句四韻四十七字，後段九句五韻四十九字。

元宵

康伯可

雲海沉沉，峭寒收建章，雪殘鳷鵲。華燈照夜，萬井禁城行樂。春隨鬢影映參差，柳絲梅萼。丹禁杳鰲峰對聳，三山上通寥廓。春衫繡羅香薄。步金蓮影下，三千綽約。冰輪桂滿，皓色冷浸樓閣。霓裳帝樂奏昇平，天風吹落。留鳳輦通宵宴賞，莫放漏聲閒卻。

詠梅

晁叔用

瀟灑江梅，向竹梢深處，橫兩三枝。東君也不愛惜，雪壓風欺。無情燕子，怕春寒輕失佳期。惟是有南來歸雁，年年長見開時。清淺小溪如練，問玉堂何處似，茅舍疎籬。傷心故人去後，冷落新詩。微雲淡月，對孤芳分付伊誰。空自倚清香未減，風流不在人知。

初自南鄭來成都作

陸放翁

羽箭雕弓，憶呼鷹古壘，截虎平川。吹笳蟇歸野帳，雪壓青氈。淋灕醉墨，看龍蛇飛落蠻箋。人誤許詩情將略，一時才氣超然。何事又作南來，看重陽菊市，元夕燈山。花時萬人樂處，敧枕垂鞭。聞歌感舊，尚時時流涕尊前。君記取封侯事在，功名不信由天。

上元前一日立春

京仲遠

暖律初回，又燒燈市井，賣酒樓臺。誰將星移萬點，月滿千街。輕車細馬，隘通衢蹴起香埃。今歲好土牛作伴，挽留春色同來。　不是天公省事，要一時壯觀，特地安排。何妨彩樓鼓吹，綺席尊罍。良宵勝景，語那人莫惜徘徊。休笑我癡頑不去，年年爛醉金釵。

立春

辛幼安

春已歸來，看美人頭上，裊裊春幡。無端風雨，未肯收盡餘寒。年時燕子，料今宵夢到西園。聊共賞黄柑薦酒，更傳青韭堆盤。　卻笑東風從此，便熏梅染柳，更没些閒。閒時又來鏡裏，轉變朱顏。情愁不斷，問何人會解連環。生怕見花開花落，朝來塞雁先還。

眉批：「聊共賞」作「渾未辦」；「柳」一作「櫝」，「情」一作「清」。

即事

辛幼安

行李溪頭，有釣車茶具，曲几團蒲。兒童認得，前度過者籃輿。時時照影，甚此身徧滿江湖。悵野老行歌不住，定堪與語難呼。　一自東籬摇落，問淵明歲晚，心賞何如。梅花政自不惡，曾有詩無。知翁止酒，待重教蓮社人沽。空悵望風流已矣，江山特地愁予。

荅吴子似　前人

達則青雲，便玉堂金馬，窮則茅廬。逍遥小大自適，鵬鷃何殊。君如星斗，燦中天密密疏疏。荒草外自憐螢火，清光暫有還無。　千古季鷹猶在，向松江道我，問訊何如。白頭愛山下去，翁定嗔余。人生謾爾，豈食魚必鱠之鱸。還自笑君詩頻覺，胸中萬卷藏書。

會稽蓬萊閣懷古　前人

秦望山頭，看亂雲急雨，倒立江湖。不知雲者爲雨，雨者雲乎。長空萬里，被西風變滅須臾。回首聽月明天籟，人間萬竅號呼。　誰向若耶溪上，倩美人西去，麋鹿姑蘇。至今故國人望，一舸歸歟。歲雲暮矣，問何不鼓瑟吹竽。君不見王亭謝館，冷煙寒樹啼烏。

秋風亭觀雨　前人

亭上秋風，記去年裊裊，曾到吾廬。山河舉目雖異，風景非殊。功成者去，覺團扇便與人疏。吹不斷斜陽依舊，茫茫禹跡都無。　千古茂陵猶在，甚風流章句，解擬相如。只今木落江冷，眇眇愁余。故人書報，莫因循忘卻蓴鱸。誰念我新涼燈火，一編太史公書。

荅李兼善提舉　　前　人

心似孤僧，更茂林修竹，山上精廬。維摩定自非病，誰遣文殊。白頭自昔，歎相逢、語密情疏。傾蓋處，論心一語，只今還有公無。　最喜陽春妙句，被西風吹墮，金玉鏗如。夜來歸夢江上，父老歡予。荻花深處，喚兒童、吹火烹鱸。歸去也，絕交何必，更修山巨源書。

燕春臺

首句四字，二句四字，三句六字平韻起，四句四字，五句六字平叶，六句六字平叶，七句五字，八句四字，九句四字，十句四字平叶。首句四字，二句四字平叶，三句四字，四句四字平叶，五句四字，六句六字平叶，七句四字平叶，八句四字，九句四字平叶，十句三字平叶，十一句五字，十二句四字平叶。

前段十句四韻四十七字，後段十二句七韻五十字。

元夕　　張子野

麗日千門，紫煙雙闕，瓊林又報春回。殿閣風微，當時去燕還來。五侯池館屏開。探芳菲走馬，重簾人語，轔轔車幰，遠近輕雷。雕觴霞艷，翠幕雲飛。楚腰舞柳，宮面妝梅。金猊夜暖，羅衣暗裛香煤。洞府人歸。笙歌院落，燈火樓臺。下蓬萊。猶有花上月，清影徘徊。

帝臺春

首句四字仄韻起，二句五字仄叶，三句四字，四句八字仄叶，五句七字，六句七字仄叶，七句七字，八句四字仄叶。

首句三字仄叶，二句三字仄叶，三句三字仄叶，四句三字仄叶，五句五字，六句十字仄叶，七句七字，八句七字仄叶，九句五字，十句五字仄叶。

前段八句五韻四十六字，後段十句七韻五十一字。

春恨　李景元

芳草碧色。萋萋遍南陌。飛絮亂紅，也似知人春愁無力。憶得盈盈拾翠侶，共攜賞鳳城寒食。到今來海角逢春，天涯行客。

愁旋釋。還似織。淚暗拭。又偷滴。謾偏倚危闌，儘黄昏也只是暮雲凝碧。拚只而今已拚了，忘則怎生便忘得。又還問鱗鴻，試重尋消息。

真珠簾

首句七字仄韻起，二句六字仄叶，三句五字，四句五字仄叶，五句七字，六句七字仄叶，七句二字仄叶，八句五字，九句四字仄叶。首句六字，二句五字，三句四字仄叶，四句四字，五句五字仄叶，六句七字，七句七字仄叶，八句二字仄叶，九句五字，十句四字仄叶。

前段九句六韻四十八字，後段十句五韻四十九字。

賀李孟都新搆

張 徹

李場新搆華堂好。山不棁何用藻。臨界有金川，類蓬萊仙島。繞屋梅花都開遍，喜一夜春風來早。將曉。聽銅龍猶滴，錦雞先報。　人羡里宅豪華，似瑶池晝永，母年未老。玉樹芝蘭，慈竹連萱草。庭院詩書無俗客，樽有酒玉山自倒。淨掃。要竹徑開三，市塵不到。

慶清朝慢

首句四字，二句四字，三句六字平韻起，四句六字，五句四字平叶，六句六字，七句七字平叶，八句七字，九句四字平叶。首句三字，二句三字，三句九字平叶，四句六字，五句四字平叶，六句六字，七句七字平叶，八句七字，九句四字平叶。

前段九句四韻四十八字，後段九句四韻四十九字。

春遊　王通叟

調雨爲酥，催冰做水，東君分付春還。何人便將輕暖，點破殘寒。結伴踏青去好，平頭鞋子小雙鸞。煙柳外望中秀色，如有無間。　晴則個，陰則個，餖飣得天氣有許多般。須教撩花撥柳，爭要先看。不道吴綾繡襪，香泥斜沁幾行斑。東風巧盡收翠緑，吹在眉山。

醉蓬萊

首句五字，二句四字，三句四字仄韻起，四句四字，五句五字仄叶，六句四字，七句四字，八句五字仄叶，九句四字，十句四字，十一句四字仄叶。首句八字，二句四字，三句四字仄叶，四句四字，五句五字仄叶，六句四字，七句四字，八句五字仄叶，九句四字，十句四字，十一句四字仄叶。

前段十一句四韻四十七字，後段十一句四韻五十字。

老人星　柳耆卿

漸亭皋葉下，隴首雲飛，素秋新霽。華闕中天，鎖蔥蔥佳氣。嫩菊黄深，拒霜紅淺，近寶階香砌。玉宇無塵，金莖有露，碧天如水。　正值昇平萬機多暇，夜色澄鮮，漏聲迢遞。南極星中，有老人呈瑞。此際宸游，鳳輦何處，度管絃聲脆。太液波翻，披香簾捲，月明風細。

上巳　葉少藴

問東風何事，斷送繁紅，便拚歸去。牢落征途，笑行人羈旅。一曲陽關，斷雲殘靄，做渭城朝雨。欲寄離愁，緑陰千囀，黃鸝空語。　遥想湖邊浪摇空翠，絃管風高，亂花飛絮。曲水流觴，有山翁行處。翠袖朱闌，故人應也弄，畫船煙浦。會寫相思，尊前爲我，重翻新句。

中秋　　謝幼槃

望晴峰染黛，暮靄澄空，碧天無漢。圓鏡高飛，又一年秋半。皓色誰同，歸心暗折，聽唳雲孤雁。問月停盃，錦袍何處，一尊無伴。　好在南鄰詩盟酒社，刻燭爭成，引觴愁緩。今夕樓中，繼阿連清玩。飲劇狂歌，歌終起舞，醉冷光零亂。樂事難窮，疏星易曉，又成浩歎。

黃魯直

對朝雲靉靆，暮雨霏微，翠峰相倚。巫峽高唐，鎖楚宮佳麗。畫戟移春，靚妝迎馬［一作蘸水朱門半空霜戟］，向［一作自］一川都會。萬里投荒，一身吊影，成何歡意［一作虜酒千杯夷歌百轉迫人垂淚］。　盡［一作人］道黔南去天尺五，望極神州［一作京］，萬里［一作種］煙水。樽酒公堂，有中朝佳士［一作懸榻相迎有風流千騎］。荔頰紅深［頰一作臉］，麝臍香滿，醉舞裀歌袂。杜宇催人，聲聲到曉，不如歸是。

重九上君猷　　蘇子瞻

笑勞生一夢，羈旅三年，又還重九。華髮蕭蕭，對荒園搔首。賴有多情，好飲無事，似古人賢守。歲歲登高，年年落帽，物華依舊。　此會應須爛醉，仍把紫菊茱萸，細看重嗅。搖落霜風，有手栽雙柳。來歲今朝，爲我西顧，酹羽觴江口。會與州人，飲公遺愛，一江醇酎。

聲聲慢

首句四字，二句四字，三句六字平韻起，四句四字，五句六字平叶，六句六字，七句七字平叶，八句三字，九句五字，十句四字平叶。　首句六字，二句五字，三句四字平叶，四句六字，五句四字平叶，六句六字，七句七字平叶，八句六字，九句四字平叶。

前段十句四韻四十九字，後段九句四韻四十八字。

桂花　　辛幼安

開元盛日，天上栽花，月殿桂影重重。十里芬芳，一枝金粟玲瓏。管絃凝碧池上，記當時風月愁儂。翠華遠，但江南草木，煙鎖深宮。　只爲天姿冷澹，被西風醞釀，徹骨香濃。枉學丹蕉葉展，偷染妖紅。道人取次裝來，是自家香底家風。又怕是爲淒涼，長在醉中。

眉批：「展」一作「底」，「來」一作「東」。

夏景　劉巨濟

梅黃金重，雨細絲輕，園林霧煙如織。殿閣風微，簾外燕諠鶯寂。池塘彩鴛戲水，露荷翻千點珠滴。閒晝永，稱瀟湘竿叟，欄柯仙客。　日午槐陰低轉，茶甌罷，清風頓生雙腋。碾玉盤深，朱李靜沉寒碧。朋儕閒歌白雪，卸巾紗樽俎狼藉。有皓月照黃昏，眠又未得。

旅次登樓　辛幼安

征埃成陣，行客相逢，都道幻出層樓。指點檐牙高處，浪涌雲浮。今年太平萬里，罷長淮千騎臨秋。憑欄望，有東南佳氣，西北神州。　千古懷嵩人去，還笑我，身在楚尾吳頭。看取弓刀，陌上車馬如流。從今賞心樂事，剩安排詩令酒籌。華胥夢，願年年人似舊游。

送上饒黃倅赴調　前人

東南形勝，人物風流，白頭見君恨晚。便覺君家叔度，去人未遠。常憐士元驥足，道直須別駕方展。問個裡，待怎生銷殺，胸中萬卷。　況有星辰劍履，是傳家合在，玉皇香案。零落新詩，我欠可人消遣。留君再三不住，便直饒萬家淚眼。怎抵得，這眉間黃色一點。

檃括淵明停雲詩　前　人

停雲靄靄，八表同昏，盡日時雨濛濛。搔首良朋，門前平陸成江。春醪湛湛獨撫，恨彌濃閒飲東窗。空延佇，恨舟車南北，欲往何從。　歎息東園佳樹，列初榮枝葉，再競春風。日月于征，安得促席從容。翩翩何處飛鳥，息庭柯好語和同。當年事，問幾人親友似翁。

夏初臨

首句四字，二句四字，三句六字平韻起，四句四字，五句六字平叶，六句六字平叶，七句七字平叶，八句四字，九句四字，十句四字平叶。　首句四字，二句四字，三句四字，四句四字平叶，五句四字，六句六字平叶，七句四字平叶，八句七字平叶，九句三字平叶，十句四字，十一句四字平叶。

前段十句五韻四十九字，後段十一句六韻四十八字。

送春　楊孟載

瘦緑添肥，病紅催老，園林昨夜春歸。天氣清和，輕羅試著單衣。雨餘門掩斜暉。看翻翻乳燕高飛。荷錢猶小，芭蕉漸長，新竹成圍。何郎粉淡，荀令香銷，紫鸞夢遠，青鳥書稀。新愁舊恨，在他紅藥闌西。記得當時。水晶簾一架薔薇。有誰知。千山杜鵑，無數鶯啼。

夏景　劉巨濟

泛水新荷，舞風輕燕，園林夏日初長。庭樹陰濃，雛鶯學弄新簧。小橋飛入横塘。跨青蘋緑藻幽香。朱闌斜倚，霜紈未摇，衣袂先涼。歌歡稀遇，怨别多同，路遥水遠，烟淡梅黄。輕衫短帽，相攜洞府流觴。況有紅妝。醉歸來寶蠟成行。拂牙床。紗幮半開，月在回廊。

八聲甘州

首句五字，二句三字，三句五字平韻起，四句五字，五句四字，六句四字平叶，七句六字，八句五字平叶，九句五字，十句四字平叶。首句六字，二句五字，三句四字平叶，四句五字，五句五字平叶，六句七字，七句八字平叶，八句七字，九句四字平叶。

前段十句四韻四十六字，後段九句四韻五十一字。

寄參寥子　蘇子瞻

有情風萬里，卷潮來，無情送潮歸。問錢塘江上，西興浦口，幾度斜暉。不用思量今古，俯仰昔人非。誰似東坡老，白首忘機。記取西湖西畔，正暮山好處，空翠煙霏。算詩人相得，如我與君稀。約他年東還海道，願謝公雅志莫相違。西州路不應回首，爲我沾衣。

追和東坡韻　晁無咎

謂東坡未老，賦歸來，天未遣公歸。向西湖兩處，秋波一種，飛靄澄暉。又擁竹西歌吹，僧老木蘭非。一笑千秋事，浮世危機。莫倚平山闌檻，是醉翁飲處，江雨霏霏。送孤鴻揮手，相接眼中稀。念平生相從江海，任飄蓬不遣此心違。登臨事，更何須惜，吹帽淋衣。

春情　葉夢得

又新正過了，問東風，消息幾時來。笑春工多思，留連底事，猶未輕回。應爲瑶刀裁翦，容易惜花開。試向湖邊望，幾處寒梅。好是緑莎新徑，剩安排芳意，特地重裁。便從今追賞，莫遣暫停杯。有千株深紅淺白，倩緩歌急管特相催。憑看取，暖煙細靄，先到高臺。

壽建康帥胡長文 辛幼安

把江山好處，付公來，金陵帝王州。想今年燕子，依然認得，王謝風流。只用平時尊俎，彈壓萬貔貅。依舊鈞天夢，玉殿東頭。看取黄金横帶，是明年準擬，丞相封侯。有紅梅新唱，香陣卷温柔。且畫堂通宵一醉，待從今更數八千秋。公知否，邦人香火，夜半纔收。

夜讀《李廣傳》不寐賦寄晁楚老楊民瞻 前人

故將軍飲罷，夜歸來，長亭解雕鞍。恨灞陵醉尉，匆匆未識，桃李無言。射虎山横一騎，裂石響驚弦。落魄封侯事，歲晚田園。誰向桑麻杜曲，要短衣匹馬，移住南山。看風流慷慨，談笑過殘年。漢開邊功名萬里，甚當時健者也曾閒。紗窗外，斜風細雨，一陣輕寒。

三部樂

前段□句□韻四十八字，後段□句□韻五十字。

情景

蘇子瞻

美人如月。乍見掩暮雲，更增妍絶。算應無恨，安用陰晴圓缺。嬌甚空只成愁，待下床又懶，未語先咽。數日不來，落盡一庭紅葉。　今朝置酒强起，問爲誰減動，一分香雪。何事散花卻病，維摩無疾。卻低眉慘然不答。唱金縷一聲怨切。堪折便折。且惜取少年花發。

錦堂春慢

首句四字，二句四字，三句六字平韻起，四句五字，五句四字平叶，六句六字，七句六字平叶，八句五字，九句四字，十句四字平叶。

首句六字，二句五字，三句四字平叶，四句六字，五句四字平叶，六句六字，七句六字平叶，八句五字，九句四字，十句四字平叶。

前段十句四韻四十八字，後段十句四韻五十字。

上壽

王靜得

淺幘分秋，涼尊試月，西風未雁猶蟬。看芙蓉影裏，緑鬢年年。日上雲帆壓海，塵清玉馬行天。更煙樓鳳舉，風幕麟游，錦後珠前。　緑陰池館如畫，記晴春藥徑，雨曉芝田。已辦十年笑語，小聚雲邊。舞稱香圍豔雪，歌遲酒落紅船。早群仙醉去，柳掖花扶，似霧非烟。

玲瓏四犯

首句四字，二句五字，三句四字仄叶，四句四字，五句六字仄叶，六句六字，七句六字仄叶，八句七字仄叶，九句六字仄叶。

首句七字仄叶，二句七字仄叶，三句七字，四句五字仄叶，五句六字，六句七字仄叶，七句十一字仄叶。

前段九句五韻四十八字，後段七句五韻五十字。

春思

周美成

穠李夭桃，是舊日潘郎，親試春豔。自別河陽，長負露房煙臉。憔悴鬢點吴霜，念想夢魂飛亂。歎畫闌玉砌都換。纔始有緣重見。夜深偷展香羅薦。暗窗前醉眠葱蒨。浮花浪蕊都相識，誰更曾擡眼。休問蒨色舊香，但認取芳心一點。又片時一陣風雨惡吹分散。

燕山亭

首句四字，二句四字，三句五字仄韻起，四句四字，五句四字，六句六字仄叶，七句四字，八句七字仄叶，九句二字仄叶，十句五字，十一句四字仄叶。首句六字，二句九字仄叶，三句四字，四句四字，五句六字仄叶，六句四字，七句七字仄叶，八句二字仄叶，九句七字仄叶。

前段十一句五韻四十九字，後段九句五韻四十九字。

杏花　道君皇帝

裁剪冰綃，輕疊數重，冷淡胭脂注。新樣靚妝，豔溢香融，羞殺蕊珠宮女。易得凋零，更多少無情風雨。愁苦。閑院落淒涼，幾番春暮。　憑寄離恨重重，這雙燕何曾會人言語。天遥地遠，萬水千山，知他故宫何處。怎不思量，除夢裡有時曾去。無據。和夢也有時不做。

東風第一枝

首句四字，二句四字，三句六字仄韻起，四句六字，五句六字仄叶，六句四字，七句六字仄叶，八句七字，九句六字仄叶。

首句七字，二句七字仄叶，三句六字，四句六字仄叶，五句四字，六句六字仄叶，七句七字，八句六字仄叶。

前段九句四韻四十九字，後段八句四韻四十九字。

宫人折梅圖

瞿佑宗

寶髻盤鴉，金釵舞鳳，妝梳渾是宫樣。乘閒偷步瑶階，愛他早梅開放。重重門户，春色任教遮障。想舊家茅舍疏籬，應自别來無恙。　風過處粉香輕颺。人静時翠禽低唱。殷勤手弄芳枝，爲誰含情凝望。插花人遠，獨立翻成惆悵。只除是夢裡相逢，各自人間天上。

應天長慢

首句四字，二句四字，三句六字仄韻起，四句六字，五句五字仄叶，六句三字，七句三字仄叶，八句七字仄叶，九句七字，十句四字仄叶。　首句五字，二句四字，三句五字仄叶，四句六字，五句五字仄叶，六句三字，七句三字仄叶，八句七字仄叶，九句三字，十句四字，十一句四字仄叶。

前段十句五韻四十九字，後段十一句五韻四十九字。

寒食

周美成

條風布暖，飛霧弄晴，池塘遍滿春色。正是夜堂無月，沉沉暗寒食。梁間燕，前社客。似笑我閉門愁寂。亂花過隔院芸香，滿地狼籍。　長記那回時，邂逅相逢，郊外駐油壁。又見漢宮傳燭，飛煙五侯宅。青青草，迷路陌。强載酒細尋前跡。市橋遠，柳下人家，猶自相識。

閨情　康伯可

管絃繡陌，燈火畫橋，塵香舊時歸路。腸斷蕭娘，舊日風簾映朱户。鶯能舞，花解語。念後約頓成輕負。緩雕轡獨自歸來，憑闌情緒。　楚岫在何處。香夢悠悠，花月更無主。惆悵後期，空有鱗鴻寄紈素。枕前淚，窗外雨。翠幕冷、夜涼虚度。未應信、此度相思，寸腸千縷。

雙雙燕

首句四字，二句五字，三句四字仄韻起，四句四字，五句六字仄叶，六句六字仄叶，七句七字仄叶，八句六字，九句六字仄叶。

首句六字仄叶，二句五字，三句四字仄叶，四句四字，五句六字仄叶，六句六字仄叶，七句七字仄叶，八句六字，九句六字仄叶。

前段九句五韻四十八字，後段九句六韻五十字。

詠燕

史邦卿

過春社了，度簾幕中間，去年塵冷。差池欲住，試入舊巢相並。還相雕梁藻井，又軟語商量不定。飄然快拂花梢，翠尾分開紅影。　芳徑芹泥雨潤。愛貼地爭飛，競誇輕俊。紅樓歸晚，看足柳昏花暝。應自棲香正穩，便忘了天涯芳信。愁損翠黛雙蛾，日日畫欄獨憑。

雨中花慢

首句七字，二句七字仄韻起，三句五字，四句四字仄叶，五句四字，六句四字，七句四字仄叶，八句五字，九句四字，十句四字仄叶。　首句八字，二句六字仄叶，三句四字仄叶，四句四字，五句四字仄叶，六句六字，七句六字仄叶，八句六字，九句六字仄叶。

前段十句四韻四十八字，後段九句五韻五十字。

送彭文思使君　黄魯直

政樂中和夷夏宴，喜宫梅乍傳消息。待新年歡計，斷送春色。桃李成陰，甘棠少訟，又移旌戟。念畫樓朱閣，風流高會，頓冷談席。　西州縱有舞裙歌板，誰共茗邀棊敵。歸來未得，先霑誰袖，管絃催滴。樂事賞心易散，良辰美景難得。會須醉倒玉山，扶起更傾春碧。

秦少游

指點虛無征路，醉乘斑虬，遠訪西極。正天風吹落，滿空寒色。皇女明星迎笑，何苦自淹塵域。正火輪飛上，霧捲煙開，洞觀金碧。　重重觀閣横枕鼇峰，水面倒啣蒼石。隨處有奇香幽火，杳然難測。好似蟠桃熟後，阿環偷報消息。青天碧海，一枝難遇，占取春色。

蘇子瞻

初至密州，以旱蝗齋素者累月，方春牡丹盛開，不獲一賞。至九月忽開千葉一朶，雨中爲置酒作。

今歲花時深院，盡日東風，蕩颺茶煙。但有緑苔芳草，柳絮榆錢。聞道城西，長廊古寺，甲第名園。有國豔帶酒，天香染袂，爲我留連。　清明過了，殘紅無處，對此淚灑樽前。秋向晚，一枝何事，向我依然。高會聊追短景，清商不假餘妍。不如留取，十分春態，付與明年。

前　人

邃院重簾何處，惹得多情，愁對風光。睡起酒闌花謝，蝶亂蜂忙。今夜何人，吹笙北嶺，待月西廂。空悵望處，一株紅杏，斜倚低牆。羞顔易變，傍人先覺，到處被著猜防。誰信道些兒恩愛，無限淒涼。好事若無間阻，幽歡卻是尋常。一般滋味，就中香美，除是偷嘗。

前　人

嫩臉羞蛾，因甚化作行雲，卻返巫陽。但有寒燈孤枕，皓月空床。長記當初，乍諧雲雨，便學鸞凰。又豈料正好，三春桃李，一夜風霜。丹青畫，無言笑，看了謾結愁腸。襟袖上，猶存殘黛，漸減餘香。一自醉中忘了，奈何酒後思量。算應負你，枕前珠淚，萬點千行。

登新樓有懷　　辛幼安

舊雨常來，今雨不來，佳人偃蹇誰留。幸山中芋栗，今歲全收。貧賤交情落落，古今吾道悠悠。怪新來卻見，文友離騷，詩發秦州。功名只道無之不樂，那知有更堪憂。怎奈向兒曹抵死，喚不回頭。石卧山前認虎，蟻諠床下聞牛。爲誰西望，憑闌一晌，卻下層樓。

次韻　前人

馬上三年，醉帽吟鞍，錦囊詩卷長留。悵溪山舊管，風月新收。望便關河杳杳，去應日月悠悠。笑千篇索價，未抵葡萄，五斗梁州。　停雲老子有酒盈尊，琴書端可消憂。渾未解傾身一飽，淅米矛頭。心似傷弓塞雁，身如喘月吴牛。曉天涼夜，月明誰伴，吹笛南樓。

逍遥樂

首句六字仄韻起，二句四字，三句六字仄叶，四句四字，五句四字，六句六字仄叶，七句四字仄叶，八句七字，九句四字仄叶，十句五字，十一句四字仄叶。　首句六字仄叶，二句六字仄叶，三句五字，四句六字仄叶，五句七字，六句四字仄叶，七句二字，八句四字，九句四字仄叶。

前段十一句六韻五十四字，後段九句五韻四十四字。

黃魯直

春意漸歸芳草。故國佳人，千里信沉音杳。雨潤煙光，晚景澄明，極目危闌斜照。夢當年少。對樽前上客鄒枚，小鬟燕趙。共舞雪歌塵，醉裡談笑。　花色枝枝爭好。鬢絲年年漸老。如今遇風景，空瘦損向誰道。東君幸賜與天幕，翠遮紅繞。休休，醉鄉岐路，華胥蓬島。

孤鸞

首句四字仄韻起，二句五字，三句四字仄叶，四句四字，五句六字仄叶，六句六字，七句七字仄叶，八句六字，九句五字仄叶。

首句八字仄叶，二句九字仄叶，三句五字，四句五字仄叶，五句六字，六句七字仄叶，七句六字，八句五字仄叶。

前段九句五韻四十七字，後段八句五韻五十一字。

早梅　周美成

天然標格。是小萼堆紅，芳姿凝白。淡竚新妝，淺點壽陽宮額。東君想留厚意，倩年年與傳消息。昨日前村雪裡，有一枝先折。　念故人何處水雲隔。縱驛使相逢難寄春色。試問丹青手，是怎生描得。曉來一番雨過，更那堪數聲羌笛。歸去和羹未晚，勸行人休摘。

瑣窗寒

首句四字，二句四字，三句四字仄韻起，四句四字，五句六字仄叶，六句七字，七句七字仄叶，八句五字，九句四字，十句四字仄叶。　首句五字仄叶，二句五字，三句四字仄叶，四句四字，五句六字仄叶，六句七字，七句七字仄叶，八句七字，九句五字仄叶。

前段十句四韻四十九字，後段九句五韻五十字。

寒食　周美成

暗柳啼鴉，單衣竚立，小簾朱户。桐花半畝，靜鎖一庭愁雨。滴空階更闌未休，故人剪燭西窗語。似楚江暝宿，風燈零亂，少年羈旅。　遲暮嬉游處。正店舍無煙，禁城百五。旗亭喚酒，付與高陽儔侶。想東園桃李自春，小脣秀靨今在否。到歸時定有殘英，待客攜樽俎。

月華清

首句四字，二句四字，三句六字仄韻起，四句四字，五句六字仄叶，六句七字，七句九字仄叶，八句九字仄叶。　首句六字仄叶，二句五字，三句四字仄叶，四句四字，五句六字仄叶，六句七字，七句九字仄叶，八句五字，九句四字仄叶。

前段八句四韻四十九字，後段九句五韻五十字。

憶遠

蔡伯堅

樓倚明河，山蟠喬木，故國秋光如水。常記别時，月冷半山環珮。到而今桂影尋人，端好在竹西歌吹如醉。望白蘋風裏關山無際。　可惜瓊瑶千里。有少年玉人，吟嘯天外。脂粉清輝，冷射藕花冰蕋。念老去鏡裏流年，空解道人生適意誰會。更微雲疎雨，空庭鶴唳。

月下笛

首句四字，二句四字，三句四字仄韻起，四句四字仄叶，五句六字仄叶，六句七字，七句七字仄叶，八句九字，九句四字仄叶。

首句五字仄叶，二句五字，三句四字仄叶，四句四字，五句六字仄叶，六句七字，七句七字仄叶，八句三字，九句五字，十句四字仄叶。

前段九句五韻四十九字，後段十句五韻五十字。

春遊　曾鷗江

又老楊花，浮萍點點，一溪春色。閒尋舊跡。認溪頭浣紗磧。柔條折盡成輕別，向空外瑶簪一擲。算無情更苦鶯巢暗葉，啼破幽寂。　凝立闌干側。記露飲東園，聯鑣西陌。容銷鬢減，相逢應自難識。東風吹得愁似海，謾點染空階自碧。獨歸晚，解説心中事，月下短笛。

玉蝴蝶

首句六字，二句八字平韻起，三句六字，四句四字平叶，五句七字，六句七字平叶，七句三字，八句四字，九句四字平叶。首句二字平叶，二句四字，三句四字，四句四字平叶，五句四字，六句七字平叶，七句七字，八句七字平叶，九句三字平叶，十句四字，十一句四字平叶。

前段九句四韻四十九字，後段十一句六韻五十字。

春遊　　柳耆卿

漸覺東郊明媚，夜來膏雨一洗塵埃。滿目淺桃深杏，露染煙裁。銀塘靜魚鱗簟展，煙岫翠龜甲屏開。殷晴雷，雲中鼓吹，游徧蓬萊。　徘徊。隼旟前後，三千珠履，十二金釵。雅俗熙熙，下車成宴盡春臺。好雍容東山妓女，堪笑傲北海樽罍。且追陪。鳳池歸去，那更重來。

秋思　　前人

望處雲收雨斷，憑欄悄悄目送秋光。晚景蕭疏，堪動宋玉悲涼。水風輕蘋花漸老，月露老梧葉飄黄。遺情傷。故人何在，煙水茫茫。　難忘。文期酒會，幾辜風月，屢變星霜。海闊山遥，未知何處是瀟湘。念雙燕難憑遠信，指暮天空識歸航。黯相望。斷鴻聲裡，立盡斜陽。

秋思　**高賓王**

喚起一襟涼思，未成晚雨先做秋陰。楚客悲殘，誰解此意登臨。古臺荒斷霞斜照，新夢黯微月疏砧。總難禁。盡將幽恨，分付孤斟。　從今。倦看青鏡，既遲勳業，可負煙林。斷梗無憑，歲華摇落又驚心。想蓴汀水雲愁凝，閒蕙帳猿鶴悲吟。信沉沉。故園歸計，休更侵尋。

春思　**晁叔用**

目斷江南千里，灞橋一望煙水微茫。盡鎖重門，人去暗惜流光。雨輕輕梨花院落，風淡淡楊柳池塘。恨偏長。珮沉湘浦，雲散高唐。　清狂。重來一夢，手搓梅子，煮酒新嘗。寂寞經春，小橋依舊燕飛忙。玉鉤闌憑多漸暖，金縷枕別久猶香。最難忘。看花南陌，待月西廂。

追别杜仲高

辛幼安

古道行人來去，香滿紅樹風雨殘花。望斷青山，高處都被雲遮。客重來風流觴詠，春已去光景桑麻。苦無多。一條垂柳，兩個啼鴉。　人家。疏疏翠竹，陰陰綠樹，淺淺寒沙。醉兀籃輿，夜來豪飲太狂些。到如今都齊醒卻，只依舊無奈愁何。試聽呵。寒食近也，且住爲佳。

杜仲高書來戒酒用韻

前　人

貴賤偶然，渾似隨風簾幙，籬落飛花。空使兒曹，馬上羞面頻遮。向空江誰捐玉珮，寄離恨應折疏麻。暮雲多。佳人何處，數歸鴉。　儂家。生涯蠟屐，功名破甑，交友摶沙。往日曾論，淵明似勝卧龍些。算從來人生行樂，休便說日飲亡何。快斟呵。裁詩未穩，得酒良佳。

首句四字，二句四字，三句六字平韻起，四句四字，五句六字平叶，六句七字，七句七字平

高陽臺

叶，八句七字，九句四字平叶。

首句六字平叶，二句五字，三句四字平叶，四句四字，五句六字平叶，六句七字，七句七字平叶，八句七字，九句四字平叶。

前段九句四韻四十九字，後段九句五韻五十字。

春思　　僧皎如晦

紅入桃腮，青回柳眼，韶華已破三分。人不歸來，空教草怨王孫。平明幾點催花雨，夢半闌敧枕初聞。問東君因甚將春，老却閒人。　東郊十里香塵。旋安排玉勒，整頓雕輪。趁取芳時，共尋島上紅雲。朱衣引馬黄金帶，算到頭總是虛名。莫閒愁一半悲秋，一半傷春。

金菊對芙蓉

首句四字，二句四字，三句六字平韻起，四句五字，五句四字平叶，六句七字，七句七字平叶，八句七字，九句四字，十句四字平叶。

首句六字平叶，二句五字，三句四字平叶，四句五字，五句四字平叶，六句七字，七句七字平叶，八句四字，九句四字，十句四字平叶。

前段十句四韻四十九字，後段十句五韻五十字。

九日

辛幼安

遠水生光，遥山聳翠，霽煙深鎖梧桐。正零瀼玉露，淡蕩金風。東籬菊有黄花吐，對映水幾簇芙蓉。重陽佳致，可堪此景，酒釅花濃。　追念景物無窮。歎少年胸襟，忒煞英雄。把黄英紅萼，甚物堪同。除非腰佩黄金印，座中擁紅粉嬌容。此時方稱情懷，盡拚一飲千鍾。

秋怨

康伯可

梧葉飄黄，萬山空翠，斷霞流水爭輝。正金風西起，海燕東歸。憑闌不見南來雁，望故人消息遲遲。木樨開後，不應誤我，好景良時。　只念獨守孤幃。把枕前祝付，一旦分飛。上秦樓遊賞，酒殢花迷。誰知别後相思苦，悄爲伊瘦損香肌。花前月下，黄昏院落，珠淚偷垂。

桂花

僧仲殊

花則一名，種分三色，嫩紅妖白嬌黄。正清秋佳景，雨霽風涼。郊墟十里飄蘭麝，瀟灑處旖旎非常。自然風韻，開時不惹，蝶亂蜂狂。　攜酒獨揖蟾光。問花神何屬，離兑中央。引騷人乘興，廣賦詩章。幾多才子爭攀折，嫦娥道三種清香。狀元紅是，黄爲榜眼，白探花郎。

絳都春

首句四字仄韻起，二句九字仄叶，三句四字，四句七字仄叶，五句七字仄叶，六句七字仄叶，七句八字，八句四字仄叶。

首句二字仄叶，二句七字，三句六字仄叶，四句四字，五句七字仄叶，六句七字仄叶，七句七字仄叶，八句十字仄叶。

前段八句六韻五十字，後段八句六韻五十字。

上元

丁仙現

融和又報。乍瑞靄霽色皇州春早。翠幰競飛，玉勒爭馳都門道。鰲山結彩蓬萊島。向晚色雙龍嗡照。絳綃樓上彤芝蓋底，仰瞻天表。縹緲。風傳帝樂慶三殿，共賞群仙同到。迤邐御香，飄滿人間聞嬉笑。須臾一點星毬小。漸隱隱鳴梢聲杳。游人月下歸來洞天未曉。

清明

劉方叔

和風乍扇，又還是去年，清明重到。喜見燕子，巧説千般如人道。牆頭陌上青梅小。是處有閒花芳草。偶然思想，前歡醉賞，牡丹時候。當此三春媚景，好連宵恣樂，情懷歌酒。縱有珠珍，難買紅顔長年少。從他烏兔茫茫走。更莫待花殘鶯老。恁時歡笑，休把萬金換了。

梅花

朱希真

寒陰漸曉。報驛使探春，南枝開早。粉蕊弄香，芳臉凝酥瓊枝小。雪天分外精神好。向白玉堂前應到。化工不管，朱門閉也，暗傳音耗。輕渺。盈盈笑靨稱嬌面，愛學宮妝新巧。幾度醉吟，獨倚欄干黄昏後。月籠疏影横斜照。更莫待單于吹老。便須折取歸來，膽瓶頓了。

遶佛閣

首句四字仄韻起，二句四字，三句四字仄叶，四句四字仄叶，五句四字，六句五字仄叶，七句四字仄叶，八句四字，九句四字仄叶，十句四字仄叶，十一句六字，十二句三字仄叶。首句五字，二句七字仄叶，三句九字仄叶，四句五字，五句四字仄叶，六句六字仄叶(一)，七句五字，八句四字仄叶，九句三字，十句四字仄叶。前段十二句八韻五十字，後段十句六韻五十字。

旅懷　周美成

暗塵四斂。樓觀迥出，高映孤館。清漏將短。厭聞夜久，簽聲動書幔。桂華又滿。閒步露

(一) 當爲四字句。

草，偏愛幽遠。花氣清婉。望中迤邐城陰，度河岸。　倦客最蕭索，醉倚斜橋穿柳線。還似汴堤虹梁橫水面。看浪颭春燈，舟下如箭。此行重見。歎故友難逢，羈思空亂。兩眉愁，向誰舒展。

慶春澤

首句四字，二句四字，三句六字平韻起，四句四字，五句六字平叶，六句七字，七句七字平叶，八句三字，九句四字，十句四字平叶。　首句七字，二句五字，三句四字平叶，四句四字，五句六字平叶，六句七字，七句七字平叶，八句三字，九句四字，十句四字平叶。

前段十句四韻四十九字，後段十句四韻五十一字。

上元

劉叔安

燈火烘春，樓臺浸月，良宵一刻千金。錦步承蓮，彩雲簇仗難尋。蓬壺影動星毬轉，映兩行寶珥瑤簪。恣嬉遊，玉漏聲催，未歇芳心。　笙歌十里誇張地，記年時行樂，憔悴而今。

客裏情懷，伴人閒笑閒唫。小桃未盡劉郎老，把相思細寫瑶琴。怕歸來，紅紫欺風，三徑成陰。

渡江雲

首句五字，二句四字，三句五字平韻起，四句五字，五句九字平叶，六句四字，七句七字平叶，八句三字，九句四字，十句五字平叶。首句二字平叶，二句四字，三句四字，四句五字仄叶，五句三字，六句四字，七句四字平叶，八句七字，九句七字平叶，十句三字，十一句六字平叶。

前段十句四韻五十一字，後段十一句五韻四十九字。

早春有感　周美成

晴嵐低楚甸，暖回雁翼，陣勢起平沙。驟驚春在眼，借問何時委曲到山家。塗香暈色，盛粉飾爭作妍華。千萬絲，陌頭楊柳，漸漸可藏鴉。堪嗟。清江東注，畫舸西流，指長安日下。愁宴闌，風翻旗尾，潮濺烏紗。今朝正對初弦月，傍水驛深艤蒹葭。沉恨處，時時自剔燈花。

玲瓏玉

首句四字，二句七字平韻起，三句四字，四句六字平叶，五句六字，六句五字，七句四字平叶，八句二字平叶，九句七字平叶。

首句六字，二句九字平叶，三句四字，四句七字平叶，五句六字，六句七字，七句四字平叶，八句二字平叶，九句十字平叶。

前段九句五韻四十五字，後段九句五韻五十五字。

春雪

姚江村

開歲春遲，早贏得一白瀟瀟。風窗淅簌，夢驚金帳春嬌。是處貂裘透暖，任樽前回舞，紅倦柔腰。今朝。虧陶家茶鼎寂寥。料得東皇戲劇，怕蛾兒街柳先鬪元宵。宇宙低迷，倩誰分淺凸深凹。休嗟空花無據，便真個瓊雕玉琢，總是虛飄。虛飄。且沉醉趁樓頭零片未消。

木蘭花慢

首句七字，二句三字平韻起，三句五字，四句四字，五句四字平叶，六句六字，七句八字平叶，八句六字，九句六字平叶。

首句七字平叶，二句五字平叶，三句五字，四句四字，五句四字平叶，六句六字，七句八字平叶，八句六字，九句六字平叶。

前段九句四韻四十九字，後段九句五韻五十一字。

重陽　京仲遠

算秋來景物皆勝賞，況重陽。正露冷欲霜，煙輕不雨，玉宇開張。蜀人從來好事，遇良辰不肯負時光。藥市家家簾幕，酒樓處處絲簧。婆娑老子興難忘。聊復與平章。也隨分登高，茱萸綴席，菊蕊浮觴。明年未知健否，笑杜陵底事獨淒涼。不道頻開笑口，年年落帽何妨。脚注：「算」字羨。

春怨

程正伯

倩嬌鶯婉燕，説不盡、此時情。正小院春闌，芳園晝寂，人去花零。憑高試回望眼，奈遥山遠水隔重雲。誰遣風狂雨横，便教無計留春。　情知雁杳與鴻嗔。自難寄丁寧。縱竹院鸒深，桃門笑在，知屬何人。衣幘幾回忘了，奈殘香猶有舊時熏。空使風頭卷絮，爲他飄蕩花英。

白蓮

曹通甫

愛幽花帶露，映曉色、淡秋塘。恨太華峰高，廬山社遠，身世相妨。誰知半溪煙景，且乘閒華髮照滄浪。羨殺風標公子，一生何限清香。　仙家摇曳水雲鄉。高韻卻濃妝。看脈脈盈盈，何須解語，已斷人腸。呼童更須沽酒，待夜涼和月捲荷觴。明日醒來信筆，新聲付與秋娘。

送張仲固帥興元　辛幼安

漢中開漢業，問此地、是耶非。想劍指三秦，君王得意，一戰東歸。興亡事、今不見，但山川滿目淚沾衣。落日胡塵未斷，西風塞馬空肥。　一篇書是帝王師。小試去征西。更草草離筵，匆匆去路，愁滿旌旗。君思我、回首處，正江涵秋影雁初飛。安得車輪枳角，不堪帶減腰圍。

滁州送范倅　前人

老來情味減，對別酒、怯流年。況屈指中秋，十分好月，不照人圓。無情水、都不管，共西風只管送歸船。秋晚蓴鱸江上，夜深兒女燈前。　征衫。便好去朝天。玉殿正思賢。想夜半承明，留教視草，卻遣籌邊。長安故人問我，道愁腸殢酒只依然。目斷秋霄落雁，醉來時響空絃。

題上饒州圃翠微樓　前人

舊時樓上客，愛把酒、對南山。笑白髮如今，天教放浪，來往其間。登樓更誰念我，卻回頭西北望層闌。雲雨珠簾畫棟，笙歌霧鬢風鬟。　近來堪入畫圖看。父老願公歡。甚扗笏悠然，朝來爽氣，正爾相關。難忘使君後，便一花一草報平安。與客攜壺且醉，雁飛秋影江寒。

題吴克明廣文菊隱

前　人

路傍人怪問，此隱者、姓陶否。甚黄菊如雲，朝吟暮醉，唤不回頭。縱無酒成悵望，只東籬搔首亦風流。與客朝餐一笑，落英飽便歸休。　古來堯舜有巢由。江海去悠悠。待説與佳人，種成香草，莫怨靈修。我無可無不可，意先生出處有如丘。聞道問津人過，殺雞爲黍相留。

和桂山慶新居韻

趙子昂

愛風流二陸，曾共住、屋三間。算京洛緇塵，平原車騎，爭似身閒。一區未輸揚子，更友于室邇足清歡。庭下新松楚楚，籬邊細菊班班。　白頭相對且團欒。杯酒借朱顔。任醉後長歌，歎時開口，樂最人寰。功名十年一夢，記風裘雪帽度桑乾。幸喜歸來健在，放懷緑水青山。**眉批**：「場」疑「楊」。

和李筼房韻

前　人

愛青山遶縣，更山下、水縈回。有二老風流，故家喬木，舊日亭臺。梅花亂零春雪，喜相逢置酒藉蒼苔。拚卻眼迷朱碧，慚無筆瀉瓊瑰。　徘徊。俯仰興懷。塵事本無涯。偶乘興來游，臨流一笑，洗盡征埃。歸來。算能幾日，又青山柳葉燕重來。但願朱顏長在，任他花落花開。

御帶花

前段□句□韻四十九字，後段□句□韻五十一字。

歐陽永叔

青春何處風光好，帝里偏愛元夕。萬重繒綵，構一屏峰嶺，半空金碧。寶檠銀釭，耀絳幕、龍虎騰擲。沙堤遠、雕輪繡轂，爭走五王宅。　雍容熙熙作晝，會樂府神姬，海洞仙客。拽香搖翠，稱執手行歌，錦街天陌。月淡寒輕，漸向曉、漏聲寂寂。當年少、狂心未已，不醉怎歸得。

解語花

首句四字，二句四字，三句五字仄韻起，四句四字仄叶，五句三字，六句六字仄叶，七句四字仄叶，八句七字仄叶，九句七字，十句五字仄叶。　首句六字仄叶，二句五字，三句四字仄叶，四句四字仄叶，五句三字，六句六字仄叶，七句四字仄叶，八句七字仄叶，九句七字，十句五字仄叶。

前段十句六韻四十九字，後段十句七韻五十一字。

元宵　周美成

風銷焰蠟，露浥烘爐，花市光相射。桂華流瓦。纖雲散，耿耿素娥欲下。衣裳淡雅。看楚女纖腰一把。簫鼓諠人影參差，滿路飄香麝。　因念帝城放夜。望千門如畫，嬉笑遊冶。鈿車羅帕。相逢處，自有暗塵隨馬。年光是也。唯只見舊情衰謝。清漏移飛蓋歸來，從舞休歌罷。

萬年歡

首句四字，二句五字，三句四字仄韻起，四句四字，五句六字仄叶，六句六字仄叶，七句七字仄叶，八句七字，九句六字仄叶。

首句四字仄叶，二句七字，三句四字仄叶，四句四字，五句六字仄叶，六句六字仄叶，七句七字仄叶，八句七字，九句六字仄叶。

前段九句五韻四十九字，後段九句六韻五十一字。

元宵　胡浩然

燈月交光，漸輕風布暖，先到南國。羅綺嬌容，十里絳紗籠燭。花豔驚郎醉目。有多少佳人如玉。春衫袂整整齊齊，內家新樣妝束。　歡情未足。更闌謾勾牽舊恨，縈亂心曲。悵望歸期，應是紫姑頻卜。暗想雙眉對蹙。斷絃待鸞膠重續。休迷戀野草閒花，鳳簫人在金谷。

萬年歡

前段十句五韻四十九字，後段九句五韻五十一字。

應制　趙子昂

閶闔初開。正蒼蒼曙色，天上春回。絳幘雞人時報，禁漏頻催。九奏鈞天帝樂，御香惹千官環珮。鳴鞘靜，嵩岳三呼萬歲，聲震如雷。　殊方異域盡來。滿彤庭貢珍，皇化無外。日繞龍顔，雲近絳闕蓬萊。四海歡欣鼓舞，聖德過唐虞三代。年年宴王母瑤池，紫霞長進瓊杯。

元日朝會樂府中呂宮　前人

天上春來。正陽和布澤，斗柄初回。一朵祥雲捧日，萬象生輝。帝德光昭四表，玉帛盡梯航來會。彤庭敞，花覆千官，紫霄鵷鷺徘徊。　仁風徧滿九垓。望霓旌緩引，寶扇徐開。喜動龍顔，和氣藹然交泰。九奏簫韶舜樂，獸尊舉麒麟香靉。從今數億萬斯年，聖主福如天大。

皇慶三年三月三日聖節大宴長壽仙道宮 趙子昂

瑞日當天。對絳闕蓬萊，非霧非煙。翠光覆禁苑。正淑景芳妍。綵仗和風細轉。御香飄滿黃金殿。喜萬國會朝，千官拜舞，億兆同歡。　福祉如山如川。應玉渚流虹，璇樞飛電。八音奏舜韶，慶玉燭調元。歲歲龍輿鳳輦。九重春醉蟠桃宴。天下太平，祝吾皇壽與天地齊年。

念奴嬌 一名《酹江月》，一名《赤壁詞》，亦名《大江東去》，亦名《百字令》

首句四字，二句三字，三句六字仄韻起，四句七字，五句六字仄叶，六句四字，七句四字，八句五字仄叶，九句四字，十句六字仄叶。　首句六字，二句四字，三句五字仄叶，四句七字，五句六字仄叶，六句四字，七句四字，八句五字仄叶，九句四字，十句六字仄叶。

前段十句四韻四十九字，後段十句四韻五十一字。

春恨 辛幼安

野塘花落，又匆匆，過了清明時節。剗地東風欺客夢，一枕雲屏寒怯。曲岸持觴，垂楊繫馬，此地曾經别。樓空人去，舊遊飛燕能説。　聞道綺陌東頭，行人長見，簾底纖纖月。舊恨春江流未盡，新恨雲山千疊。料得明朝，樽前重見，鏡裏花難折。也應驚問，近來多少華髮。**旁注**：棠。**眉批**：「雲屏」一作「銀屏」，「經」一作「輕」，「長」一作「曾」，「盡」一作「斷」。

赤壁懷古

蘇子瞻

大江東去，浪淘盡，千古風流人物。故壘西邊人道是，三國周郎赤壁。亂石穿空，驚濤拍岸，捲起千堆雪。江山如畫，一時多少豪傑。　遥想公瑾當年，小喬初嫁，了雄姿英發。羽扇綸巾談笑間，檣艣灰飛煙滅。故國神遊，多情應笑我，早生華髮。人生如夢，一樽還酹江月。

中秋

葉少藴

洞庭波冷，望氷輪初轉，滄海沈沈。萬頃孤光雲陣卷，長笛吹破層陰。洶湧三江，銀濤無際，遥帶五湖深。酒闌歌罷，至今鼉怒龍吟。　回首江海平生，漂流容易散，佳會難尋。縹緲高城風露爽，獨倚危檻重臨。醉倒清樽，嫦娥應笑，猶有向來心。廣寒宫殿，爲余聊借瓊林。

春情

李易安

蕭條庭院，有斜風細雨，重門須閉。寵柳嬌花寒食近，種種惱人天氣。險韻詩成，扶頭酒醒，別是閒滋味。征鴻過盡，萬千心事難寄。　樓上幾日春寒，簾垂四面，玉闌干慵倚。被冷香消新夢覺，不許愁人不起。清露晨流，新桐初引，多少遊春意。日高煙斂，更看今日晴未。

春怨

沈公述

杏花過雨，漸殘紅、零落胭脂顏色。流水飄香人漸遠，難托春心脈脈。恨別王孫，牆陰目斷，手把青梅摘。金鞍何處，綠楊依舊南陌。　消散雲雨須臾，多情因甚，有輕離輕拆。燕語千般爭解說，些子伊家消息。厚約深盟，除非重見，見了方端的。而今無奈，寸腸千恨堆積。

夏日避暑

僧仲殊

故園避暑，愛繁陰翳日，流霞供酌。竹影篩金泉漱玉，紅映薇花簾箔。素質生風，香肌無汗，繡扇長閒卻。雙鸞棲處，綠筠時下風籜。　吹斷舞影歌聲，陽臺人去，有當年池閣。

佩結蘭英凝念久，言語精神依約。燕别雕梁，鴻歸紫塞，音信憑誰託。爭知好景，爲君長是蕭索。

荷花

前　人

水楓葉下，乍湖光清淺，涼生商素。西帝宸游羅翠蓋，擁出三千宫女。絳綵嬌春，鉛華掩晝，占斷鴛鴦浦。歌聲摇曳，浣紗人在何處。　別岸孤裊一枝，廣寒宫殿，冷落棲愁苦。雪豔冰肌羞淡泊，偷把胭脂勾注。媚臉籠霞，芳心泣露，不肯爲雲雨。金波影裡，爲誰長恁凝竚。

中秋

蘇子瞻

憑高眺遠，見長空萬里，雲無留跡。桂魄飛來光射處，冷浸一天秋碧。玉宇瓊樓，乘鸞來去，人在清涼國。江山如畫，望中煙樹歷歷。　我醉拍手狂歌，舉杯邀月，對影成三客。起舞徘徊風露下，今夕不知何夕。便欲乘風，翻然歸去，何用騎鵬翼。水晶宫裏，一聲吹斷横笛。

詠月　**黄山谷**

山谷八月十七日，與諸甥步自永安城，入張寬夫園待月，以金荷葉酌客。客有孙叔敏善吹笛，連作數曲。諸甥曰：今日之會樂矣，不可無述。公因作此詞。

斷虹霽雨，淨秋空、山染修眉新緑。桂影扶疏誰便道，今夕清輝不足。萬里青天，姮娥何處，駕此一輪玉。寒光零亂，爲人偏照醽醁。　年少從我追游，晚城幽逕，繞張園森木。共倒金荷家萬里，難得尊前相屬。老子平生，江南江北，最愛臨風曲。孫郎微笑，坐來聲歎霜竹。**脚注：**「爲人」一作「爲誰」，「追遊」作「追涼」，「晚城」作「晚尋」，「共倒」作「醉倒」，「曲」作「笛」。

詠月　**范元卿**

玉樓絳氣，捲霞綃雲浪，飛空蟾魄。人世江山驚照耀，煙靄鰲峰千尺。陸海蓬壺，銀葩星暈，點破琉璃碧。有人吟笑，紫荷香滿晴陌。　況是東府君侯，西清別騎，樽俎開華席。迆邐飛輪催杖履，入對青藜仙客。襦袴歌謡，昇平風露，拚取金蓮側。梅花吹動，滿城依舊春色。

又　**前　人**

尋常三五，問今夕何夕，嬋娟都勝。天闊雲收崩浪靜，深碧琉璃千頃。銀漢無聲，氷輪直上，桂濕扶疏影。綸巾玉麈，庾樓無限清興。　誰念江海飄零，不堪回首，驚鵲南枝冷。萬點蒼山何處是，脩竹吾廬三徑。香霧雲鬟，清輝玉臂，醉了愁重醒。參横斗轉，轆轤聲斷金井。

詠月　**朱希真**

插天翠柳，被何人推上，一輪明月。照我藤床涼似水，飛入瑶臺銀闕。霧冷笙簫，風清環珮，玉鎖無人掣。閒雲收盡，海光天影相接。　誰信有藥長生，素娥新煉就，飛霜滚雪。擊碎珊瑚爭似看，仙桂扶疏奇絶。洗盡凡心，滿身清露，冷浸蕭蕭髮。明朝塵世，記取休向人説。

詠月　**李漢老**

素光練静，映秋山隱隱，修眉横緑。鳷鵲樓高天似水，碧瓦寒生銀粟。萬丈斜輝，奔雲湧霧，飛過盧仝屋。更無塵氣，滿庭風碎梧竹。　誰念鶴髮仙翁，當時曾共賞，紫巖飛瀑。對影三人聊痛飲，一洗離愁千斛。斗轉參横，翩然歸去，萬里騎黄鵠。滿天霜曉，叫雲吹斷横玉。

詠月

姚孝寧

素娥睡起，駕冰輪碾破，天一秋綠。醉倚南樓風露下，凜凜寒生肌粟。橫管孤吹，龍吟風競，雪浪翻銀屋。壯遊回首，會稽何限修竹。　今夜對月依然，尊前須快瀉，山頭鳴瀑。吸此清光傾肺腑，洗我明珠千斛。只恐蟬娟，明年依舊，衰鬢先成鵠。舉杯相勸，爲予且掛團玉。

詠月

韓子蒼

海天向晚，漸霞收餘綺，波澄微綠。木落山高真個是，一雨秋容新沐。喚起姮娥，撩雲撥霧，駕此一輪玉。桂華疏淡，廣寒誰伴幽獨。　不見弄玉吹簫，尊前空對此，清光堪掬。霧鬢風鬟何處問，雲雨巫山六六。珠斗斕斒，銀河清淺，影轉西樓曲。此情誰會，倚風三弄橫竹。

詠雪

張安國

朔風吹雨，送淒涼天意，垂垂欲雪。萬里南荒雲霧滿，弱水蓬萊相接。凍合龍岡，寒侵銅柱，碧海冰澌結。憑高一笑，問君何處炎熱。　家在楚尾吳頭，歸期猶未，對此驚時節。

憶得年時貂帽暖，鐵馬千群觀獵。狐兔成車，歌鐘殷地，歸踏層城月。持盃且醉，不須北望淒切。

洞庭

張于湖

洞庭青草，近中秋，更無一點風色。玉界瓊田三萬頃，著我扁舟一葉。素月分輝，銀河共影，表裡俱澄澈。油然心會，妙處難與君說。　應念嶺表經年，孤光自照，肝肺皆氷雪。短髮蕭騷襟袖冷，穩泛滄浪空闊。盡挹西江，細傾北斗，萬象爲賓客。扣舷一咲，不知今夕何夕。

西湖

辛幼安

晚風吹雨，戰新荷，聲亂明珠蒼璧。誰把香奩收寶鏡，雲錦週遭紅碧。飛鳥翻空，遊魚吹浪，慣聽笙歌席。坐中豪氣，看君一飲千石。　遥想處士風流，鶴隨人去，已作飛仙客。茅舍竹籬今在否，松竹已非疇昔。欲望當年，望湖樓下，水與雲寬窄。醉中休問，斷腸桃葉消息。**眉批：**「聽」一作「趁」，「竹籬」作「踈籬」，「欲望」作「欲說」。

登樓　前　人

我來吊古，上危樓，贏得閒愁千斛。虎踞龍蟠何處是，只有興亡滿目。柳外斜陽，水邊歸馬，隴上吹喬木。片帆西去，一聲誰噴霜竹。　卻憶安石風流，東山歲晚，淚落哀箏曲。兒輩功名都付與，長日惟消棊局。寶鏡難尋，碧雲凝暮，誰勸杯中緑。江頭風怒，朝來波浪翻屋。眉批：「馬」一作「鳥」，「凝」作「將」。

秋夜　程正伯

秋風秋雨，正黄昏、供斷一窗愁絶。帶減衣寬試念我，難忍重城離別。轉枕褰帷，挑燈整被，總是相思切。知他別後，負人多少風月。　不是怨極愁濃，只愁重見了，相思難説。料得新來魂夢裏，不管飛來蝴蝶。排悶人間，寄愁天上，終有歸時節。如今無奈，亂雲依舊千疊。

風情　朱希真

別離情緒，奈一番好景，一番愁感。燕語鶯啼人乍遠，還是他鄉寒食。桃李無言，不堪攀折，總是風流客。東君也自，怪人冷淡蹤跡。　花豔草草春工，酒隨花意薄，疏狂何益。

除卻清風并皓月，脈脈此情誰識。料得文君，重簾不捲，只等閒消息。不如歸去，受他真個憐惜。

梅花

前人

見梅驚笑，問經年何處，收香藏白。似語如愁，卻問我、何苦紅塵久客。觀裏栽桃，壇頭種杏，到處成疏隔。千林無伴，淡然獨傲霜雪。且與管領春回，孤標爭肯接，雄蜂雌蝶。豈是無情，知受了多少凄涼風月。寄驛人遥，和羹心在，謾使芳塵歇。東風寂寞，可人誰爲攀折。**眉批**：「壇頭」集作「仙家」，「接」集作「棲」，「驛」集作「隴」，「謾」集作「忍」，「東風」集作「溪邊」。

贈别

趙承之

舊遊何處，記金湯形勝，蓬瀛佳麗。緑水芙蓉，元帥與賓僚，風流濟濟。萬柳亭邊，雅歌堂上，醉倒春風裏。十年一夢，覺來煙水千里。惆悵送子重遊，南樓依舊否，朱闌誰倚。要識當時，惟是有明月，曾陪珠履。量減杯中，雪添頭上，甚矣吾衰矣。酒徒相問，爲言憔悴如此。

自壽　　鄭中卿

嗟來咄去，被天公把做，小兒調戲。蹀躞龍庭歸未久，還促炎州行李。不半年間，北胡南越，一萬三千里。征衫著破，著衫人可知矣。　休問海角天涯，黄蕉丹荔，自足供甘旨。泛緑依紅無個事，時舞斑衣而已。救蟻藤橋，養魚盆沼，是亦經綸耳。伊周安在，且須學老萊子。

中秋和東坡韻　　趙閑閑

秋光一片，問蒼蒼桂影，其中何物。一葉扁舟波萬頃，四顧粘天無壁。叩枻長歌，嫦娥欲下，萬里揮冰雪。京塵千丈，可能容此人傑。　回首赤壁磯邊，騎鯨人去，幾度山花發。澹澹長空今古夢，只有歸鴻明滅。我欲從公，乘風歸去，散此麒麟髮。三山安在，玉簫吹斷明月。

和東坡赤壁韻　　丘瓊山

黄州遷客，意翩翩，不是風塵中物。一葉扁舟凌萬頃，氣蓋烏林赤壁。孟德雄才，周郎妙算，到此俱銷雪。横江一笑，眼中誰是豪傑。　一自兩賦成來，山川勝槩，十倍增輝發。

鶴夢簫聲隨水去，只有聲華難滅。靜對新圖，閑歌古句，豎起衝冠髮。何時載酒，江心重泝流月。

秋思

蔡伯堅

倦遊老眼，放閒身、管領繁華三日。客子秋高茅舍外，滿眼秋嵐欲滴。澤國清霜，澄江爽氣，染出千林赤。感時懷古，樽前一笑都釋。千古栗里高情，雄豪割據，戰馬空陳迹。醉裏誰能知許事，俯仰人間今昔。三弄胡床，九層飛觀，喚取穿雲笛。凉蟾有思，爲人點破空碧。

雲樓觀雪

辛幼安

兔園舊賞，悵遺蹤、飛鳥千山都絶。縞帶銀杯江上路，惟有南枝香别。萬事新奇，青山一夜，對我頭先白。倚岩千樹，玉龍飛上瓊闕。莫惜霧鬢雲鬟，試教騎鶴，去約尊前月。自與詩翁磨凍硯，看掃幽蘭新闋。便擬明年，人間揮汗，留斫層冰潔。此君何事，晚來曾爲腰折。

賦雨岩效朱希真體　前人

近來何處有吾愁，何處還知吾樂。一點淒涼千古意，獨倚西風寥濶。剪竹尋泉，和雲種樹，喚作真閒箇。此心閒處，未應長藉丘壑。　休説往事皆非，而今覺是，且把酒尊酌。醉裡不知誰是我，非月非雲非鶴。露冷松梢，風高桂子，醉了還醒卻。北窗高卧，莫教啼鳥驚著。

詠雙陸　前人

少年握槊氣憑陵，酒聖詩豪餘事。袖手旁觀初未識，兩兩三三而已。變化須臾，鷗翻石鏡，鵲抵星橋外。擣殘秋練，玉砧猶想纖指。　堪笑千古爭心，等閒一勝，拚了光陰費。老子忘機渾謾與，鴻鵠飛來天際。武媚宮中，韋娘局上，休把興亡記。布衣百萬，看君一笑沉醉。

白牡丹　前人

對花何似，似吴宮初教，翠圍紅陣。欲笑還愁羞不語，惟有傾城嬌韻。翠蓋風流，牙籤名字，舊賞那堪省。天香染露，曉來衣潤誰整。　最愛弄玉團酥，就中一朶，□□揚州詠。

華屋金盤人未醒，燕子飛來春盡。最憶當年，沉香亭北，無限春風恨。醉中休問，夜深花睡香冷。

和信守王道夫席上韻　前　人

風狂雨横，是邀勒園林，幾多桃李。待上層樓無氣力，塵滿闌干誰倚。倚火添衣，移香就枕，莫捲朱簾起。元宵過也，春寒猶自如此。　爲問幾日新晴，鳩鳴屋上，鵲報簷前喜。揩拭老來詩句眼，要看拍堤春水。月下憑肩，花邊繫馬，此興今休矣。溪南酒賤，光陰只在彈指。

戲贈善作墨梅者　前　人

江南盡處，墮玉京仙子，絶塵英秀。彩筆風流偏解寫，姑射冰姿清瘦。笑殺春工，細窺天巧，妙絶應難有。丹青圖畫，一時都愧凡陋。　還似籬落孤山，嫩寒清曉，秪欠香沾袖。淡竚輕盈，誰付與、弄粉調朱纖手。疑是花神，揭來人世，占得佳名久。松篁佳韻，倩君添做三友。

詠梅　前人

疏疏淡淡，問阿誰堪比，太真顔色。笑殺東君虚占斷，多少朱朱白白。雪裡温柔，水邊明秀，不借春工力。骨清香嫩，迥然天與奇絶。　嘗記寶帳寒輕，瑣窗睡起，玉纖輕摘。漂泊天涯空瘦損，猶有當年標格。萬里風煙，一溪霜月，未怕欺他得。不如歸去，閬風有個人惜。

瓢泉酒酣和東坡韻　前人

倘來軒冕，問還是、今古人間何物。舊日重城愁萬里，風月而今堅壁。藥籠功名，酒壚身世，可惜蒙頭雪。浩歌一曲，坐中人物三傑。　休歎黄菊凋零，孤標應也有，梅花爭發。醉裏重揩西望眼，惟有孤鴻明滅。萬事從教，浮雲來去，枉了衝冠髮。故人何在，長庚應伴殘月。

和洪莘之丹桂詞用前韻　前人

道人元是道家風，來作煙霞中物。翠幰裁犀遮不定，紅透玲瓏油壁。借得春工，惹將秋露，薰做江梅雪。我評花譜，便應推此爲傑。　憔悴何處芳枝，十郎手種，看明年花發。生斷虛空香色界，不怕西風起滅。別駕風流，多情更要，簪滿嫦娥髮。等閒折盡，玉斧重倩修月。

又　　前　人

洞庭春晚，舊傳恐是，人間尤物。收拾瑶池傾國豔，來向朱闌一壁。透户龍香，隔簾鶯語，料得肌如雪。月妖真態，是誰教避人傑。　酒罷歸對寒窗，相留昨夜，應是梅花發。賦了高唐猶想像，不管孤燈明滅。半面難期，多情易感，愁幾點星星髮。繞梁聲在，爲伊忘味三月。

趙晉臣十月望生日自賦詞屬余和韻　　辛幼安

看公丰骨，似長松磊落，多生奇節。世上兒曹都蓄縮，凍芋旁堆秋瓞。結屋溪頭，境隨人勝，不是江山別。紫雲如陣，妙歌爭唱新闋。　尊酒一笑相逢，與公臭味，蘭菊花須悦。天上四時調玉燭，萬事宜詢黄髮。看取東歸，周家叔父，手把元龜説。祝公長似，十分今夜明月。**眉批**：「蘭菊花」作「菊花」，「蘭」疑誤。

和趙知録韻　前　人

爲沽美酒過溪來，誰道幽人難致。更覺元龍樓百尺，湖海平生豪氣。自歎年來，看花索句，老不如人意。東風歸路，一川松竹如醉。　怎得身似莊周，夢中蝴蝶，花底人間世。記取江頭三月暮，風雨不爲春計。萬斛愁來，金貂頭上，不抵銀瓶貴。無多笑我，此篇聊當賓戲。

重九席上　前　人

龍山何處，記當年高會，重陽佳節。誰與老兵共一笑，落帽參軍華髮。莫倚忘懷，西風也解，點檢尊前客。淒涼今古，眼中三兩飛蝶。　須信採菊東籬，千載只有陶彭澤。愛説琴中如得趣，絃上何勞聲切。試把空杯，翁還肯道，何必杯中物。臨風一笑，請翁同醉今夕。

用韻答傅先之提舉　前　人

君詩好處，似鄒魯儒家，還有奇節。下筆如神强押韻，遺恨都無毫髮。炙手炎來，掉頭冷去，無限長安客。丁寧黄菊，未消勾引蜂蝶。　天上絳闕清都，聽君歸去，我自癯山澤。

人道君才鋼百煉，美玉都成泥切。我愛風流，醉中顛倒，丘壑胸中物。一盃相屬，莫孤風月今夕。

傅岩叟香月堂兩梅

前人

未須草草賦梅花，多少騷人詞客。總被西湖林處士，不肯分留風月。疏影橫斜，暗香浮動，把斷春消息。試將花品，細參今古人物。　看取香月堂前，歲寒相對，楚龔之潔。自與詩家成一種，不繫南昌仙籍。怕是當年，香山老子，姓名白來江國。謫仙人，字太白，還又名白。

又詠岩叟家四古梅

前人

是誰調護，歲寒枝、都把蒼苔封了。茅舍疏籬江上路，清夜月高山小。摸索應知，曹劉沈謝，何況霜天曉。芬芳一世，料君長被花惱。　惆悵立馬行人，一枝最愛，竹外橫斜好。我向東鄰曾醉裡，喚起詩家二老。拄杖而今，婆娑雪裡，又識商山皓。請君置酒，看渠與我傾倒。

併入壺中天慢與《念奴嬌》同

述懷 夏桂洲

解組歸來，擬種秫荒田，采芝空谷。散誕已無名利纍，野性頗同麋鹿。抵冒風波，淹留歲月，豈爲千鍾粟。久懷丘隴，幾度傷心欲哭。誰想今日溪山，重尋游釣，里社仍分肉。三十餘年塵土夢，勘破人間榮辱。夏賞清池，春遊芳野，秋飲東籬菊。煙霞深處，高卧不嫌矮屋。

併入無俗念亦與《念奴嬌》同

警悟 虞道園

十年窗下，見古今成敗，幾多豪傑。誰會誰能誰不濟，故紙數行明滅。亂葉西風，遊絲春夢，轉轉無休歇。爲他憔悴，不知有甚干涉。寥寥無住閒身，盡虚空界，一片中宵月。雲去雲來無定相，月亦本無圓缺。非色非空，非心非佛，教我如何説。不妨跬步，蟾蜍飛上銀闕。

長相思

首句四字，二句四字，三句六字平韻起，四句四字，五句四字，六句六字平叶，七句四字平叶，八句五字，九句四字平叶，十句五字平叶，十一句七字平叶。首句五字，二句四字，三句六字平叶，四句五字，五句七字平叶，六句四字平叶，七句七字平叶，八句九字平叶。前段十一句六韻五十三字，後段八句五韻四十七字。

楊州懷古

秦少游

鐵甕城高，金山渡闊，干雲十二層樓。開尊待月，掩箔披風，依然燈火楊州。綺陌南頭。記歌名宛轉，鄉號温柔。曲檻俯清流。想花陰誰繫蘭舟。念凄絶秦絃，感深荊賦，想望幾許凝愁。勤勤裁尺素，奈雙魚難渡瓜州。曉鑑堪羞。潘鬢點吴霜漸稠。幸于飛鴛鴦未老綢繆。

玉燭新

首句五字仄韻起，二句九字仄叶，三句七字，四句六字仄叶，五句四字，六句七字仄叶，七句三字，八句四字，九句六字仄叶。

首句六字，二句五字，三句四字仄叶，四句四字仄叶，五句九字仄叶，六句四字仄叶，七句七字仄叶，八句七字，九句四字仄叶。

前段九句五韻五十一字，後段九句六韻五十字。

早梅　周美成

溪源新臘後。見數朵江梅剪裁初就。暈酥砌玉芳英嫩，故把春心輕漏。前村昨夜，想弄月黃昏時候。孤崖悄，疏影横斜，濃香暗沾襟袖。　尊前付與多才，問嶺外風光，故人知否。壽陽謾鬪。終不似照水一枝清瘦。風嬌雨秀。好亂插繁花盈首。須信道羌笛無情，看看又奏。

琵琶仙

首句四字，二句九字仄韻起，三句六字，四句五字仄叶，五句七字，六句七字仄叶，七句四字，八句四字，九句四字仄叶。

首句七字，二句八字仄叶，三句六字，四句六字仄叶，五句七字，六句七字仄叶，七句六字，八句四字仄叶。

前段九句四韻五十字，後段八句四韻五十一字。

本意　　姜堯章

雙槳來時，有人似舊曲桃根桃葉。歌扇輕約飛花，蛾眉正奇絶。春漸遠汀洲自緑，更添了幾聲啼鴂。十里楊州，三生杜牧，前事休説。　又還是宫燭分煙，奈愁裡匆匆換時節。都把一襟芳思，付與空階榆莢。千萬縷藏鴉細柳，爲玉尊起舞回雪。想見西出陽關，故人初別。

看花回

前段□句□韻五十字，後段□句□韻五十一字。

詠茶

黃魯直

夜永蘭堂，醺飲半倚頹玉。爛熳墜鈿墮履，是醉時風景，花暗殘燭。歡意未闌，舞燕歌珠成斷續。催茗飲，旋煮寒泉露井，缾竇響飛瀑。纖指緩連環動觸。漸泛起滿甌銀粟。香引春風在手，似粵嶺閩溪，初采盈掬。暗想當時，探春連雲尋篁竹。怎歸得，鬢將老，付與杯中綠。

曲遊春

首句五字，二句五字，三句四字仄韻起，四句四字，五句五字，六句四字仄叶，七句五字仄叶，八句七字仄叶，九句六字，十句六字仄叶。

首句六字仄叶，二句九字仄叶，三句四

字，四句五字，五句四字仄叶，六句五字仄叶，七句三字，八句四字仄叶，九句六字，十句四字仄叶。

前段十句五韻五十一字，後段十句六韻五十字。

春愁

王竹澗

千樹瓏瓏草，正蒲風微過，梅雨新霽。客裡幽窗，算無春可到，和愁都閉。萬種人生計。應不似午天閒睡。起來踏碎松陰，蕭蕭欲動疑水。借問歸舟歸未。望柳色煙光何處明媚。抖擻人間，除離情別恨，乾坤餘幾。一笑晴咣起。酒醒後，闌干獨倚。時見雙燕飛來，斜陽滿地。

桂枝香 一名《疏簾淡月》

首句四字仄韻起，二句五字，三句四字仄叶，四句六字，五句四字仄叶，六句七字，七句七字仄叶，八句四字，九句四字，十句四字仄叶。

首句七字仄叶，二句五字，三句四字仄叶，

四句六字，五句四字仄叶，六句七字，七句七字仄叶，八句四字，九句四字，十句四字仄叶。前段十句五韻四十九字，後段十句五韻五十二字。

金陵懷古　王介甫

登臨送目。正故國晚秋，天氣初肅。瀟灑澄江似練，翠峰如簇。征帆去棹殘陽裏，背西風酒旗斜矗。彩舟雲淡，星河鷺起，畫圖難足。　念自昔繁華競逐。歎門外樓頭，悲恨相續。千古憑高對此，漫嗟榮辱。六朝舊事隨流水，但寒煙衰草凝緑。至今商女，時時尚歌，後庭遺曲。**眉批**：按《臨川集》「瀟灑」作「千里」，「征帆」作「歸帆」。「自昔」作「往昔」，「衰草」作「芳草」，「尚歌」作「猶歌」。

秋思　張宗瑞

梧桐細雨，漸滴作秋聲，被風驚碎。潤逼衣篝，線裊蕙爐沉水。悠悠歲月天涯醉。一分秋一分憔悴。紫簫吹斷，素牋恨切，夜寒鴻起。　又何苦淒涼客裡。草堂春緑，竹溪空翠。落葉西風，吹老幾番塵世。從前諳盡江湖味。聽商歌歸興千里。露侵宿酒，疏簾淡月，照人無寐。

月中仙

前段九句六韻五十一字，後段十句五韻五十字。

應制　　趙子昂

春滿皇州。見祥煙擁日，初照龍樓。宮花苑柳，映仙仗雲移，金鼎香浮。寶光生玉斧，聽鳴鳳簫韶樂奏。德與和氣游。天生聖人，千載稀有。　祥瑞電繞虹流。有雲成五色，芝生三秀。四海太平，致民物雍熙，朝野歌謳。千官齊拜舞，玉杯進長生春酒。願皇慶萬年，天子與天齊壽。

水龍吟

首句六字，二句七字仄韻起，三句四字，四句四字，五句四字仄叶，六句四字，七句四字，八句四字仄叶，九句八字，十句七字仄叶。

首句六字仄叶，二句七字仄叶，三句四字，四句四字，五句四字仄叶，六句四字，七句四字，八句四字仄叶，九句九字，十句四字仄叶。

前段十句四韻五十二字，後段十句五韻五十字。

贈妓　秦少游

小樓連苑横空，下窺繡轂雕鞍驟。疎簾半捲，單衣初試，清明時候。破暖輕風，弄晴微雨，欲無還有。賣花聲過盡垂楊院，落紅成陣飛鴛甃。玉佩丁東别後。悵佳期參差難又。名繮利鎖，天還知道，和天也瘦。花下重門，柳邊深巷，不堪回首。念多情但有當時皓月，照人依舊。**脚注**：原本「苑」作「遶」，「疎」作「朱」，「垂楊」作「斜陽」。

春遊　陸務觀

摩訶池上追遊路，紅緑參差春晚。韶光妍媚，海棠如醉，桃花欲煖。挑菜初閒，禁煙將近，一城絲管。看金鞌馳道，香車飛蓋，爭先占、新亭館。　惆悵年華暗換。黯銷魂、雨收雲散。鏡奩掩月，釵梁拆鳳，秦箏斜雁。身在天涯，亂山孤壘，危樓飛觀。歎春來只有，楊和花恨，向東風滿。

清明　劉叔安

弄晴臺館收煙候，時有燕泥香墜。宿酲未解，單衣初試，騰騰春思。前度桃花，去年人面，重門須閉。記彩鸞別後，青驄歸去，長亭路、芳塵起。　十二屏山遍倚。任蒼苔、點紅如綴。黄昏人靜，煖香吹月，一簾花碎。芳意婆娑，緑陰風雨，畫橋煙水。笑多情司馬，留春無計，濕青衫淚。

慶壽甲辰歲壽韓南澗　辛幼安

渡江天馬南來，幾人真是經綸手。長安父老，新亭風景，可憐依舊。夷甫諸人，神州沉陸，幾曾回首。算平戎萬里，功名本是，真儒事、君知否。　況有文章山斗。對桐陰、滿庭清晝。當年墮地，而今試看，風雲奔走。緑野風烟，平泉草木，東山歌酒。待他年、整頓乾坤事了，爲先生壽。**眉批：**「君」一作「公」。

惜春　前　人

夜來風雨匆匆，故園定是花無幾。愁多恨極，等閒孤負，一年芳意。柳困桃慵，杏青眉小，對人容易。算好春常在，好花常見，多只是、人憔悴。　回首池南舊事，恨星星、不堪重記。如今但有，霜花老眼，傷時清淚。不怕逢花瘦，只愁怕、老來風味。待繁紅亂處，留雲借月，也須拚醉。

詠笛材

蘇子瞻

公舊序云：「時太守閭丘公顯已致仕，居姑蘇。後房懿卿者，甚有才色，因賦此贈之。」一云贈趙晦之吹笛。

楚山脩竹如雲，異材秀出千林表。龍鬚半剪，鳳膺微漲，玉肌勻繞。木落淮南，雨晴雲夢，月明風裊。自中郎不見，桓伊去後，知辜負、秋多少。 聞道。嶺南太守，後堂深、綠珠嬌小。綺窗學弄，梁州初遍，霓裳未了。嚼徵含宮，泛商流羽，一聲雲杪。爲使君洗盡，蠻風瘴雨，作霜天曉。

楊花

前　人

似花還似非花，也無人惜從教墜。拋街傍路，思量卻似，無情有思。縈損柔腸，困酣嬌眼，欲開還閉。夢隨風萬里，尋郎去處，又還被、鶯呼起。 不恨此花飛盡，恨西園、落紅難綴。曉來雨過，遺蹤何在，一池萍碎。春色三分，二分塵土，一分流水。細看來、不是楊花，點點是、離人淚。

梨花 周美成

素肌應怯餘寒，豔陽占盡青蕪地。樊川照日，靈關遮路，殘紅斂避。傳火樓臺，妬花風雨，長門深閉。亞簾櫳半濕，一枝在手，偏勾引得黄昏淚。　別有風前月底。布繁英、滿園歌吹。朱鉛退盡，潘妃卻酒，昭君乍起。雪浪翻空，粉裳縞夜，不成春意。恨玉容不見，瓊英謾好，與何人比。

楊花 章質夫

燕忙鶯懶芳殘，正堤上、柳花飄墜。輕飛亂舞，點畫青林，全無才思。閒趁遊絲，靜臨深院，日長門閉。傍珠簾散漫，垂垂欲下，依前被、風扶起。　蘭帳玉人睡覺，怪春衣、雪沾瓊綴。繡床漸滿，香毬無數，纔圓卻碎。時見蜂兒，仰粘輕粉，魚吞池水。望章臺路杳，金鞍遊蕩，有盈盈淚。

春恨 陳同甫

鬧花深處層樓，畫簾半捲東風軟。春歸翠陌，平莎茸嫩，垂楊金淺。遲日催花，淡雲閣雨，輕寒輕暖。恨芳菲世界，游人未賞，都付與、鶯和燕。寂寞憑高念遠。向南樓、一聲歸雁。金釵鬬草，青絲勒馬，風流雲散。羅綬分香，翠綃封淚，幾多幽怨。正銷魂又是，疏煙淡月，子規聲斷。

曹伯達供備生日　**黃魯直**

早秋明月新圓，漢家戚里生飛將。青驄寶勒，綠沉金鎖，曾隨天仗。種德江南，宣威西夏，合宮陪享。況當年定計，昭陵與子，勳勞在、諸公上。千騎風流年少，暫淹留、莫孤清賞。平坡駐馬，虛弦落雁，思臨虜帳。偏舞摩圍，遞歌彭水，拂雲驚浪。看朱顏綠鬢，封侯萬里，寫凌煙像。

蘇子瞻

昔謝自然欲過海求師蓬萊，或謂曰蓬萊隔弱水三十萬里不可到。天台有司馬子微，身居赤城，名在絳闕，可往從之。自然乃還，受道於子微。白日仙去，子微著《坐忘論》七篇，樞一篇，年百餘，將終，謂弟子曰：「吾居玉霄峰，東望蓬萊，常有真靈降焉，今爲東海青童君所召。」乃蟬蛻而逝。其後李太白作《大鵬賦》，云嘗見子微於江陵，謂白有仙風道骨，可與神遊八極之表。元豐七年冬余過臨淮，而湛然先生梁公在焉，童顏清徹，如二三十許人，然人亦自有少見之者。善吹鐵笛，嘹然有穿雲裂石之聲，乃作《水龍吟》一首記子微太白之事，倚其聲而歌之。

古來雲海茫茫，蓬山絳闕知何處。人間自有，赤城居士，龍蟠鳳举。清淨無爲，坐忘遺照，八篇奇語。上玉霄東望，蓬萊晻靄，有雲駕、驂風馭。行盡九州四海，笑紛紛、落花飛絮。臨江一見，謫仙風采，無言心許。八表神遊，浩然相對，酒酣箕踞。待垂天賦就，騎鯨路穩，約相將去。

前人

閭丘大夫公显常守黄州，似棲霞樓爲郡中勝絶。元豐五年，予謫居于黄。正月十七日夢扁舟渡江，中流回望，樓中歌樂雜作。舟中人言：「公顯方會客也。」覺而異之，乃作此詞。公顯時已致仕，在蘇州。

小舟横截春江，卧看翠壁紅樓起。雲間笑語，使君高會，佳人半醉。危柱哀絃，豔歌餘響，遶雲縈水。念故人老大，風流未減，獨回首、烟波裡。推枕惘然不見，但空江、月明千里。五湖聞道，扁舟歸去，仍攜西子。雲夢南州，武昌南岸，昔遊應記。料多情夢裡，端來見我，也參差是。

又 前人

小溝東接長江，柳堤葦岸連雲際。煙村瀟灑，人間一鬨，漁樵早市。永晝端居，寸陰虚度，了成何事。但絲蓴玉藕，珠秔錦鯉，相留戀、又經歲。 因念浮丘舊侶，慣瑶池、羽觴沈醉。青鸞歌舞，銖衣摇曳，壺中天地。飄墮人間，步虚聲斷，露寒風細。抱素琴獨向，銀蟾影裡，此懷難寄。

詠雁 前人

露寒煙冷蒹葭老，天外征鴻寥唳。銀河秋晚，長門燈悄，一聲初至。應念瀟湘，岸遥人静，水多菰米。望極平田，徘徊欲下，依前被、風驚起。 須信衡陽萬里，有誰家、錦書遥寄。萬里雲外，斜行横陣，纔疏又綴。仙掌月明，石頭城下，影摇寒水。念征衣未擣，佳人拂杵，有盈盈淚。

旅次登樓 辛幼安

楚天千里清秋，水隨天去秋無際。遥岑遠目，獻愁供恨，玉簪螺髻。落日樓頭，斷鴻聲裡，江南遊子。把吴鉤看了，欄干拍遍，無人會、登臨意。 休説鱸魚堪膾，儘西風、季鷹歸末。求田問舍，怕應羞見，劉郎才氣。可惜流年，憂愁風雨，樹猶如此。倩何人唤取，紅巾翠袖，揾英雄淚。

甲辰余以詞壽韓南澗尚書，次年南澗以余生辰與公相去一日用韻見貽，因再和以壽　前　人

玉皇殿閣微涼，看公重試薰風手。高門畫戟，桐陰閬道，青青如舊。蘭佩空芳，蛾眉誰妒，無言搔首。甚年年卻有，呼韓塞上，人爭問、公安否。　金印明年如斗。向中州、錦衣行晝。依然盛事，貂蟬前後，鳳麟飛走。富貴浮雲，我評軒冕，不如杯酒。待從公痛飲，八千餘歲，伴莊椿壽。

贈傅先之提舉　前　人

老來曾識淵明，夢中一見參差是。覺來幽恨，停觴不御，欲歌還止。白髮西風，折腰五斗，不應堪此。問北窗高卧，東籬自醉，應别有、歸來意。　須信此翁未死。到如今、凜然生氣。吾儕心事，古今長在，高山流水。富貴他年，直饒來晚，也應無味。甚東山何事，當時也道，爲蒼生起。

詠任安撫高風堂　前人

斷崖千丈孤松，掛冠更在松高處。平生袖手，故應休矣，功名良苦。笑指兒曹，人間醉夢，莫嗔驚汝。問黄金餘幾，旁人欲説，田園記、君推去。　歎息□薌舊隱，對先生、竹窗松户。一花一草，一觴一詠，風流杖屨。野馬塵埃，扶摇下視，蒼然如許。恨當年、九老圖中，忘卻花盤園林路。旁注：×。

寄題范南伯家文官花有白、紫、緋三色，按唐時學士院有之　前人

倚闌看碧成朱，等閒褪了香袍粉。上林高選，匆匆又换，紫雲衣潤。幾許春風，朝薰暮染，爲花忙損。笑舊家桃李，東塗西抹，有多少、淒涼恨。　擬倩流鶯説與，記榮華、易消難整。人間得意，千紅萬紫，轉頭春盡。白髮憐君，儒冠曾誤，平生官冷。算風流未減，年年醉裡，把花枝問。

題雨岩類今所畫觀音普陀岩中有泉飛出如風雨聲　前人

普陀大士虛空，翠岩記取飛來處。蜂房萬點，似穿如礙，玲瓏窗户。石髓千年，已垂未落，嶙峋冰柱。有怒濤聲遠，落花香在，人疑是、桃源路。　又説春雷鼻息，是卧龍、彎環如

許。不然應是，洞庭張樂，湘靈來去。我意長松，倒生陰壑，細吟風雨。竟茫茫未曉，只應白髮，是開山祖。

瓢泉

前　人

稼軒何必長貧，放泉簷外瓊珠瀉。樂天知命，古來誰會，行藏用捨。人不堪憂，一瓢自樂，賢哉回也。料當年曾問，飯蔬飲水，何爲是、棲棲者。　且對浮雲山上，莫匆匆、去流山下。蒼顔照影，故應零落，輕裘肥馬。繞齒氷霜，滿懷芳乳，先生飲罷。笑挂瓢風樹，一鳴渠碎，問何如啞。

用瓢泉韻戲諸葛元亮

前　人

被公驚倒瓢泉，倒流三峽詞源瀉。長安紙貴，流傳一字，千金爭舍。割肉懷歸，先生自笑，又何廉也。但啣杯莫問，人間豈有，如孺子、長貧者。　誰識稼軒心事，似風乎、舞雩之下。回頭落日，蒼茫萬里，塵埃野馬。更想隆中，卧龍千尺，高吟纔罷。倩何人與問，雷鳴瓦釜，甚黄鐘啞。

用些語再作瓢泉歌　前人

聽兮清珮瓊瑶些。明兮鏡秋毫些。君無去此，流昏漲膩，生蓬蒿些。虎豹甘人，渴而汝，寧猨猱些。大而流江海，覆舟如芥，君無助、狂濤些。路險兮山高些。愧予獨處無聊些。冬槽春盎，歸來爲我，製松醪些。其外芳芬，團龍片鳳，煮雲膏些。古人兮既往，嗟予之樂，樂簞瓢些。

過南澗雙溪樓　前人

舉頭西北浮雲，倚天萬里須長劍。人言此地，夜深常見，斗牛光焰。我覺山高，潭空水冷，月明星淡。待燃犀下看，憑闌卻怕，風雷怒、魚龍慘。　峽束滄江對起，過危樓、欲飛還斂。元龍老矣，不妨高卧，冰壺涼簟。千古興亡，百年悲笑，一時登覽。問何人又卸，片帆沙岸，繫斜陽纜。

愛李延年歌淳于髡語用爲詞　前人

昔時曾有佳人，翩然絶世而獨立。未論一顧傾城，再顧又傾人國。寧不知其，傾城傾國，佳人難再得。看行雲行雨，朝朝暮暮，陽臺下、襄王側。　堂上更闌燭滅。記主人、留髡送客。合尊促坐，羅襦襟解，微聞薌澤。當此之時，止乎禮義，不淫其色。但啜□□□，啜其泣矣，又何嗟及。

別傅先之提舉時有召命　　前　人

只愁風雨重陽，思君不見令人老。行期定否，征車幾輛，去程多少。有客書來，長安卻早，傳聞追詔。問歸來何日，君家舊事，直須待、爲霖了。　從此蘭生蕙長，吾誰與、翫茲芳草。自憐拙者，功名相避，去如飛鳥。只有良朋，東阡西陌，安排似巧。到如今巧處，依前又拙，把平生笑。

次韻程儀父荷花　　趙子昂

凌波羅襪生塵，翠旍孔蓋凝朝露。仙風道骨，生香真色，人間誰妒。佇立無言，長疑遺世，飄然輕舉。笑陽臺夢裡，朝朝暮暮，爲雲又還爲雨。　狼藉紅衣脱盡，羨芳魂、不埋黄土。涉江遥去，採菱拾翠，攜儔嘯侶。寶玦空懸，明璫偷解，相逢洛浦。正臨風歌斷，一雙翡翠，背人飛去。**眉批**：「孔」疑「紅」。

瑞鶴仙

首句五字仄韻起，二句五字，三句四字仄叶，四句五字仄叶，五句五字，六句四字仄叶，七句四字仄叶，八句七字仄叶，九句七字，十句六字仄叶。首句二字仄叶，二句四字，三句四字，四句四字仄叶，五句四字，六句三字，七句三字仄叶，八句三字，九句六字，十句六字仄叶，十一句七字，十二句四字仄叶。

前段十句七韻五十二字，後段十二句五韻二十字。

元宵　康伯可

瑞煙浮禁苑。正絳闕春回，新正方半。冰輪桂華滿。溢花衢歌市，芙蓉開遍。龍樓兩觀。見銀燭星毬有爛。捲疎簾盡日笙歌，盛集寶釵金釧。堪羨。綺羅叢裏，蘭麝香中，正宜游玩。風柔夜暖，花影亂，笑聲諠。鬧蛾兒，滿路成團打塊，簇著冠兒鬪轉。喜皇都舊日風光，太平再見。**眉批：**後段第五句或用韻。

春情

歐陽永叔

臉霞紅印枕。睡覺來，冠兒還是不整。屏間麝煤冷。但眉山壓翠，淚珠彈粉。堂深晝永。燕交飛風簾露井。恨無人與説相思，近日帶圍寬盡。　重省。殘燈朱幌，淡月紗窗，那時風景。陽臺路遠，雲雨夢，便無準。待歸來，先指花梢教看，卻把心期細問。問因循過了青春，怎生意穩。**眉批**：按《六一詞》、《醉翁琴趣》並無前段，此篇俟考；第二句或三字或五字。

春遊

周美成

悄郊原帶郭。行路永，客去車塵漠漠。斜陽映山落。斂餘紅，猶戀孤城欄角。凌波步弱。過短亭何用素約。有流鶯勸我，重解繡鞍，緩引春酌。　不記歸時早暮，上馬誰扶，醒眠朱閣。驚飆動幕。扶殘醉，遶紅藥。歎西園，已是花深無地，東風何事又惡。任流光過卻。猶喜洞天自樂。**眉批**：前段第九第十句字數不同；後段第五句用韻；後段第七第八句字數不同。

醉翁亭

黃山谷

環滁皆山也。望蔚然深秀，琅琊山也。山行六七里，有翼然泉上，醉翁亭也。翁之意也。得之心寓之酒也。更野芳佳木，風高石出，景無窮也。　遊也。山餚野蔌，酒冽泉香，沸觥籌也。太守醉也。諠嘩衆賓歡也。況宴酣之樂，非絲非竹，太守樂其樂也。問當時太守爲誰，醉翁是也。**眉批：**後段五句用韻，六句字數不同；後段八句字數不同。

壽上饒倅洪莘之　辛幼安

黄金堆到斗。怎得似長年畫堂勸酒。蛾眉最明秀。向水沉煙裡，兩行紅袖。笙歌擁就。爭説道明年時候。被姮娥做了殷勤，仙桂一枝入手。　知否。風流別駕，近日人呼，文章太守。天長地久。歲歲上，乃翁壽。記從來人道，相門出相，金印纍纍儘有。但直須周公拜前，魯公拜後。**眉批：**後段第五句用韻，下同此。第六句字數不同。

梅花　前人

雁霜寒透幙。正護月雲輕，嫩冰猶薄。溪奩照梳掠。想含香弄粉，豔妝難學。玉肌瘦弱。更重重龍綃襯著。倚東風一笑嫣然，轉盼萬花羞落。　寂寞。家山何在，雪後園林，水邊樓閣。瑶池舊約。鄰翁(一)更仗誰託。粉蝶兒，只解尋桃覓柳，開遍南枝未覺。但傷心，

(一) 本寫作「鄰翁」，圈改作「鱗鴻」。

冷落黃昏，數聲畫角。**眉批：**草字元本作「鱗鴻」。

雙溪樓

前人

片帆何太急。望一點須臾，去天咫尺。舟人好看客。似三峽風濤，嵯峨劍戟。溪南溪北。正遐想幽人泉石。看漁樵指點危樓，卻羨舞筵歌席。　歎息。山林鐘鼎，意倦情遷，本無欣戚。轉頭陳跡。飛鳥外，晚煙碧。問誰憐舊日南樓，老子最愛，月明吹笛。到而今撲面黃塵，欲歸未得。

石州慢

首句四字，二句四字，三句四字仄叶，四句八字，五句四字仄叶，六句四字，七句六字，八句七字仄叶，九句五字，十句五字仄叶。　首句二字仄叶，二句四字，三句四字，四句四字仄叶，五句六字，六句四字仄叶，七句四字，八句六字，九句七字仄叶，十句五字，十一句五字仄叶。

前段十句四韻五十一字，後段十一句五韻五十一字。

早春《詩餘》作感舊　**張仲宗**

寒水依痕，春意漸回，沙際煙濶。溪梅晴照生香冷蕊，數枝爭發。天涯舊恨，試看幾許銷魂，長亭門外山重疊。不盡眼中青，怕黃昏時節。　情切。畫樓深閉，想東風㈠，暗消肌雪。辜負枕前雲雨，樽前花月。心期切處，更有多少淒涼，殷勤留與歸時説。到得再相逢，恰經年離别。

感舊　**高季迪**

落了辛夷，風雨頓摧，庭院瀟灑。春來長恁樂章懶按，酒籌慵把。辭鶯謝燕，十年夢斷青樓，情隨柳絮猶縈惹。難覓舊知音，把琴心重寫。　妖冶。憶曾攜手，鬭草闌邊，買花簾下。試看轆轤低轉，鞦韆高打。如今何處，總有團扇輕衫，與誰更走章臺馬。回首暮山青，又離愁來也。

㈠ 按譜此句缺一字。

鼓笛慢

首句六字，二句七字仄韻起，三句四字，四句四字，五句四字仄叶，六句四字，七句四字，八句四字仄叶，九句五字，十句四字，十一句六字仄叶。

前段十一句四韻五十二字，後段同末句少二字。

壽意　張仲宗

拍肩笑别洪崖，共看紫海還清淺。蓬壺舊約，人間舒笑，桃紅千遍。去歲爭春，今年逼臘，滿空飄霰。漸横枝照水，晴絲弄日，都點綴江南岸。　須吸百川爲壽，捲恩波已傾銀漢。戎袍擁戟，萬釘圍帶，天孫新卷。十里塵香，五更弦月，未收絃管。正秦箏續譜，宫簫定拍，候來重按。

秦少游

亂花叢裡曾攜手，窮豔景，迷歡賞。到如今誰把，雕鞍鎖定，阻游人來往。好夢隨春遠，從前事不堪思想。念香閨正杳，佳歡未偶，難留戀，空惆悵。　永夜嬋娟未滿，歎玉樓幾時重上。那堪萬里，卻尋歸路，指陽關孤唱。苦恨東流水，桃源路欲回雙槳。仗何人、細與丁寧問呵，我如今怎向。

齊天樂

首句七字仄韻起，二句六字仄叶，三句四字，四句四字，五句六字仄叶，六句四字仄叶，七句五字，八句四字仄叶，九句四字，十句七字仄叶。首句六字，二句九字仄叶，三句四字，四句四字，五句六字仄叶，六句四字仄叶，七句五字，八句四字仄叶，九句四字，十句五字仄叶。

前段拾句六韻五十一字，後段十句五韻五十一字。

端午　周美成

疏疏數點黄梅雨。佳時又逢重午。角黍包金，香蒲切玉，風物依然荊楚。衫裁艾虎。更釵裊朱符，臂纏紅縷。撲粉香綿，喚風綾扇小牕午。　沉湘人去已遠，勸君休對景感時懷古。慢囀鶯喉，輕敲象板，勝讀離騷章句。荷香暗度。漸引入醄醄，醉鄉深處。卧聽江頭，畫船諠韻鼓。夾注：「切」一作「泛」。

初秋

王月山

夜來疏雨鳴金井，一葉舞風紅淺。蓮渚生香，蘭皋浮爽，涼思頓然班扇。秋光冉冉。任老卻蘆花，西風不管。清興難磨，幾回有句到詩卷。長安故人別後，料征鴻聲裏畫闌憑遍。橫竹吹商，疏砧點月，好夢又隨雲遠。閒情似線。共繫損柔腸，不堪裁剪。聽著鳴蛩，一夜聲聲是怨。

慶春宮

首句四字，二句四字，三句六字平韻起，四句四字，五句四字，六句六字平叶，七句四字，八句七字平叶，九句四字，十句八字平叶。

前段十句四韻五十一字，後段同首句多一韻又多二字；第三句少二字。

悲秋　柳耆卿

雲接平岡，山圍寒野，路回漸轉孤城。衰柳啼鴉，驚風驅雁，動人一片秋聲。倦途休駕，淡煙裡微茫見星。塵埃憔悴，生怕黄昏離思牽縈。　華堂舊日逢迎。花豔參差，香霧飄零。絃管當頭，偏憐嬌鳳，夜深簧暖笙清。眼波傳意，恨密約匆匆未成。許多煩惱，只爲當時一餉留情。

憶舊遊

首句五字，二句四字，三句四平韻起，四句五字，五句五字，六句四字平叶，七句六字，八句五字平叶，九句五字，十句四字，十一句四字平叶。

前段十一句四韻五十一字，後段同二句五字，十句七字叶韻，少第十一句。

秋閨　周美成

記愁横淺黛，淚洗紅鉛，門掩秋宵。墜葉驚離思，聽寒蛩夜泣，亂雨瀟瀟。鳳釵半脱雲鬟，窗影燭花摇。漸暗竹敲涼，疏螢照曉，兩地魂銷。　迢迢問音信，道遥底花陰，時認鳴鑣。也擬臨朱户，歎因郎憔悴，羞見郎招。舊巢更有新燕，楊柳拂河橋。但滿眼京塵，東風竟日吹露桃。

畫錦堂

首句四字，二句四字，三句六字平韻起，四句六字，五句四字平叶，六句七字，七句七字平叶，八句三字，九句四字，十句六字平叶。

前段十句四韻五十一字，後段同首句多一字，二句少一字，九句多二字，十句少二字。

閨情　　周美成

雨洗桃花，風飄柳絮，日日飛滿雕簷。懊惱一春幽恨，盡屬眉尖。愁聞雙飛新燕語，更堪孤枕宿酲忺。雲鬟亂，獨步畫堂，輕風暗觸珠簾。　多厭晴晝永，瓊户悄，香銷金獸慵添。自與蕭郎别後，事事俱嫌。短歌新曲無心理，鳳簫龍管不曾拈。空惆悵，長是每年三月，病酒懨懨。

宴清都

首句五字仄韻起，二句三字，三句六字仄叶，四句四字，五句四字，六句四字仄叶，七句六字仄叶，八句七字仄叶，九句三字，十句十字仄叶。　首句六字，二句四字，三句四字仄叶，四句四字，五句四字，六句四字仄叶，七句六字，八句七字仄叶，九句七字，十句四字仄叶。

前段十句六韻五十二字，後段十句四韻五十字。

春閨　何籀

細草沿階軟。紅日薄，蕙風輕靄微暖。東君靳惜，桃英尚小，柳芽猶短。羅幃繡幕高捲。早已是歌慵笑懶。憑畫樓，那更天遠山遠水遠人遠。　堪怨傅粉疏狂，竊香俊雅，無計拘管。青絲絆馬，紅纓繫羽，甚處迷戀。無言淚珠零亂，翠袖儘重重漬遍。故要得別後思量，歸時覷見。

秋思　周美成

地僻無鐘鼓。殘燈滅，夜長人倦難度。寒吹斷梗，風翻暗雨，灑窗填户。賓鴻謾説傳書，算過盡千儔萬侶。始信得，庾信愁多江淹恨極須賦。　淒涼病損文園，徽絃乍拂，音韻先苦。淮水夜月，金城暮草，夢魂飛去。秋霜半入青鏡，歎帶眼都移舊處。更久長不見文君，歸時認否。

金盞子

首句七字，二句六字仄韻起，三句五字，四句三字，五句六字仄叶，六句六字，七句五字仄叶，八句三字仄叶，九句六字，十句四字仄叶。　首句五字仄叶，二句八字仄叶，三句六字，四句三字仄叶，五句六字仄叶，六句六字，七句五字仄叶，八句三字，九句五字(一)，十句四字仄叶。

前段十句五韻五十一字，後段十句六韻五十一字。

(一) 當爲六字。

秋思　蔣　捷

練月縈窗夢乍醒，黄花翠竹庭館。心字夜香清，人孤另，雙鶼被他羞看。擬待告訴天公，減秋聲一半。無情雁。正用恁時飛來，叫雲尋伴。　猶記杏櫳煖。銀燭下纖影卸佩鸞。春渦暈紅豆小，鶯衣懶。珠痕淡印芳汗。自從信誤青驪，想籠鸚停喚。風力快，剪盡畫檐梧桐，怎剪愁斷。

花犯

首句三字，二句四字，三句五字仄韻起，四句四字仄叶，五句九字仄叶，六句七字仄叶，七句五字仄叶，八句七字，九句五字仄叶。　首句四字，二句五字，三句七字仄叶，四句三字，五句七字仄叶，六句七字，七句八字仄叶，八句七字，九句五字仄叶。

前段九句六韻四十九字，後段九句四韻五十三字。

詠梅　周美成

粉牆低，梅花照眼，依然舊風味。露痕輕綴。疑淨洗鉛華無限佳麗。去年勝賞曾孤倚，冰盤共宴喜。更可惜雪中高樹，香篝熏素被。　今年對花，最匆匆相逢，似有恨依依愁悴。凝望久，青苔上旋看飛墜。相將見脆圓薦酒，人正在空江煙浪裏。但夢想一枝瀟灑，黄昏斜照水。

小樓連苑 即《水龍吟》

首句六字，二句七字仄韻起，三句四字，四句八字仄叶，五句四字，六句四字，七句四字仄叶，八句九字，九句六字仄叶。

前段九句四韻五十二字，後段同首句平仄不同；八句止七字，平仄亦異。

詠梅　楊樵雲

一枝斜墮牆腰，向人顫裊如相媚。是誰剪取，斷雲零玉輕輕妝綴。不是幽人，如何能到，水邊沙際。又匆匆過了春風半面，儘長把重門閉。　只管相思成夢，道無情又關鄉意。蒼苔半畝，如今已是鹿胎田地。甚欲追陪，卻嫌花下，翠鬟解語。待何時月轉幽房，醉了不教歸去。

拜星月慢

首句四字，二句四字，三句六字仄韻起，四句四字，五句五字仄叶，六句九字，七句六字仄叶，八句四字，九句五字仄叶。

首句八字仄叶，二句八字仄叶，三句六字，四句五字仄叶，五句八字仄叶，六句八字仄叶，七句七字，八句五字仄叶。

前段九句四韻四十七字，後段八句六韻五十五字。

秋情　周美成

夜色催更，清晨收露，小曲幽坊月暗。竹檻燈窗，識秋娘庭院。笑相遇似覺瓊枝玉樹，暖日明霞光爛。水盼蘭情，總平生稀見。　畫圖中舊識春風面。誰知道自到瑤臺畔。眷戀雨潤雲温，苦驚風吹散。念荒寒寄宿無人館。重門閉敗壁秋蟲歎。怎奈何一縷相思，隔溪山不斷。

南浦

首句四字，二句八字平韻起，三句六字，四句五字平叶，五句六字，六句八字平叶，七句五字，八句四字，九句五字平叶。
首句六字，二句八字平叶，三句六字，四句五字平叶，五句七字，六句七字平叶，七句五字，八句七字平叶。
前段九句四韻五十一字，後段八句四韻五十一字。

旅況　魯逸仲

風悲畫角，聽單于三弄落譙門。投宿駸駸征騎，飛雪滿孤村。酒市漸閒燈火，正敲窗亂葉舞紛紛。送數聲驚雁，下離煙水，嘹唳度寒雲。　好在半朧溪月，到如今無處不銷魂。故國梅花歸夢，愁損繡羅裙。爲問暗香閒豔也，相思萬點付啼痕。算翠屏應是，兩眉餘恨倚黄昏。

霓裳中序第一

首句五字仄韻起，二句七字仄叶，三句六字仄叶，四句五字，五句四字仄叶，六句四字仄叶，七句七字仄叶，八句三字，九句四字，十句五字仄叶。首句二字仄叶，二句四字仄叶，三句七字仄叶，四句六字仄叶，五句五字，六句四字，七句五字仄叶，八句七字仄叶，九句三字，十句四字，十一句五字仄叶。

前段十句七韻五十字，後段十一句七韻五十二字。

古鏡　詹天遊

一規古蟾魄。瞥過宣和幾春色。知那柳鬆花怯。曾磋玉團香，塗雲抹月。龍章飛刻。是如何兒女消得。便孤了，翠鸞何限，人更在天北。　磨滅。古今離別。幸相從薊門仙客。蕭然林下秋葉。對雲淡星疏，眉青影白。佳人已傾國。漫贏得癡銅舊畫。興亡事，道人知否，見了也華髮。

氐州第一

首句四字，二句四字，三句六字仄韻起，四句四字，五句四字，六句六字仄叶，七句五字，八句六字仄叶，九句四字，十句四字，十一句四字仄叶。　首句七字，二句七字仄叶，三句四字，四句四字，五句五字仄叶，六句六字，七句七字仄叶，八句七字，九句四字仄叶。

前段十一句四韻五十一字，後段九句四韻五十一字。

秋思　　周美成

波落寒汀，村渡向晚，遥看數點帆小。亂葉翻鴉，驚風破雁，天角孤雲縹緲。官柳蕭疏甚，上掛微微殘照。景物關情，川途換目，頓來催老。　漸解狂朋歡意少，奈猶被思牽情繞。座上琴心，機中錦字，覺最縈懷抱。也知人懸望久，薔薇謝歸來一笑。欲夢高唐未成眠，霜空已曉。

綺羅香

首句四字，二句四字，三句六字仄韻起，四句四字，五句六字仄叶，六句七字，七句七字仄叶，八句七字，九句七字仄叶。

首句六字，二句五字，三句四字仄叶，四句四字，五句六字仄叶，六句七字，七句七字仄叶，八句七字，九句五字仄叶。

前段九句四韻五十二字，後段九句四韻五十一字。

春雨

史邦卿

做冷欺花，將煙困柳，千里偷催春暮。盡日冥迷，愁裏欲飛還住。驚粉重蝶宿西園，喜泥潤燕歸南浦。最妨他佳約風流，鈿車不到杜陵路。　沉沉江上望極，還被春潮急，難尋官渡。隱約遥峰，和淚謝娘眉嫵。臨斷岸新緑生時，是落紅帶愁流處。記當日門掩梨花，剪燈深夜語。

西湖月

首句七字，二句四字，三句四字仄韻起，四句四字，五句四字，六句四字仄叶，七句五字，八句八字仄叶，九句七字，十句六字仄叶。　首句六字，二句五字，三句四字仄叶，四句四字，五句四字，六句四字仄叶，七句五字，八句八字仄叶，九句四字，十句六字仄叶。

前段十句四韻五十三字，後段十句四韻五十字。

憶舊

黄蓬甕

湖光冷浸玻璃蕩，一餉薰風，小舟如葉。藕花十丈，雲梳霧洗，翠嬌紅怯。壺觴團坐處，正酒緑吹波紅映頰。尚記得玉臂生涼，不放汗香輕浹。　殢人小摘牆榴，爲碎搯猩紅，細認裙摺。舊遊如夢，新愁似織，淚珠盈睫。秋孃風味在，怎得對銀釭生笑靨。消瘦沈約，圍腰彷佛堪捻。

喜遷鶯

首句四字仄韻起，二句五字，三句四字仄叶，四句四字，五句四字，六句六字仄叶，七句六字，八句六字仄叶，九句三字，十句五字，十一句四字仄叶。　首句二字仄叶，二句七字，三句五字仄叶，四句四字，五句四字，六句六字仄叶，七句六字，八句六字仄叶，九句三字，十句五字，十一句四字仄叶。

前段十一句五韻五十一字，後段十一句五韻五十二字。

立春　胡浩然

譙門殘月。聽畫角曉寒，梅花吹徹。瑞日烘雲，風和解凍，青帝乍臨東闕。暖向土牛簫鼓，天路珠簾高揭。最好是，戴彩幡春勝，釵頭雙結。奇絕。開宴處珠履玳簪，俎豆爭羅列。舞袖翩翻，歌喉縹緲，壓倒柳腰鶯舌。勸我應時納祐，還把金爐香爇。願歲歲，把一卮春酒，長陪佳節。夾注：一作「春」。

秋望　趙德莊

登山臨水。正桂嶺瘴開，蘋洲風起。玄鶴高翔，蒼鷹遠擊，白鷺欲飛還止。江上澄波似練，沙際行人如蟻。目斷處，見遥峰簇翠，殘霞浮綺。千里。關塞遠，雁陣不來，猶把闌干倚。數疊悲笳，一行征旆，城郭幾番成毀。白塔前朝寢陵，青嶂故都營壘。念往事，但寒煙滿目，秋蟬盈耳。

聞雁

康伯可

秋寒初勁。看雲路雁來，碧天如鏡。湘浦煙深，衡陽沙遠，風外幾行斜陣。回首塞門何處，故國關河重省。漢使老，認上林欲下，徘徊清影。　江南煙水暝。聲過小樓，燭暗金猊冷。送目鳴琴，裁詩挑錦，此恨此情無盡。夢想洞庭飛下，散入雲濤千頃。過盡也，奈杜陵人遠，玉關無信。

春感

易彦祥

帝城春晝。見杏臉桃顋，胭脂微透。一霎兒晴，一霎兒雨，正是催花時候。淡煙暗柳如畫，惟見踏青攜手。怎知道，那人人，獨倚闌干消瘦。　别後。音信斷，應是淚珠，滴遍香羅袖。記得年時，膽瓶兒畔，曾把牡丹同嗅。故鄉水遥山遠，怎得新歡如舊。强消遣，把閒愁推入，花前杯酒。

閏元宵

吴子和

銀蟾光彩。喜稔歲閏正，元宵還再。樂事難并，佳時罕遇，依舊試燈何礙。花市又移星漢，蓮炬重芳人海。盡勾引，徧嬉游寶馬，香車喧隘。　晴快。天意教，人月更圓，償足風流債。媚柳烟濃，夭桃紅小，景物迥然堪愛。巷陌笑聲不斷，襟袖餘香仍在。待歸也，便相期明日，踏青挑菜。

端午　前　人

梅霖初歇。正絳色海榴，爭開佳節。角黍包金，香蒲切玉，是處玳筵羅列。鬭巧盡輪年少，玉腕綵絲雙結。艤彩舫，見龍舟兩兩，波心齊發。　奇絕。難畫處，激起浪花，翻作湖間雪。畫鼓轟雷，紅旗掣電，奪罷錦標方徹。望中水天日暮，猶自珠簾高揭。棹歸晚，載荷香十里，一鉤新月。

慶壽　康伯可

臘殘春早。正簾幕護寒，樓臺清曉。寶運當千，佳辰餘五，嵩岳誕生元老。帝遣阜安宗社，人仰雍容廊廟。盡總道，是文章孔孟，勳庸周召。　師表。方眷遇，魚水君臣，須信從來少。玉帶金魚，朱顏緑鬢，占斷世間榮耀。篆刻鼎彝將遍，整頓乾坤都了。願歲歲，見柳梢青淺，梅英紅小。

趙晉臣作芙蓉詞見壽用韻爲謝　　辛幼安

暑風涼月。愛亭亭無數，緑衣持節。掩冉如羞，參差似妬，擁出芙渠花發。步襯潘娘堪恨，貌比六郎誰潔。添白鷺，晚晴時，公子佳人並列。　休說。搴木末。當日靈均，恨與君王別。心阻媒勞，交疏怨極，恩不甚兮輕絶。千古離騷文字，至今猶未歇。都休問，但千杯快飲，露荷飜葉。

雨霖鈴

首句四字仄韻起，二句八字仄叶，三句六字，四句八字仄叶，五句四字，六句七字仄叶，七句七字，八句七字仄叶。　首句七字仄叶，二句八字仄叶，三句六字，四句七字仄叶，五句四字，六句八字仄叶，七句七字，八句五字仄叶。

前段八句五韻五十一字，後段八句五韻五十二字。

秋別　　柳耆卿

寒蟬凄切。對長亭晚驟雨初歇。都門暢飲無緒，方留戀處蘭舟催發。執手相看，淚眼竟無語凝咽。念去去千里煙波，暮靄沉沉楚天闊。　多情自古傷離別。更那堪冷落清秋節。今宵酒醒何處，楊柳岸曉風殘月。此去經年，應是良辰好景虛設。便縱有千種風情，更與何人說。

春雲怨 亦可用平韻

首句四字仄韻起，二句五字，三句四字仄叶，四句六字，五句七字仄叶，六句四字，七句四字，八句七字仄叶，九句四字，十句四字，十一句五字仄叶。　首句七字仄叶，二句五字，三句四字仄叶，四句七字仄叶，五句四字，六句八字仄叶，七句四字，八句四字，九句六字仄叶。

前段十一句五韻五十四字，後段九句五韻四十九字。

暮春　馮偉壽

春風惡劣。把數枝香錦，和鶯吹折。雨重柳腰嬌困，燕子欲扶扶不得。軟日烘烟，乾風收霧，芍藥荼蘼弄顔色。簾幕輕陰，圖書清潤，日永篆香絶。　盈盈笑靨宮黄額。試紅鸞小扇，丁香雙結。團鳳眉心倩郎貼。教洗金罍，共看西堂醉花新月。曲水成空，麗人何處，往事暮雲萬葉。

惜餘歡

首句四字，二句五字，三句四字仄韻起，四句五字，五句五字仄叶，六句七字，七句八字仄叶，八句八字，九句四字仄叶。

首句六字仄叶，二句五字，三句四字仄叶，四句五字，五句五字仄叶，六句八字，七句八字仄叶，八句四字，九句四字，十句四字仄叶。

前段九句四韻五十字，後段十句五韻五十三字。

惜別

黄魯直

四時美景，正年少賞心，頻啓東閣。芳酒載盈車，喜朋侶簪合。杯酌交飛勸酬獻，正酣飲醉主公陳榻。坐來爭奈玉山未頽，興尋巫峽。　歌闌旋燒絳蠟。況漏轉銅壺，烟斷香鴨。猶整醉中花，借纖手重插。相將扶上金輦騕褭，碾春焙願少延歡洽。未須歸去，重尋豔歌，再畱時霎。

永遇樂

首句四字，二句四字，三句四字仄韻起，四句四字，五句四字，六句五字仄叶，七句四字，八句四字，九句六字仄叶，十句七字，十一句六字仄叶。　首句四字，二句四字，三句六字仄叶，四句四字，五句四字，六句五字仄叶，七句四字，八句四字，九句六字仄叶，十句七字，十一句四字仄叶。

前段十一句五韻五十二字，後段十一句五韻(一)五十二字。

(一) 按譜上下片皆四韻。

憶舊《詩餘》一作春情

解方叔

風暖鶯嬌，露濃花重，天氣和煦。院落煙收，垂楊舞困，無奈堆金縷。誰家巧縱，青樓絃管，惹起夢雲情緒。憶當時紋衾粲枕，未嘗暫孤鴛侶。芳菲易老，故人難聚，到此翻成輕誤。閬苑仙遥，蠻牋縱寫，何計傳深訴。青山緑水，古今長在，惟有舊歡何處。空赢得斜陽暮草，淡煙細雨。

眺望

蘇子瞻

天末山横，半空簫鼓，樓觀高起。指點栽成，東風滿院，總是新桃李。綸巾羽扇，一樽飲罷，目送斷鴻千里。攬清歌，餘音不斷，縹緲尚縈流水。年來自笑，無情何事，猶有多情遺思。緑鬢朱顔，匆匆拚了，卻記花前醉。明年春到，重尋幽夢，應在亂鶯聲裡。拍闌干，斜陽轉處，有誰共倚。

寄孫巨源

前人

長憶别時，景疏樓下，明月如水。美酒清歌，留連不住，月隨人千里。别來三度，孤光又滿，冷落共誰同醉。捲珠簾，淒然顧影，共伊到明無寐。今朝有客，來從淮上，能道使君深意。憑仗清淮，分明到海，中有相思淚。而今何在，西垣清禁，夜影雲華侵被。此時看，回廊曉月，也應暗記。

夜宿燕子樓夢盼盼作　**前　人**

明月如霜，好風如水，清景無限。曲港跳魚，圓荷瀉露，寂寞無人見。沉沉三鼓，飄然一葉，黯黯夢雲驚斷。夜茫茫，重尋無覓處，覺來小園行遍。　天涯倦客，山中歸路，望斷故園心眼。燕子樓空，佳人何在，空鎖樓中燕。古今如夢，何曾夢覺，但有舊歡新怨。異時對、南樓夜景，爲余浩歎。

陳仁和得子　**辛幼安**

紫陌長安，看花年少，無限歌舞。白髮憐君，尋芳較晚，捲地驚風雨。問君知否。鴟夷載酒，不似井瓶身誤。細思量，悲歡夢裡，覺來總無尋處。　芒鞵竹杖，天教還了，千古玉樓佳句。落魄東歸，風流贏得，掌上明珠去。起看青鏡，南冠好在，拂了舊時塵土。向君道，雲霄萬里，這回穩步。

梅雪

前　人

怪底寒梅，一枝雪裡，直恁愁絶。問訊無言，依稀似姤，天上飛英白。江山一夜，瓊瑶萬頃，此段如何妒得。細看來，風流添得，自家越樣標格。　晚來樓上，對花臨鏡，學作半妝額。著意爭妍，那知卻有，人姤花顔色。無情休問，許多般事，且自訪梅踏雪。待行過溪橋，夜半更邀素月。

戲賦辛字送茂嘉弟赴調

前　人

烈日秋霜，忠肝義膽，千載家譜。得姓何年，細參辛字，一笑君聽取。艱辛做就，悲辛滋味，總是辛酸辛苦。更十分，向人辛辣，椒桂搗殘堪吐。　世間應有，芳甘濃美，不到吾家門户。比著兒曹，纍纍卻有，金印光垂組。付君此事，從今直上，休憶對床風雨。但贏得、鞾絞縐面，記余戲語。

檢校停雲松杉紙筆爲風吹去

前　人

投老空山，萬松手種，政爾堪歎。何日成陰，吾年有幾，似見兒孫晚。古來池館，雲煙草棘，長使後人淒斷。想當年，良辰已恨，夜闌酒空人散。　停雲高處，誰知老子，萬事不關心眼。夢覺東窗，聊復爾爾，起欲題書簡。霎時風怒，倒翻筆硯，天也只教吾懶。又何事，催詩急雨，片雲陡暗。

北固亭懷古　前人

千古江山，英雄無覓，孫仲謀處。舞榭歌臺，風流總被，雨打風吹去。斜陽草樹，尋常巷陌，人道寄奴曾住。想當年，金戈鐵馬，氣吞萬里如虎。　元嘉草草，封狼居胥，贏得倉皇北顧。四十三年，望中猶記，烽火揚州路。可堪回首，佛貍祠下，一片神鴉社鼓。憑誰問，廉頗老矣，尚能飯否。

歸朝歡

首句七字仄韻起，二句七字仄叶，三句七字，四句七字仄叶，五句五字仄叶，六句七字仄叶，七句三字，八句四字，九句五字仄叶。

前段九句六韻五十二字，後段同前。

春游

馬莊甫

聽得提壺沽美酒。人道杏花深處有。杏花狼藉鳥啼風，十分春色今無九。麝煤銷永晝。青煙飛上庭前柳。畫堂深，不寒不暖，正是好時候。團團寶月憑纖手。暫借歌喉招舞袖。真珠滴破小槽紅，香肌縮盡纖羅瘦。投分須白首。黃金散與親和舊。且銜杯，壯心未落，風月長相守。

春閨

張子野

聲轉轆轤聞露井。曉引銀瓶牽素綆。西園人語夜來風，叢英飄墮紅成徑。寶猊煙未冷。蓮臺香蠟殘痕凝。等身金，誰能得意，買此好光景。粉落輕妝紅玉瑩。月枕橫釵雲墜領。有情無物不雙棲，文禽只合常交頸。晝夜歡豈定。爭如翻作春宵永。日曈曨，嬌柔懶起，簾壓捲花影。

蘇子瞻

公嘗有詩序云：昔九江與蘇伯固唱和，其畧曰：「我夢扁舟浮震澤。雪浪橫江千頃白。覺來滿眼是廬山，倚天無數開青壁。」蓋實夢也。然公又有詩云：「扁舟震澤定何時，滿眼廬山覺又非。」

我夢扁舟浮震澤。雪浪摇空千頃白。覺來滿眼是廬山，倚天無數開青壁。此生長接淅。與君同是江南客。夢中遊，覺來清賞，同作飛梭擲。明日西風還掛席。唱我新詞淚沾臆。靈均去後楚山空，澧陽蘭芷無顔色。君才如夢得。武陵更在西南極。竹枝詞，莫摇新唱，誰謂古今隔。

趙晉臣積翠岩 辛幼安

山上千林花太俗。山下一枝看不足。春風正在此花邊，菖蒲自蘸清緑。與花同草木。問誰風雨飄零速。莫悲歌，夜深岩下，驚動白雲宿。病怯殘年頻自卜。老愛遺篇難細讀。苦無妙手畫於菟，人間雕刻真成鵠。夢中人似玉。覺來更憶腰如束。許多愁，問君有酒，何不日絲竹。**眉批：**題有誤，此應是菖蒲港題。

齊菴菖蒲港皆長松茂林，獨野櫻花一株山上盛開，照映可愛，不數日風雨摧敗殆盡，感而賦此 前　人

我笑共工緣底怒。觸斷峨峨天一柱。補天又笑女媧忙，卻將此石投閒處。野煙荒草路。先生拄杖來看汝。倚蒼苔，摩挲試問，千古幾風雨。長被兒童敲火苦。時有牛羊磨角

去。霍然千丈翠岩屏，鏘然一滴甘泉乳。結亭三四五。會相暖熱攜歌舞。細思量，古來寒士，不遇有時遇。**眉批：**此應是積翠岩題。

寄題鄭元英巢經樓。樓之側有尚友齋，欲借書者就齋中取讀，不肯借出　前　人

萬里康成西走蜀。藥市船歸書滿屋。有時光彩射星躔，何人汗簡讎天祿。好之寧有足。請看良賈藏金玉。記斯文，千年未喪，四壁聞絲竹。試問辛勤攜一束。何似牙籤三萬軸。古來不作借人癡，有朋只就芸窗讀。憶君清夢熟。覺來笑我便便腹。倚危樓，人間誰舞，掃地八風曲。

寄題眉山李參政石林　前　人

見說岷峨千古雪。都作岷峨山上石。君家右史老泉公，千金未盡勤收拾。一堂真石石。閒庭更與天突兀。記當時，長編筆硯，日日雲煙濕。野老時逢山鬼泣。誰夜持山去難覓。有人依樣入明光，玉階之下巖巖立。琅玕無數碧。風流不數平泉物。欲重吟，青蔥玉樹，須倩子雲筆。

春從天上來

首句四字仄韻起〔一〕，二句五字，三句四字平叶，四句四字，五句四字平叶，六句六字平叶，七句五字，八句七字平叶，九句八字，十句四字平叶。首句六字，二句五字，三句四字平叶，四句四字，五句四字，六句六字平叶，七句五字，八句七字平叶，九句三字平叶，十句五字，十一句四字平叶。

前段十句六韻五十一字，後段十句五韻五十三字。

故宮人

王秋澗

羅綺深宫。記紫袖雙垂，當日昭容。錦封香重，彤管春融。帝座一點雲紅。正臺門事簡，更捷奏清晝相同。聽鈞天侍瀛池内宴，長樂歌鐘。　回頭五雲雙闕，恍天上繁華，玉殿珠櫳。白髮歸來，昆明灰冷，十年一夢無蹤。寫杜娘哀怨，和淚把彈與孤鴻。淡長空。看五陵何似，無樹秋風。

〔一〕當爲平韻起。

感舊

吴彦章

海角飄零。歎漢苑秦宫，墜露飛螢。夢裡天上，金屋雲屏。歌吹競舉青冥。問當時遺譜，有絶藝鼓瑟湘靈。促哀彈似林鶯嚦嚦，山溜泠泠。

梨園太平樂府，醉幾度春風，鬢變星星。舞徹中原，塵飛滄海，風雪萬里龍庭。寫胡笳幽怨，人憔悴不似丹青。酒微醒。一軒涼月，燈火青熒。

花心動

首句四字，二句九字仄韻起，三句四字，四句四字，五句六字仄叶，六句四字仄叶(一)，七句三字，八句三字，九句四字仄叶，十句三字，十一句四字，十二句四字仄叶。

首句六字仄叶，二句五字，三句四字仄叶，四句四字，五句四字，六句六字仄叶，七句七字，八句七字仄叶，九句三字，十句六字仄叶。

(一) 此句實不叶韻。

前段十二句五韻五十二字，後段十句五韻五十二字。

春思　　阮逸女

仙苑春濃，小桃開枝枝已堪攀折。乍雨乍晴，輕暖輕寒，漸近賞花時節。柳搖臺榭，東風軟，簾櫳靜，幽禽調舌。斷魂遠，閒尋翠徑，頓成愁結。　此恨無人共説。還立盡黄昏，寸心空切。强整繡衾，獨掩朱扉，簟枕爲誰鋪設。夜長宫漏傳聲遠，紗窗映銀釭明滅。夢回處，梅梢半籠淡月。

首句四字，二句五字，三句四字平韻起，四句三字，五句三字，六句八字平叶，七句四字，八句七字平叶，九句七字，十句六字平叶。　首句三字，二句三字，三句九字平叶，四句五字平叶，五句五字，六句四字平叶，七句四字，八句七字平叶，九句七字，十句六字平叶。

瀟湘逢故人慢

前段十句四韻五十一字，後段十句五韻五十三字。

初夏

王和甫

薰風微動，方榴花弄色，萱草成窩。翠幃敞，輕羅試，氷簟初展幾尺湘波。疏簷廣廈，稱瀟湘一枕南柯。引多少夢魂歸緒，洞庭雨棹煙蓑。驚回處，閒晝永，更時時燕雛鶯友相過。正緑影婆娑。況庭有幽花，池有新荷。青梅煮酒，幸隨分贏取高歌。功名事到頭終在，歲華忍負清和。

送入我門來

首句四字，二句四字，三句六字平韻起，四句四字，五句五字平叶，六句七字，七句八字平叶，八句三字，九句六字，十句四字平叶。

首句六字，二句六字，三句四字平叶，四句四字，五句五字平叶，六句七字，七句八字平叶，八句五字，九句八字平叶。

前段十句四韻五十一字，後段九句四韻五十三字。

除夕

胡浩然

荼壘安扉，靈馗掛户，神儺裂竹轟雷。動念流光，四序式週回。須知今歲今宵盡，似頓覺明年明日催。向今夕，是處迎春送臘，羅綺筵開。　今古偏同此夜，賢愚共添一歲，貴賤仍偕。互祝遐齡，山海固難摧。石崇富貴籛鏗壽，更潘岳儀容子建才。仗東風盡力，一齊吹送入此門來。

涼州令

首句五字仄韻起，二句六字仄叶，三句七字，四句四字，五句五字仄叶，六句七字仄叶，七句五字仄叶，八句六字仄叶，九句七字仄叶。　首句五字仄叶，二句六字仄叶，三句七字，四句四字，五句五字仄叶，六句七字仄叶，七句五字仄叶，八句七字，九句七字仄叶。

前段九句七韻五十二字，後段九句六韻五十三字。

榴花　歐陽永叔

翠樹芳條颭。的的裙腰初染。佳人攜手弄芳菲，緑陰紅影，共展雙紋簟。插花照影窺鸞鑑。只恐芳容減。不堪零落春晚。青苔雨後深紅點。　一去門閒掩。重來卻尋朱檻。

離離秋實弄輕霜，嬌紅脈脈，似見胭脂臉。人非事往眉空斂。誰把佳期賺。芳心只願長依舊，春風更放明年豔。

二郎神

首句四字，二句六字(一)仄韻起，三句五字，四句四字，五句六字仄叶，六句七字，七句七字仄叶，八句五字，九句四字，十句四字仄叶。首句四字，二句六字仄叶，三句五字，四句四字，五句六字仄叶，六句四字，七句四字，八句六字仄叶，九句三字，十句六字，十一句四字仄叶。

前段十句四韻五十三字，後段十一句四韻五十二字。

春怨

徐幹臣

悶來彈鵲，又攪碎一簾花影。謾思著春衫，還思纖手，熏徹金虬燼冷。動是愁端如何向，更

(一) 當爲七字句。

怪得新來多病。嗟舊日沈腰，而今潘鬢，怎堪臨鏡。重省別時，淚漬羅襟猶凝。料爲我厭厭，日高慵起，長托春酲未醒。雁足不來，馬蹄難駐，門掩一庭芳景。空佇立，盡日闌干遍倚，晝長人靜。

七夕

柳耆卿

炎光謝。過暮雨、芳塵輕灑。乍露冷風清庭户，爽天如水，玉鉤遥掛。應是星娥嗟久阻，敘舊約、飆輪欲駕。極目處、微雲暗度，耿耿銀河高瀉。閒雅。須知此景，古今無價。運巧思、穿針樓上女，擡粉面、雲鬟相亞。鈿合金釵私語處，算誰在、回廊影下。願天上人間，占得歡娱，年年今夜。

解連環

首句四字仄韻起，二句五字，三句四字仄叶，四句七字，五句五字，六句四字仄叶，七句四字，八句七字仄叶，九句五字，十句四字，十一句四字仄叶。首句六字仄叶，二句五字，三句四字仄叶，四句六字，五句五字，六句四字仄叶，七句四字，八句七字仄叶，九句三字，十句四字，十一句四字仄叶。

前段十一句五韻五十三字，後段十一句五韻五十二字。

春夢

黄水村

鳳樓倚倦。正海棠睡足，錦衾香煖。似不似霧閣雲窗，擁絶妙靈君，霎時曾見。屏裡吴山，又依約獸環半掩。致教人覷了，非假非真，一種春怨。　遊絲落花滿院。料當時錯怪，杏梁歸燕。記得栩栩多情，似蝴蝶飛來，撲翻輕扇。偷眼簾帷，早不見畫眉人面。但凝竚，紅生半臉，枕痕一線。

春水

高賓王

浪摇新緑。浸芳洲翠渚，雨痕初足。蕩霽色流入横塘，看風外漪漪，波紋如縠。藻荇縈回，似留戀鴛飛鷗浴。愛嬌雲蘸色，媚日挼藍，遠迷心目。　仙源漾舟崖曲。照芳容幾樹，香浮紅玉。記那回西洛橋邊，濺裙翠傳情，玉纖輕掬。三十六陂，錦鱗渺芳音難續。隔垂楊，故人望斷，浸愁千斛。

閨情 周美成

怨懷難託。嗟情人斷絶，信音遼邈。信妙手能解連環，似風散雨收，霧輕雲薄。燕子樓空，暗塵鎖一床絃索。想移根換葉，盡是舊時，手種紅藥。汀洲漸生杜若。料舟移岸曲，人在天角。記得當日音書，把閒語閒言，盡總燒卻。水驛春回，望寄我江南梅萼。拚今生，對酒對花，爲伊淚落。

春霽

首句四字，二句五字，三句四字仄韻起，四句四字，五句四字，六句六字仄叶，七句四字仄叶，八句七字仄叶，九句七字，十句五字仄叶。首句八字，二句八字仄叶，三句七字，四句七字仄叶，五句七字仄叶，六句四字，七句六字，八句四字，九句四字仄叶。

前段十句五韻五十字，後段九句四韻五十五字。

春晴 胡浩然

遲日融和，乍雨歇東郊，嫩草凝碧。紫燕雙飛，海棠相襯，妝點上林春色。黯然望極。困人天氣渾無力。又聽得園苑數聲，鶯囀柳陰直。當此暗想故國繁華，儼然遊人依舊南陌。院深沉梨花亂落，那堪如練點衣白。酒量頓寬洪量窄。算此情景，除非殢酒狂歡，恣歌沉醉，有誰知得。

秋霽 與《春霽》同

秋晴

陳後主

虹影侵階，乍雨歇長空，萬里凝碧。孤鶩高飛，落霞相映，遠狀水鄉秋色。黯然望極。動人無限愁如織。又聽得雲外數聲，新雁正嘹嚦。當此暗想畫閣輕拋，杳然殊無些個消息。漏聲稀銀屏冷落，那堪殘月照窗白。衣帶頓寬猶阻隔。算此情苦，殊非宋玉風流，共懷傷感，有誰知得。

檃括東坡前赤壁

無名氏

壬戌之秋，是蘇子與客，泛舟赤壁。舉酒屬客，月明風細，水光與天相接。扣舷唱月，桂棹蘭槳堪遊逸。又有客。能吹洞簫，和聲嗚咽。追想孟德困於周郎，到今空有當時蹤跡。算惟有清風朗月，取之無禁用不竭。客喜洗盞還再酌。既已同醉，相與枕藉舟中，始知東方，晃然既白。

西河

首句三字仄韻起，二句六字仄叶，三句七字，四句四字仄叶，五句七字，六句六字仄叶，七句三字，八句三字仄叶，九句六字，十句四字仄叶。首句三字，二句四字仄叶，三句七字，四句六字仄叶，五句七字仄叶，六句七字仄叶，七句六字仄叶，八句七字，九句六字，十句三字仄叶。

前段十句六韻四十九字，後段十句六韻五十六字。

金陵懷古　周美成

佳麗地。南朝盛事誰記。山圍故國遶清江，髻鬟對起。怒濤寂寞打孤城，風檣遥度天際。

斷崖樹，猶倒倚。莫愁艇子曾繫，空遺舊跡。鬱蒼蒼，霧沉半壘。夜深月過女牆來，傷心東畔淮水。酒旗戲鼓甚處市。想依稀王謝鄰里。燕子不知何世。入尋常巷陌人家，相對如說興亡，斜陽裏。**腳注：**按《詩餘》前段作「淮水」句止，後段「酒旗」句起，未知孰是。

送錢仲耕移守婺州

辛幼安

西江水。道是西江人淚。無情卻解送行人，月明千里。從今日日倚高樓，傷心煙樹如薺。會君難，別君易。草草不如人意。十年著破繡衣茸，種成桃李。問君可是厭承明，東方鼓吹千騎。　對梅花、更消一醉。看明年、調鼎風味。老病自憐憔悴。過吾廬、定有幽人相問，歲晚淵明歸來未。**眉批：**觀稼軒此詞則前篇「空餘舊跡」句似句法亦未斷，況可分截乎？當依《詩餘》爲是。

尉遲杯

首句三字，二句八字仄韻起，三句六字，四句六字仄叶，五句四字，六句八字仄叶，七句七字，八句六字仄叶。　首句六字，二句九字仄叶，三句七字，四句七字仄叶，五句七字，六句八字仄叶，七句七字，八句六字仄叶。

前段八句四韻四十八字，後段八句四韻五十七字。

離別 **周美成**

隋堤路。漸日晚密靄生深樹。陰陰淡月籠沙，還宿河橋深處。無情畫舸，都不管煙波隔南浦。等行人醉擁重衾，載將離恨歸去。因念舊客京華，長偎傍疏林小檻歡聚。冶葉倡條俱相識，仍慣見珠歌翠舞。如今向漁村水驛，夜如歲焚香獨自語。有何人念我無憀，夢魂疑想鴛侶。

傾杯樂

首句四字，二句四字，三句四字仄韻起，四句七字，五句四字，六句四字仄叶，七句七字仄叶，八句六字，九句四字仄叶，十句四字，十一句六字仄叶。首句三字，二句四字仄叶，三句八字仄叶，四句七字，五句六字仄叶，六句七字，七句七字仄叶，八句六字，九句四字仄叶。

前段十一句五韻五十四字，後段九句五韻五十二字。

上元應制

柳耆卿

禁漏花深，繡工日永，蕙風布暖。變韶景都門十二，元宵三五，銀蟾光滿。連雲複道凌飛觀。聳皇居麗佳氣，瑞烟葱蒨。翠華宵幸，是處層城閬苑。龍鳳燭，交光星漢。對咫尺鰲山開雉扇。會樂府兩籍神仙，梨園四部絃管。向曉色都人未散，盈萬井山呼鰲抃。願歲歲天仗裡，常瞻鳳輦。

望梅

首句四字仄韻起，二句五字，三句四字仄叶，四句七字，五句九字仄叶，六句四字，七句七字仄叶，八句五字，九句四字，十句四字仄叶。

前段十句五韻五十三字，後段同首句六字，九句六字仄叶，少第十句。

小春

柳耆卿

小寒時節，正同雲暮慘，勁風朝冽。信早梅偏占陽和，向日處凌晨數枝先發。時有香來，望明豔遥知非雪。展礲金嫩蕊，弄粉素英，旖旎清徹。仙姿更誰並列。有幽光映水，疏影籠月。且大家留倚闌干，鬭緑醑飛看錦箋吟閲。桃李春花，料比此芬芳俱别。見和羹大用，莫把翠條謾折。

望遠行

首句七字，二句六字仄韻起，三句四字，四句四字，五句六字仄叶，六句四字，七句六字，八句六字仄叶，九句九字仄叶。

首句二字仄叶，二句六字，三句七字仄叶，四句四字，五句四字，六句六字仄叶，七句六字，八句四字，九句六字仄叶，十句五字，十一句四字仄叶。

前段九句四韻五十二字，後段十一句五韻五十四字。

冬景

柳耆卿

長空降瑞寒風剪，淅淅瑶花初下。亂飄僧舍，密灑歌樓，迤邐漸迷鴛瓦。好是漁人，披得一蓑歸去，江上晚來堪畫。滿長安高卻旗亭酒價。　幽雅。乘興最宜訪戴，泛小棹越溪瀟灑。皓鶴奪鮮，白鷴失素，千里廣鋪寒野。須信幽蘭歌斷，同雲收盡，别有瑶臺瓊树。放一輪明月，交光清夜。

望海潮

首句四字，二句四字，三句六字平韻起，四句四字，五句四字，六句六字平叶，七句五字平叶，八句五字，九句四字平叶，十句四字，十一句七字平叶。首句六字平叶，二句五字，三句四字平叶，四句四字，五句四字，六句六字平叶，七句五字平叶，八句五字，九句四字平叶，十句四字，十一句七字平叶。

前段十一句五韻五十三字，後段十一句六韻五十四字。

春景　秦少游

梅英疏淡，冰澌溶洩，東風暗換年華。金谷俊遊，銅駝巷陌，新晴細履平沙。長記誤隨車。正絮翻葉舞，芳思交加。柳下桃蹊，亂分春色到人家。西園夜飲鳴笳。有華燈礙月，飛蓋妨花。蘭苑未空，行人漸老，重來是事堪嗟。煙暝酒旗斜。但倚樓極目，時見棲鴉。無奈歸心，暗隨流水到天涯。

錢塘　柳耆卿

東南形勝，三吴都會，錢塘自古繁華。煙柳畫橋，風簾翠幕，參差十萬人家。雲樹繞堤沙。怒濤捲霜雪，天塹無涯。市列珠璣，户盈羅綺競豪奢。重湖疊巘清佳。有三秋桂子，十里荷花。羗笛弄晴，菱歌泛夜，嬉嬉釣叟蓮娃。千騎擁高牙。乘時聽簫鼓，吟賞煙霞。異日圖將好景，鳳池誇。

贊賀　沈公述

山光凝翠，川容如畫，名都自古并州。簫鼓沸天，弓刀似水，連營十萬貔貅。金騎走長楸。少年人一一，錦帶吴鉤。路入榆關，雁飛汾水正宜秋。追思昔日風流。有儒將醉吟，才子狂游。松偃舊亭，城高故國，空餘舞榭歌樓。方面倚賢侯。便恐爲霖雨，歸去難留。好向西溪，恣攜絃管宴蘭舟。

越州懷古　　秦少游

秦峰翠蒼，耶溪瀟灑，千岩萬壑爭流。鴛瓦雉城，譙門畫戟，蓬萊燕閣三休。天際識歸舟。泛五湖煙月，西子同遊。茂草荒臺，苧蘿枕冷起閒愁。何人覽古凝眸。悵朱顔易失，翠黛難留。梅市舊書，蘭亭古墨，依稀風韻生秋。狂客鑑湖頭。有百年臺沼，終日夷猶。最好金龜換酒，相與醉滄洲。

前　人

星分牛斗，疆連淮海，楊州萬井提封。花發路香，鶯啼人起，朱簾十里東風。豪俊氣如虹。曳照春金紫，飛蓋相從。捲入垂楊，畫橋南北翠煙中。追思故國繁雄。有迷樓掛斗，月觀横空。紋錦製帆，明珠濺雨，寧論雀馬魚龍。往事逐孤鴻。但亂雲流水，縈帶離宫。最好揮毫萬字，一飲拚千鍾。

前人

奴如飛絮，郎如流水，相沾便肯相隨。微月户庭，殘燈簾幕，匆匆共惜佳期。纔話暫分離。又早抱人嬌咽，雙淚紅垂。畫舸難停，翠幃輕別兩依依。　別來怎表相思。有分香帕子，合數松兒。紅粉脆痕，青箋嫩約，丁寧莫遣人知。成病也同誰。更自言秋杪，親去無疑。但恐生時注著，合有分于飛。

夜飛鵲

首句五字，二句四字平韻起，三句六字平叶，四句七字，五句六字平叶，六句六字，七句五字，八句四字平叶，九句四字，十句七字平叶。　首句六字，二句五字，三句四字平叶，四句六字，五句四字，六句四字平叶，七句四字，八句七字平叶，九句五字，十句四字，十一句四字平叶。

前段十句五韻五十四字，後段十一句四韻五十三字。

離別

周美成

河橋送人處，凉夜何其。斜月遠墮餘輝。銅盤燭淚已流盡，霏霏凉露霑衣。相將散離會處，探風前津鼓，樹杪參旗。華驄會意，縱揚鞭亦自行遲。迢遞路回清野，人語漸無聞，空帶愁歸。何意重紅滿地，遺鈿不見，斜徑都迷。兔葵燕麥，向殘陽影與人齊。但徘徊班草，唏嘘酹酒，極望天涯。

折紅梅

首句五字，二句八字仄韻起，三句七字，四句六字仄叶，五句四字，六句七字仄叶，七句八字，八句五字，九句四字仄叶。

首句四字仄叶，二句九字仄叶，三句六字，四句六字仄叶，五句四字仄叶，六句七字仄叶，七句八字，八句五字，九句四字仄叶。

前段九句四韻五十四字，後段九句六韻五十三字。

梅花　杜安世

喜輕澌初綻，微和漸入郊原時節。春消息夜來陡覺，紅梅數枝爭發。玉溪珍館，不似個尋常標格。化工別與一種風情，似匀點胭脂，染成香雪。　重吟細閲。比繁杏夭桃品流終别。可惜彩雲易散，冷落謝池風月。憑誰向説。三弄處龍吟休咽。大家留取時倚闌干，聞有花堪折，勸君須折。

無愁可解　蘇子瞻

前段□句□韻五十二字，後段□句□韻五十五字。

國士范日新作越調《解愁》，洛陽劉九伯壽聞而悦之，戲作俚語之詩，天下傳詠，以謂幾於達者。龍丘子猶笑之：「此雖免乎愁，猶有所解也者。夫遊於自然而託於不得已，人樂亦樂，人愁亦愁。彼且惡乎解哉。」乃反其詞，作《無愁可解》。

光景百年，看便一世。生來不識愁味。問愁何處來，更開解箇甚底。萬事從來風過耳。何用不著心裏。你喚做展卻眉，便是達者，也則恐未。此理。本不通言，何曾道歡遊，勝如名利。道則渾是錯，不道如何即是。這裡原無我與你。甚喚做物情之外。若須待醉了，方開解時，問無酒怎生醉。**眉批：**抄本「眉」字下有「頭」字。

望湘人

首句五字，二句四字，三句六字仄韻起，四句四字，五句四字，六句六字仄叶，七句四字，八句四字，九句四字仄叶，十句七字，十一句六字仄叶。

首句六字仄叶，二句五字，三句四字仄叶，四句五字，五句六字仄叶，六句四字，七句四字仄叶，八句六字仄叶，九句七字，十句六字仄叶。

前段十一句四韻五十四字，後段十句六韻五十三字。

春思

賀方回

厭鶯聲到枕，花氣動簾，醉魂愁夢相半。被惜餘薰，帶驚剩眼。幾許傷春春晚。淚竹痕鮮，佩蘭香老，湘天濃暖。記小江風月佳時，屢約非煙遊伴。須信鸞絃易斷。奈雲和再鼓，曲終人遠。認羅襪無蹤，舊處弄波清淺。青翰棹艤，白蘋洲畔。儘日臨皋飛觀。不解寄一字相思，幸有歸來雙燕。

一萼紅

首句三字，二句五字，三句五字平韻起，四句四字，五句四字，六句六字平叶，七句七字，八句八字平叶，九句四字，十句四字，十一句四字平叶。　首句六字，二句五字，三句四字平叶，四句四字，五句四字，六句六字平叶，七句三字，八句四字，九句七字平叶，十句六字，十一句四字平叶。

前段十一句四韻五十四字，後段十句四韻五十三字。

感舊　**尹礀民**

玉搔頭。是何人敲折，應爲節秦謳。棐几朱絃，剪燈雪藕，幾回數盡更籌。草草又一番春夢，夢覺了風雨楚江秋。卻恨閒身，不如鴻雁，飛過粧樓。　又是水枯山瘦，歎回腸難貯，萬斛新愁。賴復能歌，那堪對酒，物華冉冉都休。江上柳，千絲萬縷，惱亂人更忍凝眸。猶怕月來弄影，莫上簾鉤。

菩薩蠻慢

首句四字仄韻起，二句九字仄叶，三句七字，四句九字仄叶，五句四字，六句七字仄叶，七句五字，八句八字仄叶。首句六字仄叶，二句九字仄叶，三句九字，四句五字，五句四字仄叶，六句四字，七句七字仄叶，八句十一字仄叶。

前段八句五韻五十三字，後段八句五韻五十五字。

春閨

羅壺秋

曉鶯催起。問當年秀色爲誰料理。悵別後屏掩吴山，便樓燕月寒鬢蟬雲委。錦字無憑，付銀燭盡燒千紙。對寒泓靜碧，又把去鴻往恨都洗。桃花自貪結子。道東風有意吹送流水。謾記得當日心嫁卿卿，是日暮天寒，翠袖堪倚。扇月乘鸞，儘夢隔嬋娟千里。到嗔人從今不信畫簷鵲喜。

薄倖

首句四字仄韻起，二句七字仄叶，三句五字，四句八字仄叶，五句七字，六句七字仄叶，七句五字，八句四字，九句六字仄叶。

首句六字，二句七字仄叶，三句五字，四句四字，五句七字仄叶，六句四字仄叶，七句五字，八句七字仄叶，九句四字，十句六字仄叶。

前段九句五韻五十三字，後段十句五韻五十五字。

春閨　賀方回

淡妝多態。更的的頻回盼睞。便認得琴心，先許與綰合歡雙帶。記畫堂風月逢迎，輕顰淺笑嬌無奈。向睡鴨爐邊，翔鴛屏裡，羞把香羅偷解。　自過了收燈後，都不見踏青挑菜。幾回憑雙燕，叮嚀深意，往來卻恨重簾礙。約何時再。正春濃酒煖，人閒晝永無聊賴。懨懨睡起，猶有花梢日在。

風流子 一名《内家妝》

首句五字，二句八字平韻起，三句五字，四句四字，五句四字，六句四字平叶，七句三字，八句五字，九句五字平叶，十句四字，十一句四字，十二句四字，十三句四字平叶。首句五字平叶，二句五字，三句四字平叶，四句六字，五句四字平叶，六句五字，七句四字，八句四字，九句四字平叶，十句六字，十一句四字平叶。前段十三句四韻五十九字，後段十一句五韻五十一字。

秋思　張文潛

亭皋木葉下，重陽近又是擣衣秋。奈愁入庾腸，老侵潘鬢，謾簪黄菊，花也應羞。楚天晚，白蘋煙盡處，紅蓼水邊頭。芳草有情，夕陽無語，雁横南浦，人倚西樓。玉容知安否。香箋共錦字，兩處悠悠。空恨碧雲離合，青鳥沉浮。向風前懊惱，芳心一點，寸眉兩葉，禁甚閒愁。情到不堪言處，分付東流。

初春　秦少游

東風吹碧草，年華換，行客老滄洲。見梅吐舊英，柳摇新緑，惱人春色，還上枝頭。寸心亂，北隨雲黯黯，東逐水悠悠。斜日半山，瞑煙兩岸，數聲横笛，一葉扁舟。青門同攜手。前歡記、渾似夢裏揚州。誰念斷腸南陌，回首西樓。算天長地久，有時有盡，奈何綿綿，此恨無休。擬待倩人説與，生怕伊愁。

秋怨　周美成

楓林凋晚葉，關河迥，楚客慘將歸。望一川暝靄，雁聲哀怨，半規清月，人影參差。酒醒後，淚花銷鳳蠟，風幕卷金泥。砧杵韻高，喚回殘夢，綺羅香減，牽起餘悲。亭臯分襟地，難拚處，偏是掩面牽衣。何況愁懷長結，重見無期。想寄恨書中，銀鉤空滿，斷腸聲裏，玉箸還垂。多少暗愁密意，惟有天知。

風情　前人

新緑小池塘。風簾動，碎影舞斜陽。羡金屋去來，舊時巢燕，烟花繚繞，前度莓牆。繡閣鳳幃深幾許，聽得理絲簧。欲說還休，慮乖芳信，未歌先咽，愁近清觴。遥知新妝了，開朱户，應自待月西廂。最苦夢魂，今宵不到伊行。問甚時說與，佳音密耗，寄將秦鏡，偷換韓香。天便教人，霎時廝見何妨。

感舊

吴彦高

書劍憶遊梁。當時事，底處不堪傷。望蘭檝嫩漪，向吴南浦，杏花微雨，窺宋東牆。鳳城外，燕隨青步障，絲惹紫游韁。曲水古今，禁煙前後，暮雲樓閣，春雨池塘。回首斷柔腸。年芳但如霧，鏡髮成霜。獨有蟻尊陶寫，蝶夢悠揚。聽出塞琵琶，風沙淅瀝，寄書鴻雁，烟月微茫。不似海門潮信，能到潯陽。

疏影

首句四字仄韻起，二句五字，三句四字仄叶，四句四字，五句四字，六句六字仄叶，七句七字，八句七字仄叶，九句七字，十句六字仄叶。

前段十句五韻五十四字，後段同首句六字。

秋夜　彭履道

銀雲縹緲。正石梁倒掛，飛下晴昊。早挽懸河，高瀉鯨宮，洪聲百步低小。分明仙仗崆峒過，又化作歸帆杳杳。倚參差翠影紅霞，遠落明湖殘照。曾共呼龍夭矯。幾回過月下，先種瑤草。九疊屏風，青鳥冥冥，更約謫仙重到。長歌昨夢騎黃鵠，飛不去和天也笑。等恁時秋夜攜琴，已落洞天霜曉。

大聖樂

首句四字，二句四字，三句四字平韻起，四句七字，五句六字，六句四字平叶，七句七字，八句八字平叶，九句四字，十句四字，十一句四字平叶。

首句六字，二句八字平叶，三句五字，四句四字，五句四字平叶，六句四字，七句四字，八句七字平叶，九句三字，十句五字，十一句四字平叶。

前段十一句四韻五十六字，後段十一句四韻五十四字。

初夏

康伯可

千朵奇峰，半軒微雨，曉來初過。漸燕子引教雛飛，菡萏暗薰芳草，池面涼多。淺斟瓊卮浮緑蟻，展湘簟雙紋生細波。輕紈舉動，團圓素月，仙桂婆娑。　臨風對月恣樂，便好把千金邀豔娥。幸太平無事，擊壤鼓腹，攜酒高歌。富貴安居，功名天賦，爭奈皆由時命呵。休眉鎖，問朱顏去了，還更來麽。

江神子慢

首句五字仄韻起，二句五字，三句六字仄叶，四句五字，五句七字仄叶，六句七字，七句八字仄叶，九句六字，十句六字仄叶。

首句六字仄叶，二句九字仄叶，三句七字，四句九字仄叶，五句七字，六句八字仄叶，七句九字仄叶。

前段十句五韻五十五字，後段七句五韻五十五字。

梅花　蔡伯堅

紫雲點楓葉。崖樹小婆娑，歲寒節占高潔。纖苞煖釀出，梅魂蘭魄照濃碧。茗盌添春花氣重，芸窗晚濛濛浮霽月。小眠鼻觀先通，廬山夢舊清絶。　蕭閒平生淡泊。獨芳温一念猶未衰歇。種種陳迹而今老，但覓茶烟禪榻寄閒寂。風外天花無夢也，鴛鴦倩從渠千萬刼。夜寒回施幽香與愁客。

過秦樓

首句四字，二句四字，三句六字仄韻起，四句四字，五句四字，六句六字仄叶，七句六字，八句四字，九句四字仄叶，十句五字，十一句四字，十二句四字仄叶。　首句七字，二句四字，三句六字仄叶，四句四字，五句四字，六句六字仄叶，七句四字，八句六字，九句四字仄叶，十句五字，十一句六字仄叶。

前段十二句四韻五十五字，後段十一句四韻五十六字。

秋思

周美成

水浴清蟾，葉諠涼吹，巷陌馬聲初斷。閒依露井，笑撲流螢，惹破畫羅輕扇。人靜夜久憑闌，愁不歸眠，立殘更箭。歎年華一瞬，人今千里，夢沉書遠。空見說鬢怯瓊梳，容銷金鏡，漸懶趁時勻染。梅風地溽，虹雨碧滋，一架舞紅都變。誰信無憀，爲伊才減江淹，情傷荀倩。但明河影下，還看稀星數點。

女冠子

首句四字仄韻起，二句七字仄叶，三句三字，四句四字仄叶，五句四字，六句四字，七句五字仄叶，八句五字，九句五字仄叶，十句七字，十一句六字仄叶。首句五字，二句四字，三句六字仄叶，四句七字仄叶，五句四字，六句七字仄叶，七句四字，八句七字仄叶，九句五字，十句四字，十一句四字仄叶。

前段十一句六韻五十四字，後段十一句五韻五十七字。

夏景　　柳耆卿

淡煙飄薄。鶯花謝清和院落。樹陰翠，密葉成幄。麥秋霽景，夏雲忽變，奇峰倚寥廓。波暖銀塘漲，新萍綠魚躍。想端憂多暇陳王，是日嫩苔生閣。正鑠石天高，流金晝永，楚榭光風轉蕙。披襟處波翻翠幕。以文會友，沉李浮瓜忍輕諾。別館清閒，避炎蒸豈須河朔。但尊前隨分，雅歌豔舞，盡成歡樂。

又　　前人

火雲初布。遲遲永日炎暑。濃陰高樹。黃鸝葉底，羽毛學整，方調嬌語。薰風時漸動，峻閣池塘，芰荷爭吐。畫梁紫燕，對對啣泥，飛來又去。想佳期、容易成辜負。共人人、同上畫樓斟香醑。恨花無主。臥象床犀枕，成何情緒。有時魂夢斷，半窗殘月，透簾穿戶。去年今夜，扇兒搧我，情人何處。

上元　　李漢老

帝城三五。燈光花市盈路。天街遊處。此時方信，鳳闕都民，奢華豪富。紗籠纔過處。喝道轉身，一壁小來且住。見許多、才子豔質，攜手並肩低語。東來西往誰家女。買玉梅爭戴，緩步香風度。北觀南顧。見畫燭影裡，神仙無數。引人魂似醉，不如趁早，步月歸去。這一雙情眼，怎生禁得，許多胡覷。

雪景

周美成

同雲密布。撒梨花、柳絮飛舞。樓臺俏似玉。向紅爐暖閣院宇。深沉廣排筵會，聽笙歌猶未徹，漸覺輕寒，透簾穿户。亂飄僧舍，密灑歌樓，酒帘如故。想樵人、山徑迷蹤路。料漁人、收綸罷釣歸南浦。路無伴侶。見孤村寂寞，招颭酒旗斜處。南軒孤雁過，嚦嚦聲聲，又無書度。見臘梅、枝上嫩蕊，兩兩三三微吐。

首句四字仄韻起，二句九字仄叶，三句七字，四句五字仄叶，五句七字仄叶，六句七字仄叶，七句五字，八句五字，九句六字仄叶。

霜葉飛

首句六字，二句四字，三句六字仄叶，四句七字，五句五字仄叶，六句七字仄叶，七句七字仄叶，八句六字，九句四字，十句四字仄叶。

前段九句六韻五十五字，後段十句五韻五十六字。

秋思　**周美成**

露迷衰草。疏星掛涼蟾低下林表。素娥青女鬭嬋娟，正倍添淒悄。漸颯颯丹楓撼曉。橫天雪浪魚鱗小。見皓月相看，又透入清輝，半晌特地留照。迢遞望極關山，波穿千里，度日如歲誰到。鳳樓今夜聽西風，奈五更愁抱。想玉匣哀絃閉了。無心重理相思調。念故人牽離恨，屏掩孤顰，淚流多少。

秋夜　**劉伯温**

簟涼宵永，紗窻外，琅玕飄墜金井。欲眠深恐夢難成，強起看星影。悄不覺、天回斗柄。封狼狐矢相輝映。對此默消魂，又露落青冥，漸漸濕透衣領。河漢有客乘槎，清都非遠，可惜魚羽無定。桂華吹散廣寒風，兔老蟾蜍冷。但唧唧飢蟲啼暝，中心撩亂誰能整。坐待雄雞三唱，颯颯霜髭，怕臨青鏡。

惜餘春慢

首句四字，二句四字，三句六字仄韻起，四句四字，五句四字，六句六字仄叶，七句六字，八句四字，九句四字仄叶，十句七字，十一句六字仄叶。

前段十一句四韻五十五字，後段同首句七字。

春情

魯逸仲

弄月餘花，團風輕絮，露濕池塘春草。鶯鶯戀友，燕燕將雛，惆悵睡殘清曉。還似初相見時，攜手旗亭，酒香梅小。向登臨長是傷春，滋味淚彈多少。　因甚卻輕許風流，終非長久，又説分飛煩惱。羅衣瘦損，繡被香銷，那更亂紅如掃。門外無窮路岐，天若有情，和天須老。念高唐歸夢淒涼，何處水流雲遶。

蘇武慢

首句四字，二句四字，三句六字仄韻起，四句四字，五句四字，六句六字仄叶，七句四字，八句四字，九句六字仄叶，十句七字，十一句六字仄叶。

前段十一句四韻五十五字，後段同首句七字。

閑逸　虞道園

掃盡風雲，綽開塵土，落得半丘藏拙。青松爲蓋，白石爲床，一切物情休歇。幾度蓬萊，布袍長劍，閒對海波澄徹。是誰家酒熟仙瓢，邀我共看明月。歸去也玉宇寥寥，銀河耿耿，鐵笛一聲山裂。三花高擁，九氣彌羅，縹緲太清瑤闕。手把芙蓉，凌空飛步，今夜幾人朝謁。便翻身北斗爲杓，更散紫甌香雪。

沁園春

首句四字，二句四字，三句四字平韻起，四句五字，五句四字，六句四字，七句四字平叶，八句四字，九句四字，十句七字平叶，十一句三字，十二句五字，十三句四字平叶。首句六字平叶，二句八字平叶，三句五字，四句四字，五句四字，六句四字平叶，七句四字，八句四字，九句七字平叶，十句三字，十一句五字，十二句四字平叶。

前段十三句四韻五十六字，後段十二句五韻五十八字。

退閒　　辛幼安

三徑初成，鶴怨猿驚，稼軒未來。甚雲山自許，平生意氣，衣冠人笑，抵死塵埃。意倦須還，身閒要早，豈爲蓴羹鱸膾哉。秋江上，看驚弦雁避，駭浪船回。　東岡更葺茅齋。好都把軒窗臨水開。要小舟行釣，先應種柳，疏籬護竹，莫礙觀梅。秋菊堪餐，秋蘭可佩，留待先生手自栽。沉吟久，怕君恩未許，此意徘徊。**眉批**：「要」一作「貴」，「秋蘭」一作「春蘭」。

秦少游

宿靄迷空，膩雲籠日，晝景漸長。正蘭泥膏潤，誰家燕喜，蜜脾香少，觸處蜂忙。盡日無人簾幕掛，更風遞遊絲時過牆。微雨後，有桃愁杏怨，紅淚淋浪。　風流寸心易感，但依依竚立，回盡柔腸。念小奩瑤鑑，重勻絳蠟，玉籠金斗，時熨沉香。柳下相將遊冶處，便回首青樓成異鄉。相憶事，縱蠻箋萬疊，難寫微茫。

黄魯直

把我身心，爲伊煩惱，算天便知。恨一回相見，百方做計，未能偎倚，早覓東西。鏡裡拈花，水中捉月，覷著無由得近伊。添憔悴，鎮花銷翠減，玉瘦香肌。奴兒又有行期。你去即無妨我共誰。向眼前常見，心猶未足，怎生禁得，真個分離。地角天涯，我隨君去，掘井爲盟無改移。君須是，做些兒相度，莫待臨期。

蘇子瞻

孤館燈青，野店雞號，旅枕夢殘。漸月華收練，晨霜耿耿，雲山擒錦，朝露漙漙。世路無窮，勞生有限，似此區區長鮮歡。微吟罷，憑征鞍無語，往事千端。當時共客長安。似二陸初來俱少年。有筆頭千字，胸中萬卷，致君堯舜，此事何難。用舍由時，行藏在我，袖手何妨閒處看。身長健，但優遊卒歲，且鬬尊前。

送趙景明知縣東歸　　辛幼安

佇立瀟湘，黄鵠高飛，望君未來。快東風吹斷，西江對語，急呼斗酒，旋拂塵埃。卻怪英姿，有如君者，猶欠封侯萬里哉。空贏得，道江南佳句，只有方回。錦帆畫舫行齋。悵雪浪粘天江景開。記我行南浦，送君折柳，君逢驛使，爲我攀梅。落帽山前，呼鷹臺下，人道花須滿縣栽。都休問，看雲霄高處，鵬翼徘徊。

奏邸誤傳余以病掛冠因賦此自嘲　　前　人

老子平生，笑盡人間，兒女怨根。況白頭能幾，定應獨往，青雲得意，見説長存。抖擻衣冠，憐渠無恙，合掛當年神武門。都如夢，算能爭幾許，雞曉鐘昏。　此心無有新冤。況抱甕年來自灌園。但淒涼顧影，頻悲往事，殷勤對佛，欲問前因。卻怕青山，也妨賢路，休鬬尊前見在身。山中友，試高吟楚些，重與招魂。

期思橋壞復成父老請余賦之期思屬弋陽郡　　前　人

有美人兮，玉珮瓊琚，吾夢見之。問斜陽猶照，漁樵故里，長橋誰記，今古期思。物化蒼茫，神遊彷彿，春與猿吟秋鶴飛。還驚嘯，向晴波忽見，千丈虹霓。　覺來西望崔嵬。更上有青楓下有溪。待空山自薦，寒冰秋菊，中流卻送，桂棹蘭旗。萬事長嗟，百年雙鬢，吾非斯人誰與歸。憑闌久，正清愁未了，醉墨休題。

答余叔良　前　人

我試評君，君定何如，玉川似之。記李花初發，乘雲共語，梅花開後，對月相思。白髮重來，畫橋一望，秋水長天孤鶩飛。同吟處，看珮搖明月，衣卷青霓。　相君高節崔嵬。是此處耕岩與釣溪。被西風吹盡，村簫社鼓，青山留得，松蓋雲旗。吊古愁濃，懷人日暮，一片心從天外歸。新詞好，似淒涼楚些，字字堪題。

答楊世長　前　人

我醉狂吟，君作新聲，倚歌和之。算芬芳定向，梅間得意，輕清多是，雪裡尋思。朱雀橋邊，何人會道，野草斜陽春燕飛。都休問，甚元無霽雨，卻有晴霓。　詩壇千丈崔嵬。更有筆如山雲作溪。看君才未數，曹劉敵手，風騷合受，屈宋降旗。誰識相如，平生自許，慷慨須乘駟馬歸。長安路，問垂虹千柱，何處曾題。

靈山齊菴賦時築偃湖未成　前　人

疊□□馳，萬馬回旋，眾山欲東。正驚湍直下，跳珠倒濺，小橋橫截，缺月初弓。老合投閒，天教多事，檢校長身十萬松。吾廬小，在龍蛇影外，風雨聲中。　爭先見面重重。爽氣朝來三四峰。似謝家子弟，衣冠磊落，相如庭户，車騎雍容。我覺其家，雄深雅健，如對文章太史公。新堤路，問偃湖何日，煙水濛濛。

弄溪　　前人

有酒忘杯，有筆忘詩，弄溪奈何。看縱横斗轉，龍蛇起陸，崩騰決去，雪練傾河。嫋嫋東風，悠悠倒影，摇動雲山水又波。還知否，欠菖蒲攢港，緑竹緣坡。長松誰剪嵯峨。笑野老來耘山上禾。算只因魚鳥，天然自樂，非關風月，閒處偏多。芳草春深，佳人日暮，濯髮滄浪獨浩歌。徘徊久，人間誰似，老子婆娑。(一)

期思卜築　　前人

一水西來，千丈晴虹，十里翠屏。喜草堂經歲，重來社老，斜川好景，不負淵明。老鶴高飛，一枝移宿，長笑蝸牛戴屋行。平章了，待十分佳處，著個茅亭。青山意氣崢嶸。似爲我歸來嫵媚生。解頻教花鳥，前歌後舞，更催雲水，暮送朝迎。酒聖詩豪，可能無勢，我乃

(一)「佳人」以下，雙排小字補寫。

而今駕馭卿。清溪上，被山靈卻笑，白髮歸耕。

將止酒戒杯勿近　前　人

杯汝前來，老子今朝，點檢形骸。甚長年抱渴，咽如焦釜，於今喜眩，氣似奔雷。汝說劉伶，古今達者，醉後何妨死便埋。渾如許，歎汝於知己，真少恩哉。　更憑歌舞爲媒。算合作人間鴆毒猜。況疾無小大，生於所愛，物無美惡，過則爲災。與汝戒言，勿留亟退，吾力猶能肆汝杯。杯再拜，道麾之即去，有召須來。旁注：·×。

諸公載酒入山破戒一醉用前韻　前　人

杯汝知乎，酒泉罷侯，鴟夷乞骸。更高陽入謁，都稱虀臼，杜康初筮，正得雲雷。細數從前，不堪餘恨，歲月都將麯蘗埋。君詩好，似提壺卻勸，沽酒何哉。　君言病豈無媒。似壁上雕弓蛇暗猜。記醉眠陶令，終全至樂，獨醒屈子，未免沉災。欲聽公言，慚非勇者，司馬家兒解覆杯。還堪笑，借今宵一醉，爲故人來。

用邴原事壽趙茂嘉郎中　前　人

甲子相高，亥首曾疑，絳縣老人。看長身玉立，鶴般風度，方頤□□，虎樣精神。文爛卿雲，詩凌鮑謝，筆勢駸駸更右軍。渾餘事，羨仙都夢覺，金閣名存。門前父老忻忻。焕奎閣新褒詔語温。記他年帷幄，須依日月，只今劍履，快上星辰。人道陰功，天教多壽，看到貂蟬七葉孫。君家裡，是幾枝丹桂，幾樹靈椿。

和吴子似縣尉　前　人

我見君來，頓覺吾廬，溪山美哉。悵平生肝膽，都成楚越，只今膠漆，誰是陳雷。搔首踟躕，愛而不見，要得詩來渴望梅。還知否，快清風入手，日看千回。直須抖擻塵埃。人怪我柴門今始開。向松間乍可，從他喝道，庭中切莫，踏破蒼苔。豈有文章，謾勞車馬，待唤青芻白飯來。君非我，任功名意氣，莫恁徘徊。

題雙廟張巡許遠　名天祥宋文文山

爲子死孝，爲臣死忠，死又何妨。自光岳氣分，士無全節，君臣義缺，誰負剛腸。駡賊睢陽，愛君許遠，留得聲名萬古香。後來者，無二公之操，百煉之剛。嗟哉人生翕欻云亡。好烈烈轟轟做一場。使當時賣國，甘心降虜，受人唾駡，安得流芳。古廟幽沉，遺容儼雅，枯木寒鴉幾夕陽。郵亭下，有奸雄過此，仔細思量。

紫萸香慢

首句三字，二句四字，三句六字平韻起，四句五字，五句六字平叶，六句六字，七句五字，八句四字平叶，九句十字平叶，十一句㈠七字平叶。　首句三字，二句三字平叶，三句六字平叶，四句五字，五句四字，六句四字平叶，七句六字，八句六字平叶，九句七字，十句四字，十一句六字平叶，十二句四字平叶。

前段十一句五韻五十六字，後段十二句六韻五十八字。

重九　姚江村

近重陽，偏多風雨，絶憐此日暄明。問秋香濃未，待攜客出西城。政自羈懷多感，怕荒臺高處，更不勝情。向尊前又憶漉酒插花人。只坐上已無老兵。　淒情淺，醉還醒。愁不肯與詩平。記長楸走馬，雕弓笮柳，前事休評。紫萸一枝傳賜，夢誰到漢家陵。儘烏紗便隨風去，要天知道，華髮如此星星。歌罷涕零。

㈠ 當爲第十句。

丹鳳吟

首句六字，二句四字，三句四字仄韻起，四句四字，五句六字仄叶，六句四字，七句四字，八句四字，九句四字仄叶，十句四字，十一句六字，十二句六字仄叶。首句六字，二句六字㈠仄叶，三句五字，四句五字，五句四字仄叶，六句四字，七句六字仄叶，八句七字，九句五字仄叶，十句四字，十一句五字仄叶。

前段十二句四韻五十六字，後段十一句五韻五十八字。

春恨

周美成

池邐春光無賴，翠藻翻池，黃蜂遊閣。朝來風暴，飛絮亂投簾幕。生憎暮景，倚牆臨岸，杏靨夭邪，榆錢輕薄。晝永思維，傍枕睡起無憀，殘照猶在亭角。况是別離氣味，坐來便覺心緒惡。痛飲澆愁酒，奈愁濃如酒，無計銷鑠。那堪昏暝，簌簌半簷花落。弄粉調朱柔素手，問何時重握。此時此意，長怕人道著。

㈠ 當爲七字。

小梅花

首句三字仄韻起，二句三字仄叶，三句七字仄叶，四句三字平韻換，五句三字平叶，六句九字平叶，七句七字仄韻換，八句七字仄叶，九句三字平韻換，十句三字平叶，十一句四字，十二句五字平叶。　首句三字仄韻起，二句三字仄叶，三句七字仄叶，四句三字平韻換，五句三字平叶，六句四字，七句五字平叶，八句七字仄韻換，九句七字仄叶，十句三字平韻換，十一句三字平叶，十二句九字平叶。

前段十二句四換韻五十七字，後段十二句四換韻五十七字。

將進酒 此詞欠婉轉不似詞家體　　**高仲常**

城下路。淒風露。今人犁田昔人墓。岸頭沙。帶蒹葭。漫漫昔時流水今人家。黃埃赤日長安道。倦客無漿馬無草。開函關。閉函關。千古如今，不見一人閒。六國擾。三秦掃。初謂商山遺四老。馳單車。致緘書。裂荷焚芰，接武曳長裾。高陽真得杯中趣。身外醉鄉安穩處。生忘形。死忘名。二豪侍側劉伶初未醒。

摸魚兒

首句七字，二句六字仄韻起，三句七字，四句六字仄叶，五句三字仄叶，六句十字仄叶，七句四字仄叶，八句五字，九句四字，十句五字仄叶。　首句三字仄叶，二句六字，三句六字仄叶，四句七字，五句六字仄叶，六句三字仄叶，七句十字仄叶，八句四字仄叶，九句五字，十句四字，十一句五字仄叶。

前段十句六韻五十七字，後段十一句七韻五十九字。

春暮　辛幼安

更能消幾番風雨，匆匆春又歸去。惜春長怕花開早，何況落紅無數。春且住。見説道天涯芳草迷歸路。怨春不語。算只有殷勤，畫簷蛛網，盡日惹飛絮。　長門事，準擬佳期又誤。蛾眉曾有人妬。千金縱買如賦(一)，脈脈此情誰訴。君莫舞。君不見玉環飛燕皆塵土。閒愁最苦。休去倚危欄，斜陽正在，煙柳斷腸處。**眉批：**「迷」一作「無」，「縱」一作「曾」。

(一) 按譜此句缺一字。

歐陽永叔

卷繡簾、梧桐秋院落，一霎雨添新緑。對小池閒立殘妝淺，向晚水紋如縠。凝遠目。恨人去寂寂鳳枕孤難宿。倚闌不足。看燕拂風檐，蝶翻草露，兩兩長相逐。雙眉促。可惜年華婉娩，西風初弄庭菊。況伊家年少，多情未已難拘束。那堪更趁涼景，追尋甚處垂楊曲。佳期過盡，但不説歸來，多應忘了，雲屏去時祝。眉批：本集「草露」作「露草」。

退居

晁無咎

買陂塘、旋栽楊柳，依稀淮岸湘浦。東皋雨過新痕漲，沙嘴鷺來鷗聚。堪愛處。最好是、一川夜月光流注。無人自舞。任翠幄張天，柔裀籍地，酒盡未能去。青綾被，休憶金閨故步。儒冠曾把身誤。弓刀千騎成何事，荒了邵平瓜圃。君試覷。滿青鏡、星星鬢影今如許。功名浪語。便似得班超，封侯萬里，歸計恐遲暮。

觀潮上葉丞相

辛幼安

望飛來、半空鷗鷺。須臾動地鼙鼓。截江組練驅山去，鏖戰未收貔虎。朝又暮。悄慣得、吾兒不怕蛟龍怒。風波平步。看紅旆驚飛，跳魚直上，蹙踏浪花舞。憑誰問，萬里長鯨吞吐。人問兒戲千弩。滔天力倦知何事，白馬素車東去。堪恨處。人道是、屬鏤怨忿千古。功名自誤。謾教得陶朱，五湖西子，一舸弄煙雨。

雨岩有石甚怪取離騷九歌名曰山鬼

前人

問何年、此山來此，西風落日無語。看君似是羲皇上，直作太虛名汝。溪上算只有，紅塵不到今猶古。一杯誰舉。笑我醉呼君，崔嵬未起，山鳥覆杯去。須記取。昨夜龍湫風雨。門前石浪掀舞。四更山鬼吹燈嘯，驚倒世間兒女。依然處。還問我、清游杖屨公良苦。神交心許。待萬里攜君，鞭笞鸞鳳，送我遠遊賦。

賀新郎

◐●○○●首句五字仄韻起●○○◐○◐●二句七字◐○○●三句四字仄叶◐●○○○◐●四句七字◐●◐○◐●五句六字仄叶●●●○○○●六句七字仄叶◐●◐○○●●七句七字●○○◐●○○●八句八字仄叶◐●●九句三字◐○●十句三字仄叶◐○◐●○○●首句七字仄叶

●○○◐◐◐●二句七字◐○○●三句四字仄叶◐●○○◐●●四句七字◐●◐○◐●五句六字仄叶◐●●○○◐●六句七字仄叶◐●○○○●●七句七字●○○◐●○○●八句八字仄叶◐●●九句三字◐○●十句三字仄叶(一)

前段十句六韻五十七字，後段十句六韻五十九字。

端午　**劉濬夫**

深院榴花吐。畫簾開綵衣紈扇，午風清暑。兒女紛紛新結束，時樣釵符艾虎。早已有遊人觀渡。老大逢場慵作戲，任白頭年少爭旗鼓。溪雨急，浪花舞。靈均標致高如許。憶生平既紉蘭佩，又懷椒醑。誰信騷魂千載後，波底垂涎角黍。又説是蛟饞龍怒。把似而今醒到了，料當年醉死差無苦。聊一笑，吊千古。

其二　**前人**

思遠樓前路。望平堤、十里湖光，畫船無數。綠蓋盈盈紅粉面，葉底荷花解語。鬭巧結、同

(一) 此譜可平可仄符號爲◐，全書僅此一例。

心雙縷。尚有經年離別恨，一絲絲、總是相思處。相見也，又重午。清江舊事傳荊楚。歎人情、千載如新，尚沉菰黍。且盡尊前今日醉，誰肯獨醒吊古。泛幾盞、菖蒲緑醑。兩兩龍舟爭競渡，奈珠簾、暮捲西山雨。看未足，怎歸去。

春情

李玉

篆縷銷金鼎。醉沉沉、庭陰轉午，畫堂人靜。芳草王孫知何處，惟有楊花糝徑。漸玉枕、騰騰春醒。簾外殘紅春已透，鎮無聊、殢酒厭厭病。雲鬢亂，未忺整。江南舊事休重省。遍天涯、尋消問息，斷鴻難倩。月滿西樓憑闌久，依舊歸期未定。又只恐、瓶沉金井。嘶騎不來銀燭暗，枉教人、立盡梧桐影。誰伴我，對鸞鏡。

初夏

葉夢得

睡起流鶯語。掩蒼苔、房櫳向晚，亂紅無數。吹盡殘花無人問，惟有垂楊自舞。漸暖靄、初回輕暑。寶扇重尋明月影，暗塵侵、尚有乘鸞女。驚舊恨，鎮如許。江南夢斷衡皋渚。浪粘天、葡萄漲緑，半空煙雨。無限樓前滄波意，誰採蘋花寄取。但悵望、蘭舟容與。萬里雲帆何時到，送孤鴻、目斷千山阻。誰爲我，唱金縷。

夏景　蘇子瞻

乳燕飛華屋。悄無人、槐陰轉午，晚涼新浴。手弄生綃白團扇，扇手一時似玉。漸困倚、孤眠清熟。簾外誰來推繡户，枉教人、夢斷瑶臺曲。又卻是，風敲竹。石榴半吐紅巾蹙。待浮花、浪蕊都盡，伴君幽獨。穠豔一枝細看取，芳心千重似束。又恐被、秋風驚緑。若待得君來，向此花前，對酒不忍觸。共粉淚，兩簌簌。

夏景　趙文鼎

晝永重簾捲。乍池塘、一番過雨，芰荷初展。竹引新梢半含粉，緑蔭扶疏滿院。過花絮、蜂稀蝶懶。窗户沉沉人不到，伴清幽、時有流鶯囀。凝思久，意何限。玉釵墜枕風鬟顫。湛虚堂、壺冰瑩徹，簟波零亂。自是仙姿清無暑，月影空垂素扇。破午睡、香銷餘篆。一枕湖山千里夢，正白蘋煙棹歸來晚。雲碧楚天遠。**尾注：**□少一字□。

端午　劉方叔

翠葆摇新竹。正榴花、枝頭葉底，鬬紅爭緑。誰在紗窗停針線，閒理竹西舊曲。又還是、蘭湯新浴。手弄合歡雙綵索，笑偎人、福壽低相祝。金鳳彈，艾花矗。龍舟噀水飛相逐。

記當年、懷沙舊恨，至今遺俗。雨過平蕪浮天闊，畫艤凌波盡簇。沸十里、笙歌聲續。好是蟾鉤隨歸棹，任歡呼、船重成頹玉。猶未忍，罩銀燭。

七夕

宋謙甫

靈鵲橋初就。記迢迢、重湖風浪，去年時候。歲月不留人易老，萬事茫茫宇宙。但獨對、西風搔首。巧拙豈關今夕事，奈癡兒、騃女流傳謬。添話柄，柳州柳。　道人識破灰心久。只好風、涼月佳時，疏狂如舊。休笑雙星經歲別，人到中年已後。雲雨夢、可曾常有。雪藕調冰花熏茗，正梧桐、雨過新涼透。且隨分，一盃酒。

檃括東坡後赤壁

無名氏

步自雪堂去。望臨皋、將歸二客，從予遵路。木葉蕭蕭霜露降，仰見天高月吐。共對影、行歌頻顧。月白風清如此夜，歎無餚、無酒成虛度。聞薄暮，網罾舉。　歸而斗酒謀諸婦。便攜鱗、載酒相從，舊追遊處。斷岸橫江尋赤壁，不復江山如故。但放舟、中流容與。客去冥然方就睡，夢蹁躚、羽衣揖余語。相顧笑，遂驚寤。

遊湖

劉改之

睡覺啼鶯曉。醉西湖、兩峰日日，買花簪帽。去盡酒徒無人問，惟有玉山自倒。任拍手、兒童爭笑。一騎乘風翻然去，避魚龍、不見波聲悄。歌韻遠，喚蘇小。　神仙路近蓬萊島。紫雲深、參差禁樹，有煙花繞。人世紅塵西障日，百計不如歸好。付樂事、與他年少。費盡柳金梨雪句，問沉香亭北何時召。心未愜，鬢先老。

吉席

辛幼安

瑞氣籠清曉。捲珠簾、次第笙歌，一時齊奏。無限神仙離蓬島。鳳駕鸞車初到。見擁個、仙娥窈窕。玉珮玎璫風縹緲。望嬌姿、一似垂楊裊。天上有，世間少。　劉郎正是當年少。更那堪、天教付與，最多才貌。玉樹瓊枝相映耀。誰與安排忒好。有多少、風流歡笑。直待來春成名了。馬如龍、緑綬欺芳草。同富貴，又偕老。

西湖

前　人

翠浪吞平野。挽天河、誰來照影，卧龍山下。煙雨偏宜晴更好，約略西施未嫁。待細把、江山圖畫。千頃光中堆灩澦，似扁舟、欲下瞿塘馬。中有句，浩難寫。　詩人例入西湖社。

記風流、重來手種，緑陰成也。陌上游人誇故國，十里水晶臺榭。更複道、横空清夜。粉黛中洲歌甚曲，問當年、魚鳥無存者。堂上燕，又長夏。眉批：「甚曲」本集作「妙曲」。

九日　劉後村

湛湛長空裏。更那堪、斜風細雨，亂愁如織。老眼平生空四海，賴有高樓百尺。看浩蕩、千崖秋色。白髮書生神州淚，盡淒涼不向牛山滴。追往事，去無跡。　少年自負凌雲筆。到而今、春華落盡，滿懷蕭瑟。常恨世人新意少，愛説南朝狂客。把紗帽年年拈出。若笑黄花辜負酒，怕黄花也笑人岑寂。鴻北去，日西没。

贈妓　李南金

流落今如許。我亦三生杜牧，爲秋娘著句。先自多愁多感慨，更值江南春暮。君看取、落花飛絮。也有吹來沾繡幌，有因風、飄墮隨塵土。人世事，總無據。　佳人命薄君休訴。若説與、英雄心事，一生更苦。且盡尊前今日意，休記緑窗眉嫵。但春到、兒家庭户。幽恨一簾煙月曉，恐明日、雁亦無尋處。渾欲倩，鶯留住。

詠水仙　**辛幼安**

雲卧衣裳冷。看蕭然、風前月下，水邊幽影。羅襪生塵凌波去，湯沐煙波萬頃。愛一點、嬌黄成暈。不記相逢曾解珮，甚多情、爲我香成陣。待和淚，收殘粉。靈均千古懷沙恨。記當時、匆匆忘把，此仙題品。煙雨淒迷僝僽損，翠袂摇摇誰整。謾寫入、瑶琹幽憤。絃斷招魂無人賦，但金杯的皪銀臺潤。愁殢酒，又獨醒。

詠海棠　**前人**

著厭霓裳素。染胭脂、苧羅山下，浣沙溪渡。誰與流霞千古醖，引得東風相誤。從臾入、吴宫深處。鬢亂釵横渾不醒，轉越江、剗地迷歸路。煙艇小，五湖去。當時倩得春留住。就錦屏一曲，種種斷腸風度。纔是清明三月近，須要詩人妙句。笑援筆、殷勤爲賦。十樣蠻箋紋錯綺，粲珠璣、淵擲驚風雨。重唤酒，共花語。

滕王閣　**前人**

高閣臨江渚。訪層城、空餘舊跡，黯然懷古。畫棟珠簾當日事，不見朝雲暮雨。但遺下、西山南浦。天宇修眉浮新緑，映悠悠、潭影長如故。空有恨，奈何許。王郎健筆誇翹楚。

到如今、落霞孤鶩，競傳佳句。物換星移知幾度，夢想珠歌翠舞。爲徙倚、闌干凝佇。目斷平蕪蒼波晚，快江風、一瞬澄襟暑。誰共飲，有詩侶。

聽琵琶　　前　人

鳳尾龍香撥。自開元霓裳曲罷，幾番風月。最苦潯陽江頭客，畫舸亭亭待發。記出塞、黃雲堆雪。馬上離愁三萬里，望昭陽、宮殿孤鴻没。絃解語，恨難説。遼陽驛使音塵絕。瑣窗寒、輕攏慢撚，淚珠盈睫。推手含情還卻手，一抹梁州哀徹。千古事、雲飛煙滅。賀老定場無消息，想沉香亭北繁華歇。彈到此，爲嗚咽。**眉批**：次敘琵琶往事，中存俯仰古今之感。

其二　　前　人

柳暗淩波路。送春歸、猛風暴雨，一番新緑。千里瀟湘葡萄漲，人解扁舟欲去。又檣燕、留人相語。艇子飛來生塵步，唾花寒、唱我新翻句。波似箭，催鳴櫓。黃陵祠下山無數。聽湘娥、泠泠曲罷，爲誰情苦。行到東吴春已暮，正江闊、潮平穩渡。望金雀、觚棱翔舞。前度劉郎今重到，問玄都、千樹花存否。愁爲倩，么絃訴。

與陳同甫偕遊鵝湖，既而別去，夜聞鄰笛悵然有懷，作此寄之　前人

把酒長亭說。看淵明、風流酷似，卧龍諸葛。何處飛來林間鵲，蹙踏松梢殘雪。要破帽、多添華髮。剩水殘山無態度，被疏梅、料理成風月。兩三雁，也蕭瑟。　佳人重約還輕別。悵清江、天寒不渡，水深冰合。路斷車輪生四角，此地行人銷骨。問誰使、君來愁絶。鑄就而今相思錯，料當初、費盡人間鐵。長夜笛，莫吹裂。

同甫見和再用韻答之　前人

老大那堪說。似而今、元龍臭味，孟公瓜葛。我病君來高歌飲，驚散樓頭飛雪。笑富貴、千鈞如髮。硬語盤空誰來聽，記當時、只有西窗月。重進酒，換鳴瑟。　事無兩樣人心別。問渠儂、神州畢竟，幾番離合。汗血鹽車無人顧，千里空收駿骨。正目斷、關河路絶。我最憐君中宵舞，道男兒、到此心如鐵。看試手，補天裂。

用前韻贈金華杜仲高　前人

細把君詩說。恍餘音、鈞天浩蕩，洞庭膠葛。千丈陰崖塵不到，惟有層冰積雪。乍一見、寒生毛髮。自昔佳人多薄命，對古來、一片傷心月。金屋冷，夜調瑟。　去天尺五君家別。

看乘空、魚龍慘淡，風雲開合。起望衣冠神州路，白日銷殘戰骨。歎夷甫、諸人清絶。夜半狂歌悲風起，聽錚錚、陣馬簷間鐵。南共北，正分裂。

和前西湖韻 前人

覓句如東野。想錢塘、風流處士，水仙祠下。更憶小孤煙浪裏，望斷彭郎欲嫁。是一色、空濛難畫。誰解胸中吞雲夢，試呼來、草賦看司馬。須更把，上林寫。　雞豚舊日漁樵社。問先生、帶湖春浪，幾時歸也。爲愛琉璃三萬頃，正卧水亭烟榭。對玉塔、微瀾深夜。雁鶩如雲休報事，被詩逢敵手皆勍者。春草夢，也宜夏。

又和 前人

碧海成桑野。笑人間，江翻平陸，水雲高下。自是三山顔色好，更著雨婚煙嫁。料未必、龍眠能畫。擬向詩人求幼婦，倩諸君、妙手皆談馬。須進酒，爲陶寫。　回頭鷗鷺瓢泉社。莫吟詩、莫抛酒尊，是吾盟也。千騎而今遮白髮，忘卻滄浪亭榭。但記得、灞陵呵夜。我輩從來文字飲，怕壯懷、激烈須歌者。蟬噪也，緑陰夏。

别茂嘉十二弟　前　人

鵜鴂、杜鵑實兩種,見《離騷補注》

緑樹聽鵜鴂。更那堪、鷓鴣聲住,杜鵑聲切。啼到春歸無尋處,苦恨芳菲都歇。算未抵、人間離别。馬上琵琶關塞黑,更長門、翠輦辭金闕。看燕燕,送歸妾。　將軍百戰身名烈。向河梁、回頭萬里,故人長絶。易水蕭蕭西風冷,滿座衣冠似雪。正壯士、悲歌未徹。啼鳥還知如許恨,料不啼清淚長啼血。誰共我,醉明月。

題趙兼善龍閣東山小魯亭　前　人

下馬東山路。恍臨風、周情孔思,悠然千古。寂寞東家丘何在,縹緲危亭小魯。試重上、岩岩高處。更憶公歸西悲日,正濛濛、陌上多零雨。嗟費卻,幾章句。　謝公雅志還成趣。記風流、中年懷抱,長攜歌舞。政爾良難君臣事,晚聽秦箏聲苦。快滿眼、松篁千畝。把似渠垂功名淚,算何如、且作溪山主。雙白鳥,又飛去。**眉批**:吾子行謂篆書不宜詞曲,則道學家風豈可填詞,所以□情思,況周孔之累。

傅君用山園　前　人

曾與東山約。爲儵魚、從容分得,清泉一勺。堪笑高人讀書處,多少松窗竹閣。甚長被、游人占卻。萬卷何言達時用，士方窮、早與人同樂。新種得，幾花藥。山頭怪石蹲秋鶚。俯人間、塵埃野馬，孤撐高攫。拄杖危亭扶未到，已覺雲生兩脚。更换卻、朝來毛髮。此地千年曾物化，莫呼猿、且自多招鶴。吾亦有，一丘壑。

用韻題趙晉臣積翠岩　　前　人

拄杖重來約。到東風、洞庭張樂，滿空簫勺。巨海拔犀頭角出，東向北山高閣。尚依舊、爭前又卻。老我傷懷登臨際，問何方、可以平哀樂。唯是酒，萬金藥。勸君且作横空鶴。便休論、人間腥腐，紛紛烏攫。九萬里風斯在下，翻覆雲頭雨脚。快直上、崑崙濯髮。好卧長虹陂千里，是誰言、聽取雙黄鶴。攜翠影，浸雲壑。

韓仲止判院山中見訪席上用前韻　　前　人

聽我三章約。有談功、談名者舞，談經深酌。作賦相如親滌器，識字子雲投閣。算枉把、精神費卻。此會不如公榮者，莫呼來、政爾妨人樂。醫俗士，苦無藥。當年衆鳥看孤鶚。意飄然、横空直把，曹吞劉攫。老我山中誰是伴，須信窮愁有脚。似剪盡、還生僧髮。自斷此生天休問，倩何人、説與乘軒鶴。吾有志，在丘壑。

獨坐停雲憶友作仿佛淵明思親友之意　**前　人**

甚矣吾衰矣。悵平生、交游零落，只今餘幾。白髮空垂三千丈，一笑人間萬事。問何物、能令公喜。我見青山多嫵媚，料青山、見我應如是。情與貌，略相似。　一尊搔首東窗裏。想淵明、停雲詩就，此時風味。江左沉酣求名者，豈識濁醪妙理。回首叫、雲飛風起。不恨古人吾不見，恨古人、不見吾狂耳。知我者，二三子。

再用前韻　**前　人**

鳥倦飛還矣。笑淵明、瓶中儲粟，有無能幾。蓮社高人留翁語，我醉寧論許事。試沽酒、重斟翁喜。一見蕭然音韻古，想東籬、醉卧參差是。千載下，竟誰似。　元龍百尺高樓裏。把新詩、殷勤問我，停雲情味。北夏門高從拉攞，何事須人料理。翁會道、繁華朝起。塵土人言寧可用，顧青山、與我何如耳。歌且和，楚狂子。

題傅岩叟悠然閣　**前　人**

路入門前柳。到君家、悠然細説，淵明重九。歲晚淒其無諸葛，惟有黄花入手。更風雨、東籬依舊。頻顧南山高如許，是先生、拄杖歸來後。山不記，何年有。　是中不減康廬秀。

倩西風、爲吾喚起，翁能來否。鳥倦飛還平林去，雲自無心出岫。賸準備、新詩幾首。欲辨忘言當年意，慨遥遥、我去羲農久。天下事，可無酒。**眉批：**「康」疑「匡」。

用前韻再賦　　前　人

肘後俄生柳。歎人生、不如意事，十常八九。右手淋浪才有用，閒卻持螯左手。謾贏得、傷今感舊。投閣先生惟寂寞，笑是非、不了身前後。持此語，問烏有。青山幸自重重秀。問新來、蕭蕭木落，頗堪秋否。總被西風都瘦損，依舊千岩萬岫。把萬事、無言搔首。翁比渠儂人誰好，是我常、與我周旋久。寧作我，一杯酒。

嚴和之好古博雅，以嚴本莊姓，取蒙莊、子陵四事：曰濮上、曰濮梁、曰齊澤、曰嚴瀨，爲四圖，屬余賦詞。余請和之併圖蜀君平像，置之四圖之間，庶幾嚴氏之高節備焉。因作此詞使歌之　　前　人

濮上看垂釣。更風流、羊裘澤畔，精神孤矯。楚漢黄金公卿印，比著漁竿誰小。但過眼、纔堪一笑。惠子焉知濠梁樂，望桐江、千丈高臺好。煙雨外，幾魚鳥。古來如許高人少。細平章、兩翁似與，巢由同調。已被堯知方洗耳，畢竟塵汙人了。要名字、人間如掃。我愛

蜀莊沉冥者，解門前、不使徵車到。君爲我，盡三老。

和徐斯遠下第謝諸公載酒韻　前　人

逸氣軒眉宇。似王良、輕車熟路，驊騮欲舞。我覺君非池中物，咫尺蛟龍雲雨。時與命、猶須天賦。蘭珮芳菲無人問，歎靈均、欲向重華訴。空鬱鬱，共誰語。兒曹不料揚雄賦。怪當年、甘泉誤説，青葱玉樹。風引船回滄溟闊，目斷三山伊阻。但笑指、吾廬何許。門外蒼官三百輩，盡堂堂、八尺鬚髯古。誰載我，帶湖去。

併入**金縷曲**与《賀新郎》同

夜宿省中有懷　陶　安

庭樹秋聲冷。夜迢迢、漏傳銀箭，月明華省。最惜稽山無賀老，短燭照人孤影。做好夢、又還驚醒。風透圍屏青綾薄，且披衣、立傍梧桐井。兵衛肅，畫廊靜。江湖聚散如萍梗。笑談間、雲霞滿足，一鞭馳騁。萬壑水晶天不夜，人在玉宸仙境。近日四郊無警。兵後遺民歸田里，漸桑麻、綠映鵝湖嶺。須再見，好光景。

金明池

首句四字，二句四字，三句六字仄韻起，四句七字，五句七字仄叶，六句七字，七句九字仄叶，八句五字，九句四字，十句六字仄叶。首句七字仄叶，二句五字，三句四字仄叶，四句七字，五句七字仄叶，六句七字，七句九字仄叶，八句五字，九句四字，十句六字仄叶。

前段十句四韻五十九字，後段十句五韻六十一字。

春游

秦少游

瓊苑金池，青門紫陌，似雪楊花滿路。雲日淡天低晝永，過三點兩點細雨。好花枝半出牆頭，似悵望芳草王孫何處。更水繞人家，橋當門巷，燕燕鶯鶯飛舞。怎得東君長爲主。把綠鬢朱顏，一時留住。佳人唱金衣莫惜，才子倒玉山休訴。況春來倍覺傷心，念故國情多新年愁苦。縱寶馬嘶風，紅塵拂面，也則尋芳歸去。

緑頭鴨

首句三字平韻起，二句七字，三句六字平叶，四句七字，五句七字平叶，六句四字，七句四字，八句七字平叶，九句七字，十句四字平叶。　首句三字平叶，二句四字，三句六字平叶，四句七字，五句七字平叶，六句七字，七句五字平叶，八句四字，九句四字，十句七字平叶，十一句三字，十二句四字，十三句四字平叶。

前段十句五韻五十六字，後段十三句六韻六十五字。

錢塘懷古　無名氏

靜中看。記昔日湖山隱隱，宛若虎踞龍蟠。下襄樊指揮湘漢，鞭雲騎圍繞江干。勢不成三，時當混一，過唐之數不爲難。陳橋驛孤兒寡婦，久假南還。掛征帆。龍舟催發，紫宸初捲朝班。禁庭空土花暈碧，輦路悄訶喝聲乾。縱餘得西湖風景，花柳亦凋殘。去國三千，遊仙一夢，依然天淡夕陽間。昨宵也，一輪明月，還照臨安。

白苧

首句三字，二句三字，三句四字仄韻起，四句四字，五句六字仄叶，六句十字仄叶，七句五字，八句七字仄叶，九句四字，十句六字仄叶，十一句十字仄叶。首句二字仄叶，二句四字，三句四字，四句十字仄叶，五句九字仄叶，六句四字，七句六字，八句四字仄叶，九句四字，十句八字仄叶，十一句九字仄叶。

前段十一句六韻六十二字，後段十一句六韻六十四字。

冬雪

柳耆卿

繡簾垂，畫堂悄，寒風淅瀝。遥天萬里，黯淡同雲羃羃。漸紛紛六花零亂散空碧。姑射宴瑶池，把碎玉零珠抛擲。林巒望中，高下瓊瑶一色。嚴子陵釣臺歸路迷蹤跡。追惜。燕然畫角，寶籥珊瑚，是時丞相虚作銀城换得。當此際偏宜訪袁安宅。醺醺醉了，任他金釵舞困，玉壺頻側。又是東君，暗遣花神先報南國。昨夜江梅漏泄春消息。

蘭陵王

首句三字仄韻起，二句六字仄叶，三句七字，四句七字仄叶，五句五字仄叶，六句六字仄叶，七句七字，八句七字仄叶。首句五字仄叶，二句五字，三句四字仄叶，四句七字仄叶，五句五字，六句四字，七句七字仄叶，八句五字仄叶。首句二字仄叶，二句三字仄叶，三句五字，四句四字仄叶，五句七字仄叶，六句五字，七句四字仄叶，八句四字，九句六字仄叶。

前段八句六韻四十八字，中段八句五韻四十二字，後段九句六韻四十字。

柳　　周美成

柳陰直。煙裏絲絲弄碧。隋堤上曾見幾番，拂水飄綿送行色。登臨望故國。誰惜京華倦客。長亭路年去歲來，應折柔條過千尺。　閒尋舊蹤跡。又酒趁哀絃，燈照離席。梨花榆火催寒食。愁一箭風快，半篙波暖，回頭迢遞便數驛。望人在天北。　淒惻。恨堆積。漸別浦縈回，津堠岑寂。斜陽冉冉春無極。念月榭攜手，露橋吹笛。沉思前事，似夢裡淚暗滴。

春恨 **張仲宗**

卷珠箔。微雨輕陰乍閣。闌干外、煙柳弄晴，芳草侵階映紅藥。東風如許惡。吹落稍頭嫩萼。屏山掩，沉水倦薰，中酒心情怕杯酌。尋思舊京洛。正年少疏狂，歌笑迷著。障泥油壁催梳掠。曾馳道同載，上林攜手，燈夜初過早共約。又爭信飄泊。寂寞。念行樂。任粉淡衣襟，音斷絃索。瓊枝璧月春如昨。悵別後華表，那回雙鶴。相思前事，除夢魂裏暫忘卻。

賦一丘一壑 **辛幼安**

一丘壑。老子風流占卻。茅檐上、松月桂雲，脈脈石泉逗山脚。尋思前事錯。惱殺晨猿夜鶴。終須是鄧禹輩人，錦繡麻霞坐黃閣。長歌自深酌。看天闊鳶飛，淵靜魚躍。西風黃菊香噴薄。悵日暮雲合，佳人何處，紉蘭結珮帶杜若。入江海曾約。遇合。事難托。莫擊磬門前，荷蕢人過，仰天大笑冠簪落。待說與窮達，不須疑著。古來賢者，進亦樂，退亦樂。**旁注：**·×。

紀夢 有序

前人

己未八月二十日，夜夢有人以石研屏見餉者，其色如玉，光潤可愛。中有一牛，磨角作鬭狀，云：湘潭里中有張姓者，多力善鬭，號張難敵。一日，與人搏，偶敗，忿赴河而死。居既三日，其家人來視之，浮水上，則牛耳。自後並水之山，往往有此石。或得之里中，輒不利。夢中異之，爲作詩數百言，大抵皆取古之怨憤變化異物等事，覺而忘其言。後三日，賦詞以識其異。

恨之極。恨極銷磨不得。萇弘事，人道後來，其血三年化爲碧。鄭人緩也泣。吾父攻儒助墨。十年夢，沈痛化余，秋柏之間既爲實。相思重相憶。被怨結中腸，潛動精魄。望夫江上岩岩立。嗟一念中變，後期長絶。君看啓母憤所激。又俄頃爲石。難敵。最多力。甚一忿沉淵，精氣爲物。依然困鬭牛磨角。便影入山骨，至今雕琢。尋思人間，只合化夢中蝶。

十二時

首句七字，二句六字仄韻起，三句七字仄叶，四句六字仄叶，五句四字，六句四字，七句五字仄叶，八句七字，九句四字，十句六字仄叶。首句七字，二句六字仄叶，三句八字，四句五字仄叶，五句五字，六句六字仄叶。首句七字，二句六字仄叶，三句四字，四句四字，五句五字仄叶，六句五字，七句六字仄叶。

前段十句五韻五十六字，中段六句三韻三十七字，後段七句三韻三十七字。

秋夜

柳耆卿

晚晴初淡煙籠月，風透蟾光如洗。覺翠帳涼生秋思。漸入微寒天氣。敗葉敲窗，西風滿院，睡不成還起。更漏咽滴破憂心，萬感並生，都在離人愁耳。天怎知當時一句，做得十分縈繫。夜永有時分明枕上，覷著孜孜地。燭暗時酒醒，元來又是夢裡。睡覺來披衣獨坐，萬種無聊情意。怎得伊來，重諧雲雨，再整餘香被。祝告天發願，從今永無抛棄。

瑞龍吟

首句三字仄韻起，二句六字，三句四字仄叶，四句六字，五句四字，六句四字仄叶。首首句六句三字仄叶，二句六字，三句四字仄叶，四句六字，五句四字，六句四字仄叶。字，二句八字仄叶，三句十字仄叶，四句四字，五句五字仄叶，六句七字，七句四字仄叶，八句五字仄叶，九句七字仄叶，十句五字仄叶，十一句三字，十二句六字仄叶，十三句四字，十四句四字仄叶。

前段六句三韻二十七字，中段六句三韻二十七字，後段十四句九韻七十八字。

春景　**周美成**

章臺路。還是褪粉梅梢，試花桃樹。愔愔坊陌人家，定巢燕子，歸來舊處。　黯凝竚。因念個人癡小，乍窺門户。侵晨淺約宫黄，障風映袖，盈盈笑語。　前度劉郎重到，訪鄰尋里同時歌舞。唯有舊家秋娘聲價如故。吟牋賦筆，猶記燕臺句。知誰伴名園露飲，東城閒步。事與孤鴻去。探春盡是傷離緒。宫柳低金縷。歸騎晚，纖纖池塘飛雨。斷腸院落，一簾風絮。

秋思　**劉伯温**

秋光好。無柰錦帳香銷，綉幃寒早。鉤簾人立西風，送書過鴈，依然又到。　故鄉杳。

空把淚隨江水，夢縈西草。何時賦得歸來，倚松對柳，開尊醉倒。衰鬢不堪臨鏡，鏡中愁見，蓬飛絲繞。門外遠山，青青長帶斜照。石泉澗月，辜負夜猿嘯。傷心處，楓凋露渚，荷枯煙沼。燕去玄蟬老。滿天細雨鳴羇鳥，花蔓當簷裊。庭院靜，遥聞清砧聲擣。擁衾背壁，一燈紅小。

大酺

首句七字，二句六字仄叶，三句五字，四句五字，五句四字仄叶，六句四字，七句四字，八句六字仄叶，九句五字，十句五字，十一句四字仄叶，十二句五字，十三句四字，十四句四字仄叶。首句五字仄叶，二句八字仄叶，三句七字，四句四字，五句七字仄叶，六句五字，七句七字仄叶，八句六字仄叶，九句四字，十句六字仄叶，十一句六字仄叶。

前段十四句五韻六十八字，後段十一句七韻六十五字。

春雨　　周美成

對宿煙收春禽靜，飛雨時鳴高屋。牆頭青玉旆，洗鉛霜都盡，嫩梢相觸。潤逼琴絲，寒侵枕障，蟲網吹黏簾竹。郵亭無人處，聽簷聲不斷，困眠初熟。奈愁極頓驚，夢輕難記，自憐幽獨。　行人歸意速。最先念流潦妨車轂。怎奈向蘭成憔悴，衛玠清羸，等閒時易傷心目。未怪平陽客，雙淚落笛中哀曲。況蕭索青蕪國。紅糝鋪地，門外荊桃如菽。夜遊共誰秉燭。

浪淘沙慢

首句三字，二句四字，三句四字仄韻起，四句六字仄叶，五句六字仄叶，六句八字仄叶，七句三字，八句四字仄叶，九句八字，十句五字仄叶。　首句二字仄叶，二句六字仄叶，三句八字，四句五字仄叶，五句九字仄叶，六句四字仄叶，七句九字仄叶，八句七字仄叶，九句七字仄叶，十句三字，十一句五字仄叶，十二句七字，十三句十字仄叶。

前段十句六韻五十一字，後段十三句十韻八十二字。

別意　周美成

晝陰重，霜凋岸草，霧隱城堞。南陌脂車待發。東門帳飲乍闋。正拂面垂楊堪纜結。掩紅淚，玉手親折。念漢浦離鴻去何許，經時信音絶。　情切。望中地遠天闊。向露冷風清無人處，耿耿寒漏咽。嗟萬事難忘惟是輕别。翠尊未竭。憑斷雲留取西樓殘月。羅帶光綃紋衾疊。連環解舊香頓歇。怨歌永，瓊壺敲盡缺。恨春去不與人期，弄夜色空餘滿地梨花雪。

西平樂

首句四字，二句四字，三句六字平韻起，四句四字，五句六字，六句四字平叶，七句七字，八句六字，九句六字，十句六字平叶，十一句六字，十二句八字平叶。　首句四字，二句四字，三句八字平叶，四句七字，五句四字，六句六字，七句四字平叶，八句七字平叶，九句四字，十句四字，十一句四字，十二句四字平叶，十三句四字，十四句六字平叶。

前段十二句四韻六十七字，後段十四句五韻(一)七十字。

(一) 下片第七句、第十二句不叶韻，譜誤。

旅思

周美成

稊柳蘇晴，故溪歇雨，川迴未覺春賒。駝褐寒侵，正憐初日輕陰，抵死須遮。歎事逐孤鴻去盡，身與塘蒲共晚，爭知向此征途，區區佇立塵沙。追念朱顏翠髮，曾到處故地使人嗟。道連三楚，天低四野，喬木依前臨路敧斜。重思想東陵晦跡，彭澤歸來，左右琴書自樂，松菊相依。何況風流鬢未華。多謝故人，親馳鄭驛，時倒融尊，勸此淹留。共過芳時，翻令倦客思家。

玉女搖仙佩

首句四字，二句四字，三句六字仄韻起，四句四字，五句四字，六句六字仄叶，七句五字仄叶，八句五字，九句四字仄叶，十句七字，十一句八字仄叶，十二句五字，十三句八字仄叶。　首句六字，二句四字，三句六字仄叶，四句四字，五句四字，六句六字仄叶，七句五字仄叶，八句九字仄叶，九句七字，十句八字仄叶，十一句三字，十二句七字仄叶。

前段十三句六韻七十字，後段十二句六韻六十九字。

佳人

柳耆卿

飛瓊伴侶，偶別珠宮，未返神仙行綴。取次梳妝，尋常言語，有得許多姝麗。擬把名花比。恐旁人笑我，談何容易。細思算奇葩豔卉，惟是深紅淺白而已。爭如這多情，占得人間千嬌百媚。　須信畫堂繡閣，皓月清風，忍把光陰輕棄。自古及今，佳人才子，少得當年雙美。且恁相偎倚。未消得憐我多才多藝。願嬭嬭蘭心蕙性，枕前言下表余深意。爲盟誓，今生斷不辜鴛被。

多麗

首句三字，二句六字仄韻起，三句七字，四句六字仄叶，五句七字，六句七字仄叶，七句四字，八句四字，九句七字㈠仄叶，十句七字，十一句五字仄叶，十二句七字，十三句四字仄叶。

首句七字，二句六字仄叶，三句七字，四句七字仄叶，五句四字，六句四字，七

㈠ 當爲八字。

句七字仄叶，八句七字，九句五字仄叶，十句七字，十一句四字仄叶。

前段十三句六韻七十五字，後段十一句五韻六十五字。

春景 **聶冠卿**

想人生，美景良辰堪惜。向其間賞心樂事，古來難是並得。況東城鳳臺沁苑，泛晴波淺照金碧。露洗華桐，煙霏絲柳，緑陰摇曳蕩春一色。畫堂迴玉簪瓊珮，高會盡詞客。清歡久重燃絳蠟，别就瑶席。　有翩若驚鴻體態，暮爲行雨標格。逞朱脣緩歌妖麗，似聽流鶯亂花隔。慢舞縈回，嬌鬟低嚲，腰肢纖細困無力。忍分散彩雲歸後，何處更尋覓。休辭醉明月好花，莫謾輕擲。

湖景此用平韻 **無名氏**

鳳凰簫。新聲遠渡蘭橈。漾東風、湖光十里，參差緑港紅橋。暖雲蘸、鬱金衫色，晴煙抹、翡翠裙腰。罨畫名園，鬧紅芳樹，蒲葵亭畔彩繩摇。滿鴛甃、落英堪籍，猶作殢人嬌。漬羅袂、莫揉痕退，生怕香銷。　憶當年、尊前扇底，多情冶葉倡條。浴蘭女、隔花偷盼，修禊客、臨水相招。舊約尋歡，新聲换譜，三生夢裏可憐宵。從留得、楝花寒在，啼鴂已無聊。

江南恨、越王臺下，幾度回潮。

六醜

首句五字，二句七字仄韻起，三句四字，四句五字仄叶，五句四字仄叶，六句五字，七句四字，八句五字仄叶，九句七字仄叶，十句四字，十一句四字仄叶，十二句六字仄叶，十三句五字，十四句四字仄叶。首句四字仄叶，二句五字仄叶，三句四字，四句四字仄叶，五句六字仄叶，六句五字，七句四字仄叶，八句七字仄叶，九句五字，十句四字，十一句四字仄叶，十二句七字仄叶，十三句八字，十四句四字仄叶。

前段十四句八韻六十九字，後段十四句九韻七十一字。

落花

周美成

正單衣試酒，悵客裡光陰虛擲。願春暫留，春歸如過翼。一去無跡。爲問家何在，夜來風雨，送楚宮傾國。釵鈿墮處遺香澤。亂點桃蹊，輕飜柳陌。多情更誰追惜。但蜂媒蝶使，時叩窗槅。東園岑寂。漸朦朧暗碧。靜遶珍叢，底成歎息。長條故惹行客。似牽衣待話，別情無極。殘英小强簪巾幘。終不似一朵，釵頭顫裊，向人欹側。漂流處莫趁潮汐。恐斷鴻尚有相思字，何由見得。

六州歌頭

首句四字，二句五字平韻起，三句三字，四句三字，五句六字平叶，六句六字，七句三字，八句三字，九句三字，十句三字，十一句三字平叶，十二句六字，十三句三字，十四句四字平叶，十五句五字，十六句五字平叶，十七句四字平叶，十八句三字平叶。首句七字，二句三字，三句三字平叶，四句三字，五句六字平叶，六句三字平叶，七句五字，八句□字，九句三字平叶，十句三字，十一句三字平叶，十二句三字平叶，十三句六字，十四句七字平叶，十五句五字，十六句五字平叶，十七句四字平叶。

前段十八句七韻七十二字，後段十七句九韻七十二字。

梅花

張仲舉

孤山歲晚，石老樹槎枒。逋仙去，誰爲主，自疏花破冰芽。憶烏帽騎驢處，近修竹，侵荒蘚，知幾度，踏殘雪，趁晴霞。空谷佳人獨耐，朝寒峭，翠袖籠紗。任江南江北，相憶夢魂賒。水遶雲遮。思無涯。　古苔枝上香痕沁，么鳳語，凍蜂衙。瀛嶼月，偏來照影横斜。瘦爭些。好約尋芳客，問前度，那人家。重呼酒。摘瓊葩。插鬢鴉。喚起春嬌扶醉，休辜負錦瑟年華。怕流芳不待，回首易風沙。吹斷城笳。

病中戲作

辛幼安

晨來問疾，有鶴止庭隅。吾語汝。只三事，太愁余。病難扶。手種青松樹。礙梅塢。妨花逕，纔數尺。如人立。卻須鋤。秋水堂前，曲沼明於鏡，可燭眉鬚。被山頭急雨，耕壟灌泥塗。誰使吾廬。映汙渠。　歎青山好，簷外竹，遮欲盡，有還無。删竹去，吾乍可，食無魚。愛扶疏。又欲爲山計，千百慮，纍吾軀。凡病此，吾過矣，子奚如。口不能言臆對，雖盧扁、藥石難除。有要言妙道，往問北山愚。庶有瘳乎。

寶鼎現

首句四字，二句四字，三句四字仄韻起，四句七字，五句七字仄叶，六句八字，七句六字仄叶，八句七字，九句六字仄叶。首句七字仄叶，二句七字仄叶，三句七字，四句七字仄叶，五句三字，六句五字仄叶，七句六字仄叶，八句七字，九句六字仄叶。首句四字，二句七字仄叶，三句五字，四句六字仄叶，五句七字，六句五字仄叶，七句七字，八句六字仄叶。

前段九句四韻五十三字，中段九句六韻五十五字，後段八句四韻四十七字。

上元　康伯可

夕陽西下，暮靄紅隘，香風羅綺。乘麗景華燈爭放，濃焰燒空連錦砌。覩皓月浸嚴城如畫，花影寒籠絳蕊。漸掩映芙蕖萬頃，迆邐齊開秋水。　太守無限行歌意。擁麾幢光動珠翠。傾萬井歌臺舞榭，瞻望朱輪駢鼓吹。控寶馬，耀貔貅千騎。銀燭交光數里。似亂簇寒星萬點，擁入蓬壺影裡。　宴閣多才，環豔粉瑶簪珠履。恐看看丹詔，催奉宸遊燕侍。便趁早占通宵醉，緩引笙歌妓。任畫角吹老梅花，月落西樓十二。

三臺

首句七字，二句六字仄韻起，三句八字，四句七字仄叶，五句八字仄叶，六句七字仄叶，七句七字，八句七字仄叶，九句七字，十句六字仄叶，十一句八字，十二句七字仄叶。首句五字，二句十字仄叶，三句七字，四句七字仄叶，五句七字，六句六字仄叶，七句八字，八句七字仄叶，九句八字仄叶，十句七字仄叶，十一句七字，十二句七字仄叶。

前段十二句七韻八十五字，後段十二句七韻八十六字。

清明

万俟雅言

見梨花初帶夜月，海棠半含朝雨。内苑春不禁過青門，御溝漲潛通南浦。東風靜細柳垂金縷。望北闕非煙非霧。好時代朝野多歡，遍九陌太平簫鼓。乍鶯兒百囀斷續，燕子飛來飛去。近緑水臺榭映鞦韆，鬭草聚雙雙遊女。餳香更酒冷，踏青路會暗識夭桃朱户。向晚驟寶馬雕鞌，醉襟惹亂花飛絮。正輕寒輕煖漏永，半陰半晴雲暮。禁火天已是試新妝，歲華到三分佳處。清明看漢宫傳蠟炬。散翠煙飛入槐府。斂兵衛閶闔門開，住傳宣又還休務。

哨遍

首句四字，二句四字，三句五字仄韻起，四句三字，五句五字，六句七字仄叶，七句四字，八句七字，九句五字仄叶，十句五字，十一句四字，十二句六字仄叶，十三句八字，十四句二字仄叶，十五句四字，十六句四字，十七句四字仄叶。

首句七字，二句五字仄叶，三句四字仄叶，四句七字仄叶，五句五字，六句四字，七句七字仄叶，八句四字，九句四字，十句六字仄叶，十一句九字，十二句八字，十三句七字仄叶，十四句六字仄叶，十五句五字仄叶，十六句四字，十七句四字，十八句六字仄叶，十九句七字，二十句七字仄叶。

前段十七句六韻八十六字，後段二十句九韻一百十六字。

春情　蘇子瞻

睡起畫堂，銀蒜押簾，珠幕雲垂地。初雨歇，洗出碧羅天，正溶溶養花天氣。一霎晴風，迴芳草榮花浮動，捲皺銀塘水。方杏靨匀酥，花鬚吐繡，園林翠紅排比。見乳燕捎蝶過繁枝。

忽一線鑪香逐[一]遊絲。晝永人閒，獨立斜陽，晚來情味。　便乘興攜將佳麗。深入芳菲裡。撥胡琴語，輕攏慢撚總伶俐。看緊約羅裙，急催檀板，霓裳入破驚鴻起。顰月臨眉，醉霞橫臉，歌聲悠揚雲際。任滿頭紅雨落花飛[二]，漸鳷鵲樓西玉蟾低，尚徘徊未盡歡意。君看今古悠悠，浮幻人間世。這些百歲，光陰幾日，三萬六千而已。醉鄉路穩不妨行，但人生要適情耳。**旁注：**暖；趣；颺。**眉批：**第三句以十六字爲句，其讀処□□可少觀東坡二首可見；「裹」字叶韻；「總伶俐」元本作「摠利」。

歸去來辭　　前　人

爲米折腰，因酒棄家，口體交相累。歸去來，誰不遣君歸。覺從前皆非今是。露未晞。征夫指了歸路，門前笑語喧童稚。嗟舊菊都荒，新松暗老，吾年今已如此。但小窗容膝閉柴扉。策杖看孤雲暮鴻飛。雲出無心，鳥倦知還，本非有意。　噫。歸去來兮，我今忘我兼忘世。親戚無浪語，琴書中有真味。步翠麓崎嶇，泛溪窈窕，涓涓暗谷流春水。觀草木

[一]「逐」字後補，故譜爲七字句。
[二]「飛」字後本有「墜」字，後删。故譜爲九字句，與詞不符。

欣榮，幽人自感，吾生行且休矣。念寓形宇内復幾時。不自覺皇皇欲何之。委吾心去留誰計。神仙知在何處，富貴非吾願。但知臨水登山嘯詠，自引壺觴自醉。此生天命更何疑。且乘流遇坎還止。**旁注：**志。**眉批：**「噫」字用韻。「處」字用韻。

秋水觀　辛幼安

蝸角鬬爭，左觸右蠻，一戰連千里。君試思，方寸此心微。總虛空并包無際。喻此理。何言太山毫末，從來天地一稊米。嗟大小相形，鳩鵬自樂，之二蟲又何知。記跖行仁義孔丘非。更殤樂長年老彭悲。火鼠論寒，冰蠶語熱，定誰同異。噫。貴賤隨時。連城纔換一羊皮。誰與齊萬物，莊周吾夢見之。正商略遺篇，翩然顧笑，空堂夢覺題秋水。有客問洪河，百川灌雨，涇流不辨涯涘。於是焉河伯欣然喜。以天下之美盡在己。渺滄溟望洋東視。逡巡向若驚歎，謂我非逢子。大方達觀之家，未免長見，悠然笑耳。此堂之水幾何其。但清溪一曲而已。**旁注：**猶；北。**眉批：**「理」字亦用韻，與東坡不同；「嗟」字又擬東坡。「知」字亦應仄，平韻亦押；「皮」字應用仄韻；「之」字亦應仄韻。

用前韻　前人

一壑自專，五柳笑人，晚乃歸田里。問誰知幾者動之微。望飛鴻冥冥天際。論妙理。濁醪正堪長醉。從今自釀躬耕米。嗟美惡難齊，盈虛如代，天耶何必人知。試回頭五十九年非。似夢裡歡娛覺來悲。夔乃憐蚿，縠亦亡羊，算來何異。嘻。物諱窮時。豐狐文豹罪因皮。富貴非吾願，遑遑乎欲何之。正萬籟都沉，月明中夜，心彌萬里清如水。卻自覺神遊，歸來坐對，依稀淮岸江涘。看一時魚鳥忘情喜。會我已忘機更忘己。又何曾物我相視。非魚濠上遺意，要是吾非子。但教河伯休慚海若，大小均爲水耳。世間喜慍更何其。笑先生三仕三已。**旁注**：會。**眉批**：但教句，其讀處長短不同。

魚計亭有序

前人

趙昌父之祖季思學士，退居鄭圃，有亭名魚計，宇文叔通爲作古賦。今昌父之弟成父，於所居鑿池築亭，榜以舊名。成父作詩，屬余賦《哨遍》。夫莊周論於蟻棄知，於魚得計，於羊棄意，其義美矣。然上文論虱托於豕而得焚，羊肉爲蟻所慕而致殘，下文將併結二義，乃獨置豕虱不言，而遽論魚，其義無所從起。又間於羊蟻兩句之間，使羊蟻之義離不相屬，何耶。或言蟻得水而死，羊得水而病，魚得水而活，此最穿鑿，不成義趣。余嘗反覆尋繹，終未能得。意世必有能讀此書而了其義者。他日倘見之而問焉，姑先識余疑於此詞云爾。

池上主人，人適忘魚，魚適還忘水。洋洋乎，翠藻青萍裡。想魚兮無便於此。嘗試思莊周談兩事。一明豕虱一羊蟻。説蟻慕於羶，於蟻棄知，又説於羊棄意。甚虱焚於豕獨忘之。卻驟説於魚爲得計。千古遺文，我不知言，以我非子。 子固非魚，噫。魚之爲計子焉知。河水深且廣，風濤萬頃堪依。有網罟如雲，鵜鶘成陣，過而留泣計應非。其外海茫茫，下有龍伯，饑時一啖千里。更任公五十犗爲餌。使海上人人厭腥味。似鵾鵬變化能幾。東游入海，此計直以命爲嬉。古來謬算狂圖，五鼎烹死，指爲平地。嗟魚欲事遠遊時。請三思而行可已。**旁注**：矣。**眉批**：其必有深意存焉，顧後人未之曉耳。

戚氏

首句三字平韻起，二句七字平叶，三句四字，四句四字，五句五字平叶，六句三字，七句七字平叶，八句六字，九句七字平叶，十句四字，十一句四字，十二句六字平叶，十三句五字，十四句四字，十五句□字平叶。

首句六字平叶，二句四字，三句五字平叶，四句三字，五句四字，六句四字平叶，七句三字平叶，八句六字平叶，九句六字平叶，十句四字，十一句四字，十二句六字平叶。

首句五字，二句八字平叶，三句六字，四句八字平叶，五句六字，六句四字，七句五字仄叶，八句八字仄叶，九句七字平叶，十句三字，十一句□字平叶，十二句□字平叶，十三句八字，十四句四字平叶。

前段十五句七韻七十三字，中段十二句七韻五十五字，後段十四句八韻八十四字。

秋夜 **柳耆卿**

晚秋天。一霎微雨灑庭軒。檻菊蕭疏，井桐零亂，惹殘煙淒然。望江關，飛雲黯淡夕陽間。當時宋玉悲感，向此臨水與登山。遠道迢遞，行人淒楚，倦聽隴水潺湲。正蟬鳴敗葉，蛩響衰草，相應聲諠。　孤館度日如年。風露漸變，悄悄至更闌。長天靜，絳河清淺，皓月嬋娟。思綿綿。夜永對景那堪。屈指暗想從前。未名未祿，綺陌紅樓，往往經歲遷延。　帝里風光好，當年少日暮宴朝歡。況有狂朋怪侶，遇當歌對酒竟留連。別來迅景如梭，舊遊似夢，煙水程何限。念利名憔悴長縈絆。追往事空慘愁顏。漏箭移，稍覺輕寒。聽嗚咽畫角數聲殘。對閒窗畔停針向曉，抱影無眠。

此詞始終指意言周穆王賓於西王母之事　**蘇子瞻**

玉龜山。東皇靈姥統群仙。絳闕岧嶢，翠房深迥，倚霏煙。幽閒。志蕭然。金城千里鎖嬋娟。當時穆滿巡狩，翠華曾到海西邊。風露明霽，鯨波極目，勢浮輿蓋方圓。正迢迢麗日，玄圃清寂，瓊草芊綿。　爭解繡勒香韉。鸞輅駐蹕，八馬戲芝田。瑤池近、畫樓隱隱，翠鳥翩翩。肆華筵。間作管鳴絃。宛若帝所鈞天。稚顏皓齒，緑髪方瞳，圓極恬淡妍。盡倒瓊壺酒，獻金鼎藥，固大椿年。縹緲飛瓊妙舞，命雙成、奏曲醉留連。雲璈韻響瀉寒泉。浩歌暢飲，斜月低河漢。漸漸倚霞天際紅深淺。動歸思、迴首塵寰。爛漫遊、玉輦東還。杏花風、數里響鳴鞭。望長安路，依稀柳色，翠點春妍。**旁注：**疑「盼」字。**眉批：**按蘇本作二段，後段於「間作」句起。

鶯啼序

首句四字，二句七字仄韻起，三句七字，四句六字仄叶，五句□字，六句七字仄叶，七句五字，八句六字仄叶。　首句六字，二句七字仄叶，三句七字，四句□字仄叶，五句七字，六句七字仄叶，七句三字，八句八字仄叶，九句四字，十句六字仄叶，十一句八字，十二句四字仄叶，十三句六字，十四句四字，十五句四字，十六句六字仄叶，十七句八字仄叶，十八句□

字，十九句六字，二十句六字仄叶。

首句四字，二句九字仄叶，三句□字，四句四字，五句四字，六句四字仄叶，七句四字，□句□字，九句七字仄叶，十句八字仄叶，十一句六字，十二句八字仄叶。

前段八句四韻四十九字，中段二十句九韻一百十七字，後段十二句五韻六十八字。

吴江長橋　　黃在軒

銀雲捲晴，縹緲卧長龍一帶。柳絲蘸幾簇柔煙，兩市連棟如畫。芳草岸彎環半，玉鱗鱗曲港雙流會。看碧天連水，翻成箭樣風快。白露横江一葦，萬頃問靈槎何在。空翠濕衣不勝寒，日華金掌沆瀣。甃花平緑紋襯步，瓊田湧出神仙界。黛眉修，依約霧鬟在秋波外。閣嘘青蜃，檐啄彩虹飛蓋。蹴鰲背燈火暮相輪，倒景踰眄。別浦片片歸帆，舞蛟幽壑，棲鴉古木，有人剪取江水。憶細鱗巨口魚堪鱠。波涵笠澤，時見靜影浮光，霏陰萬貌千態。

蒹葭深處，應有閒鷗寄語休見猜。洗卻香紅塵面，買個扁舟，身世飄萍，名利微芥。闌干拍遍，除東曹掾，與天隨子是我輩。儘胸中著得乾坤大。亭前無限驚濤，總把遥岑月明滿載。

醜奴兒近

前段

博山道中效李易安體

辛幼安

千峰雲起,驟雨一霎兒價。更遠樹□□,風景怎生圖畫。青旗賣酒,山那畔別有人家。只消山水光中,無事過者一霎。午醉醒時,松窗竹户,萬千瀟灑。野鳥飛來,又是[缺]飛流萬壑,共千岩爭秀。孤負平生弄泉[缺]。歎輕衫帽,幾許紅塵還自喜,濯髮滄浪依舊。人生行樂耳,身後虛名,何似生前一杯酒。便此地、結吾廬,待學淵明,更手種、門前五柳。且歸去、父老約重來,問如此青山,定重來否。**眉批**:此詞前後兩韻,又不似換韻格。中間「野鳥飛來」句與下文意義亦不相屬,恐是誤刻。